GOLDMANN

Buch:

Gustav Berger wächst in einem Niemandsland der Liebe auf. Als der Krieg zu Ende ist, trennen sich seine Eltern. Stumm und hilflos müssen sie zusehen, wie Gustav sich eine Welt erobert, deren Gesetze täglich neu geschrieben werden: der Junge schnorrt bei den »Amis«, klaut auf Baustellen und schwänzt die Schule. Eine Halbweltkarriere beginnt, die schließlich im Erziehungsheim mündet.
Als »unverbesserlich« wird Gustav aus dem Heim entlassen, und er ist stolz darauf wie auf eine Auszeichnung. Es ist die Zeit des Rock 'n' Roll, und »Johnny B Goode« ist die Lieblingsscheibe Gustavs, der sich fortan Johnny nennt. Die Bars im Rotlichtmilieu und die Halbstarkenszene sind Johnnys Zuhause, bis er am Ende im Gefängnis landet.
Vier Jahre später hat Johnny seine Lektion gelernt und setzt sich nach St. Pauli ab. Aber er bleibt ein Rastloser; einer, der das große Geld macht und dem doch immer schmerzlich bewußt bleibt, was für Geld nicht zu haben ist; einer, der stets unterwegs ist und nie vergessen kann, woher er kommt; ein Getriebener, der erst auf einem anderen Kontinent jene Frau findet, die sein Leben verändert und vielleicht auch ihn.

Autor:

Wolf Wondratschek, geboren 1943 in Rudolstadt/Thüringen, studierte Literaturwissenschaft und Philosophie in Heidelberg, Göttingen und Frankfurt. Gleich sein erstes Buch, der Band Kurzprosa »Früher begann der Tag mit einer Schußwunde« (1969), machte ihn bekannt. Es folgte in den siebziger und achtziger Jahren eine Reihe berühmter Gedichtbände – darunter »Chuck's Zimmer« (1974), »Die Einsamkeit der Männer« (1983) und »Carmen« (1985) –, die jetzt alle gesammelt in dem Band »Die Gedichte« (Diogenes, 1992) vorliegen.

Wondratschek

Einer von der Straße

Ein Tatsachenroman

GOLDMANN VERLAG

Umwelthinweis:
Alle bedruckten Materialen dieses Taschenbuchs
sind chlorfrei und umweltschonend.

Der Goldmann Verlag
ist ein Unternehmen der Verlagsgruppe Bertelsmann

Genehmigte Taschenbuchausgabe

Satz: Uhl + Massopust, Aalen
Druck: Elsner-Druck, Berlin
Verlagsnummer: 42362
GR · Herstellung: Heidrun Nawrot
Made in Germany
ISBN 3-442-42362-7

1 3 5 7 9 10 8 6 4 2

Für Walter Staudinger

Inhalt

Prolog

Der kleine Junge rannte, so schnell er konnte, aus dem Zimmer und die Treppe hinunter. Wenn er nichts verpassen wollte, mußte er schneller sein als seine Mutter.

Wegrennen konnte er am besten! Außerdem war es heute einfach, weil die Straße voller Menschen war; er mußte sich nur durch genügend Beine nach vorne drängeln, um sicher zu sein, daß sie ihn nicht finden konnte. Durch die Straße rollte ein Konvoi der amerikanischen Armee. Neben ihren Geschützwagen und Jeeps gingen Soldaten, eine ganze Menge Soldaten. Auf einen wollte er gerade zulaufen, als ihn seine Mutter entdeckt hatte und festhielt. Nicht einmal nach der Packung Kaugummi, die auf die Straße fiel, konnte er sich schnell genug bücken.

»Seit damals habe ich jede Hand, die mich festhielt, gehaßt. Spätestens da«, erinnerte er sich viele, viele Jahre später, »begann sich in mir das Gefühl auszubreiten, immer der Erste, immer der Schnellste sein zu müssen, um das zu bekommen, was der Zweite, der Langsamere nicht bekommen konnte. Nur wußte ich damals nicht, daß ich das Gefühl, immer gewinnen zu müssen, nie mehr loswerden würde.«

Erstes Buch

An einer Tür ist die Klinke auch nicht in der Mitte

»Das Talent steckt in den Kinderschuhen.«
George B. Shaw

1

Auf seinem Heimweg hatte Herr Schnabel, angestellt beim städtischen Jugendamt, noch einen letzten Termin wahrzunehmen. Einen Routinefall, der auf mehreren Beschwerden über einen gewissen Gustav Michael Berger beruhte, geboren 1942, wohnhaft in München, Dachauer Straße. Der Vater hieß Josef Berger, geboren 1902. Die Akte wies ihn als alleinerziehend aus.

Die Praxis seines Berufs hatte ihn gelehrt, daß es kein Vergnügen war, sich in familiäre Dinge einmischen zu müssen. Manchmal war es schon ein Kunststück, in eine Wohnung überhaupt eingelassen zu werden. Es gab Gründe genug, die es ratsam erscheinen ließen, vor jeder Tür tief durchzuatmen.

Vor ihm stand ein Mann, der aussah, als sei er gestört worden.

»Schnabel, Jugendamt. Darf ich reinkommen?«

Josef Berger trat zur Seite, ließ ihn ein, schloß die Tür und bot ihm einen Stuhl an.

»Und du bist wohl der kleine Gustav?«, sagte Herr Schnabel noch im Stehen. Er wollte jeder Auseinandersetzung durch einen ruhigen, freundlichen Ton zuvorkommen.

Gustav zog den Kopf zwischen die Schultern und wartete ab.

»Wenn Sie Beschwerden loswerden wollen, können Sie sich die Mühe sparen.« Während Josef Berger das sagte, säuberte er einen Pinsel mit einem kleinen Lappen.

»Ach, Sie sind Künstler?« versuchte Herr Schnabel die Atmosphäre zu entspannen. Dabei nutzte er die Zeit, sich einen Eindruck von den Wohnverhältnissen zu verschaffen. Alles sah ärmlich aus, was gemildert wurde durch die Tatsache, daß am Fenster eine Staffelei stand.

»Ich male, wenn Sie das meinen.« Wie Josef Berger das sagte, konnte es keinen Zweifel geben, daß er darüber kein Gespräch wünschte – und sich der Zweideutigkeit bewußt war, die der Ausdruck »Künstler« im Munde eines städtischen Beamten besaß.

»Ich habe hier einen ganzen Stoß Beschwerden«, sagte Herr Schnabel, zog die Akte aus der Tasche und legte sie vor sich auf den Tisch, eine Geste, die ihm Kraft einflößen sollte. Kraft würde er brauchen, soviel war sicher bei diesem Mann, der zu keinem überflüssigen Wort aufgelegt schien. Und wie zur Bestätigung einer Bedrohung entdeckte Herr Schnabel erst jetzt oben auf dem Schrank einen schwarzen Vogel. Danach zu fragen, getraute er sich nicht, sondern flüchtete sich in das Labyrinth seiner dienstlichen Gedankengänge und schien zu prüfen, inwieweit ein solches Haustier angebracht war – und ob es einen Zusammenhang gab zwischen einem Raben und dem hier zur Debatte stehenden Erziehungsnotstand. Erst im Verlauf der Unterhaltung kam ihm der Gedanke, der Vogel könnte ausgestopft sein.

»Wir müssen jeder Sache, die an uns herangetragen wird, nachgehen und ...«

Josef Berger stand auf. »Verschwenden Sie nicht unnötig Ihre Zeit, stecken Sie Ihre Akte wieder ein und verschwinden Sie.«

Herr Schnabel beabsichtigte, genau das Gegenteil zu tun. Die Polizei hatte den Jungen wiederholt aus abgesperrten Ruinengrundstücken geholt, Lebensmittelhändler hatten ihn beim Klauen erwischt, und dem Eisenhändler hatte er Schrott verkaufen wollen, den er angeblich zusammengesammelt, in Wahrheit aber bei ihm selbst gestohlen hatte. Aus der Nachbarschaft lagen gleich stapelweise Beschwerden vor, mit beigefügten ärztlichen Attesten über Verletzungen, die sich Kinder bei irgendwelchen verbotenen Unternehmungen zugezogen hatten. Offenbar verstand es dieser Junge, auch die Angsthasen zu jeder Schandtat zu überreden.

Herr Schnabel tat alles, sein Erscheinen zu rechtfertigen, spürte aber, daß nichts bei Josef Berger Eindruck machte. Gustav saß da, als gehe ihn alles nichts an, und kaute Fingernägel.

»Ah ja, noch was«, fiel Herrn Schnabel ein, »die Mutter, darf ich Name, Adresse und ...«

Wieder unterbrach ihn Josef Berger. »Sie hat einen Herrn Karst geheiratet.« Er war sich bewußt, daß es einen besseren Zeitpunkt verdient gehabt hätte, seinem Sohn diese Neuigkeit mitzuteilen.

Herr Schnabel begnügte sich mit dem Namen, die Adresse würde er sich selbst beschaffen. »Wir werden uns also mit der Mutter in Verbindung setzen und prüfen, ob es nicht ratsam wäre, den Jungen ihr zu übergeben. Falls die Verhältnisse das erlauben.«

»Raus!« schrie Josef Berger.

Gustav hatte seine Fingernägel vergessen und schaute zur Wand, wo das Ölporträt seiner Mutter hing, das sein Vater gemalt hatte.

»Noch eines«, sagte Herr Schnabel, als er aufstand, die Akte in seiner Tasche verschloß und noch einmal den ausgestopften Raben fixierte, »ich habe nicht den Eindruck, daß Sie den Ernst dieser vorgebrachten Beschwerden einsehen und sich im klaren sind, daß wir alles tun werden, Frau Karst zu veranlassen, nun ihren Teil an der Kindererziehung zu übernehmen. Was ja wohl in aller Interesse sein dürfte.«

Josef Berger setzte dem Beamten das spitze Ende seines Pinsels auf die Brust. »In Ihrem Interesse ist nur eines: sich hier nicht wieder blicken zu lassen.«

2

1945 war nicht nur der Weltkrieg zu Ende, sondern auch die siebenjährige Ehe von Josef und Vera Berger. Daß zwei so völlig verschiedene Menschen erst gar nicht hätten heiraten sollen, nur noch darüber herrschte zwischen den Eheleuten ein harmonisches Einverständnis. Also knüpfte Vera Berger am Tag der Trennung zwei eingerissene, abgeschabte Leintücher zusammen, warf ein wenig Kleidung und ein paar persönliche Dinge hinein und zog zuerst um die Ecke zu einer Bekannten und von dort weiter zu einer nächsten.

Die Trennung von ihrem Sohn, eine vorübergehende Trennung, wie sie hoffte, nahm sie in Kauf, zumal auch das Jugendamt die

Erziehungsvollmacht dem Vater zugesprochen hatte. Soll er erst einmal bei seinem Vater bleiben, dachte sie, da ist so ein schwieriges Bürschchen, das voller Unruhe steckt, wahrscheinlich nicht einmal schlecht aufgehoben. Josef würde streng mit seinem Kind umspringen, und Gustav sich alles nur Erdenkliche einfallen lassen, seinen eigenen Kopf trotzdem durchzusetzen. Schon beim ersten Schrei im Kreißsaal war ihr klargeworden, daß er offenbar alles andere als ein braves Kind werden wollte. Und sie behielt recht. Nie konnte er stillsitzen. Immer riß er Fenster auf oder die Wohnungstür, denn draußen konnte ja etwas passieren, das mehr Spaß machte, als in einem Buch mit bunten Bären und sprechenden Hühnern zu blättern.

Zu Hause war ihm immer langweilig.

Eine Familie war ihm zuwenig Leben. Er war überhaupt erst richtig in seinem Element, wenn er herumwirbeln konnte, zum Beispiel frühmorgens, wenn es zum Waschen auf den Hausflur ging, an den einzigen Wasserhahn, der allen Hausbewohnern als Waschgelegenheit diente. Da machte es Spaß, dem Bayer-Franzi auf die Zahnpastatube zu treten oder dem Zeder-Berti auf den Kopf zu spucken, Handtücher zu vertauschen und Rasierklingen verschwinden zu lassen. Er konnte jeden zur Weißglut treiben, wie umständlich er sich wusch; er wusch sich überhaupt nur dann richtig, wenn jemand deshalb warten mußte. Dabei verließ er sich auf seinen Vater, der es sich jedesmal lautstark verbat, wenn sich jemand über seinen Jungen beschwerte.

Einer wie der, dachte Vera Berger, würde sie überall finden, wenn er sie brauchte.

3

»Herr Berger, wie geht's Ihnen denn?«

»Das geht Sie einen Scheißdreck an!«

Geschwätz war ihm so zuwider, daß er immer schweigsamer wurde. Josef Berger war wie jeder Mann, der keine Miene verzieht, ein Mann mit vielen Gesichtern, trotzdem hatte er eines nie gekonnt: sich anpassen; schon unter Hitler nicht, als alle noch jubelten. Er besaß nicht ihre Geschicklichkeit, einen Vorteil auszunutzen, geschweige denn, jemand übers Ohr zu hauen. Auch jetzt nicht, als es ums nackte Überleben ging. Sein störrischer Gerechtigkeitssinn ließ es nicht zu, an etwas anderes als an ehrliche Arbeit zu glauben. Mit seinen Händen konnte er alles, Schuhe besohlen, Uhren reparieren, Vögel, sogar Füchse ausstopfen, Betten zimmern, Bilderrahmen schnitzen, nur einen auf der Straße liegenden Geldbeutel aufheben und in der Tasche verschwinden lassen, das konnte er nicht. Jede freie Minute, die Nachtstunden zumeist, wenn Gustav endlich schlief, verbrachte er an der Staffelei und malte Landschaften der nahen bayrischen Umgebung, die er mehr liebte als die Stadt, ihre Menschen und Wirtshäuser. Er gab die Bilder einer kleinen Galerie in Kommission, wobei er, selbst bei einem Verkauf, immer draufzahlte, denn allein die Farben kosteten mehr, als er bekam. Soweit es in dem engen Zimmer möglich war, machte Gustav einen Bogen um die Staffelei. Manchmal nahm Josef Berger seinen Sohn in ein Museum mit, aber alles, was den dort interessierte, war die Alarmanlage.

Die Könige des Viertels waren die Metzger, Bäcker, Kohlen- und Schrotthändler und die Typen, die alles, was sie zusammengaunern konnten, mit der Geschwindigkeit eines Augenaufschlags an der übernächsten Straßenecke mit doppeltem Gewinn verkauften. Wenn abends die wenigen Lichter, die wieder brannten, angingen, Geldscheine die Besitzer wechselten und sich Ware in bare Münze verwandelte, stritt sich Josef Berger mit seinem Sohn herum, der nie schlafen gehen wollte.

Es verging kein Wochenende, an dem Berger nicht mit dem Zug

nach Weßling hinausfuhr, durch den Wald wanderte und Beeren und Pilze sammelte, die er den Marktfrauen auf dem Viktualienmarkt verkaufte. Sie nannten ihn dort den »Schwammerlprofessor«. Gustav wehrte sich jedesmal, wenn er mit mußte, um fünf frühmorgens aufstehen, dann vom Bahnhof bis zum Wald gute drei Kilometer zu Fuß gehen, und oft sogar über Nacht bleiben und in einem Heustadel schlafen. Einmal war nachts eine Maus über ihn gekrochen. Wie er das haßte. Er haßte seinen Vater, den Wald, jeden Baum, die Beeren und Pilze, die er in einem an sein Handgelenk gebundenes Körbchen tragen mußte. Er hätte schreien können, traute sich aber nicht. Er hätte heulen können, fühlte sich dafür aber bereits viel zu erwachsen.

Daß Kupferdraht mehr brachte als Himbeeren und Pfandflaschen mehr als Pilze, hatte Gustav längst herausgefunden, aus Angst vor einer Ohrfeige aber für sich behalten.

Wann immer es möglich war, nahm Josef Berger seinen Sohn mit, wenn er geschäftlich in der Stadt unterwegs war. Es schien nicht mehr ratsam, den Jungen zu oft unbeaufsichtigt sich selbst zu überlassen. Weder Ermahnungen noch Schläge waren geeignet, seine Begeisterung für Streiche und Dummheiten einzudämmen.

In diesen Wochen klapperte Josef Berger Baustellen ab, an der einen Hand seinen Sohn, in der anderen einen Koffer mit Armbanduhren. Es waren Markenuhren, sie waren preiswert und nicht geklaut. Wem er das aber erklärte, der lachte nur. Alles war geklaut, und nichts funktionierte lange. Man kaufte auf der Straße eine Uhr, die zwei Tage später schon nicht mehr tickte, und der Händler war über alle Berge. Nur ein Dummkopf war in diesen Zeiten ehrlich. Wie Josef Berger es schaffte, seinem Sohn jeden Tag wenigstens eine warme Mahlzeit hinzustellen, wußte er oft selbst nicht.

»Na, du Clown«, riefen sie vom Baugerüst herunter, »zeig mal her, was du da zusammengeklaut hast.«

Sie ließen die Uhren von Hand zu Hand wandern, boten lächerliche Preise oder wollten sie geschenkt haben. Am Ende konnte Josef Berger schon froh sein, wenn er sie wieder in seinem Koffer verstaut hatte. Für sie war er auch nur einer dieser Gauner, die jeden Tag auftauchten.

Gustav hörte die Männer in einem Ton mit seinem Vater sprechen, wie noch nie jemand mit ihm gesprochen hatte. Gleich würde er, hoffte Gustav, ein paar von ihnen verprügeln.

»Komm morgen wieder, dann aber mit Damenuhren«, schrie einer.

»Oder Unterwäsche«, grölte ein anderer.

»Pack dein Gelumpe zusammen«, schrie der Polier den Vater an, »und halte meine Leute nicht von der Arbeit ab.«

Am Abend saß Gustav am Tisch, kaute auf Kartoffeln herum und wagte nicht, seinen Vater anzuschauen. »Ich bin müde«, log er, legte sich nach dem Essen gleich ins Bett, das Gesicht zur Wand gedreht, damit er nicht die Augen zumachen mußte. Bevor er einschlief, fielen ihm die leeren Bierflaschen neben der Baracke des Poliers ein. Am liebsten wäre er gleich losgerannt.

4

Der Mann hieß Werner Karst, hatte den Krieg unverletzt überstanden und war froh, als er die beiden Türme der Frauenkirche wiedersah. Der Blick hinauf zum Himmel diente nicht der Einstimmung zu einem Dankgebet, sondern überzeugte ihn lediglich davon, daß es in den nächsten Stunden nicht regnen würde. Und so machte er sich auf den Weg nach Hause zu seiner Frau, einen langen Fußmarsch, den er nur einmal unterbrach, um sich an einem Brunnen zu erfrischen. Nach fünf Stunden hatte er Ottobrunn, einen Vorort Münchens, erreicht.

Als er die Wohnung betrat, rief er »Ich bin's!«, aber es kam keine Antwort. Die Küche war leer, im Wohnzimmer war auch niemand. Mit einem »Niemand hier?« öffnete er die Tür des Schlafzimmers.

»Allmächtiger!« Er schloß die Augen.

Auf dem Bett lag seine Frau in den Armen eines Mannes, auf

dessen Uniformjacke die Rangabzeichen der amerikanischen Armee glänzten.

»Allmächtiger!« stotterte er wieder, als seine Frau vom Bett aufstand, ihren Morgenmantel überzog und ihn, beide Arme nach vorne gestreckt, aus dem Schlafzimmer zurück in die Wohndiele zu dirigieren versuchte. Aber das war nicht mehr nötig. Werner Karst hatte sich bereits umgedreht. Den gleichen Weg, den er gekommen war, ging er wieder zurück. Als er an einem Gefängnis vorbeikam, blieb er stehen, schaute zu den vergitterten Fenstern hinauf und träumte von einer Zelle, in der er sich schlafen legen konnte, um nie mehr aufzuwachen.

Wie benommen ging er auf die Pforte zu und hörte sich fragen, ob es hier für ihn Arbeit gäbe. Eine Stunde später hatte er eine Anstellung als Hilfsaufseher. Seine erste Amtshandlung war, sich selbst in eine Zelle einzusperren, sich auf die Pritsche fallen zu lassen und die Augen zu schließen.

Vier Jahre später war er zweimal befördert worden, mit der Aussicht auf eine Karriere als Beamter, sobald er die mittlere Reife nachgeholt haben würde. Also hatte er einen Abendkurs an der Volkshochschule belegt und büffelte an freien Abenden – mit Ausnahme des Donnerstag, denn da gönnte sich Werner Karst das Vergnügen, ins »Café Wien« zum Tanztee zu gehen, wo er regelmäßig eine Frau traf, die Vera Berger hieß und wie er eine schiefgegangene Ehe hinter sich hatte. Sie war ihm aufgefallen, weil sie keinen Tanz ausließ. Da er sich auch für einen guten Tänzer hielt, faßte er sich ein Herz, sobald an der Säule neben der Tanzfläche das rote Lämpchen »Herrenwahl« anzeigte.

Es war nicht leicht, als erster an ihrem Tisch zu sein. An den letzten Donnerstagen waren ihm zwei Herren aufgefallen. Mal flirtete sie mit dem einen, mal mit dem anderen. Sie selbst, wenigstens hoffte Werner Karst das, schien keine ernsten Absichten zu haben. Auf das grüne Licht, also »Damenwahl«, reagierte sie nie. Da ging sie ihre Frisur richten oder drehte die Nähte ihrer Seidenstrümpfe gerade; sie wollte, je älter sie wurde, endlich wieder jung sein dürfen.

Karst ließ sie nicht mehr aus den Augen. Wenn sie sich beim Tanzen unterhielten, so redeten sie gerade so viel, daß keiner etwas von sich verraten mußte. Er beschränkte sich auf langsame Walzer und genoß jede Minute, die er sie in den Armen hielt. Die übrige Zeit nutzte er, um mehr über die beiden Männer herauszufinden. Der eine, ein japanischer Geschäftsmann, fuhr einen Mercedes, der andere, ein Bayer, einen Opel Laubfrosch. Viel Hoffnung machte Karst sich nicht, denn er kam mit dem Fahrrad.

Trotzdem entschloß er sich, anstelle einer Liebeserklärung, die ihn die Zunge gekostet hätte, etwas von seinem knappen Gehalt in einen Strauß Nelken zu investieren. Mit dem erschien er an ihrem Tisch. Der Japaner erhob sich. »Aoki Shibuya. Angenehm.« Und fügte zu seiner Tischdame gewandt hinzu: »Meine Verlobte!«

Diese Art Überraschungen hatte Vera Berger noch nie leiden können, erst recht nicht im Beisein eines Herrn, der ihr von Woche zu Woche besser gefiel. »Bilden Sie sich nur mal nicht soviel ein, mein Lieber!«

Am selben Abend geschah es, daß Werner Karst sein Fahrrad stehen ließ und Vera Berger nach Hause begleitete.

Auf halbem Weg blieb sie stehen. »Sagen Sie mal, haben Sie nicht wenigstens ein Fahrrad?«

»Ja, doch. Vor dem Café steht es.«

»Und wieso lassen Sie mich dann zu Fuß gehen?«

Sie gingen den ganzen Weg wieder zurück. Vera Berger setzte sich hinten auf den Gepäckträger. »Halten Sie sich gut fest!« riet er ihr. Und das tat sie.

Als der Sommer vorbei war, hatten sich beide ineinander verliebt. »Du warst halt stur«, gab sie zur Antwort, als er wissen wollte, warum sie sich ausgerechnet für ihn entschieden hatte.

Geheiratet wurde 1950. Auf die Chancen ihrer Ehe angesprochen, pflegte Vera zu antworten: »Wir bleiben so lange verheiratet, wie es dieser Mann bei mir aushält.« Dabei schaute sie ihn an und schien ihn mit einem Lächeln an etwas erinnern zu wollen, wovor sie ihn nach dem ersten Kuß gewarnt hatte: »Aber mit mir, mein Lieber, ist nicht zu spaßen!«

Werner Karst war trotzdem glücklich, auch dann noch, als Veras geschiedener Mann mit dem inzwischen elfjährigen Gustav erschien, und ihn, wie das Jugendamt entschieden hatte, ihrer Fürsorge übergab.

»Lies das, Junge, damit ich mir später nie Vorwürfe anhören muß«, hatte Josef Berger gesagt und Gustav den Brief zu lesen gegeben, den das Jugendamt ihm geschickt hatte. Am meisten gefiel ihm, daß da stand, er stelle für seine gleichaltrigen Kameraden eine Gefahr dar.

Zwei Tage vor der großen Reise in einen anderen, ihm völlig unbekannten Stadtteil, räumte Gustav seine Schätze aus dem Versteck in der Ruine: Cowboyhefte, zwei Serien Zigarettenbildchen, eine Rolle Schnur, eine Postkarte mit einer Frau, die nichts anhatte, drei Stück parfümierte Seife, drei Markstücke und eine Blechdose mit Zigaretten, sechs echten amerikanischen Zigaretten.

Alle Jungs waren da. Sein Abschied mußte sich sogar bis zu den Mädchen herumgesprochen haben. Niemand wollte etwas verpassen.

»Wir wollten nur mal sehn, was ihr hier treibt«, sagte die dicke Marianne. Eine andere hieß Helga, die noch eine Freundin mitgebracht hatte. Helga war eine Wucht, wenigstens fand Gustav das, aber er war immer viel zu schüchtern gewesen, sich allein mit ihr zu treffen. Ihr schenkte er die Serie »Geheimnisvoller Orient« mit Palmen, Kamelen und Pyramiden. Auf die Idee hätte ich früher kommen können, dachte er, als er sah, wie sie sich freute.

Dann nahm er ein Stück Seife. »Wer von euch den Rock hebt, der schenk ich die Seife.«

Den Jungs stockte der Atem. Ein paar lachten nervös und hörten wieder auf, als keines der Mädchen rot wurde.

»Ich!« Die dicke Marianne hob ihren Rock.

»Dich hab ich aber nicht gemeint«, sagte Gustav.

Alle lachten.

Gustav schaute Helga an. »Mach du's!«

Man hätte eine Maus schlafen hören können, so still war es jetzt.

»Spinnst du?« Sie blies ihre Haare aus der Stirn, nahm ihre

Freundin bei der Hand und ging. Hinter ihnen her rannte die dicke Marianne.

Das war eine Abfuhr, und für alle eine Überraschung. Noch nie hatte jemand widersprochen, wenn Gustav etwas verlangt hatte.

Um die Aufmerksamkeit seiner Spielkameraden von der Blamage abzulenken, zerriß er die Postkarte mit der nackten Frau. »Selbst schuld, die blöde Kuh«, stellte er fest, steckte die Seife in seine Tasche und öffnete die Blechdose. »Wer will 'ne Zigarette?« Er nahm eine Camel heraus und ließ sich von Kraus-Schorschi Feuer geben. Dann verteilte er die restlichen fünf. »Aber richtig auf Lunge!« befahl er.

Der Zeder-Berti kotzte als erster. Und der Kraus-Schorschi, der immer noch nicht richtig gewachsen war, fing zu weinen an, als er in die Hosen machte. Daran werden sie länger denken als an meine Blamage, freute sich Gustav, steckte das Geld in die Jackentasche, ließ alles andere auf dem Boden liegen und haute ab.

Er hatte Verspätung. Wenn er zu spät kam, gab's zuhause immer eine Abreibung mit dem Gasschlauch. Jetzt war er schon eine halbe Stunde überfällig, trotzdem sagte sein Vater nur: »Setz dich hin und iß.« Nur noch zwei Tage, da war selbst Josef Berger gnädig.

Das brachte Gustav auf die Idee, die drei Stück Seife seinem Vater zu schenken, als Abschiedsgeschenk sozusagen.

»Wo hast du die denn geklaut?« fuhr der ihn an.

»Die hab ich gekauft«, log Gustav.

»Und von welchem Geld?«

Schon hatte Josef Berger das Ende des Gasschlauches in der Hand, packte seinen Sohn am Kragen und drosch ohne allzuviel Beherrschung auf ihn ein.

5

Gegen das ärmliche Zimmer in der Dachauer Straße, das auch sechs Jahre nach Kriegsende noch immer wie eine Notunterkunft wirkte, war die Zweizimmerwohnung in Ramersdorf ein richtiges Zuhause mit weißen Wänden, einem Vorhang vor jedem Fenster, einer eigenen Küche und einem Badezimmer mit Dusche. In seiner neuen Umgebung erschien Gustav alles auf Anhieb irgendwie »richtig«: Er war nun in einer richtigen Familie, mit einer richtigen Mutter, einem Vater, der zwar nicht sein richtiger Vater war, dafür aber einer richtigen Arbeit nachging, und auch einen kleinen Bruder hatte er, der Peter hieß, Peter Karst, Karst wie sein Stiefvater – und wie seine Mutter. Die hieß jetzt gar nicht mehr wie er. Es war ihm unangenehm, wenn er den Lehrern vor der Klasse erklären mußte, warum er nicht Karst, sondern Berger hieß.

Er einigte sich mit seinem neuen Vater darauf, ihn »Onkel Werner« zu nennen, was ihm leichtfiel, weil er ihm tatsächlich wie ein Onkel vorkam. Der schimpfte nicht einmal, wenn Gustav überhaupt nicht zum Essen erschien.

Wenn seine Eltern ins Kino gingen, mußte er auf sein Brüderchen aufpassen. Bald hatte Gustav den Bogen raus, wie Peter zu behandeln war: Er verabreichte ihm ein paar Tropfen Cognac, und der Kleine schlief die nächsten Stunden tief. Zeit genug, noch eine Runde um den Block zu drehen. Was interessierten ihn kleine Kinder. Er bestritt, selbst jemals klein gewesen zu sein.

Niemand sprach über seinen Vater. Gustav vermißte ihn so wenig, wie er zuvor seine Mutter vermißt hatte. Für die Nachbarn war er jetzt der Sohn eines angesehenen Inspektors, und darunter stellten sich die Leute ein Kind vor, das Blockflöte lernt und darum kämpft, im Klassenzimmer in der ersten Reihe sitzen zu dürfen.

Seine Bühne war der Fußballplatz. Zuschauer gab es dort genug. Vor allem wollte er einem Mädchen imponieren, hinter dem alle her waren. Was er bisher hatte haben wollen, hatte er entweder gestohlen oder sich sonstwie ergaunert. Aber wie bekam man ein Mädchen? Er hatte mit ihr einen Kußrekord aufgestellt, sieben Minuten lang, die anderen hatten die Zeit gestoppt. Seitdem galten sie als Liebespaar, aber darunter hatte er sich immer mehr vorgestellt. Er dachte von morgens bis abends daran, wie er sie rumkriegen konnte. Er wollte sie dort anfassen, wo sie einen Büstenhalter trug. Als er sie endlich soweit hatte, daß sie sich mit ihm treffen wollte, ohne andere Jungs und ohne ihre Freundinnen, zog sie mit ihren Eltern nach Pasing. Wenn er sie dort besuchen würde, wußte sie, daß er in sie verliebt war. Das aber brauchte sie nicht zu wissen. Lieber war er nicht verliebt.

Kurze Zeit später zogen auch die Karsts weg von Ramersdorf. Neben der Strafvollzugsanstalt Stadelheim hatte die Stadt zwei Wohnblocks errichtet, für die Gefängnisbediensteten und ihre Familien. Komfortable Dreizimmerwohnungen! Noch nie hatte Gustav im warmen Wasser einer Badewanne gelegen.

Werner Karst genoß hier als der ranghöchste Beamte bei allen Nachbarn Respekt, und seine Frau wurde mit »Frau Inspektor« gegrüßt.

Vom Fenster seines Zimmers konnte Gustav auf das Gefängnis schauen. Viel war nicht zu sehen. Die kleinen vergitterten Fenster. Rundherum eine hohe Mauer. Und nachts die Scheinwerfer.

»Wenn du dich nicht besserst, landest du auch einmal dort«, sagte Josef Berger, während Vera Karst gerade Gustavs Geburtstagstorte anschnitt.

»Was muß man denn anstellen, um dort zu wohnen?« wollte Gustav wissen.

»Etwas Unrechtes«, antwortete Onkel Werner. »Da kommen alle hin, die etwas ausgefressen haben.«

»Holt einen dann die Polizei?« Gustav wußte nicht, welchen der drei Erwachsenen er anschauen sollte, also starrte er das Stück Torte an und schob dann den Teller weg.

»Das hast du nun von deinem Gerede«, schimpfte Frau Karst. »Dem Kind angst machen!«

»Wär schön«, antwortete Josef Berger, »wenn er wenigstens vor irgend etwas Angst hätte.«

Gustav sagte nichts. Angst hatte er nur davor, daß sein Vater ihn zwingen könnte, mit ihm wieder in seiner Natur rumzulatschen. Vorsorglich erzählte er ihm, daß er sonntags als Ministrant arbeite. »Zehn Pfennig für eine Messe, aber Hochzeiten und Beerdigungen werden extra bezahlt. Gut, nicht?«

»Und was machst du mit dem Geld?«

»Weiß nicht!« Die paar lumpigen Pfennige, dachte Gustav.

Mit zwei Freunden beschloß er deshalb, das Kupferdach der Kirche, eines Behelfsbaus neben der zerbombten Hauptkirche, abzuräumen. Es war nicht schwer, nach Einbruch der Dunkelheit hinaufzuklettern, die Nieten mit Zangen zu lösen und dann das aufgelegte Kupfer abzurollen. Ein besseres Versteck als die Kirchenruine hätte er nicht finden können. Ohne die geringste Angst betrat er am nächsten Morgen die Pfarrei, um sich zu erkundigen, wann er wieder gebraucht würde.

»Gustav, du kannst gleich wieder nach Hause gehen, hier waren Verbrecher am Werk.« Der Pfarrer zeigte ihm das abgedeckte Dach. »Und da es reinregnet«, fügte er hinzu, »fällt Sonntag die Messe aus.«

Des Pfarrers heilige Ratlosigkeit bewies, daß die Täter unerkannt geblieben waren. Gustav stotterte ein paar bedauernde Worte und verdrückte sich.

Das Kupfer brachten sie eine Woche später zu einem Eisenhändler nach Ramersdorf. Leider hatte sich die Ungeheuerlichkeit inzwischen herumgesprochen. Sogar die Zeitungen hatten darüber berichtet. Zum Schein ging der Schrotthändler auf den Kauf ein, aber Gustav spürte, daß etwas nicht stimmte und daß sie so schnell wie möglich abhauen mußten. Die heiße Ware ließen sie liegen.

Am nächsten Tag erschien der Schuldirektor in der Klasse. »Berger, Strohbach, Schweikert ...«

Draußen wartete bereits die Polizei, und auch seine Mutter war schon da.

6

Das vorletzte Schuljahr war zu Ende, und mit dem Zeugnis, das bis auf Rechnen und Sport ungenügend war, kam auch ein Brief der Schulleitung. Gustav mußte die Schule verlassen. Selbst das Ansehen seines Stiefvaters hatte nichts mehr geholfen.

Drei Tage später holte sein richtiger Vater ihn ab. Seine alte Schule in der Gabelsbergerstraße hatte sich bereit erklärt, ihn für das letzte Schuljahr erneut aufzunehmen. Zur Freude seiner alten Kumpels und zum Entsetzen der Nachbarn ließ Gustav nach seiner Rückkehr erst gar keine Hoffnung aufkommen, daß er sich gebessert haben könnte. Er war jetzt bald vierzehn, da war er sich andere Sachen schuldig, als Mitschülern das Pausenbrot zu klauen.

Er träumte davon, abzuhauen, irgendwohin, jedenfalls weit weg und für immer. Er brauchte nur noch einen, der mitmachte.

Gustav entschied sich für den sechzehnjährigen Probst-Hansi, mit dem er, ganz nach Plan, die letzten Tage nur deshalb den Unterricht geschwänzt hatte, um ihm mit einer ausgedachten Geschichte die nötige Angst einjagen zu können.

»Weißt du, daß die Polizei hinter uns her ist?«

»Die Polizei?«

»Weil wir die Schule geschwänzt haben. Bei mir zu Hause waren sie schon. Ich hab's unten von der Treppe aus gehört, wie sie nach mir und nach dir gefragt haben! Nach dir auch.«

»Schöne Scheiße«, stöhnte Hansi. »Und jetzt? Was sollen wir jetzt machen?«

Gustav hatte ihn da, wo er ihn haben wollte. »Abhauen, bevor sie uns schnappen!«

»Und wann?«

»Jetzt gleich.«

Nach einer Schrecksekunde hatte der Gedanke nichts Verrücktes mehr an sich. »Aber wir brauchen doch Geld?«

Auch daran hatte Gustav schon gedacht. »Zuerst besuchen wir eine Tante von mir, draußen am Wörthsee, und klauen was. Das ist sowieso nicht meine richtige Tante, ich sag nur so.«

Hansi kriegte den Mund nicht mehr zu, als Gustav nach dem Besuch in die Tasche griff. Die Beute betrug einhundertzwanzig Mark. Damit war auch er von der Idee einer Reise um die Welt völlig überzeugt.

»Und jetzt kassieren wir deine Oma ab!« Hatte Hansi nicht erzählt, daß ihr am Ammersee ein Kiosk gehörte? »Die hat doch auch Geld, oder?«

Hansi war nur einverstanden, weil er Gustav, der zuerst gestohlen hatte, etwas schuldig war. »Brechen wir lieber ein, dann brauch ich ihr keine Lügen zu erzählen.«

Nachts war es einfach, den Kiosk zu knacken. Sie nahmen nicht nur das Geld aus der Kasse, insgesamt neunzig Mark, sondern auch belegte Brötchen, Schokolade, zwei Flaschen Sprudel, Gummibärchen und Zigaretten mit – und liefen zu einer Scheune, wo Gustav schon einmal mit seinem Vater übernachtet hatte.

Die Reise war am nächsten Mittag zu Ende. Sie hatten gerade in einem Gasthof eine Portion Schweinebraten bestellt, als die Tür aufging und zwei Polizisten hereinkamen.

Sie wurden in das Feuerwehrhaus der Gemeinde gesperrt und abends von ihren Eltern abgeholt.

Gustav wunderte sich. Es gab weder Prügel, noch hielt er ihm sein Vater eine Standpauke. »Geh ins Bett!« war alles, was er sagte, bevor er sich vor die Staffelei stellte.

Der Schuldirektor betrachtete den Fall nüchtern und hatte dabei in Josef Berger einen Zuhörer, der ihm nicht widersprach: »Der Junge treibt hier alle zur Verzweiflung.«

»Wem sagen Sie das.«

»Seine Lehrer getrauen sich kaum noch in die Klasse, weil sie Angst haben. Sogar Schläge soll er, wie mir berichtet wurde, einigen schon angedroht haben. Sie werden verstehen, Herr Berger, daß wir uns das nicht länger bieten lassen können, auch wegen der Auswirkungen, die das auf andere Schüler hat.«

Josef Berger nickte. »Wird er denn seinen Abschluß überhaupt schaffen?«

»Nun«, sagte Dr. Stein und blätterte in seinen Unterlagen, »eigentlich könnte er es schaffen. Wie gesagt, vorausgesetzt, wir bringen die Geduld auf, ihn bis dahin zu ertragen.«

»Ich werde mir meinen Sohn einmal richtig vorknöpfen«, schlug Josef Berger vor, »und zwar, wenn Sie gestatten, gleich im Schulhof. Sollen ruhig alle sehen, daß es eine Grenze des Zumutbaren gibt.«

Dr. Stein war Pädagoge genug, den Vorschlag ausgezeichnet zu finden. Eine öffentliche Züchtigung würde Gustav vor aller Augen lächerlich machen. Dr. Stein sah darin allerdings nur den ersten Schritt. »Außerdem werde ich mich mit seinen Lehrern dahingehend verständigen, daß der Junge fortan unbeachtet bleibt, keine Hausaufgaben, keine Beteiligung am Unterricht mehr, und die Schulbank hinten an der Wand, von den anderen getrennt.«

»Wie Sie wollen, jedenfalls bedanke ich mich, daß Sie meinem Sohn die Chance lassen, den Schulabschluß zu machen.«

»Was will er denn eigentlich nach der Schule anfangen?«

»Wenn's nach ihm geht, eine Lehre bei Mercedes. Autoschlosser.«

»Da herrscht aber großer Andrang. Soviel ich aus den Berufswünschen meiner Schüler ersehen kann«, Dr. Stein studierte den Inhalt einer anderen Akte, »haben sich von einhundertfünfzig Schülern der achten Klassen bereits siebzig bei Mercedes beworben. Und vergessen Sie nicht die Jahrgänge der anderen Münchner Schulen. Und Mercedes bietet, soweit ich informiert bin, überhaupt nur dreißig Lehrstellen an.«

Die Schulglocke läutete.

Vor den Augen der versammelten Schüler verabreichte Josef Berger seinem Sohn eine solche Tracht Prügel, daß dem noch vier Tage lang davon schlecht war. Mehr als alles schmerzte ihn allerdings, daß alle ihn ausgelacht hatten.

Einen Monat vor der Überreichung der Zeugnisse fanden die Prüfungen bei Mercedes statt. Die Schulleitung hatte jedem Schüler, der sich um eine Lehrstelle beworben hatte, einen Tag freigegeben. Die Prüflinge mußten einen Fragebogen ausfüllen, einen

Reaktionstest über sich ergehen lassen und dann einen Eisenwürfel feilen, danach wurde er mit der Bemerkung, man würde der Schule das Ergebnis mitteilen, nach Hause geschickt.

Gustav wollte alles andere als Mechaniker werden, freute sich aber trotzdem, in einer so berühmten Firma vielleicht angestellt zu werden. Er gab sich also einigermaßen Mühe mit seinem Eisenwürfel. Daß er den Reaktionstest bestanden hatte, bezweifelte er nicht den Bruchteil einer Sekunde.

Als die Prüfungsergebnisse vorlagen, herrschte im Lehrerkollegium Ratlosigkeit. Nur zwei Schüler der Abschlußklassen waren genommen worden, und darunter ausgerechnet Gustav Berger. Die Lehrer fühlten sich vor den Kopf gestoßen. Mit Widerwillen nahmen sie zur Kenntnis, daß jenseits der Mauern, die einen Schulhof begrenzen, eine Welt wartete, die offenbar ganz andere Begabungen verlangte.

7

Egal, ob er gerade bei seiner Mutter oder seinem Vater übernachtete, Gustav stand jeden Morgen um sieben Uhr auf, wusch sich, frühstückte und verließ das Haus. Zum Arbeiten hatte er keine Lust. Er genoß die späten, noch warmen Tage des Sommers lieber unten an der Isar oder in Gesellschaft anderer Jungs, deren Treffpunkt der Bahnhof war. Manchmal tauchte er auch gleich beim Hasenbergl-Rolfi auf und haute sich dort wieder ins Bett; dessen Bude war sturmfrei, weil sein Vater tot und die Mutter berufstätig war.

Nach fünf Wochen schickte Mercedes die Kündigung. Gustav wechselte als Lehrling zu einer Tankstelle.

Für alles brauchte man Geld. Gustav konnte gar nicht soviel auf anständige Art verdienen, wie er plötzlich brauchte. Das Nötigste klaute er sich zusammen: aus einem Amischlitten vor der McGraw-Kaserne eine Bomberjacke, in einem Kaufhaus am Stachus ein Paar

Schuhe, in einem Bekleidungshaus einen Pepita-Anzug und vier weiße Hemden. Alles an Gustav glänzte.

Zu Beginn des Herbstes vermittelte ihn das Arbeitsamt an eine Firma, die Weihwasserkessel, betende Hände, Kruzifixe und Madonnenköpfe herstellte. Nachdem er seinen Vater bei einem ersten Vorstellungsgespräch als Porträtmaler hingestellt hatte und sich selbst als dessen eifrigen Schüler, landete er, wie gehofft, bei den Madonnen. Er mußte mit einem Stahlbolzen vorgefertigte Linien stanzen, also die Form herausarbeiten, was ihn bald derart langweilte, daß er selbst künstlerisch tätig wurde – und ihnen der Reihe nach ein frivoles Lächeln oder einen fragwürdigen Augenaufschlag verpaßte. Bald hatte er die Produktion auf Schmollmünder und Schlafzimmerblick umgestellt oder, wenn ihm morgens noch der Schädel brummte, auf schiefe Nasen und schielende Augen. Wieder stand er vor dem Rausschmiß, gelobte aber Besserung, da die Lehrstelle für ihn ein paar praktische Vorzüge hatte: In der Werkstatt war es warm und trocken, während es draußen seit Wochen in Strömen goß; dazu kam, daß er seinem Vater imponieren konnte: schließlich übte er jetzt einen künstlerischen Beruf aus, was es leichter machte, wieder bei ihm in der Dachauer Straße zu wohnen, und von dort war es ein Katzensprung bis zum Bahnhof. Dort hatte er inzwischen Mann-Helli kennengelernt, einen Rumtreiber, der klauen ging. Er half ihm, sein erstes Moped kurzzuschließen.

Danach verging kein Tag mehr, an dem Gustav sich nicht ein Moped oder Motorrad besorgte. Allmählich hatte er den Dreh raus: kurzschließen, Tank leerfahren, stehenlassen.

Im Bahnhofsviertel lernte er auch anderes. Wichtig war die nächste Sekunde, der erste Schlag, das schnelle Abhauen. Wer an einem Zigarettenautomaten vorbeiging, ohne ihn auszuräumen, konnte nicht bei Verstand sein. Wer den Mut nicht hatte, nachts in Geschäfte einzubrechen, wurde verachtet. Wer bei Prügeleien nicht wenigstens ein blaues Auge riskierte, galt als Feigling. Bei den Mädchen hatten Feiglinge keine Chance; um bei ihnen landen zu können, mußte man außerdem auch noch tanzen können. Wer das konnte, in den verliebten sie sich am ehesten.

Stundenlang trainierte er Rock 'n' Roll beim Hasenbergl-Rolfi. Der hatte Platten von Elvis Presley, Gene Vincent, Buddy Holly und Chuck Berry – und aufdrehen konnte er die Scheiben auch, weil die Bude ja sturmfrei war. Gustav hatte sich einen Gürtel geklaut, band ihn an die Türklinke und lernte tanzen, zwanzigmal »Johnny B Goode«, bis er es drauf hatte.

Für eine ordentliche Berufsausbildung war da keine Zeit mehr. Sein Chef wurde mit seiner Arbeit immer unzufriedener, denn Gustav war dazu übergegangen, die Madonnen im Zwölfvierteltakt zu stanzen.

Seinem Vater hatte er als Zeichen seiner moralischen Genesung – zum Geburtstag ein besonders frommes Exemplar geschenkt, und zwei Tage später klaute er zusammen mit einem Freund den Safe der Firma, eine Stahlkassette, schaffte sie erst einmal auf ein Ruinengrundstück und vergrub sie da.

»So macht man das!« erklärte Gustav.

Ihm war klar, daß ihn die Firma am nächsten Morgen als ersten verdächtigen würde.

»Du glaubst doch nicht, daß du mit deinen Ausreden durchkommst«, drohte ihm sein Chef. »Erst hast du dort oben das Fenster eingeschlagen, dann die Schublade aufgebrochen und dann die Kassette an dich genommen.«

Genau so hatten sie gemacht. Aber die Polizei konnte den Sachverhalt nur zu Protokoll nehmen, denn nachzuweisen war dem Beschuldigten vorerst nichts. Es stand Aussage gegen Aussage.

»Junge, du solltest es besser zugeben! Mit einem reinen Gewissen wäre dir wohler.«

Die Stimme seines Gewissens hatte Gustav nur geraten, sich nicht schnappen zu lassen.

Wenn Gustav und seine Freunde nicht die Bahnhofsgegend unsicher machten, trafen sie sich an der Isar. Ihr Revier war das Ufer zwischen der Fraunhofer- und Reichenbachbrücke, im Volksmund auch »Arbeiterriviera« genannt.

Oben auf der Brücke stand ein Polizeiwagen, um das Ufer beobachten und, sollte es zu Krawallen kommen, Verstärkung anfordern zu können. Die Zeitungen sprachen von skandalösen Zuständen. Der Polizeipräsident war gezwungen, eine Pressekonferenz einzuberufen, und versprach, unnachsichtig gegen die Jugendbanden vorzugehen und die Zahl der Einsätze seiner Beamten zu verdoppeln.

»Mitkommen!« Die Polizisten waren zu viert, und jeder von ihnen hatte einen am Arm gepackt. Unterwegs zum Präsidium fiel Gustav ein, daß abends im Löwenbräukeller Rock 'n' Roll gespielt wurde.

Mitten in das Verhör platzte ein Polizist, der ihn am Morgen bereits im Büro bei Arnimsberger & Herb vernommen hatte. »Dauerkunde, was?«

»Ich bin unschuldig«, beteuerte Gustav.

»Klar doch, schon wieder unschuldig.«

»Völlig unschuldig«, bestätigte Gustav.

»Beruf?«

»Mal dies, mal das.«

Der Beamte hob seinen Kopf. »Mal klauen, mal stehlen.«

Gustav schaute auf die Uhr an der Wand. In drei Stunden traten Peter Kraus und Tommy Kent auf.

»Mach nur weiter so, Junge«, bedauerte ihn der Beamte, bevor er ihn laufen ließ, »dazu sind wir ja schließlich da, um Typen wie dich aus dem Verkehr zu ziehen.«

8

Sein Vater weckte ihn. »Aufstehen und anziehen!«

Gustav sah einen fremden Mann im Zimmer stehen. »He, Pap, was ist denn los?«

»Zieh dich an. Du kommst ins Erziehungsheim!«

»Erziehungsheim?« Er gähnte. »Warum denn?«

»Weil du deinem Vater nicht gehorchst«, mischte sich der Mann ein. An Josef Berger gewandt, sagte er: »Hier unterschreiben!«

»Mal langsam«, beschwerte sich Gustav, »was soll ich denn jetzt schon wieder angestellt haben?«

»Dort, wo du hinkommst, wirst du genügend Zeit haben, darüber nachzudenken.«

Es wäre Gustav glatt ein Päckchen Zigaretten wert gewesen, hätte er jetzt nur eine Minute mit seiner Mutter sprechen können. »Weiß die Mama das?«

»Du kannst ihr ja einen Brief schreiben.«

»Ich hab nichts getan«, versuchte Gustav dem Mann, der ihn zum Bahnhof brachte, klarzumachen. »Mein Vater hat überhaupt nicht das Recht, mich ...«

»Das Heim wird dir guttun, Junge.«

»Ich bin fünfzehn und erwachsen«, protestierte er. Er dachte daran, sich loszureißen, sagte aber nur: »Wetten, Sie würden mich nie einholen, wenn ich jetzt abhauen würde?«

Er wollte es gerade versuchen, als er wie angewurzelt stehenblieb. Sie hatten um die Ruine, in der die Stahlkassette versteckt war, einen Bauzaun errichtet.

Im Zug waren sie zu dritt: Gustav, ein etwas älterer Junge, der sich »Gandhi« nannte, und ein Aufseher in Zivil, ein gemütlich und gutmütig wirkender Mann von etwa fünfundfünzig Jahren, der den Auftrag hatte, sie sicher abzuliefern. »Wir werden schon miteinander auskommen«, sagte der Mann, wickelte ein Brot aus, faltete das Papier zusammen, steckte es in seine Tasche zurück, nahm seine Stulle in die Hand, betrachtete sie von beiden Seiten und biß schließlich hinein, wobei er beide Augen schloß. Als er sie wieder offen hatte, fing er an zu kauen. Als er den ersten Bissen geschluckt hatte, sagte er: »Macht euch keine Sorgen, Kinder, ihr seid auch nicht schlechter dran als andere.«

Gustav überlegte, daß es nicht schwer sein könnte, am nächsten Bahnhof zu türmen; der alte Mann konnte kein Problem sein. Er mußte unbedingt die Stahlkassette mit den Lohngeldern retten, bevor Bauarbeiter sie fanden. »Sie denken sicher, daß ich was Schlimmes ausgefressen habe, oder?«

»So wie du aussiehst, hast du wahrscheinlich deinem Vater freche Antworten gegeben, die Schule geschwänzt und dich rumgetrieben, aber das haben wir, glaub mir, mein Junge, früher auch getan.«

»Und warum sind Sie dann jetzt so ein ...«

»... beschissener Beamter?« Der Mann lachte, biß wieder in seine Stulle, kaute und schüttelte den Kopf. »Dabei wollte ich einmal ganz etwas anderes werden. Polarforscher. Ich wollte Polarforscher werden. Nordpol oder Südpol, Hauptsache Polarforscher.«

»Ich will gar nichts werden«, antwortete Gustav. Er wollte Zeit gewinnen, um sich einen Plan zur Flucht auszudenken. »Darf ich rauchen?«

»Wenn du willst.«

Gustav zündete sich eine Zigarette an. »Ihnen sind doch sicher schon mal welche entwischt?«

»Du meinst, ob ich mal Schwierigkeiten hatte?«

»Wenn ich jetzt auf Sie losgehen würde, hätten Sie keine Chance.«

Ein Pfiff der Lokomotive weckte Gandhi auf, der gähnend in die Runde blickte. »Worum geht's?«

»Daß wir uns das nicht gefallen lassen.«

»Wieso, willst du türmen?«

»Du etwa nicht?«

»Nein!« Gandhi schlief wieder ein.

»Kann ich mal Ihre Pistole sehen.« Gustav deutete mit dem Kinn auf die offene Tasche.

»Wozu soll ich denn so was brauchen?«

Gustav antwortete nicht. Er wollte nicht mehr reden, sondern nach München zurück.

»Weißt du, daß ich Gedanken lesen kann? Kannst du das auch?«

»Klar kann ich das. Sie denken, daß Sie mich auf die freundliche Tour rumkriegen, damit ich nicht abhaue.«

»Alles andere wäre ja auch dumm von dir. Warte doch bis heute abend.«

»Wieso heute abend?«

»Weil ihr heute abend gleich Ausgang bekommt. Heute ist Mittwoch.«

»Sie meinen, die geben uns heute abend gleich frei?«

»So ist es, mein Junge.«

Gustav verschob seine Pläne auf den Abend.

Mit der Einweisung in die Erziehungsanstalt Landau war Gustav Berger als »schwererziehbares Kind« amtlich anerkannt. Schwererziehbar war ihm eigentlich noch zuwenig. Als hoffnungsloser Fall gefiel er sich am besten. Nur war ihm gleich nach seiner Ankunft speiübel vor Wut, daß ihn der alte Mann, dieser Pfeifenkopf von Polarforscher, angeschmiert hatte. Von wegen am Abend gleich Ausgang. Er schwor sich, nie mehr einem Erwachsenen zu glauben, auch wenn er noch so freundlich tat.

»Ist hier immer so ein Scheißwetter?« begann Gustav die Unterhaltung. Der Anstaltsdirektor war genau der Typ, den er erwartet hatte, freundlich und höflich.

Der Direktor tat so, als habe er diese Bemerkung überhört, blätterte in einer Akte und nahm dann umständlich seine Brille ab. »Wir werden nun genügend Zeit haben, aus dir einen anständigen Jungen zu machen.«

Als Summe all seiner Zweifel, daß dies jemals jemandem gelingen könnte, ließ Gustav einen Furz.

Der Direktor kritzelte etwas auf ein Stück Papier und stand auf, um das Fenster, das er gerade erst wegen eines beginnenden Gewitters geschlossen hatte, wieder zu öffnen. »Ich merke schon, wir werden viel Vergnügen haben miteinander. Glaubst du nicht?«

»Wie bitte?« Auf alle Fragen, nahm Gustav sich vor, würde er immer nur mit »Wie bitte?« antworten.

Aber dazu bekam er keine weitere Gelegenheit, denn der Direktor rief einen Beamten ins Zimmer. »Das Übliche!«

Gustav wurde in die Küche gebracht, und dort ließen sie ihn Kartoffeln schälen, Kartoffeln für dreihundert Insassen.

Die Neuigkeiten, die er hier erfuhr, waren entmutigend. Keiner kam wieder frei, ohne vorher einen Beruf erlernt zu haben. »Je eher du nachgibst«, meinte einer vom Küchendienst, »desto schneller bist du draußen.«

»Wir überlassen es erst einmal jedem Jugendlichen selbst, sich einen Beruf zu wählen«, teilte ihm der Direktor bei ihrem zweiten Zusammentreffen am nächsten Morgen mit. »Hast du vielleicht einen Wunsch?«

»Wie bitte?«

Er hielt ihm ein Stück Papier hin. »Was angekreuzt ist, kommt für dich als Neuzugang nicht in Frage.«

»Wie bitte?« Er schaute das Papier nicht einmal an.

»Laß dir ruhig Zeit. Wir haben es überhaupt nicht eilig, wir zwei, nicht wahr?«

Die Zeit, die ihm die Anstalt zur Entscheidung gelassen hatte, war um, und Gustav wurde der Bauschlosserei übergeben. Nach drei Wochen war sein Meister mit den Nerven am Ende und bat den Direktor, den Jungen einem anderen Betrieb zuzuteilen. Der Direktor wollte sich die Sache überlegen und schickte ihn wieder Kartoffeln schälen.

Zum ersten Fußballmatch erschien Gustav im Trikot von Bayern München, die Nummer zehn auf dem Rücken. Jeder wußte, daß die Zehn das Trikot des Spielmachers war, denn Fußball war in Landau das allerwichtigste. Es wurden regelrecht Punktspiele veranstaltet und eine Meisterschaft ausgespielt. Damit verbunden waren Vergünstigungen wie Raucherlaubnis, Ausgang oder Familienbesuch. Gustav ließ sich die Chance nicht entgehen, auf dem Spielfeld zu glänzen. Selbst der Direktor bekam mit, daß der Junge ein begabter Sportler war. Die Mitgefangenen, auch die, die ihn wegen seiner Angebereien am liebsten verprügelt hätten, versuchten ihn zu überreden, in ihrer Mannschaft zu spielen.

Das brachte Gustav auf eine Idee. An einen Ausbruch war nur zu denken, wenn man eine Leiter hatte. Damit konnte man die Mauer hochklettern. Bis zum Wald waren es vielleicht tausend Meter und die Beamten durften einen Ausbrecher nur bis zum Waldrand verfolgen. Auch das gehörte zu den Neuigkeiten, die Gustav in der

Küche erfahren hatte. Bei seiner Kondition traute er sich das leicht zu, zumal er als Ausbrecher ohnehin mindestens fünfzig Meter Vorsprung haben würde.

»Ich spiele bei euch«, schlug er dem Mannschaftskapitän des Malereibetriebs vor, »vorausgesetzt, du besorgst mir einen Kittel und eine Leiter.«

Gustav schoß zwei Tore, die Maler siegten und hatten damit Chancen, die Meisterschaft zu gewinnen. Gustav duschte, zog den weißen Kittel über, nahm die Leiter unter den Arm, rannte damit zur Mauer, legte sie an und stieg hinauf. Noch bevor er auf der anderen Seite auf dem Boden gelandet war, heulten die Sirenen.

Gustav rannte los. Die Wiese war vom Regen so aufgeweicht, daß er mehr rutschte als lief. Immer wieder blieb er stecken, seine Schuhe füllten sich mit Lehm und wurden schwer. Er lief barfuß weiter. Er lief weiter, bis er nicht mehr konnte. Er war so aus der Puste, daß er sich unsichtbar fühlte. Erst als er kein Gefühl mehr in den Füßen hatte, hielt er ein Auto an, das nach Kaiserslautern fuhr und dort direkt vor ein Polizeirevier. Gustav hatte nicht einkalkuliert, daß ein Junge, der barfuß im Regen an der Straße ein Auto anhält, verdächtig wirkt, noch dazu in der Nachbarschaft eines Erziehungsheims.

Die Polizei brachte ihn zurück.

In der Bauschlosserei erklärte ihm der Meister, daß er es noch einmal mit ihm versuchen würde. »Wie wär's, wenn du dich endlich auf deine Ausbildung konzentrierst?«

»Wie bitte?«

Der Meister holte zu einem Schlag aus, der Gustav voll ins Gesicht traf. Als er wieder auf den Beinen stand, hatte er einen Hammer in der Hand und wollte gerade ausholen, aber die Jungs hielten ihn fest.

Nach der morgendlichen Messe, die zu besuchen Pflicht war, bat ihn der Anstaltsgeistliche, sich zu dem Vorfall zu äußern. Gustav stand auf, ging zum Kruzifix an der Stirnwand des Zimmers und klebte seinen Kaugummi Christus zwischen die Beine. Er hatte sich halb wieder herumgedreht, als ihn ein Schlag traf, der ihn gegen die

Wand warf. Für ein paar Sekunden wurde ihm schwarz vor Augen. Als er sein Gegenüber wieder sah, holte er aus und schlug ihm die Faust ins Gesicht. So hatte er immer auf das lederüberzogene Polster eingedroschen, wenn er und seine Kumpels auf dem Oktoberfest auf den Lukas hauten. Man wußte auf Anhieb, ob ein Schlag gesessen hatte. Der hier hatte gesessen, weiß Gott.

Das brachte Gustav den Meisterabzug ein, der darin bestand, daß die Meister aller zehn Betriebe mit Ruten auf den in der Raummitte stehenden Jungen einschlugen.

»Ärger in der Anstalt?« Die Frau des Direktors hatte nach zwanzig Ehejahren genug miterlebt, um nicht Bescheid zu wissen.

»Ein Neuzugang!«

»Deshalb rauchst du auch wieder soviel.«

»Der geht auf alles, was ihm nicht paßt, los, sogar auf den Anstaltsgeistlichen.«

»Ich bin trotzdem nicht einverstanden, daß du jeden Tag zwei Päckchen rauchst und jeden Abend Schlaftabletten schluckst.«

»Nicht einmal die Androhung immer härterer Strafen bringt ihn zur Vernunft.«

»Ich dachte, die sind alle so.«

»So schlimm war selten einer.«

Das zu hören, hätte Gustav gutgetan.

Der Direktor wechselte Briefe mit der Behörde in München und suchte seinen Hausarzt auf, der ihm riet, seine pädagogischen Bemühungen als gescheitert anzusehen und sich diesen Querulanten vom Hals zu schaffen.

Gustav schaute zum Fenster, und lachte wieder. »Sehen Sie, das Wetter hat sich auch nicht gebessert.«

9

Nach seiner Rückkehr verging kein Tag, an dem er nicht im »Tabarin« auftauchte, einem Rock 'n' Roll-Club am Isartorplatz. Etwa hundert Halbstarke zählten zum Kern der Tabarin-Bande, und alle hatten den gleichen Ehrgeiz: Rock 'n' Roll tanzen! Aber danach ging der Tanz erst richtig los. Sie nahmen sich jedes Auto, das ihnen gefiel, und fuhren Wettrennen über rote Ampeln. Wurde ihnen das zu fade, planten sie Ladendiebstähle. Hatten sie das hinter sich, zogen sie zum Bahnhof, ließen eines ihrer Mädchen durch die Halle laufen und schlugen jeden zusammen, der ihm nachschaute oder hinterherpfiff. Sie raubten und plünderten. Sie schlugen die Zeitungen nicht mehr nur auf der Sportseite auf, sondern suchten nach Erfolgsmeldungen, die über ihre Krawalle berichteten.

Im Polizeipräsidium füllten sich die Aktenordner über die »Tabarin-Bande«. Die Polizei war gezwungen, fast täglich in dem Lokal aufzukreuzen, um für Ruhe zu sorgen. Da es den Beamten nicht gelang, aus den Jugendlichen auch nur eine einzige vernünftige Bemerkung herauszubekommen, nahmen sie einfach ein Dutzend mit aufs Revier. Es galt als Ehre, verhaftet zu werden. Je öfter einer mit mußte, um so mehr stieg sein Ansehen in der Clique.

Das »Tabarin« war Musik. Alles war Musik, Autos, Mädchen, Bier und Straßenschlachten. Draußen, außerhalb des »Tabarin«, lag der Rest der Welt. Die Grenzen dieser Welt waren erreicht, wenn der Tank leer war.

Als er die Stahlkassette aus der Ruine holen wollte, starrte Gustav in eine ausgehobene Baugrube. Keine Stunde später hatte er den Kumpel aufgetrieben, mit dem er den Einbruch damals begangen hatte. Der bestritt, die Kassette geholt zu haben.

»Aber du bist der einzige, der wußte, wo sie war.«

»Ich hab sie trotzdem nicht.«

Gustav hatte keine Lust, sich lange Ausreden anzuhören, und zwang ihn, seine Lederjacke auszuziehen. »Die nehm ich als Anzahlung«.

»Das wird dir der Hubschmid heimzahlen!«

Der Name war gefallen: Hubschmid, ein Kerl, der sieben Jahre älter war, groß und breit wie eine Hausecke und so häßlich, daß die Hunde bellten, wenn er vorbeiging.

»Scheiß auf Hubschmid«, sagte Gustav und ließ ihn stehen.

Jedesmal, wenn er nun ins »Tabarin« reinkam, erkundigte sich Gustav als erstes, ob Hubschmid da war, falls er ihn nicht ohnehin sofort entdeckte. An diesem Abend war er da und starrte ihn die ganze Zeit an.

Gustav saß mit der Fuhr-Gerda am Tisch. Sie war nicht nur eine der besten Tänzerinnen, sondern schien, so wie sie mit ihm sprach, in ihn verliebt zu sein. Obwohl sie ihm auch gut gefiel, schreckte ihn ab, daß sie schon siebzehn war; wahrscheinlich hatte sie schon mit Jungs was gehabt. Wenn er sich blamierte, weil er noch mit keiner was gehabt hatte, würde sie es herumerzählen! Er malte sich trotzdem alles aus. Erst würden sie trainieren, bis es ihr zu heiß war, dann würde er ein Auto suchen, einen Opel-Kapitän, weil der am leichtesten aufzubrechen und mit etwas Silberpapier noch leichter zu zünden war, würde mit ihr eine Spritztour machen, hinein in einen Waldweg, Motor aus, Scheinwerfer aus und dann...

Kerner-Peter riß ihn aus seinen Träumen. »Ich soll dir vom Hubschmid ausrichten, du sollst die Gerda in Ruhe lassen und verschwinden.«

Scheiße, dachte Gustav, Motor aus, Scheinwerfer aus und dann, und gerade jetzt mußte Hubschmid durchdrehen.

Draußen trat er gegen ein Auto, riß den Rückspiegel und die Antenne ab. Danach war ihm wohler. Weil er bei seiner Mutter übernachten wollte, klaute er ein Moped und fuhr nach Giesing.

»Wer war's?«

»Die Isarburg-Typen.«

Gustav hockte im »Tabarin« herum, als plötzlich Schab-Dieter hereinkam und ziemlich halbtot aussah.

Die »Isarburg« war ein Rock 'n' Roll-Schuppen wie das »Tabarin« – und jeder wußte, wie gefährlich es war, wenn einer aus dem »Tabarin« dort auftauchte.

»Dann werden wir denen mal einen Besuch abstatten«, sagte Gustav. Weil sie nur zu zehnt waren, telefonierte Mann-Helli die besten Schläger zusammen. Nach einer Lokalrunde zur Stärkung machten sie sich auf den Weg. Keiner hatte den geringsten Zweifel, daß ihnen ein großes Vergnügen bevorstand.

Mann-Helli stieß die Tür auf, und die Schlägerei begann. Der Wirt mußte tatenlos zusehen, wie sein Lokal zu Bruch ging.

Plötzlich wurde Gustav geohrfeigt, spuckte seinen Kaugummi aus und staunte. Das war ihm noch nie passiert.

»Laß sofort meinen Freund los!«

Gustav war unfähig zurückzuschlagen, und Zeit, sie nach ihrem Namen zu fragen, blieb auch nicht mehr, weil sie türmen mußten, bevor die Polizei anrückte.

»Ich habe gehört, daß die Typen in der ›Isarburg‹ behaupten, wir hätten Angst vor einer Revanche.« Das Gerücht war frei erfunden, aber Gustav sah keine andere Möglichkeit, das Mädchen wiederzusehen.

»Angst? Wir?!«

»Wir machen's wie gehabt«, sagte Mann-Helli. »Rein und rumms!«

»Nein«, widersprach Gustav. »Wir gehn nur rein und schauen mal, was passiert.«

Er sah sie sofort. Sie tanzte. Herausgefunden hatte er bisher nur, daß alle sie Schnecke nannten.

Gustav warf fünfzig Pfennig in die Jukebox und drückte dreimal E4, Johnny B Goode. Mit dem ersten Gitarrenschlag stand er vor ihrem Tisch. Mit einer Kälte, die Gustav gefiel, stand sie auf und ging mit auf die Tanzfläche. Die eine Hälfte der Tische war von den Isarburgern besetzt, die andere von den Tabarins, und alle schauten den beiden zu.

Als er ihre Adresse wissen wollte, schüttelte sie den Kopf. »Sag ich dir nicht.«

»Du weißt gar nicht, wie schnell ich die rauskriege.«
Sie lachte. »Das glaub ich dir!«

Aus allen Stadtteilen waren sie da, die Rockerbräute und Schulmädchen, Tanzstundenpärchen und Halbstarkenbanden, und alle hatten sie ihre Favoriten am Start. Mürrische Polizisten stopften sich Oropax in die Gehörgänge, und schon vor Beginn des Wettbewerbs mußten sich Sanitäter um Verletzte und Ohnmächtige kümmern. Bessere Bedingungen konnte sich Gustav nicht wünschen. Krawall möbelte seine Entschlossenheit auf.

Drei Paare waren in die Endrunde gekommen, und Gustav und Gerda traten als letzte an. Die Band spielte »Johnny B Goode« und gleich war Hochstimmung im Löwenbräukeller. Gustav zeigte alles, was er drauf hatte. Den Preisrichtern blieb keine Wahl, denn der Saal tobte, alle schrien nur noch: Johnny! Johnny! Schnecke war die erste, die ihm nach der Siegerehrung gratulierte. Sie war auch die erste, die ihn Johnny nannte.

Als Preis gab's einen Riesenfreßkorb, den er seiner Mutter schenkte. Eigentlich hatte er ihn Schnecke versprochen, dann aber die Idee gehabt, damit die Stimmung zu Hause aufzulockern, denn er war im Moment auf nichts so sehr angewiesen wie auf die Ahnungslosigkeit seiner Eltern. Noch einmal wollte er nicht in ein Erziehungsheim abgeschoben werden.

Ändern wollte er sich deswegen aber nicht. Manchmal kam er überhaupt nicht nach Hause. Entweder übernachtete er bei Freunden, oder er machte durch und ging dann zum Arbeitsamt. Arbeit gab es immer. Mal Bananen ausladen am Großmarkt, mal Schlachthof, Schweinehälften tragen, mal Hilfsarbeiter, Nägel aus Baulatten ziehen oder Zement karren. Onkel Werner war Beamter. Ihm war ein Lohnstreifen lieber als die Schleife auf einem Rock 'n' Roll-Freßkorb.

Als er ihm vorschlug, als Tankwart draußen am Perlacher Forst zu arbeiten, was er mit dem Pächter bereits besprochen hatte, mußte Johnny wohl oder übel zustimmen, fuhr mit ihm zu seiner neuen Arbeitsstelle und machte artig seinen Diener.

»Also, du bist der Gustav, richtig?«

Am liebsten hätte er seinem neuen Chef gleich gegen das Schienbein getreten. Nie mehr wollte er so heißen. »Ich heiße Johnny! Und über die Haare brauchen Sie mir auch nicht gleich zu streichen!«

Sie waren sich schnell einig. Er sollte in zwei Tagen anfangen. »Sie wissen ja, Herr Karst, was am Wochenende bei uns immer los ist!«

Johnny glaubte, nicht recht zu hören. Wochenende? Das war die Zeit, die er mit Schnecke verbrachte.

»Aber ihr macht doch am Samstagnachmittag dicht, oder?«

»Da ist dann Feierabend, ja«, bestätigte Herr Kreinhöfer. »Am Freitag sollst du ja auch nur zum Eingewöhnen erscheinen, bevor es dann am Montag richtig losgeht.«

Einen Montag würde es für Johnny nicht geben, weil er schon am Freitag mitbekam, daß ein paar Stammkunden ihr Auto übers Wochenende hier abstellten, den Schlüssel an der Kasse abgaben und mit einem »Bis Montagfrüh!« wieder verschwanden.

Johnny rief sofort Schnecke an. »Samstagnachmittag, gleich um halb drei, ich hupe dreimal.«

Er entschied sich für einen Mercedes mit einem geräumigen Rücksitz, hupte dreimal, fuhr dann aber vorsichtshalber doch um die Ecke und wartete. Schneckes Eltern hätte der Schlag getroffen, wenn sie gesehen hätten, wie er mit laufendem Motor, die Musik voll aufgedreht, in einem dicken Mercedes saß.

Wie er es sich in der Badewanne ausgemalt hatte, parkte er den Wagen in einem Waldweg. Motor aus, Scheinwerfer aus. Ein kleines Problem freilich blieb immer noch: Wer einen Büstenhalter nicht schnell genug oder überhaupt nicht aufkriegte, war verloren. Gustav hatte sein Training mit Büstenhaltern begonnen, die Hasenbergl-Rolfi im Wäscheschrank seiner Mutter fand, war dann aber dazu übergegangen, sich neuere Modelle in Kaufhäusern zu klauen, um den Dreh zu üben, bevor er sich verabredete.

Plötzlich fing Schnecke an zu schreien.

»Aufmachen, Polizei.« Es klang zwar immer alles gleich, was Polizisten von sich gaben, aber wenn sie einen packten, tat es weh.

»Ganz eine üble Geschichte«, fluchte Onkel Werner. »Wem soll ich eigentlich noch erzählen, daß du so etwas nie mehr tun wirst?«

»Stimmt, geb ich zu, ziemlich blöde war das. Da hab ich Mist gebaut!« Womit er meinte, daß es Mist war, sich erwischen zu lassen.

Onkel Werner warnte ihn. »Noch einmal werde ich dir nicht mehr helfen können, das verstehst du hoffentlich.«

Johnny gelobte jede gewünschte Besserung, weil er Schnecke nur wiedersehen konnte, wenn er um den Hausarrest herumkam. Er rasierte sogar seine Koteletten ab, fuchtelte nicht mehr den ganzen Tag mit seinem Kamm herum, erschien mit gewaschenen Händen am Tisch und aß immer seinen Teller leer.

10

Johnny hatte sich von Hasenbergl-Rolfi die Wohnungsschlüssel geben lassen, und Schnecke im Geschäft ihren Chef angelogen, um früher freizubekommen.

»Schließ die Tür ab«, verlangte Schnecke.

Johnny drehte den Schlüssel um und warf sich aufs Bett, sprang aber sofort wieder auf und fing an, sich die Haare zu kämmen. Er war nervös, und er hatte eiskalte Hände.

»An was denkst du?« wollte Schnecke wissen.

Johnny lief im Zimmer herum und dachte daran, wieviel leichter es sein mußte, ein Mädchen, in das man nicht verknallt war, aufs Kreuz zu legen.

»Ich hab Angst«, sagte Schnecke und löste die Schleife, die ihren Pferdeschwanz zusammenhielt.

Sie hatte Angst vor Johnny und davor, ein Kind zu bekommen. Am meisten Angst hatte sie vor der Vorstellung, Johnny könnte lachen, wenn er sie nackt sah.

Schnecke hatte sich unter das Leintuch verkrochen. Nur ihr Kopf schaute noch heraus.

Johnny zog seine Schuhe aus und die Socken, streifte sein Hemd ab und stieg aus den Hosen. Als er nichts mehr anhatte, fühlte er sich wie ein Gefangener und zog die Socken wieder an.

Er hatte auch Angst, Angst davor, was von ihm übrigblieb, wenn er Gefühle zeigte.

Zweites Buch

Der Tabakkönig

»Ich war ich und konnte nichts anderes sein. Ich hatte recht. Die Welt hatte unrecht.«

Mickey Spillane

1

Morgens um sechs Uhr holten sie ihn ab.

Er hatte das Klingeln gehört und danach, draußen auf dem Flur, die Stimme seines Stiefvaters. Er konnte zwar nicht hören, worüber gesprochen wurde, aber ihm war klar, daß es keinen Zweck hatte, die Decke wieder über den Kopf zu ziehen. Sein Bruder im Bett neben ihm wachte nicht einmal auf, als es plötzlich laut wurde.

»Was fällt Ihnen ein? Wissen Sie eigentlich, wieviel Uhr es ist?«

Vor ihr standen Kriminalbeamte, die sich viel lieber nur mit Herrn Karst unterhalten hätten, den sie als einen der leitenden Verwaltungsbeamten der Justizvollzugsanstalt Stadelheim kannten. Ihm würde es nicht schwerfallen, den Sachverhalt einer Verhaftung zu verstehen.

»Es tut uns sehr leid, Frau Karst, glauben Sie uns das, aber wir müssen Ihren Sohn mitnehmen.«

Frau Karst blieb von dieser Ankündigung unbeeindruckt. »Hier holt niemand meinen Sohn ab. Und nun machen Sie, daß Sie gehen.«

Herr Karst machte einen halbherzigen Versuch, seine Frau zu beruhigen. Am liebsten hätte er sie in den Arm genommen und gesagt: bitte, Mäxchen, aber er brachte nichts heraus. Er wagte es noch nicht einmal, ihr das Kommando streitig zu machen. Er verstand sie. Er liebte sie, liebte sie, wie sie war – und gab auf.

»Aber Frau Karst«, erklärte einer der Beamten, »Sie werden doch die Zeitungen gelesen haben. Da stand doch genug drin über Ihren Sohn.«

»Was soll denn da drin gestanden haben in der Zeitung?«

»Sagt Ihnen denn der Name ›Tabarin-Johnny‹ überhaupt nix?«

Da fing sie, obwohl sie dazu nicht die geringste Lust hatte, zu lachen an. »Na also, da haben wir's ja. Dann ist die Sache ja geklärt.«

Sie wußte natürlich, daß sich ihr Gustav in der Gegend herumtrieb, hielt es auch nicht eben für unwahrscheinlich, daß er etwas angestellt haben könnte, eine Rauferei vielleicht, aber taten das nicht alle Jungs in seinem Alter? Sie kannte die Zeitungsberichte über die Halbstarken, die Jugendbanden, ihre Krawalle und Schlägereien, man las ja seit Monaten nichts anderes mehr als Schlagzeilen wie EIN PFIFF – UND DIE STRASSE WURDE ZUM SCHLACHTFELD! Sie hielt es für ausgeschlossen, daß Gustav viel damit zu tun haben könnte. Sicher, einmal waren ihr Zweifel gekommen, und sie hatte ihn gefragt. Er hatte nur abgewinkt. »Mama, so einem wie dem Tabarin-Johnny würde ich nicht mal die Hand geben.« Damit war für sie der Fall erledigt gewesen. Gustav war vielleicht ein wenig ein Rowdy, aber er war, alles in allem, doch ein Kind, auf das sie stolz war.

Das alles erzählte sie gerade den vier Beamten, als Johnny in der Tür seines Zimmers erschien.

»Kannst du dir vorstellen, was die Polizei von dir will?« Noch bevor Johnny etwas sagen konnte, mischte sich sein Stiefvater ein. »Gegen dich liegt ein Haftbefehl vor.« Er las noch einmal das Blatt, das ihm einer der Beamten ausgehändigt hatte. »Haftbefehl gegen Gustav Michael Berger, auch ›Tabarin-Johnny‹ genannt!«

Es war noch zu früh, um viel zu reden. Johnny schüttelte nur den Kopf.

»Erklär ihnen, daß du nicht der bist!«

Johnny brachte keinen Ton heraus.

Einer der Beamten wandte sich an Herrn Karst. »Ich muß Sie jetzt bitten, uns zu erlauben, daß wir ihn mitnehmen.«

Karst unterschrieb den Haftbefehl und gab ihn zurück. Er wußte, daß er diese Verhaftung nicht verhindern konnte. Sie war rechtskräftig.

Es dauerte ein paar Minuten, bis Johnny den Mut aufbrachte, seiner Mutter in die Augen zu schauen. Er wußte, daß er ihr jetzt nichts zu beichten brauchte und daß sie seinen Blick verstand.

»Na gut«, sagte sie und legte den Arm um ihren Sohn, »dann ist er eben dieser Tabarin-Johnny. Na, wenn schon. Was hat er denn eigentlich Schlimmes gemacht? Das sind doch alles noch Kinder. Da ist doch keiner besser oder schlechter.«

Johnny zog seine Jacke an, gab seiner Mutter einen Kuß und Onkel Werner mit einem Achselzucken zu verstehen, daß er sich unschuldig fühlte, und ging dann zur Tür. Dort drehte er sich noch einmal um. »Mach dir keine Sorgen, Mama, ich bin gleich wieder zurück.«

Das Polizeipräsidium in der Ettstraße beeindruckte ihn nicht weiter. Er nahm seine Verhaftung als reine Routinesache. Die Polizei hatte ihn immer laufen lassen, nachdem die Angaben zu seiner Person überprüft worden waren. Es gab die übliche Standpauke. Er hatte, weil es die Prozedur abkürzte, jedesmal Besserung gelobt – und war wieder frei. Herausfordernd unbeteiligt ließ er sich deshalb nach oben führen. Dort stieß man ihn in einen Stuhl.

Die Anklage, die man ihm vorlas, lautete auf Autodiebstahl, Körperverletzung, Bandenbildung, Nötigung zur Unzucht, Fahren ohne Führerschein, Widerstand gegen die Staatsgewalt und räuberische Erpressung.

»Sonst noch was?« grinste Johnny.

Er hatte nicht viel verstanden, aber was sie ihm vorwarfen, klang ziemlich beeindruckend. Er war stolz und sah sich, am gleichen Abend noch, wie ein Held im Tabarin stehen.

Die Polizei sah in ihm einen der Rädelsführer. Daß damit jede einzelne Tat, die er begangen haben sollte, noch schwerwiegender wurde, hielt er für ein Kompliment.

Im Verlauf des Vormittags wurde ihm allerdings klar, daß er nicht einfach alles abstreiten konnte. Er gab deshalb eine einzige Schlägerei zu. »Den Deutschbauer-Siggi, das stimmt, den hab ich aufgemischt, das war ich.« Damit war er auch schon an die Grenze seiner Bereitschaft gestoßen, irgend etwas, das er angestellt hatte, für ein Verbrechen zu halten.

Die meisten Mädchen, die später in den Zeugenstand gerufen wurden, hatte Johnny vorher nie gesehen, und trotzdem deuteten sie immer auf ihn, wenn sie aufgefordert wurden, unter den Angeklagten den zu nennen, der der Schlimmste gewesen sei. Er erinnerte sich nur noch an die mit der tollen Figur und dem langen Pferdeschwanz. Das war an einem Tag gewesen, als sie an der Reichenbachbrücke zwei Kolonialwarenläden leergeräumt hatten; unter der Beute war auch ein Behälter mit Schokoladenmaikäfern gewesen. Sie hatten die Dinger in der prallen Sonne zuerst weich werden lassen und sie dann, vierzig Mann hoch, den Badegästen auf die Körper, ins Gesicht oder sonstwohin geklatscht. Daß auch Mädchen daran glauben mußten, war klar. Die meisten liefen kreischend ins Wasser. Auch daran erinnerte er sich noch, daß sich jeder nun auf seine Weise vergnügte. Einige schlugen schimpfende Badegäste krankenhausreif, andere klauten, was herumlag, wieder andere machten mit den Klamotten der Mädchen, die schreiend in der Isar standen, ein Feuerchen. Er selbst hatte, als die ganze Sache passierte, bei dem Mädchen mit der tollen Figur gelegen, um sich mit ihr zu verabreden. Er wußte, daß sie nur aus Angst vor ihren Eltern zögerte, mit ihm ins »Tabarin« zu kommen. Er hatte nur mit ihr dagelegen, weiter nichts, bis dann auf der Brücke oben drei Mannschaftswagen hielten, die Beamten nach unten stürmten und mit den Verhaftungen begannen.

Sie hatten jeden Tag handfeste Keilereien mit anderen Banden gehabt. Körperverletzung, nur weil Blut floß? Sollten sie sich vielleicht alles gefallen lassen? Bandenbildung? Nur weil sie zusammen rumhingen?

Um den Mädchen zu imponieren mußte man eben besser sein als die übrigen. Man mußte besser Rock 'n' Roll tanzen, härter zuschlagen und, wenn nötig, mehr einstecken können, aber hin und wieder auch mit schärferen Klamotten daherkommen als andere. Tanzen und Prügeln konnte Johnny, aber für Klamotten brauchte man Geld. Und wer hatte schon welches? Eine hautenge Nietenhose mit Spangenschuhen, ein Flanellanzug mit Pepitaweste oder ein Jackett, am besten eines aus Wildleder, mußte er stehlen. Nun gut, Diebstahl, aber war das so schlimm? Man klaute doch nicht wahllos, sondern nur, was man unbedingt brauchte! Man stieg nachts durch ein Fenster in ein Bekleidungshaus ein und nahm nur genau jene

Jacke oder Hose vom Bügel, die man tagsüber in aller Ruhe gewissermaßen für sich schon reserviert hatte. Hatte man Kohldampf, klaute man beim Kolonialwarenhändler oder am Kiosk an der nächsten Ecke was zum Futtern, nahm noch ein paar Mohrenköpfe mit und für den Durst eine Libella. Das war im Handumdrehen erledigt. Man griff zu und rannte weg. Es war eine Gaudi, eine Frage der Geschicklichkeit, reine Angeberei. Jeder wollte beweisen, daß er keinen Schiß hatte. Ein Kino zu zerlegen, das war man Elvis einfach schuldig! Das alles ging Johnny durch den Kopf, während ihn der Beamte verhörte. Danach steckten sie ihn in eine Zelle mit sieben anderen Jugendlichen, von denen er keinen kannte.

Irgendwann schlief er ein. Als er wieder aufwachte, standen die Wände immer noch an der gleichen Stelle, und die Tür war immer noch verriegelt. Er dachte, daß sie ihn nur einfach mal richtig ärgern, ihm nur Angst einjagen, ihm wahrscheinlich nur demonstrieren wollten, wie das enden könnte, wenn er sich nicht besserte. Ach geh, beruhigte er sich, wahrscheinlich kommt gleich einer, schließt auf und sagt, jetzt paß mal gut auf, Burli, das war die allerletzte Warnung, und jetzt gehst nach Hause. Dieser Gedanke wirkte so beruhigend, daß er wieder einschlief.

Am nächsten Morgen brachten sie ihn in den Hof des Präsidiums und verfrachteten ihn in die »Grüne Minna«.

Er wollte es nicht glauben. Sie sperrten ihn tatsächlich in den vergitterten Wagen und fuhren ihn mit zehn anderen Häftlingen zum Untersuchungsgefängnis Cornelius.

»Sagen Sie mal, muß ich jetzt hier drin bleiben?« wollte er wissen, als sie ihn in eine Zelle stießen.

»Dafür sorgen wir schon«, sagte der mit dem Schlüsselbund.

»Ganz allein?«

»Siehst du sonst noch jemand?«

»Wie lange denn?«

»Weiß ich nicht.«

Dann fiel die Tür ins Schloß, und die Schritte der Beamten entfernten sich.

Er verstand nichts und wartete, daß etwas passierte. Als nichts passierte, wartete er weiter, inspizierte die Zelle, legte sich auf die Pritsche, verschränkte die Arme hinter dem Kopf und starrte die Decke an.

Er war aufgrund einer Bitte seines Stiefvaters in eine Einzelzelle gesteckt worden. Damit wollte Onkel Werner verhindern, daß er mit anderen Häftlingen in Berührung kam. Wenn überhaupt, konnte ihn nur Einzelhaft zur Besinnung bringen.

Ein Tisch, ein Stuhl, ein hochgeklapptes Bett, ein Scheißkübel und eine Bibel, das war jetzt sein neues Zuhause. Drei Schritte in jede Richtung, dann stand er vor den Wänden, die vollgeschmiert waren mit Sprüchen. Einer hatte: *Wer gehaßt wird, muß nicht selber hassen!* hingekritzelt. Amen, dachte Johnny. Er jedenfalls haßte die, die ihn eingesperrt hatten.

In ein paar Tagen, davon war er überzeugt, würde er wieder draußen sein. Es kam jetzt nur darauf an, sich nicht unterkriegen zu lassen. Niemand, der ihn beim Hofgang sah, sollte erzählen können, er sei im Gefängnis herumgelaufen wie ein Angsthase.

Zwei Tage später begann der Kampf mit der Eintönigkeit. Es war zum Verrücktwerden. Immer noch klammerte er sich an die Hoffnung, daß seine Verhaftung nicht wirklich zu einem Prozeß, oder der Prozeß, sollte er stattfinden, nicht zu einer Verurteilung führen würde.

Er fühlte sich unschuldig, ein kleiner Fisch, der nur aus Versehen im Gefängnis gelandet war. Dann aber stellte er fest, daß andere wegen viel geringerer Straftaten einsaßen. Sie hatten eine wesentlich kürzere Liste von Anklagepunkten. Sein Pflichtverteidiger kannte den Terminkalender der Justiz, es war nichts mehr zu machen, man mußte abwarten, ohne zu wissen, wie lange.

Es gab keinen Streit, in den sich Johnny nicht auch hier sofort eingemischt hätte. Als einer mit einem Nürnberger aneinandergeriet, schlug er ihn so zusammen, daß er vom Saal, in den er gerade erst verlegt worden war, gleich wieder in einer Einzelzelle landete. Und das sollte die nächsten dreizehn Monate dauern.

Der Oberverwalter verstand den Jungen nicht. »Jetzt geb ich dir die Möglichkeit, aus der Zelle rauszukommen, und das erste, was du machst, ist, dich zu prügeln.«

»Ich kann Angeber nicht ausstehen!«

»Ich auch nicht«, sagte der Beamte müde, schloß die Tür, drehte den Schlüssel um und ging weg.

2

Mit Johnny machte ein Junge Hofgang, dem ein Mord an einem elfjährigen Buben zur Last gelegt wurde. Er sollte ihn ins Bein und fünfmal ins Genick geschossen haben und danach seelenruhig ins Kino gegangen sein, um sich einen Cowboyfilm anzuschauen.

Er hatte bei allen Vernehmungen seine Unschuld beteuert, aber niemand glaubte ihm. Auch Johnny suchte in seinem Gesicht nach Zeichen jener Kaltblütigkeit, die man ihm nachsagte. Seine Anwesenheit im gleichen Gefängnis machte ihm klar, daß auch er an einer Art Endstation angekommen war – war es sonst möglich, daß man ihn hier mit Mördern eingesperrt hielt?

Eines Nachts wurde er von Geräuschen draußen auf dem Gang geweckt. Schritte, Stimmen, das Klappern der Schlüssel, dann das Aufsperren einer Zellentür. Nach wenigen Minuten war alles wieder ruhig.

Am nächsten Morgen sprach es sich wie ein Lauffeuer herum: Norbert Wagner hatte unschuldig eingesessen und war freigekommen, weil sie den wirklichen Mörder inzwischen gefaßt hatten.

Irgendwie kam er sich selbst wie dieser Norbert Wagner vor. Sie bauschten einfach etwas gegen ihn auf. Selbst sein Pflichtverteidiger, den er jede Woche einmal traf, machte ihm wenig Hoffnungen.

An seinem ersten Weihnachten hinter Gittern mußte er sich zusammenreißen. Er lag in seiner Einzelzelle und weinte. Weil er beim Weinen keinen Lärm machen wollte, verschluckte er sich. Plötzlich, mitten hinein in die Stille dieser Nacht, begann eine einzelne Stimme zu singen. Sie kam von ganz nah, sang »Stille

Nacht, heilige Nacht« und Johnny stand auf, stellte den Schemel unter das Fenster und hielt den Kopf so, daß er alles hören konnte. So singen konnte nur einer, den er kannte, der Gaffel-Peter aus dem Tabarin. Johnny sah, wie drüben in den umliegenden Mietshäusern die Fenster geöffnet wurden, Leute sich hinauslehnten, zum Gefängnis deuteten und ebenfalls zuhörten. Sogar die Gefängnisbeamten standen da und hörten zu.

3

Acht Monate waren vergangen, und Johnny wartete immer noch auf seine Anklageschrift. Sein Pflichtverteidiger versuchte ihm klarzumachen, es sei besser, endlich ein Geständnis abzulegen.

»Wieviel muß ich zugeben, um entlassen zu werden?«

»Am besten alles, dann kriegen wir den Rest der Strafe vielleicht auf Bewährung.«

Dreimal holten sie ihn zur Vernehmung ins Polizeipräsidium. Unbeeindruckt von allen Versprechungen seines Anwalts gab er immer nur eine Antwort: »Damit habe ich nichts zu tun, und damit habe ich ebenfalls nichts zu tun, und damit habe ich schon überhaupt nichts zu tun.« Er war nicht zu bewegen, mehr als zwei Fälle zuzugeben.

Drei Monate später begann der Prozeß. Johnny machte sich Gedanken über die Höhe der zu erwartenden Strafe. Ergaben zum Beispiel sechs Autodiebstähle und zwei Einbrüche, wie sich herumgesprochen hatte, eine Gesamtstrafe von sechzehn Monaten, errechnte er für sich die Hälfte. Er war naiv genug, sich an die Schwüre zu erinnern, die er mit seinen Freunden getauscht hatte. Keiner würde aussagen, keiner den anderen belasten. Also blieben auf seinem Konto die beiden Fälle, und dafür konnte es bei Anrechnung der Untersuchungshaft nur eine Entlassung geben.

Auch die Anklageschrift lag inzwischen vor, ein Buch mit mehr als hundert Seiten, dessen letzter Satz lautete: »Der Hauptangeklagte Johnny Berger leugnet, wird aber durch seine Mitangeklagten überführt werden.«

Als er einige beim Hofgang darauf ansprach, wurde ihm klar, daß von der verschworenen und in der ganzen Stadt gefürchteten Tabarin-Bande nur noch ein kläglicher Haufen übriggeblieben war. Jeder versuchte, die eigene Haut zu retten, ließ sich von Eltern, die zu Besuch kamen, und Anwälten, die Versprechungen machten, zu Geständnissen überreden. Es war nicht nur unglaublich, sondern für Johnny inzwischen auch bedrohlich.

Er zählte zur Mehrheit jener Menschen, die besonders stark lieben, was sie entbehren müssen. Als er noch frei war, hatte er Schnecke gemocht, in seiner Einsamkeit steigerte sich dieses Gefühl in die Dimension unwiderruflicher Liebe. Er hatte sie hübsch gefunden, jetzt erschien sie ihm schön. Er träumte von ihr. Und wenn er von ihr träumte, schlief er mit ihr.

Wenn einer im Gefängnis ist, sagt man, und nicht in den ersten Monaten einen Ausbruch versucht, wird er nie mehr fliehen. Johnny dachte an nichts anderes. Von Freigängern würde er sich von draußen Hausschuhe mitbringen lassen, und in die Schuhsohlen würden zwei Sägeblättchen eingeschweißt sein. Er würde die Gitter durchsägen, mit einer Strickleiter, die schon in Arbeit war, über die Mauer klettern und mit dem Auto von Freunden, die draußen schon warteten, türmen. Auch die Stunden nach dem Ausbruch waren verplant. Er würde ins Tabarin marschieren, mit Schnecke tanzen und Bier trinken. Am Eingang würde er zwei Kumpels aufstellen, die ihm Bescheid geben würden, falls die Polizei auftauchte.

Zwei Zellen weiter saß Feger-Horstl, sein Cousin, den er als ersten in seinen Plan einweihte. Der gab die Nachricht an drei Zellengenossen weiter und die informierten andere. Schließlich war der halbe Knast bereit, auszubrechen.

Mit dem ersten Sägeblatt, das er zugeschickt bekam, konnte man nicht einmal Brot schneiden. Es dauerte einen Monat, bis genügend brauchbare Blätter eingeschmuggelt worden waren, die Strickleiter die nötige Länge und Stabilität und Johnny endlich Nachricht hatte, wann und wo Hasenbergl-Rolfi draußen mit seinem Auto wartete. Er war, was die Planung anging, auf die Besuchszeiten angewiesen und ganz und gar davon abhängig, daß alle dichthielten und keiner ihn verpfiff. Er vergaß sogar Schnecke, weil er nur damit beschäftigt war, daß jeder jetzt tat, was er sagte. So etwas Dummes wie kurz nach Weihnachten durfte sich nicht wiederholen! Da waren gleich drei Beamte in seiner Zelle erschienen und hatten alles auf den Kopf gestellt – und in seinen Arbeitsstiefeln die Sägeblätter entdeckt. Damit war er nicht nur als »gefährlich« eingestuft, was bedeutete, daß an seiner Zellentür außen ein roter Pfeil klebte, sondern auch noch als »fluchtverdächtig«, was ihm einen zweiten Pfeil eintrug. Beim Verhör hatte er Geschichten aufgetischt, die so unglaubwürdig klangen, daß man darauf verzichtete, ihn weiter zu vernehmen. Tatsache blieb aber, daß sie ihn jetzt doppelt auf dem Kieker hatten. Und deshalb dauerte alles.

Acht Mann schafften schließlich den Sprung über die Mauer. Die übrigen, darunter auch Johnny, wurden noch im Hof festgenommen.

Nach zwei Tagen waren auch die acht wieder eingefangen. Alle fünfzehn Häftlinge, die am Ausbruch beteiligt waren, wurden in die Strafanstalt Stadelheim verlegt.

Als er seinem Stiefvater, der die Einweisung überwachte, gegenüberstand, sprachen sie kein persönliches Wort miteinander. Nur Name, Nummer und die Mitteilung: Höchststrafe, zwei Wochen Arrest, bei Wasser und Brot. Eine Begünstigung aufgrund der Stellung seines Stiefvaters hätte sich Johnny schon deshalb verbeten, weil es ihm in den Augen seiner Freunde geschadet hätte. Sie wußten, wer der Mann war. Schon im Cornelius hatten ihn einige damit aufgezogen. Und jeder Streit deswegen hatte ihm Sonderarrest eingebracht. Die Beamten verstanden einfach nicht, daß er sich prügelte, weil er solche Gemeinheiten nicht auf sich sitzen lassen wollte.

Er wußte nicht, daß er ohne die Vermittlung seines Stiefvaters wegen Meuterei angeklagt worden wäre, was zu einer noch schärferen Verurteilung geführt hätte.

4

Die Hauptverhandlung war auf drei Tage angesetzt und von den Zeitungen groß angekündigt worden. Es war der erste landesweit beachtete Strafprozeß gegen Halbstarkenbanden.

Sein Pflichtverteidiger versuchte, Johnny als »Kind einer Zeit der Unordnung und der Unruhe« zu charakterisieren. Er führte aus, daß jeder männliche Jugendliche im Alter zwischen dreizehn und fünfzehn Jahren ein Stadium durchmache, in dem er zwar den Vater bewundere und ihm nachstrebe, andererseits seinen Vater als ein Joch empfinde, dessen er sich entledigen wolle. »In die Bande wird der Jugendliche häufig nur aufgenommen, wenn er sich Mutproben unterzieht, die an die Initiationsriten erinnern, mit denen bei primitiven Völkerstämmen die Jugendlichen in die Welt der Erwachsenen aufgenommen werden. Dafür findet der Jugendliche in der Bande Möglichkeiten, seine Angst und seine Unsicherheiten zu bekämpfen. Der Jugendliche kann dort seine Persönlichkeit besser behaupten und je nach der Persönlichkeit des Anführers sich manches erlauben, was er sich allein nie erlauben könnte.«

Johnny hörte sich alles mit gleichgültigem Gesicht an, sagte zu allen Beschuldigungen immer nur: »Passen S' auf, Herr Richter, ich hab damit gar nichts zu tun!« und strich sich mit der flachen Hand über seine Haare. Den gleichen Satz und die gleiche Geste wiederholte er im Verlauf der Verhandlung schon deshalb immer wieder, weil er für Gelächter und Beifall sowohl bei seinen Mitangeklagten wie auch beim Großteil des Publikums sorgte.

Am zweiten Tag wurde ein Zeuge aufgerufen, ein junger Bundeswehrfähnrich, der im Rollstuhl in den Saal gefahren wurde. Er war von einem Maßkrug getroffen worden. Die Stimmung schlug spürbar um. Zum erstenmal erschien ein Opfer im Gerichtssaal.

Johnny wagte nicht, ihm in die Augen zu schauen.

»Passen S' auf, ich hab da gar nichts zu tun mit« – das war so gut wie alles, an was sich Johnny auch in diesem Fall erinnern wollte. Damit hielt er sich an die Absprachen. Alles abstreiten! Einfach leugnen! Die, die schon gestanden hatten, würden, wie erneut abgesprochen, ihre Geständnisse widerrufen. Mal sehen, was sie dann noch gegen einen von ihnen in der Hand hatten! Wenn die Hauptangeklagten entlastet waren, würde das Kartenhaus der Anklage von selbst in sich zusammenfallen.

Wie schon bei seinem Ausbruchsversuch, endete alles in einer Farce. Der Reihe nach meldeten sich seine Freunde zu Wort. »Sie, hohes Gericht, was ich Ihnen mitteilen wollte...« Sie gaben sich nicht einmal die Mühe, ihren Widerruf auch nur geringfügig zu variieren, sondern blökten wie die Schafe: »Sie, hohes Gericht, was ich Ihnen mitteilen wollte...«. Der dritte, vierte, fünfte Angeklagte stand auf und wiederholte: »Sie, hohes Gericht, was ich Ihnen mitteilen wollte...«. Der Richter ließ auch den achten noch ruhig ausreden. Es war nicht mehr komisch, es war lächerlich. Das mußte auch Johnny zugeben.

Du kriegst vielleicht zwei Jahre, rechnete er sich jetzt aus, und den Rest auf Bewährung, was bedeutet, daß du nach der Urteilsverkündung hier verschwinden kannst.

Als er nach dem zweiten Verhandlungstag durch das Spalier seiner Bekannten aus dem Saal geführt wurde, machte er Verabredungen für das Wochenende.

Am Ende des Ganges entdeckte er Schnecke mit ihrer Großmutter. Es war gerade genug Zeit, ihr die Handschellen zu zeigen.

Die Urteile wurden am nächsten Tag verkündet. Der Angeklagte Johnny Berger wurde zu vier Jahren Gefängnis verurteilt. Das Gericht hatte ihn in allen einundfünzig Fällen schuldig gesprochen.

Zwei Wochen später bestieg Johnny, zusammen mit zwanzig anderen Jugendlichen, wieder eine »Grüne Minna«.

Die erste Zwischenstation war das Schubgefängnis in der Leonrodstraße. Beim Hofgang traf Johnny einen Mann, der älter sein mußte als sein Vater.

»Was hast du denn angestellt, Junge?« wollte er wissen.

»Ich? Nichts eigentlich!« antwortete Johnny.

Der alte Mann nickte. »Dann darfst du ja bald wieder raus, was?«

»In vier Jahren, ja!«

Der Alte legte ihm die Hand auf die Schulter. »Laß dir nie was gefallen, Junge. Laß dir von keinem was gefallen. Dann bist du noch was wert, wenn die vier Jahre um sind.«

»Und Sie?« wollte Johnny wissen. »Wie lange sind Sie schon hier?«

»Zwölf Jahre, Junge. Ich werde hier sterben.« Er schaute Johnny mit so ruhiger Freundlichkeit an, daß dem ganz anders wurde. Hatte er sich verhört? Was konnte einer, der so nett war, denn überhaupt angestellt haben? »Frag ruhig! Du willst sicher wissen, weshalb ich hier bin, nicht wahr?«

Johnny nickte.

»Ich habe einen Mann getötet.« Er hob seine Hände und betrachtete sie, »eigenhändig habe ich ihn erwürgt! Weil er mir meine Frau wegnehmen wollte.«

Johnny schlug das Herz bis zum Hals. Er bewunderte diesen Mann – und hätte keinem sagen können, warum. Er gab ihm die Hand, um sich zu bedanken – und hätte nicht sagen können, wofür.

Die zweite Station war Nürnberg. Von dort ging es weiter nach Ebrach, einem Gefängnis etwa dreißig Kilometer von Bamberg entfernt, einem ehemaligen Kloster mit rohen, dicken Mauern, abgelegen in der Einöde, einem Koloß aus Stein und Eisen, einer fremden, fernen Welt, zu der sonntags ganze Busladungen von Touristen gekarrt wurden, um ein im Jahre 1200 erbautes Gemäuer zu bestaunen.

In Ebrach wurden Strafgefangene mit Urteilen ab vier Jahren aufwärts untergebracht. Platz war hier für sechshundert Gefangene. Der Hauptbau bestand aus Sälen für jeweils dreißig Häftlinge. Die Nebengebäude waren für die Verwaltung, die Betriebe, und die Einzelzellen reserviert.

»Raustreten, Männer«, schrie eine Stimme.

Sie stiegen aus der »Grünen Minna« und stellten sich im Innenhof der Reihe nach auf.

Die Namen wurden verlesen, und dazu ging einer die Reihe ab.

Scheiße, dachte Johnny, als der ausgerechnet vor ihm stehenblieb, wahrscheinlich weiß er, wer mein Stiefvater ist, daß ich einem

Priester mal ein Veilchen verpaßt und einen Ausbruchsversuch angezettelt habe.

»Er denkt sich, er ist ganz was Großes.« Der Beamte schaute ihn immer noch an. Johnny versuchte, auf eine freche Bemerkung zu verzichten.

Der Mann, der von allen nur Fonse genannt wurde, eine Abkürzung seines Vornamens Alfons, hatte die Angewohnheit, mit jedem nur in der dritten Person zu sprechen. »Also er ist der Unruhestifter. Wenn er meint, auch hier einer der Anführer sein zu wollen und sich aufspielen zu müssen, dann wird ihm das nicht gut bekommen.«

Johnny verwirrte die seltsame Anrede. Es gelang ihm nicht, den Mann einzuschätzen. Er sah nur zum Fürchten komisch aus mit seinem rundum rasierten Schädel und dem schwarzen Umhang, eine Art Pellerine, die sogar seine Hände verdeckte. Schwer zu schätzen, wie alt er war, um die Sechzig wahrscheinlich. Jedenfalls schien er der ranghöchste uniformierte Beamte zu sein.

»Damit er nicht gleich auf falsche Gedanken kommt, geht er für drei Monate zur Besinnung in Einzelhaft.«

Johnny tröstete sich mit dem Gedanken, daß ihm sein Ruf immerhin schon bis Ebrach vorausgeeilt war – und daß es unter den Jungs sicher viele gab, die sich sagten: Der muß aber was draufhaben, wenn sie gleich so mit ihm umspringen.

In der Kammer mußte er seine Kleidung abgeben. Sie händigten ihm einen Satz Werktags- und einen Satz Sonntagsklamotten aus, steckten Bettwäsche, einen Pott für Kaffee, ein Stück Seife, Handtücher und ein paar Stiefel in einen Sack, den er vom Gebäude der Hauptverwaltung über den Hof zum Zellenbau schleppte. Am Ende des zweiten Stocks sperrten sie ihn in eine Zelle.

»Das wär's dann für heute«, sagte einer der zwei Beamten, die ihn begleiteten, »gute Nacht.«

Nichts in seinem Leben hatte je so endgültig geklungen wie dieses »gute Nacht«. Die Mauern um ihn herum waren für die Ewigkeit gebaut und das Eisen an den Türen Jahrhunderte alt. Er stieg auf einen Schemel, schaute durch das Gitter und sah umgepflügte Felder. Dahinter begann der Wald. Seinem Vater hätte es gefallen.

Die Gesetze waren einfach: halt die Klappe, wenn du dich nicht wehren kannst, und respektiere den, der's kann.

Der Tagesablauf war monoton: um sechs Uhr wecken. Waschen. Anziehen. Frühstücken. Tee und Brot. Um sieben ausrücken zur Arbeit. Um zwölf Pause, Mittagessen. Danach wieder arbeiten bis um fünf, Einschluß eine halbe Stunde später, Licht aus um neun.

Die erste nennenswerte Information, die er am nächsten Tag erhielt, war, daß es auch hier zwei rivalisierende Banden gab: die Nürnberger und die Münchner.

Als Münchner, als Tabarin-Johnny, war jeder Nürnberger, noch bevor er überhaupt einen zu Gesicht bekam, sein Feind.

Die zweite Information betraf kleine Plastikautos, in die er jeweils vier Räder eindrücken mußte.

Die dritte Information war, daß er genau das die nächsten drei Monate tun sollte, acht Stunden mutterseelenallein.

Schon am nächsten Mittag, bei der Essensausgabe, begann der Alltag. Statt ihm einen vollen Becher Tee einzuschenken, schenkte der Kalfaktor Johnny den Becher nur halb voll. Dazu gab's, mit dem gleichen Grinsen, nur zwei statt drei Scheiben Brot.

Dir werd ich den Unterschied zwischen Hauptstadt und Provinz noch klarmachen, fluchte Johnny und begann mit dem Training: Fünfzig Rädchen. Fünfzig Liegestütze. Er war kein Waisenkind mehr nach dreizehn Monaten Untersuchungshaft. Er hatte ausgiebig Zeit gehabt, zu lernen, daß man einen Menschen sehr schnell einschätzen mußte, um keine Zeit zu verlieren. Der Kalfaktor war mit Sicherheit nur Handlanger eines anderen, stärkeren Burschen, der ihm aufgetragen hatte: Fühl mal vor, was das für einer ist, provozier ihn, mach ihn ein bißchen böse. Johnny legte sich seine Taktik zurecht. Als Leichtgewicht mußte er die fehlenden Kilos durch Schnelligkeit wettmachen. Er ging an den größten Klotz von Kerl deshalb immer von unten ran, hob ihn aus, warf ihn zu Boden und trat mit dem Stiefel zu.

»Mach den Becher voll!« verlangte Johnny, als der Kalfaktor das Abendessen austeilte.

Zwischen ihnen stand der Pott, runde hundert Liter heiße Brühe. Der Kerl lachte. Johnny stürzte sich auf ihn. Der Pott kippte vom Wagen, der Tee ergoß sich über den Flur und floß in Strömen vom dritten Stock nach unten. Johnny riß seinen Gegner hoch, hatte ihn sofort über der Schulter, machte einen Schritt auf das Geländer zu und scherte sich nicht darum, was passieren würde, wenn er runterfiele. Zu seinem Glück hielten ihn die zwei anderen Kalfaktoren zurück.

Die ersten Beamten kamen den Gang heruntergerannt, packten Johnny und schlossen ihn ein.

Dann erschien Fonse. Er sah aus wie eine Gestalt aus einem bösen Märchen. Bewegungslos stand er da, eingehüllt in seine schwarze Pellerine. Sein Gesicht verriet keine Gemütsregung. »Hat er etwas zu erklären?«

Johnny rieb sich die Knöchel. »Wenn Sie mich zum Kalfaktor machen, passiert so was nie wieder«, antwortete er selbstbewußt.

»Ich könnte ihn wegen versuchten Mordes belangen, ist ihm das klar?«

»Wenn ich meinen Becher raushalte, will ich einen vollen Becher, das werden Sie doch verstehen. Außerdem will ich aus dieser Einzelzelle raus. Ich kann nicht allein sein! Keiner kann so schlecht allein sein wie ich, verstehen Sie?«

»Ich hab ihm doch gesagt, er soll sich ruhig verhalten. Er muß zur Besinnung kommen, weil es ihm sonst schwer wird.«

Johnny lag auf seiner Pritsche und starrte in die Dunkelheit. Im Cornelius, das mitten in der Innenstadt Münchens lag, war man auch in einer Einzelzelle nie ganz allein. Man hörte den Straßenverkehr, die Stimmen von Menschen, Fetzen von Musik. Man fühlte sich nicht so verlassen wie hier, nicht so gottserbärmlich einsam.

Am nächsten Tag stellte sich Johnny absichtlich noch ungeschickter an und schaffte statt der geforderten Stückzahl von dreihundert Plastikautos nur ganze dreißig. Außerdem schlug er sich mit dem Stiel seiner Zahnbürste so lange auf die Fingerkuppen, bis sie aufplatzten.

»Ich kann das nicht mehr mit ansehen, deine umständliche Arbeiterei«, beschwerte sich der Beamte, als er abends den fast leeren Karton sah.

»Ich geb mir ja, verdammt noch mal, Mühe«, fluchte Johnny, »aber diese kleinen Dinger fallen mir immer wieder aus der Hand. Außerdem sehen Sie ja, wie meine Finger aussehen.«

»Das wird schon«, beruhigte ihn der Beamte.

»Kann ich nicht doch was anderes machen?«

»Erst mal mußt du lernen, dich anständig aufzuführen. Benimm dich, dann sehen wir weiter.«

Seit seiner Einlieferung versuchte Johnny, sich in die Gedankengänge der Aufsichtsbeamten hineinzuversetzen. Es gab eine gewisse Kooperationsbereitschaft der Beamten mit jenen Strafgefangenen, die bei ihren Mithäftlingen Respekt genossen; und das einfach nur, weil sie stärker waren.

Natürlich waren Schlägereien verboten, aber sie klärten die Rangordnung unter den Häftlingen. Ein guter Gefängnisbeamter – und Fonse war so einer – war intelligent genug, sich das zunutze zu machen. Wer hatte nach zwanzig, dreißig Jahren Dienst noch die Kraft, jugendliche Straftäter allein mit Ordnungsstrafen kleinkriegen zu wollen? Wenn man sich aber mit den Starken einließ, waren die Beamten besser bedient, als wenn sie gleiches Recht für alle praktizierten.

Johnny staunte nicht schlecht, als er dahinterkam. Das hieß, daß alles, wofür ihn der Richter zu vier Jahren verdonnert hatte, ihn hier zu einem derjenigen machen konnte, die das Haus gewissermaßen mitregierten. Was draußen mit Gefängnis bestraft wurde, wurde drinnen belohnt.

Er begriff, wie wichtig es war, sich überhaupt nicht zu ändern. Bleib, wie du bist. Wer sich im Knast Gefühle leistete, war entweder ein Heiliger oder ein Dummkopf.

Fonse kapierte, daß man einen so unruhigen und unbeherrschten Jungen nur dadurch bessern würde, daß man sein Tempo drosselte und ihm eine halbwegs vernünftige Aufgabe übertrug. Zwei Tage Haft und schon Krawall! Wenn er das auf vier Jahre hochrechnete, hatte hier keiner mehr eine ruhige Minute. Dabei hatte Fonse den Eindruck, daß in Johnny mehr steckte als in anderen. Man mußte ihn nur nehmen, wie er nun mal war: einer, der sich nichts gefallen ließ und das sehr geschickt auszunützen verstand.

Sechs Wochen nach seiner Einlieferung wurde Johnny nun doch Kalfaktor. Das bedeutete: Bewegung, mal hier, mal dort ein Schwätzchen, die Möglichkeit, herauszufinden, wer wo saß, wo die Nürnberger, wo seine Münchner, und daß es Anführer gab und Diener und Sklaven. Man brauchte einen Job wie den eines Kalfaktors, um schnell genug dahinterzukommen, wer die fünf, sechs Leute waren, die das Haus regierten.

Nach drei Monaten Zellentrakt wurde Johnny in den Hauptbau verlegt. Als Neuzugang in der Gemeinschaftszelle bekam er das schlechteste Bett, direkt neben dem Scheißhaus. Das, dachte Johnny, werden wir schnell ändern.

5

Im Federkern, dem Betrieb, in dem Sprungfedermatratzen gefertigt wurden, arbeiteten achtzig Mann. Johnny war Fonse dankbar, daß er ihn dorthin geschickt hatte, denn hier traf er den wildesten Haufen, lauter hoffnungslose Fälle, Schreihälse und Raufbolde, darunter natürlich auch Hubschmid. Langweilig konnte es hier trotz der Eintönigkeit der Arbeit nie werden. Und nirgendwo war die Gelegenheit günstiger, etwas für seinen Ruf zu tun. Wenn überhaupt irgendwo, konnte er hier den ersten Schritt wagen, sich nach oben zu boxen.

Der Aufsichtsbeamte hieß Pickel, ein gemütlich wirkender, schnauzbärtiger Beamte, dem man ansah, daß er ein alter, ausgekochter Hase war. Mit seinem Chef war er sich darin einig, die natürliche Auslese unter den Strafgefangenen zu respektieren. Die Stärksten machte er zu Vorarbeitern und ließ ihnen mehr oder weniger freie Hand, wie sie es anstellten, daß Ruhe herrschte und die erforderlichen Stückzahlen zustande kamen. Gleich nach dem Krieg, zu Anfang seiner Dienstzeit, wäre ihm eine Regelung wie diese wahrscheinlich als völlig abwegig erschienen, und fast hätte er nicht nur seine Gesundheit ruiniert, sondern auch ein Auge eingebüßt. Unter dem linken hatte er heute noch die Narbe. Und an seinem rechten Ohrläppchen fehlte ein Stück. Es gab Burschen, die konnten nach jahrelanger Übung so geschickt mit Federn umgehen, daß sie eine Fliege auf zehn Meter Entfernung von der Wand schossen. Daß sie einen Uniformierten, wenn er sie schikanierte, nicht ungeschoren ließen, war naheliegend.

Schon bei Arbeitsantritt stellte Johnny klar, daß er nicht damit einverstanden war, daß Pickel bestimmte, an welchem der Tische er zu stehen hatte. »Ich geh da rüber, da ist das Licht besser.«

Pickel gab nach. »Ich will nicht schuld sein, wenn du dir die Augen verdirbst.«

Der springende Punkt war die geforderte Stückzahl. Unter 19 Punkten am Tag zu drehen, war gleichbedeutend mit Rückkehr in die Einzelzelle. 19 Punkte waren das mindeste, wobei man für eine Matratze 4 Punkte bekam, oder 5, je nach Größe. Einen Monat lang, zum Anlernen, 19 Punkte, dann nicht unter 25. Da gab es Leute, die drehten ihre 45er Punktzahl herunter. Dafür erhielten sie Sonderprämien in Form von Tabak.

»Also ranhalten, Berger, verstanden?«

Johnny stand noch keine halbe Stunde an seinem Arbeitsplatz, als ihn einer anrempelte, einer mit Boxernase, ein paar schlecht verheilten Narben im Gesicht und tätowierten Händen. »Auch wenn du der Berger bist, machst du hier deine Arbeit, und zwar zu meiner Zufriedenheit, ist das klar? Und wenn du glaubst, daß du so ein Starker bist wie du tust, können wir das gleich mal ausstoßen.«

Unvorbereitet traf ihn dieser Paukenschlag nicht; auch die Stille, die eine solche Äußerung unweigerlich nach sich zog, kannte er. Wichtig, das wußte er, war jetzt die richtige Antwort im richtigen Tonfall; aber was immer einem einfiel, noch wichtiger war das richtige Gesicht, bevor man den Mund aufmachte, und daß man sich Zeit ließ und nicht etwa gleich losbrüllte.

Boxernase machte Pickel ein Zeichen, und der nickte ihm über den Rand seiner Zeitung zu.

Neben dem Federkern war ein Abstellraum, in dem Bettgestelle, Federn und Werkzeug gelagert wurden.

»Dann komm, Kleiner!«

Johnny merkte gleich, daß etwas nicht stimmte. Mit den Nägeln unter seinen Sohlen rutschte er auf dem Fußboden aus wie auf einer Eisfläche und konnte weder richtig zuschlagen noch schnell genug ausweichen. Boxernase lachte ihn aus und redete mit ihm, während er seine Schläge austeilte, wie mit einem Schuljungen. Johnny konnte anstellen, was er wollte, er landete immer wieder nur in einem Haufen Stahlfedern.

»Das nächste Mal verarbeite ich dich zu Marmelade«, grinste Boxernase, als er sich das Blut von den Händen rieb, ging gelangweilt zurück an seinen Arbeitstisch und holte einen Kamm aus der Tasche. Der ganze Federkern schaute zu, wie er sich kämmte und dann erst Johnny erschien, der aus der Nase blutete.

»Mach die Tür zu«, schrie Pickel. »Los Jungs, weiterarbeiten!«

Johnnys Freunde hatten nicht damit gerechnet, daß er Prügel einstecken würde, vor allem Max nicht, denn er bewunderte ihn mehr als jeden anderen.

»Sag schon, was ist passiert?«

Was sollte er erklären? Er haßte Ausreden. Jeder Versager benutzte Ausreden. Bis er halbwegs wieder in Ordnung war, ertrug er die Beleidigungen der Nürnberger mit der Gemütsruhe eines Schlafenden. Dabei fiel ihm das Einschlafen schwer wie nie zuvor. Er dachte nur noch an die Revanche, die er um jeden Preis gewinnen mußte. Jeder konnte bei einer Prügelei den kürzeren ziehen, wer aber auch die Revanche vergab, hatte mehr verloren als nur den zweiten Durchgang; er war erledigt, ein armes Schwein, das sich nicht nur von den Uniformierten, sondern auch von den Mitgefangenen herumkommandieren lassen mußte. Johnnys vier Jahre hier wären damit die Hölle, eine Wiederholung von Erniedrigungen, Kränkungen und Abhängigkeiten geworden. Er konnte nicht einmal nach dem Krafttraining, den Liegestützen und Rumpfbeugen, die er jeden Abend machte, richtig einschlafen. Er sah sich, sobald er die Augen schloß, blutend in einem Haufen Sprungfedern liegen.

Schupf-Helli, die Boxernase, traute seinen Ohren nicht, als Johnny ihn im Federkern ansprach. »Wiederhol noch mal, was du eben gesagt hast.«

»Daß ich dich fertigmache, hab ich gesagt. Und daß mir völlig gleich ist, ob in meinem oder deinem Saal.«

Schupf-Helli zog seinen Kamm raus und stieß ihn Johnny gegen die Stirn, bevor er anfing, seinen Entenschwanz in Ordnung zu bringen. »Bei dir, denn du wirst danach kaum noch gehen können.«

»Wie du willst, dann schick einen zu uns.«

Das war so üblich: jeden Abend wurden die Säle durchgezählt, jeder rief: Ja!, sobald sein Name aufgerufen wurde, und damit hatte sich's.

An diesem Abend schrie Schupf-Helli sein »Ja!« in Johnnys Zelle. Er saß auf einem freien Bett und blätterte in einem Heftchen. Nicht nur er, der ganze Saal schien abzuwarten, bis sich die Schritte des Beamten weit genug entfernt hatten. Ein paar mühten sich ab, Platz zu schaffen.

Johnny lief nervös auf und ab, während Schupf-Helli immer noch so tat, als ginge ihn alles nichts an. »Hat jemand 'ne Lulle?«

Einer seiner Nürnberger warf ihm eine zu.

Diesen Moment nutzte Johnny und schlug zu, nicht mit den Fäusten, sondern mit seinem Stiefel, genauer gesagt, mit der Kappe seines Stiefels, die er vorher mit einem Eisen so präpariert hatte, daß sie wie ein Hammer wirken mußte. Schupf-Helli war auf diesen Überfall nicht gefaßt gewesen und war ohnmächtig, noch bevor er den Schmerz spürte. Sein Gesicht war vom rechten Mundwinkel bis zum Ohr aufgeschlitzt.

Bei seiner Vernehmung blühte Johnny auf. Natürlich half alles Reden nicht, aber er verließ den Raum mit dem Gefühl, daß Fonse seine Ansichten verstanden hatte. Wie sonst sollte er sich erklären, daß der Anstaltsleiter ihm auch noch Komplimente machte? Er hatte ihn einen »ziemlich vernünftigen Jungen« genannt.

In der Tat war Fonse beeindruckt, wie genau dieser Bursche das Knastsystem durchschaute und mit welcher Sturheit er alles daran setzte, sich zu behaupten. Er hatte genug jugendliche Straftäter kommen, gehen und wiederkommen sehen, Typen, die ihre Körper mit Spinnennetzen, Totenschädeln und Mädchennamen tätowiert hatten, aber der da, der hier vor ihm stand, war anders. Diese Sorte kannte er auch. Nicht ausgeschlossen, daß er vorhatte, ein richtig schwerer Junge zu werden. Die Begabung dazu hätte er. Fonse verstand ihn besser, als Johnny das wahrhaben wollte. Er wußte, daß dieser Junge viel zu hart bestraft worden war. Die Justiz hatte bei ihrem ersten aufsehenerregenden Prozeß gegen Halbstarkenbanden ein Zeichen setzen wollen und deshalb bewußt hohe Strafen ausgesprochen. Es würde Zeit und Geduld brauchen, ihm klarzumachen, daß ein Gefängnis eigentlich als Besserungsanstalt gedacht war.

Sie zwangen Johnny, die normale Anstaltskleidung zu wechseln. Statt der Knöpfe, mit denen man ein Spiel zur Unterhaltung hätte erfinden können, waren an den neuen Klamotten nur noch Bänder, kurz genug freilich, damit sich keiner daran aufhängen konnte. Tagsüber war die Zelle leer, ein kaltes, dunkles, modriges Loch, in dessen hinterer Ecke ein Käfig war, in den er eingeschlossen wurde; erst abends schoben sie eine Pritsche herein und händigten ihm drei Decken aus. Er fror trotzdem.

Die ersten drei Tage gab es kein Mittagessen, nur morgens und am Abend einen Kanten Brot und eine dünne Kaffeebrühe. Johnny hatte nichts zu tun als abzubüßen, was er unmöglich hatte verhindern können. Welche Wahl hatte er denn gehabt, wenn er nicht untergehen wollte? Zwei Niederlagen gegen einen wie Schupf-Helli hätten unweigerlich dazu geführt, daß ihn alle, Pickel eingeschlossen, abgeschrieben hätten.

Daß er keineswegs einsah, einen Fehler begangen zu haben, machte die Sache nicht einfacher. Er fror. Er fing an, Selbstgespräche zu führen. Nachts ging er stundenlang im Kreis. Einzelhaft kannte er zur Genüge, aber in so einem Loch hatte er noch nie gesessen.

Er versuchte, sich vorzustellen, was die anderen taten, wie sie über ihn redeten. Das half.

Am vierten Tag bekam er zum erstenmal etwas Warmes zu essen, Kartoffeln und Gemüsebrei. Er bat darum, ihm wenigstens das Bett tagsüber zu lassen, aber alles, was sie rausrückten, war eine weitere Decke. Er legte sie um die Schultern, setzte sich abwechselnd in jede der vier Ecken seines Käfigs und redete mit sich. Nur niemandem erzählen, daß er längst an dem Punkt angelangt war, sich aufzugeben! Nur weiter die Zähne zusammenbeißen und lächeln, wenn sie auftauchten! Und grinsen, wenn sie ihn endlich rausließen. Schließlich, nach vierzehn Tagen, hatte er es hinter sich. Jetzt stand Hubschmid auf seinem Programm.

Wenn er es tatsächlich wagen würde, den herauszufordern, käme allein das schon einer Sensation gleich, von dem Triumph ganz zu schweigen, wenn er dabei auch nur eine halbwegs gute Figur abgab. Im Arrest hatte er Zeit genug gehabt, sich den Kopf über seine Chancen zu zerbrechen. Eigentlich war Hubschmid ein völlig unbeschriebenes Blatt; alle hatten schon vorher die Hosen voll. Vielleicht aber war er gar kein so unbesiegbarer Gegner, wenn es darauf ankam. Getestet hatte ihn jedenfalls weder früher im Tabarin noch hier drinnen irgendeiner von den ganz Starken. Johnny konnte sich, je länger er darüber nachdachte, an keinen einzigen Fall erinnern, wo er Hubschmid hatte kämpfen sehen. So einer verschaffte sich allein durch seine Muskeln und sein Benehmen den nötigen Respekt. Kraft allein aber, das wußte Johnny aus Erfahrung, war nicht unbedingt die Garantie, einen wie ihn, einen schnellen und wendigen Gegner, zu besiegen. Dazu kam, daß ihn der halbe Federkern anfeuern würde! Er hatte Hubschmid seit seiner Arreststrafe nicht mehr aus den Augen gelassen und legte es nun darauf an, ihn zu provozieren.

Schwul war Hubschmid nicht, trotzdem hatte er Spaß daran, diesen jungen Italiener, der mit ihm am gleichen Tisch arbeitete, immer wieder anzufassen, einfach, weil er nichts lieber tat, als andere einzuschüchtern.

Es war nicht ratsam, gleich hier unter Pickels Augen mit der

Hauerei zu beginnen, wenn es überhaupt ratsam war, gegen dieses Monster an Kraft und Verschlagenheit anzutreten. Da ging es nicht mit ein paar Schrammen ab; einem wie Hubschmid war völlig gleichgültig, ob er den Rest seines Lebens im Gefängnis saß.

Nach der Arbeit mußten alle Gefangenen, die im Federkern beschäftigt waren, ihren Arbeitsplatz aufräumen und sich dann auf dem Gang zum Abzählen in Reih und Glied aufstellen. Hubschmid stellte sich neben Johnny. »So, Kleiner, du gehst jetzt noch mal rein und machst deinen Arbeitsplatz richtig sauber, verstanden, sonst zieh ich dich beim Maul durch!«

»Schmiddi, du bellst zu laut.« Zu mehr reichte die Zeit nicht. Sie wurden in die Säle zurückgebracht.

Johnny lag die ganze Nacht wach, weil er Angst hatte. Mehrmals stand er auf und machte Liegestützen. Aufgeregt rannte er immer wieder auf die Toilette, was auch nicht half. So schlecht hatte er sich immer gefühlt, bevor er Fieber bekam.

Pickel zuliebe fand der Kampf wieder im Abstellraum statt, da konnte er sich später rechtfertigen, von nichts gewußt zu haben.

In der Nacht hatte sich Johnny einen Schlachtplan zurechtgelegt. Hubschmid war am Kopf unverwundbar. Der rannte mit seinem Schädel glatt gegen eine Wand, nur so zum Spaß. Seine Haare waren Stoppeln, man konnte ihn deshalb auch dort nicht zu fassen kriegen. Er war außerdem zu schwer, um ihn auszuheben. Was ihm blieb, war also wieder allein seine Schnelligkeit und sein Überlebenswille. Er hatte auch nie wieder die falschen Schuhe an, bevor er sich auf eine Schlägerei einließ.

Hubschmid war nicht geschickt genug, Johnny zu stellen, und Johnny nicht stark genug, um Hubschmid zu Boden zu schlagen. Der Kampf führte zu keiner Entscheidung. Aber allein das war schon eine Sensation.

Wie versteinert wiederholte Hubschmid die nächsten Tage immer wieder: »Ich schlag dich tot!«

Ein einziger Arzt hatte in Ebrach alle sechshundert Strafgefangenen zu betreuen. Dafür nahm er sich jeden Tag gerade eine Stunde

Zeit. Morgens von neun bis zehn Uhr ging er durch die Betriebe und verabreichte jedem, der über Schmerzen klagte, zwei Katan. Es gab immer zwei Katan. Zwei Katan für Kopfschmerzen, für Ohrensausen, Schweißfüße, Zahnschmerzen oder Heimweh. Nach Ansicht dieses Mediziners hatte der liebe Gott keine Krankheit erschaffen, die nicht durch zwei Katan zu heilen war. Bei akuten Fällen rückte er drei Katan heraus, damit hatte es sich dann aber auch.

Hubschmid klagte seit Monaten über Magenschmerzen. Er hatte im Laufe seines Gefängnislebens schon kiloweise Katan geschluckt, ohne daß sich etwas gebessert hatte. Er beklagte sich, erntete ein Kopfschütteln und drei Katan, und wurde wieder in den Federkern zurückgeschickt. Je öfter er erschien, je lauter er über Krämpfe und Schmerzen klagte, um so weniger wollte der Arzt an eine Erkrankung glauben. Hubschmid blieb nichts anderes übrig, als seiner Forderung auf Einweisung ins Krankenhaus Nachdruck zu verleihen. Er tauchte eines Tages in der Schumacherei auf, legte eine Hand auf einen Hackstock, nahm mit der anderen ein Beil, holte aus, hieb sich vier Finger ab und wollte wissen: »Komm ich jetzt endlich ins Krankenhaus?«

Johnnys Situation war, den Umständen entsprechend, dagegen geradezu beneidenswert. Er spielte seine Rolle erfolgreich. Innerhalb eines Jahres war er ein Mitglied der Knastelite geworden – und in seinem Saal der Boß. Er hatte vier Jungs als Diener angestellt, die sein Bett machten, seine Zigaretten rollten, seine Brote schmierten, Schmiere standen, wenn er pokerte. Viele verspielten an Weihnachten bereits ihre Geburtstagspakete, am Geburtstag ihre Osterpakete und an Ostern den Inhalt der Weihnachtspakete. Trotzdem meckerte Johnny. Nicht immer die gleiche Wurst, beschwerte er sich, schon gar keine billige, auch keine Blockschokolade, an der man sich nur die Zähne ausbiß, Seife ja, aber keine parfümierte, vor allem Honig, und zwar den, den man gleich trinken konnte. Bauernspeck liebte er, geräucherten Bauernspeck, Pomade für die Frisur selbstverständlich, ein paar Kämme gleich dazu, und was zum Lesen – und auch einen Satz Spielkarten, mit denen er den Mithäftlingen weiterhin abnehmen konnte, was ihre Eltern schickten.

In seinem Spind stapelten sich Päckchen, die er längst nicht mehr für sich allein aufbrauchen konnte. Er fing an, damit zu handeln. Besonderen Spaß machte es ihm, eine Zigarette nur bis zur Hälfte zu rauchen und sie dann auf dem Boden auszutreten. Nur seine Diener durften sich bücken, um sich vom Rest eine Zigarette zu rollen. Wenn er Tabak auslieh, führte einer der Diener darüber Buch. Am Monatsende wurde mit hundert Prozent Gewinn abgerechnet. Ein halbes Päckchen mußte mit einem ganzen Päckchen zurückgezahlt werden. Die Schwulen vom Zellenbau, in den er nach der Schlägerei mit Hubschmid für einige Monate eingeliefert worden war, schrieben ihm Liebesbriefe, die er abends zur allgemeinen Belustigung vorlesen ließ. Es gab welche, die so verrückt nach einer Zigarette waren, daß sie sich nicht schämten, sich auf Johnnys Vorschlag einzulassen und für ein paar Krümel Tabak die Liebesbriefe ihrer Freundinnen zum besten gaben.

Nur einer kriegte seine Lulle immer umsonst, ein schweigsamer Junge, der sich »Brando« nannte. Johnny gefiel die Art, wie er sie sich in die Mundecke schob, mit einer Hand das Streichholz anzündete und sich dann beim Rauchen gegen die Wand lehnte. Er stand da wie ein Filmstar, der einen schweigsamen Jungen im Knast spielt.

Johnny hatte bald solche Mengen Lebensmittel gehortet, daß die Kunden bei ihm Schlange standen, um ihre Talente anzubieten. Da einer ziemlich alle gängigen Hits draufhatte, natürlich auch »Johnny B. Goode«, ließ er ihn, wenn er von alten Zeiten träumen wollte, antreten und singen und schnitt ihm zur Belohnung zwei Rädchen Hartwurst ab. Für eine Massage gab's Marmelade oder Margarine. Wenn er seine Ruhe haben wollte, mußte Ruhe sein. Für Lärmen gab's Ohrfeigen. War ein interessanter Neuzugang angekündigt, den Johnny unbedingt in seinem Saal haben wollte, nahm er ein Stuhlbein, schlug einem, der ihn um Tabak angebettelt hatte, einen Knöchel blau, rief den Arzt, der die Wunde untersuchte, ihn krankschrieb und ins Spital überwies – schon war das Bett frei.

Natürlich kam es vor, daß sich einer nicht alles gefallen ließ, und Johnny verpfiff. Alle Zellengenossen, die von ihm in der einen oder anderen Weise profitierten, hatten dann nie etwas gesehen. Sie konnten beim besten Willen nicht bestätigen, daß Johnny der Täter war.

Immer vor dem Schlafengehen verschaffte sich Johnny ein bißchen Bewegung. »Wer boxt mit mir, nur so zum Spaß?«

Daß keiner freiwillig gegen ihn antrat, auch nicht zum Spaß, war klar.

»Wer's macht, kriegt was zum Rauchen!«

Schon stritten sich alle, die nichts zu qualmen hatten, wer zuerst gegen ihn antreten durfte.

Die Fäuste wurden mit Handtüchern bandagiert, in der Mitte des Saales wurde ein Platz freigemacht, und die Jungs machten es sich bequem. Ein Diener säbelte drei Scheiben Salami für den Sänger ab und mit Gesang begann der Kampf. Alle wußten, daß Johnny jeden Abend drei Runden trainierte und jeden wenigstens einmal härter als abgemacht treffen wollte. Das war dann kein Spaß mehr, trotzdem lachten sie, wenn einer umfiel.

Man nannte ihn längst den Tabakkönig. Sein Tauschhandel erlaubte ihm auch, vom Speisezettel der Strafanstalt unabhängig zu werden. Er unterhielt die besten Beziehungen zu Gefangenen, die in der Landwirtschaft, vor allem aber in der Küche arbeiteten – und zu den Kalfaktoren, die die Verteilung organisierten. Frische Eier, frisches Gemüse, Hühnchen, Bratkartoffeln mit Speck, alles war lieferbar. Seinen Zellenkameraden, die nur zuschauen durften, spendierte er einmal pro Woche eine Zusatzration aus eigenen Beständen. Allerdings legte er Wert auf die Menügestaltung; Hauptsache, es schmeckte ungenießbar. Zu Pellkartoffeln ließ er Lebertran servieren, zum Grießbrei Rollmöpse und zum Eintopf geriebene Schokolade; die scharfen Paprika zum Pudding mußte jeder probieren, der bei ihm Schulden hatte.

Fonse war Johnnys Geschäftstüchtigkeit nicht entgangen und versuchte, ihn von seinen Quellen abzuschneiden.

»Geh er in den Arrest.«

Inzwischen war er Kälte gewohnt, und nach mehreren Besuchen hatte auch der Käfig seinen Schrecken eingebüßt; er wußte auch, daß die Zeit nicht schneller verging, wenn er sich Vorwürfe machte. Lieber drehte er in Gedanken Hofrunden mit dem alten Mann, der seinen Frieden mit Gott und den Engeln geschlossen hatte; der zumindest wäre, wenn er ihn hätte sehen können, stolz auf ihn.

Um seine Geschäfte mußte er sich keine Sorgen machen. Niemand würde in seiner Abwesenheit an den Hartwürsten, die am Fenstergitter baumelten, aufgereiht nach Größe und Qualität, auch nur riechen. Niemand würde sich an den Schokoladentafeln vergreifen. Die Abrechnungen über den Tabakhandel würden stimmen – dazu hatte er schließlich welche, die aufpaßten.

Da Johnny erholt, braungebrannt und mit ein paar Muskeln mehr in die Freiheit entlassen werden wollte, knüpfte er rechtzeitig, bereits mit Beginn des Tauwetters, Kontakte zu den landwirtschaftlichen Betrieben, dem Haupterwerbszweig der Haftanstalt. Es würde bald Frühling und wärmer werden, das richtige Wetter, sich zu verabschieden und in der Sonne zu braten. Nur nicht noch einmal in den eiskalten Arrest, nur nie wieder Dummheiten! Zwar hatte er sich das bei jedem Verweis geschworen, war aber dieses Mal fest entschlossen, sich zusammenzureißen. Er wollte schließlich jedem, der ihn nach seiner Entlassung treffen würde, seinen Körper zeigen können – Schnecke natürlich zuerst, in die er immer noch wie ein Schuljunge verliebt war. Und immer noch war, wenn er an sie dachte, die alte Angst da. Fast vier Jahre hatte er masturbiert, sich das lebendige Objekt seiner Begierde nur vorgestellt; was, wenn er wieder, gleich beim erstenmal mit ihr, eine schlechte Figur abgab? Wenn er zu aufgeregt sein würde, um tun zu können, was er sich in den vielen Nächten, in denen er vor Sehnsucht fast durchgedreht war, alles vorgenommen hatte?

Hungerberger, ein Langzeithäftling, der in der Landwirtschaft beschäftigt war, hatte ein gutes Wort für ihn eingelegt. Ihm gegenüber hatte Johnny immer wieder von seiner Lehre als Autoschlosser bei Mercedes geprahlt, und weil er auch Fonse gegenüber behauptet hatte, sich mit Motoren auszukennen, gab er nach.

Ehrensache, dachte sich Johnny am Tag seiner Überstellung, daß ich erst einmal eine kleine Runde drehe. Er startete einen der Traktoren, ausgerechnet einen mit zweihundert Liter Odel im Anhänger, und ratterte los. Zum Verhängnis wurde ihm eine abschüssige Stelle. Er fand die Bremse nicht gleich, und als er sie betätigte, war sie wegen des Gewichts des Anhängers praktisch wirkungslos. Er raste frontal auf eine der Eisentüren in der Gefängnismauer zu.

Auf dem Weg in den Arrest war er noch immer ganz begeistert, daß er es geschafft hatte, rechtzeitig abzuspringen.

6

Jede Woche hatte er von Schnecke einen Brief bekommen, und jeder Brief hatte immer mit »mein lieber lieber lieber Schatz« begonnen. Sie konnte eine halbe Seite mit so einer Anrede vollschreiben, sie malte die einzelnen Wörter manchmal sogar mit verschiedenen Buntstiften an. Damit sie sicher war, daß er ihre Post auch erhalten hatte, mußte er ihr zurückschreiben und jedesmal die Zahl der Wörter ihrer Anrede angeben, die im letzten Brief gestanden hatten. Johnny legte sich also auf die Pritsche, riß das Kuvert auf, faltete das Blatt auseinander und wollte gerade mit dem Abzählen ihrer Liebeserklärung beginnen, als er gar keine Anrede sah, nicht einmal seinen Namen, kein Datum, nichts. Sie teilte ihm mit, daß sie geheiratet hatte, ein Kind erwartete und er sich keine Hoffnungen machen sollte, sie würde je wieder zu ihm zurückkehren. Gründe nannte sie keine. Zum Schluß bat sie ihn, ihrem Ehemann nichts zu tun, und drohte, falls er ihn verprügeln sollte, dafür zu sorgen, daß er wieder ins Gefängnis müßte.

Johnny verstand nicht, was er gelesen hatte. Er lag nur da und kämpfte mit den Tränen. Er war davon überzeugt, mit reiner Willenskraft aus einem Abschiedsbrief einen Liebesbrief machen zu können. Er schloß fest die Augen und hielt, solange er konnte, den Atem an. Mit einem kräftigen Ausatmen öffnete er seine Augen wieder und konzentrierte alle Sinne auf den Brief, den er in der Hand hielt. Danach schloß er die Augen erneut, maßlos enttäuscht, aber mehr über sich und das Scheitern seiner Anstrengung als über Schneckes Mitteilungen.

Alle spürten, daß etwas mit seiner Freundin sein mußte, aber keiner getraute sich jetzt, ihn zu stören. Sogar die Kettenraucher nahmen in den nächsten Wochen lieber Entzug in Kauf, als sich von ihm in dieser Stimmung verprügeln zu lassen. Johnny lag da und kämpfte mit einer Enttäuschung, die er bisher nicht gekannt hatte. Was immer er sich auch einzureden versuchte, Tatsache war, der fröhliche König, der er bis zu diesem Tag gewesen war, hatte abgedankt.

»Liebe ist Scheiße, das steht fest!« versuchte ihn einer seiner Diener zu trösten.

»Halt's Maul!« fuhr Johnny ihn an. Er war wütend, daß Schnecke ihn verlassen hatte. Aber noch wütender war er, daß er Gefühle gezeigt und jeder es gesehen hatte. Zum erstenmal seit Jahren fühlte er sich wieder wie ein Gefangener, weil er nicht einfach losrennen und mit ihr reden konnte. Er konnte nur ihre Liebesbriefe zerreißen, die Schnipsel anzünden und zuschauen, wie sie brannten.

Und das tat er.

7

Die Entlassung wurde schon Wochen vorher gefeiert. Die einen rechneten sich aus, etwas von Johnnys Reichtum abzubekommen, andere dachten daran, daß man sich ja draußen irgendwann wieder begegnen würde, klopften ihm unnötig oft auf die Schultern, bedankten sich für Dinge, die nie geschehen waren, und schlichen um ihn herum wie Hunde. Seine Vorräte verteilte er unter seinen Kumpels, soweit die nicht schon vor ihm entlassen worden waren.

Jeder Gefangene erhielt zwei Tage vor seiner Entlassung seine

Privatkleidung zurück – und wurde bis zum Öffnen der Gefängnistore in eine Einzelzelle gesperrt. Dort sollte er sich besinnen, sich vorbereiten auf den Weg in die Freiheit, zurück in die Gesellschaft.

Das Gefühl, endlich wieder die eigenen Klamotten zu tragen, war für Johnny nicht das erhoffte Vergnügen. Als Sechzehnjähriger war er eingeliefert worden, als Zwanzigjähriger wurde er entlassen. Nichts paßte mehr. Aber den mausgrauen Anzug, den sie für solche Fälle bereithielten, wollte er sich nicht verpassen lassen. Vier Jahre hatte er auf diesen Augenblick gewartet, und was hatte er sich nicht alles ausgemalt! Strahlender Sonnenschein, ein paar Freunde mit geklauten Autos, genug Bier und Kofferradios mit Rock 'n' Roll, eine Party im Grünen, Motor aus, Scheinwerfer aus. Zum Teufel mit Schnecke! In seinen Augen war er ein Held! Er hatte sich weder umgebracht noch erniedrigen lassen, sich nicht versteckt und war nicht zerbrochen wie andere, die er verlacht hatte. Warum sollten ihm nicht alle, denen er begegnete, anerkennend auf die Schultern klopfen?

Als sich das Tor wirklich öffnete, war der Himmel grau, Johnny schleppte einen Persilkarton mit seinen Habseligkeiten und wurde von einem Beamten zum Linienbus nach Bamberg gebracht. Keiner der Fahrgäste würdigte ihn auch nur eines Blickes. Wieder einer entlassen! Den Anblick kannten sie zur Genüge. Nur ein paar Kinder starrten ihn an; vor so einem, das hatten sie oft genug zu Hause gehört, mußte man sich fürchten!

In Bamberg ging er in die Bahnhofsgaststätte, bestellte eine Portion Leberkäse und ein Bier. Auch davon hatte er geträumt.

Schon vom Fenster des in München einfahrenden Zuges aus entdeckte er Max, der ein paar Monate vor ihm rausgekommen war. Mit ihm, hatte er sich vorgenommen, wollte er sich erst mal umschauen, was inzwischen so los war. Nur sich nicht wieder in den gleichen Lokalen wie früher herumtreiben, Bier trinken und Pöbeleien anfangen, hatte er sich geschworen, nur nicht wieder das alte Lied beginnen.

Während er Max umarmte, sah er am Ende des Bahnsteigs

Schneckes Großmutter stehen. Er ging zu ihr. Sie bat Johnny mit Tränen in den Augen, er solle, bitte, ihre Enkelin in Ruhe lassen, sie sei jetzt verheiratet mit einem guten Mann und erwarte ein Kind.

»Und? Weiß ich doch schon alles!« Wenn er sich Schneckes Ehemann vorknöpfen würde, auch etwas, das er sich noch im Knast vorgenommen hatte, konnte er damit rechnen, wegen Körperverletzung sofort wieder festgenommen zu werden; außerdem hatte er die alte, immer noch temperamentvolle Frau, die ihrer Enkelin sogar das Fahrgeld zugesteckt hatte, wenn Schnecke ihn besuchen wollte, immer gemocht; um die Eltern zu beruhigen, hatte sie sogar Ausreden erfunden.

»Laß es, wie es ist, Johnny, ich bitte dich darum! Du bringst nur neue Unruhe in ihr Leben.«

Er versprach ihr, Schnecke nicht zu belästigen, und gab ihr jenes Kettchen mit dem Talisman daran zurück, das ihm Schnecke einmal geschickt hatte.

Das Entlassungsgeld, hundertdreiundzwanzig Mark, reichte für zwei Tage.

»Was machen wir jetzt«, fragte Johnny.

»Weiß nicht«, antwortete Max.

»Na, dann mal los«, sagte Johnny.

Das Bahnhofsviertel hatte einen schlechten Ruf. Eine Bar reihte sich an die nächste, kleine Spelunken, Nepplokale, in denen keiner, der einsam war und sein Vergnügen suchte, lange allein blieb. Jedes noch so trostlose Kellerloch war gut genug für einen Tresen, vier, fünf Tische und eine Jukebox. Jedes zweite Haus war eine Pension, ein Hotel, eine Absteige. Dazwischen befanden sich Stehimbisse, Bierkneipen und Tanzbars. Am Wochenende spielten Tanzcombos und Rock 'n' Roll-Bands. Dann war hier die Hölle los. Die Straßen waren verstopft – und die Bars unter Belagerung. An jeder Ecke gab es Zoff. Am schlimmsten war es, wenn sich Halbstarke mit amerikanischen Soldaten in die Wolle kriegten – und ziemlich schnell die Militärpolizei und die Funkstreife anrückten. Niemand schien hier je zu schlafen. Man verstand kaum sein eigenes Wort, weil aus jeder Tür

Musik dröhnte und sich draußen auf der Straße zu einem Lärmbrei verdichtete, der nur durch hupende Autos, kreischende Animiermädchen oder streitlustige Männer übertönt wurde. Eine plärrende Welt, in der Bier und Blut flossen, und das Tag und Nacht.

Bevor er sich ins Getümmel seines neuen Reviers stürzte, traf er seine Mutter in einem Café in der Nähe des Ostfriedhofs. Er wollte nicht wieder zu Hause einziehen, schon deshalb nicht, weil er ihr die Schande ersparen wollte, daß die Nachbarn ihn nach Hause kommen sahen. Seine Mutter hatte dafür Verständnis. Mit den Nachbarn wäre sie ohne Mühe klargekommen, da ließ sie sich nichts gefallen. Aber sie spürte, daß ihr Sohn endlich erwachsen werden mußte. Zuerst einmal stopfte sie ihn mit Rührkuchen voll, weil sie annahm, daß er nichts im Magen hatte. Daß er dazu Bier trinken wollte, verbot sie ihm. »Trink Wasser, wenn du Durst hast!« schnauzte sie ihn an und rückte ihm den Hemdkragen zurecht. »Und nachher gehen wir dir was zum Anziehen kaufen!«

Er tat ihr leid. Vier vergeudete Jahre, die wichtigsten Jahre im Leben, die schönste Zeit, eingesperrt! Oft hatte sie zu Hause gesessen und deshalb geweint. Daß er alles, was er versäumt hatte, jetzt nachholen wollte, verstand sie nur zu gut. Beruhigend fand sie diese Vorstellung allerdings nicht; noch dazu, daß er es nicht eilig zu haben schien, sich nach einer Arbeitsstelle umzusehen, und sich statt dessen wieder mit seinen alten Freunden herumtrieb, diesem Max vor allem, der auch kein Vorbild war.

Auch wenn sie sich Sorgen machte, wirkliche Angst um ihn hatte sie nicht. Sie war sicher, daß er wieder auf die Beine kommen würde. Soviel Verstand traute sie ihm zu. Hauptsache ist, dachte sie, daß er weiß, daß er jederzeit nach Hause kommen kann, ohne befürchten zu müssen, nur immer ausgeschimpft zu werden.

Seine körperliche Verfassung war großartig. Er strotzte vor Kraft. Vier Jahre lang hatte er, wenn auch gezwungenermaßen, keinen Tropfen Alkohol getrunken und jeden Abend trainiert. Er war besser in Form als damals, als er die Meisterschaft der Rock 'n' Roll-Tänzer gewonnen hatte. Hundert Liegestützen waren ein Kinderspiel, da kam er nicht mal ins Schwitzen.

Die Nacht nach seiner Entlassung hatte er bei einem Bekannten verbracht, auch einem, der nicht wußte, was er mit seinem Leben anstellen sollte. Als sie gegen Morgen in der Wohnung aufkreuzten, lag schon jemand im Bett.

»Das ist nur meine Schwester«, beruhigte er Johnny.

Der Anblick war alles andere als beruhigend. Da lag eine Frau. Die erste Frau nach vier Jahren Knast. Die erste richtige Frau. Schnecke war ein Backfisch, aber keine Frau gewesen, jedenfalls keine wie die hier. So eine hatte er überhaupt noch nie gesehen.

Er war heilfroh, daß er sich am nächsten Morgen an nichts mehr erinnerte. Richtig, an die Frau, die nach dem Aufwachen immer noch neben ihm im Bett lag, erinnerte er sich. An alles andere aber wollte er sich lieber nicht erinnern. Erinnerungen hatten ihn ermüdet. Vier Jahre lang hatte er sich nur erinnert. Wie Bier schmeckte. Wie schön es im Sommer unten an der Isar war und wie aufregend, eine schwere Horex zu klauen und Vollgas zu geben, im Kino zu sitzen und mit Schnecke rumzuknutschen. Er hatte genug davon. Nur keine Erinnerungen mehr! Er wollte wahllos mit Frauen schlafen, ohne sich auch nur an eine erinnern zu müssen. Gefühle verlangsamten das Tempo, waren also zeitraubend; Zeit hatte er genug verloren, und Gefühle zahlten sich nicht aus. Er hatte in Ebrach nur überlebt, weil er sie erfolgreich bekämpft hatte. Gefühle machen schwach, hatte er herausgefunden, und Schwäche war ein unentschuldbares Verbrechen.

8

Als er Anni zum erstenmal traf, war Max noch hinter ihr her, ziemlich erfolglos allerdings. Sie spendierte ihm nicht einmal ein Bier, wenn er pleite war. Lieber unterhielt sie sich mit den GIs, in der »Hawaii-Bar«, wo sie hinter der Theke stand. Mit einem, hieß es, sollte sie so gut wie verlobt sein. Genaueres wußte Max auch nicht, und fragen wollte er nicht.

Er hatte ihr von Johnny schon vorgeschwärmt, als der noch gar nicht entlassen war, und ihr versprochen, ihn mitzubringen, sobald er wieder in München auftauchte.

Anni fing an zu lachen, als Max ihr seinen Freund vorstellte. »Was, der? Das soll der starke Supertyp sein?«

»Ganz recht«, sagte Max.

Wenn das die Frau ist, in die sich Max verliebt hat, dachte Johnny, dann war er nicht bei Verstand. Mehr Gedanken machte er sich nicht. Dann stand er auf. »Wenn ich Ihnen nicht groß oder stark genug bin, behalten Sie das für sich. Und wenn Sie mich noch mal so anreden, dann gibt's einen Klatscher.« Er ließ Max und Anni sitzen und ging.

Johnny verkehrte am liebsten gegenüber im »Roxy«. Dort saß er auch, als er ans Telefon gerufen wurde. Max hatte in der »Dschungel-Bar« Ärger mit einem Verehrer von Anni. Der war ein paar mit Freunden angetanzt und hatte Anni gleich zur Begrüßung eine Ohrfeige verpaßt, weil er erfahren hatte, sie würde in seiner Abwesenheit mit anderen rummachen. Gemeint war Max, der nun reagieren mußte. Zumindest mußte er erst einmal aufstehen. Aber was dann? Was sollte er gegen sieben amerikanische Soldaten ausrichten? Und wie Anni erklären, daß er sich nicht traute, auch nur gegen einen einzigen anzutreten? Er konnte sich, verdammt noch mal, nicht prügeln, nicht so wie Johnny jedenfalls. Also war er zum Telefon gerannt.

Johnny hatte nicht die geringste Lust, Anni, die ihn beleidigt hatte, zu helfen, aber Max war sein Freund; ihm blieb keine Wahl.

Er stürmte die Bar mit fünf Mann, vier andere warteten draußen, weil es immer welche gab, die davonliefen, sobald es ernst wurde.

Die Schlägerei war schnell entschieden. Es machte Spaß, GIs aufzumischen. Einige rannten aus der Bar und wurden draußen in Empfang genommen. Drinnen knöpfte sich Johnny das Großmaul vor und richtete den Kerl so übel zu, daß er sich ergab.

Beim Davonlaufen trauerte Johnny den guten, alten Zeiten nach, wo man sich neben den blutig geschlagenen Gegner stellte und seinen Triumph genoß, denn schließlich sollte ja jeder mitbekommen, daß man gewonnen hatte. Aber jetzt, vier Jahre später, hoffte er nur, daß niemand ihn verpfeifen würde.

In der gleichen Nacht tauchte Anni im »Charly« auf, einem Frühlokal, das sich erst füllte, wenn draußen schon die Sonne schien. Johnny hatte ein Mädchen im Arm, von dem er bis jetzt nur wußte, daß es zwei Namen hatte: Rebecca und Inge.

Anni kam direkt zu seinem Tisch. »Das war nett von dir, danke schön!« Sie sah verlegen aus.

»Ich hab meinem Freund einen Gefallen getan, nicht dir«, antwortete Johnny, »außerdem siehst du doch, daß ich nicht allein bin.« Er drehte sich wieder Rebecca zu. »Laß uns abhauen.«

Man sah sofort, wann es Streit gab. Man sah einem Kerl einfach an, wenn er es darauf ankommen lassen wollte. Genauso einer kam ihm dann auf der Goethestraße entgegen. Klar, daß keiner dem anderen ausweichen würde. Jeder Schritt, mit dem sie sich einander näherten, wurde unausweichlich zur Vorbereitung auf eine Schlägerei.

»Das beste ist, Rebecca, du bringst dich in Sicherheit!«

Es gab keinen Grund und Gründe genug, sich mit dem anderen zu prügeln, aber ihr Aufeinanderprallen wäre nur zu verhindern gewesen, wenn einer freiwillig die Straßenseite gewechselt hätte.

Drüben lehnten Mädchen in den Eingängen der Bars. Die meisten kannten Johnny. Es wäre einfach gewesen, die Seite zu wechseln, ohne dem, der auf ihn zusteuerte, das Gefühl der Überlegenheit geben zu müssen. Aber Johnny hatte gerade einen GI verdroschen und war noch warm.

Er wich dem ersten Schlag aus, duckte sich, hob den Kerl mit der rechten Schulter aus, sprang über ihn, packte ihn bei den Haaren und schlug seinen Kopf gegen die Steinplatten des Gehsteigs. Er zog ihn am Jackett hoch und schlug den Kopf gegen eine Parkuhr, die auf fünfundvierzig Minuten hochsprang. Dann ließ er ihn los. Der Kerl fiel ihm entgegen. Erst jetzt war Johnny bereit, einen Schritt zur Seite zu tun. Dann rannte er davon. Ein Kerl, der blutend mitten auf dem Gehsteig liegt, ist für einfache Passanten ein Mensch, der im

Sterben liegt. Einer ruft immer nach der Polizei. Es war Glück, daß Anni gerade nichts anderes zu tun gehabt hatte, als sich von drüben alles mit anzusehen. Wenn die Funkstreife vorfuhr, war Johnny, wenn nicht alle dicht hielten, dran.

»Wenn eine von euch sagt, wer das war, sorge ich dafür, daß sie hier keine Mark mehr verdient!« Anni hatte als Barfrau genug Autorität und die richtige Klappe, um sich durchzusetzen.

Kein Mädchen hatte, als die Polizei Fragen stellte, etwas gesehen. Die Passanten hatten alle zuviel gesehen. Mit ihren Angaben hätte man ein Dutzend Leute verhaften können.

Johnny wußte, daß er aufpassen mußte. Ohne Annis Hilfe wäre alles schon nach wenigen Tagen in Freiheit wieder von vorne losgegangen. In der gleichen Nacht erschien er in der »Hawaii-Bar«, um sich bei ihr zu bedanken, was sie mit einem Blick beantwortete, der ihm zu schaffen machte, schließlich war, wie er wußte, noch immer Max hinter ihr her. Sie stellte ihm, weil sie offenbar wollte, daß er blieb, etwas zum Trinken hin – und wieder füllten sich ihre Augen mit einer Erwartung, auf die er nicht vorbereitet war. Als sie vorschlug, sie sollten, sobald sie, »so um drei«, mit der Arbeit fertig sei, zusammen was essen gehen, hatte er nur einen einzigen Einwand: »Ich hab kein Geld, um jemand einzuladen.«

Zwei Stunden später erschien Anni mit einer Freundin im Frühlokal, wo Johnny schon wartete. Ihm war es recht, daß sie in Begleitung kam, weil ihm nicht klar war, wie er sich verhalten sollte.

Es war spät, als sie zu ihr nach Hause kamen. Damit er sich später nicht an Einzelheiten erinnern mußte, leerte er die angebrochene Flasche Weinbrand, die auf dem Fenstersims stand, und spülte mit einer Flasche Bier aus dem Eisschrank nach.

Zwei Tage später zog er mit Anni ins »Hansa«, eine Hotelpension, was der Besitzer sehr rasch bedauerte, denn Johnny füllte die übrigen Zimmer mit Freunden und Bekannten. Je mehr sie waren, um so ungenierter konnten sie sich benehmen.

Johnny war entschlossen, sich auf das zu konzentrieren, was er sich zutraute. Wozu sollte er sonst auch gut sein? Als Teil einer Kolonne, die Plakatwände aufstellte, war er jedenfalls ungeeignet, was ihm sein Chef auch gleich bestätigte. »Geh zurück, wo du herkommst! Einen wie dich hätten sie niemals freilassen dürfen!« Er konnte den aufgebrachten Mann, auch wenn er ihm Prügel androhte, verstehen! Mit Leuten wie ihm machte ein ordentlicher Geschäftsmann unweigerlich irgendwann pleite. In jeder Mittagspause hatte er den Vorarbeiter zu einem Spielchen überreden können und ihm dabei sein Geld abgenommen. Als der Mann anschreiben lassen mußte, hatte Johnny auf Zahlung bestanden. Macht zu haben über einen, der das Sagen hat, dieses Gefühl war unwiderstehlich geworden.

Um in aller Herrgottsfrühe Schlachtvieh aus Güterwaggons zu treiben, auch dafür war er nicht auf die Welt gekommen. Das konnten andere besser. Außerdem saß er um diese Zeit lieber noch in einer Bar oder spielte bei sich zu Hause Karten; oder er schaute noch auf einen Sprung ins »Palais de Dance«, um Mädchen abzuschleppen. Das war auch etwas, was er inzwischen gelernt hatte. Es klappte immer dann am besten, wenn er sich so wenig wie möglich anstrengte.

Die Hälfte der Jungs, die im Nachtleben beschäftigt waren, kannte er aus Ebrach. Im »Palais« brauchte er nicht einmal zu zahlen, weil zwei der Kellner im Knast für ihn Brote geschmiert hatten. Er kannte auch Kippler, den kleinen slowenischen Juden, dem der Laden gehörte, eine Schießbudenfigur, nicht größer und schöner als eine Zwergratte. Wenn er ihn begrüßte, mußte er an das denken, was ihm Max erzählt hatte, daß er nämlich mit einer Schönheit verheiratet war, einer Rothaarigen, die ihn um mehr als einen Kopf überragte. Allein ihretwegen erschien Johnny jede Nacht – und ihretwegen ließ er sich dann auch als Geschäftsführer anstellen, für neunhundert Mark im Monat. Sein Vorgänger war beim Glücksspiel erwischt und verhaftet worden, Kippler hatte sich nach einem Ersatz umsehen müssen und immer wieder Johnnys Namen gehört. Der Junge schien alle Voraussetzungen für so einen Job mitzubringen. Er konnte mit den Kellnern, war nicht auf den Kopf gefallen, verstand etwas von Rock 'n' Roll und, was das Wichtigste war, ging selbst zur Sache, wenn es mit Gästen Krach gab. Aber außer, daß Johnny Kipplers Frau nie zu Gesicht bekam, hatte die Sache noch einen anderen Haken. Immer konnte er sich, wenn er zugeschlagen hatte, nicht auf das Hausrecht herausreden, und die Polizisten, die zusammen mit der amerikanischen Militärpolizei Streife gingen, verloren allmählich den Humor. Immer die gleichen Ausreden zu Protokoll nehmen zu müssen und einen Notarztwagen anzufordern, war nicht, was ihre Vorgesetzten im Präsidium von ihnen erwarteten. Der ganze Ärger aber, fand Johnny, ging nur Kippler etwas an, denn er tat schließlich nur, wozu er da war. Viele Typen wollten es einfach wissen, wenn er sie in seiner Eigenschaft als Geschäftsführer aufforderte, sich zu benehmen. Seine neue Wunderwaffe war ein kurzer Haken direkt aufs Herz. Als Auftakt war dieser Schlag mehr als wirkungsvoll, denn automatisch ließen alle, sobald sie den Schlag spürten, ihre Köpfe nach unten fallen. Diesen Moment nützte Johnny aus, um sie mit einem von unten geschlagenen Haken zu erwischen, was zur Folge hatte, daß ihre Köpfe wieder nach hinten flogen und damit den Hals bloßlegten. Genau die Halsschlagader zu treffen, nur noch darauf kam es dann an. Jedenfalls war das auch die beste Methode, unnötiges Blutvergießen zu vermeiden. Schon einer, der nur aus der Nase blutete, konnte die ganzen Polster versauen. Dazu kam, daß sie ja nicht einzeln, sondern zu viert oder fünft erschienen und meistens schon zuviel getrunken hatten. Rein technisch war Johnny darauf angewiesen, den ersten Angreifer gleich derart zuzurichten, daß die anderen der Mut verließ.

Er übersah völlig, daß er, wenn auch in Ausübung seines Berufs, bereits wieder in eine gefährliche Richtung rannte – zurück ins Gefängnis.

Daß es Zuhälter gab, wußte Johnny, hatte sich aber nie weiter dafür interessiert. Er hatte Anni, und nebenbei hatte er eine Rosie, seine Rebecca, die auch Inge hieß, eine Natascha und noch einige andere, viele andere, und genoß es, daß die Mädchen sich in ihn verknallten.

Eines Tages lief ihm Evi über den Weg, die ziemlich ramponiert aussah. Sie hatte sich in der Nymphenburger Straße unter Prostituierte gemischt und war verdroschen worden.

»Mit Handtaschen sind die auf mich losgegangen. Und dann ist aus einem Haus einer gekommen und wollte, daß ich mich in sein Auto setze, weil er mit mir was zu reden hätte.« Sie fing an zu weinen. »Hilfst du mir?«

Für Johnny war es ein Kinderspiel, dreißig Mann zusammenzutrommeln.

Natürlich hatten die Mädchen, von denen Evi vertrieben worden war, alle ihre Zuhälter. Er kannte auch ihre Stammkneipe, drüben in der Seidlstraße das »Kapitol«. Sie brauchten also von der Goethestraße nur durch den Bahnhof hindurchzugehen.

Da es bereits dunkel war, konnte man von außen zwar durch die Scheiben ins Innere des Lokals schauen – nicht aber umgekehrt. Sie blieben erst einmal unentdeckt, und Johnny konnte den Überfall organisieren. Zehn Mann würden mit ihm das Lokal betreten, die restlichen zwanzig draußen warten, falls jemand abhauen wollte.

Johnny und seine Jungs gingen rein, umstellten den Tisch der Zuhälter, nahmen sich jeder eine Flasche Bier – und knallten sie den Herren kommentarlos über den Schädel. Wer zu fliehen versuchte, wurde draußen aufgemischt. Das Ganze dauerte nur Minuten. Dann rannte das Rudel zurück in die Goethestraße.

Johnny sagte Evi, sie solle sich morgen nur wieder ganz ruhig neben die anderen Mädchen hinstellen – und falls eine von denen es wagen sollte, sie erneut zu vertreiben, sollte sie es ihm sagen.

Es gab zwar am ersten Arbeitstag für Evi noch ein paar böse Worte und abfällige Blicke, aber niemand wagte mehr, sie zu belästigen. Die schon etwas älteren Herren in den Anzügen wußten, daß sie keine großen Chancen gegen eine Schlägertruppe aus der Goethestraße haben würden. Als Johnny am nächsten Tag vorbeischaute, stieg Evi gerade in ein Auto. Der Gedanke, daß sie auf die gleiche Art mit jedem Mann schlief wie mit ihm, machte ihn eifersüchtig.

Ihm kam die Idee, sich im Wagen von Timo, einem seiner Kellner, im Kofferraum zu verstecken. Timo sollte sich bei ihr als Freier ausgeben, auf diese Weise würde Johnny alles, was er wissen wollte, unbemerkt mitbekommen.

Sie fuhren in die Nymphenburger Straße und hielten auf der gegenüberliegenden Seite an. Johnny deutete auf ein blondes, sommersprossiges Mädchen in einem grünen Kleid. »Die da! Das ist sie!«

»Versteh ich, daß du eifersüchtig bist«, sagte Timo, nachdem er begutachtet hatte, was das grüne Kleid alles nicht bedeckte.

»Eifersüchtig?« wehrte Johnny ab. »Auf die doch nicht!«

»Und warum dann der ganze Zirkus?«

»Fahr los und dreh da vorne um, aber halt kurz an, damit ich mich in den Kofferraum legen kann.« Er hatte kalte Hände vor Aufregung.

Evi widerstand jedem Angebot, das Timo ihr machte. Sie ließ sich nicht küssen, auch nicht für fünfzig Mark. Auch sonst keine Extratouren, auch nicht, als er sie mit zweihundert Mark zu überreden versuchte. Genervt stieg sie aus und knallte die Autotür so wütend zu, daß Johnny hinten im Kofferraum den Kopf einzog – und trotzdem dachte, daß er irgendwo angestoßen sei.

Anni spielte verrückt, als sie dahinterkam, und handelte sich ein blaues Auge ein, als sie ihn als »Zuhälter« beschimpfte. Er brauchte zwei Sekunden, um einzusehen, daß sie recht haben könnte. Daß Evi anschaffen ging und er davon profitierte, weil sie ihm Geschenke machte, war allerdings noch lange kein Grund, ihn zu beleidigen.

Als er später noch ins »Roxy« kam, stellte Schuster-Horstl ihm ein Mädchen vor und verschwand nur deshalb zweimal auf der Toilette, um Johnny Gelegenheit zu geben, in seiner Abwesenheit ein paar Lobeshymnen auf ihn loszuwerden. Als er zum drittenmal zur Toilette ging, stand sie auch auf. »Ich muß auch mal dahin.«

An der Bar stand ein Kerl, den Johnny nicht kannte, aber als sie an ihm vorbeigehen wollte, sah er, wie der Kerl ihr ein Bein stellte, so daß sie fast fiel, und dabei grinste er.

Johnny überlegte. Eigentlich war sein Abend reserviert für seinen

Freund. Nur nicht wieder die übliche Schlägerei – vor allem nicht in Gegenwart dieses Mädchens, das zu Tode erschrecken würde. Andererseits war er einfach nicht der Junge, der sich beherrschen konnte.

»Wo ist die Kleine?« wollte Horstl wissen, als er wieder am Tisch saß.

»Kennst du den Typ dort drüben?«

Horstl drehte sich um. »Will der was?«

»Ja, Streit!«

»Hör auf, Johnny. Um Gottes willen, laß ihn glotzen. Denk dran, daß ich auf die Kleine scharf bin. Wenn's hier kracht, läuft sie nach Hause. Tu mir den Gefallen.«

Aber Johnny war bereits aufgestanden und zur Bar hinübergegangen. Dann gingen sie zusammen raus.

Draußen warteten sie zu sechst.

»Gleich mit Verstärkung?« Johnny riß sich das Hemd vom Oberkörper.

»Hallo, Johnny!« hörte er hinter sich plötzlich jemand sagen, drehte sich um und sah Mann-Helli, der ihn im gleichen Moment ansprang. »Schön still halten! Und keine Aufregung!«

Also darauf läuft es hinaus, dachte Johnny. Gestern hatten sie Streit gehabt, weil Helli beim Pokern Geld verloren und ihn beschuldigt hatte, betrogen zu haben. Er hatte ihm Lokalverbot erteilt.

Helli drückte ihm die Arme so fest zusammen, daß er sich geschlagen geben mußte. Und dann legten sie los! Einer nach dem anderen schlug auf ihn ein. Das Blut lief ihm über das Gesicht. Der Magen brannte. Ein Tritt zwischen die Beine machte ihn halb bewußtlos. Johnny hing immer noch in Hellis Umklammerung. Als er sie öffnete, fiel er zu Boden. Er bekam keine Luft mehr und sah auch nichts mehr. Der ganze Körper tat ihm weh. Es dauerte einige Zeit, bis er wieder zu sich kam. Er rappelte sich hoch und torkelte die Straße hinunter zu seiner Pension. Jeder Schritt fiel ihm schwer. Das Blut lief ihm aus der Nase. Beide Augen waren zugeschwollen. Die Rippen taten ihm weh. Er konnte nicht schlucken und kaum noch den Kiefer bewegen. Auf der Treppe nach oben befühlte er seine Zähne. Alle wackelten.

Johnny wünschte sich jetzt nur, daß es keine Anni gäbe. Er wollte allein sein, sich verkriechen, ohne viel erklären zu müssen.

Als Anni die Tür aufmachte, erschrak sie. »Oh, mein Gott, was ist denn mit dir passiert?«

Er antwortete nicht. Dann mußte er kotzen.

Es war keine drei Monate her, daß er entlassen worden war, als ihm jemand, der sein Auto nicht mehr abbezahlen konnte, den Wagen anbot. Johnny hatte monatlich eine Rate von hundert Mark zu zahlen. Daß er noch immer keinen Führerschein besaß, hielt er für unwichtig.

Zwei Tage später geriet er in eine Polizeikontrolle. Sie wollten seine Papiere sehen und nahmen ihn, weil er keine hatte, mit auf die Wache. Er wurde zu vierzehn Tagen Haft verurteilt und sollte die Strafe in drei Tagen antreten.

Die Beamten wußten, daß er dieses Mal nur wegen einer Kleinigkeit einsaß und ließen ihn seine Strafe mehr oder weniger verschlafen – sie waren sich sicher, ihn sehr bald, dann aber endgültig hinter Schloß und Riegel setzen zu können.

Er hatte viel Schlaf nachzuholen, aber in den wenigen wachen Stunden dämmerte ihm, daß sie mit ihrer Annahme gar nicht so falsch lagen.

Er mußte weg hier.

Drittes Buch

Die Arbeit, am Leben zu bleiben

»Was du thust, was dir gefällt, ist Gesetz.«
Friedrich Schiller

1

Auch Horst Rübelein besaß keinen Führerschein. Trotzdem machten sie sich mit einem klapprigen, in den bayerischen Landesfarben weiß-blau gestrichenen Opel Kapitän auf die Fahrt nach Hamburg. Das Geld reichte gerade für das Benzin und für einmal Bockwurst mit einer Scheibe Brot unterwegs.

Erst einmal waren sie weg aus München. Nicht, daß sie sich ein anderes Leben wünschten, sie waren zufrieden mit ihrer unruhigen Existenz, aber eine Abwechslung würde beiden guttun. Sie würden sich auf St. Pauli umschauen. Sollte sich etwas ergeben, wollten sie bleiben, wenn nicht, vielleicht auf einem Frachter anheuern oder eben wieder zurückfahren.

Als sie über die Elbbrücken nach Hamburg hineinfuhren, war es bereits zu dunkel, um noch viel zu sehen. Aber was sie in Umrissen, nur von einem halben Mond beschienen, erkennen konnten, steigerte noch ihre aufgekratzte Vorfreude.

Johnny schlug das Herz schneller, sein Staunen machte ihn hellwach. Die Hafenanlagen, Brücken und Docks beeindruckten ihn so sehr, daß er sich wünschte, die ganze Stadt schwimme auf dem Wasser. Er kurbelte das Fenster herunter, atmete die Luft ein und glaubte, ans Ende der Welt gelangt zu sein.

»Wo fahren wir eigentlich hin?« Die Elbbrücken lagen längst hinter ihnen, als er allmählich wieder zur Besinnung kam.

Da sie keinen Pfennig in der Tasche hatten, schieden billige Pensionen von vornherein aus, denn dort mußte man sofort zahlen. Ein anständiges Hotel der Mittelklasse aber konnte schon wegen der Vornehmheit, die es für sich beanspruchte, dem ankommenden Gast nicht allzusehr mißtrauen. In der Regel wurde der Zimmerpreis erst am nächsten Morgen verlangt.

Nach einer Irrfahrt durch die halbe Innenstadt entschieden sie sich für das Hotel »Continental« gegenüber dem Hauptbahnhof. Das Hotel lag direkt neben dem Deutschen Schauspielhaus, und das Personal dort hütete sich, jungen Burschen, auch wenn sie nur über ein mäßig vertrauenswürdiges Aussehen verfügten, ein Zimmer zu verwehren. Vielleicht waren es ja Schauspieler, wer kannte sich schon aus mit angehenden Genies? Und so wurden sie mit einer Freundlichkeit empfangen, die ihnen völlig unerklärlich vorkam. Rübelein warf dem jungen Mann in der Uniform eines Königspagen seine Autoschlüssel zu. »Wenn Sie den Wagen vielleicht irgendwo parken könnten?« Das klang überzeugend; die letzten Zweifel, sie könnten Ungeziefer einschleppen, waren damit beseitigt. Johnny verlangte ein Doppelzimmer mit Dusche und wollte wissen, ob es möglich sei, etwas zum Trinken aufs Zimmer zu bekommen.

»Aber selbstverständlich!«

»Gut, sechs Flaschen Bier, aber schön kalt.«

»In Ordnung. Wenn Sie nur hier bitte noch die Formulare ausfüllen würden.«

Name, Geburtsdatum, Geburtsort, Paßnummer? Klar. Aber Beruf? Nach kurzem Nachdenken entschied sich Johnny für »Bayerischer Meister im Rock 'n' Roll«. Aha, staunte der Empfangschef, als er das Formular überflog, dann haben wir morgen vielleicht den deutschen Meister zu Gast, und händigte ihm den Zimmerschlüssel aus. »Die Getränke lasse ich gleich hochbringen.«

Sie tranken drei der Flaschen aus, versteckten die restlichen drei unter ihren Jacken und verließen eine Stunde nach ihrer Ankunft das Hotel. Es war bereits nach Mitternacht.

»Wenn ihr mal nach Hamburg kommt, fragt einfach im ›Amber‹ nach mir«, hatte Brandl-Adi jedesmal gesagt, wenn er auf dem Weg nach Tirol, wo seine Eltern wohnten, in München Station gemacht hatte. Wie elegant der immer aussah! Und erst der Schmuck, den er trug: Goldkettchen, an allen Fingern Ringe, eine Rolex. »Das ist nicht einfach nur Gold«, klärte er sie auf, »das ist echt Gold!« Dagegen waren Johnny und seine Kumpels arme Schlucker. Sie versteckten ihr Kleingeld noch in den Socken. Adi dagegen hielt alle frei, wenn er mit ihnen die Goethestraße unsicher machte.

Am Bahnhof fanden sie einen Taxifahrer, der bereit war, sie zum Gegenwert von drei Flaschen Bier einsteigen zu lassen.

Sie betraten das »Amber« und stellten sich, um sowenig wie möglich aufzufallen, ans Ende der Theke. Am liebsten wäre Johnny eine Weile unsichtbar geblieben; er haßte es, angestarrt zu werden.

»Ja?« Der Kerl hinter dem Tresen wirkte unentschlossen, ob er sie überhaupt bedienen sollte.

»Wir sind Freunde vom Brandl-Adi aus München...«

»Na und?«

»Nichts. Nur, daß wir ihn suchen. Das hier soll seine Stammkneipe sein.«

An einem Tisch in der hintersten Ecke erhob sich ein älterer Mann. »Was gibt's?«

»Freunde vom Brandl-Adi. Weißt du, wo der sich rumtreibt?«

Der Mann kam näher und gab beiden die Hand. »Ich bin Sascha.« Er schaute auf die Uhr. »Sicher ist man bei dem nie, wann er auftaucht, aber irgendwann wird er schon eintrudeln. Er wohnt ja schließlich oben.«

»Wir haben's nicht eilig«, versicherte ihm Johnny.

Sascha ließ ihnen zwei Bier hinstellen und ging zu seinem Tisch zurück, um sich wieder in die Zeitung zu vertiefen.

Sascha Schünemann war Hamburger und hatte nach dem Krieg eines der ersten Bordelle betrieben. Das Haus hier hatte er sich zusammengespart und zu einer Pension umgebaut. Er hatte immer schon Kinder haben wollen – und sie auf dem Umweg über diese Kneipe auch bekommen, eine ganze Bande gleich, und alle verehrten ihn. Er war schätzungsweise fünfzig und wirkte trotz der breiten Schultern, der massigen Hände und der gebrochenen Nase gutmütig. Sascha war Urgestein, Ahnherr einer Vergangenheit, als Stripperinnen noch Schönheitstänzerinnen und Prostituierte noch

Freudenmädchen hießen. Einmal jede Woche, immer in der Nacht von Samstag auf Sonntag, gönnte er sich selbst ein Vergnügen, ging bummeln, traf Freunde von früher, schaute bei seinen Kollegen vorbei, schmiß, wo immer er auftauchte, eine Lokalrunde, trank selbst nur noch wenig, plauderte, lachte, informierte sich über Neuigkeiten und beschloß den Rundgang morgens auf dem Fischmarkt, wo er frühstückte, um sich dann wieder für eine Woche zu verabschieden.

Seine Kneipe hatte den Charakter eines Wohnzimmers, Plüsch und Holz, tief hängende Lampen, Nischen mit Tischen und neben der Tür eine Jukebox. Wer hier verkehrte, gehörte zu St. Pauli. Touristen kamen nicht herein; und wenn, wurden sie gebeten, sich zur Reeperbahn durchzufragen.

Die Jungs an den Tischen nahmen ihr Kartenspiel nicht so ernst, daß sie nicht auch mitbekommen hätten, daß da zwei neue Gesichter herumsaßen. Einer fing an zu lachen, schon grölte der ganze Tisch. Für eine Minute waren sie der Mittelpunkt des Lokals.

»Was trinkt ihr, Jungs?« fragte einer und bestellte, ohne die Antwort abzuwarten, eine Runde.

Auch der Kellner wurde freundlicher und telefonierte, um Adi aufzutreiben.

Adi tauchte nicht auf, aber nach und nach die ersten Mädchen. Ein Wunder, daß der Laden nicht Feuer fing. Was Johnny sah, war beunruhigend. Es fiel ihm schwer, sich auf die Fliege zu konzentrieren, die einen Tropfen Bier erwischt hatte und schon halb hinüber war. Das hier, soviel kapierte er, war die härtere Version des Lebens ohne Sperrstunde.

Das »Amber« schien der Treffpunkt für Spätheimkehrer und Frühaufsteher zu sein – und nur einer ganz bestimmten Gruppe von Freunden und Kollegen zugänglich. Die Mädchen hatten ihre Arbeit für die Nacht hinter sich, tranken noch etwas, bevor sie schlafen gingen, oder holten ihre Männer ab. Johnny beobachtete, wie geduldig sie warteten, bis einer nach dem anderen aufstand, denn erst spielten sie noch ihre Runde zu Ende, bestellten noch den letzten Schluck, irgendeiner fing totsicher wieder mit einem Witz an, und plötzlich ging der Würfelbecher von Hand zu Hand; aber die Mädchen warteten.

Gegen acht Uhr morgens erschien Adi doch noch und wunderte sich über Johnnys noch nicht ganz ausgeheiltes Gesicht. »Dann trinken wir erst mal was«, entschied er.

Es war Mittag, als Johnny im Hotel »Continental« den Zimmerschlüssel verlangte. Die Angestellten waren sich jetzt nicht mehr ganz so sicher, ob sie es bei den beiden Burschen mit angehenden Genies zu tun hatten.

2

Als er ausgeschlafen hatte, war es wieder Mitternacht. Er ließ sich sofort wieder ins »Amber« fahren und war stolz, daß Sascha ihn wiedererkannte.

»Hallo, mein Junge. Ausgeschlafen?«

»Bestens, und sogar schon gefrühstückt.« So höflich, das fiel ihm auf, hatte er selten jemand geantwortet.

Das »Amber« war noch halbleer. Er setzte sich an die Theke, und Uwe stellte ihm ein frisch gezapftes Bier vor die Nase.

»Bin ich übrigens gestern was schuldig geblieben?« Natürlich war ihm nicht entfallen, daß er eingeladen worden war, aber schaden konnte es nicht, noch einmal nachzufragen. Er wollte nicht als Schmarotzer eingestuft werden.

»Ich hab nichts notiert.«

Nach einer halben Stunde erschien Adi und ließ sich einen Kaffee einschenken. Er war noch nicht wieder ganz nüchtern, gähnte und spülte mit dem Kaffee zwei Alka Seltzer herunter. »Wo wohnt ihr eigentlich?«

»Am Bahnhof. Hotel ›Continental‹.«

»Weiber?«

»Nicht mal 'n Zimmermädchen hab ich gesehen. Da müssen wir jedenfalls raus. Weißt du, wo man wohnen könnte?«

»Na ja.« Er wischte sich den Schaum von der Oberlippe. »Hier würde ich sofort einziehen.«

»Langsam, langsam, da stehen schon fünfzig andere auf der Warteliste.« Adi überlegte. Er wollte Johnny noch nicht erklären, daß im »Amber« nur die gestandene Elite zu Hause war, die wichtigen, anerkannten Figuren auf dem Kiez, und daß, wer im »Amber« wohnte, in nahezu jeder Kneipe auf St. Pauli unbegrenzten Kredit besaß, daß die Adresse bei Sascha also mehr bedeutete als ein Dach über dem Kopf. Er wollte es Johnny auch nach dem zweiten Bier nicht sagen. Für diese Visitenkarte war es ganz einfach noch zu früh. Sie war ein Verdienst.

Am nächsten Tag, genauer gesagt, am gleichen Mittag noch, hatte Adi in der Pension »St. Annen« gleich gegenüber ein Doppelzimmer gemietet.

3

Adi kümmerte sich darum, daß Johnny nicht nur im »Amber« herumsaß, sondern die Reeperbahn kennenlernte.

Johnny schüttelte jedem, dem er vorgestellt wurde, die Hand, darunter einige, die aus Gußeisen sein mußten, und nahm keinem übel, wenn sie ihm vier Jahre Knast nicht abnehmen wollten. Zwischendurch, wenn es sich nicht vermeiden ließ, schlief er ein paar Stunden.

Auf St. Pauli regte sich kein Mensch über den Verfall irgendwelcher Sitten auf. Die gewerbsmäßige Prostitution war hier zu Hause, hatte Gewohnheitsrecht und gehörte zur Monotonie des Alltags. Nicht einmal eine Hausfrau hätte sich darüber aufgeregt. Außerdem sahen die jungen Dinger, die sich auf offener Straße den Männern anboten, wie Schulmädchen aus, die sonntags bei ihren Schwiegereltern zum Tee erscheinen.

Die Menschen lebten gerne in ihrem Viertel. Sie waren sogar stolz, daß hier alles ein wenig anders war als sonstwo. Niemand betrachtete einen Zuhälter und seine Mädchen als Belästigung, den Matrosen verziehen sie ihre lärmende Trunkenheit, den Transvestiten ihr Unglück. Daß St. Pauli in aller Welt als »sündige Meile« galt, brachte keinen aus der Fassung. Ihr Viertel war berühmt, weltberühmt sogar, von überall kamen sie angereist, um über die Reeperbahn zu bummeln, und aus jeder zweiten Kneipe hörte man die Stimme von Hans Albers, der sie besang.

Für Johnny war das Betreten der Großen Freiheit wie das Eintauchen in die explodierende Gischt einer Brandung. Dagegen war alles, was er von der Goethestraße kannte, lächerlich. Vor ihm lag eine Tempelstraße, eine Märchenkulisse nächtlicher Vergnügungen, eingetaucht in Farben, Lichter und Lärm. Vor jedem Eingang standen schreiende Portiers und kümmerten sich mit fanatischer Aufmerksamkeit um alles, was sich bewegte. Sie stellten sich auch Johnny in den Weg, versprachen ihm Frauen und Bier zum Spottpreis. Manche sahen aus wie Obdachlose im geliehenen Anzug. Wer es sich leisten konnte, beschäftigte allerdings einen ohne Glasauge und Zahnlücken. Aber es gab auch hier Könner und Könige, elegante, überzeugend wirkende Lockrufer des Verbotenen. Sie schafften es, einem seit vierzig Jahren verheirateten Ehepaar auf die charmanteste Art klarzumachen, daß der Zeitpunkt gekommen war für einen Anschauungsunterricht in Sachen erotischer Glückseligkeit; eine Sünde, nicht wenigstens einen Versuch gewagt zu haben. Nach einem stummen Blick folgten sie ihm durch einen Vorhang ins Innere des Lokals – mit einem so ratlos überraschten Gesichtsausdruck, als seien sie nicht mehr verantwortlich für ihr Verhalten. Auch Johnny hatte Mühe, sich nicht aufhalten zu lassen. Von allen Seiten riefen sie ihm ihre Angebote zu. An den Eingängen perlten ganze Kaskaden vielfarbiger Glühlämpchen, Musik schwemmte wie Badeschaum aus allen Ritzen, jeder versprach Girls-Girls-Girls, appellierte an die Neugier, die Lust, an die große Freiheit eben.

Nachmittags stand Johnny auf, erlebte, wenn er sich beeilte, gerade noch den Sonnenuntergang unten am Hafen und schaute den Schiffen nach und beschloß, nicht so schnell wieder nach München zurückzufahren. Er konnte auch hier vor die Hunde gehen, wenn es sein mußte. Aber da er das nicht vorhatte, mußte er lernen, wie St. Pauli funktionierte, wer diese Ansammlung von Buden, Bars und Bordellen regierte, wer das Sagen hatte und wer zuhörte, wer oben, auf dem Weg nach oben oder auf dem Abstieg war. Die Arbeit, der er in diesen Wochen nachging, bestand darin, eine Bestandsaufnahme seiner neuen Umgebung durchzuführen. Auf der einen Seite ging er die Reeperbahn hoch, auf der anderen wieder zurück, nahm sich eine Woche die rechte, die nächste die linke Hälfte von St. Pauli vor, ganz systematisch.

Im »Bacchus« in der Talstraße wurde er Stammgast einer Kneipe, die vierundzwanzig Stunden offen hatte, Zeit genug, ein paar Tricks zu lernen, wie man zu Geld kam. Beim Würfeln klemmte die Sechs in der Hand, die den Würfelbecher schüttelte; man mußte sie nur geschickt genug öffnen – und da lag sie. Das ergab dann zusammengenommen meistens mehr, als der andere würfelte. Und da zunächst nur um die nächste Flasche Bier oder den nächsten Whisky gespielt wurde, war auch dem Kellner geholfen, denn der machte Umsatz. Die Freier, die hier herumsaßen, wurden, wenn sie getrunken hatten, irgendwann unvorsichtig. Schon ging es um Geld. Der Rest war Routine. Menschen gehorchen einer einfältigen Logik. Erkläre einem, daß er nur soviel trinken soll, wie er verträgt, und er wird gleich die doppelte Ladung bestellen. Rede ihm ins Gewissen, daß er nicht sein ganzes Geld versaufen soll, und er wird erst mal die Ladung runterkippen und dann damit prahlen, wieviel Geld er noch in der Tasche hat. Sage ihm, daß seine Würfel nicht gewinnen, und er wird mit Scheinen wedeln und jedem das Gegenteil beweisen wollen. Wenn er anfängt, von Betrug zu reden, überlaß ihn dem Kellner. Sag ihm erst, daß er besoffen ist, wenn die Rechnung bezahlt ist und die Spielschulden beglichen sind. Gib ihm, bevor er Streit anfangen will, ein paar Mark, daß er wenigstens noch nach Hause kommt.

Johnny machte jeden Tag genug Gewinn, um nicht betteln zu müssen, genug sogar, um Adi schließlich die Schulden zurückzahlen zu können. Er zahlte regelmäßig im »St. Annen« seine Miete und hatte trotzdem noch so viel Kleingeld in der Tasche, daß es mittags für eine Fischsemmel und nachts für eine Bratwurst reichte.

Einmal half er im »Bacchus« drei Nächte aus. Der Wirt hatte ihn gebeten, für einen einzuspringen, der nicht zur Schicht erschienen war.

Natürlich kamen alle vorbei, die er inzwischen kannte, sogar Sascha steckte Samstagnacht kurz den Kopf zur Tür herein, als ob er ihm gratulieren wollte, daß er jetzt dazugehörte.

Wenn Johnny etwas aus dem Handgelenk schütteln konnte, dann das. Eine Theke war die richtige Rennbahn. Es gab Unterhaltung. Es kam Geld in die Tasche. Und dazu dröhnte die Jukebox. Nur Würfeln oder eine Runde Poker war noch angenehmer.

»Mal sehen«, antwortete er, als der Wirt ihm vorschlug, zu bleiben.

Wenn er dazugehören wollte, mußte er sich entscheiden. Es sprach nichts dagegen, den Vorschlag anzunehmen. Nur sollte sich der Wirt nicht einbilden, ihm läge viel daran. Das konnte er nicht leiden. Unter der Bedingung, daß er die Nachtschicht bekam, sagte er schließlich zu.

Das wichtigste war, sich nicht zu besaufen. Natürlich mußte ein guter Kellner mittrinken, wenn er eingeladen wurde, und er wurde praktisch von jedem zweiten Gast eingeladen. Wollte er aber halbwegs nüchtern bleiben, um die Übersicht zu behalten, ging das nur, wenn er geschickt genug war, sein Glas unbemerkt wegzukippen. Er kannte das, Barmädchen machten das auch so.

Jedesmal, wenn die Tür aufging, lernte er etwas dazu. Er lernte, einen Betrunkenen von einem Quartalsäufer, einen Verrückten von einem Wahnsinnigen und einen Schreihals von einem Schläger zu unterscheiden. Er sah einem an, ob er Geld oder nur ein Messer bei sich hatte. Nicht einmal zum Schlafen waren die Leute aus der Kneipe zu kriegen. Und wenn sie aufwachten, tranken sie weiter.

Er hatte noch keine Woche hinter sich, als sein Chef frühmorgens zur Tür hereintorkelte. Johnny war seiner Frau gerade dabei behilflich, ein Wäschepaket zum Auto zu tragen. »Laß das«, schrie er, »die soll ihren verdammten Dreck gefälligst selber tragen!«

Einen Moment lang wußte Johnny nicht, wie er sich verhalten sollte. Sein Bauch sagte ihm: Hau ihm in die Fresse. Der Kopf sagte: Halt dich besser raus. »Sie können anschreien, wen Sie wollen, aber nicht mich«, erklärte Johnny und schmiß ihm das Paket vor die Füße.

Die nächsten Wochen lungerte er wieder herum, ging am Vormittag ins Bett, stand am späten Nachmittag auf, wenn es begann, dunkel zu werden, machte gleich nach dem Aufstehen regelmäßig seine Liegestützen und bearbeitete seine Haare. Er gab den letzten Pfennig für Pomade aus. Eine Ewigkeit dauerte es jedesmal, bis er sich gefiel und die Stirnlocke sich so schwungvoll und gleichzeitig massiv über die Stirn wölbte, wie bei einem, der in zehn Minuten einen Plattenvertrag unterschrieb. Was ihm jetzt noch fehlte, waren ein Anzug mit Weste, ein Paar hengstschwarze Stiefeletten mit hohen Absätzen und ein weißes Hemd mit breitem Kragen.

Max hatte ihm am Telefon nicht abnehmen wollen, daß er noch mit keinem Mädchen in Hamburg was gehabt hatte. An jeder Ecke standen welche, er brauchte nur mitzugehen. Aber kaum machte eine auch nur den Mund auf, wurde er böse, denn er wußte, daß keine einen ansprach, der aussah, als sei er im Milieu zu Hause. Andererseits mußte er sich zusammenreißen, wenn ihm doch eine gefiel, aber seine Selbstachtung ließ es nicht zu, sich wie ein Freier behandeln zu lassen, nicht zu diesem Zeitpunkt, wo er zu den Jungs gehören wollte, die umsonst bekamen, was sie zum Vergnügen brauchten. Angstträume schüttelten ihn, wenn er sich vorstellte, wie er im »Amber« saß, die Tür aufging, eine reinkam, die er vor ein paar Stunden bezahlt hatte, ihn erkannte und sich dann zu einem setzte, den er auch kannte; bei der Vorstellung, sie würde rufen: Seit wann verkehren hier Freier!, brach ihm der Schweiß aus. In diesem Zustand landete er im »Zillertal«, einem Besäufnispalast neben der Davidswache, mit Blasmusik und weiß-blauen Tischtüchern. Er hatte weiter nichts vor, als sich allein und andächtig vor Heimweh vollaufen zu lassen.

Die Bedienung gefiel ihm mit jedem Schluck besser. Er bestellte nur noch, um sie auf sich aufmerksam zu machen. Sie war nicht viel älter als er, ein junges Ding mit rotblonden Haaren. Aber ein Flirt war, wenn man den Mund nicht aufbrachte, Knochenarbeit. Nie fiel ihm ein, was nicht zu eindeutig und doch unmißverständlich genug war. Er war, sobald er allein herumsaß, hoffnungslos auf ein Stichwort angewiesen. Wenn er vor einer Stunde gesagt hätte: Ich wette, daß du aus Bayern kommst, wüßte er jetzt wenigstens ihren Vornamen.

»Ich wette, du kommst aus Bayern«, sagte sie und stellte ihm Schweinswürstel hin, einen ganzen Teller. »Wartest du, bis ich Feierabend habe?«

Er hatte nichts zu Essen bestellt. »Beeil dich!«

Als sie das »Zillertal« verließen, schafften sie es gerade noch bis zum nächsten Hauseingang und ließen sich auch von einem Rentner nicht stören, der mit seinem Hund die Treppe herunterkam.

Auf dem Heimweg wartete er eine halbe Stunde, bis die Banken öffneten, nur um zwei Fünfzigmarkscheine gegen einen Hundertmarkschein zu tauschen, schaute im »Amber« vorbei, wie immer, und schmiß nur deshalb noch eine Lokalrunde, um mit dem großen Schein zahlen zu können.

»Hallo, Sascha!«

»Hallo, mein Junge!«

Inzwischen kannten ihn alle. Niemand zweifelte mehr, daß er nach St. Pauli paßte.

Uwe teilte ihm mit, daß ein Mädchen für ihn angerufen habe.

»Kann ich auch nicht ändern!« Soviel Schnoddrigkeit war er sich allmählich schuldig.

Er war zu müde, um zu bleiben, aber nicht müde genug, um zu schlafen. Das Filmplakat, zwei Straßen weiter, versprach einiges. Es zeigte eine Faust und das Gesicht einer schwarzhaarigen Schönheit, neben deren Locken ein Auto explodierte. Er haute sich in die letzte Reihe und träumte von einem Tag, der ein ganzes Leben wert war. Minuten später war er eingeschlafen.

4

Gleichgültigkeit galt als ein Zeichen der Stärke, vor allem Gleichgültigkeit gegenüber den Launen der Frauen. Wem diese Gleichgültigkeit nicht im Blut lag, der blieb ein Leben lang Anfänger. Es gab scharenweise Männer, die nicht wahrhaben wollten, daß sie verspielt hatten, und das nur, weil sie einer Frau hörig waren; sie büßten ihren Stolz ein, ihre Ehre, ihren Ruf, ihr Geld und schließlich auch die Frau, die es verdiente. An jeder Bar standen sie herum, tranken und träumten vom Vergessen, endeten als Mitläufer, sackten ab in die Gereiztheit eines Unberechenbaren und wurden gemieden wie Aussätzige. Mit jedem von ihnen ging es auf andere Weise zu Ende. Sie erhängten sich, stellten sich, schwer bewaffnet, Geldtransportern in den Weg und gingen dabei drauf oder landeten im Gefängnis. Viele kamen ohne eine Tagesration von dreißig Captagon nicht mehr klar.

Was Johnny zuerst unbegreiflich schien, war der widerspruchslose Gehorsam, der gerade die besonders attraktiven und erfolgreichen Frauen auszeichnete. Sie waren fleißig, zuverlässig und absolut treu. Sie kämpften nicht gegen, sondern um ihre Abhängigkeit von dem, den sie liebten. Keine hätte gewagt, sich in sein Männerleben einzumischen. Für die Sorgen, die sie haben mochten, war Sascha zuständig. Zur Aufheiterung genügten ein paar Tränen, die sie in seiner Gegenwart weinen durften. Danach genehmigten sie sich einen Cognac und zogen die Linien ihrer Augenbrauen nach. Jetzt, wo es draußen zu stürmen begann und nicht mehr so schnell aufhören würde zu regnen, wollten sie sich schon deshalb das Wohlwollen ihres Kerls nicht verscherzen, weil sie hofften, um Weihnachten herum, wenn die Kundschaft zu Hause blieb, mit ihm in den Süden zu fliegen. Jede wollte der anderen um ein paar südliche Breitengrade voraus sein. Also hielt sie sich ran, daß er mit dem, was sie verdiente, zufrieden war. Nur dann konnte sie hoffen, daß er das Geld in zwei Wochen Sonne investierte.

Eine Frau, die das kapiert hatte, war mächtiger als die Gleichgültigkeit, gegen die sie ankämpfte. War sie klug, ließ sie, zu ihrem eigenen Vorteil, die Macht der Männer unangetastet. War sie klug und schön, war sie ganz einfach ein Vermögen wert. Wenn sie es wollte, war auch der Gleichgültigste nichts weiter als ein gefundenes Fressen.

Die teuersten Prachtexemplare dieser Gattung standen drüben in der Kastanienallee, und die besten hatten eines der zwanzig Zimmer im »Passat« gemietet, einer teuer und exklusiv betriebenen Bar, deren Besitzer Günther Kluge hieß.

Schon mit fünfzehn hatten der und Winfried Kessler, der andere Name, der andauernd fiel, im Hafen Geld verdient, aber die Schufterei war hart, und gefallen lassen durfte man sich unter Schauerleuten auch als Jugendlicher nichts. Als Vorarbeiter sah dann die Sache schon anders aus, man überließ die Plackerei anderen. Auf ihrem Heimweg kamen die beiden regelmäßig über die Reeperbahn und bekamen natürlich mit, daß man hier Geld verdienen konnte, ohne sich müde zu schuften.

Kluge wurde ein Job als Portier im berüchtigten »Jahnkes Ballhaus« in der Davidstraße angeboten, den er sofort annahm. Er hatte lediglich dafür zu sorgen, daß es keinen Krawall gab. Wenn sich ein Streit dennoch nicht vermeiden ließ, begann die eigentliche Arbeit, und die erledigte er sorgfältig. Kluge war sich seines Talents so sicher, daß er Randalierer nicht etwa einfach rausschmiß, sondern die Tür von innen abschloß, um sie sich der Reihe nach und in aller Ruhe vorknöpfen zu können.

Anders Kessler, der Elegante. Er setzte sich ins Ruhrgebiet ab, ließ sich zum Croupier ausbilden und kam erst dann wieder zurück.

Zu dieser Zeit baute Seppl Scheffler gerade fünf Stockwerke auf eine Behelfsbar, das »Austria«, das erste Hotelbordell. Als alle Zimmer bezugsfertig waren, suchte Scheffler Personal.

Kluge und Kessler ließen sich bitten, verhandelten hart und übernahmen das Hotel schließlich als gleichberechtigte Geschäftsführer. Kluge sorgte für Ruhe, Kessler regelte das Geschäftliche. Vom ersten Tag an herrschte Hochkonjunktur. Die Freier standen auf der Straße Schlange und warteten, bis ein Zimmer frei wurde. Wer einen Kellner bestach, hatte bessere Chancen. Für eine Flasche

Champagner wurde auch schon mal ein Zimmer zwangsweise geräumt, gleichgültig in welchem Stadium seines Vergnügens der betreffende Gast sich gerade befand.

Als auf St. Pauli der Massentourismus einsetzte, hatten Kluge und Kessler das Geschäft fest in der Hand. Sie hatten die Grundstücksbesitzer hinter sich, die Bauunternehmer, die Getränkegroßhändler und auch die Polizei. Sie garantierten dafür die entsprechenden Vorteile: Die Besitzer bekamen ihre Pacht, die Großhändler steigende Aufträge und die Polizei nützliche Helfer, denn nur Kluge und Kessler garantierten Ruhe und Ordnung.

Johnny konnte es nicht erwarten, die beiden kennenzulernen, aber selbst wenn er im »Passat« oder »King George« mit Anzug und Weste, einem frischen Hemd und seinen hengstschwarzen Stiefeletten aufgetaucht wäre, selbst wenn er Champagner in einer Kristallkaraffe bestellt hätte, sie hätten ihn doch nur angeschaut, als habe er sich verirrt. Daß ihn inzwischen alle den Münchner-Johnny nannten und er damit einen Namen hatte, der ihn von anderen unterschied, hatte sich noch nicht so weit herumgesprochen.

Keine Nacht verging, in der Johnny nicht in den »Star-Club« auf der Großen Freiheit reinschaute. Auf der Bühne stand Tony Sheridan, wackelte mit den Hüften und stampfte, wenn er sein »Skinny-Minny« sang, seine Schuhsohlen platt. Seine Band waren vier Jungs aus Liverpool. Eine Detonation hätte weniger Lärm gemacht. Es war kaum möglich, auch nur den kleinen Finger zu bewegen, so voll war der Laden jede Nacht.

Daß Johnny trotz Überfüllung reinkam, verdankte er Betty, die hinter der Theke stand. Sie hatte an ihm einen Narren gefressen, nannte ihn »mein schöner Junge« und hoffte, daß er sich einmal breitschlagen lassen würde, sie nach Feierabend nach Hause zu begleiten. Er sah zum Verlieben verloren aus. Aber Betty hatte genug Übergewicht, um auch dann ihren Humor nicht zu verlieren, wenn sie Pech hatte. Es gab jede Menge andere Jungs, die ihr gefielen. Hauptsache, sie trugen komische Klamotten, kauten Kaugummi und konnten Rock 'n' Roll tanzen.

Wenn Johnny erschien, war Betty glücklich, schmiß den nächstbesten Kerl vom Barhocker und stellte Johnny ein Bier hin. Sie hatte ihm auch schon Horst »Hoddel« Fischer vorgestellt, ihren Chef. Sie mußte ihm eine Menge über Johnny erzählt haben, denn eines Nachts nahm er ihn zur Seite. »Du suchst einen Job, hab ich das richtig gehört?«

Johnny grinste. »Hab richtig Heimweh nach Arbeit.«

»So einen such ich«, lachte Fischer und bot ihm eine Stelle als Kellner an. Johnny hatte keine Wahl, wenn er wieder einmal frische Socken anziehen wollte. Auch mit der Miete war er im Rückstand, weil Rübelein sich seit einem Monat nicht mehr hatte blicken lassen.

Betty machte einen Luftsprung. »Das wird ein Spaß! Ich und mein schöner Junge.«

Aber dem schönen Jungen verging das Lachen schnell. Es war Schwerarbeit, ein Tablett voller Gläser heil durch einen Tanzschuppen zu jonglieren, in dem alle wie die Wilden herumtobten. Am nächsten Morgen war Johnny regelmäßig heiser, weil er sich nur schreiend verständlich machten konnte, und Trinkgeld machte einer im »Star-Club« auch nur, wenn er die hinteren Tische, die für St. Paulianer reserviert blieben, bedienen durfte.

Adi überredete Fischer, Johnny die leichter zugänglichen Tische der Prominenz zu überlassen. Danach stimmte zwar das Trinkgeld, aber die Arbeit gefiel ihm immer noch nicht. Um sich herumstoßen zu lassen, war er nicht nach St. Pauli gekommen. Hätte er jedem, der ihm nicht aus dem Weg ging, eine verpaßt, wäre er nicht mehr zum Bedienen gekommen.

Am meisten regte ihn auf, wenn er sich nicht wehren konnte. An einem der Tische saß einmal ein großer, blonder Kerl in Begleitung eines Amerikaners, der aussah, als gehöre ihm eine Juwelenfabrik. Johnny wußte, es würde Ärger geben. Der Kerl hatte Hände, kräftig genug, einem Sechzehnender das Geweih vom Kopf zu reißen, und wahrscheinlich mußte er seinen einziehen, wenn er den Kölner Dom betrat. Er hatte seine Cowboystiefel auf dem Tisch und sah nicht so aus, als sei er bereit, sie auf Wunsch eines Kellners runterzunehmen.

»Sag dem Angeber, er soll seine Flossen vom Tisch nehmen«, verlangte Fischer.

»Hab ich schon versucht.«

»Und?«

Sie gingen beide rüber. Fischer tippte dem Kerl auf die Schulter. »Füße runter, wenn's geht.«

Der Kerl kümmerte sich weiter nur darum, daß ihm die Zigarre schmeckte.

»Flossen runter, hab ich gesagt!«

»Nachschenken!« Der Kerl schlug gelangweilt seine Beine übereinander und hielt ihm sein leeres Glas hin.

»Na gut«, entschied Fischer, ging zum Telefon und rief seine Brüder an. Dann waren sie zu dritt. »Steh auf, Grupe, und raus hier, bevor wir ungemütlich werden müssen.«

»Oha, die Herren kennen mich also?«

»Oder sollen wir Prinz von Homburg sagen?«

»Aber nicht doch! Prinz genügt!«

»Runter mit den Flossen jetzt«, wiederholte Fischer noch einmal.

Johnny haßte den Kerl, der ihn nur müde angelächelt hatte, als er ihn bat, es sich hier nicht zu gemütlich zu machen, empfand aber, wenn er ehrlich war, Bewunderung für die unglaubliche Selbstsicherheit, mit der er sich jetzt Zeit ließ. Physische Kraft, daran glaubte er mehr denn je, war ein Gottesgeschenk.

»Habt ihr keine Kanonen dabei?« lachte Grupe, stand dann aber auf. »They don't like us here, let's go!« Er setzte seinen flachen Stetson auf. »Für meinen nächsten Kampf schicke ich euch Freikarten. Und stellt schon mal die Flaschen kalt. Horrido!«

Johnny schlief mehr im Kino als in seinem Bett. Und wenn er in sein Zimmer im Hotel »St. Annen« kam, sah es dort aus, als hätte man gerade eine Leiche abtransportiert.

Allmählich wurde es draußen empfindlich kalt, aber die Mädchen standen weiter auf den Straßen und boten sich den Blicken der

Männer an, als schiene die Sonne. Johnny beobachtete sie, ohne sich einzumischen. Zeit und Zufall waren seine Verbündeten. Er wollte nicht die Mädchen, er wollte nur ihre Aufmerksamkeit. Vorerst genügte ihm, daß sie ihn nicht für einen Freier hielten. Sobald ihm wehmütig wurde, ging er zum Hafen und starrte vor sich hin oder hinüber zu den Docks von Blohm und Voss, wo sie Tanker zusammenschweißten. Das Tuten der Schiffskutter war zu hören, das kichernde Krächzen der Möwen und das langsame Schlagen der Wellen gegen die Hafenmauern. Er drückte seine Zigarette aus, trottete wieder zurück und versuchte auszusehen wie einer, der von einer Verabredung zur nächsten unterwegs war.

Er aß, was er bezahlen konnte. Alles mit viel Senf.

Einmal betrat er eine Buchhandlung, aber die hatten kein Telefonbuch.

Er fror, wenn er durch die Straßen ging, und wärmte sich wie die Mädchen mit Cognac oder heißem Grog auf. Er hätte sich längst einen warmen Mantel leisten können von all dem Geld, das er versoff.

Ins »Amber« ging er nur, wenn er nüchtern und guter Laune war. Sascha sollte seine Freude an ihm haben. Vielleicht wurde doch irgendwann oben ein Zimmer frei, das er ihm vermietete.

Man mußte rechtzeitig Luft holen, wenn Betty auftauchte und einen ans Herz drückte. Und wenn sie einen wieder losließ, hatte sie es eilig; aber nicht eilig genug, um ihm nicht jedesmal noch von irgendeinem Jungen, in den sie gerade verliebt war, vorzuschwärmen. »Du weißt, wen ich meine.«

»Keine Ahnung, Betty.«

»Mein kleiner, wilder Musiker.«

»Du hast jede Nacht einen anderen kleinen, wilden Musiker.«

Bettys Augen hellten sich auf. »Meistens nimmt er mich in sein Hotel mit, zu den anderen Jungs. Aber machen tu ich's nur mit ihm.«

»Na, na, Betty.«

»Glaub mir, Schätzchen. Er ist sogar schüchtern, nicht so wie auf der Bühne.«

»Von wem, zum Teufel, redest du?«
»Von John!«
»Welchem John?«
»John, der Gittarist.«
Ein Seufzer preßte ihr alle Luft aus der Lunge. »Bei dir ist ja nichts zu machen. Du magst mich ja nicht.«
»Und wie ich dich mag, Betty.«
Sie schnippte mit zwei Fingern. »Aber nicht so, du weißt schon.«
»Schon gut. Aber, glaub mir, du bist große Klasse.«
»Laß uns 'ne Pizza verdrücken, ich muß sowieso gleich arbeiten.«
»Wie willst du jemals abnehmen, wenn du nur Pizzas futterst?«
Sie schaute Johnny ganz betrübt an. »Wenn ich nur wüßte, wie ich's anstellen soll, dich rumzukriegen.«
»Betty, laß es gut sein.«
»Hab ich dir erzählt, daß er mich nach Liverpool mitnehmen will, wenn er hier abhaut?«
»Wieso, will er dich heiraten?«
»Natürlich!« Betty stemmte beide Hände in die Hüften. »Betty Lennon? Betty Lennon!« Sie ließ es sich auf der Zunge zergehen.
Klingt wie Bitter Lemon, dachte Johnny. Nur gut, daß Betty nichts auf der Welt ernst genug nahm, um es nicht in der nächsten Minute wieder zu vergessen.

5

Johnny traute seinen Augen nicht, als im »Amber« die Tür aufging und Anni vor ihm stand. Nicht besser erging es Rübelein, der inzwischen wieder aufgetaucht war, denn mit ihr war auch dessen Freundin angereist. »Ich kann doch nicht so betrunken sein?« wunderte der sich, stand auf, ging mit ihr über die Straße ins »St. Annen« und mietete ein eigenes Zimmer.

Johnny blieb sitzen. Er ließ sich nicht anmerken, wie überrascht er war. Er verzichtete auch darauf, sie zu fragen, wie sie ihn gefunden hatte.

Daß sie schwanger war, hatte sie ihm schon in München gestanden. Jetzt versuchte sie, ihren Bauch durch einen weiten Pullover zu verbergen – was sie natürlich nicht abhielt, es jedem, den Johnny ihr vorstellte, zu erzählen.

Der einzige, der sich freute, war Sascha. Eine Schwangerschaft war in seiner Familie eine Seltenheit. Wer legte schon Wert darauf, sein Geld in eigenen Nachwuchs zu investieren. Eine Schwangere bedeutete hundertprozentigen Geschäftsausfall, totes Betriebskapital sozusagen.

»Kopf hoch, Junge! Freu dich!«

Johnny blieb vorerst also nichts anderes übrig, als Sascha die Freude nicht zu verderben. Ihn selbst ließ die Sache gleichgültig. Was ihm die Laune verdarb, war nicht die Vorstellung, in ein paar Monaten Vater zu werden, er hatte nur keine Ahnung, was er mit Anni in Hamburg anfangen sollte.

Sie sah müde aus. »Ich habe mir nicht eingebildet, daß du mir um den Hals fällst. Es war nur nicht mehr schön in München ohne dich.«

Johnny trank sein Bier aus. »Deinen Auftritt hast du ja jetzt gehabt, also laß uns verschwinden.«

Als er sah, wie sie Sascha auf die Wange küßte, bevor sie ging, entschied er, ihr bei der nächsten Gelegenheit ein paar Kostproben seines neuen Selbstbewußtseins zu verpassen. Er würde ihr einen Menschen präsentieren, der er erst noch werden wollte: ein Bandit von St. Pauli.

Die halbe Nacht redete sie auf ihn ein. Treu sei sie gewesen, das schwöre sie, sie liebe ihn, wolle nur für ihn da sein und, wenn es soweit wäre, eine gute Mutter werden.

»Schlaf gut«, antwortete Johnny und rollte sich auf die andere Seite.

Marianne war, was Kenner eine Klassefrau nennen: attraktiv, selbständig, fleißig und intelligent genug, von einem, den sie aushielt, auch zu verlangen, daß er sich entschied.

Als Johnny mit ihr im Bett lag, war er ausnahmsweise einmal völlig nüchtern und konnte sich deshalb auch nicht verhört haben, als sie vorschlug, er solle Anni verlassen.

»Um was zu tun?« wollte er wissen.

Sie küßte ihn. »Willst du weiter den Ehemann spielen, der in einer Absteige haust, kein Geld hat und auf alles, was Spaß macht, verzichten muß?« Sie spielte mit seinen Haaren. »Du hast mich haben wollen. Du hast gekriegt, was du wolltest. Und jetzt?«

Johny hatte genug Selbstkontrolle, um die Dinge nicht zu überstürzen. Es war wichtig, in keinem Abenteuer mehr zu sehen als eine Minute des Glücks und eine Stunde nützlicher Entspannung. Wichtig war, daß er auftauchte und verschwand und daß keine sich beklagen konnte, nicht, was seine Ausdauer betraf. Vor Gerede fürchtete er sich. Es kam vor, daß er sich blamierte, weil er schon zu betrunken war, und dann fiel ihm jedesmal Betty ein, die alles, was ihr im Bett nicht den Verstand raubte, als Mißerfolg einstufte. »Scheißtypen, die keinen hochkriegen!« Johnny war gewarnt. Verspotten sollte ihn keine, und keine sich einbilden, er habe sich verliebt. Oft verachtete er die Frau, die sich mit ihm einließ, weil es half, daß wenigstens ihm die Puste nicht zu früh ausging.

»Und warum, denkst du, soll ich Anni verlassen? Sie taugt was, wenn sie hinter einer Bar steht.«

»Das trägt die Maus doch auf dem Schwanz davon, was die verdient.«

»Jedenfalls ging's mir noch nie so gut.«

»Dann deshalb, weil ich schöner bin.«

Jede Klassefrau hatte einen Nachteil. Die Handschellen, die sie einem verpaßte, waren aus Gold, das schon, aber es blieben Handschellen. Und damit konnte sich einer ganz schön herumquälen. Wenn einer wie Marianne was nicht paßte, durfte man sie wahrscheinlich eine Woche lang nur noch mit dem Nachnamen anreden.

»Paß mal auf«, sagte Johnny und setzte sich auf. »Wir zwei liegen hier gerade zusammen im Bett. Schön, das ist das eine. Und kaum ist der Spaß um, willst du, daß ich mit dir zusammengehe, dabei seid ihr doch Freundinnen, du und Anni. Du liegst also eigentlich mit dem Freund deiner Freundin im Bett.«

»Na und, und weiter?«

»Nichts weiter.«

Sie lachte ihm ins Gesicht. »Du lieber Himmel, auch noch den Moralapostel spielen! Ich weiß zwar nicht, ob dich interessiert, was sich Freundinnen so alles erzählen, aber etwas, nehme ich an, wird dich überraschen. Deine Anni hat's in München ganz schön krachen lassen, und das nicht nur aus Verzweiflung.«

Sie war aufgestanden und suchte nach etwas. »Schon mal gehört, wenn GIs mit den Eiern klingeln?« Jetzt hatte sie ihre Haarbürste gefunden. »Frag sie, falls du mir nicht glaubst.«

Anni stritt alles ab, bis sie einsah, daß es sinnlos war. Dann weinte sie nur noch. Als ihre Tränen Johnny nicht weiter beeindruckten, ging sie zum Gegenangriff über. Als ihre Kräfte nachließen, sank sie in sich zusammen und begann wieder zu weinen; ein Weinen, das ganz allmählich leiser wurde. »Wie ich mich schäme, einen wie dich jemals geliebt zu haben.« Sie war inzwischen von ihrem Geschrei erschöpft und so heiser geworden, daß sie Mühe hatte, überhaupt noch zu sprechen.

Je verzweifelter Anni wurde, um so mehr fühlte sich Johnny in Hochstimmung. Endlich konnte er beweisen, wie kaltblutig und konsequent er handeln konnte. Es kränkte ihn außerdem, daß sie ihn unterschätzt hatte.

Es gab ungeschriebene Gesetze, an die sich jeder halten mußte, wenn er auf St. Pauli ins Geschäft kommen wollte. Darunter gab es Gesetze, die das Zusammenleben der Geschlechter betraf. Darunter wieder gab es Gesetze, die regelten, was eine Frau sich erlauben durfte. Kein St. Paulianer konnte sich eine Frau leisten, die dem Gesetz des Gehorsams zuwiderhandelte. Keiner blieb ungeschoren, der Gefühle über Gesetze stellte. Er mochte sie lieben, ihr sogar liebend gern ihre Untreue verzeihen wollen, es half alles nichts. Er war, wenn er sie nicht verließ, unbrauchbar auch für andere ungeschriebene Gesetze.

Daß Johnny sie nicht gleich rausschmiß oder selbst auszog, verdankte sie Sascha. Anni gehörte längst zu den Frauen, die er als Mitglieder seiner Familie ansah – und den Vorwurf, sie in ihrem Zustand im Stich zu lassen, wollte Johnny nicht einstecken müssen. Er teilte Anni mit, daß sie zwar nicht ausziehen müsse, daß nur von nun an jeder von ihnen frei sei und tun könne, was immer er wolle.

»Und unser Kind?«

»Was meinst du damit, unser Kind?«

»Denkst du nicht, daß es auch dein Kind ist?«

»Laß die Zukunft denken, Anni.«

6

Es war Winter und ohne Mantel zu kalt, um sich in der Gegend herumzutreiben. Er fror schon, wenn er aufwachte, blieb aber liegen, bis es dunkel war und Anni von der Arbeit kam. Dann verschwand er, bis es wieder hell wurde und Anni zur Arbeit mußte.

Bisher war er in Hamburg jedem Streit aus dem Weg gegangen. Keine einfache Sache, wo es an jeder Straßenecke Zoff gab und in jeder Kaschemme welche saßen, die erst lachten, wenn Blut floß – und wer lachte nicht gern?

Wer es geschafft hatte, war Geschäftsführer eines Clubs, Wirtschafter in einem Bordell, Chef einer Absteige, Zuhälter, betrieb eine Kneipe oder stand als Rausschmeißer auf einer Lohnliste. Ungemütlich wurden diese Typen nur, wenn man es darauf anlegte, auf der Kühlerhaube ihrer Autos zu frühstücken oder einer Frau Komplimente zu machen, die unter ihrem Schutz stand.

Gefährlicher waren die Verlierer, die noch einmal Luft holten, bevor sie zum letztenmal alles riskierten, Süchtige, die zuviel geschluckt hatten oder auf Entzug durch die Kneipen rannten, entlassene oder entsprungene Häftlinge, notorische Gewalttäter und, auch sie, Männer mit Liebeskummer.

Taxi-Uwe war von allem etwas, an diesem frühen Morgen aber vor allem betrunken. Als er das »Kastanienstübchen« betrat, nahm ihn Johnny, der mit Marianne gerade an einem Ecktisch saß, anfangs gar nicht wahr.

»Tut mir leid, das mit Anni. Aber ich vertrag's einfach nicht, so behandelt zu werden. Da mußte ich dir eben weh tun.« Sie griff nach seiner Hand. »Du rennst rum wie im Hochsommer. Ist dir nicht kalt?« Sie steckte sich eine Zigarette zwischen ihre Lippen, und genau die schaute Johnny gerade an. Ich bin wirklich nicht bei Trost, dachte er, ihr Angebot auszuschlagen, so wie die aussieht und verliebt, wie sie ist. Mir friert der Arsch ab. Mehr als Rindsbratwürste sind nicht drin. Der Ärger mit Anni. Das kalte Loch im »St. Annen«. Und noch immer keine gescheite Arbeit. Dabei könnte ich morgen im Flugzeug sitzen oder mit ihrem Thunderbird schnell mal nach München rauschen, Max abholen, bei meiner Mutter vorbeischauen, frisch gewaschen und ausgeschlafen, und anschließend die alten Kumpels besuchen und sie, wie Adi früher, zum Saufen einladen. Er brauchte jetzt nur mit ihr rübergehen, hoch auf ihr Zimmer, was einer Eheschließung gleichkam, und wäre ab sofort auch Nutznießer ihrer Ersparnisse. Es mußte ja kein Pelzmantel sein, aber ein Anzug mit Weste, neue Schuhe und ein Halskettchen wären drin. Er lief auch kein Risiko, Ärger mit einem anderen Kerl zu bekommen; er nahm sie ja schließlich keinem weg. Blühen konnte ihm lediglich, daß sie auf die Idee kam, ihm eine Hundeleine in die Hand zu drücken, damit er ihren Pustekuchen von Pudel Gassi führte. Und sicher würden sie dann den Rest ihrer gemeinsamen Zukunft damit zubringen, sich zu streiten, ob das liebe Tierchen nun vergiftet oder verpäppelt werden sollte. Da lag der Haken. Als Zuhälter war er die falsche Besetzung. Er kannte inzwischen genug, und je häufiger er mit ihnen zusammenkam, um so weniger imponierten sie ihm. Den meisten sah man es an: Von einer Frau abhängig zu sein, war auch eine Methode, den Wahnsinn kennenzulernen.

Er dachte daran, ob nicht endlich der Zeitpunkt für seine erste

Prügelei auf St. Pauli gekommen war, und fragte sich, ob ein Kampf mit einem wie Taxi-Uwe überhaupt Aufsehen erregen würde. Vor Uwe hatten viele Angst, soviel wußte er.

Währenddessen hing Uwe am Tresen und lästerte über alle, die aus Bayern nach Hamburg gekommen waren.

»Um drei mach ich Schluß, dann könnten wir rüber ins »Top Ten«, sagte Marianne, aber er hörte sie nicht.

Wie kämpfte einer wie Uwe? Wie ein Boxer, breitbeinig, die Fäuste in der Luft, abwartend? Ließ er es auf einen Ringkampf ankommen? Möglich, daß er sich dafür entschied, mit einer abgeschlagenen Bierflasche anzutreten! Am wahrscheinlichsten aber war, daß er sich erst einmal amüsieren würde, woher ein Zwerg wie Johnny überhaupt den Mumm nahm, sich mit ihm anzulegen.

Uwe war an beiden Unterarmen tätowiert, und auch der Rest sah danach aus, als könne es ungemütlich werden. Johnny war gut einen Kopf kleiner und im Vergleich zu ihm schmächtig. Wenn er es nicht schaffte, ihn zu überraschen, konnte ihn Marianne im Hafenkrankenhaus abliefern – und ihm als Hochzeitsgeschenk gleich einen Satz neuer Zähne spendieren. Schon um ihr nicht in die Hände zu fallen, mußte er sich anstrengen.

Jetzt hatte auch Marianne kapiert. »Soll ich rüberlaufen ins ›Passat‹? Die werden leicht mit ihm fertig.«

Offenbar traute sie ihm nicht viel zu. »Bleib sitzen«, sagte Johnny, stand auf und ging zur Theke. »Paß mal auf, du besoffenes Arschloch, ich hab dir nun lange genug zugehört. Entweder wir gehen jetzt sofort vor die Tür und stoßen das Ding draußen aus, oder ich reiß dir gleich hier deinen fetten Arsch auf.«

Während Uwe noch nach einer passenden Antwort suchte, hatte ihm Johnny die Jacke so über beide Schultern gezogen, daß er seine Arme nicht mehr bewegen konnte, und ihm dann sofort die Beine weggezogen.

»Heute dein Glückstag?« Uwe lag zwischen den Barhockern und grinste.

Johnny trat ihm mit der Spitze seines rechten Stiefels gegen die Schläfe. Er konnte nur gewinnen, wenn er alles in Kauf nahm, auch einen Totschlag – und gewinnen mußte er, um auf St. Pauli ernst genommen zu werden.

Uwe scherte sich nicht darum, wie heftig er bereits blutete, sondern versuchte, wieder hochzukommen. Johnny sah seine beste Chance darin, ihn von hinten mit einem Barhocker zu bearbeiten. Der dritte Schlag traf Uwe dann im Gesicht, und er fiel endgültig um.

Er konnte zwar nach einigen Minuten wieder aufstehen, aber auf die Beine kam er nach dieser Niederlage nie wieder.

»Das ist der Vorteil an einer Schlägerei, daß einem dabei warm wird«, sagte Johnny zu Marianne, als sie draußen in der Kälte standen.

Die Tatsache, daß Anni ein paar Wäschestücke und gerade die nötigsten Toilettensachen in eine Tasche packte, hatte Johnny zuerst mißverstanden. Es mußte am Whisky liegen, daß er annahm, sie wäre zur Vernunft gekommen, würde ihn endlich verlassen und ausziehen. Als er begriff, daß sie sich in die Klinik nach Altona begab, ließ er sich in die Kissen zurückfallen. Er war bereits wieder im Tiefschlaf, als Anni unten in ein Taxi stieg.

Als er aufwachte, wunderte er sich, wo sie geblieben war.

Nachts dann, nach dem Frühstück, war er der Mittelpunkt eines Tumults. Die Kneipe »Bei Klara und Fritz« war viel zu klein für alle, die von der Neuigkeit erfahren hatten. Den meisten war der Anlaß völlig gleichgültig, Hauptsache, man traf sich mal wieder zu einem Besäufnis.

Als Klara das Gebrüll und die Wetten, ob es ein Junge oder ein Mädchen werden würde, zuviel wurden, riß sie den Stecker aus der Jukebox und zerrte Johnny zum Telefon. »Ruf gefälligst an und erkundige dich endlich, bevor hier alle durchdrehen!«

Die Schwester mußte erst die Unterlagen heraussuchen und bestätigte dann, daß bei Frau Bauer alles gutgegangen sei.

»Junge oder Mädchen?«

»Tut mir leid, Herr Bauer, ab morgen nachmittag, wenn Besuchszeit ist, können Sie das erfahren.«

Johnny schnappte sich Körber-Peter und fuhr nach Altona.

Es sah ganz nach einem Überfall aus, aber keiner der beiden Burschen hatte eine Pistole, und sie verlangten auch kein Geld, sondern wollten nur wissen, wo Frau Bauer lag. Sie rannten die Treppen hoch, die Gänge entlang und rissen jede Tür auf. Überall gingen Lichter an. Das Klinikpersonal lief zusammen. Eine Schwester, die sich ihnen in den Weg stellte, knöpfte den obersten Knopf ihres Kittels zu, als hoffte sie, so einer Vergewaltigung entgehen zu können. Der Stationsarzt begriff als erster, daß er es mit jungen betrunkenen Burschen zu tun hatte. »Meine Herren, wir sind hier in einem Krankenhaus. Ich bitte doch, sich dementsprechend zu verhalten.«

»Wir werden Sie gleich verarzten, wenn wir nicht erfahren, ob mein Freund hier einen Jungen oder ein Mädchen bekommen hat.«

»Beruhigen Sie sich und kommen Sie bitte mit mir.« Er gab dem Personal Anweisung, sich um die aufgewachten, verängstigten Patienten zu kümmern.

Im Arztzimmer erfuhren sie, daß Frau Bauer einen Jungen geboren hatte. »Ich hoffe, Sie sind mit dieser Auskunft zufrieden und gehen jetzt wieder.«

»Herzeigen«, forderte Johnny den Arzt auf.

»Soll ich nicht doch die Polizei verständigen«, mischte sich eine Schwester ein, die gerade ins Zimmer gekommen war, um nachzusehen, ob der Stationsarzt Hilfe benötigte.

»Gehen Sie, Schwester, ich bringe die Herren selbst rüber.«

Er führte sie in einen Raum, dessen Stirnseite eine Glaswand war, die den Blick freigab in einen Raum voller kleiner Betten. Drinnen erschienen zwei Schwestern, eine trug ein Bündel im Arm, aus dem ein kleiner, nasser Kopf herausschaute. Johnny kniff die Augen zusammen, um überhaupt etwas erkennen zu können, und sah trotzdem nur zwei Schwestern und sonst nichts.

»Auspacken«, befahl Johnny.

Der Stationsarzt machte den Schwestern ein Zeichen. Daraufhin wickelten sie das Baby gerade so weit aus den Windeln, daß Johnny zufrieden war.

Fritz hatte zwar siebenhundert Mark verloren, atmete aber trotzdem auf. »Gott sei Dank, eine Hure weniger auf der Welt.«

Johnny zog aus dem »St. Annen« aus und mietete ein Zimmer beim Tschechen-Franz, eine kleine Kammer am Ende eines Flurs. »Aber wehe, dein Baby plärrt mir die Ohren voll.«

»Und das Scheißhaus auf dem Gang?« beschwerte sich Johnny. »Wie wär's, wenn da mal jemand mit 'ner Schaufel reingeht, um sauberzumachen.«

»Hinten im Garten steht eine.«

Sie zogen nach zwei Tagen aus und hundert Meter weiter ins Hotel »Germania«. Johnny war alles recht, solange sich Anni mehr um das Kind kümmerte als um ihn. Einmal blieb er ganze fünf Tage verschollen, trieb sich mit Egon herum, dem »schönen Egon«, wie ihn alle nannten, weil er sich von Frauen aushalten ließ, denen seine schwarzen Locken, die Farbe seiner Krawatten oder sein Hang zu leichtsinnigen Gefühlsausbrüchen gefiel. Als sie sich nach vier Tagen kaum noch auf den Beinen halten konnten, sprangen sie zur Erfrischung ins Hafenwasser, ließen sich von der alten Erna im Fischhaus zum Imbiß einladen, stiegen gestärkt den Pinnasberg hoch und tauchten in der nächsten Kneipe unter.

»Gehen wir zu mir und schlafen eine Runde«, schlug Egon schließlich vor, weil er die Augen nicht mehr offenhalten konnte und das Captagon sofort wieder erbrach.

»Und was meint Helga dazu? Hat die dich nicht längst abgeschrieben?«

»Da mach dir mal keine Sorgen«, stellte Egon klar. »Die weiß genau, daß mich der Zufall immer wieder nach Hause treibt.«

Einen weiteren halben Tag waren sie noch damit beschäftigt, sich einen letzten Abschiedstrunk zu gönnen, und hörten damit erst auf, als es immer mühseliger wurde, ein Glas zu halten.

Helga war, als Egon die Wohnungstür aufschloß, nicht da, hatte aber unmißverständliche Botschaften hinterlassen. Alles war entzweigeschnitten, seine Hosen und Hemden, die Krawatten und Socken, auch der Mantel mit dem Pelzkragen. Es sah nach sorgfältiger Arbeit aus. Sie hatte weder im Zorn gewütet noch aus Wut etwa etwas übersehen, nichts jedenfalls, woran sein Herz hing. Sogar die weißen Schuhe hatte sie verschnippelt. Das Geld, das sich in seiner Anzugtasche befunden hatte, war Konfetti; vielleicht hatte sie dabei Radio gehört und vor sich hingeträllert.

Egon reagierte auf die Entdeckung mit einem Lachanfall. »Die gute Helga! Hinreißend, was für Einfälle sie immer hat, findest du nicht? Und die Mühe, die sie sich gibt! Ist doch immer wieder erstaunlich, wozu verliebte Weiber fähig sind.«

Johnny war auf dem Sofa im Wohnzimmer längst eingeschlafen, da lachte Egon immer noch, diesmal über den Liebesbrief, den sie auf den Badezimmerspiegel gemalt hatte: Habe alles auf Kindergröße reduziert, suche mir jetzt einen Mann!

Kaum hatte Egon ausgeschlafen, erschien er in der Herbertstraße. Nur seine Knochen waren ganz, alles übrige, Hose, Hemd, Schlips, Socken und Schuhe, war halbiert. Diesem Anblick war Helga nicht gewachsen. »Mach, daß du verschwindest«, schimpfte sie, während ihr gleichzeitig die Tränen herunterliefen. Wahrhaftig, ranhalten mußte sie sich, denn schließlich brauchte sie jetzt Geld, um ihren Egon neu einkleiden zu können.

7

Wenn Johnny bisher auf St. Pauli überhaupt etwas zustande gebracht hatte, dann war es die Kunst, bestimmten Leuten aus dem Weg zu gehen, die ihn nicht in ihrer Nähe geduldet hätten. Soviel saufen konnte er gar nicht, um nicht einen großen Bogen um die besseren Adressen und wichtigen Drahtzieher zu machen. Bunte Vögel gab es scharenweise, Zaungäste, die keinen kümmerten. Er dagegen wollte ernst genommen werden, auch von jenen, denen er noch nicht vorgestellt worden war.

Seit jener Nacht im »St. Annen«, gleich nach ihrer Ankunft in Hamburg, hatte Johnny nicht mehr mit Anni geschlafen. Er ließ manchmal, wenn er vorbeischaute, etwas Geld da und ging wieder davon. Anni kannte sich: Auch wenn sie nur zu ihrer Ehrenrettung einen Mann brauchte, aber sie brauchte einen. Er mußte, das war sie ihrem Eigensinn schuldig, ein besonderer Mann sein. Sie würde Johnny, hatte sie sich geschworen, allein schon dadurch demütigen, daß sie ihn durch einen ersetzte, der mindestens eine Garnitur besser war als er. Ihre Wahl fiel auf Falko Rufer, Chef bei Kessler im »King George« und Liebling vieler Schönheiten. Die Wirkung seines Blicks, dieser harten, sehr dunklen Augen war das eine, das andere ihre Genugtuung, nicht länger eine verlassene, bemitleidete Frau zu sein. Niemand ging es etwas an, daß sie ihren neuen Liebhaber nicht liebte, nur war der Haß, mit dem sie Johnny in Erinnerung behielt, endlich erträglicher. Sie wünschte sich nur noch eins: daß Johnny bald eine Abreibung bekam, richtig gut, richtig gründlich und, wie sie fand, richtig gerecht.

Wem er das Glück verdankte, daß ihn Kluge zu sich ins »Passat« bestellte, erfuhr Johnny nie. Sascha wollte es nicht gewesen sein, obwohl er dort jeden Samstag hereinschaute und am ehesten wissen konnte, daß Kluge mit seinem Barkellner unzufrieden war.

Daß Kluge ihn sprechen wollte, betrachtete Johnny als Höhepunkt seines Lebens. Endlich lernte er einen kennen, von dessen Klasse ihm Sascha vorgeschwärmt hatte. Zwei Tage vor seinem Termin kramte er die Würfel hervor, besorgte sich in ein paar Kneipen das nötige Kapital, ließ sich mit dem Taxi zu einem Bekleidungshaus in die Innenstadt fahren und kaufte dort einen Anzug mit Weste, dazu ein Hemd, frische Socken und eine Unterhose. Unter Menschen zu kommen, die er weder kannte noch verstand, jagte ihm einen solchen Schrecken ein, daß er die Innenstadt fluchtartig verließ. Erst als er oben in die Reeperbahn einbog, wurde ihm wieder wohler.

»Setz dich, mein Junge«, begrüßte ihn Kluge. »Was zu trinken?«

»Danke, im Moment noch nicht.« Nicht übertreiben, hatte sich Johnny vorgenommen. Ein Mann, der gut fünfzehn Jahre älter und Geschäftsmann war, mochte sich zum Frühstück einen genehmigen, was nicht hieß, daß auch er Eindruck machte, wenn er trank. Das Trinken war es ja, was Kluge offenbar bei seinem Personal nicht ausstehen konnte. Er schob einen Stapel Rechnungen zur Seite und winkte einem Mädchen. »Zwei Whisky-Cola!« Dann wandte er sich wieder Johnny zu. »Seit gestern ist hier die Eismaschine kaputt und solange warte ich nun schon auf einen Mann, der sie reparieren soll.« Er machte eine Geste, die seine Ratlosigkeit unterstrich und den Widerwillen, sich überhaupt noch mit solchen Kleinigkeiten abgeben zu müssen. »Man kann aber nicht alles können!« Dann nahm er sich Zeit, sich den Jungen, der ihm gegenübersaß, genauer anzuschauen. »Aber das ist nicht mein einziges Problem im Moment, deshalb habe ich dich auch nicht sprechen wollen.«

»Ich habe zwar bei Mercedes gelernt, aber nicht, wie man kaputte Eismaschinen wieder in Gang setzt.« Er gab ganz schön an.

»Dann kannst du meine Karre reparieren, falls sie mal verreckt?«

Schon kam Johnny ins Schwitzen, dabei hatte er doch vorgehabt, zurückhaltend zu bleiben und nicht gleich Lügen aufzutischen. »Richtig ausgelernt«, gab er zu, »hab ich eigentlich nicht, weil – nun ja, dann haben sie mich erst einmal eingebuchtet.«

Kluge spitzte die Lippen, hob die Augenbrauen und nickte. »Für wie lange?«

»Vier Jahre.«

»Dann müssen sie dich im Kinderwagen verhaftet haben. Und was hat dich nach Hamburg verschlagen?«

»Tja«, sagte Johnny und suchte unter den möglichen Antworten eine aus, die Kluge einleuchten mußte. »Weil hier die Musik spielt, ganz einfach.«

Das Mädchen brachte die Drinks.

Kluge hob sein Glas. »Stimmt es, du bist Vater geworden?«

Was sollte er antworten? Eigentlich war er vollauf damit beschäftig zu vergessen, daß er ein Kind hatte. »Stimmt.«

»Irgendwelche Schwierigkeiten?«

Johnny wußte nicht, worauf Kluge hinauswollte. Er konnte ihn doch unmöglich hergebeten haben, um ihn nach seinem Kind auszufragen. »Nicht direkt, nein!«

»Muß ja 'ne wilde Party gewesen sein. Jedenfalls war Hans zwei Tage lang unauffindbar, zwei Arbeitstage wohlgemerkt.«

»Wird nicht wieder vorkommen. Noch mal werd ich nicht Vater.«

»Dann Prost! Auf dein Kind!«

Sie ließen die Gläser klirren. »Was ich mit dir besprechen will, ist folgendes. Oben bei mir ist gerade eine Zweizimmerwohnung frei geworden. Nun kenne ich mindestens zwanzig Leute, die sie haben wollen, und wie ich's auch anstelle, ich kann's nur einem recht machen und die anderen fühlen sich angeschissen.«

»Verstehe.« Johnny verstand nichts.

»Ein Kind wäre die beste Ausrede, dann kann keiner sagen, ich hätte kein Herz«. Er lachte. »In dieser Richtung hat mir, von meiner Mutter abgesehen, noch nie einer Komplimente gemacht.«

Johnny fand es schwierig, Kluge zu folgen. Obwohl er aufmerksam zugehört und ihn so verstanden hatte, als habe er sagen wollen, weil er ein Kind habe, könne er bei ihm im »Passat« einziehen, war er viel zu überrascht, um seinen Ohren zu trauen.

Kluge spielte mit einem Stoß Spielkarten, den er aus seinem Jackett gezogen hatte. »Wie wär's, willst du sie nicht nehmen, du, deine Freundin und dein Kind?«

Johnny starrte in sein Glas. Jetzt war er es, der Probleme hatte. Nur nicht mit Anni wieder von vorn beginnen müssen, auch wenn das Kind die Woche über in einer kommunalen Pflegestelle betreut wurde. »So gern ich hier einziehen würde, ich kann weder eine Kaution noch überhaupt Miete zahlen, weil ich, ehrlich gesagt, im Moment ziemlich ausgemistet bin.«

»Vergiß die Kaution, und das mit der Miete werden wir irgendwie schon schaukeln. Hast du schon mal hinter 'ner Theke gestanden?«

Mit Anni und dem Baby zog Johnny am nächsten Tag im »Passat« ein, genoß den Luxus einer eigenen kleinen Wohnung mit Küche, einer Dusche und einem Blick über die Dächer von St. Pauli. Alles, was er von nun an tun wollte, konnte nur einen Sinn haben: jetzt nicht den Schwung verlieren.

Er gefiel sich. Das knallrote Kellnerjäckchen saß. Jetzt brauchte er nur noch ein paar Tage Übung. Gleich beim ersten der insgesamt zwanzig Mädchen, die abwechselnd in Tag- und Nachtschichten oben die Zimmer benutzten, fing er damit an. »Hock hier nicht rum! Raus, arbeiten!« Nicht, daß sie glaubte, er sei Anfänger.

Kam ein Gast herein und bestellte einen Kaffee, sagte er nicht »Tut mir leid, Kaffee haben wir nicht«, sondern »Darf's auch Wasser sein?« – entweder ging der Gast daraufhin oder bestellte Whisky, was darauf schließen ließ, daß er Gesellschaft suchte. Ein Blick genügte, um eines der Mädchen aufzufordern, sich zu ihm zu setzen. Solange sie nüchtern waren, lief alles reibungslos, aber der Stumpfsinn des Wartens war ohne ein Gläschen dann und wann unerträglich. »Nicht so geizig«, maulte eines der Mädchen, hielt ihm ihr Glas mit Pfefferminzlikör hin und deutete auf den Meßstrich. »Hoffentlich lernst du's bald!«

Johnny war ab jetzt ein Mann mit Vollmachten und nutzte die Wirkung gut durchbluteter Stimmbänder. »Und du gewöhnst dir ab heute einen anderen Ton an, du alte Kuh«, schrie er sie an, »sonst sorg ich dafür, daß du rausfliegst.«

Plötzlich war es ihr gar nicht recht, daß die anderen Mädchen zuhörten. »Hast du mich ›alte Kuh‹ genannt?« Sie war kalt wie Gefrorenes, rutschte vom Barhocker und rannte raus – und erschien zwei Stunden später wieder, in Begleitung eines Kerls, den Johnny nicht kannte. Es war unschwer zu erraten, welchem Beruf er nachging.

Johnny stellte gerade einem Gast einen Campari-Orange hin, als der Kerl seine Hand ausstreckte und seine Autoschlüssel ins Glas hielt. »Entweder hast du meine Frau beleidigt, oder sie hat da was falsch verstanden!«

Kluge, der mit Freunden an seinem Tisch saß und Karten spielte, entging nicht, daß Johnny Streit hatte, mischte sich aber vorerst nicht ein.

Zu Johnnys angeborenen Talenten gehörte auch, daß er einem Gegner in die Augen schauen konnte. Feiglinge konnte er aussortieren wie andere poröse Luftballons.

»Nimm die Schlüssel aus dem Glas!«

»Falsch verstanden?« plärrte das Mädchen. »Wo alle hier zugehört haben?«

»Halt's Maul«, fuhr der Kerl sie an, hielt aber seine Autoschlüssel weiter in den Campari.

Johnny schüttete den Campari weg und begann, seine Jacke aufzuknöpfen. »Du hast genau eine Minute Zeit, sonst begleite ich dich vor die Tür.«

Der Kerl steckte seine Schlüssel ein, legte Geld auf den Tresen, schnauzte sein Mädchen an, sich beim nächstenmal zu benehmen, dann verließen beide die Bar.

Am frühen Morgen endlich erschienen Johnnys Freunde. Adi machte den Anfang. Johnny stellte ihm einen Whisky Cola hin.

»Weißt du was«, erklärte Adi und schob das Glas zur Seite, »zur Feier des Tages und weil du jetzt richtig einer von uns bist, trinke ich mal was anderes, und zwar, sagen wir, einen TNT.«

»Was soll das denn sein?«

»Scotch mit Anisette, geht aber mit Pernod auch. Hauptsache, er ist richtig verrührt.«

»Machst du Witze?« Johnny suchte den Pernod, schüttete Whisky in ein Glas und schüttelte den Kopf. Die Bar war rammelvoll und Adi, ausgerechnet er, hatte plötzlich Sonderwünsche.

Als er den ersten Schluck probiert hatte, fing er an, sich bei Totenkopf-Fred, der inzwischen auch erschienen war, über Johnnys mangelnde Fähigkeiten auszulassen, einen internationalen Drink zu servieren. »Tu mir einen Gefallen und versuch's noch mal.«

»Laß mal testen«, sagte Totenkopf-Fred, nippte und verzog sein Gesicht. »Mir lieber einen Bacardi mit einer Zitronenscheibe und Eis.«

Keiner hatte je etwas anderes als Whisky Cola getrunken, und nur weil er heute Einstand feierte, drehten sie durch. Totenkopf-Fred fischte sofort die Zitrone aus dem Glas. »Die muß hauchdünn sein.«

Finger-Hannes, der als nächster reinkam, bestellte eine Bloody-Mary. »Richtig mit viel Pfeffer und ruhig großzügig Tabasco rein.«

Johnny wußte nicht, wie lange er sich das gefallen lassen würde. Der Schweiß lief ihm über das Gesicht, keinen der Drinks, die er servieren sollte, kannte er, und keiner ließ sich breitschlagen, ihm die Arbeit zu erleichtern. Außerdem herrschte in der Bar Hochbetrieb, zur gleichen Zeit saßen Gäste an allen Tischen, die ebenfalls Durst hatten, und dann gab es noch Mädchen, die Getränke mit nach oben nehmen wollten – und mit Gläsern hantieren war Glückssache, wenn man nervös war. Als der Kölner-Hanne anfing, von Mexiko zu schwärmen, und plötzlich doch keinen Whisky Cola wollte, sondern Lust auf eine Margarita bekam, drehte Johnny beinahe durch.

»Mach doch gleich mal für alle hier Margarita«, forderte ihn Hanne auf.

»Wo bleibt das Eis?« beschwerte sich Adi.

Das hatte er noch nicht erlebt. Da standen die größten Saufköpfe, fachsimpelten über Alkohol und ließen ihn laufen wie einen Springbock. »Was ist«, fragte Hanne, »doch nicht etwa am ersten Abend schon müde?«

Daß sie ihn die ganze Zeit zum Narren gehalten hatten, merkte er erst, als Kluge ebenfalls Sonderwünsche äußerte. Mit übertriebenem Ernst versuchte er, sich nicht zu verraten, aber dann brach das Gelächter aus ihnen heraus. Adi hatte seinen Text richtiggehend auswendig lernen müssen, und natürlich war Kölner-Hanne noch nie in Mexiko gewesen, aber Durst auf Whisky hatten sie jetzt wenigstens. Bevor er an diesem Morgen einschlief, legte Johnny das verdiente Geld, ganze sechshundert Mark, in eine Zigarrenkiste, schluckte eine Schlaftablette und dachte, nie mehr werde ich arm sein. Ich werde nie mehr so arm sein, daß ich stehlen muß, die erste Frau, die mich um den Finger wickeln wollte, habe ich hinter mir, und demnächst werde ich es sein, der sich Späße erlaubt.

Und Anni und das Baby? Der kleine Schreihals, das gab er zu, hatte ihm Glück gebracht, daß aber Anni auch etwas damit zu tun hatte, übersah er. Seine Arbeit machte ihm mehr Spaß als alles, was er in seinem Leben bisher getan hatte, und die Zeit, wo ihn der Inhalt ihrer Handtasche interessiert hatte, lag lange zurück. Oft kam sie gar nicht nach Hause und schneite nur auf eine Zigarette herein. Wehe, er lag dann nicht allein im Bett. Sie nahm den nächstbesten Gegenstand und ging auf ihn los. Danach war sie jedesmal erleichtert. Mit einem blauen Auge fiel sie überall auf. Irgendwann wäre auch Falko gezwungen, sich Johnny vorzuknöpfen. Das Gesetz, nach dem er handeln mußte, konnte er sich aussuchen: Eifersucht oder Ehre.

Den Straßenjungen sah man Johnny auch mit Anzug, Weste und Krawatte an. Nur wurde er wütend, wenn sie ihn jedesmal beim Betreten der Spielbank aufhielten, umständlich seinen Ausweis kontrollierten und wissen wollten, ob er auch Geld bei sich hatte. Da waren die anderen bereits drinnen.

Auf dem Rückweg von Travemünde machten sie meistens noch in Lübeck, in den Bordellkneipen der Clemensstraße, ihre Aufwartung.

Dort begegnete er Gitte.

Sie war der Grund, daß er Käthe, Wirtschafterin im Haus Eins, aufforderte, allen Mädchen einzuschenken. Lokalrunden waren nichts Ungewöhnliches. Wenn man in der Provinz vorbeischaute, ließ man sich bewundern und gab sich großzügig.

Was dann geschah, war ihm allerdings noch nie passiert. Gitte, gerade sie, die er auf sich hatte aufmerksam machen wollen, wies seine Einladung zurück. »Wie komm ich eigentlich dazu, mich von jedem Typen einladen zu lassen?«

Käthe mochte Johnny und bemühte sich, ihn zu beschwichtigen. »Laß dich nicht provozieren, Johnny, nicht von so einer.« Einer anderen Andeutung entnahm er, was sie damit meinte: Gitte war lesbisch.

Er stand auf. »Schon gut, Käthe, was bin ich schuldig?«

»Nichts, nur mach mir hier bitte keine Schwierigkeiten.«

Er legte genug hin und trank in einer Frühkneipe weiter, als plötzlich Gitte auftauchte. »Darf ich mich setzen?«

Johnny betrachtete sie mit abschätziger Ausführlichkeit. »Danke, wir sind vollzählig.«

»Ich warte drüben an der Bar!« sagte sie. Sie erschien ihm schöner als jede Frau, die er bisher getroffen hatte. Ihre Augen waren schwarz wie Kohlestückchen, kurz bevor sie zu Diamanten werden.

»Vorsicht«, warnte Torsten.

Johnny stand auf, stellte sich neben sie an die Bar, verlangte ein Mineralwasser und schüttete ihr den Inhalt der ganzen Flasche über den Kopf. »Gehn wir.«

Sie leckte sich mit der Zunge den Sprudel von der Oberlippe. »Gut, gehn wir.«

Sie gingen zurück in die Clemensstraße.

Johnny fiel erst, als der Putz von der Decke kam, auf, daß etwas nicht in Ordnung sein konnte. Teile der Tür waren zersplittert, dahinter hörte er eine Frau schreien. Nach Anni klang das nicht! Er hielt den Atem an, um festzustellen, ob er was abgekriegt hatte.

Gitte lag halb unter dem Bett, hielt sich ein Kissen vor ihr Gesicht und schrie immer noch.

In jedem Bordell gab es zumindest einen Experten, der eine vor Eifersucht tobende Frau wirkungsvoll zur Besinnung bringen konnte. Der Lärm draußen wurde schnell leiser.

»Bist du okay?« fragte Johnny.

»Mein Gott, ich wußte doch immer, daß sie verrückt ist. Gott sei Dank war abgeschlossen!«

»Dann weißt du, wer geschossen hat?«

Torsten hatte ihn gewarnt, und Käthe auch. Der Schädel tat ihm weh, was nicht an der Aufregung lag, einem Mordanschlag entgangen zu sein. Nur nicht alt werden, war seine Devise; er wäre mit einer Lebenserwartung von weiteren zwei oder drei Jahren zufrieden gewesen, aber von einer Kugel, die eine Frau abfeuerte, während er mit einer anderen im Bett lag, wollte er nicht getötet werden. Soviel Pech wäre lächerlich.

Falko war zehn Jahre älter als Johnny, ein Mann, der in seiner Jugend sein Geld als Boxer verdient hatte. Deshalb war Anni sicher, daß er der Richtige sein würde, Johnnys schönem Gesicht ein paar Narben zu verpassen.

Er wäre es gewesen, wenn er nicht eine kleine, aber entscheidende Schwäche gehabt hätte. Sobald er spürte, daß er durch seine pure Präsenz einem Gegner keine Angst einjagen konnte, brach sein Mut. Johnny wußte, daß er vor Falko nicht kneifen durfte. Er setzte sich an den Tresen, bestellte eine Cola und wartete, bis Falko das Glas vor ihn hingestellt hatte. »Ich habe gehört, daß Anni jetzt deine neue Freundin ist.« Johnny sprach langsam und bewußt mit kleinen Unterbrechungen, die er nutzte, um sich einen Schluck zu genehmigen – er wußte, wie man eine Kampfansage unmißverständlich formuliert, und in welchem Tempo.

Annis Rechnung konnte nicht aufgehen. Beide waren Barkellner, jeder im Stall eines anderen, aber ihre Bosse waren Freunde und Geschäftsleute, und viel zu intelligent, sich gegenseitig die Butter vom Brot zu stehlen. Es war üblich, daß das Geld, das Falko ausgab, wenn er feierte, im »Passat« landete – und umgekehrt Johnnys Zeche in der Kasse des Kollegen.

Einige Tage danach ging Anni ein letztes Mal auf ihn los. Johnny war unterwegs gewesen und im Lauf der Nacht im »King George« gelandet. Anni trank wieder Benedictine, war aber noch nicht betrunken. Sie schlug ihr Glas gegen die Theke und drückte ihm das scharfkantige Ende ins Gesicht.

Er begriff zuerst nicht, was sie getan hatte, sondern schaute sie nur an und wunderte sich: War sie nicht vor einer Minute noch blond gewesen? Mit jedem Herzschlag spritzte immer mehr Blut auf Annis Haar, ihr Gesicht und ihr Kleid.

Sie fuhren Johnny ins Hafenkrankenhaus, wo die Wunde geklammert wurde. Das Glas hatte das linke Auge nur um Millimeter verfehlt, aber das untere Augenlid durchschnitten.

Mit einer Augenklappe sah er zwar wie ein Pirat aus, aber für Scherze hatte er, als er wieder im »King George« erschien, nichts übrig.

»Wo ist sie?«

»Laß sie in Ruhe«, warnte ihn Falko.

Offenbar hatte er inzwischen seinen Chef benachrichtigt, daß er Ärger hatte, denn ein paar Minuten später ging die Tür auf und Kessler kam herein. Beide mußten erzählen, was vorgefallen war. Das war neu für Johnny, daß er sich einem Schiedsgericht stellen mußte, das aus nur einer Person bestand.

Johnny hatte keine Lust, sich belehren zu lassen. Er rannte die Treppen hoch, trat die Tür ein und sah Anni, die auf dem Bett lag und weinte. Er schaute sie nur an, sagte nichts und ging.

Auf der Treppe kam ihm Kessler entgegen.

»Okay«, sagte Johnny, »ich hab sie nicht angerührt.«

Zu Johnnys Pflichten gehörte auch, Post entgegenzunehmen und dem Briefträger ein Bier auszugeben. An diesem Morgen überreichte er ihm ein Paket und wollte neunundsiebzig Mark Nachnahmegebühr kassieren. Johnny zahlte und legte Kluge das Paket samt Quittung auf seinen Tisch.

»Was soll das denn?« wunderte der sich, als er gegen elf kurz hereinschaute.

»Du schuldest mir neunundsiebzig Mark, hab ich für dich ausgelegt.«

»Was geht mich das an?«

»Das Paket ist an dich adressiert, also hab ich's bezahlt.«

»Hab ich dir jemals gesagt, Nachnahmepakete anzunehmen? Das nächste Mal erscheint einer und kassiert sonstwas.« Kluge ließ nicht mit sich reden. »Du hast bezahlt, also nimm's auch!«

Na so was, dachte Johnny, nahm das Paket und verstaute es bis Feierabend neben den Bierkästen.

»Wie immer, Kapitän?«

»Ganz recht, und für meine Begleitung auch ein Gläschen.«

»Selbstverständlich, Kapitän, sofort.«

Dödel-Alex kam meist schon am frühen Mittag in die Bar, wenn nichts los war. Kam er in Gesellschaft einer Dame, wußte Johnny, was er zu tun hatte. »Lange nicht gesehen, Kapitän, wieder viel unterwegs gewesen?«

Die Dame schaute sich vorsichtig um. »Aber das ist kein Bordell oder so was, nein?«

»Aber nicht doch, gnädige Frau«, beruhigte sie Johnny.

»Und die beiden da drüben?« Sie deutete mit dem Kinn hinüber zu einem der Tische.

»Tja«, meinte Dödel-Alex, »wenn es auf St. Pauli keine Mädchen gäbe, sagen Sie selbst, wär das denn in Ordnung?«

Die Dame erlaubte sich ein Lächeln und gab damit zu verstehen, wie aufregend sie es fand, in einer zweifelhaften Bar gelandet zu sein. Hier also kommen Männer her, um ihr Vergnügen zu haben, dachte sie und dachte auch an ihren Mann.

»Wirklich, wenn ich das meinem Mann erzähle.« Sie strahlte vor Neugier. »Prost!«

»Darf ich nachschenken?« erkundigte sich Johnny.

»Mittags schon Champagner, uuh!« Sie entnahm ihrer Handtasche eine Puderdose. »Wahrscheinlich habe ich bereits rote Bakken.«

Meistens kamen die Damen schnell in Fahrt, bestellten eine Flasche und gingen erst, wenn sie nicht mehr gehen konnten. Mehr wollte Alex auch nicht, den Kapitän spielen, seine Späße machen und Champagner süffeln. Wenn die Sache schiefging, das war abgemacht, trank er auf Hauspreis.

Sein Tag begann am späten Vormittag meist in Kaufhäusern und Cafés, wo er nach Damen Ausschau hielt, die er ansprechen konnte. Für Alex war es ein Kinderspiel, ihre Neugier zu wecken und sie zu einem Reeperbahnbummel zu überreden. Er hatte in seinem Leben nie etwas anderes getan als zu unterhalten, zu vergnügen, den Müßiggang zu pflegen und, das wichtigste, die Frauen zu lieben. Inzwischen war er sechzig, immer noch stattlich und nie ohne eine brennende Zigarette im Mund, ein schrulliger Frührentner, der seinen Fuß nie außerhalb Hamburg gesetzt hatte. Aber was er konnte, war, Geschichten erfinden, die unglaublichsten Geschichten – und was vertragen. Johnny war froh, wenn Dödel-Alex hereinschneite und er sich hinter der Bar nicht langweilen mußte. Er war nicht einfach nur ein Schnorrer, sondern revanchierte sich, indem er bezauberte – je nach Laune mit einem Schiffbruch im Chinesischen Meer, einem Taifun in den Tropen oder der Liebesgeschichte mit einer Eingeborenen, deren Sprache er nicht verstand, deren Seele aber rein und weiß war wie das Fleisch der Kokosnuß. Der Mittelpunkt seines Lebens aber war Relli, eine resolute Frau mit einem hohen Turm von Haaren, die sie je nach Stimmung einfärbte. Sie lebte von den Mieteinnahmen ihres Bordells in der Herbertstraße. Ein Verkauf, der ihr immer wieder angeboten wurde, hätte sie zwar auf einen Schlag zur Millionärin gemacht, aber davon wollte sie nichts wissen. Geld war nicht, was sie ernst nahm. Nach jeder Scheidung von ihm hatte sie ihrem Alex genug geschenkt, damit er sich weiter einkleiden und sich sein Gläschen Champagner leisten konnte. Sobald alles verpraßt war, ließ er sich in den erbarmungswürdigsten Zustand der Verkommenheit treiben, bis Relli zu Ohren kam, wie schlimm es um ihren Alex stand. Auch Johnny hatte schon einige Male dafür gesorgt, Relli klarzumachen, daß Alex ohne ihre Hilfe vor die Hunde gehen würde. Erstaunlich, wie liebevoll sie ihn dann verfluchen konnte. Es liefen bereits Wetten, wann Relli ihn zum viertenmal heiraten würde.

Dödel-Alex rutschte vom Barhocker. »Ich muß mal.«

Kaum war er verschwunden, improvisierte Johnny, eingespielt waren sie ja. »Wahrscheinlich hat er Ihnen noch nicht erzählt, daß er heute Geburtstag hat.«

»Ach, du lieber Himmel, wirklich? Nein, kein Sterbenswörtchen hat er verlauten lassen. Na so was, auch noch Geburtstag?« Was für ein Tag! Nur ein Täßchen Kaffee hatte sie trinken wollen und saß nun mitten in St. Pauli in einer ziemlich dunklen Bar. Das machte, wie sie zugeben mußte, Spaß, war aufregend, ein wenig verwegen sogar, aber das Gefühl, Angst haben zu müssen, stellte sich nicht ein. Im Gegenteil, was für Menschen, was für Orte, was für schöne Stunden es geben konnte, wenn man sich ein einziges Mal ein klein wenig gehen ließ und nicht immer so dumm war, vernünftig zu sein.

Wenn das ganze Theater kein Reinfall werden sollte, mußte sie sich bald entscheiden, eine Flasche Champagner springen zu lassen. Johnny half ein wenig nach, indem er jetzt schwieg. Was immer wirkte, war Musik, die richtige Musik, was zum Träumen, Paul Anka zum Beispiel.

Sie machte Dödel-Alex, sobald er wieder neben ihr Platz genommen hatte, sofort Vorwürfe, ihm die Neuigkeit verschwiegen zu haben.

»Nun ja«, zierte sich Alex und zündete sich eine Zigarette an. Die Nummer hatten er zu oft und schon in allen Variationen abgezogen, um noch Fehler zu machen. Jetzt kam es auf die Fähigkeit an, abwarten zu können. Einen kleinen Schwips hatte sie. Und ihr Glas war leer.

»Also darauf müssen wir doch anstoßen, nicht?«

»Was ist, Kapitän, noch ein Gläschen?« fragte Johnny.

Dödel-Alex konnte so hinreißend hilflos schweigen, daß der Dame nichts anderes übrigblieb. »Ich bin so frei, öffnen Sie eine Flasche.«

Ach ja, das Paket, fiel Johnny ein, bevor er nach Feierabend nach oben ging, um sich umzuziehen. Wie immer am Donnerstag stand Sauna auf dem Programm, bei seinem Chef in dessen privater Villa.

Eine Schere besaß Johnny nicht, also riß er sich die Finger an der Schnur blutig, bis das Paket endlich offen war. Dann sah er die Bescherung. Porto zahlt Empfänger, fluchte er und hielt sich die Nase zu. Verschimmeltes Brot und verfaulte Reste von Käse, Pizza und Wurst, leere Konservendosen, Fischköpfe, alte Zeitungen und jede Menge Kippen. Irgendwer mußte seine Mülltonnen geplündert haben. Dann fiel ihm ein, daß es nur Kluge gewesen sein konnte, denn der hatte an der Tischtennisplatte hinten im Hof zuviel Geld verloren, als Johnny sich den Spaß erlaubt hatte, Lazi Ligeti, einen ungarischen Nationalspieler, aus München einfliegen zu lassen. Lazi spielte mit der linken Hand, und auch mit der noch absichtlich ungeschickt, was allerdings immer noch ausreichte, um jedes seiner Spiele zu gewinnen; freilich, wie mit Johnny abgesprochen, immer nur knapp. Bei einer Revanche, dachte jeder, packe ich den Kerl. Aber auch die Revanche verloren sie, wieder nur mit knappen zwei oder drei Punkten. Lazi stellte es geschickt an, sich so ungeschickt wie möglich zu verhalten, so daß immer höhere Wetten geschlossen wurden. Und Johnny kassierte.

Das Paket war die Antwort, auch nur ein Spaß, ein Bubenstreich wie viele andere, mit denen sie sich gegenseitig reinlegten. Und manchmal legten sie auch Fremde rein.

Es war bereits spät, nach zehn schon, als Kluge von der Sauna aus einen Rechtsanwalt anrief. »Auch so einer, der mir dauernd Einladungen zu seinen Gartenfesten schickt und davon träumt, daß mir das imponiert.« Es gab in Hamburg Anwälte, die seinen Namen gut genug kannten, um zu wissen, daß Anrufe dieser Art zu lukrativen Aufträgen führen konnten. Wer außerdem Kontakte zum Milieu hatte und in einschlägigen Bars, wenn auch nur beruflich, verkehrte, rief bei Damen der Gesellschaft Neugier und bei seinen Freunden Neidgefühle hervor.

Dr. Witte erschien in Maschen, was immerhin eine Fahrt von einer halben Stunde bedeutete, im Anzug und mit Aktenmappe unter dem Arm, und wußte zuerst nicht recht, wie er sich verhalten sollte, als er in die Sauna geführt wurde, wo er ein ganzes Rudel junger Kerle in ausgelassener Stimmung antraf. Noch bevor er ganz kapierte, daß irgend etwas nicht seiner Routine entsprach, lag er – platsch! – im Pool.

»Tut mir leid«, entschuldigte sich Kluge und ließ sich in seinen Liegestuhl zurückfallen, »aber trösten Sie sich, wir versenken jeden Donnerstag einen.«

Dr. Witte stieg aus dem Wasser. Ihm wurde schlecht, so sehr schämte er sich. Er war, das wußte er, eine durch und durch lächerliche Figur. In seinen Schuhen stand das Wasser, aus der Aktentasche tropfte es heraus, die Kleider klebten am Körper – niemals hatte er sich erbärmlicher gefühlt.

»Und empfehlen Sie mich weiter«, lachte Kluge.

Dr. Witte fror, als er wieder im Auto saß. Möglicherweise werde ich mir einen verdammten Schnupfen holen, dachte er, wußte aber, daß es nicht eine Erkältung war, die er fürchtete, sondern die Wahrheit, mit der er fortan zu leben hatte. Wer wollte leugnen, daß er sich dem Gefrierpunkt näherte. Seine ganze Existenz, fand er, war irgendwie mit ins Wasser gefallen.

Johnny lehnte an der Tür und schaute, bevor gleich seine Schicht begann, noch einmal die Straße rauf und runter, als er ein Taxi in die Kastanienallee einbiegen sah. Es hielt direkt vor dem »Passat«.

»Hallo, Schatz! Hilfst du mir mal?« Irgendwas muß sie mißverstanden haben, dachte Johnny und wurde nervös. Nüchtern konnte Gitte nicht sein, so wie sie jetzt auf ihn zusteuerte.

Der Fahrer war inzwischen um den Wagen herumgegangen. »Wenn Sie mal so nett sein könnten und mir helfen.«

Vor jeder Kneipe stand bereits einer, der sich amüsierte.

»Was ist?« wollte der Fahrer wissen. Den halben Wagen hatte er bereits ausgeräumt, Bügeleisen, Schminkkoffer, Haarfön und Fernseher, ein Sammelsurium von allem, was eine Frau auf die Schnelle zusammenpackt, sobald sie den Entschluß faßt, für eine Überraschung zu sorgen.

»Bist du sicher, daß du nicht betrunken bist?« fragte Johnny.

»Bin ich«, wehrte sich Gitte.

Dann wandte er sich an den Taxifahrer. »Packen Sie alles wieder ein, da hat sich jemand in der Adresse geirrt.«

Er kannte die Tonart, bevor Frauen durchdrehen. Wenn er sich jetzt stur stellte, machte sie ihm eine Szene – und das war es, worauf die ganze Straße wartete. Es war wichtig, Gitte so rasch wie möglich wegzuschaffen. Er bezahlte den Fahrer und brachte sie nach oben in die Wohnung. »Sobald du wieder zu dir gekommen bist, fährst du zurück nach Lübeck.«

»Komm schon, aber schließ die Tür ab.« Sie strahlte Zuversicht aus, als sie ihre Bluse aufknöpfte.

»Reimers«, meldete sich die Stimme am Telefon, »Reimers aus Lübeck. Ich nehme an, daß Ihnen mein Name nicht unbekannt ist.«

Johnny mußte nachdenken. »Clemensstraße?«

»Richtig. Mir gehört das Haus, in dem Sie ja, bis die Brigitte ausgezogen ist, Stammgast waren.«

Jetzt fiel der Groschen. Du meine Güte, Reimers. Der Mann war um die Fünfzig, Bordellchef seit der Kapitulation und bis vor ein paar Monaten, wie Gitte erzählt hatte, mit einer sehr viel jüngeren Frau verheiratet gewesen. »Was gibt's, Herr Reimers?«

»Ist es möglich, daß Sie wieder mal nach Lübeck kommen?«

»Worum geht es?«

»Geschäfte.«

Johnny hielt den Hörer etwas von seinem Ohr, weil ihm der harte Offizierston, mit dem Reimers sprach, am Trommelfell kratzte.

»Sagen wir, morgen abend acht Uhr?«

»Einverstanden.«

»Ach übrigens, sind Sie noch mit Brigitte zusammen?«

»Bin ich.«

»Großartig. Fabelhaftes Mädchen. Hat sich sehr zu ihrem Vorteil entwickelt, seit sie sich wieder gefangen hat.«

»Bis morgen«, sagte Johnny und legte auf. »Weißt du, wer gerade angerufen hat? Dein alter Chef.«

Gitte kam aus dem Bad. »Reimers?«

»Hast du eine Ahnung, was der von mir will?«

»Ich weiß nur, daß du ihm immer imponiert hast. Er hat mich andauernd nach dir gefragt und war plötzlich sogar richtig nett zu mir.«

Seit ihn seine Frau verlassen hatte, kränkelte Herr Reimers, allem Anschein nach ein Herzleiden. Gewissermaßen schon, erklärte ihm sein Hausarzt, aber dafür seien Psychologen zuständig.

»Ich will verpachten«, erklärte Reimers, nachdem er sich mit Johnny im Restaurant des »Lübecker Hof« an einen Tisch gesetzt hatte. »Ich bin zu alt für den ständigen Ärger. Ich habe Sie hergebeten, weil ich das Haus an Sie verpachten will.«

»An mich?«

Reimers senkte den Kopf. Er schien Mühe zu haben, die richtigen Worte zu finden.

»Hat Ihnen denn Brigitte nichts erzählt?«

»Daß Ihnen Ihre Frau abhanden gekommen ist, mehr nicht.«

Reimers konnte einem leid tun. Verliebte sich in seinem Alter in eine um zwanzig Jahre Jüngere, die ihm auch prompt wieder weglief. Vielleicht hätte er einen gleichaltrigen Burschen noch verdaut, aber mit einer gut und gern Fünfundvierzigjährigen, noch dazu einer Dame der Gesellschaft konnte er sich nicht abfinden.

»Wenn Sie Ihr Haus verkaufen oder verpachten wollen, ist das Ihre Sache. Aber nicht an mich, weil ich nämlich das Geld nicht habe.«

Reimers war ein vermögender Mann. Es kam ihm nicht darauf an, noch reicher zu werden – er suchte Genugtuung. Der Verkauf an Johnny hatte, so besessen wie Reimers sich benahm, etwas von einem Mordauftrag. »Sie werden doch hundertfünfzigtausend Mark auftreiben können?«

Johnny winkte ab. »Tut mir leid, kann ich nicht.«

»Dreißigtausend Mark auf die Hand, den Rest in monatlichen Raten. Mehr entgegenkommen kann ich Ihnen nicht.«

Johnny überlegte.

»Zinslos«, ergänzte Reimers und gab ihm seine Telefonnummer. »Für mich sind Sie ein ganz außergewöhnlicher junger Mann, ich wünschte mir, Sie könnten mir einen Rat geben.«

»Wie Sie Ihre Frau zurückerobern?«

»Wenn Sie so wollen!« Reimers hob den Kopf und schaute Johnny zum erstenmal direkt in die Augen. »Wie haben Sie es, wenn ich Sie das einmal so offen fragen darf, eigentlich angestellt, daß sich Gitte in Sie, einen Mann also, verliebt hat?«

»Keine Ahnung«, antwortete Johnny, »aber wenn's mir eingefallen ist, rufe ich Sie sofort an.«

Auf der Heimfahrt brachte er Ordnung in die absurde Logik der Ereignisse. Reimers hätte mit beträchtlich höherem Gewinn an jeden verkaufen können, bot aber statt dessen ihm das Geschäft an, und das offensichtlich nur, weil er vor Enttäuschung und Wut durchdrehte. Vielleicht hatte er auch den Verstand verloren und sah in Johnny den Rächer der Betrogenen. Ihm war nicht ein Geschäftsmann gegenübergesessen, sondern ein Mann, der Hilfe suchte, einen Freund, einen, der die Zauberformel zur Bestrafung verrückt gewordener Frauen kannte.

Bordellbesitzer, das war Johnnys Chance. An der Bar des »Passat« stand er zwar im Zentrum, und Kluge war mit seiner Arbeit zufrieden. Er schleppte Bargeld bündelweise mit sich herum, genug, um sich jede Woche neue Zigarrenkisten besorgen zu müssen. Mit den Mädchen kam er klar. Streitigkeiten waren auch dann kein Problem, wenn er selbst handgreiflich werden mußte. Er arbeitete zwanzig Tage im Monat und verdiente Tausende von Mark. Aber in seiner freien Zeit wußte er nie, was er tun sollte. Wie leicht könnte er nebenher Geschäfte abwickeln. Er brauchte lediglich einen Partner, der mit eigenem Geld einstieg.

Toni war, wenn er nachdachte, der richtige Mann. Von ihm wußte er, daß er Kapital flüssig machen konnte und ohnehin vorhatte, ins Geschäft einzusteigen. Es kostete Johnny keine zwei Stunden, bis er ihn überredet hatte, das Haus seiner Mutter zu beleihen. Mit dieser Sicherheit fuhr er wieder nach Lübeck und unterschrieb den Vertrag. Mit seinen zweiundzwanzig Jahren war Johnny damit Deutschlands jüngster Bordellbesitzer.

Er entließ erst einmal gut die Hälfte der Prostituierten und schaffte neue und jüngere aus Hamburg nach Lübeck. Er überwachte strenger als jeder andere, der in der Clemensstraße was zu sagen hatte, die Arbeitszeiten und Arbeitsgewohnheiten, dekorierte die Zimmer neu und steckte die Mädchen in Netzanzüge. Auf die Idee war vor ihm noch keiner gekommen – sie waren also bekleidet, was sie laut polizeilicher Verordnung auch sein mußten, aber eigentlich doch nackt. Aber Johnny war noch nicht clever genug, um vorauszusehen, daß bei dem Konkurrenzkampf, den er entfachte, die alteingesessenen Bordellbesitzer nicht tatenlos zusehen würden. Sie verhielten sich geschickt, organisierten keine Schlägertrupps und legten sich auch persönlich nicht mit ihm an, sondern überließen die Arbeit der Polizei, die dafür schließlich bezahlt wurde, auch von ihnen. Ruhig warteten sie ab, bis das Kilo Akten aus München eingetroffen war. Dann bat die Polizei Johnny zu einem Gespräch ins Präsidium. Das Ergebnis: Es war ihm zwar erlaubt, die Stadt zu betreten, nicht aber die Clemensstraße. Aufgrund seines Vorstrafenregisters galt er dort, und zwar ab sofort, als unerwünschte Person. Damit war amtlich, daß er sein eigenes Bordell nicht mehr betreten konnte. Was nützte ihm die gute Käthe in der Küche, Gitte hinter der Bar, Arno Dossi als Wirtschafter und Toni als sein Teilhaber, wenn er selbst Hausverbot hatte? Auf einen Rechtsstreit wollte er es nicht ankommen lassen, verkaufte seine Anteile und verließ Lübeck mit einem Achselzucken.

»Was dagegen, wenn ich auch gleich aus Lübeck verschwinde?« fragte Arno Dossi.

»Nein, ist mir sogar recht. Dann kannst du solange fahren, bis wir auf der Autobahn sind. Die lochen mich noch ein, nur weil ich keinen Führerschein habe.«

Auf der Rückfahrt erzählte Dossi, daß sie sich früher schon einmal begegnet waren.

»Wir standen in der Dakota-Bar, ich hatte noch sieben und du noch ganze drei Mark.«

Johnny konnte sich nicht erinnern. »Und?«

»Wenn du jetzt deine sieben Mark rausrückst, hast du gesagt, versprech ich dir, daß es dir immer gutgehen wird.«

»Und?«

»Ich hab's dir geglaubt.«

»Na gut«, lachte Johnny, »dann bleib am besten immer in meiner Nähe.«

Max brauchte er diesen Vorschlag erst gar nicht machen, er fand das Leben in München ohnehin unerträglich langweilig, außerdem, auf sich allein gestellt, auch viel zu riskant. Im Grunde hielt er sich selbst für untauglich, was die Anforderungen betraf, die an einen jungen Mann gestellt wurden, der sich auch am Tag im Nachtleben herumtrieb. Er war weder zäh noch durchtrieben, noch gewissenlos genug für eine derartige Nervenbelastung, aber ohne das Milieu kam er nicht aus. Was er liebte, war die Atmosphäre, die Allgegenwart käuflicher Liebe und die Anwesenheit junger Mädchen, deren Jugend ihn vergessen ließ, daß ihre Geschäfte von Männern organisiert wurden. Er war nicht zum Äußersten entschlossen, nur ein Schönling, wie die ihn nannten, die ihn nicht leiden konnten. Es passierte außerdem zu häufig, daß er sich betrank, wenn er sich unsicher fühlte, mehr trank jedenfalls, als er vertrug, dann den Mund zu weit aufriß und prompt die Quittung kassierte. Danach lag er drei Tage flach, starrte die Decke an und kriegte Anfälle von Schwermut. Das Leben war dann ein Ungeheuer und die Nacht der einzige Schlupfwinkel, um sich sicher zu fühlen. Nie wurde er diese Angst los. Deshalb jagte er auch keinem, dem sein aggressives Gerede auf die Nerven ging, Angst ein. Zum Glück waren wenigstens überall so gut wie alle Mädchen in ihn vernarrt. Er sah gut aus, wußte das auch und tat sein Bestes, das Ungeheuer zu vergessen. Er war auch ein guter Tänzer, wenn es nicht darauf ankam, dabei die Beine zu bewegen, und hatte das beneidenswerte Talent, Stimmung in eine Gesellschaft zu bringen. Dabei war er auf der Suche nach einem Glück, das altmodischer war als das Hochzeitskleid seiner Mutter. Er träumte, was er nur Johnny gegenüber zugab, von Kindern, einem Haus und einem ruhigen Schlaf.

Zu Anfang hatte er auch im »St. Annen« gewohnt. Er kellnerte eine Zeitlang, bis ihm Karin über den Weg lief, die ihn mit zu sich nach Hause nahm und dafür sorgte, daß er Johnny nicht jede freie Minute hinterherlief. Wenn er drei Tage lang flach lag, brühte sie ihm Kamillentee auf oder stellte mit einem Handgriff unter die Decke fest, daß er so krank auch nicht sein konnte.

Sein größtes Handikap blieb, daß er sich nicht prügeln konnte. Er war rauflustig und oft nur aus Unsicherheit ungeschickt und eine Nervensäge, aber alle wußten, daß Max unter dem besonderen Schutz seines Freundes stand und überlegten sich zweimal, ob sie ihn beleidigten. Schlimm für ihn war nur, wenn er zwischen die Fronten geriet und Schläge kassierte, nur weil es einer eigentlich auf Johnny abgesehen hatte. Johnny war der große Bruder von Max, der aber Johnnys Mutter. Nicht nur sahen sie sich täglich, sie telefonierten auch noch dreimal am Tag. Max sorgte sich um das Bezahlen von Rechnungen oder Strafmandaten, und das Aufsperren von Strom und Wasser, er wimmelte Gerichtsvollzieher an der

Tür ab, holte Wäsche aus der Reinigung, machte ihm Vorwürfe wegen seiner Abhängigkeit von Schlaftabletten und tröstete verschmähte oder abgelegte Liebschaften. Seine Zuneigung war allem überlegen, was er etwa für eine Frau, die er liebte, empfand. Vor allem hörte er zu, wenn Johnny schlechte Laune hatte, sich elend oder deprimiert fühlte und reden wollte. Er redete, wie Max fand, manchmal wirklich wirres Zeug. Manchmal, mitten im Lachen, merke er, sagte Johnny, daß er sich gar nicht amüsiere, sondern langweile, er spiele oft mehr den Betrunkenen, als daß er es sei, ihn treibe keine Sehnsucht, nicht einmal die, reich zu werden, auch seinem Vater wolle er nicht imponieren, dazu komme, daß er sich seiner Ängste schäme, zum Beispiel der Angst, daß sich, wenn er sich mit einem Mädchen in einer Absteige verstecke, seine Abhängigkeit von ihr herumspräche, es sei ihm unmöglich, damit, wie die meisten, selbstherrlich zu prahlen; wie alle zu sein, mache ihn unsicher. »Was ist mit mir los, Max?«

»Nimm zwei Aspirin, das hilft immer.«

»Dagegen nicht, Max.«

Sie gingen am Hafen spazieren, was sie oft taten, wenn einer seinen schlechten Tag hatte.

»Stimmt was mit Gitte nicht?«

Johnny dachte nach. »Sie ist das Beste, was ich je im Bett hatte.«

»Immer noch?«

»Immer noch!« Johnny schaute einer Möwe nach, die eine Menge Lärm machte. Am Fährhaus drehten sie um und gingen den gleichen Weg zurück. »Irgendwas ist, ich weiß nur nicht was.«

»Dann sauf weniger. Oder heirate!«

Johnny kannte die Schwäche seines Freundes, seine Sehnsucht nach einer Familie. Einen ersten Versuch hatte er bereits hinter sich. Der Vater seiner Karin hatte einen Betrieb, dessen Spezialität es war, geschälte und in Plastikbeutel verpackte Kartoffeln auf den Markt zu bringen. Max heiratete und bezog mit Karin eine Wohnung in der Hamburger Innenstadt und saß morgens, wenn anständige Leute zur Arbeit gingen, bereits im Büro. In St. Pauli hatte er sich kaum noch blicken lassen. Nach einem halben Jahr allerdings wurden seine Stippvisiten auf der Reeperbahn wieder häufiger. Er kam, wie es aussah, doch nicht ganz ohne seine alten Freunde aus, obwohl er sich immer pünktlich um ein Uhr nachts verabschiedete. Aber der Zauber der durchzechten Nächte höhlte seine bürgerlichen Tugenden mehr und mehr aus, mehr als er das selbst wahrhaben wollte. Schließlich genügte ein Haufen Hundekot, den Johnny und ein paar Freunde auf dem Fahrersitz seines Lieferwagens plaziert hatten, um Max klarzumachen, wohin er gehörte und daß er doch nicht der geborene Familienvater und künftige Teilhaber eines Kartoffelschälbetriebs war. Er hatte in aller Herrgottsfrühe die Tür seines Lieferwagens aufgerissen, sich hinters Steuer gesetzt und den Motor starten wollen, als er auch schon hochsprang und sich dabei an der Türöffnung auch noch eine Beule holte. Er saß, unleugar, in der Scheiße, womit der erste Anlauf zurück ins normale Leben gescheitert war.

Als er seinen zweiten Versuch unternahm, dem Leben auf St. Pauli den Rücken zu kehren, versuchte er sich als Handelskaufmann, kaufte verdorbene Schiffsladungen auf und versuchte, den Kram auf Flohmärkten zu verscherbeln. Zum Verhängnis wurde ihm die Ladung eines Frachters, sogenannte »Pariser Pantinen«, Schlafzimmerslipper à la Doris Day, die feucht geworden waren und deshalb zum Schleuderpreis verhökert wurden. Max kaufte sie auf. Der Wunsch nach einem erholsamen Feierabend im Kreise einer Familie mußte ihn bereits derart um den Verstand gebracht haben, daß er tatsächlich anfing, jeden einzelnen Schuh erst mit einem Haarfön zu trocknen und den Bommel auf dem Rist oben dann mit einer Zahnbürste so lange zu bearbeiten, bis er wieder halbwegs flauschig war. Und das bei gut fünftausend Paar! Danach baute er am Hamburger Fischmarkt dann einen Stand auf – und dort sah Johnny ihn stehen. Das war ganz der Max, wie er ihn liebte, rührend hilflos und lächerlich. Johnny hatte auch gleich die zündende Idee, wie er ihm helfen konnte, suchte sich den richtigen Mann, einen Hünen von einem Seemann, und machte dem klar, wie er sich Geld verdienen könne. Der Riese scheuchte das Gewühl der Hausfrauen auseinander und verlangte mit umständlicher Ungeschicklichkeit und der Sturheit eines Geistesgestörten ein Paar Slipper Größe 49. Ein Witz, den Max nicht würdigen konnte, weil er es mit der Angst zu tun bekam. Es war unmöglich, diesen Kerl davon abzubringen, seine Geschäfte zu stören, und ebenso unmöglich, ihn am Kragen zu packen. Er wurde immer nervöser und sah hilfesuchend um sich. Da entdeckte er Johnny.

Wenige Wochen nach seiner Rückkehr ins Milieu verliebte sich Max in eine Bärbel, die sich beruflich Yvonne nannte. Da er nicht der Typ war, einer Frau die Wahrheit ins Gesicht zu sagen, wußte er nicht weiter. »Karin spürt ganz genau, wenn ich nebenher was habe. So geschickt kann ich gar nicht lügen.«

»An deiner Stelle würde ich es folgendermaßen machen«, riet ihm Johnny, ohne lange überlegen zu müssen, »sag ihr, du hättest die Steuerfahndung am Hals und mußt dein Vermögen retten, erkläre ihr, daß das nur möglich ist, wenn ihr euch scheiden laßt, denn nur dann könntest du ihr deine Betriebe überschreiben. Nach der Scheidung sagst du ihr dann die Wahrheit. Dafür wird sie dich, ich schwöre dir, so abgrundtief hassen, daß sie froh sein wird, dich los zu sein.«

Karin glaubte Max und ließ sich scheiden, um beim Verlassen des Gerichtsgebäudes miterleben zu müssen, daß draußen eine andere wartete.

8

Wer es sich leisten konnte, fuhr jedes Jahr ans Mittelmeer, kam braungebrannt wieder und schwärmte von reichen Männern, schönen Frauen und dem vielen Geld, das alle hatten. Johnny hatte immer mit besonderer Aufmerksamkeit zugehört. Das Meer war blau, in den Häfen lagen Schiffe, keine rostigen Tanker wie hier, sondern Segelschiffe, Yachten und Motorboote, dazu schien die Sonne, wahrscheinlich schien sie dort vierundzwanzig Stunden lang. So ein Leben mußte aufregend sein, abwechslungsreich und einen Versuch wert. In Hamburg hatte er in sehr kurzer Zeit mehr erreicht, als er sich je erträumt hatte. Er war hergekommen und hatte Erfolg gehabt. So einfach stellte er sich seine Zukunft auch im Süden vor. Reiche Männer waren das gefundene Fressen für Gitte und schöne Frauen im Grunde alles, was ihn interessierte. Seine Freunde staunten nicht schlecht, als er ankündigte, seine Arbeit im »Passat« an den Nagel zu hängen und zugleich auch die Wohnung im Haus zu kündigen, um auszuwandern.

Vor allem Kluge versuchte, ihm diese Schnapsidee auszureden, und schlug vor, er solle erst einmal nur für ein paar Wochen verreisen, nichts überstürzen und abwarten, wie sich die Dinge entwikkeln würden. Er bot ihm an, für diese Zeit nur einen Aushilfskellner einzustellen und ihm auch seine Wohnung freizuhalten. Johnny nahm das Angebot als Kompliment für die Arbeit, die er geleistet hatte, aber es bestärkte ihn nur in seiner Zuversicht, daß er überall auf der Welt einen wie Kluge finden oder selbst einer wie er werden würde. Umzustimmen war er jedenfalls nicht mehr, zu sehr hatten sich ihm drei Dinge eingeprägt: Klasseweiber, Klassewetter, Klassehotels.

Als er die Prachtkutsche auf dem Gelände eines Gebrauchtwagenhändlers stehen sah, blieb ihm das Herz stehen. Ein weißer Chevrolet Impala mit roten Ledersitzen! Von so einem Schlitten hatte er geträumt, seit er denken konnte. Er untersuchte die Karosserie nach Rost, prüfte das automatische Verdeck, die elektrisch ausfahrbare Antenne, die verstellbaren Sitze und entdeckte auch unter der Motorhaube nichts, was gegen einen Kauf sprach. Nur der Preis gefiel ihm nicht, und der Händler auch nicht. Aber im Handeln war Johnny geschickt, und er kannte die Wirkung von Bargeld. Am Ende hatte er den Kaufpreis nahezu halbiert, nahm die Wagenpapiere an sich und setzte sich ans Steuer. Auch das Lenkrad war verstellbar! Und die Stereoanlage funktionierte! Bevor er losfuhr, schloß er die Augen und war, als er sie wieder öffnete, überzeugt, daß eine neue Zukunft begonnen hatte.

Mit dem Amischlitten und einem gefälschten Führerschein machten sie sich auf die Reise in den Süden, ein junger, Kerl, neben ihm sein Mädchen, in deren Haaren der Fahrtwind spielte – optisch stimmte das Bild. Und Gitte freute sich. »Faulenzen, mal richtig nichts tun, nur einfach faulenzen.« Viel hatte er ihr nicht erzählt, wie er sich ihr weiteres Leben vorstellte. Sie würde schon tun, was er vorschlug.

Sie mieteten sich in einem Klassehotel ein, direkt an der Croisette im »Miramare«, und Johnny verlangte nicht etwa nur ein Doppelzimmer, sondern gleich eine Suite, mit Blick aufs Meer natürlich, und er buchte auch nicht etwa nur für ein, zwei Wochen, sondern für einen ganzen Monat, wobei er andeutete, er denke daran, noch zu verlängern. Als Optimist war er zur Welt gekommen, aber als Hochstapler hätte er auch eine blendende Figur abgegeben. Er ließ zwei Liegestühle am hoteleigenen Strand reservieren, auch gleich für einen Monat, und dem Garagenmeister gab er Anweisung, täglich seinen Chevrolet zu waschen. Er hatte noch nicht einmal die Zimmerschlüssel in Empfang genommen, schon war er um fünfhundert Mark ärmer. Aber umsonst hatte er nicht gekellnert: Trinkgeld, das wußte er, war der Schlüssel, der Türen aufschloß.

Nach der ersten Woche kam es zum ersten Streit. Gitte verbrachte den Tag am Strand, kam nach Sonnenuntergang zurück ins Hotel, duschte sich, legte sich ins Bett und wollte, wenn sie ausgeschlafen hatte, was essen und danach was unternehmen. Die Restaurants waren stinkvornehm, stinkteuer und stinkstill. »Wenn das hier die große Welt sein soll«, stänkerte Johnny, »dann ist mir mein Wohnwagen in Scharbeutz lieber.«

»Und ob sie das ist. Schau dir nur mal den Schmuck an, den die Weiber tragen.«

Er warf seine Serviette in den Teller. »Ich sehe keine, die nicht schon tot ist. Verzichten wir lieber auf den Nachtisch.«

Die ersten Tage fuhr er allein spazieren, suchte nach einschlägigen Amüsierlokalen, nach reichen Männern, schönen Frauen und einer Gelegenheit, sich in das Leben, wie er es kannte, einzumischen. Jeden Abend fuhr er vor dem Spielkasino vor, dem wie ein orientalischer Palast beleuchteten Casino »Palm Beach«, parkte den Wagen vor der Treppe, stieg aus und warf, wie er das beobachtet hatte, einem der livrierten Parkwächter den Schlüssel zu. Er machte das so lange, bis ihn jeder der Angestellten kannte und grüßte.

Das Casino schüchterte ihn ein, weil er nicht gewohnt war, allein zu spielen, und auf das Glück wollte er es bei seinen schwindenden Finanzen nicht mehr ankommen lassen. Also stand er sich an der Bar die Füße in den Bauch, trank Mineralwasser und schaute zu, wie reiche Männer mit schönen Frauen vorübergingen. Niemand nahm von ihm Notiz. Die große Welt kam ohne ihn zurecht!

Es war heiß in Cannes. Er liebte Hitze zwar, aber sie störte, wenn er schlecht gelaunt war. Was in zwei Zigarrenkisten ging, war nicht genug, um noch lange durchzuhalten, wenn nicht endlich etwas passierte.

Nach drei Wochen war noch immer nichts passiert, nicht das jedenfalls, was sich Johnny vorgestellt hatte. Passiert war nur, daß er sein Auto jetzt selber wusch, hinten an einer Hafenmauer, wo sich die Einheimischen ihrem Badespaß hingaben, und daß der Besuch im Casino flach fiel. Es war viel zu gefährlich, dort weiter regelmäßig aufzukreuzen. In seiner Laune hätte schon ein einziger Whisky eine Katastrophe auslösen können. Er wäre mit dem letzten Geld in den Saal gegangen, um die Bank zu sprengen.

Mit keinem Menschen hatte er bisher auch nur ein einziges Wort gesprochen, und was Gitte inzwischen alles von sich gab, verstand er auch nicht mehr. Es zeigte sich immer deutlicher, daß sie verschiedene Interessen verfolgten: Sie wollte sich erholen und nahtlos braun werden, er etwas erleben und endlich einen Fuß auf den Boden kriegen. Es war selten genug, daß er zum Strand kam, und dann ging er nur zur Abkühlung seiner strapazierten Nerven ins Wasser. Da er bisher kaum seinen Liegestuhl in Anspruch genommen hatte, wurde der Bademeister natürlich mißtrauisch, als er sich ausgerechnet neben Gitte legte. Sie mußte dem Mann erklären, daß alles in Ordnung sei – was Johnny aus der Fassung brachte. »Sag dem Arschloch, daß ich mich schlecht beherrschen kann, wenn er noch weiter auf mich einredet.«

Gitte, faul, träge und ausgeruht wie sie war, blieb freundlich. »Ich dachte, daß wir in Cannes was aufreißen wollten? War das nicht der

Plan, mit dem du mir, seit wir hier sind, in den Ohren liegst?« Sie sprach mit ihm wie mit einem Kind, das schwer von Begriff war. »Du verstehst nicht, was er dir sagen will. Daß dieser Liegestuhl dir gehört, weil du dafür bezahlt hast, ist nicht das Thema.«

»Was dann?«

Der Bademeister, selbst noch ein ziemlich junger Kerl, war nicht davon abzubringen, sich weiter mit ihm unterhalten zu wollen. Zwischendurch hob er die Schultern, um Gitte gegenüber anzudeuten, daß sie doch bitte übersetzen sollte, was er meinte.

»Es wäre besser, sagt er, wenn der Platz neben mir frei bliebe. Bei ihm hätten sich nämlich schon einige Herren nach mir erkundigt. Fällt der Groschen endlich?«

Johnny schien völlig vergessen zu haben, warum sie überhaupt hergekommen waren, und es war ihm in diesem Augenblick auch völlig gleichgültig, wie lange ihr Geld noch reichte. Er war jetzt verärgert und obendrein eifersüchtig, so sehr, daß er nicht mehr Herr der Situation war. »Ich glaub, ich krieg eine Erkältung.«

Gitte wechselte noch ein paar Worte mit dem Bademeister, legte sich dann im Liegestuhl zurück und schloß ihre Augen. »Klar, sind ja auch nur dreißig Grad im Schatten.«

Er überhörte ihre boshafte Bemerkung, weil er immer noch nicht darüber hinweg kam, daß ihm jemand Vorschriften machen wollte. »Sagt mir doch glatt, ich soll mich verpissen. Richtig? Das hat er doch gemeint, oder?«

»Sei so lieb.« Gitte hielt ihm ihr Sonnenöl hin.

»Wahrscheinlich hält er selbst die Hand auf!«

»Kann doch sein, daß das auch hier üblich ist. Vielleicht solltest du ihn abstecken.«

»Ich hör wohl nicht recht. Was ist er, Italiener?«

»Ich verbrenn mir die Haut, wenn du mich nicht endlich einölst.«

»Dafür ist er sicher auch noch zuständig, aufpassen, daß nichts brennt.«

»Was soll ich denn deiner Meinung nach tun? Hier liegen und in Pornoheften blättern? Ich mach dir einen Vorschlag, Schatz. Laß mich drei, vier Wochen allein, dann bin ich im Geschäft. Aber du mit deiner Laune verdirbst doch nur alles. Du bist einfach, seit wir hier sind, unausstehlich.«

Er war immer noch damit beschäftigt, den Bademeister zu beobachten und ihn zum Mittelpunkt seiner Wut zu machen. Hielt er Gitte für eine Professionelle, ihn hingegen für einen hergelaufenen Strauchdieb? Er dachte über ihren Vorschlag nicht unnötig lange nach. Den Luden spielen, dazu war er nicht bereit. Gitte war seine Frau, die mit ihm lebte. Und Geld konnte er selbst genug verdienen. Geld hatte er immer verdient. Warum zettelte sie nicht einfach, wie abgesprochen, ein paar Bekanntschaften an und trieb ihm ihre Eroberungen an den Spieltisch – irgend etwas in der Art hatte ihm vorgeschwebt, aber jetzt hatte er es mit einem Typen zu tun, der Badetücher austeilte und Sonnenschirme vermietete.

Er fühlte sich tatsächlich krank, fühlte, wie unwichtig er in Cannes war, wie wenig ihm seine Kraft und Schlauheit hier nützte. Das war nicht die Welt, wo er Streit durch eine Prügelei entscheiden konnte. Die leise, vornehm langsame und sonderbar kostbare Harmonie dieses Lebens war ihm derart zuwider, daß er am liebsten sofort abgereist wäre. Beim Cocktail in einer Hotelbar oder beim Schlafwandeln auf der Uferpromenade sah er zwar, wie sich Männer nach Gitte umdrehten, aber die wirklich reichen betrachteten sie mit höflicher Zurückhaltung, einem zustimmenden Kopfnicken und einer fast väterlichen Bewunderung. Dagegen wirkte er armselig, wie er selbst spürte. Es kostete ihn Kraft, nicht durchzudrehen. Er schob alle Schuld auf Gitte und warf ihr vor, sie wirke provozierend, statt elegant, aufreizend, statt gelassen, billig, statt teuer. Noch mehr ärgerte ihn, daß sie auf alles, was er ihr an den Kopf warf, wie eine Frau von Welt reagierte, nämlich gar nicht. Es war, wenn er mit ihr schlief, mehr ein Wutanfall, ein Aufbäumen gegen seinen Untergang, eine hastige, sinnlose Vergewaltigung.

Nur um sie einmal vom Strand wegzukriegen, unternahm er mit ihr eine Spritztour in die Berge – und irgendwo dort schmiß er sie aus dem Wagen. Sie hatte sich nur einmal kurz umgedreht, um den Blick eines Mannes zu erwidern, der gerade die Garagentür seiner Villa aufschloß und dem zuerst der Chevrolet und dann eine junge schwarzhaarige Schönheit aufgefallen war. Johnny trat auf die Bremse, beugte sich rüber und öffnete die Tür. »Raus!«

»Wie du willst«, sagte sie und stieg hochmütig langsam aus.

Johnny raste zum Hotel zurück, wobei er derart den Weg verlor, daß er immer wieder im Kreis herumfuhr. Als er schließlich zurückfand und den Zimmerschlüssel verlangte, hing er nicht mehr am Haken. »Madame ist bereits oben«, teilte ihm höflich ein Fräulein mit.

Gitte hatte es sich auf dem Balkon in einem Korbstuhl bequem gemacht und schaute über die Palmen hinweg aufs Meer. »Auch schon da?«

Immer noch einfallsreich genug, sich nicht durchschauen zu lassen, ging er zum Gegenangriff über. »Nun hör mal zu, du Miststück«, schrie er sie an, »ich schmeiß dich aus dem Auto, und zwar direkt vor die Füße eines Millionärs, und dann bist du zu blöde, die Gelegenheit zu nutzen, dich bedauern und zu einem Drink einladen zu lassen. Genau das wär's nämlich gewesen.«

»Ach so«, sagte Gitte und zeigte ihm mit einem Lächeln, was sie von seinen Einfällen hielt. »Ist dir eigentlich klar, daß es auch noch Männer gibt, die nicht gleich mit jeder Frau ins Bett wollen? Der Typ hat mich einfach nur auf dem schnellsten Weg hergefahren, weil ich ihm leid tat.«

»Weil du mein Spiel nicht durchschaut hast! Und was diesen Idioten von Bademeister betrifft, so hat er nicht mit dir, sondern mit mir zu reden, falls was unklar ist, und nicht so zu tun, als störe ich. Ich bin nur sauer, sag ich dir, daß ich ihm keine gescheuert habe, dann wären da unten vielleicht ein paar Herrschaften aufgewacht aus ihrem Tiefschlaf.«

Sie stritten sich, bis Gitte eingeschlafen war, und fuhren am nächsten Morgen aus Cannes ab.

Er raste zurück. Autofahren konnte er, was auch immer in Cannes schiefgelaufen sein mochte.

In München war der Tank leer und sein Geld alle.

»Was mußt auch so ein großes Auto fahren«, war der einzige Kommentar seiner Mutter, die Wichtigeres zu tun hatte, als sich etwas von Palmen, Schiffen und Hotels anzuhören – Schuhe mußten zum Schuster. Sie lieh ihm trotzdem Geld.

9

Wenn alle Buchstaben leuchteten, war an der Hausfront »Olymp« zu lesen. Im Erdgeschoß waren zwei Stripteaselokale, dazwischen ein Aufgang, der zum ersten Stock führte, wo eine Hotelbar eingerichtet wurde. Darüber befanden sich die Zimmer, die Ladiges an Prostituierte vermietet hatte.

Heinzi Ladiges war fast vierzig, ein kleiner, gedrungener Mann, der als Hafenarbeiter angefangen und schnell begriffen hatte, wieviel Geld auf St. Pauli zu verdienen war. Er kam nie ohne Aktenmappe zum Dienst und führte das »Olymp« mit der entschlossenen Nüchternheit eines Kaufmanns, der acht Stunden arbeitete und nach der Arbeit nach Hause ging zu Frau und Tochter.

Nach einigen Wochen, die er rund um die Uhr arbeiten mußte, sah er ein, daß er einen Partner brauchte, und entschied sich, wie ihm Kessler geraten hatte, für den jungen Berger.

Das »Olymp« war, was den Umsatz betraf, auf St. Pauli einmalig – schon aus dem einen Grund, weil es für alle Mädchen Pflicht war, mit einem Gast nur mit einem Getränk aufs Zimmer zu gehen. Sie tranken selbst nie etwas anderes als einen sogenannten Hauscognac, ein Gemisch aus Coca-Cola und einem leicht aufgebrühten Tee, der in Courvoisier-Flaschen abgefüllt war. Er hielt wach, kostete nichts und machte keine betrunken. Um den Getränkeeinkauf kümmerte sich Johnny selbst, beschaffte sich Ausverkaufswhisky, Wodkaverschnitt und geschmuggelten Gin gleich stapelweise und ließ den Fusel in Flaschen aller gängigen Marken abfüllen. Es gehörte mit zur Aufgabe der Mädchen, dafür zu sorgen, daß das Zeug schmeckte.

Natürlich hatte Johnny längst Bleistift und Papier zur Hand genommen und gerechnet: die dreiundzwanzig Zimmer, dreiundzwanzig Mädchen, Arbeitstage, Mietgeld, Putzgeld, Getränkegeld. Ihm wurde heiß, als er die Zahlen sah. Den Zettel, den er vollgekritzelt hatte, zerriß er so sorgfältig, als handle es sich um die Zahlenkombination zu einem Tresor. Er verstand nicht, daß Geld so einfach zu verdienen war. Er kapierte nur, daß er es niemandem stahl. Waren die Pilzköpfe, die ihn noch vor weniger als zwei Jahren im »Star-Club« um ein Bier angebettelt hatten, nicht inzwischen auch steinreich? Die ganze Welt kaufte Beatles-Platten, Millionen kleiner Mädchen fielen in Ohnmacht, wo immer sie auftraten, und Betty hatte er ausgelacht, als sie sich in John Lennon verliebte. Jedenfalls brauchte er jetzt Schuhkartons, um seinen Reichtum verstauen zu können.

Weil er beweglich sein wollte, stellte er ein Mädchen hinter die Bar. Er selbst hatte nicht mehr viel zu tun, erschien nur jeden Abend Punkt acht zur Schicht, überprüfte die Anwesenheitsliste und blieb erreichbar, um eventuelle Streitigkeiten zu schlichten, ohne daß die Polizei kommen mußte, aber genau das hatte ja schon zu seinen Pflichten gehört, als er noch das rote Jäckchen trug.

Er hütete sich, mit Geld zu protzen. Er leistete sich nur, was unbedingt sein mußte: eine Rolex und eine bleistiftdicke Halskette aus Gold. Tatsächlich hatte er die Hosen voll, sobald er sich klarmachte, wieviel er verdienen würde, wenn diese Strähne nicht sofort wieder abriß.

Am Paulinenplatz mietete er einen Keller, steckte Geld in den Umbau, nannte ihn »Le Punsch«, übergab Gitte die Schlüssel und damit die Verantwortung und legte sich endlich auch ein Bankschließfach zu, in das er seine Schuhkartons einschloß.

10

Zuerst waren es nur wenige Wiener, die in St. Pauli ihren Geschäften nachgingen. Sie waren beliebt, vor allem wegen ihrer fleißigen, freundlichen und besonders attraktiven Frauen. Dann kamen immer mehr, sie kamen schließlich in Scharen, und damit begann der Ärger. Nicht nur waren sie berüchtigt dafür, wie skrupellos sie ihre Frauen abgerichtet hatten, es sprach sich noch schneller herum, daß sie auch sonst nicht zimperlich waren, Messer hatten, einige sogar Schußwaffen und so, wie sie sich benahmen, auch davon Gebrauch machen würden.

Geschätzt waren die Wiener, weil sie zwar unermüdliche, aber nicht gerade sehr geschickte Pokerspieler waren. Niemanden sonst konnte man so gut putzen. Johnny nahm ihnen jede zweite Nacht ein Vermögen ab. Um sie bei Laune zu halten und nicht auch noch in die Schußlinie von Berufszockern zu kommen, verlor er absichtlich hin und wieder, allerdings nur gegen den eigenen Mann am Tisch, der ihm die Scheine, sobald die Wiener gegangen waren, wieder hinblätterte. Johnny wußte, daß sich sein wechselndes Spielglück herumsprechen würde, was schon deshalb beruhigend war, weil es inzwischen genug gab, die sich an ihren fünf Fingern abzählen konnten, was im »Olymp« umgesetzt wurde.

Gemieden wurden die Wiener endgültig, als es zu Messerstechereien kam. Vor Beginn einer Boxveranstaltung hatte Johnny selbst miterlebt, wie neben ihm einer ihrer eigenen Leute umgefallen war. Niemand hatte etwas gesehen, keiner einen Streit bemerkt. Eine kleine Bestrafung, wie die Wiener das nannten. Gong zur ersten Runde. Zurück blieb eine Leiche, für die sich nicht einmal die Sanitäter sonderlich interessierten.

Natürlich wurde in der Eisdiele, wo auch Kessler oder Kluge frühstückten, darüber gesprochen, wie unberechenbar die Wiener waren und daß sie allmählich eine Gefahr darstellten. Sie würden, um sich gegen die einheimische Konkurrenz durchzusetzen, auch vor einem Blutbad nicht zurückschrecken, zumal sie nicht nur viel pokerten, sondern auch kräftig tranken.

Selbst die Wiener Bosse, darunter Größen wie Kaltmann-Franz und der rote Horst, waren mit dem Benehmen ihrer zweiten Garnitur alles andere als zufrieden, weshalb Kessler ihre volle Unterstützung hatte, als er vorschlug, zwei Drittel der kleinen Walzerkönige aus der Stadt zu vertreiben. Eine Stunde, nachdem sich die Bosse geeinigt hatten, war die Aktion vorbereitet. Da die meisten bei Kluge wohnten, gingen an die hundert Mann hinüber ins »Passat«.

Auch die Wiener wußten, wie man Telefone benutzt. Sie konnten sich ausrechnen, was ihnen blühte, schoben Schränke vor die Türen und versuchten, von den Fenstern aus zu verhandeln.

»Schmeißt alle Waffen runter!« befahl Kessler.

Sie warfen ihre Pistolen in den Hof.

»Auch die Messer!«

Sie trennten sich sogar von ihren Nagelscheren.

»Und jetzt«, schrie Kessler hoch, »packt eure Sachen und verschwindet. Ab jetzt gilt St.-Pauli-Verbot.«

Um fünf Uhr morgens war St. Pauli ohne jedes Blutvergießen vom Mob der Wiener gesäubert, was wirklich ein Grund war zu feiern. Johnny zog sich mit Kessler und Falko ins »Austria« zurück, eine der Stammkneipen der Wiener, und leerte auf den Erfolg ein paar Flaschen. Sie waren einem Bandenkrieg zuvorgekommen; selbst vier Beamte der Davidswache kamen, um zu gratulieren.

Ausgerechnet im Hinterzimmer saßen noch vier Wiener, die schon seit zwei Tagen nichts anderes taten als Karten spielen. Als einer seinen Kopf aus der Tür steckte, um neue Getränke und was zu essen zu bestellen, drehten sich drei Köpfe in seine Richtung. Irgendwen müssen wir übersehen haben, dachten alle und stürmten ins Hinterzimmer. Als einer ein Messer zog, schlug Falko es ihm aus der Hand, hob es auf und stach zu. Die übrigen drei retteten sich durch ein Fenster ins Freie. Eier-Otto, der gerade Schicht hatte, kam nach hinten gerannt und erschrak, als er den Wiener-Bär blutend neben dem umgestürzten Tisch liegen sah. »Der muß sofort ins Krankenhaus, der kippt uns sonst um.«

»Der liegt doch schon«, lachte Falko.

»Bring ihn ins Hafenkrankenhaus, Otto, und leg ihn dort vor die

Eingangstür«, befahl Kessler, »aber mach dich irgendwie bemerkbar, bevor du wieder abhaust, läute am Haupttor, damit sie ihn auch finden, weil er sonst bei der Scheißkälte draußen womöglich erfriert.«

Danach trennten sie sich, und Johnny ging ins »Amber«. Er hatte das erste Bier noch nicht ausgetrunken, als zehn Mann der Sonderfahndung erschienen.

»Aufstehen, Berger!«

»Moment mal, Jungs. Was wollt ihr eigentlich?«

»Mitkommen und keine Fragen stellen.«

»Ihr müßt mich verwechseln, garantiert!«

Zwei Beamte halfen ihm, seine Hände so zu halten, daß sie ihm Handschellen anlegen konnten.

Die Sache wurde mächtig aufgebauscht. Die Hamburger Zeitungen sprachen von Bandenkrieg und brachten auf ihren Titelseiten ein Foto, auf dem Johnny zusammen mit Kessler zu sehen war, was ihm schmeichelte, weil er jetzt mit einem der mächtigsten St. Paulianer zusammen abgebildet war. Die Verhaftung selbst nahm er nicht weiter tragisch, verweigerte jede Aussage und wartete ab. Von den anderen blieb er abgesondert, auch beim Hofgang gab es keine Möglichkeit, einander zu treffen.

Als er erfuhr, daß sie Kessler wieder auf freien Fuß gesetzt hatten, konnte er sich das nur so erklären, daß sie ihm nicht zutrauten, mit einem Messer hantiert zu haben. Der Wiener-Bär, auch das erfuhr er im Gefängnis, lag zwei Wochen später immer noch im Krankenhaus und schwebte noch in Lebensgefahr. Als er nach etwa einem Monat endlich wieder soweit genesen war, um aussagen zu können, belastete er Falko. Damit war Johnny entlastet und erwartete nun nicht nur seine umgehende Freilassung, sondern auch eine Entschuldigung, vor allem aber Haftentschädigung. Aber der Haftrichter machte nicht nur keinerlei Anstalten, sich zu entschuldigen, sondern warf ihm vielmehr vor, nicht gleich die Wahrheit gesagt zu haben. »Sie wußten ja, daß Rufer der Mann war, der das Messer benutzt hatte. Sie hätten uns da ja behilflich sein können.«

Darauf zu antworten, war Johnny zu dumm.

»Nun gut«, teilte ihm der Haftrichter mit und blätterte mit großer Geduld in irgendwelchen Akten herum. »Da ist außerdem noch eine Kleinigkeit, Berger, wie Sie sich ja selbst denken können: Fahren ohne Führerschein, und zwar gleich in mehreren Fällen.«

Nach weiteren zwei Wochen ließen sie ihn endlich laufen.

Wegen einer anderen Sache war er für seine Verhaftung allerdings dankbar; zum erstenmal hattte er einen Mann leibhaftig zu Gesicht bekommen, von dem er viel gehört hatte, Paulchen Meier. Er hatte ihn beim Hofgang, wenn auch nur aus ziemlicher Entfernung, gesehen, einen Mann um die Vierzig, schmal, schmächtig fast, der aussah wie ein Oberlehrer. »Mit dieser Faust regierte er St. Pauli!« hatte »Fox-Tönende-Wochenschau« berichtet. Johnny war damals gerade aus Ebrach entlassen worden.

Der Film hatte einige St.-Pauli-Bosse im Gerichtssaal und dann ihre Überführung ins Gefängnis gezeigt. Auf Johnny wirkte Paulchen Meier damals schon deshalb geheimnisvoll, weil er gar nicht aussah wie ein Unterweltler. Der Name tauchte aus seiner Erinnerung erst wieder auf, als er nach St. Pauli kam und mehr über ihn erfuhr.

Paulchen war schon als Knirps in seiner Bande der Chef gewesen und hatte sich später zu einem der erfolgreichsten Geldschrankknacker der Nachkriegszeit hochgearbeitet. Nur einmal war eine Sache nicht wie geplant gelaufen, aber dabei war lediglich sein Kompagnon geschnappt und zu elf Jahren Zuchthaus verurteilt worden. Entgegen allen Vorhaltungen seiner Verteidigung bestand der Angeklagte darauf, das Ding ganz allein gedreht zu haben, und so blieb Paulchen frei und verlegte sich auf eine weniger risikoreiche Karriere. In kürzester Zeit hatte er ein Imperium von annähernd vierzig Betrieben unter seiner Kontrolle, Bars, Clubs, Stripteaselokale.

Das Unglück geschah eines schönen Tages, und, wie so oft, geschah es aus nichtigem Anlaß. Paulchen saß mit einer Bekannten in einer Bar. Als es die Frau fror, nahm er den nächstbesten Mantel vom Kleiderständer und legte ihn ihr über die Schultern.

»He, das ist mein Mantel«, brüllte einer aus einer Ecke.

»Reg dich ab, Harry.« Für Paulchen war der Fall damit erledigt.

Ochsen-Harry maulte aber weiter, und Paulchen ließ sich einen Zimmerschlüssel aushändigen, um mit seiner Begleitung nach oben zu gehen. Den Mantel hängte er zurück an den Haken.

Ochsen-Harry konnte sich nicht beruhigen, trank weiter, verschwand dann, erschien mit einem geladenen Gewehr wieder und bedrohte den Kellner. »Ruf hoch und sag ihm, ich warte.«

Es dauerte keine zwei Minuten, bis Paulchen unten war und das Gewehr sah. »Was soll das, Harry? Sei vernünftig und trag es wieder ins Pfandhaus.« Er nahm den Mantel vom Kleiderständer, ging auf ihn zu, sprach beruhigend auf ihn ein, und mit einemmal hatte er den Mantel über das Gewehr geworfen. Nach zwei exakt ausgeteilten Schlägen war Ochsen-Harry erst einmal kampfunfähig. Er lief, nachdem er wieder zu sich gekommen war, zur Davidswache und erstattete Anzeige.

Für Meier hätte die Festnahme zu keinem ungünstigeren Zeitpunkt kommen können. Der Prozeß gegen ihn diente dem Wahlkampf der Politiker, nicht der Gerechtigkeit. Die Stadt präsentierte den Angeklagten vor allem, um zu beweisen, wie erfolgreich sie im Kampf gegen das Verbrechen war. Also hielt ihn die Öffentlichkeit für einen der Unterweltbosse. Der Richter konnte sich darauf verlassen, daß er sein Urteil im Namen des Volkes sprach. Zeugen, die, nur um ihren eigenen Kopf zu retten, alles, was man ihnen sagte, beeideten, fanden sich genug. Paulchen wurde wegen Nötigung, Körperverletzung und Bandenbildung zu fünf Jahren und neun Monaten verurteilt.

Es war ein Sonntag, als sie Johnny nach dem Gottesdienst endlich rausließen. Liebe deinen Nächsten wie dich selbst? Daraus war er noch nie schlau geworden. Es gab eine Welt, und der kehrte er gerade den Rücken, in der man nur zurechtkam, wenn man sich selbst der nächste war.

Alle waren da, um ihn willkommen zu heißen, das halbe »Olymp«, nur Gitte konnte er nirgendwo entdecken.

»Sie wartet bei Sascha, und da feiern wir jetzt«, freute sich Uwe.

»Sag mal«, erklärte Sascha, der ihn mit einer Flasche Sekt in der Hand begrüßte, »wäre es nicht der richtige Zeitpunkt, daß ihr beide endlich heiratet?«

»Wer beide?«

»Du und Gitte.« Er fing an, ein Loblied auf sie zu singen.

»Und hat mich gerade dreimal besucht.«

»Weil du nicht wolltest, daß ich komme«, wehrte sich Gitte.

»Streiten könnt ihr euch, wenn ihr verheiratet seid«, entschied Sascha. »Also, wie wär's?«

Johnny nahm Sascha zur Seite. »Was soll das?«

»Was willst du, ewig Junggeselle bleiben? Ihr tut euch beiden selbst den größten Gefallen, glaub mir. Sie weiß, wo sie hingehört, und du mußt zur Ruhe kommen, jetzt, wo du es geschafft hast.«

»Komm schon, raus mit der Sprache. Irgendwas hast du doch.«

»Nichts, nur daß es besser wäre, du paßt auf sie ein bißchen auf! Sie hat zuviel mit Frauen zu tun.«

»Was meinst du damit, mit Frauen zu tun?« Johnnys Ton wurde schärfer.

»Reg dich ab! Heirate sie, und in ein paar Jahren zieht ihr euch zurück. Geld habt ihr dann ja genug.«

»Zurückziehen, bist du übergeschnappt?«

»Was willst du? Reich oder glücklich werden?«

Das war das Sympathische an dem alten Mann, daß er immer so komische Sachen sagte, die man nie kapierte. Das mußte auch der Grund sein, weshalb alle Frauen einen Narren an ihm gefressen hatten. Wenn er solche Sachen von sich gab, glücklich werden und so, kriegten sie feuchte Augen. Und zu Hause mußte man sich den Mist dann anhören. »Du verschweigst mir doch was! Ist was nicht in Ordnung?«

»Nein, alles in Butter!«

»Du hast gerade gesagt, daß es besser wäre, sie hätte nicht soviel mit Frauen zu tun! Was soll das heißen?«

»Nichts, gar nichts!«

»Ich will wissen, was du damit andeuten wolltest! Hat sie was mit einer? Weißt du was? Wissen andere was? Sag endlich!« Er mußte sich immer wieder einreden, daß es Sascha war, den er vor sich hatte; jedem anderen wäre er längst an die Gurgel gesprungen.

»Hör auf damit, Johnny, und freu dich, daß du wieder draußen bist.«

»Was hast du gemeint?« Das schlimmste war Gerede, das ihn auf Umwegen erreichte.

»Nichts, Schluß jetzt.« Er wußte, wie leicht es war, sich mit Johnny in die Haare zu kriegen.

»Wieso Schluß, angefangen hast du doch!«

»Ich hab's nicht so gemeint. Nun mach dir doch darüber keine Gedanken. Nächste Woche bist du Ehemann.«

»Hör mit dem Quatsch auf, und rede endlich.«

Sascha legte den Arm um ihn. »Vergiß es jetzt, ja? Tu mir den Gefallen. Es täte mir leid um euch. Du bist der einzige, der sie bändigen kann.«

»Bändigen?! Klingt ja toll! Zur Ruhe kommen! Aussteigen! Glücklich sein! Hör sich das einer an!« Er hörte erst auf zu schreien, als er selbst nicht mehr wußte, worum es eigentlich ging, und dann tat es ihm leid, Sascha angeschrien zu haben. »Ich vertrag keinen Alkohol mehr«, sagte er kleinlaut und trank weiter.

Zumindest war Johnny nun sicher, daß beide, Sascha und sie, ihm etwas verheimlichten. Wenn Gitte die Fassung verlor, waren dafür bisher immer Schuldgefühle verantwortlich gewesen. Er fand es überflüssig, sofort ein Geständnis aus ihr herauszuprügeln. Besser war, erst einmal einen Abstecher nach Flensburg zu machen; dort kannte er eine, die er in guter Erinnerung hatte. Schuldgefühle haben auch angenehme Konsequenzen. Jedenfalls war Gitte, als Johnny am nächsten Morgen wieder erschien, die liebenswerteste Geliebte, die er sich nur wünschen konnte. Es war, als hätten die Flitterwochen schon vor ihrer Trauung begonnen. Mit dem gleichen Vergnügen hatte er mit ihr nur zu Beginn ihrer Beziehung geschlafen. Deshalb sparte er sich seinen Spott, mit dem er Gitte davon abbringen wollte, den Hochzeitstermin ernst zu nehmen. Er war diese letzten Tage vor dem Weg zum Standesamt zu glücklich, um sich gegen ihre Entscheidung noch zu wehren, und noch schlaftrunken, als er dem Standesbeamten antworten sollte. Deshalb sagte eben Gitte: »Ja, er will!«

Gewöhnlich rief er sie immer nach Dienstschluß gegen acht Uhr früh im »Le Punsch« an, um sie abzuholen. Betreten durfte Johnny sein eigenes Lokal nicht, weil Gitte, aufgrund seiner Vorstrafen, sonst nie eine Konzession bekommen hätte. Als er eines Morgens anrief, war sie nicht da.

»Brigitte ist eigentlich schon seit drei, halb vier weg«, sagte das Barmädchen, und seine Stimme klang verdächtig nervös.

Zu Hause nahm auch niemand den Hörer ab. Johnny überlegte. Darauf, daß es auf St. Pauli Leute geben könnte, die ihm mitteilten, seine Frau mit einer anderen Frau überrascht zu haben, wollte er es nicht ankommen lassen. Wenn er etwas haßte, dann die Vorstellung, eine ungehorsame Frau zu haben. Er haßte das mehr als den Gedanken, sie wäre untreu. Treue interessierte ihn nur, weil sie Gehorsam einschloß.

Er schmiß Charly, seinem Faktotum, die Hausschlüssel hin, damit der in seiner Wohnung alles, was nach Mann aussah, in Koffer packte und herbrachte. Dann rief er seinen Anwalt an. Gitte würde bei dem Honorar, das er zu zahlen bereit war, wegen »böswilligen Verlassens« schuldig geschieden werden. »Gut, dann füllen Sie schon mal alle Formulare aus.«

Er hatte bewußt so schnell gehandelt, damit er nicht mehr zurückkonnte, was immer sie, wenn sie wieder auftauchte, ihm auch erzählen würde. Anders, so gut kannte er sich, konnte er mit der Situation nicht fertig werden.

Charly schleppte die Koffer ins »Olymp«.

Erst einmal brauchte er jetzt eine Bleibe und rief deshalb Seppl Scheffler an, dem das Haus in der Talstraße gehörte.

»Tut mir leid, Johnny, aber bei mir ist im Moment alles voll.«

»Dann schau mal auf deiner Liste nach, wer die Miete noch nicht bezahlt hat.«

»Na gut, komm rüber.«

Als er erschien, händigte ihm Scheffler einen Schlüssel aus. »Die liegen oben aber noch im Bett.«

Johnny suchte das Zimmer, schloß auf, sah einen Fuß unter der Decke herausschauen und hielt seine brennende Zigarette dagegen. Der Kerl, einer, wie er sie vom »Star-Club« her kannte, war schlagartig wach. »He, du spinnst wohl. Wer bist du eigentlich?«

»Der Hoteldiener. Und heute ist mein erster Tag. So, und jetzt aus dem Bett raus, und zwar sofort.«

»Was ist das denn für ein Witzbold«, schimpfte seine Freundin, die die Augen kaum aufbrachte und sich wunderte, warum ihr Kerl nicht aufstand und dafür sorgte, daß sie weiterschlafen konnte.

»Gibt gleich noch mehr Feuer, wenn du nicht sofort in deine Hose springst.«

Der Kerl zog seiner Freundin die Decke weg. »Steh auf, mach schon, zieh dich an!«

»Ich warte unten«, sagte Johnny, »spätestens in einer halben Stunde seid ihr verschwunden.«

Jetzt muß ich nur noch herausfinden, überlegte er, was Gitte treibt und mit wem. Eifersucht war schlimm, aber schlimmer, daß er sich nichts anmerken lassen durfte. Mehr als Gittes Abwesenheit machte ihm die Vorstellung zu schaffen, daß gleich einer ins »Bacchus« kam und sich totlachte, weil er sie irgendwo mit einem Kesmus gesehen hatte.

Als sie drei Tage später schließlich anrief, hatte sich Johnny längst wieder beruhigt. Er hörte ihren Atem.

»Liebling, bitte hör zu...«

»Heb dir deine Geschichten für deinen Anwalt auf.«

Was Gitte schließlich doch an Erklärungen zuwege brachte, war, daß sie sich in eine Frau verliebt hatte, auch noch ausgerechnet in eine Gefängniswärterin aus Fuhlsbüttel, und drei Tage mit ihr verbracht hatte.

Das war nichts, worüber Johnny nicht hinwegkommen konnte, nur Sascha, nahm er sich vor, würde er so schnell nicht wieder einen Gefallen tun.

»Johnny, laß uns doch...«

Er legte auf. Vor seinen Augen spielte sich eine Liebeszene ab, beides Frauen, und eine war seine Gitte. Das Dumme war, daß er mit offenen Augen träumte. Als er sie schloß, wurde es noch schlimmer.

Halb St. Pauli lachte sich kaputt, als die Geschichte durchsikkerte. Mitten in das Gelächter platzte die Nachricht, daß es Adi erwischt hatte. Morgens um fünf war er auf der Reeperbahn in seine Kneipe gestürmt und hatte mit einem Maschinengewehr in die Decke geschossen. Sein »Hummel-Hummel« war zu diesem Zeitpunkt noch immer brechend voll. Zuerst hatte niemand von ihm Notiz genommen, auch seine Angestellten nicht, die einiges von ihrem Chef gewöhnt waren. Er war auch schon mal nackt aufgetaucht. Aber bevor es jetzt Tote gab, mußten sie eingreifen. »Raus! Alle raus! Verschwindet! Raus mit euch!« hatte Adi gebrüllt und das nächste Magazin eingeworfen. Alle waren in Panik zur nächsten Tür gestürmt, gleichgültig wohin sie führte. Sein Geschäftsführer behielt so lange die Nerven, bis Adi auch ihm den Lauf ins Gesicht hielt. »Dich will ich hier auch nicht mehr sehen!« Nur seinem Akkordeonspieler hatte er befohlen zu bleiben. »Los, Heini, spiel weiter, spiel für mich.« So hatte ihn die Polizei gefunden, eingeschlafen und, wenn man ihn so sah, mit sich und der Welt zufrieden. Alkohol und Tabletten hatten ihn an den Rand der Zurechnungsfähigkeit gebracht. Er hatte dann eine Krankenschwester bestochen und sich von ihr beide Beine eingipsen lassen. So war er vor dem Wettbüro auf der Reeperbahn gesessen, ohne daß ihm viel fehlte, nur eben ein bißchen klarer Verstand, und dann stand er nie mehr auf. Herzschlag, und das mit achtundzwanzig.

Jeder hatte ein Glas und eine Flasche in der Hand und prostete ihm ein letztes Mal zu. Vor dem Friedhofseingang parkten die Prachtkarossen in Zweierreihen. Die Passanten fragten sich, welcher Film hier gedreht wurde. Keine Woche später stand Johnny wieder auf einem Friedhof, diesmal in Frankfurt.

Eines wurde ihm immer klarer: Geld verdiente man, ohne zu arbeiten, die Arbeit war, am Leben zu bleiben.

11

Ladiges wollte sich gerade verabschieden, als Sterni, ein kleiner Hehler, in der Tür erschien und den Inhalt einer Tüte auf den Tresen leerte. Ladiges schaute Johnny an. »Ist der übergeschnappt?«

Sterni hielt Ladiges einen Ring mit einem gefaßten Diamanten hin.

»Raus mit dir, du Idiot, aber schnell, und nimm alles wieder mit.«

»Aber Heinzi! Das gibt's doch nicht, ihr seid doch für mich immer die erste Adresse für was Günstiges.« Sterni hielt den Diamantring jetzt Johnny unter die Nase. »Halt ihn mal ins Licht, wie der funkelt.«

»Der funkelt nicht, der flunkert!«

Nachdem Ladiges kurz telefoniert hatte, verließ er das »Olymp«. »Gib Sterni was zu trinken, Johnny, aber dann soll er seinen Kram nehmen und verschwinden.«

»Whisky, Wodka oder Wasser?«

»Wacholder!«

Johnny schenkte ihm einen Doppelten ein. »Verkauf's jemand anderem!«

Sterni kippte das Glas und verschwand mit seiner Tüte. In der Tiefgarage traf ihn dann ein Schraubenschlüssel, ein geschickter Schlag, der ihn nur so lange außer Gefecht setzte, wie nötig war, um ihm den Schmuck abzunehmen. An den Schlag konnte er sich, als er wieder bei Johnny oben erschien, noch erinnern, ein Gesicht aber hatte er nicht gesehen.

Auf die Idee, daß sein Partner hinter dem Überfall stecken könnte, wäre Johnny nie gekommen. Aber der gleiche Ring tauchte wieder auf, und zwar am Finger von Ladiges' Frau. Mein Gott, dachte Johnny, nicht einmal das viele Geld kann dieses Schwein davon abhalten, einem kleinen Hehler die Ware abzuknöpfen, und seiner eigenen Frau steckt er den geklauten Klunker auch noch an die Kralle.

Ein Anruf hatte genügt! Wenn eines der Mädchen krank zu Hause lag, genügte auch ein Anruf und einer erschien mit einem Blumenstrauß; oder in der Tiefgarage erschien eben einer mit einem Schraubenschlüssel. Johnny schaute Ladiges an wie einer, der vergessen hatte zu atmen.

Kein Wunder, daß er mißtrauisch war, als zwei Nächte später ein Mann im »Olymp« erschien, der sich reichlich sonderbar benahm. Nachdem er mit einigen Mädchen Champagner getrunken hatte, griff er in seine Jackentasche, entnahm ihr ein Briefkuvert und bat Johnny, es für ihn aufzubewahren, bis er gehen würde. Auf die Frage, ob das nicht leichtsinnig sei, teilte ihm der Gast nur mit, das Geld am Nachmittag in Travemünde gewonnen zu haben.

»Ich schließe es so lange in meine Schublade ein«, sagte Johnny und dachte, dort wird es auch noch liegen, wenn du längst verschwunden bist. Komischer Kerl, kommt mit einem Haufen Scheine ins Bordell und bittet einen ihm völlig Unbekannten, den Zaster für ihn aufzubewahren.

Offenbar erriet der Mann Johnnys Gedanken. »Sie wundern sich?«

»Offen gestanden, ja! Aber natürlich sind uns Gäste, die nicht glauben, daß es bei uns alles umsonst gibt, immer willkommen.«

»Ihre Bar hat, wie man mir erzählt hat, einen ausgezeichneten Ruf. Und was die Damen betrifft«, er ließ seinen Blick schweifen, »hat mein Freund wahrhaftig nicht übertrieben. Wissen Sie, ich bin nicht gerade ein häufiger Kunde, was diese Art von Vergnügen betrifft, und deshalb auch ein wenig, wie soll ich sagen, befangen.«

»Das wird sich legen«, beruhigte ihn Johnny. »Wenn Sie irgendwelche Wünsche haben sollten, lassen Sie es mich wissen.«

Als er die Schublade öffnete, um das Kuvert zu verstauen, sah er seine Spielkarten, nahm sie heraus, ging zum Tisch zurück, setzte sich und wartete ab, wie dieser seltsame Gast reagieren würde, wenn er Spielkarten sah. Es stellte sich heraus, daß er ebenfalls gern hin und wieder spielte. »Freilich bin ich nicht gerade ein besonders guter Spieler.«

Was sich herausstellte! Trotzdem blieb Johnny mißtrauisch. Daß der Mann verlor, sagte noch nicht alles. Er selbst gab ebenfalls oft zu Beginn einer Kartenrunde ein gutes Blatt auf, studierte statt zu gewinnen erst einmal lieber die Reaktionen seines Gegenübers, den Stil seines Spiels, die Ruhe seiner Augen, seine Fähigkeit zur Geduld, seine Risikobereitschaft. Am Pokertisch reizte Johnny weniger das Geld, auch wenn es in Bergen in der Mitte lag, als die Kraft eines Menschen, die er an Selbstkontrolle angesichts dieser Summen aufbringen mußte, um ruhig zu bleiben. Was ihn spielen ließ, war die Leidenschaft, Glück auszuschalten; mehr noch, gegen das Glück zu gewinnen.

Mittlerweile hatten sich Stotter-Harry, Millionen-Dieter, Westfalen-Günter und andere Jungs im »Olymp« versammelt, und beobachteten das Spiel. Für sie war klar, daß Johnny einen Freier operierte und sie warteten nur darauf, bis er den Mann rasiert hatte. Auch Rolf Neumann schaute herein, ein Berufsspieler, der sich wunderte, mit wem Johnny am Tisch saß, einem Falschspieler, den er kannte, gegen den er selbst schon hoch verloren hatte und von dem er wußte, daß er nur mit gezinkten Karten antrat. An einen Zufall glauben konnte er nicht, auch nicht, daß Westfalen-Günter, den er mit ihm schon in Dortmund zusammen gesehen hatte, nur den harmlosen Zuschauer spielte. Er legte beide Zeigefinger so übereinander, daß sie wie ein Kreuz aussahen, was soviel hieß wie, wenn wir teilen, geht alles klar.

Westfalen-Günter schüttelte den Kopf.

Niemand fiel auf, als Rolf Neumann, nachdem er noch ein paar Worte mit Margrit gewechselt hatte, den Club verließ; auch nicht, als Margrit daraufhin Johnny zu sich rief.

»Was gibt's?«

Er legte die Karten auf den Tisch und bat, ihn für einen Moment zu entschuldigen.

»Du sollst auf die Toilette kommen.« Es war ihr Flüstern, das ihn mißtrauisch machte.

Auf der Toilette wartete Neumann. »Der Kerl ist einer der besten Falschspieler! Zufällig ist der nicht bei dir!«

Johnny schloß die Tür ab. »Und jetzt noch mal, und ganz langsam!«

»Mit was für Karten spielt ihr?«

»Mit meinen!«

»Gezinkt?«

»Der händigt mir einen Umschlag mit Moneten aus, glaubst du, daß ich den nicht auch ehrlich rasiere?« Ihm fiel ein, daß er den Umschlag nicht genau genug untersucht hatte. Wahrscheinlich voll mit Zeitungspapier!

Johnny ging hinter die Theke und tat so, als kontrolliere er dort nur noch rasch die Getränkebons, nahm sein Sandpapier, das er dort immer liegen hatte, und rieb sich die Hornhaut von den Fingerkuppen. Auf St. Pauli wußten überhaupt nur ein halbes Dutzend Jungs, daß (und wann) mit gezinkten Karten gespielt wurde. In der Regel wurden die Karten mit einer Nadel gekennzeichnet. Eingestochene Punkte an bestimmten Stellen sagten dem Spieler, um welche Karte es sich handelte. Die Punkte waren weder sichtbar, noch konnte man sie mit den Fingern spüren, es sei denn, man hatte seine Fingerkuppen vorher mit Sandpapier bearbeitet.

»Jetzt kann's weitergehen«, sagte Johnny, »ich mußte nur schnell einen Betrunkenen an die frische Luft setzen!«

Der Mann gab neue Karten. Johnny befühlte sein Blatt. Tatsächlich! Er kannte sogar den Code. Er ließ noch ein Spiel geben, griff dann nach seiner Bierflasche und schlug sie dem Mann kommentarlos über den Schädel. Es kostete ihn Mühe, ihm nicht sofort sämtliche Knochen zu brechen. Aber etwas interessierte ihn: Er selbst hatte die Karten, seine Karten, aus der Schublade geholt, sie mußten also vorher dort vertauscht worden sein. Aber von wem? Ladiges? Er packte den Mann, zog ihn hoch, schleifte ihn nach oben, auf eines der Zimmer, und warf ihn gegen die Wand. »Und jetzt werden wir uns unterhalten.«

Dann packte er seinen Arm und bog ihn am Handgelenk herum. »Du wirst nie mehr Karten anfassen, wenn ich mit dir fertig bin. Wer hat dich geschickt?«

»Sag ich nicht.«

»Wer dich geschickt hat, will ich wissen!«

Als der Mann begriff, daß es Johnny ernst meinte, gab er auf. »Westfalen-Günter.«

Johnny ließ ihn los. »Verschwinde.«

Er ging wieder nach unten, stopfte die Geldscheine in seine Tasche und dann, als er vor Westfalen-Günter stand, schlug er zu. »Du mieses Schwein!« Er prügelte alles, was er wissen wollte, aus ihm heraus. Er war am Morgen, als nur die Putzfrau da war, im »Olymp« erschienen und hatte die Spielkarten vertauscht. Was für eine Menge Scheißtypen doch herumlaufen, dachte Johnny.

Auch Ladiges verhielt sich Johnny gegenüber zunehmend mißtrauischer. Der Junge war in einem atemberaubenden Tempo zu Geld gekommen. Gut möglich, nahm er an, daß er mir irgendwann Schwierigkeiten macht. Sein Verdacht beruhte auf der Überzeugung, daß einer vor allem dann gefährlich war, wenn er sich auch im Privatleben unter Kontrolle hatte. Er hatte nicht gehört, daß Johnny sich etwa eine Luxuswohnung angeschafft hätte oder hinter kostspieligen Flittchen her wäre, er wußte, daß er weder auf Pferde wettete, noch sich am Boxgeschäft beteiligte, wie das Kessler tat. Es war ihm auch nie aufgefallen, daß er überhaupt Geld ausgab, abgesehen davon, daß er in Urlaub fuhr. Er beauftragte Uwe Prokopf, ihm eine Abreibung zu verpassen, nur so, eine kleine Lektion, zum Vernünftigbleiben gewissermaßen. Prokopf war schon deshalb der richtige Mann, weil er froh war über jede Beschäftigung, die Geld einbrachte; er war erst seit zehn Tagen wieder auf freiem Fuß. Er erschien also eines Nachts nicht gerade nüchtern im »Olymp«, schob die Aschenbecher von der Theke und verlangte was zu trinken.

Johnny wollte keinen Streit. »Laß gut sein, Uwe.« Er hatte ihn während seiner Untersuchungshaft kennengelernt und ihn auf Anhieb sympathisch gefunden.

»Irgendwie gefällt mir deine überhebliche Art nicht, dabei scheißt du dir doch in die Hosen, wenn sich einer nichts gefallen läßt.«

Johnny versuchte, dem Unvermeidlichen aus dem Weg zu gehen. »Irgendwas stimmt doch mit dir nicht, Uwe.«

Es war leise geworden in der Bar. Die Mädchen kannten ihren Chef und verdrückten sich in den hintersten Teil der Bar. Margrit räumte die Aschenbecher wieder von der Theke. Aber noch bevor Johnny sich entschieden hatte, was er tun sollte, hatte Prokopf die Bar verlassen.

Dann, zwei Wochen später, drängte sich Prokopf geradezu auf, als Johnny, der einen Abstecher nach Flensburg vorhatte, jemanden suchte, der mit ihm fuhr. Zuerst schauten sie bei Anni vorbei, die dort oben in einem Western Saloon arbeitete, und Johnny hatte es zuerst nicht weiter ernst genommen, daß sich Prokopf und Anni in die Haare kriegten. Er mischte sich erst ein, als Prokopf ihr Ohrfeigen androhte.

»Also alles, was recht ist, aber der Anni gibst du keine Watschn.«

Sein Lachen war noch nicht bis in die Mundwinkel gelangt, da hatte Johnny schon zugeschlagen, und der Western Saloon sah sofort viel echter aus als vorher: Kutschen kamen in Bewegung, Gläser und Flaschen rutschten von den Tischen, Stühle flogen durch die Luft. Hatten zuerst nur Johnny und Prokopf miteinander gestritten, so fanden sie sich bald Seite an Seite gegen eine Übermacht anderer Männer, die wild auf alles eindroschen, was sich bewegte. Sie schafften es irgendwie, sich zu verdrücken, und landeten, jeder im Arm eines Mädchens, in einem anderen Lokal.

Auf der Rückfahrt schien Prokopf der Zeitpunkt gekommen, endlich reinen Tisch zu machen. »Erinnerst du dich noch, wie ich ins ›Olymp‹ gekommen bin und mich mit dir angelegt habe?«

»Du hast es zumindest versucht.«

»Ich werde nie dazu stehen, wenn du was weitererzählst, und sag's dir auch nur, damit ich's endlich los bin. Aber wenn du mich in diese Sache irgendwie hineinziehst, werde ich alles abstreiten.«

»Klingt ganz so, als hätte dich jemand dafür bezahlt.«

»Stimmt.«

»Interessant. Und wer?«

»Du wirst es nicht glauben!« Er machte eine Pause. »Ladiges.«

Johnny nahm den Fuß vom Gas.
»Er zahlte gut, und bei dir hatte ich Schulden.«
Johnny brauchte ein paar Minuten, bis er es hatte. »Ach so, du kassierst Honorar, mich zusammenzuschlagen, und das nur, um deine Schulden, die du bei mir hast, zahlen zu können?«
Inzwischen fuhr er wieder Höchstgeschwindigkeit. Er verlor jede Lust, Einzelheiten wissen zu wollen. Ladiges war ein Schwein! Und was für eines! Macken hatten hier viele, aber keiner konnte ihm an Charakterlosigkeit das Wasser reichen. Warum hatte er so lange gebraucht, das zu begreifen? Er kannte den Grund. Zu lange hatte er mit zuviel Bewunderung zu jedem von ihnen aufgeblickt. Wenn er schon nicht an die Welt der feinen Gesellschaft, die Welt der Richter, Rechtsanwälte, der Bankiers und Beamten glauben konnte, wollte er wenigstens an seine Welt glauben. Ohne diesen Glauben war alles Geld, das er hatte, nichts wert.

Als Paulchen Meier kurz nach seinem fünfzigsten Geburtstag das Gefängnis wieder verlassen durfte, trafen sich alle zu seiner Begrüßung im »Olymp«. Sie sahen tatsächlich ein wenig aus wie die Freunde der italienischen Oper. Ziemlich spät erschien, als letzter, der Ehrengast und schüttelte jedem die Hand. Für jeden hatte er ein Späßchen übrig. Und dann wollte er wissen, ob er endlich etwas zu trinken bekommen könnte. Johnny schenkte ihm den Whisky höchstpersönlich ein und hoffte, von ihm bemerkt zu werden. Paulchen nahm sein Glas. »Bist du nicht der Freund von Max?«
Bevor Johnny auch nur nicken konnte, hatte sich Paulchen wieder umgedreht, prostete allen zu und hob dann seine Hand. »Ich will es kurz machen. Danke, daß ihr vollzählig erschienen seid und daß ihr mich nicht vergessen habt. Wie ich euch kenne, habt ihr die fünf Jahre genutzt, euch während meiner Abwesenheit mal so richtig gründlich die Taschen vollzustopfen, jedenfalls seht ihr alle satt und zufrieden aus. Gratuliere. Laßt uns darauf anstoßen.« Er trank einen Schluck, nahm seinen Hut ab, trocknete mit einem Taschentuch das Schweißband, wischte mit dem Ärmel seines Anzugs über die Krempe und setzte den Hut wieder auf. »Und nicht nervös

werden, wenn ich mich jetzt empfehle. Mir ist nur nach etwas Abwechslung zumute, wie ihr euch vorstellen könnt.«

Johnny hielt es für ausgeschlossen, daß er nicht mitgekriegt hatte, wer er war. Einer wie Meier blieb auch hinter Gittern nicht nur im Geschäft, sondern auch sonst auf dem laufenden. Einer wie der schaute ohne Bedauern zurück und ohne Neid in seine Zukunft. Er war nicht nur auf die Treue seiner Freunde angewiesen, er kannte auch Methoden, wie man nachhalf. Schlachter-Heinz zum Beispiel, dem Imbisse und Kneipen gehörten, erhielt auffallend pünktlich mit Paulchens Entlassung Drohbriefe, Anrufe mit Morddrohungen, und sein Haus wurde zur Zielscheibe von Schießübungen. In seiner Verzweiflung wandte er sich an Paulchen, der die Sache gelassen nahm. »Was glaubst du, wie schnell der Unsinn aufhörte, wenn wir Partner wären!«

Zu teilen tut niemand weh, der Angst um sein Leben hat. Und darauf stießen sie an. Paulchen war in Begleitung seiner Ehefrau, wollte aber auf die Gegenwart seiner Geliebten trotzdem nicht verzichten, was Kuddel zum Anlaß nahm, die Damen absichtlich zu verwechseln. Viele hielten Vielweiberei für eine liebenswerte Beschäftigung, nicht so sein Kumpel Kuddel, jedenfalls nicht auf dieser Party. Im Milchladen in der Hein-Hoyer-Straße hatten sie sich schon als Buben in die Wolle gekriegt, und das passierte ihnen fünfzig Jahre später gelegentlich immer noch. Als Paulchen ihm jetzt die Faust ans Kinn schlug, zog Kuddel erst einmal seelenruhig seine Jacke aus, die Gäste machten respektvoll Platz, und Paulchen streifte, wie es seine Art war, einen Lederhandschuh über seine rechte Faust. Das war Zeitgeschichte, was sich vor Johnnys Augen abspielte. Undenkbar, daß Kluge und Kessler Unstimmigkeiten auf die gleiche Weise erledigt hätten. Als es in der »Roten Katze« zu eng wurde, verlegten sie ihre Auseinandersetzung auf die Straße. Paulchen versuchte, während sie aufeinander einschlugen, seinem Freund ins Gewissen zu reden, endlich aufzugeben, aber Kuddel dachte nicht daran, obwohl er bereits blutete. Der einzige Ausweg war die Telefonzelle gegenüber – und in die rannte Paulchen, hielt die Tür von innen zu und gab Kuddel zu verstehen, er solle sich endlich beruhigen. Vielleicht war es die gelbe Farbe, die ihn zur Besinnung brachte, jedenfalls lehnte er sich von außen gegen die Scheibe, brachte seinen Schlips wieder in Ordnung und bedankte sich für den Beifall.

Die beiden Polizisten, die die ganze Zeit auf der anderen Straßenseite gestanden und alles mitangesehen hatten, trotteten gutgelaunt weiter.

»Keine Ahnung, wie sie es immer wieder schaffen!«

»Was?«

»Freunde zu bleiben!«

14

Natürlich wollte Max Neuigkeiten hören, wenn Johnny ihn im Knast, wo er eine eineinhalbjährige Strafe wegen einer Schießerei absaß, besuchen kam. Eine Stunde war wenig Zeit. Die Hälfte ging mit Klatsch drauf, dem üblichen Kram, Weibergeschichten und Geschäfte. Paulchen hatte die »Rote Katze« übernommen, Relli zum viertenmal ihren Alex geheiratet, Johnny war in einem Stundenhotel fast draufgegangen, als dort ein Feuer ausbrach und er, nur mit einer Unterhose bekleidet, auf die Straße flüchten mußte. Daß ein Aufpasser alles mit anhörte, störte ihn nicht; vier Jahre hatte er einen im Genick gehabt!

Johnny schaute auf seine Uhr. »Eine Neuigkeit zum Schluß noch, aber für dich behalten! Ich glaube, ich hab mich mal wieder verliebt.«

Max sah, daß Johnny beim Reden am Daumen kaute, die Sache also ernst war.

Johnny legte beide Ellenbogen auf den Tisch und beugte sich vor. »Die arbeitet bei mir oben schon ein halbes Jahr, ohne daß ich merke, daß ich verliebt bin!«

»Tut mir leid«, meldete sich der Aufpasser und machte mit dem Schlüsselbund Musik. »Zeit um! Verabschieden Sie sich!«

»Welche Haarfarbe?«

»Blond, aber keine Blondine!«

»Beine?«

»Ich muß Sie jetzt bitten, Herr Dassner«, sagte der Aufpasser. »Keine Fragen mehr!«

»Die muß sie geklaut haben, so schön sind die!

Als ihr Chef konnte er sich die Blöße einer Verliebtheit nicht leisten. Er mußte sicher sein, daß Karin seine Gefühle erwiderte.

Karin hatte das gleiche Problem, auch sie hatte sich schon seit langem in Johnny verliebt, wußte aber nicht, wie sie ihm ihre Zuneigung zeigen sollte, ohne Gefahr zu laufen, ihren Arbeitsplatz zu verlieren. Die Geschichte war geschrieben, sie suchte nur ihren Beginn.

Eines Abends erschien Kessler und wollte wissen, wer die Blonde sei. Das hatte er vor ein paar Wochen, als er zu Besuch war, schon einmal wissen wollen, und Johnny hatte ihn abblitzen lassen. Für Bosse seines Kalibers waren die Mädchen tabu, was Kessler natürlich wußte. Aber damals wußte Johnny noch nicht, wie verliebt er in das Mädchen war.

»Wenn du willst, mach ich dir das.«

Um vier Uhr morgens kamen sie zurück, und Kessler nahm Johnny zur Seite. »Bist du eigentlich noch ganz dicht? Wie kannst du mir eine Frau mitgeben, die mir die ganze Zeit nur von dir vorschwärmt?«

Johnny gab sich ahnungslos. Er wartete noch einen Tag und lud sie dann nach seiner Schicht zum Frühstück ein.

Es grenzte schon an Zauberei, wie einfach es war, in Stimmung zu kommen, und wie leicht, sich dabei nicht so unbeteiligt wie meistens zu fühlen. Zum erstenmal seit langer Zeit wußte er wieder, daß die Wärme eines weiblichen Körpers wichtiger sein konnte als Geldscheine in Schuhschachteln.

Am Mittag waren sie ein Liebespaar und zogen noch am gleichen Tag zusammen, aber Johnny vergaß nicht, sie an die Notwendigkeit einer gewissen Ordnung zu erinnern. »Ich mach, was ich will, und du machst auch, was ich will.«

15

Die Nachricht schlug ein wie eine Bombe. Willi Barschel, den viele für den reichsten Mann Hamburgs hielten, hatte im Senat der Hansestadt tatsächlich durchgedrückt, daß auf der Reeperbahn ein Block gebaut werden durfte, ein riesiges Eroscenter mit insgesamt dreihundert Zimmern. Daß ein Club wie das »Olymp« seine besten Tage damit hinter sich hatte, war Johnny klar. Welches Argument hatte er noch, wenn erst die Herbststürme wieder einsetzten? Welchem Mädchen war dann noch klarzumachen, daß sie im Freien in der Kälte herumstehen sollte? Zwar entstand jetzt ein Ghetto, aber sie waren unter sich und in einem geschützten, geheizten Kontakthof auch sicherer und in der Lage, sich noch spärlicher bekleidet ihrer Kundschaft anzubieten.

Johnny setzte sich mit Ladiges zusammen und besprach die veränderte Situation. Beide waren der Meinung, gegen einen Großbetrieb wie diesen keine Chance zu haben.

»Was wirst du anfangen?« wollte Ladiges wissen.

»Urlaub machen!« Johnny kramte einen Brief aus seiner Tasche. »Hier!«

Ladiges überflog das Schreiben. »Drei Monate? Beneidenswert!«

»Und keinen Tropfen Alkohol!«

Als Max seine Strafzettel nicht mehr bezahlt und er selbst auf keine der vielen Mahnungen reagiert hatte, war ein Verfahren gegen ihn eröffnet worden, das zu seiner Verurteilung führte. Johnny handelte dem Gericht die Zusage ab, die Strafe in Bernau am Chiemsee absitzen zu dürfen. Dort würde er Freunde treffen.

Als er mit seinem Stingray vor dem Gefängnistor hielt, schrie einer aus dem Turm, daß es hier nichts zu schauen gäbe und er gefälligst weiterfahren solle.

»Würde ich ja gerne, du Schreihals, aber ich bin hier verabredet.« Er gab Karin einen Kuß. »Hol mich in drei Monaten wieder ab.«

Die Anstaltsleitung hatte lange versucht, ihn nach Landsberg abzuschieben, aber er blieb in Bernau, allerdings im Zugangssaal nicht zwei Tage, wie das üblich war, sondern ganze drei Wochen. So lange waren sie unschlüssig, wie sie ihn behandeln sollten und welche Methode die sicherste sei, die zu erwartende Unruhe so gering wie möglich zu halten. Sie kannten die Polizeiakten und seine Karriere. Als Unterweltler, noch dazu einer aus der Hauptstadt des Gewerbes, stellte er eine Mischung aus Staatsgast und Verbrecher dar, in jedem Fall aber war er der natürliche Feind. Noch der unbedeutendste Aufseher spielte ihm gegenüber den großen, starken Mann, nur weil er sich unter einer Dienstmütze sicher fühlte, bestrafte ihn mit jedem kleinlichen Befehl, jeder Zurechtweisung, jedem Blick für die kraftstrotzende Sorglosigkeit, die Johnny an den Tag legte. Dann, über Nacht, setzte der Frost ein. »Stecken wir ihn in den Torfstich«, entschied der Anstaltsleiter. Torfstechen, das war, zumal bei Temperaturen weit unter dem Gefrierpunkt, die härteste Strafe. Daß den Gefangenen der Schweiß auf der Stirn gefror, ließ die Beamten kalt. Johnny verfluchte die Stunde, in der er sich für Bernau entschieden hatte.

Von Ebrach war er gewohnt, daß das Recht des Stärkeren zählte und kein Häftling wagte, einen anderen anzuzeigen. Unter Jugendlichen war das eine Selbstverständlichkeit, aber nicht hier, in einer Anstalt ausschließlich für erwachsene Straftäter, einer Welt, in der schon Lachen gegen Gesetze verstieß.

Ein kläglicher Haufen war das, gebrochene Menschen, die sich in ihr Schicksal gefügt hatten, ausgemusterte Versager, ängstliche Angeber, kein erhebender Anblick für einen, der nach einem Urlaub in Thailand mit zweihundert Sachen hierher gerast war. Er schaffte es gerade, hin und wieder ein Spielchen zu organisieren, aber mehr als Kekse und Margarine war nicht zu gewinnen.

Die drei Monate gingen auch deshalb langsam herum, weil Karin nichts von sich hören ließ, die ihm doch versprochen hatte, jeden Tag zu schreiben. Kein einziger Brief war eingetroffen. Am letzten Tag händigten sie ihm dann einen ganzen Stapel aus, alle von Karin. Ihr Inhalt interessierte ihn weniger als ihre Zahl, denn nachdem er sie abgezählt und herausgefunden hatte, daß sie ihm tatsächlich täglich geschrieben hatte, öffnete er nur die beiden letzten, überflog sie nach Neuigkeiten, die nichts mit ihren Gefühlen zu ihm zu tun hatten, und warf sie zum Abfall. Er liebte Karin, weil sie Wort gehalten hatte, nicht der Worte wegen, die sie ihm schrieb.

Kurz vor seiner Entlassung hatte Johnny so viel Margarine und Kekse gehortet, daß ihm die Idee kam, allen noch eine Freude zu machen. Heimzahlen wollte er ihnen, daß sie ihn den Boden hatten schrubben lassen; nicht einmal im Tausch gegen Tabak waren sie bereit gewesen, seinen Stubendienst zu übernehmen. Er bastelte zwei Torten, eine kleine, mit wenig Margarine, für sich und einen Kumpel, den er noch aus dem »Tabarin« kannte, und eine große für alle anderen, eine, die hauptsächlich aus Margarine bestand, mit ein paar eingelegten Keksen als stabilisierendem Element und außen mit Schokolade verschmiert, damit niemand mißtrauisch wurde; außerdem hatte er jede Menge Zucker hineingerührt, weil sie Süßes sicher zu schätzen wußten. Die Torte wurde in der Mitte der Zelle auf einen Tisch gestellt, ihr Durchmesser war in etwa der einer Kirchturmuhr. Jeder bekam eine Gabel und mußte sich auf Johnnys Befehl im Kreis rund um die Torte aufstellen. Er erklärte ihnen, daß sie sich erst auf sein ausdrückliches Kommando hin über die Torte hermachen durften. Nicht nur seine Macht, auch der Spaß, den er sich mit anderen Menschen machte, beruhte auf Menschenkenntnis. Er wußte, daß keiner dem anderen auch nur einen einzigen Bissen gönnen und schon deshalb soviel in sich hineinstopfen würde, wie er nur konnte.

Er probierte ein Stück seiner eigenen Torte und mußte sich beherrschen, das Zeug nicht gleich wieder auszuspucken. Danach gab er das Kommando für alle! Sie fielen wie Kinder über die Torte her, kauten nicht, schlangen alles einfach hinein, und jeder prahlte, als der letzte, fettige Krümel verschwunden war, mehr erwischt zu haben als die anderen. Alle ließen sich auf die Betten fallen und lobten Johnnys einfallsreiche Großzügigkeit.

Inzwischen hatte sich sein Kumpel mit einem Krimi auf die Toilette zurückgezogen und Johnny bereits angekündigt, daß er der nächste sei. Es war üblich, daß man sich anmeldete. Keiner hatte dem irgendeine Bedeutung beigemessen, bis es in den Därmen zu rumoren begann. Erst wurde ihnen komisch, dann schlecht, dann starrten sie auf die Toilette.

»Tut mir leid«, stellte Johnny klar, »der nächste bin aber erst einmal ich.«

Einige lachten noch, andere übergaben sich bei dem Versuch, das Peinliche, aber Unvermeidliche zu unterdrücken. Als es der erste nicht mehr länger aushielt und aufstöhnend, aber erleichtert in seine Hosen schiß, gaben auch die anderen ihren aussichtslosen Kampf auf. Einige gaben dabei Laute von sich, die Johnny zum letztenmal gehört hatte, als er sie selbst von sich gab, auch im Bett, aber daran war nicht Margarine schuld.

16

Er hatte nicht einmal im Traum daran gedacht, sich einen Hund anzuschaffen, aber nachdem er mit Max ausgiebig Wiedersehen gefeiert hatte, fuhren sie auf dem Heimweg zufällig am Tierheim in der Südowstraße vorbei. Johnny trat auf die Bremse. »Laß uns doch da mal reinschauen, das ist sicher komisch.«

»Laß uns weiterfahren. Das gibt doch nur wieder Ärger.«

»Na und?« Er lief, von einem Angestellten mehr verfolgt als begleitet, die Zwinger entlang, und die Tiere, die Hunde und Katzen, schauten ihn an, und er wurde immer stiller. »Was passiert eigentlich, wenn niemand kommt und sie abholt?«

»Hunde behalten wir im Durchschnitt vier bis sechs Wochen hier. Wir haben ja leider nicht genügend Platz, wie Sie sehen, und auch kaum finanzielle Unterstützung. Hat ein Tier aber absolut keine Chance, abgeholt zu werden, na ja, dann müssen wir es einschläfern lassen.«

»Wer ist der nächste Todeskandidat?«

Der Angestellte ging zwei Zwinger weiter. »Der da.«

Auf dem Schild am Drahtgitter stand »Jimmy«, womit ein zotteliger, schwarz-weiß gefleckter Köter gemeint war, der in der hintersten Ecke seiner Behausung saß und jedes Interesse an seiner Existenz verloren zu haben schien.

»Als wir ihn aufgelesen haben, hatte er eine Wunde am Rücken«, erklärte der Pfleger, »wahrscheinlich von einer Schußverletzung.«

»Noch ein Revolverheld! Einpacken! Den nehme ich mit.«

Karin schlief noch, als Johnny Jimmy anbrachte. »Um Gottes willen! Wo hast du den denn aufgelesen?« stöhnte sie im Halbschlaf, sah die ganze Häßlichkeit des Hundes, der büschelweise Haare verlor, das Bein hob und dann losbellte. »Den willst du doch nicht etwa behalten?«

»Natürlich bleibt der hier, was denkst du denn?«

Zum erstenmal, seit er sie kannte, wurde Karin richtig wütend. »Raus mit ihm aus meinen Schlafzimmer. Puuh, wie der stinkt.«

Er benutzte ihren Bademantelgürtel als Leine und verließ die Wohnung. Der einzige Hundesalon, den er kannte, war zwei Straßen weiter neben einem Fachgeschäft für Tätowierungen, wurde von zwei Tunten geführt und hatte von morgens zehn bis Mitternacht Hochbetrieb. Stammkunden waren Prostituierte und die Tänzerinnen aus dem »Regina« und dem »Salambo«, die hier ihre Edelhunde frisieren, einfärben, parfümieren und ihnen die Nägel lackieren ließen.

Nach der Schönheitsbehandlung sah Jimmy noch häßlicher aus. Er blieb ein Mischmaschköter, auch mit Bürstenschnitt. Karin gewöhnte sich an ihn, weil er jetzt wenigstens nur noch nach Hund roch – und weil sie Johnny nicht die Freude verderben wollte, denn er war jeden Tag mehr in ihn vernarrt. Endlich hatte er sein Ebenbild gefunden, halbstark wie er, ein herumstrawanzender Raufer, der sich jedem männlichen Artgenossen ohne Angst in den Weg stellte und kein Weibchen ungeschoren ließ. Er brachte ihm Gehorsam bei, unterhielt sich aber mit ihm wie mit einem Königstiger.

Am liebsten hätte er die Tatsache, daß er inzwischen eine Menge Geld gespart hatte, nicht nur vor anderen, sondern vor allem vor sich selbst geheimgehalten. Das viele Geld machte ihn schier wahnsinnig. Er war, wenn er seine Geldscheine bündelweise in die Schuhkartons stopfte und dann ins Bankfach einschloß, jedesmal schweißgebadet und immer noch so nervös wie ein Junge, der

Pornohefte unter einer Matratze versteckt. Dabei war er inzwischen achtundzwanzig Jahre alt. Es klang alles andere als fröhlich, wenn er mit Max darüber sprach. Die sorglosen Zeiten der Improvisation waren vorbei. Sein Leben war, mehr als er sich das je gewünscht hätte, geregelt. Er war selbst zum Vorbild geworden, auch das empfand er als lästig. Er konnte es nicht einmal Max richtig erklären. Er fühlte sich wie das Innere eines vor langer Zeit gestrandeten Schiffes, war einsam, obwohl er keine Sekunde seines Lebens allein war, hatte seine Unmittelbarkeit eingebüßt und dachte nach, bevor er etwas tat oder sagte – und was er tat und sagte, war auf Wirkung angewiesen, weil er sich behaupten mußte. Er sah praktische Ziele, nichts sonst. Er wollte sich gehenlassen, aber alles war dem Zwang des unmittelbaren Nutzens unterworfen. Nur deshalb ließ er sich manchmal breitschlagen, in Urlaub zu fliegen. Man traf sich dann, immer die gleiche Runde, im gleichen Hotel, gab Geld aus und fotografierte sich dabei. Spaß machte nur, Ehepaare an den Rand der Scheidung, Oberkellner an den Rand des Wahnsinns und am Rand des Swimmingpools Frauen zum Erröten zu treiben. Mit einer Gesellschaft, die scheinheilig vor ihnen ausspuckte, hatten sie immer eine Rechnung offen.

17

Johnny war schon mit schlechter Laune ins »Amourette« gekommen, hatte wissen wollen, wo Max steckte, und Uwe gebeten, ihn zu suchen. Seitdem war eine Stunde vergangen und er telefonierte immer noch hinter ihm her.

Was für ein verdammter Idiot Max manchmal doch sein konnte! Obwohl er wußte, wie unangenehm es Johnny war, wenn er den Leuten von ihm vorschwärmte, hörte er einfach nie auf damit. Er sprach kaum noch von etwas anderem, wenn er sentimental wurde, was nach jedem zehnten Glas der Fall war. Wahrscheinlich lag er auch Paulchen damit in den Ohren, was der Grund dafür sein mußte, daß der ihn, jedesmal seltsam belustigt, irgendwie unnatürlich aufmerksam anschaute. Sie gaben sich zwar die Hand, aber dann war es, als habe er eine boshafte Bemerkung auf der Zunge, die er nur mit Mühe herunterschluckte. Johnny machte dieser Zustand nervös. Mit allen kam er klar, nur nicht mit Paulchen. Irgend etwas stimmte nicht! Paulchen zeigte eine auffallend intensive Art von Desinteresse, sobald sie gemeinsam an einer Theke saßen, aber Johnny hatte nicht die geringste Ahnung, weshalb das so war, und grübelte darüber nun schon seit Monaten nach. Betrachtete er ihn mit Mißtrauen? Wenn ja, warum? Sah er in ihm einen Rivalen? Unsinn, dachte Johnny, ausgeschlossen. Traute er ihm vielleicht einfach nichts zu? Paulchen mußte doch eigentlich alles über ihn wissen, schließlich kannte er Sascha und Ladiges, und mit Kuddel war er befreundet. Wollte er ihn nur provozieren, wenn er Max liebenswert fand, ihm gegenüber aber eiskalt blieb? Gerade ihn bewunderte Johnny wie keinen sonst. So einer wollte er werden. St. Pauli war sicher, solange Paulchen dort verkehrte. Die Beamten der Davidswache hatten das ihren Vorgesetzten im Präsidium auch endlich klarmachen können. Er war die Garantie, daß Auseinandersetzungen nicht mit Schußwaffen geführt wurden, alle ihre Hände von Drogengeschäften ließen und, daß immer mehr Touristen die Reeperbahn besuchen kamen, ohne Angst um ihr Leben zu haben. In ihm sah Johnny den Mann, der eine Tradition vererbte. Er sah sich selbst als einen der Erben an, und deshalb war der Unfug, den Max anstellte, völlig unnötig. »Ich wußte die ganze Zeit, daß es irgendwann so kommen mußte, und das nur, weil er sein verdammtes Maul nicht halten kann.«

Armdrücken, darum war es gegangen. Paulchen hatte eine Marotte, was Armdrücken anging, und konnte nur schlecht verlieren! Deshalb war ihm Johnny auch immer aus dem Weg gegangen. »Was hätte ich denn tun sollen, als er sich heute früh bei Falko ausgerechnet neben mich setzte? Wegrennen? Und natürlich standen alle gleich um uns herum, nur, um nichts zu verpassen. Seinen Blick hättest du sehen sollen, als ich ihn unten hatte.«

Max steckte den Kopf zur Tür herein, und Johnny überhäufte ihn sofort mit Vorwürfen. »Was soll ich jetzt tun? Für nichts und wieder nichts habe ich mit einem Mann Streit, mit dem ich gar keinen Streit haben will. Ich bin in der Zwickmühle. Wenn ich das nächstemal wieder gewinne, kann ich die Koffer packen, und wenn ich verliere, muß er denken, daß ich absichtlich verloren habe. Und das alles wegen dir.«

»Du hast Sorgen«, amüsierte sich Max. »Wenn er wirklich etwas gegen dich hätte, wüßte ich es!«

»Über was du dich aufregen kannst«, wunderte sich auch Uwe.

Johnny hörte auf zu schimpfen, damit sich Jimmy endlich beruhigte. »Klar, was soll er auch gegen mich haben! Aber er hat trotzdem was! Irgendwas hat er! Oder ist das normal, wenn er, nur weil er verloren hat, einfach aufsteht?«

»Rate mal, woher ich gerade komme. Was glaubst du? Ich werd's dir sagen. Von Paulchen«, sagte Max. »Und rate mal, weshalb er mich sprechen wollte.« Er ließ die Hände sinken. »›Ich bau's, wie du es haben willst, Max‹, hat er gesagt, ›und wir beide machen das dann.‹ Und dann hat er mir die Hand gegeben und gesagt, ›überleg's dir, mein Junge, und rede mit keinem darüber!‹«

Wenn Max nicht einfach übergeschnappt ist, sagte sich Johnny, bedeutet das: Paulchen baut Ecke Gerhardstraße und Friedrichstraße, genau am Hans-Albers-Platz, wo jetzt noch die alte Drogerie steht, einen Palast und bietet Max, ausgerechnet ihm, an, sein Partner zu werden. Und das bedeutet, daß er auf einen Schlag geschäftlich auf der gleichen Stufe mit Kluge und Kessler wäre, Chef über fünf Betriebe: eine Bierschwemme, ein Casino, eine Disko, eine Stripshow und ein Bordell mit zwanzig Zimmern.

»Hast du überhaupt zugehört?« fragte Max.

»Gratuliere!« antwortete Johnny geistesabwesend und überlegte weiter. Paulchen konnte unmöglich annehmen, daß Max in der Lage sein würde, ein Unternehmen dieser Größenordnung allein zu führen.

»Wie kann er was gegen dich haben, wenn er mir so ein Geschäft anbietet, wo er doch ganz genau weiß, daß ich das nur übernehme, wenn du mit dabei bist?»

»Und das hast du ihm gesagt?«
»Natürlich!«
»Und was hat er geantwortet?«
»Er hat mir gratuliert.«

Scharf darauf, arbeiten zu müssen, war Johnny noch nie gewesen, dieses Gefühl kannte er gar nicht, aber so eine Herausforderung konnte er sich nicht entgehen lassen. Da war sie, die Explosion, von der er geträumt hatte. Partner jenes Mannes zu werden, dessen Name ihm schon als Halbstarkem in München eine Gänsehaut eingejagt hatte. Max war als Freund zwar ein Kleinod, als Partner aber nicht mehr als ein Strohmann, allenfalls eine diplomatische Instanz, was mögliche Reibereien mit Paulchen betraf.

Bei ihrem ersten Treffen wollte er auf die Sache, die ihn beunruhigte, nicht eingehen, und auch Paulchen erwähnte nichts. Aus der Welt schaffen ließ sich, was immer zwischen ihnen auch sein mochte, nur, wenn er ihm den Beweis lieferte, wozu er fähig war.

Paulchen hatte nicht vor, sich in das Geschäft einzumischen, er wollte Geld verdienen, und das hieß, daß er lediglich Wert darauf legte, regelmäßig seine Pacht auf seinem Konto vorzufinden. Johnny brauchte eine Mannschaft, die auf ihn hörte, allerdings mußte es auch eine sein, die sich sonst von niemandem viel sagen ließ. Für einen Rund-um-die-Uhr-Betrieb mußte er zwei Schichten einstellen, er brauchte Bardamen, Animiermädchen, Kellner, Aushilfskellner, Diskjockeys und welche, die was von Striptease verstanden, der Getränkeeinkauf mußte organisiert und überwacht werden, Steuerberater und Rechtsanwälte mußten beschäftigt werden, ein Büro war nötig, also würde er auch noch eine Sekretärin einstellen müssen. Um Himmels willen, dachte Johnny, ich will doch noch nicht erwachsen werden! Aber wegrennen konnte er jetzt nicht mehr.

Arno Dossi erinnerte ihn an die sieben Mark und daran, daß er selbst ihm geraten hatte, in seiner Nähe zu bleiben. Johnny hielt Wort und stellte ihn als Wirtschafter im Bordell ein.

Einer, der immer ankam, war der Badener-Hans, ein anständiger

Kerl mit kahlrasiertem Schädel und einem Dschingis-Khan-Bart, dessen Enden bis über die Kinnknochen hingen. Er war einer jener vielen Burschen, die es irgendwann nach St. Pauli verschlagen hatte und die überall arbeiteten, wo es ein paar Mark zu verdienen gab. Johnny stellte ihn ein.

Auch Anni meldete sich. Johnny stellte sie in der Disko hinter die Bar.

Die dicke Betty drückte ihm fast den Brustkorb ein, als er sie fragte, ob sie bei ihm arbeiten wolle.

Als verantwortliche Angestellte brauchte er allerdings Respektspersonen, Typen, die zuwenig Ehrgeiz besaßen, sich auf eigene Füße zu stellen, aber Verstand genug, um einzusehen, daß ein Job im »Chikago« Geld bedeutete und die Sicherheit, keine krummen Dinger mehr drehen zu müssen. Mit Kiezgrößen wie Finger-Hannes, Butschie Stakelberg, Rolf Moraski und Nasen-Peter war er schließlich so kompakt bestückt wie die Weltmeisterelf von Bern mit Toni Turek im Tor und mit Liebrich, Eckel und Kohlmeier in der Verteidigung. Freundlich sahen sie alle nicht aus, nicht einmal, wenn sie lachten. Ihnen brauchte er auch nicht erst klarzumachen, daß sie nicht in einer Räuberhöhle beschäftigt waren und er sich nicht jeden Tag mit der Polizei herumärgern konnte.

Uwe blieb im »Amourette« und übernahm auch noch die obere Etage. Von dort kam der alte Rudi zu Johnny, ein Mann, der sechs Jahre wegen verschiedener Einbruchsdelikte gesessen hatte und bei Max als Wirtschafter angestellt gewesen war, bis die Behörden beschlossen hatten, daß im gesamten Eroskomplex wegen der vielen Prügeleien nur noch Frauen als Wirtschafter eingestellt werden durften. Johnny steckte ihm eine Nelke ins Knopfloch und machte ihn für den Geldverkehr aller Betriebe verantwortlich.

Die nächsten Monate verbrachte er auf seiner Baustelle, verhandelte mit Architekten und Handwerkern, Brauereibesitzern und Spirituosenhändlern – und natürlich mit Paulchen. Sie einigten sich auf eine Kaution, eine Summe, die er sich mit Max teilen würde, und auf eine monatlich zu zahlende Pacht.

Das »Chikago« war noch im Rohbau, als sich Kessler blicken

ließ, um Johnny zu gratulieren. Aber er wäre nicht so reich geworden, wenn er seine Zeit nur mit Höflichkeiten verplempert hätte. »Nachdem wir dann ja Nachbarn werden, wollen wir es doch so halten, daß du nie einen Kellner von mir und auch nie eine von meinen Frauen anstellst, auch dann nicht, wenn sie von selbst kommen. Umgekehrt gilt das gleiche!« Er streckte ihm die Hand entgegen, und Johnny schlug ohne Nachdenken ein, weil er geschmeichelt war, mit Kessler von nun an auf gleicher Ebene verhandeln zu können.

Die Farbe an den Wänden war noch nicht trocken, als sich die ersten bei ihm nach Arbeit erkundigten. Viele fühlten sich im »King George« nicht wohl. Johnny wurde klar, welchen Fehler er gemacht hatte – und was für ein raffinierter Geschäftsmann Kessler war.

Kurz vor Weihnachten, nach mehr als einem halben Jahr Bauzeit, fand die Eröffnung statt, und alle waren erschienen, die ganze Bordellbranche, selbst die angegrauten Großfürsten des Milieus, die Gastwirte und Varietébesitzer, sogar die Direktoren der Brauereien mit ihren Gattinnen. Max und Johnny zuliebe spielte Kluge den Diskjockey und Kessler den Kellner, stand Sascha hinterm Tresen, zapfte Ladiges Bier. Dreihundert Gäste waren gekommen, um ihnen zu gratulieren, alle, bei denen sie einmal als arme Schlukker gewürfelt oder gekellnert hatten. Als gegen vier Uhr früh ein paar ungebetene Gäste Krawall anfingen, demonstrierte Johnny eigenhändig den neuen Stil seines Hauses. Er pfiff seine Jungs, die sich einmischen wollten, zurück und erledigte die Sache selbst. Keiner sollte glauben, er sei bei ihm angestellt worden, weil sich der Chef nicht selbst helfen konnte. Für die größeren Schlachten hatte er seine Truppe – und für die höhere Politik Paulchen. In seinem Schatten konnte ihm wenig passieren.

Falls er keine Fehler machte.

Max legte sich eine Woche nach der Eröffnung mit Fieber ins Bett. Als Johnny ihn besuchte, rückte er sofort mit der Sprache heraus. Er wolle aussteigen, teilte er ihm mit, und zwar auf der Stelle, sofort!

»Ich hab's versucht, Johnny, gib zu, daß ich's wenigstens versucht habe. Aber ich pack's nicht.« Er lag in seinem Bett, den Kopf zur Seite gedreht, um Johnny nicht anschauen zu müssen. Er redete tatsächlich wie im Fieber. »Ich bin nicht wie du. Mich lachen sie aus, wenn ich was sage. Das ist der Unterschied zwischen uns. Wenn du angegriffen wirst, schlägst du zurück. Immer hast du gewußt, wie du dich wehren mußt. Der Star bin nicht ich, sondern du. Du bist der einzige, von dem sich die anderen was sagen lassen. Und jede Nacht die Besoffenen, die Schlägereien und das Blut überall, die Jungs, die dauernd durchdrehen, die ganze Verantwortung, die Abrechnerei, der Schriftkram, und die Weiber, die alle spinnen, jede kommt zu mir, weil sie sich nicht trauen, mit dir zu reden. Mach irgendeine Schublade in unserem Betrieb auf. In jeder liegt eine Pistole. Mach den Laden, mit wem du willst. Ich verzichte auf meinen Anteil, behalt ihn, nur versteh mich. Mein Gott, was für ein schönes Leben ich vorher gehabt habe.«

Elend sah er aus, das mußte Johnny zugeben. »Und wie soll ich das Paulchen erklären?«

»Ich hab's ihm schon gesagt.«

Trotzdem war Johnny wütend. »Du hast mich reingehetzt in die ganze Sache, und schon nach einer Woche steigst du aus!«

»Mach's ohne mich«, bettelte Max.

»Na gut«, sagte Johnny enttäuscht und stand auf, »muß ich wohl, ich kann ja nicht wegen dir mein Gesicht verlieren. Ich kann einpakken, wenn ich den Laden hinschmeiße, nur weil wir jetzt ein paar Probleme haben.«

»Unsere Freundschaft hätte früher oder später darunter gelitten, glaub mir. Ich wär dir auf die Nerven gegangen. Eigentlich war mir das schon lange klar.«

»Okay, Max. Dann bist du draußen, bevor du mir hier weiter was vorjammerst. Kann ja sein, daß es tatsächlich so besser ist.«

Ganz konnte er seine Enttäuschung aber nicht verbergen. »Sag mir nicht, daß dahinter nicht Yvonne steckt! Oder Janine! Die wollen beide nicht, daß du dich mit mir rumtreibst.« Er öffnete die Tür. »Dann werd ich mal die Schubladen ausräumen.«

Seine Jungs ersetzten ihre Schußwaffen durch Baseballschläger, was ihnen den Spitznamen »Keulen-Gang« einbrachte – und jede Menge Anzeigen, von Körperverletzung bis zu versuchtem Totschlag. Jeder, der vor einer Keule davonrannte, lief zur Davidswache, wo er in der Ausnüchterungszelle landete.

Am gleichen Tag, als Johnny Uwe zu seinem neuen Partner machte, war Max wieder kerngesund.

18

Max hatte am vierzehnten, Johnny am sechzehnten Februar Geburtstag und schon immer feierten sie am fünfzehnten. Als auch Sascha erschien, um ihnen zu gratulieren, und sich bei Rolf Moraski einen Drink bestellte, schüttelte der den Kopf. »Hau ab, du Spinner. Erstens bin ich nicht der Kellner, und zweitens will ich dich hier nicht sehen!«

Die Geschichte, die seinen Zorn auslöste, lag fünf Jahre zurück. Max war damals in der Kneipe von Peter Goschka Kellner gewesen, als Sascha, wie üblich, Samstagnacht hereinschaute, um sich einen Whisky mit Eis zu genehmigen. Max konnte kein Eis servieren, ganz einfach deshalb nicht, weil die Eismaschine kaputt und das Geld nicht da war, sie zu reparieren oder eine neue anzuschaffen. Sascha hatte daraufhin nur etwas wie »Was ist das denn hier für ein Scheißladen« gemurmelt und war wieder gegangen.

Saschas Langzeitgedächtnis funktionierte, was Affären mit Frauen betraf, nicht aber bei Nebensächlichkeiten, deshalb wollte er von Johnny wissen, warum er nicht bedient würde.

»Bist du eigentlich bekloppt?!« schrie Johnny seinen Geschäftsführer an. »Du kannst doch nicht meine eigenen Freunde aus dem Laden schmeißen wollen! Weißt du was, Rolf? Ladiges sucht jemand für sein ›Luxor‹. Dahinten sitzt er. Am besten, du fragst ihn.«

Moraski war nicht der Mann, der schnell schaltete. »Was willst du damit sagen?«

»Daß ich dir nächsten Monat kein Gehalt mehr zahle, das will ich damit sagen.«

In der gleichen Nacht ging Moraski auch noch mit einer Keule auf Grupe los, der auf einem Barhocker saß, die ganze Party für überflüssig hielt und sich die Zeit lieber damit vertrieb, das Telefon abzunehmen, wenn es läutete. Genau das aber paßte Moraski nicht. Der erste Schlag traf den Tresen.

Der zweite Schlag kam von der Seite. Grupe war darauf trainiert, Schläge, von wo auch immer, kommen zu sehen, und wich geschickt aus.

Max bekam Fieberanfälle, als er sah, wie Moraski zum drittenmal ausholte.

Inzwischen war Grupe vom Barhocker gerutscht. »Na gut, starker Mann, dann wolln wir mal!« Er wollte gerade zu ihm hinter den Tresen springen, als er Johnny sah. Er setzte sich wieder. »Ich dachte nur, er sollte sich mal wieder richtig ausschlafen!«

Es fiel in all dem Lärm nur einem auf, daß Johnny auf seinen eigenen Angestellten losging und ihn eigenhändig rauswarf.

Ladiges hatte sich immer noch nicht geändert. Diesmal hatte er Ärger mit Joe Krenn, der seine Geschäfte zwar ausschließlich in der Innenstadt betrieb, aber gern nach St. Pauli kam und dort auch beliebt war. Begonnen hatte ihr Streit mit dem dummen Gezänk ihrer Ehefrauen auf dem Campingplatz in Scharbeutz, und seither haßte er Krenn. Am meisten quälte ihn, daß er den Mumm nicht aufbrachte, ihm Lokalverbot zu erteilen – und nicht den richtigen Kellner hatte, ihm diese Arbeit abzunehmen. Mit Moraski glaubte er, den richtigen Griff getan zu haben. Sollte Krenn noch einmal sein Haus betreten, würde der ihm schon an die Kehle gehen.

Joe Krenn stellte seine Besuche im »Luxor« ein, Ladiges sah aber bald an seinen Abrechnungen, daß er mit Moraski für seine elegante, ruhige Bar den völlig falschen Mann eingestellt hatte, einen Wahnsinnigen, der nie gelernt hatte, mit bürgerlichen Gästen umzugehen, die bald ausblieben, weil sie sich nicht unterhalten, sondern bedroht fühlten. Auch mit den Mädchen stritt er sich. Als Ladiges mit ihm über seine Kündigung sprechen wollte, schaltete

Moraski auf stur. »Du hast mich geholt, weil du Schiß vor Joe Krenn hattest, und jetzt willst du mich rausschmeißen? Versuch's doch mal!« Hatte Ladiges bisher das Problem gehabt, Krenn Lokalverbot zu erteilen, so stand er jetzt vor dem Problem, bei Moraski die Kündigung durchzusetzen. Da war es, fand er, einfacher, sich mit Krenn auszusöhnen, damit der ihm half, Moraski rauszuschmeißen.

»Na gut«, sagte Krenn gutmütig, »den Gefallen tu ich dir. Gehen wir gleich hoch?«

Auch zu zweit war es gegen Moraski nicht einfach. Erst als ihn Krenn am Boden hatte und Ladiges einen Aschenbecher aus Kristall auf seiner Schädeldecke zerschlug, ließen seine Kräfte nach. Sie bearbeiteten ihn noch eine Weile mit Fäusten und Fußtritten und waren erleichtert, als er sich nicht mehr rührte.

»Ich will nicht dabei sein, wenn er wieder zu sich kommt«, verabschiedete sich Krenn. »Am besten, du bringst ihn ins Krankenhaus, ganz neu sieht er nämlich nicht mehr aus.«

Ladiges wäre am liebsten auch abgehauen. Aus Angst, daß Moraski vor seinen Augen verbluten könnte, griff er zum Telefon, legte den Hörer aber nach ein paar Sekunden wieder auf. Vielleicht hilft frische Luft, dachte er und schleppte den schweren, ohnmächtigen Körper auf den Balkon. Aber was, wenn er wirklich wieder aufwachte? Diese Angst war größer als die andere, einen Mord zu begehen. Er stand da, starrte auf den Mann, der schon wie eine Leiche zu seinen Füßen lag, ging zurück ins Zimmer, nahm eine Nachttischlampe, deren Fuß aus Messing war, und schlug Moraski tot.

Danach nahm er seine Aktentasche, seinen Mantel und seinen Hut und machte sich auf den kurzen Weg zur Davidswache, wo er ein Geständnis ablegte.

19

Wenn der alte Rudi wollte, konnte er wie ein Bankdirektor aussehen. In diesem Aufzug schickte ihn Johnny Anfang Dezember nach Blankenese, weil er in einem bekannten Feinschmeckerlokal einen Saal für seine jährlich stattfindende Weihnachtsfeier anmieten sollte.

»Um welche Firma handelt es sich?« wollte der Wirt wissen.

»Die Firma Berger & Hansen.«

»Schön«, sagte der Wirt, »und um wie viele Personen?«

»Hundertzwanzig Damen und Herren.«

Der Wirt strahlte. »Geht in Ordnung.«

Der alte Rudi machte eine Anzahlung und wies den Wirt an, an nichts zu sparen und nur vom Feinsten auffahren zu lassen.

Einen Tag vor der geplanten Feier erschien er mit der kompletten Liste aller Gäste wieder. Es ging um die Tischordnung. Die Wirtsleute waren freundlich genug, ihm ein junges Serviermädchen abzustellen, damit sie die Namen auf die Kärtchen übertrug. Es waren seltsame Namen, die das Mädchen zu hören bekam, Nasen-Peter, Glatzen-Horst, Keulen-Karl, Finger-Hannes. Zuerst schrieb sie weiter, wurde dann aber immer unsicherer, bat, kurz einmal austreten zu dürfen, und benutzte die Ausrede dazu, ihren Chef zu informieren.

Aus Angst vor einem Skandal stellte der Wirt jenen Herrn, der sich als Bevollmächtigter der Firma Berger & Hansen ausgegeben hatte, zur Rede und fragte ihn, ob seine Firma etwas mit dem Hamburger Vergnügungsviertel St. Pauli zu tun habe. Eine Tatsache, die ihm der alte Rudi gern bestätigte.

»Warum haben Sie das, um Gottes willen, nicht gleich gesagt?« Verzweifelt griff er sich mit der einen Hand an den Kopf, während er mit der anderen ein Kärtchen vom Tisch hob. »Keulen-Karl!« Er mußte sich erst einmal setzen. Auf einem anderen Kärtchen las er »Titten-Ilse«. »Das darf doch nicht wahr sein!«

Der Wirt schien im Konflikt zu sein: Einerseits dachte er an seine Reputation als Gastronom und deshalb mit Abscheu an das Erscheinen aufgetakelter Blondinen, brutaler Zuhälter, womöglich sogar richtiger Krimineller, andererseits wußte er nicht, wer ihm den Verdienstausfall bezahlen sollte, wo alles schon eingekauft und vorbereitet war, ein komplettes sechsgängiges Menü.

»Wir haben ja nicht vor, Ihr Haus in die Luft zu jagen«, beruhigte Rudi den Wirt. »Wir wollen nur Weihnachten feiern, essen und trinken und fröhlich sein.«

»Das hätten Sie mir aber sagen müssen«, beschwerte sich der Wirt weiter. »Was machen wir denn nun? Ich kriege ja auch keinen Ersatz mehr.«

»Ersatz? Wir haben gebucht und denken nicht daran, die Feier ausfallen zu lassen.«

»Sie hätten mir das aber doch sagen müssen, daß Ihre Firma, ich meine, aus Rücksicht auf die übrigen Gäste, die wir erwarten ...« Er war jetzt kreidebleich. Sie einigten sich, der Wirt bat lediglich darum, sich, wie er sich ausdrückte, »gesittet« zu benehmen, worauf ihm Rudi sein Wort gab. »Wenn sie jetzt, bitte, das Mädchen wieder hereinschicken, damit wir die Tischordnung erledigen können.«

Der Wirt durchlitt bis zum Eintreffen der Gäste alle Qualen eines Mannes, der in einen Abgrund blickt. Aber es kam dann wunderbarerweise ganz anders. Alle Herren trugen schwarze Anzüge, die Animiermädchen Abendkleider, und die Transvestiten gingen als Künstlerinnen durch. Alle waren von der Vornehmheit des Restaurants so eingeschüchtert, von der geschmückten Weihnachtstafel und dem Kerzenlicht so beeindruckt und von der Großzügigkeit ihres Chefs so gerührt, daß sie sich dem festlichen Rahmen anpaßten. Die Galgenvögel hantierten mit Messer und Gabel, und die Damen wurden mit jedem Schluck rührseliger. Weihnachtslieder wurden gesungen und Geschenke verlost. Jeder, der ein Päckchen öffnete, mußte herausfinden, von wem es war. Wenn es in Johnnys Absicht gelegen hatte, einmal Familienvater zu spielen, war ihm das geglückt.

»So etwas«, stammelte die Wirtin, als sich alle frühmorgens verabschiedeten, »mein Gott, wie langweilig sonst so unsere Weihnachtsfeiern sind.«

20

Kurz darauf passierte Kluge eine dumme Geschichte, deren Einzelheiten nie ganz aufgedeckt wurden. Er soll geklauten Schmuck gekauft haben, wurde verhaftet und unter Auflagen und gegen Kaution zwar freigelassen, hatte aber bei seiner Vernehmung offenbar den Fehler begangen, der Polizei Namen zu nennen. Genau jene Herren erwarteten ihn dann in der Halle seiner Villa, alle drei bewaffnet. Um die Unterhaltung nicht ausufern zu lassen, begleiteten sie ihn in sein Badezimmer, ließen Wasser in die Wanne einlaufen und forderten Kluge auf, sich reinzulegen. Einer riß ein Stromkabel ab und hielt es über die Wanne. »Jetzt sagst du entweder Amen, oder du rückst den Schlüssel raus!»

Sie räumten seinen Tresor leer und verschwanden.

Johnny verstand, als die Gerüchte durchsickerten, nicht, was in Kluge vorging und warum er nichts unternahm; auch nicht, als er wußte, wo sich die drei versteckten: zwei in Wien, der dritte, weil er nach seinem Ausbruch in Österreich auf der Fahndungsliste stand, in Düsseldorf. Ein Anruf hätte genügt. Kluge griff aber weder zum Telefon, noch erledigte er die Sache selbst. Hilfe lehnte er ab, und Gespräche darüber wollte er keine führen. An seinem Tisch im »Passat« wurde es einsam, auch die Saunaabende lösten sich in Wohlgefallen auf. Alle verloren ein bißchen, und jeden Tag ein bißchen mehr, die Achtung vor einem Mann, der für Johnny ein Vorbild gewesen war. Das Schicksal, dachte er, wartet auf solche Menschen. Ihr Fehler ist, daß sie aufhören, nach eigenen Gesetzen zu handeln. Das Leben in seiner Villa, auch mit ausgeraubtem Tresor, war Kluge längst wichtiger als gerechte Rache, auch wenn darauf Zuchthaus stand.

Scheißgefühl, dachte Johnny.

Zu lachen gab's erst wieder was, als bekannt wurde, warum sie Chinesen-Paul verhaftet hatten. Er hatte auch mit gestohlenem Schmuck seine Kasse aufbessern wollen, die Ware aber, bis er sie absetzen konnte, auf den Friedhof geschafft. Dort hatte er auf dem Grab seiner Mutter mit bloßen Händen ein Loch gebuddelt, den

Schmuck vergraben und die Erde wieder sorgfältig verteilt. Das Dumme war, daß auf dem gleichen Friedhof jeden Tag eine alte Frau spazierenging, die jeden Stein und jede Inschrift, jede Blume und jedes Unkraut kannte, weshalb ihr auffiel, daß da mit einem Grab etwas nicht in Ordnung sein konnte. Sie ging zum Friedhofsgärtner, um sich zu erkundigen, ob vielleicht er für die aufgeharkte Erde auf dem Grab der Frau Emilie Schindler verantwortlich war, lief zum nächsten Polizeirevier und schaffte es, den Beamten so auf die Nerven zu fallen, daß sie mit ihr schließlich zum Friedhof fuhren.

Von dort fuhren sie nach St. Pauli.

21

Als Johnny noch mit Gitte in der Klaus-Grothe-Straße gewohnt hatte, war ihm Sergio de Coppola, der im gleichen Haus wohnte, nicht weiter aufgefallen. Von dieser Sorte gab es genug, Jungs, die als Kellner, Spieler oder Zuhälter herumlungerten. Er erinnerte sich erst wieder, als die Zeitungen über ihn schrieben, ihn »Die Bestie von St. Pauli« nannten und er auch auf Eddi, einen seiner Angestellten, losgegangen war. De Coppola gehörte als Schläger zur Abteilung der Menschenfresser, er verprügelte seine Gegner nicht nur, er skalpierte sie regelrecht, biß ihnen Finger oder Ohren ab und drückte ihnen die Augen mit dem Daumen in die Höhlen.

»Vielleicht verstehst du jetzt«, erklärte ihm Paulchen, »daß ich mich nicht mehr verantwortlich fühlen und bald ganz zurückziehen will.« Er schüttelte nachdenklich seinen Kopf. »Nein, ich glaube nicht, Johnny, daß du das verstehen kannst. Ich müßte ins Schwärmen kommen, um dir klarmachen zu können, wie einfach hier mal alles war, wie friedlich und anständig. St. Pauli war ein Dorf an einem Hafen, voller Spelunken und kleinen Absteigen, wo Leute tranken und wo gerauft wurde. Natürlich gab es auch damals schon Verrückte, die sich nicht beherrschen konnten, aber Leute wie de

Coppola kannten wir nicht. Es wird wieder Tote geben, auf welcher Seite auch immer.«

Coppola wurde, weil sich niemand mehr sicher fühlte, wie ein Tier gejagt. Nacht für Nacht ging im »Chikago« das Telefon, alle wollten ihn gesehen haben. Dann kam ein Anruf von Falko. Es klang unglaublich, aber Sergio de Coppola saß seelenruhig und offenbar ohne jede Angst im »King George«. Er war nicht betrunken, sondern inzwischen offenbar wirklich geisteskrank.

Stotter-Harry, der wegen einer schlimmen Prügelei auch eine offene Rechnung mit ihm hatte, rückte mit sieben Mann an. De Coppola drehte, als sie hereinkamen, zuerst lediglich den Kopf zur Tür, rutschte langsam vom Barhocker, sprang dann aber blitzschnell auf Harry zu. All seine Kraft nützte nichts gegen die Übermacht seiner Gegner. Sie schlugen von allen Seiten gleichzeitig auf ihn ein, zerschlugen Flaschen auf seinem Kopf und stachen mit Korkenziehern in seinen Körper. De Coppola gelang es trotzdem, aus dem »King George« zu entkommen, aber weit kam er nicht. Schließlich brach er bewußtlos zusammen. Da sie sich nicht ganz sicher waren, ob er sich nicht einfach nur tot stellte, schleiften sie ihn zum Bordstein, legten ihn sich zurecht und brachen ihm, indem sie von einem neben dem Bordstein parkenden Auto auf ihn heruntersprangen, Arme und Beine, Brustkorb und Schädel. Alle sieben Mann sprangen, der Reihe nach, als letzter Stotter-Harry.

Johnny hatte bei einem Freund gesessen, einem liebenswerten Spinner, der seinen Lebensunterhalt zwar als Pächter einer Etage im »Palais d'Amour« verdiente, viel lieber aber zufrieden zu Hause hockte und Bücher las oder malte, und hatte Grupe zugehört, der vom Leben in Kalifornien schwärmte, als ihn der Anruf aus dem »Chikago« erreichte.

Als er eintraf, stieg ihm die Wirkung des gerade getrunkenen Alkohols erst richtig zu Kopf, und er hatte Mühe, allen, die jetzt gleichzeitig auf ihn einredeten, zuzuhören. Er nahm alles nur in kurzen, einzeln aufblitzenden Bildern wahr, und der Lärm hörte sich an, als hätten hier hundert Mann gleichzeitig miteinander Streit. Offenbar war nicht der Mord der Grund ihrer Erregung, sondern zwei Freunde von de Coppola, die um ihr Leben fürchteten und versuchten, aus dem Lokal zu flüchten. Johnny versuchte sich zu konzentrieren, ging auf einen von ihnen zu, als er eine Pistole an der Schläfe spürte. Und endlich hörte er auch wieder richtig; es wurde still.

Der andere hielt Uwe eine Kanone an den Kopf.

Johnny spürte nicht so sehr das Eisen an der Schläfe, er dachte auch nicht an die Kugel, die ihm in der nächsten Sekunde das Hirn zerfetzen konnte. Er sah, allerdings in schärferen Konturen als jemals zuvor, seine Freunde, alle Bekannten und Angestellten, die ihn jetzt anstarrten. Seelenruhig stellte er sich vor, wie er einer von denen sei und sich selbst zuschaute. Was immer er nun tun würde, es war ihm klar, daß er sein Publikum entweder auf Anhieb begeistern oder auf ewig enttäuschen konnte. Er spürte weder Angst noch Nervosität, nicht mehr jedenfalls als ein Schauspieler, der sich auf den Beginn eines Monologs konzentriert.

Johnnys Monolog bestand aus einem einzigen kurzen Satz: »Drück ab, du Schwanz!«

Im gleichen Moment hörte er, wie die Polizei anrückte, und sah, wie die beiden davonrannten.

22

Nichts hätte Johnny unvermuteter treffen können. Er glaubte die Wahrheit auch dann noch nicht, als sie endgültig war. Nie war ihm auch nur der Verdacht gekommen, Karin könnte etwas anderes sein als die glücklichste Frau der Welt.

Er war für eine Woche nach Mallorca geflogen, um Max zu besuchen, der dort ein Haus kaufen wollte. Max träumte inzwischen von einer Tauchschule. Unklar war nur, mit welcher seiner beiden Frauen er die neue Existenz beginnen wollte, denn er liebte sowohl Yvonne wie Janine, war beiden in der gleichen hilflosen Abhängigkeit ausgeliefert.

Auf dem Rückflug machte Johnny in Frankfurt Station und rief Karin an. Sie machte einen völlig veränderten Eindruck, weil sie sich sonst immer als erstes nach der Ankunftszeit erkundigte, um ihn abholen zu können.

»Ist was?«

»Was soll sein?«

Er hängte auf.

Nach der Landung fuhr er sofort in seine Wohnung in der Paul-Rosen-Straße. Als er die Tür aufschloß, freute sich wenigstens Jimmy, daß er wieder da war. Karin dagegen saß im Wohnzimmer in einem Sessel, rauchte eine Zigarette, die sie sofort ausdrückte, als er sich ihr gegenübersetzte, und schien damit beschäftigt, die Faserung der Tapete zu studieren.

»Was hast du? Was ist los, verdammt noch mal?« Der Klang seiner Stimme war nicht gerade eine Einladung, ihm das Herz auszuschütten.

Als sie sich wieder eine Zigarette anzünden wollte, schlug er ihr das Feuerzeug aus der Hand. »Wenn du nur wieder deine Tage hast, dann sag's, aber laß mich nicht erst lange rumraten.«

Sie warf den Kopf in den Nacken. »Viel mehr verstehst du wirklich nicht von Frauen! Irgendwann haben sie ihre Tage und den Rest des Jahres haben sie guter Laune zu sein!«

Johnny war für Feinheiten in den Gedankengängen von Frauen nicht zu haben, und außerdem bereits verärgert. Es gab für ihn einen einzigen Ort, der über das Schicksal von Liebenden entschied: das Bett! Johnny konnte deshalb nicht anders, als hinter ihrer plötzlichen Feindseligkeit einen anderen Mann zu vermuten. Den Anflug seiner Eifersucht konterte er mit herablassender Kälte. »Hat Jimmy sein Fressen schon gekriegt?«

»Hast du mir jemals gesagt, daß du mich liebst?« Endlich war ihr ein Satz gelungen, zu dem sie bisher nie den Mut gehabt hatte.

Johnny stöhnte auf. »Wenn du das hören willst, dann such dir einen mit einem Sprachfehler!«

Jimmy wollte offenbar mit seinem Gummiknochen spielen, denn er legte ihn vor Johnnys Füße, wedelte mit dem Schwanz und wartete, daß Johnny ihn nahm und in die Diele warf. Aber den Gefallen tat er ihm nicht, sondern schaute ihn nur an und empfand gleichzeitig eine heftige Abneigung gegen Frauen.

Verdammter Hund, dachte Karin und wollte noch etwas ähnlich Wirkungsvolles sagen; es fiel ihr aber nur ein: »Ich glaube im übrigen auch nicht, daß du es mir jemals sagen wirst!«

Ihm war zum Kotzen. Auf schwierige Unterhaltungen legte er keinen Wert. Das alles machte ihn nur unsicher. Eine Frau, die an seiner Seite nicht glücklich sein konnte, verletzte seinen Stolz. Er schämte sich fast, daß sie glauben konnte, er ließe sich auf ein Gespräch über Liebe ein. Eine Frau, die liebt, dachte er, ist nur noch der schreckliche Rest jener Frau, die einmal verliebt war. »Klingt ja ganz so, als ob du nicht mehr glücklich wärst!«

»Stimmt!« Es klang beleidigend nüchtern, trotzdem konnte sie kaum verbergen, daß sie drauf und dran war, in Tränen auszubrechen.

Die Beobachtung, daß Karin Gefühl zeigte, half ihm, seine eigene Verwirrung zu ignorieren. »Na gut, wenn das wirklich deine Meinung ist, daß es nicht mehr so ist, wie's mal war, dann gehen wir morgen Koffer kaufen und du fliegst nach Wien zurück.«

Weder widersprach Karin, noch brach sie in Tränen aus, sie starrte nur vor sich hin und schwieg.

Am nächsten Morgen kauften sie vier Koffer, buchten ihren Flug und kauften nachmittags, weil sie zu viele Pelzmäntel hatte, noch zwei Koffer.

Abends brachte Johnny sie zum Flughafen. Ihm war, als hätte er sich mit ihrer Abreise wieder einmal bewiesen, wie unverwundbar er war. Als sie sich beim Abschied flüchtig umarmten, fing Karin doch noch an zu heulen. Endlich, dachte er, endlich war sie unglücklich. Das tat ihm gut.

Schon am nächsten Tag rief sie ihn in der Hoffnung an, er könnte sich überwinden und würde sie mit einer Liebeserklärung wieder nach Hamburg locken.

Er hörte mehr seine eigenen als ihre Worte, als er ihr erklärte, sie solle sich gut erholen, bevor sie wiederkäme.

»Hast du was dagegen, wenn ich dann meine Schwester mitbringe?«

Er hatte nichts dagegen. Er würde beiden eine Freude machen und sie an die Ostsee schicken, damit Karin mit ihrer Schwester, die in Wien für einen Hungerlohn als Zeitungsausträgerin arbeitete, ein paar Tage Ferien machen könnte. Die Idee, daß sie etwas anderes erwartet hatte, einen liebevollen Empfang und dann vielleicht eine zärtliche Versöhnung, kam ihm gar nicht. Er war sicher, ein gutes Werk getan zu haben, Karin hingegen vollkommen ernüchtert über die kalte Vernünftigkeit seines Vorschlags.

Nach einer Woche saß sie mit dem gleichen enttäuschten Gesichtsausdruck im selben Sessel, und wieder brachte sie in seiner Gegenwart nicht die wenigen Worte zusammen, die sie sagen wollte. Statt dessen hörte sie Johnny zu, aber die egoistische Selbstgefälligkeit, mit der er seinen Standpunkt vertrat, machte sie nur müde. Seine Tiraden über die Regeln ihres Zusammenlebens zerstörten jede Hoffnung, von einem Leben mit ihm mehr zu erwarten, als er ihr bisher gegeben hatte. Es war kein Vergnügen, zur Zufriedenheit verpflichtet zu sein. In Wien dagegen war sie plötzlich wieder begehrt gewesen, die Männer hatten ihr den Hof gemacht, mit diesem Glücksgefühl war sie zurückgekommen, aber ihre Hoffnungen waren an Johnnys praktischer Entscheidung, sie sofort mit ihrer Schwester an die Ostsee abzuschieben, abgeprallt. Alles war wieder wie früher. Nichts würde ihn je ändern, jedenfalls keine Frau, auch keine, nach der er verrückt war.

Die Trennung machte Johnny zu schaffen. Da er nicht die Fähigkeit besaß, sich durch Nachdenken Klarheit über seine Lage zu verschaffen, trank er. Die Gefühle aber, die der Alkohol in ihm freilegte, verabscheute er. Lieber schlug er um sich. Mit jedem Schlag, den er austeilte, bekämpfte er die Erkenntnis, daß sein in jeder Hinsicht angenehmes Leben schäbig und schal geworden war. Daß er sie so leicht hatte gehen lassen, war nicht, wie sie annahm, Gleichgültigkeit, er hatte sie nur zwingen wollen, ihn zu vermissen – so sehr, bis es weh tat.

Als kein Anruf mehr kam, wurde er nervös. Gab es, überlegte er, irgendeine Möglichkeit, sie zu einem Anruf zu zwingen?

Max schlug vor, selbst anzurufen.

»Bist du verrückt? Ich will nicht, daß sie kommt«, schrie er ihn an, »ich will nur, daß sie anruft!« Er sah, ob er die Augen offen oder geschlossen hatte, immer nur ihren Körper, und immer war sie nackt, und immer lag ein Mann neben ihr. Er phantasierte so heftig, daß er sich mehrmals am Tag duschen mußte. Gott im Himmel, betete er, laß dieses Miststück endlich anrufen! Er starrte das Telefon an und erinnerte sich, was Yvonne immer behauptet hatte, daß Liebende telepathische Fähigkeiten besäßen. Also konzentrierte er sich auf die Vorstellung, daß Karin jetzt in Wien in ihrer Wohnung ebenfalls das Telefon anstarrte und, seinem telepathischen Befehl gehorchend, seine Nummer wählte.

Das Telefon klingelte tatsächlich. Er nahm den Hörer erst ab, als er sicher war, daß sie seiner Stimme die Aufregung nicht würde anhören können. Es war der alte Rudi, der wissen wollte, wann sich Johnny mal wieder im Geschäft sehen ließe.

Jetzt dachte er daran, Karin zu heiraten, schließlich war sie die einzige Frau, der er vertraut und immer alles anvertraut hatte. Nur wäre eine Hochzeit zu diesem Zeitpunkt das Eingeständnis seiner Liebe zu ihr, ein Opfer, das ihn an die Hand erinnerte, die ihn mit drei Jahren daran gehindert hatte, sich nach dem Päckchen Kaugummi zu bücken.

Nicht nur Max mußte sich Johnnys Gejammer von früh bis spät anhören, auch Uwe, der über ihm wohnte, kam kaum noch zum Schlafen. Seine Zugehfrau mußte sich morgens sogar ans Bett setzen und ihm so lange Geschichten erzählen, bis er eingeschlafen war. Auf ihre Frage, warum Karin ihn verlassen habe, wußte er keine Antwort. Schnecke hatte nicht auf ihn gewartet, Gitte ihn lächerlich gemacht und Karin die Koffer gepackt. Er hatte Übung, sich unschuldig zu fühlen.

»Was weiß ich, vielleicht erklärst du mir mal, warum Frauen so sind!«

»Meiner sitzt den ganzen Tag am Tresen und versäuft, was ich nach Hause bringe. Vielleicht erklärst du mir mal, warum Männer so sind«, schimpfte sie. »Daß sie dich geliebt hat, weiß ich. Sehr sogar! Das hat sie mir selbst oft genug gesagt.«

»Ich auch! Ich hab das Miststück auch geliebt!« Johnny gähnte. »Passiert mir nie wieder!«

Sie lachte. »Augen zu jetzt und geschlafen.«

Uwe hörte ihm kaum noch zu. Er verstand überhaupt nicht, daß er sich wegen einer Frau so quälen konnte, noch dazu ein so erfolgreicher Mann wie er. An seiner Stelle, sagte er, würde er nach Wien fahren und sie zwingen, nach Hause zu kommen. So wie er das erledigt hatte, als seine Inge abgehauen war. Damals waren sie, zwölf Mann hoch, nach Hannover gefahren und hatten den Kerl, in den sie sich verguckt hatte, vor die Alternative gestellt, entweder Strafe zu zahlen oder als Krüppel zu leben. Johnny war dabeigewesen, und insgeheim bedauerte er jetzt, daß seine Selbstachtung so etwas unmöglich machte. Niemals würde Johnny das tun können. Niemals würde er eine Frau, die ihn verlassen hatte, zurückerobern wollen. Er würde sie nicht einmal mehr haben wollen, wenn sie jetzt reumütig zu ihm zurückkehrte. Mehr als an die Kraft der Liebe glaubte er an die Kraft seines Stolzes.

Er war, als er den Hörer abnahm, gerade dabeigewesen, unter fünf Hemden eines auszusuchen, das zur Farbe seines Jacketts paßte, eine Prozedur, die er nicht ausstehen konnte, weil Farben ihn verwirrten und er, sobald er mit einem Hemd und dem Jackett vor den Spiegel trat, doch nicht hinschaute. In einem Spiegel interessierte ihn nur sein Gesicht. Er beobachtete es, betrachtete den Ausdruck seiner Lippen, die Wirkung seiner Narbe, eines Blicks oder Lächelns. Es war, als suche er nach einer Gewißheit, die es ihm erlaubte, die Wohnung mit einem guten Gefühl zu verlassen. »Ja?«

»Ich bin's.«

Er schloß die Augen, sah alle Farben des Regenbogens, schluckte einen Freudenschrei hinunter, vergaß sein Gesicht und suchte nur noch nach einer Zigarette. Ihm fiel gar nicht auf, daß er nichts sagte.

»Bist du noch dran?«

»Ja!«

»Ich wollte dich nur erinnern, daß am ersten alle Rechnungen bezahlt werden müssen.«

»Schon erledigt!«

Nichts war erledigt, das war ja immer ihre Aufgabe gewesen.

Johnny konnte nicht glauben, daß sie nichts anderes auf dem Herzen haben konnte als das, und versuchte Zeit zu gewinnen, indem er seinen Mercedes erwähnte, seinen flügeltürigen Dreihunderter, den er gerade aus der Reparatur geholt hatte. Weil er wußte, wieviel ihr an diesem Auto immer gelegen hatte, beschloß er, es ihr zu schenken. Das war, wie er hoffte, der Ausweg, ihr seine Liebe zu zeigen, ohne sie gestehen zu müssen.

Karin bedankte sich, schwieg dann aber wieder.

Johnny hatte erwartet, sein Geschenk würde sie endlich zur Vernunft bringen. Warum, zum Teufel, sagte sie nicht endlich: Ich will nicht das Auto, begreif das doch, sondern dich?

Er versuchte es weiter. »Paß auf, Karin«, schlug er vor, um weiter Zeit zu gewinnen und die quälenden Pausen zu füllen, »vielleicht besuch ich meine Mutter in München und bring dir dann den Wagen schnell nach Wien.« Alles war nur die Brücke, auf die, wie er hoffte, sie den ersten Schritt setzen würde.

»Tust du mir einen Gefallen? Könntest du mir das Auto vielleicht von jemand anderem bringen lassen, weil – ich hab hier nämlich jemand kennengelernt!«

Johnny schmiß den Hörer auf die Gabel und fing an zu schreien. Jimmy kam angelaufen. Wie wär's, schien er ihm vorschlagen zu wollen, wenn wir zu einem kleinen Spaziergang an die frische Luft abhauen würden? Gott muß in die Augen dieses Hundes geblickt haben, dachte Johnny, als ihm die Idee kam, Menschen so leiden zu lassen. Nicht einmal damals in Ebrach, in jenem eiskalten Kellerloch, hatte er sich so verlassen, so allein, so gedemütigt gefühlt. Und das ausgerechnet jetzt, wo er verabredet war. Das Erscheinen bei Boxveranstaltungen gehörte zu den Ereignissen, die keiner ausließ. Aus ganz Deutschland reisten sie an.

Im Foyer der Ernst-Merck-Halle nahm er Max zur Seite. »Sie hat angerufen!«

»Wer?«

»Karin!«

»Und warum machst du dann so ein Gesicht?«

»Hör zu, du fährst nach Wien runter und kriegst raus, was los ist. Krieg raus, wer der Kerl ist, den sie hat!«

»Mach ich!«

»Erzähl ihr aber nicht, wie's mir geht. Kein Wort, daß ich dich geschickt habe. Und sag ja nichts, was mich wie einen Trottel aussehen läßt.«

»Verstanden!«

»Dann los, hau ab!«

Max war im Smoking und freute sich auf den Abend. »Bist du eigentlich bekloppt? Es genügt doch, wenn ich nachher, nach dem Boxen, fahre!«

»Ruf mich an, sobald du in Wien bist.« Er gab ihm Karins Telefonnummer, die Autoschlüssel und ließ ihn stehen.

Max rief gegen Morgen an, nachdem er Karin gesprochen hatte. Er wollte nicht lügen. Es war aus. Sie war in einen anderen verliebt. Daß sie fabelhaft ausgesehen hatte, ersparte er seinem Freund. Und noch etwas behielt er für sich, etwas, das ihm Karin gestanden hatte. Vor einem halben Jahr war sie schwanger gewesen, aber die Art, wie Johnny von ihr die Abtreibung verlangt hatte – zwischen zwei Telefonaten hatte er ihr geraten, sich von Uwe die Telefonnummer des Quacksalbers geben zu lassen, der als »Doktor Schere« bekannt war –, hatte sie schockiert und ihre Liebe zu ihm getötet. Langsam sei dieses Sterben vor sich gegangen, aber aufzuhalten sei es nicht mehr gewesen. Danach sei es kein Vergnügen mehr gewesen, überall, wo sie hinkam, als seine Frau bewundert und beneidet zu werden, und mit niemandem habe sie damals sprechen können.

Max bat sie, nicht ausführlicher zu werden. Daß er nun den Grund ihrer Trennung wußte, war ihm um so unangenehmer, als Johnny ihn ausfragen würde, was Karin alles gesagt hatte, er würde sogar wissen wollen, was sie verschwiegen haben könnte.

Gegen seinen Willen liebte Johnny Karin nach einem halben Jahr immer noch, zu seiner Bestürzung sogar heftiger als je zuvor. Der Verlust hatte sie wertvoller, schöner und begehrenswerter gemacht. Jede Straße, die er entlanglief, und jede Bar, die er aufsuchte, erinnerten ihn an sie. Sie war, gerade in ihrer Abwesenheit, allgegenwärtig.

Sein System, den Weiberhelden zu spielen, funktionierte trotzdem. Sobald er ein Mädchen mit zu sich nach Hause genommen hatte, wurde der alte Rudi informiert; der wußte dann, daß er in genau zwei Stunden zurückrufen mußte; und Johnny teilte dem Mädchen dann mit, daß er im Geschäft gebraucht wurde; das Mädchen zog sich an, und Johnny war es los. Die Vielzahl seiner Affären hatte die rücksichtslose Verbissenheit eines Rachefeldzugs. Jetzt hatten viele, die ihn immer haben wollten, endlich Glück. Besonders gefielen ihm Frauen, die nicht jedem gefielen. Übertrieben attraktiven, selbstbewußten Frauen ging er aus dem Weg, weil er ihnen nicht traute, nicht einmal eine halbe Nacht lang. Vor allem haßte er Mißverständnisse. Treib es nie mit einer im eigenen Bett, war einer seiner Grundsätze, die bildet sich sonst ein, du liebst sie.

23

Carola, die gerade neunzehnjährige Friseuse, die im »Amourette« den Mädchen die Haare richtete, war so unscheinbar, daß sie ihm gerade deshalb plötzlich auffiel. Er vergaß ganz, ihr mit seinem üblichen Kampfgeist zu imponieren, und fragte sie auf den Kopf zu, ob sie nicht Lust hätte, mit ihm in Urlaub zu fahren. Es reizte ihn, das Spiel einer Verführung zu beginnen, dessen Ausgang ihm gleichgültig war.

Carola schoß das Blut in den Kopf. Sie schämte sich so sehr, daß sie anfing zu zittern. Sie hatte schweißnasse Hände, und sie begriff nichts.

»Das mein ich so. Warum fahren wir nicht mal ein paar Tage

einfach weg.« Nie zuvor hatte er etwas Vergleichbares getan. Da saß vor ihm ein vor Verlegenheit fast sterbendes Mädchen, dem er vorschlug, seine Geliebte zu werden.

»Aber ich hab einen Verlobten...«, stammelte sie.

»Dein Verlobter interessiert mich nicht! Ich habe nicht ihn, sondern dich gefragt.«

Ihm schmeichelte, daß sie vor Herzklopfen noch immer starr vor ihm saß und nicht wagte, ihm in die Augen zu schauen.

Sie kenne nun seine Gedanken, sagte er, und solle es sich in Ruhe überlegen.

Dann ging er.

Carolas Zukunft war bereits bis hin zur Farbe der Gardinen verplant. Ihre Eltern waren mit Georg, ihrem Freund, als Schwiegersohn einverstanden. Sie wohnten zusammen in Glinde, einem Hamburger Vorort, und dort sollte sie einen Friseursalon eröffnen, Georg heiraten und Kinder bekommen. Carola war von den Ereignissen so überfordert, daß sie sich in ihrer Verwirrung ihren Eltern anvertraute. Es wurde noch am gleichen Tag beschlossen, daß sie ihre Arbeit sofort aufgeben und so schnell wie möglich heiraten sollte.

Als Johnny am Abend ins »Amourette« kam, tauchte auch Carola wieder auf, aber nur, um ihre restlichen Utensilien abzuholen, die Bürsten, Kämme, Scheren und Lockenwickler.

»Setz dich mal her zu mir«, forderte er sie auf und wartete, bis sie es getan hatte. »Sag mir jetzt mal klipp und klar und ohne jedes Wenn und Aber, ob du lieber bei deinem Verlobten bleiben oder lieber bei mir sein möchtest.«

Carola wischte sich Tränen aus dem Gesicht. »Aber er wartet unten auf mich.«

»Wo?«

»In der Tiefgarage.«

Johnny überlegte. Dann stand er auf. »Bleib hier jetzt ganz ruhig sitzen, ja?«

Sie war erschrocken, wie erleichtert sie plötzlich war. »Ja.«

Johnny ging in die Tiefgarage, sah einen jungen Mann in einem

Wagen warten, riß die Tür auf, befahl ihm, auszusteigen und nahm ihm auch gleich die Zündschlüssel ab. »Du brauchst nicht mehr zu warten! Carola ist ab jetzt mit einem anderen zusammen!«

Carolas Verlobter bestand darauf, mit ihr persönlich zu sprechen.

»Mach, daß du verschwindest!« Johnny schloß das Auto ab und ließ ihn stehen.

Oben wollte Carola wissen, was ihr Verlobter gesagt hatte.

»Was soll er groß gesagt haben«, lachte Johnny. »Gegangen ist er! Und wir gehen jetzt auch nach Hause.« Wie komisch das in ihren Ohren klingen mußte, dachte er, nach Hause, sie hatte ja nichts bei sich als eine Plastiktüte mit ihrem Krimskrams.

Sie lief, fast fallend, neben ihm her, während ihm die Tatsache zu schaffen machte, eine Geliebte zu haben, in die er nicht verliebt war und für die er auch sonst keine Verwendung wußte, jedenfalls im Moment nicht, nicht bei Tageslicht, und nüchtern noch dazu.

Jimmy hatte ihn ganze sechzig Mark gekostet, aber in dieser Schicksalsstunde war er Gold wert. Beide konnten sich, als er die Wohnung aufschloß, erst einmal notdürftig ablenken von der Ungewißheit, was eigentlich weiter passieren sollte.

»Jimmy«, erklärte Johnny feierlich, »das ist Carola.« Er wandte sich an Carola. »Und das da ist Jimmy!« Er nahm ihr die Plastiktüte aus der Hand und ging ins Wohnzimmer. »Komm rein!«

Sie setzte sich auf die Couch, saß da wie ein Waisenkind und rührte sich nicht mehr. Als Jimmy sein Bellen beendet und es sich neben ihr gemütlich gemacht hatte, brach Johnny der Schweiß aus. Zum Glück sah ihn keiner, wie er in seinem Zimmer herumlief und um einen Einfall verlegen war. Warum läutete nicht wenigstens das Telefon? Es dauerte einige Minuten, bis ihm einfiel, selbst zum Hörer zu greifen. Max sollte die Neuigkeit zuerst erfahren. Damit war er auch die Sorge los, etwas mit dem Mädchen anfangen zu müssen.

Max sagte ihr Name nicht viel. »Wer?«

»Die Kleine aus dem ›Eros‹, die bei dir die Mädchen frisiert.«

Die Tatsache, daß er in Gegenwart des Mädchens so über sie sprach, entkrampfte seine Nerven. Es klang unverfroren, zugleich aber konnte sie hören, daß er sich zu ihr bekannte.

Der nächste, den er anrief, war Uwe, der ihm kein Wort glaubte.

»Kein Witz, Uwe. Sie ist schon bei mir eingezogen. Da sitzt sie und kann es selbst kaum glauben.« Solange er telefonierte, fühlte sich er sicher, aber was sollte er tun, wenn es niemand mehr gab, den er anrufen konnte? Er saß auf der Fensterbank, sie bewegungslos auf der Couch – und kein Funke war zu spüren, nicht die Andeutung eines Funkens eines Begehrens.

»Warum gehn wir nicht runter, was einkaufen?«

Carola stand sofort auf.

»Einverstanden!«

Er schob, zum erstenmal in seinem Leben, einen Einkaufswagen durch einen Supermarkt. Plötzlich entdeckte er Max, der draußen stand und ihn, halb verdeckt von den Klebestreifen, die Sonderangebote anpriesen, durch die Scheibe beobachtete.

Johnny ließ den Einkaufswagen so plötzlich los, als hätte ihn ein elektrischer Schlag getroffen, teilte Carola mit, sie solle allein weiter einkaufen und dann in die Wohnung kommen, und lief aus dem Laden.

In dieser Nacht zogen sie zu dritt durch viele Bars. Carola mochte nicht trinken, sie vertrug nichts, und stellte sich auch ungeschickt an, wenn sie es, Johnny zuliebe, trotzdem versuchte. Nach drei Pikkolo war sie beschwipst und noch schweigsamer.

Johnny dagegen ließ sich vollaufen und stellte sie jedem als seine neue Frau vor. Daß ausgerechnet sie, die alle nur als kleine Friseuse kannten, jetzt seine Geliebte sein sollte, glaubten sie nur deshalb, weil er selbst die Neuigkeit verbreitete. So betrunken konnte Johnny gar nicht werden, daß er nicht spürte, wie schockiert sie waren, und er genoß deshalb den Respekt doppelt, den sie Carola entgegenzubringen gezwungen waren.

Als er gegen Morgen zum erstenmal mit Carola schlief, mißbrauchte er sie in Gedanken an Karin.

Da Johnny nach dem Aufwachen immer noch nicht wußte, was eigentlich passieren sollte, beschloß er, erst einmal nach München zu fliegen. »Und wenn ich zurückkomme, Carola, und du solltest den Entschluß gefaßt haben, doch zu deinen Eltern zurückgehen zu wollen oder zu deinem Verlobten, wäre ich dir nicht böse.«

Sie versprach, sich in der Zwischenzeit alles gut zu überlegen.

Erleichtert reiste er ab und hoffte, daß Karin, die sich in guten Nächten selbst zu den Raubkatzen zählte, von seiner Affäre erfahren, sich einmischen und Carola klarmachen würde, in welchen Raubtierkäfig sie geraten war.

Als er nach drei Tagen, in denen er sich nicht bei Carola gemeldet hatte, wieder in Hamburg war und die Tür seiner Wohnung aufschloß, zeigte sie voller Stolz, was sie inzwischen alles mit der Wohnung angestellt hatte. Sie hatte frische Blumen aufgestellt, getrocknete Rosensträuße aufgehängt, Kupferpfannen an alle Wände genagelt, den Eisschrank aufgefüllt, alles geputzt, Jimmy sogar einen Hundekorb gekauft, und auf dem Sofa und den Sesseln lagen Teddybären.

Karin hätte sich totgelacht.

Viertes Buch

Glück ist ein Raubtier

»Wenn ich mein Geld ausgebe, will ich mich auch unterhalten.«
Da Ponte, *Don Giovanni*

1

Karl Deska sah zwar elegant, trotzdem aber ziemlich mitgenommen aus, als er Johnny die Hand schüttelte. Er schien, wenn er nicht an einer Zigarette zog, zu ersticken. »Schön, daß du gleich gekommen bist! Aber Weihnachten ist ja in Hamburg sicher auch nichts los! Und deine Mutter wird sich freuen, dich mal wieder zu sehen.« Johnny dachte nicht daran, ihre rein geschäftliche Besprechung zu einem gemütlichen Wiedersehen ausarten zu lassen, obwohl sie sich gut zehn Jahre nicht gesehen und schon als Halbstarke zusammen ihren Spaß gehabt hatten. Was er wußte, war nur, daß Deska zuletzt in Frankfurt als Geschäftsführer ein Eroscenter geleitet hatte – was ihn wunderte, da sich Deska noch nie hatte prügeln können; offenbar aber war er geschickt genug gewesen, die richtigen Jungs für sich arbeiten zu lassen. Immerhin galt Frankfurt neben und nach St. Pauli in Unterweltskreisen als das heißeste Pflaster. Außerdem hatte Deska in ganz Deutschland einen Namen als einer der besten Blatt- und Würfelspieler, und das schon zu einer Zeit, als Johnny noch geklaute Mopeds gegen Bauzäune gefahren hatte.

Deska schien über jede einzelne Etappe von Johnnys Aufstieg zu einem der anerkannten St.-Pauli-Bosse genau informiert zu sein. Als er ein paar Komplimente loswerden wollte, winkte Johnny ab. »Spar dir den Schmus, Karl. Um was geht es?«

Es ging um ein Gebäude in der Zweigstraße, ein ehemaliges Hotel, das den Besitzer gewechselt hatte und zum Bordell umgebaut worden war. Seit vier Monaten gab es nichts als Schwierigkeiten. »Es geht zu wie im Irrenhaus. Die Luden gehen ein und aus, die Weiber kommen und gehen, wann sie wollen, ihre Miete zahlt jede, wann sie gerade Lust hat, und die Polizei wartet nur auf die kleinste Gelegenheit, um das Haus wieder schließen zu können. Um das zu verhindern, habe ich dich kommen lassen. Bring den Laden in Ordnung! Vergiß nicht, in neun Monaten ist Olympiade, da lohnen sich die Geschäfte.«

Die Zweigstraße kannte Johnny. Das war schon damals sein Revier gewesen, im gleichen Haus hatte sich die »Dschungelbar« befunden.

Deska rührte Zucker in seinen Tee. »Ich weiß zwar nicht genau, was ihr in St. Pauli soviel anders macht, aber daß du dir 'ne goldene Nase verdient hast, ist ja kein Geheimnis.«

Diese Anspielung mißfiel Johnny. Und doch war Geld der einzige Grund, weshalb ihn ein kurzfristiger Wechsel an die Isar überhaupt interessierte. Er würde, wenn er zusagte, sein Gastspiel so gut es ging vergolden. Das war nur möglich, wenn er bereit war, noch einmal richtig die Ärmel hochzukrempeln. Wenn er sich durchsetzen wollte, mußte er wieder den harten Ganoven spielen, wobei das Risiko, sich bei der Polizei unbeliebt zu machen, in München ungleich höher war als in jeder anderen deutschen Stadt. Was das Milieu betraf, konnte er davon ausgehen, daß sein Name eine Waffe war. Offenbar ging davon auch Deska aus.

»Die Tagschicht würde ich übernehmen, du die Nachtschicht«, schlug Deska vor, und Johnny mußte grinsen. Am Tag war Ruhe, in der Nacht die Hölle los. Da war klar, wer die Hauptarbeit machen mußte. Zugleich hatte Deska damit auch zu verstehen gegeben, wie die Macht verteilt sein sollte. Was er vorgeschlagen hatte, lief darauf hinaus, daß er Johnny als Chef anerkannte.

»Wer sonst hat noch was zu sagen? Was ist mit deinem Kompagnon?«

»Kein Problem! Der ist mit allem einverstanden, solange er was auf sein Konto kriegt.«

»Und die Verträge schließe ich mit wem, mit dem Kübler?«

»Richtig, mit dem Hausbesitzer.«

Johnny ließ sich sein Interesse nicht anmerken. Er war frei, also stellte er die Bedingungen. »Sagen wir so, Karl, du hast an allen Ecken und Enden Probleme; deshalb bietest du mir eine Beteiligung an. Seh ich das richtig?«

Deska nickte.

»Es ist ja keine Schande, aber da du dich nun mal nicht durchsetzen kannst, tanzen dir die Luden auf der Nase herum, stimmt's?«

»Na ja«, sagte Deska nervös.

»Und jetzt ruft Tarzan die Elefanten zu Hilfe! Na gut, einverstanden. Laß uns das Ding durchziehen, unter einer Bedingung allerdings: Alles, was aus Getränken eingenommen wird, geht ausschließlich an uns beide.«

Entweder kannte Deska die Gewinnspannen nicht in einer Bordellbar, oder er hatte gerade Gedächtnisstörungen; jedenfalls war er einverstanden. »Aber glaub nicht, daß du hier deine harten St.-Pauli-Methoden einführen kannst. Du kennst ja München.«

»Nicht nur, daß ich meine Methoden einführe, ich bring gleich auch noch einen Teil meiner Hamburger Mannschaft mit.«

»Oh«, sagte Deska, leicht verwirrt, »das wird die Katholiken aber freuen.«

»Meinen Vater auch, fürchte ich.« Der alte Mann tat ihm jetzt schon leid, wenn er in ein paar Wochen die Zeitungen aufschlug. »Und noch was! Sag keinem, daß ich übernehme, besser, die Bombe geht ohne Vorwarnung hoch.«

Zehn Minuten später rief er Carola an. »Buch zwei Flüge nach Hamburg, heute noch.« Er wußte, wieviel ihr daran lag, sich mit den Eltern auszusprechen, die verzweifelt waren, daß sie sich mit einem wie ihm eingelassen hatte.

2

Johnny setzte Carola gleich nach der Ankunft in Hamburg in seiner Wohnung ab und fuhr zum »Chikago«. Nichts sollte sich vorerst ändern, außer daß er nun für einige Zeit in München die Arbeit hatte, aus einem chaotischen Freudenhaus ein sauberes, sicheres Bordell zu machen. Sie besprachen, wen er mitnehmen konnte. Die nötige Verstärkung konnte jederzeit eingeflogen werden.

Bis in die Nacht hinein telefonierte er. Zuerst mit Max, dem er seine Pläne erzählte. Dabei fiel ihm ein, daß sie am fünfzehnten Februar wieder gemeinsam ihren Geburtstag feiern würden.

Die Party mußte dieses Mal in München steigen.

»Und warum das?«

»Weil mir das eine Menge Ärger erspart, deshalb!«

Max war dagegen. »Quatsch, du kommst hoch und wir machen hier oben was los.«

»Du kapierst wieder nichts, Max. Was denkst du, was in München los sein wird, wenn ich da unten übernehme. Glaubst du, die schauen einfach zu?«

»Hau die Jungs vors Brett. Aber tu mir den Gefallen und laß uns in Hamburg feiern.«

»Wenn alle kommen, sind das hundert Mann. Die Jungs in München werden einsehen, daß es keinen Wert hat, sich mit mir anzulegen, denn sonst haben sie ganz St. Pauli am Hals.«

Die anderen Anrufe galten Freunden, die Frauen an der Hand hatten, um sie gegebenenfalls sofort nach München zu schicken. Das Geschäft während der Olympiade, wenn die Stadt von Touristen überschwemmt sein würde, versprach schnelles Geld. Keiner brauchte lange, um das zu kapieren.

Er ging ins »Amber«, danach ins »King George«, danach ins »Passat«. In einer Bar am Hafen, wo er sicher sein konnte, daß ihn keiner kannte, sprach er ein Mädchen an. Sie war höchstens achtzehn Jahre alt, trug eine Brille, nannte sich »Cherie«, und machte alles falsch; aber manchmal war nichts schöner. Danach weckte er Carola und fuhr mit ihr zum Flughafen. Sie hatte den Abend bei ihren Eltern verbracht und wirkte verstört. Offenbar hatten sie versucht, sie zur Trennung von Johnny und zur Rückkehr nach Hamburg zu überreden. Ihre Mutter hatte die ganze Zeit nur dagesessen und geweint, weil sie die Tochter, ihr einziges Kind, schon als Hure in der Gosse enden sah. Unter diesen Umständen blieb Carola nichts anderes übrig, als selbst auch in Tränen auszubrechen. Sie liebte ihre Eltern abgöttisch, aber Johnny liebte sie auch. Er war kein Krimineller, wie ihr Vater behauptete, aber als Schwiegersohn nach seinem Geschmack konnte sie ihn auch nicht hinstellen. Es war aussichtslos gewesen, sich gegen die Vorwürfe zu wehren. Während sie noch nachdachte, ob sie Johnny ihr Herz ausschütten sollte, war er neben ihr bereits eingeschlafen. Er wurde erst wach, als die Maschine in München aufsetzte.

3

Die ersten Nächte saß Johnny bis zum Morgen im »Leierkasten«, wie das Bordell in der Zweigstraße hieß. Wer ihn persönlich kannte, begrüßte ihn und nahm an, er sei nur schnell auf Weihnachtsbesuch nach München gekommen; die ihn nicht kannten, hatten zumindest den Namen schon gehört; die wenigen, die auch den Namen nie gehört hatten, wurden informiert, um wen es sich handelte.

»Und wieso sitzt der hier rum?«

»Keine Ahnung! Vielleicht will er einige von uns nach Hamburg holen.«

Wie Deska ihm schon bei ihrem ersten Treffen erklärt hatte, gab es hier weder Tag- noch Nachtschicht. Jede der fünfundsechzig Frauen mietete ihr Zimmer für vierundzwanzig Stunden und machte dann, was sie wollte. Hatte eine keine Lust zu arbeiten, erschien sie eben nicht. Regelmäßige Arbeitszeiten hatte Deska nicht durchsetzen können, auch nicht die Einsicht, daß ein Bordell keine Kneipe für Zuhälter, sondern ein Geschäftsunternehmen war. Was den Getränkeausschank anging, war alles dem Zufall überlassen. Keine gab sich Mühe, einen Gast zu einer Flasche Sekt oder auch nur zu einem Bier mit Schnaps zu überreden.

Am ersten Januar begann Johnny seine Arbeit damit, daß er sein Grundgesetz an die Wand der Kantine heftete, ein Blatt Papier, auf dem stand: »KRANK GIBT ES NICHT! ENTWEDER TOT ODER ARBEITEN!« Fünf Tage später hatte er vierzehn Frauen fristlos gekündigt, die er umgehend durch Hamburgerinnen ersetzte.

Eben noch war allen dieser junge Mann, der einige Tage lächelnd, freundlich und zuvorkommend in der Kantine seinen Kaffee getrunken hatte, sympathisch, einigen als vielversprechender Flirt sogar willkommen gewesen; ein Kerl, wohlhabend, einer der Jungs, die es geschafft hatten, und dazu sah er nicht schlecht aus. Dann dieser Schock! Um die Zeitverschwendung in der Kantine einzuschränken, wurde erst einmal der Fernseher entfernt, auch das Kartenspielen war ab sofort verboten, in der Kantine durfte etwas getrunken, etwas gegessen werden, dann aber mußten alle schleunigst wieder runter in den Kontakthof. Zudem mußte sich jede Frau sofort entweder für die Tag- oder die Nachtschicht entscheiden.

Das erste, was ihm auf den Tisch flatterte, war eine Unterschriftensammlung der Mädchen, die seine Anordnungen als Einmischung in ihre persönlichen Rechte betrachteten und einen Boykott androhten. Unter den Namen entdeckte er auch den einer Bekannten aus seiner Halbstarkenzeit.

Er ließ sie in sein Büro rufen. Den Schilderungen, die ihr Privatleben betrafen, konnte er entnehmen, daß sie nicht in Gefühls-, sondern in Geldschwierigkeiten steckte. »Du bist doch für jeden nur der letzte Dreck, wenn du kein Geld hast. Wenn ein Freier Streit mit mir anfängt, knall ich ihm eine; wenn ich das mit meinem Vermieter mache, wenn er mir auf die Nerven geht, sitze ich auf der Straße.«

»Paß auf, Katrin«, fing Johnny an. »Du bist doch so mit die vernünftigste Frau hier im Haus.« Viele Männer, nahm er an, werden ihr ein solches Kompliment noch nicht gemacht haben. »Ich glaube einfach nicht, daß gerade du gegen mich bist. Du bist doch viel zu intelligent, einen Mann, der ein Bordell führt, als Ausbeuter oder Schwein zu bezeichnen!«

Sie sagte nichts, dachte aber nach.

»Wenn du mir am Monatsende einen Gefallen tun könntest, Katrin, sag mir einfach nur, ob du im Januar mehr verdient hast als vorher. Außerdem«, fügte er noch hinzu, auch das ein Kompliment, das ihr schmeicheln sollte, »weißt du wahrscheinlich als einzige, wie Bordelle in Hamburg geführt werden, und auch, wieviel die Mädchen bei uns verdienen.« Das Blatt mit den Unterschriften zerriß er.

»Ja«, nickte Katrin beeindruckt, »natürlich weiß ich das. Das ist doch normal, daß man besser verdient, wenn nicht die ganze Zeit nur in der Kantine rumgefaulenzt wird.«

»Dann bist du eigentlich meiner Meinung?«

»Aber hundertprozent deiner Meinung.«

Er gab ihr die Hand. »Dann erwarte ich, daß du jetzt runtergehst und deinen Kolleginnen erklärst, wie in Zukunft hier gearbeitet wird.«

Als nächstes würden die Luden erscheinen. Sie hatten seit Jahresbeginn Hausverbot und sich bis jetzt ruhig verhalten – was nicht hieß, daß nicht in jeder Kneipe welche saßen und die neue Situation diskutierten.

Es dauerte nicht einmal einen Vormittag, bis das Telefon läutete.

»Du, Johnny, kann ich dich mal sprechen?«

»Wer ist dran?«

»Harry!«

»Kenn ich keinen!«

»Ich hab meine Alte bei dir stehen.«

»Na gut, Harry, dann komm mal vorbei. Aber gleich in mein Büro.«

Er ließ den alten Rudi holen. »Ich krieg Besuch. Bring einen Eimer und den Putzlappen.«

Die ganzen nächsten Tage ging das so. Es gab keinen Tag, an dem der alte Rudi nicht den Boden aufwischte. Abgesehen von denen, die in Johnny nicht sofort ihren Feind sahen und kapierten, daß seine Methode was für sich hatte, gab es welche, die genug Selbstvertrauen hatten, um zurückzuschlagen, wenn Johnny handgreiflich werden mußte. Rudi wischte auch Blut auf, das sein Chef vergoß.

Johnny mied Frühlokale, in denen sich seine Gegner trafen; es genügte, wenn sie ihm vor dem Weißbierkeller des »Mathäser« über den Weg liefen. Dann dachte er an seinen Geburtstag. Die Anwesenheit seiner Freunde aus St. Pauli würde seine Macht festigen, ihn zumindest weniger angreifbar machen – vorausgesetzt, es kam nicht vorher ein Vollidiot daher, der ein Messer zog oder eine Kanone auf ihn abfeuerte.

Auch wenn er diese Typen noch nie besonders leiden konnte, nannte er doch keinen von ihnen jemals »Zuhälter«, nicht einmal im Jähzorn, genausowenig, wie er jemals ein Mädchen oder eine Frau, die anschaffen ging, eine »Prostituierte« nennen würde. Das waren Schimpfworte, üblich im Sprachgebrauch der Justiz oder der Leute, die auch ihn für einen Zuhälter hielten.

Angst hatte die alte Ilse, die in der Kantine arbeitet. Eine Frau, sechzig Jahre alt, wovon sie mehr als die Hälfte im Milieu zugebracht hatte, die Kaffee kochte, Brote schmierte und die Mädchen bemutterte. Als sie erfahren hatte, daß dieser nette, höfliche junge Mann Chef des Hauses werden würde, war sie voller Zuversicht gewesen. Ein paar Tage später aber legte sie ihre Schürze auf den Tresen und sagte: »Es ist besser, wenn ich hier aufhöre. Für mich wird bei diesen neuen Methoden wohl kein Platz mehr sein!« Sie wollte selbst gehen, bevor dieser junge Mann, der hier nur Unruhe ins Haus gebracht hatte, sie einfach vor die Tür setzte.

»Aber nicht doch, Ilse«, beschwichtigte Deska.

»Vielleicht bin ich jetzt wirklich zu alt. Und die Zeiten sind eben nicht mehr wie früher.«

»Trink einen Cognac auf meine Rechnung, Ilse.«

Sie griff zur Flasche und schenkte sich ein. »Aber das mit dem Fernseher aus der Kantine hätte er besser sein lassen sollen.«

Inzwischen war Johnny in der Kantine aufgetaucht. »Schmier du nur weiter deine Brote, Ilse, und mach den Abwasch und kümmere dich um alles. Niemand will dir hier kündigen. Und wenn du irgendwelche Sorgen hast, sag's mir.«

Als verspätetes Weihnachtsgeschenk ließ er ihr, auf deren Lebenserfahrung er nicht verzichten wollte, einen neuen Fernseher in die Wohnung stellen.

4

Es wurde Zeit, sich um die Geburtstagsfeier zu kümmern. Johnny lud alle persönlich ein. Es fehlte nur, wer gerade saß: Ladiges, Joe Krenn, Stotter-Harry.

Niemand von ihnen kannte München richtig. Die Stadt war, was ihre Art von Geschäften anging, uninteressant. Es gab kein Vergnügungsviertel, kein Zockermilieu, und Boxkämpfe wurden dort unten auch keine veranstaltet.

Die Feier sollte am Aschermittwoch in der »Casanova-Bar« steigen. Dem Wirt drückte Johnny am Rosenmontag pauschal fünftausend Mark bar in die Hand und verlangte dafür, daß die Regale aufgefüllt werden. »Mit Champagner, Dimple, Chivas Regal, Johnny Walker und allem!« Der Mann strahlte. Fünftausend Mark Verdienst am Aschermittwoch, einem Tag, der noch nie, solange er eine Bar hatte, ein Geschäft war. Da stellte er keine Fragen. Nur auf eines machte er aufmerksam: »Sie wissen, daß laut Gesetz bis vierundzwanzig Uhr nicht getanzt werden darf.«

»Nur eine kleine Geburtstagsfeier unter guten Freunden«, beruhigte ihn Johnny. Er hatte auch ein Dutzend Jungs aus München eingeladen, als Augenzeugen seiner Geburtstagsfeier. Seine Absicht war, sie zu beeindrucken, seine Hoffnung, daß es sich herumsprach. Wer dann immer noch glaubte, sich mit ihm anlegen zu können, mußte unzurechnungsfähig sein.

Aus sämtlichen Himmelsrichtungen flogen etwa zweihundert Mann nach München ein, ein Umstand, der natürlich der Polizei nicht entging. Allein aus Hamburg kamen mit einer einzigen Maschine hundertfünfzig Gäste.

Zwei Milchgesichter, die in Polizeiuniform durch die Ankunftshalle des Flughafens patrouillierten, hatten ihre große Minute. Sie riefen ihre Kollegen im Präsidium an. Dort machte man sich auf Alarmbereitschaft gefaßt. Am Abend standen dreißig Beamte in Zivil am Sendlinger-Tor-Platz und warteten, daß es einen Grund zum Eingreifen geben würde. In den Seitenstraßen parkten Einsatzwagen.

Bevor das Fest in den üblichen Tumult eines Trinkgelages ausartete, wurden Reden gehalten, laute, überschwenglich vorgetragene Trinksprüche der Solidarität, Hymnen auf die Freundschaft, das Leben, die Liebe; aber ebenso unüberhörbar die Warnung an alle, die Johnny nicht in Ruhe lassen würden. Uwe erklärte das Bordell zur Zweigstelle St. Paulis und stellte es damit unter den Schutz der Reeperbahn-Aristokratie.

Allmählich dämmerte es dem Wirt, daß er zwar fünftausend Mark in der Tasche hatte, dieser wild gewordene Haufen das Saufen aber gewohnt war. Spätestens in einer halben Stunde würde er draufzahlen.

Draußen war es längst hell – und sie feierten immer noch. Jetzt zählte der Hausherr die Minuten, bis seine Gäste endlich Lust auf Abwechslung bekamen.

Der letzte Treff war »Birschi« am Oskar-von-Miller-Ring. Endlich lagen sich dort auch die beiden Geburtstagskinder in den Armen. Sie waren ein Jahr älter geworden.

Auch das war ein Resultat von Johnnys Geburtstagsfeier. In einem Interview mit Münchens Polizeipräsident war zu lesen: »Wir können in München keine organisierte Prostitution dulden, da sie automatisch das Verbrechen anzieht.«

Zwei Tage später erschienen sie, in einer Stärke von dreißig Mann, und sperrten das Haus in der Zweigstraße mit Eisengittern ab.

Johnny erreichte der Anruf des alten Rudi gegen elf Uhr morgens, drei Minuten nach Beginn der Polizeiaktion. Schnell hatte sich das Spektakel in der ganzen Gegend herumgesprochen – immer mehr Schaulustige strömten in die Zweigstraße. Aus allen Fenstern des Hauses winkten die Mädchen heraus, und sie winkten nicht nur mit den Händen. Die Polizei hatte mehr mit den Menschen vor dem Haus zu tun, als daß sie sich um die Sicherung des Gebäudes kümmern konnte.

Johnny bahnte sich den Weg durch die Menge, sprang über das Gitter und wurde prompt aufgehalten. »Bitte gehen Sie wieder hinter die Absperrung zurück!«

»Mein Name ist Berger.«

Ein zweiter Beamter trat hinzu. »Sie können rein, aber sorgen Sie dafür, daß unseren Anweisungen Folge geleistet wird.«

»Und die wären?«

»Sagen Sie erst einmal allen Mädchen, von den Fenstern zu verschwinden und vor allem vom Dach zu kommen. Das ist kein Spaß, was wir hier tun.«

»Was tun Sie überhaupt hier?«

»Das sehen Sie ja! Wir verhindern, daß Sie weiter Ihren Geschäften nachgehen können!«

»Aha«, sagte Johnny, »Sie hören ja, daß es welche gibt, die darüber anders denken.« Womit er die Sprechchöre meinte, die den Abzug der Polizei forderten.

Alle saßen in der Kantine. Ilse schmierte Brote, als gelte es, sich auf ein Leben in Gefangenschaft einzurichten.

Johnny entschied zuerst, daß nichts unternommen werde sollte. Die Mädchen sollten diesen Tag keine Miete zahlen müssen. Und sich nicht allzu verrückt benehmen, wenn sie im Treppenhaus oder vor dem Hauseingang mit den Beamten ihre Späße trieben.

Dann erschien der Einsatzleiter, Kriminaldirektor Gustav Kögl. In Johnnys Büro kam es zu einem kurzen Gespräch. Kögl erklärte, das Haus sei mit Beginn der polizeilichen Maßnahmen geschlossen, und schlug vor, die Damen sollten nach Hause gehen.

»Sie, ich muß Ihnen ganz ehrlich sagen«, antwortete Johnny, »mir gehört das Haus nicht, ich führe das Haus nur. Und wenn Sie meinen, daß Sie im Recht sind, dann irren Sie sich. Die Stadt kann das Haus nicht schließen, solange die Regierung von Oberbayern keinen Beschluß gefaßt hat.« Deska kannte die Rechtslage und hatte ihn informiert.

»Wenn Sie meinen, Herr Berger. Jedenfalls werden wir unsere Aktion fortführen. Auch dafür gibt es gesetzliche Mittel.«

»Gibt es nicht!«

Wenn er sich gefragt hatte, warum er sich wieder mit Behörden herumschlug, statt in Hamburg auf der faulen Haut zu liegen, genügte so eine Visage, ihm die Antwort zu liefern. Als er fünfzehn war, hatten Leute wie der eine Menge Trümpfe gegen ihn in der Hand gehabt. Endlich war der Zeitpunkt gekommen, die Karten neu zu mischen. Er war wieder da. Es machte Spaß, wieder dazusein.

Am nächsten Morgen waren die Titelseiten der Münchner Boulevardpresse mit ihren Schlagzeilen an der Reihe. In großer Aufmachung wurden Bilder, Stellungnahmen und Interviews präsentiert. DIRNENKRIEG. WOHIN MIT DER FREIEN LIEBE? DIE SCHLACHT UM DEN »LEIERKASTEN«. Der Fall war zum Stadtgespräch geworden. Eine bessere Reklame, dachte Johnny, können wir nicht bekommen. Immer mehr Menschen strömten zur Zweigstraße. Die Geschäftsleute, die gegen den Betrieb eines Bordells in ihrer unmittelbaren Nachbarschaft Unterschriften gesammelt und Petitionen an die Behörden eingereicht hatten, »den Saustall endlich auszumisten«, machten nun gar keine Umsätze mehr.

Johnny genoß den Wirbel. Sogar ein Foto von ihm erschien in den Zeitungen.

Bevor es zu einer weiteren Eskalation kam, zog sich die Polizei zurück. »Wir haben nichts mehr unternommen, nachdem die Absperrung durchbrochen war«, sagte Kögl der Presse.

Der »Leierkasten« glich danach einem Wallfahrtsort. Wer sein Vergnügen suchte, kam hierher. Und sie kamen scharenweise, vierundzwanzig Stunden lang. Damit war Johnny geglückt, was er sich vorgenommen hatte: das Haus zur ersten aller vergleichbaren Adressen in der Stadt zu machen.

In wenigen Monaten allerdings war ein neuer Gesetzesentwurf verabschiedet, die sogenannte »Sperrbezirksverordnung«, wonach in bestimmten Stadtbezirken die Ausübung der gewerblichen Prostitution untersagt werden konnte. Es dauerte weitere drei Monate, bis der Beschluß der Regierung von Oberbayern in Kraft trat.

Johnny war weit davon entfernt, entmutigt zu sein. »Such ein Haus, das nicht im Sperrbezirk liegt«, schlug er Deska vor. »Und ruf mich dann an.«

»Paß auf, Ilse«, sagte er der alten Frau zum Abschied, »nicht, daß du denkst, wir geben auf. Fahr in Urlaub«, er drückte ihr einen zusammengefalteten Fünfhundertmarkschein in die Hand, »erhol dich ein bißchen. Und dann machen wir anderswo weiter.«

Mit Carola fuhr er zum Cosima-Haus, händigte dem Portier wie immer die Autoschlüssel aus, stieg aus, hörte, wie jemand durch die Zähne pfiff, ging hinüber zum Taxistand und nahm die Hände aus den Hosentaschen. »Hast du mir gepfiffen?«

»Wer pfeift denn dir?« lachte der Taxifahrer.

Johnny schlug mit der ganzen Wut, die sich in ihm aufgestaut hatte, zu.

Hotelgäste liefen zusammen. Johnny strich sich durch die Haare, drehte sich um und ging im Hochgefühl seiner Selbstachtung zurück zur Drehtür, an aufgebrachten Passanten vorbei, die aus Furcht, er könnte auch noch auf sie einschlagen, erst losschimpften, als er verschwunden war.

Glotzt nicht so blöd, dachte er, als er auch in der Halle die Blicke der Leute spürte. Legionen eben dieser Leute, die ihn jetzt verachteten, hatte er zehn Jahre lang durch die Kontakthöfe und die Korridore der Bordelle gehen sehen. Je mehr sie für ihr Vergnügen bezahlten, je mehr sie an die Macht ihrer Titel und ihres Geldes glaubten, um so geschickter wurden sie abkassiert. Er hatte schon alles gesehen: Direktoren in Unterhosen, Rechtsanwälte nackt mit steifem Glied, Familienväter mit nichts an als Socken, Spießbürger von Sinnen vor Geilheit. Vor seinen Augen hatten sich ganze Belegschaften angesehener Firmen mit bezahlten Körpern vergnügt. Was sollte ihn noch schockieren. Nur machte es ihn wütend, wenn die gleichen Herrschaften sich tagsüber, im anderen Leben unter helleren Himmeln, anmaßten, ihn über gutes Benehmen zu belehren. Die Schnauze sollten sie halten, und damit meinte er auch einen der Geschäftsführer, der in der Eingangshalle jetzt auf ihn zulief.

»Herr Berger, ich muß Sie doch höflich bitten ...«

Johnny schob ihn zur Seite. »Gewöhnen Sie sich erst mal einen anderen Ton an, wenn Sie mit mir sprechen.« Er sprach absichtlich laut und deutlich, damit ihn auch alle in der Halle hören konnten.

»Ich glaube nicht«, fuhr der Mann fort, »daß wir Ihre Anwesenheit hier bei uns unter diesen Umständen länger dulden können, und bitte deshalb, daß Sie schnellstmöglich ausziehen.«

Carola schämte sich – freilich nur deshalb, weil sie es nicht gewohnt war, im Mittelpunkt zu stehen. Er ging mit ihr zum Aufzug, stieg ein und fuhr ohne weiteren Kommentar nach oben.

Gleich darauf klopfte es an der Tür. Diesmal war es der Direktor. »Eine Anzeige gegen Sie wird es nicht geben, Herr Berger, dafür habe ich, trotz der Einwände meiner Leute, gesorgt. Aber Sie werden verstehen, es tut mir leid, daß ich die Kündigung nicht rückgängig machen kann. Außerdem sind Sie nicht der einzige, mit dem es im Haus Ärger gibt.« Er meinte damit ein paar seiner Freunde, die nach ihm ebenfalls hier eingezogen waren. »Wir sind hier nicht in St. Pauli, Herr Berger.«

Johnny knallte die Tür ins Schloß.

5

Aus allen Städten kamen sie nach Frankfurt gereist, um Hannes Geburtstag zu feiern. Sie wiederholten die gleichen Reden, die gleichen Gesänge, die gleichen Hochrufe. Sie trugen die gleichen Anzüge, auch die Witze waren nicht alle neu, aber keiner wollte fehlen, wenn es etwas zu feiern gab. Unternehmer halten Konferenzen ab, wenn sie Geschäfte vorbereiten oder auf neue Situationen in ihrer Branche reagieren müssen. Die Bosse des Milieus treffen sich bei Geburtstagen, verhandeln das Geschäftliche am Rande von Boxveranstaltungen oder Beerdigungen. Als sich Max, der sich tapfer an Mineralwasser gehalten hatte und deshalb auch nie in die richtige Stimmung gekommen war, gegen drei Uhr nachts verabschiedete, um nach Hamburg zurückzufahren, war Johnny bester Stimmung. Sein Leben drehte sich bunter als jedes Glücksrad. Das Gemisch aus Champagner und Whisky in seinem Blut ließ ihn in einen komaähnlichen Zustand von Zufriedenheit fallen. Himmel, fühlte er sich wohl. Er selbst war noch vor sechs, sieben Jahren ein

Niemand gewesen, ein kleiner Kellner, der die Goldknöpfe an seinem Jackett polierte. Wenn er sich umschaute, hatte er von allen den schnellsten Weg nach oben zurückgelegt. Er hatte seine Vorteile genutzt, ohne dabei jemand zu benachteiligen. Vielleicht lag es aber auch daran, daß er nie beliebt sein wollte. Ihm genügte, sie waren höflich.

Die erste Maschine brachte ihn zurück zu Carola, die ihn am Flughafen abholte. Er war erschöpft und wollte nur noch schlafen. Er würde ruhiger schlafen, wenn sie nicht in der Wohnung war. Er steckte das Telefon aus. Carola nahm den Wagen und fuhr zum Starnberger See.

Er wachte auf, als draußen jemand durch den Briefschlitz seinen Namen rief, seinen und den von Max.

Johnny drehte sich auf die andere Seite und dachte: Schon wieder Ärger mit Max, und versuchte einzuschlafen.

Sein Wohnungsnachbar schlug fast die Tür ein, bevor Johnny endlich aufstand und öffnete. Was er erfuhr, verstand er nicht. Er glaubte es auch nicht: Angeblich war Max auf der Heimfahrt tödlich verunglückt.

Er wählte sofort seine Nummer, aber niemand nahm ab. Er rief im »Chikago« an und verlangte Uwe. Der schlafe noch, hieß es. Hans kam an die Strippe. Die Radionachrichten hätten eine Meldung gebracht, erklärte er, mehr wisse er auch noch nicht. Johnny telefonierte weiter. Niemand wußte viel, aber alle kondolierten ihm. Er wählte, bevor er die Whiskyflasche suchen ging, noch einmal die Nummer von Max. Tränen liefen ihm übers Gesicht.

»Er ist tot«, sagte er, als Carola hereinkam und ihn mit der Flasche auf dem Sofa liegen sah. »Er ist tot!«

Sie wußte sofort, wer gemeint war und wünschte sich, daß Max noch lebte, schon Johnny zuliebe, weil sie erschrocken sah, in welchem Zustand er sich befand.

Gleich morgens fuhr er zu den Eltern von Max. Sein Vater war im Büro, und der Mutter wollte er die Wahrheit vorerst ersparen; es war besser, entschied er, sie erfuhr alles von ihrem Mann.

Der Vater nahm die Nachricht vom Tod seines Sohnes äußerlich ruhig und gefaßt auf und wollte nur das Nötigste wissen. Dann starrte er einige Minuten teilnahmslos vor sich hin. Mit den Tränen mußte er nicht kämpfen, aber mit seinen Nerven. Am liebsten hätte er Johnny jetzt eine Standpauke gehalten, denn der Tod seines Sohnes war für ihn nichts weiter als die logische Konsequenz eines liederlichen Lebens – und dafür machte er vor allem ihn verantwortlich, für all den Kummer, den Max ihnen gemacht hatte, für all die betrogenen Hoffnungen, die sie in ihn gesetzt hatten. »Weiß es meine Frau schon?«

»Von mir nicht.«

»Danke, daß du gekommen bist. Ich weiß, du warst sein bester Freund. Leider hatte er keine anderen.«

Johnny war nicht der Mensch, Anspielungen auf sich beruhen zu lassen. »Es werden zu seiner Beerdigung eine Menge anderer Freunde erscheinen. Auch damit werden Sie sich abfinden müssen, Herr Dassner. Max war beliebt. Er gehörte zu einer großen Familie.«

Er nahm die Mittagsmaschine nach Hamburg und suchte zuerst Yvonne und danach Janina auf. Sie weinten beide, Yvonne heftig, fast vorwurfsvoll, Janina hilflos, leise und so verstört, daß er Angst um sie hatte. Da sie eine heimliche Geliebte gewesen war, gab es außer Johnny niemand, der sie trösten würde. Yvonne hingegen war schon seit Bekanntwerden der Todesnachricht mit Anteilnahme überschüttet worden. Es gefiel Johnny nicht, mit wieviel Selbstherrlichkeit sie die Witwe spielte. Gemocht hatte er sie nie besonders, und auch jetzt fiel es ihm nicht leicht, sie aufrichtig zu bedauern. Dagegen tat ihm Janina leid; ihr mußte es jetzt wie ihm gehen, nachdem ihn Karin verlassen hatte und die ganze Stadt zur Erinnerung an eine verlorene Liebe geworden war, ein Zustand, den er ihr ersparen wollte. »Am besten bleibst du nach der Beerdigung in München«, schlug er ihr vor, »und mach dir keine Sorgen wegen einer Wohnung, das erledige ich. Und sei vernünftig, versprich mir das!« Er nahm sie in den Arm und hielt sie länger fest, als er das je mit einer anderen Frau getan hatte.

Sascha war in St. Pauli der erste, der den Stecker aus der Musikbox zog. Das sprach sich herum. Zwei Tage lang wurde in keiner Bar, keiner Kneipe und keinem Bordell auch nur eine Platte aufgelegt.

Um zu trauern, waren in Hamburg zu viele Menschen um Johnny herum; außerdem war er immer noch damit beschäftigt, sich über Max zu ärgern. Es machte keinen Sinn, sich einen toten Max vorzustellen. Er wollte es erst schwarz auf weiß in der Zeitung lesen.

Badener-Hans las es ihm vor, als sie zum Leichenschauhaus nach Hildesheim fuhren. »Am Donnerstag, dem 8. Juni, gegen 5 Uhr, fuhr ein viersitziger italienischer Luxussportwagen, Typ Iso Rivolta Lele, mit mehr als 200 Stundenkilometer über die regennasse Autobahn Kassel–Hamburg. Kurz vor der Innerstetal-Brücke, die die Bahnlinie nach Hildesheim–Goslar überquert, kam das Gefährt von der Fahrbahn ab. Auf einer Länge von 70 Metern rasierte der schleudernde Sportwagen die Büsche ab, schoß eine Böschung hinunter und prallte gegen einen Baum. Das Luxusfahrzeug verwandelte sich mit einem Schlag in ein zusammengepreßtes Schrottpaket. Die beiden Insassen wurden 15 Meter weit durch die Luft geschleudert. Ihre Körper zerrissen eine Telefonleitung, bevor sie auf den Bahnschienen aufschlugen. Eine Stunde später entdeckte der Führer eines Triebwagens die beiden Toten. Goldene Armbanduhren und kostbare Schmuckstücke glitzerten an ihren Händen. Anhand ihrer Papiere und der Fahrzeugnummer identifizierte die Polizei die Unfallopfer als den 30jährigen Max Dassner und den 31jährigen Erich Kilsch, beide wohnhaft in Hamburg.«

Johnny ärgerte sich. Von seinen Klunkern mal abgesehen, hatte er vor allem ein goldenes Herz gehabt.

Die Leichen lagen in Zinkwannen. Er schaute seinen Freund an. Sein Gesicht war unverletzt geblieben, nur ein Faden getrockneten Blutes führte vom rechten Mundwinkel zur Schläfe. Mensch Junge, dachte Johnny, Schluß jetzt mit dem Theater, so tot siehst du auch wieder nicht aus. Aber Max lag da und rührte sich nicht.

Eigentlich rechnete er damit, daß ihm die Polizei einen Revolver präsentieren würde. Er wußte, daß Max die Angewohnheit gehabt hatte, im rechten Stiefel eine Waffe zu verstecken, aber auf dem Tisch standen nur seine Nappalederstiefel, daneben lag ein Goldbarren an einem Kettchen, das Max gehört hatte. Das Gold war plattgedrückt, was die Wucht des Aufpralls veranschaulichte.

Bis zum Tag der Beerdigung war Johnny damit beschäftigt, zu organisieren, zu trösten, ein Grab zu suchen, einen Sarg zu kaufen und darauf zu hoffen, daß er ihn wieder in Zahlung geben konnte, wenn Max doch noch irgendwann einfach zur Tür hereinstolperte. Nachts, wenn er getrunken hatte und Carola ins Zimmer kam, haßte er sie, weil sie nicht Max war. Dann haßte er nur noch sich selbst und trank weiter.

Jeden Tag meldete sich einer der alten Kumpel, der zur Beerdigung kommen wollte, das Geld aber nicht hatte, sich einen Anzug leisten zu können. Als er es satt hatte, sie einzeln einzukleiden, ließ er dunkle Anzüge einer mittleren Größe kaufen und deponierte sie in der Wurstbraterei, ihrem Stammplatz.

Allein aus Hamburg hatten sich so viele Freunde zur Beerdigung angesagt, daß der Gedanke nahelag, gleich eine Boeing zu chartern; aber auch die reichte kaum. Auf dem Flughafen kam es zu Schlägereien um die letzten freien Plätze. Grupe riß einem, den er noch nie leiden konnte, das Ticket aus der Hand und riet ihm, sein Vaterunser zu Hause zu beten.

Eigentlich wirkten nur die Eltern von Max und seine Verwandten fehl am Platz, sie sahen einfach viel zu normal aus. Dagegen sahen die dreihundert Trauergäste, die von der Aussegnungshalle zum Grab gingen, wie eine Prozession von Rummelplatzfiguren aus, in viel zu engen, schwarzen Anzügen, die Mähnen abstehend und die Augen hinter Sonnenbrillen verborgen. Mit jedem einzelnen hätte man kleinen Kindern Angstträume einjagen können. Zwischen den Männern gingen die Mädchen. Jede hatte eine rote Rose in der Hand, und alle weinten. Selbst gestandene Friedhofsbeamte kamen aus dem Staunen nicht mehr heraus, als sie die Blumen, die Gebinde und Kränze sahen. Man hätte die Zweigstraße damit zuschütten können, so viele waren es. Stolz sah Johnny, daß Max damit gebührend geehrt war. Es machte ihn weniger tot in diesem Moment.

Dem Pfarrer hatte er ins Gewissen geredet, er solle auf seine üblichen Reden verzichten, es handle sich hier um ein Begräbnis etwas anderer Art. Er kapierte erst, als sein Auge auf die Trauergemeinde fiel – und machte es gnädig.

Die Trauerrede hielt Sascha. Zuerst ehrte er Max als Helden eines übermütig ehrlichen Lebens, sprach dann mit der Schärfe einer Injektionsnadel von den Vorurteilen der Gesellschaft gegen einen wie ihn, dankte ihm für seine Anwesenheit auf Erden und den kleinen Umweg über St. Pauli und bat den Toten, ihm dort oben einen Engel übrigzulassen.

Carola war die einzige, die miterlebte, wie nahe Johnny der Tod seines Freundes ging. Eine ganze Woche lang lag er im Bett und verließ die Wohnung nur nachts, um in der Stadt herumzufahren. Er fuhr, um nicht verrückt zu werden. Er war erschöpft von seinen Gedanken, Gedanken, die er nicht verstand. Er verstand nur, daß es gefährlich war, sie zu denken. Wenn alles unwichtig war, hieß das, daß alles, was er selbst bisher für wichtig gehalten hatte, nicht viel bedeutete. Wenn der Tod kam, wann er wollte, erschien ihm jede Verabredung, die über einen Tag hinausging, lächerlich.

6

Während Carola damit beschäftigt war, den Umzug in eine Zweizimmerwohnung in der Nähe des Nymphenburger Schlosses zu organisieren, flog Johnny nach Hamburg. Die Umsätze hatten in seiner Abwesenheit nachgelassen, er selbst die Lust verloren, im Geschäft zu bleiben. Er war immer noch unschlüssig, ob er nicht verkaufen sollte, als Deska anrief.

»Ich habe, glaube ich, was gefunden, was ideal für uns wäre, ein nagelneues und günstiges Wohnhaus mit genügend Wohnungen, was außerdem nur einen Steinwurf vom Olympiagelände entfernt liegt.«

»Wer ist der Besitzer?«

»Mike Deinhard.«

»Der mit den dicken Zigarren?«

»Richtig. Er hat das Haus geerbt. Und ist ganz scharf drauf, daß wir mit ihm was machen.«

»Der kriegt seine Miete, und damit hat sich's.«

Mike Deinhard war Junggeselle, lebte von seinem Erbe, trieb sich überall herum, wo getrunken und gelacht wurde, ein urgemütlicher Bayer, mit dem es keine Schwierigkeiten geben würde. Kraut, Knödel und Spanferkel bildeten die Eckpfeiler seines Lebens.

»Na gut, Karl, handle die Verträge mit ihm aus, stell die alte Ilse in die Küche, hol alle Frauen, die was taugen, zurück, den Rest bring ich selber mit. Ich werde meine Geschäfte in Hamburg wahrscheinlich sowieso aufgeben.«

»Wann kommst du?«

»Ich schick dir noch heute den Uwe runter.«

Deska schluckte. »Ich denke, daß wir zwei das machen?«

»Uwe ist mein Partner bei all meinen Geschäften!« Das war deutlich, und Deska begriff, aber von diesem Tag an ließ er keine Gelegenheit aus, sich mit ihm anzulegen. Johnny machte sich auf Ärger gefaßt. Obwohl er Deska nicht über den Weg traute, konnte ihm von der Seite nicht viel passieren. Er würde ohnehin mit der eingespielten Mannschaft aus St. Pauli antreten, und seine Jungs würden Befehle nur von ihm akzeptieren.

Bevor er zurückflog, erledigte er noch eine andere Kleinigkeit und wählte die Nummer von Carolas Ex-Verlobtem. »Hier ist Berger. Ich schick gleich jemand vorbei, der die zwanzigtausend Mark abholt, die du, wie du dich hoffentlich noch erinnerst, Carola schuldest.«

»Mal langsam«, versuchte sich Georg zu wehren. »Das ist eine Sache, die nur mich und sie was angeht.«

»Nun hör mal gut zu. Du zahlst, oder ich komm gleich selbst vorbei.«

Diese Vorstellung schien ihm Angst einzujagen. »Ich hab's nicht, nicht im Moment.«

»Dann wirst du dich halt wohl oder übel von deinem Pferd trennen müssen.« Johnny legte auf. Das mit dem Pferd wußte er von Carola. Daß er Besitzer eines Trabers werden würde, gefiel ihm, weil es seinem Geltungsbedürfnis schmeichelte. Er gab Dossi, der ein Pferdenarr war, die Anweisung, das Tier so bald wie möglich nach München-Daglfing zu schaffen.

Inzwischen wurde das neue Haus zum Bordell umgebaut. Uwe strich eigenhändig die Tiefgarage rot, Schweine-Hans legte die elektrischen Leitungen – und Deska und Johnny sorgten dafür, daß die Zimmer vermietet wurden, wie immer: für eine Tag- und eine Nachtschicht. Weil er es sich ersparen wollte, andauernd selbst, wie noch in der Zweigstraße, in die Zimmer zu müssen, sobald es Auseinandersetzungen gab, holte er sich Dieter Lossmann und Arno Dossi als Aufpasser, außerdem installierte er in jedem der Zimmer eine Alarmanlage.

Die Stadt schickte ihre Beamten vorbei, die ihn zur Schließung des Bordells aufforderten.

»Lesen Sie Ihre Verordnungen!« belehrte er sie, »und kommen Sie in neun Monaten wieder, wenn der Beschluß der Regierung von Oberbayern vorliegt.« So lange dauerte es immer, bis der Beschluß, ein bestimmtes Viertel zum Sperrgebiet erklären zu lassen, alle Instanzen durchlaufen hatte. Dann wäre die Olympiade vorbei – und das Geschäft gemacht. Und mehr hatte Johnny nicht vor.

Schon Wochen vor den Olympischen Spielen lief das Bordell auf Hochtouren. Obwohl die Stadt untersagt hatte, an der Fassade den Schriftzug »Eros-Center« anzubringen, fanden die Sportler den Weg, türkische Boxer, russische Gewichtheber, französische Fechter, amerikanische Hammerwerfer, persische Catcher, brasilianische Sprinter, Sieger und Verlierer. Johnny feierte nächtelang mit den Stars der Olympiade. Wer seinen Wettkampf beendet hatte, aber noch bis zur Abschiedszeremonie bleiben mußte, wurde Stammgast bei ihm. Sie saßen nächtelang in der Bar, bezahlten die Mädchen großzügig und tranken wie heimwehgeplagte Seeleute. Sie liefen nackt durchs Haus, einige bekleidet nur mit den errungenen

Medaillen. So hautnah hatte kein Mensch Olympische Spiele je erlebt.

Dann kamen die Rocker.

Johnny saß im »Boccaccio«, als der Anruf von Lossmann kam.

»Macht das Haus dicht. Ich bin gleich da.« Dann rief er Ami-Toni an. »Bei mir ist Tanz angesagt, ruf unsere Leute zusammen!«

Die Rocker waren in der Menschenmenge leicht auszumachen. Johnny, Toni und die anderen mischten sich zuerst einfach unter sie, schauten wie alle nur zu, wie sie gegen das geschlossene Garagentor traten, wie sie zu Lossmann und Dossi heraufbrüllten, daß sie den ganzen Laden plattmachen würden. Dann, auf Johnnys Zeichen, schlugen sie los. Die größten Schreier kamen zuerst an die Reihe. Der Angriff kam nicht, wie die Rocker vermuten mußten, aus dem Haus, sondern aus der Menge; die Überraschung war der entscheidende Vorteil. Johnny und seine Leute schlugen schnell und ohne Erbarmen zu, weil sie wußten, nur so überhaupt eine Chance gegen Rocker zu haben. Noch bevor einer zum Messer oder Totschläger greifen konnte, mußte er kampfunfähig sein.

Johnny und Knochen-Karl nahmen sich die beiden Anführer vor und trieben sie zum Garagentor, das Lossmann von innen öffnete, um sie hereinzulassen. Daß sie keine Chance hatten, sahen sie ein, ergaben sich, warfen ihre Munition auf den Boden, zwei Messer, Schlagringe und eine Stahlrute, versuchten, einen Kompromiß auszuhandeln, und wehrten sich kaum noch, als die Bestrafung begann. Danach warfen sie sie in den Hof zu den anderen, die dort schon lagen.

Dann rannte Johnny los, lief zur nächsten Telefonzelle, weckte Carola auf und wartete, bis sie ihn abholte.

Er raste nach Hamburg. Von dort rief er sofort das zuständige Polizeirevier in München an. »Mein Name ist Berger. Ich rufe von Hamburg aus an. Gerade erfahre ich, was in München in meinem Haus passiert ist.«

»Na ja«, sagte ein Beamter, »nur zwei Kieferbrüche, ein Nasenbeinbruch, bei einer der Personen Verdacht auf Quetschung der Niere – und jede Menge ausgeschlagener Zähne.«

»Meine Leute sind von Rockern angegriffen worden. Das ist alles, was ich bisher erfahren habe. Ich bin gerade erst nach Hause gekommen...«, Johnny mußte lächeln, weil es in gewisser Weise sogar der Wahrheit entsprach, denn er saß in Hamburg bei sich zu Hause in der Paul-Rosen-Straße. »Ich werde aber, wenn Sie das wünschen, umgehend nach München fliegen, und wenn ich Ihnen helfen kann, stehe ich zur Verfügung.« Während er sprach, hielt er einen Spiegel vor sein Gesicht und vergewisserte sich, daß er nichts abbekommen hatte. Dann telefonierte er mit dem alten Rudi, gab ihm die Ankunftszeit durch und bat ihn, ihn abzuholen.

Carola ließ er den SL nach München zurückfahren. Er selbst nahm die Frühmaschine und besprach sich auf der Fahrt zurück in die Stadt mit dem alten Rudi. »Ich bin wahrscheinlich von der Liste, und Toni und Ricky sind untergetaucht. Der, den ich in der Garage plattgemacht habe, sagt frühestens in ein paar Wochen aus, so wie ich den zugerichtet habe. Außerdem war es nicht sehr hell. Und dann steht immer noch Aussage gegen Aussage. Und mein Alibi, der Anruf aus Hamburg.«

»Ich glaube nicht, daß die Polizei uns was anhängen kann!« erklärte Rudi. »Die Mädchen halten dicht; und daß die Rocker auf Krawall aus waren, steht auch fest. Was soll's also.«

Drei Tage später mußte er im Polizei-Präsidium erscheinen, wo sie ihn ins Verhör nahmen. Erleichtert stellte Johnny fest, daß sein Alibi hielt, machte sich aber darauf gefaßt, daß sie ihn ab jetzt noch lückenloser überwachen würden.

Bis sich die Gemüter wieder beruhigt hatten, wollte Johnny von der Bildfläche verschwinden. Er schlug Carola vor, mit ihr nach Thailand zu fliegen. Carola hatte sich inzwischen mit Janina angefreundet. Also flogen sie zu dritt.

Johnny wollte nichts weiter als schlafen. Kein »Lagunal« mehr. Ein Teelöffel war vorgeschrieben, aber er schüttete sich den Schlafsaft gleich flaschenweise in den Hals und schlief trotzdem keine zwei Stunden durch. Ohne Schwierigkeiten war er nur einmal eingeschlafen, aus Langeweile in einem Bordell in Bangkok.

Da er täglich mit München und Hamburg telefonierte, war er

über alles informiert, auch darüber, daß Deska sich in seiner Abwesenheit als Chef aufspielte und sich weiterhin mit Uwe anlegte; außerdem hatte er einen jungen Amateurboxer entdeckt, der das Zeug zum Europameister in den Fäusten hätte. »Wo fehlt's«, wollte Johnny wissen, den nur Weltmeister interessierten. Trotzdem wollte er sich den Burschen nach seiner Rückkehr anschauen. Warum sollte er es, nach dem Fehlschlag mit seinem Traber, zur Abwechslung nicht mit einem Boxer versuchen?

»Charong«, Besitzer: Johnny Berger. Allein, um das auf der großen Anzeigetafel in München-Daglfing zu lesen, war er mit Carola überhaupt erschienen. Natürlich war das halbe Nachtleben anwesend. Alle hatten auf sein Pferd gewettet, weil sie sich sagten: wenn der Berger-Johnny, dieser Erfolgsmensch, ein Pferd laufen hat, dann gewinnt das auch! »Charong« zahlte deshalb für zehn Mark nur mehr ganze zwölf – der Neuling war bei seinem ersten Start überhaupt total heruntergewettet. Das Rennen war über eine Distanz von tausendachthundert Meter gegangen, und »Charong« hatte noch auf der Gegengeraden das Feld souverän angeführt, war dann aber immer mehr zurückgefallen und schließlich abgeschlagen Vorletzter geworden. Trotzdem hatte keiner geglaubt, daß Johnny mit »Charong« eine Niete gezogen hatte, sondern vielmehr angenommen, daß er sein Pferd absichtlich nicht hatte gewinnen lassen. Beim nächsten Rennen waren sie wieder vollzählig anwesend, und wieder wetteten sie das Pferd herunter – »Charong« lief wieder hinterher. Danach hatte Johnny eingesehen, daß all die Mühe, all die Kisten knackiger Granny-Smith-Äpfel und ganze Wagenladungen frischer Karotten, die er an sein Pferd höchstpersönlich verfüttert hatte, sich nicht auszahlen würden, und ließ es auf einen Pferdehof bringen, wo es sein Gnadenbrot bekam.

Zurück in München schickte er Uwe nach Hamburg, um dort, wie sie besprochen hatten, alles entweder zu verkaufen oder zu verpachten. Die besten seiner Jungs sollten sich nach München auf den Weg machen, denn er hatte bereits wieder ein neues Haus, in der Herzogstraße mitten in Schwabing, in Aussicht.

Mit diesem Bordell würde er einen letzten Versuch starten, die

Stadt davon zu überzeugen, daß es nicht nur möglich, sondern im Interesse der Stadt auch nötig war, ein sauber geführtes, erstklassiges Bordell zu genehmigen. Auf die Dauer würde München sich entscheiden müssen, soviel war sicher. Dann wollte Johnny der einzig mögliche, der vernünftige und deshalb logische Partner der Politik werden.

7

Uwe hatte Heimweh und war unschlüssig. Vielleicht ist es doch ein Fehler gewesen, dachte er, Hamburg aufzugeben. Er kam aus Lübeck, liebte Hamburg und fühlte sich in München nicht wohl. Die Bars und Diskotheken, in die ihn Johnny schleppte, waren nicht seine Welt. Die Mädchen, die er dort traf, hatten Adelstitel, redeten Fremdsprachen und dummes Zeug. Die meisten waren Fotomodelle, modische Krawalltanten, eingebildete Hippies oder Studentinnen, die reich genug waren, um nicht studieren zu müssen. Er kapierte nie, was sie sagten, wenn sie sich mit ihm unterhalten wollten. Das waren keine Frauen, wie er sie gewohnt war, keine, die er handhaben konnte. So stellte er sich Millionärspartys vor, wenn die Eltern ausgeflogen sind. »Bin ich denn bekloppt, hier rumzustehen? Kannst du mir mal sagen, was ich hier soll?«

»Komm schon, Uwe, trink was!«

Uwe verstand nicht, daß ihn Johnny immer mitschleppen mußte, nur weil er Begleitung brauchte. Viel lieber trieb er sich im Milieu um den Bahnhof herum, im »Liverpool« in der Schillerstraße oder in der Schwanthaler Straße in der »Lancaster-Bar«. Das roch wenigstens ein wenig nach St. Pauli – und Johnny hatte ihm schließlich zehn Jahre lang davon vorgeschwärmt. Aber seit er jede Woche in der Zeitung stand, trieb es Johnny in andere Bars. Schon als kleiner Kellner hatte ihn der Zauber indirekter Beleuchtung, leiser Musik und schöner Frauen fasziniert. Die Frühlokale waren ihm plötzlich nicht mehr interessant genug. Warum sollte er sich mit zweitklassigen Banditen abgeben, wenn er in Hamburg die erstklassigen Jungs aufgegeben hatte? Außerdem war er längst ein Außenseiter. Er war einfach zu groß geworden. Und er suchte ein anderes Leben.

Uwe war froh, wenn er auf Reisen war, dann mußte er ihn wenigstens nicht nächtelang durch die Bars begleiten. Und Johnny reiste viel, seit er zusammen mit Deska den Boxer eingekauft und ihm einen Trainingsraum angemietet hatte. Als Amateurboxer hatte er sich in den Bierzelten der Hauptstadt einen Namen gemacht. Jetzt wollten ihn Deska und Johnny zum Europameister machen – und dann, natürlich, zum Weltmeister.

Johnny ging mit der gewohnten großspurigen Routine an die Sache heran. Niemand sollte behaupten, er verstünde nicht auch davon etwas. Um sich einzustimmen, beschloß er, erst einmal nach Las Vegas zu fliegen.

Was er über diese Stadt nicht schon alles gehört, gelesen und im Fernsehen gesehen hatte! Große Boxkämpfe fanden dort statt, Sinatra trat dort auf, Elvis hatte dort leibhaftig auf der Bühne gestanden. Jedes Hotel war ein Spielkasino, es gab jede Menge Gangster, berühmte Namen, die seine Idole waren. Grupe hatte ihm von dort vorgeschwärmt, Kessler kannte sogar Don King, den Boxpromotor, und hatte Johnny seine Telefonnummer gegeben und versprochen, ihn eigens auch noch anzurufen; alles war bestens vorbereitet, damit er und Deska gebührend empfangen wurden. Bill Cohn kannte in der Glücksspielszene jeden auf der Welt, der über Einfluß verfügte. Er war selbst Spieler, und als er gehört hatte, daß Johnny nach Las Vegas wollte, hatte er alles Notwendige geregelt.

In einem Schundroman, den sich Johnny vor dem Abflug gekauft hatte, fiel ihm ein Satz auf, der ihm gefiel. »Sie lebte an seiner Seite mit der Lautlosigkeit großer Schiffe, die an Horizonten segeln.« Dieser Satz charakterisierte alles, was er an Carola bewunderte. Sie war die ideale Frau, ein Kleinod. Sie gehen zu lassen, war für ihn so unvorstellbar, wie ihr die Hand zu küssen.

Vom Flughafen ließen sie sich zum »Caesar's Palace« fahren.

»Wir haben hier zwei Zimmer. Auf die Namen Berger und Deska.« Johnny hatte sich diese zwei Sätze aus dem Wörterbuch zusammengesucht und auswendig gelernt.

»Sorry«, sagte die Dame an der Rezeption, nachdem sie nachgeschaut hatte. »Wie haben keine Eintragung.«

Das geht ja gut los, dachte Johnny. »Und nun?«

»Aber hat Bill denn nicht bestätigt, daß hier für uns was reserviert wurde?«

»Natürlich, aber trotzdem stehen wir jetzt wie Idioten da.«

Sie schleppten ihre Koffer über die Straße zum MGM-Hotel. Johnny schob dem Mann an der Rezeption hundert Dollar hin und verlangte zwei Zimmer.

»Tut mir leid«, war die höfliche Antwort. »Auch nicht für zweihundert Dollar. Wir sind restlos ausgebucht.«

Sie waren hundemüde, aber Johnny konnte sich nicht vorstellen, daß Cohn nichts unternommen haben sollte. »Was hat er gesagt, welchen Namen wir erwähnen sollen?«

»Al Cambusa.«

Sie trotteten wieder zurück ins »Caesar's Palace«. Es war demütigend, wie abweisend diese Welt war, und Johnny erinnerte sich, wie er damals mit Gitte durch Cannes gestrolcht war – nur um glücklos wieder abzufahren.

Die Dame an der Rezeption sah sie kommen, und man sah ihr an, daß sie keine Lust hatte, sich mit diesen zwei Burschen noch einmal herumzustreiten. »Wir sind ausgebucht, meine Herren. Ich sagte es Ihnen doch schon.«

»Wir werden hier erwartet. Bitte sagen Sie Al Cambusa, daß hier zwei Freunde sind, aus Germany.«

Die Dame riß die Augen auf. »Moment mal!« Sie setzte den VIP-Computer in Betrieb. »Berger und Deska? Natürlich! Entschuldigen Sie bitte.«

Sie wurden in zwei nebeneinanderliegenden Suiten untergebracht, jede groß genug, um sich darin zu verlaufen.

»Was hat Bill den Leuten bloß erzählt, wer wir sind?« staunte Johnny.

Auf dem Tisch stand Champagner im Kübel, eine Schale mit Shrimps auf Eisstückchen, daneben ein Korb mit Obst. Johnny wurde wieder wach. Auf dem Tisch lag ein Brief. Al Cambusa hieß sie, auch im Namen der Direktion des Hotels, willkommen. Selbstverständlich seien sie für die Dauer ihres Aufenthalts Ehrengäste. In der Garage stehe ein Cadillac bereit. Sollten sie Shows besuchen wollen, welche auch immer, sollten sie nur die angegebene Telefonnummer wählen, Ehrenkarten seien selbstverständlich reserviert. Überdies, schrieb er, freue er sich, »meine deutschen Freunde« kennenzulernen. Al Cambusa, genannt »Monkey«, war zweiundsechzig Jahre alt und Chef aller Spielbetriebe des »Caesar's Palace«.

Sie verzichteten auf den Cadillac und gingen zu Fuß los, den Strip rauf und wieder runter, immer rauf und wieder runter, und das, bis es dunkel wurde. Dabei wurde es in Las Vegas nie dunkel, nur der Himmel war nachts weniger blau. Johnny war am Durchdrehen vor Genugtuung und nahm seine Anwesenheit hier als Beweis, daß er mit allem, was er in seinem Leben bisher auch angestellt haben mochte, recht behalten hatte. Wenn das hier Amerika war, dann war er Ehrengast in Amerika! Ein Gedanken, bei dem ihm schwindlig wurde.

Am gleichen Abend lernten sie Al Cambusa kennen, eine Erscheinung von ruhiger, unauffälliger Eleganz. Er schien Johnny und Deska für zwei einflußreiche Mobster des europäischen Kontinents zu halten. Während Deska, der etwas Englisch sprach, sich um die Konversation kümmerte, begnügte sich Johnny mit übertrieben ruhigem Gesichtsausdruck zu unterstreichen, über wieviel Selbstvertrauen er verfügte, dabei hätte er vor Begeisterung über sein Zusammentreffen mit Al Cambusa Luftsprünge machen können. Mit der Begabung eines Kindes, das die Augen schließt, damit alles um so strahlender erscheint, machte er Zukunftspläne. In dieser Welt hatte es einen Sinn, sich in Träume zu flüchten, weil niemand einen störte, auch nicht nach Sonnenaufgang. Las Vegas duldete keine Ablenkung durch den Alltag.

Ein anderer Mann, vor allem aber die Situation, in der er sich behauptete, beeindruckte Johnny. Al Cambusa hatte ihm bei einem

Rundgang durch das Hotel Joe Gordon vorgestellt, den fast blinden, schon über achtzig Jahre alten Chef der großen Halle. Obwohl eigentlich hilflos und für seine Arbeit kaum noch brauchbar, hatte Al Cambusa immer Wert darauf gelegt, daß er weiter seiner Arbeit nachging, ohne die der alte Mann nicht leben konnte: die Oberaufsicht über die Spieltische. Er saß auf seinem Thron, einem erhöhten Stuhl, von wo aus er alles überblicken konnte. Da er aber, wie nur Eingeweihte wußten, selbst die eigene Hand nur noch als Schatten wahrnehmen konnte, hatte man ihm zwei Assistenten zur Seite gestellt, die ihn über alles, was geschah, informierten und seine Entscheidungen abwarteten.

Er kaute auf einer kalten Zigarre herum. »Wenn ich nicht jeden Tag da wäre, glauben Sie mir, nichts würde hier klappen.«

Es war rührend, und Johnny war sprachlos.

Die Begegnung mit Joe Gordon gehörte seitdem zu Johnnys Lieblingsgeschichten. Er konnte sie nicht oft genug erzählen, und wenn er getrunken hatte, geriet sie ihm zum Märchen vom alten, blinden König, der, von den neuen Günstlingen der Macht wie ein Vater verehrt, weder abgesetzt noch einfach in die Wüste oder nach Miami in Rente geschickt wurde. Keiner gibt einem König auch nur andeutungsweise zu verstehen, wie überflüssig er ist. Johnny fielen sein Vater ein und die Regeln jener Welt, an die Josef Berger glaubte und in der er trotzdem vereinsamt war. Wer Johnny zuhörte, begriff schnell, welche Welt er verteidigte, auch wenn sie von hartgesottenen Burschen, reich gewordenen Gangstern und Unterweltskönigen bevölkert wurde.

Da er sich die Nächte in München immer häufiger außerhalb seines Milieus um die Ohren schlug, waren es jetzt Rechtsanwälte und Geschäftsleute, deren Exfrauen oder Freundinnen oder Exfreundinnen, die an seinen Lippen hingen. Er wurde umworben – und immer empfänglicher für diese Art von Bewunderung. Erzählte er sein Märchen seinen Angestellten, begriffen die nie, warum er aus Las Vegas mit einer Geschichte zurückkam, in denen keine Weiber vorkamen.

Auf dem Rückflug besprachen sie die Zukunft ihres Boxers. Sie wollten nicht nur zum Zuschauen nach Las Vegas zurückkommen, sondern so schnell wie möglich als Veranstalter eines Weltmeisterschaftskampfs, zum Beispiel gegen Marvin Hagler, da war Johnny nicht zimperlich. Immer schon waren Boxer das Hobby großer Gangster gewesen; in diesen Fußstapfen gefiel er sich.

Sie ließen einen amerikanischen Trainer nach München einfliegen, der sich als Betreuer von »Smoking« Joe Frazier ausgab. Nach dem ersten Sparring, zu dem Johnny die Presse eingeladen hatte, verkündete der Amerikaner: Der Deutsche schlägt härter als Frazier! Die Zeitungen druckten die Ente, und Johnny zweifelte nicht mehr, aus seinem Preisboxer einen Champion machen zu können – was ihm auch Grupe nicht ausreden konnte, denn für Johnny war die Nebenbeschäftigung als Veranstalter von Boxkämpfen eine neue Gelegenheit, gesellschaftlich ins Rampenlicht zu treten. Vielleicht begriff dann auch endlich die Polizei, daß ein Unternehmer des Bordellgeschäfts nicht einer sein mußte, der Mordbefehle gab, während er sein Frühstücksei köpfte.

Schon eine Woche später flog er nach Mailand, um seinen Boxer mit dessen Trainer in den berühmten Branchini-Boxstall zu schikken, wo er sich auf seinen ersten Kampf vorbereiten sollte. Auch daran fand er Gefallen, von nun an regelmäßig nach Italien zu fliegen, um das Training zu überwachen, sich in Nachtclubs zu amüsieren oder sich beim berühmten Cesare seidene Anzüge schneidern zu lassen, einen Kontakt, den er Carlo, einem der Fendi-Brüder, die Mailand regierten, verdankte.

Nach einigen Vorbereitungskämpfen, die sein Boxer überzeugend gewonnen hatte, kümmerte sich Johnny um einen Titelkampf, dem Kampf um die deutsche Meisterschaft, der in München im »Cirkus-Krone-Bau« stattfinden sollte.

Er hatte alles getan, um den Abend zu einem Erfolg zu machen. Der Zirkusbau war bis auf den letzten Platz ausverkauft, die Logen, die er eigens hatte anfertigen lassen, mit Freunden, schönen Frauen und stadtbekannter Prominenz besetzt.

Zum Abschlußtraining war sein Boxer mit einer fiebrigen Erkältung erschienen und wirkte so apathisch, daß ihn selbst seine Sparringspartner nach Belieben treffen konnten. »Mit dem kann man den Boden aufwischen«, fluchte Johnny, wollte den Kampf aber trotzdem nicht verschieben. Da fiel ihm das Naheliegende ein. Der Gegner, ein Mittelgewichtler aus Berlin, war am Ende seiner Karriere angelangt, große Zahltage hatte er nicht mehr zu erwarten. Es konnte nicht schwer sein, ihm den Sieg abzukaufen. Man einigte sich schließlich auf eine Summe, die gut das Doppelte der vereinbarten Gage war.

Dann nahm er sich seinen Boxer vor, der nicht einsehen wollte, warum er krank in den Ring sollte. Aus Andeutungen, die Johnny machte, entnahm er, daß sich sein Gegner bei der erstbesten Gelegenheit flachlegen würde.

Im Ring kam dann alles ganz anders. Der Berliner schien sich nicht an die Abmachung halten zu wollen, attackierte, schlug dem Kranken schon in der zweiten Runde die rechte Augenbraue blutig und siegte schließlich in der sechsten durch Abbruch.

Als Johnny in die Garderobe kam, traf er auf einen enttäuschten Verlierer, der sich verschaukelt fühlte – und auf einen Sieger, dem vor Todesangst die Knie schlotterten.

»Für diese Blamage wirst du zahlen, mein Junge, oder glaubst du, daß du mich verarschen kannst?«

Er hielt ihm, noch mit bandagierten Händen, das Kuvert mit dem Geld hin. »Wie soll ich umfallen, zum Teufel, wenn mich das Arschloch nicht ein einziges Mal auch nur berührt.«

Johnny riß ihm das Kuvert aus der Hand. »Das wird dir noch leid tun! Du trittst zur Revanche an, dann aber gegen einen gesunden Mann. Und wehe, du hast bis dahin deine Lektion nicht gelernt.«

Die Siegesfeier fand ohne Johnny statt. Er wollte keinen Menschen mehr sehen, nicht saufen, nicht würfeln, nicht pokern, vor allem wollte er sich nicht verspotten lassen und jedem erklären müssen, was schiefgelaufen war. Er verließ die Garderoben, setzte sich in sein Auto, jagte mit Höchstgeschwindigkeit über die Autobahn, um sich abzureagieren, fuhr zurück, rollte durch die leeren Straßen und hielt schließlich vor dem Haus in der Dachauer Straße an, dort, wo er aufgewachsen war und sein Vater immer noch im gleichen kleinen Zimmer wohnte. Er stieg aus und schaute hinauf. Licht brannte keines mehr.

Als er ihn vor ein paar Wochen zum letztenmal besucht hatte, schien Josef Berger die Karriere seines Sohnes zwar zu kennen, aber sie beeindruckte ihn nicht. Er verlor jedenfalls nie ein Wort darüber. Trotzdem spürte Johnny, daß sein Vater erleichtert war, daß seine Prognose, der Sohn ende im Zuchthaus, sich – vorerst wenigstens – nicht bewahrheitet hatte. Obwohl er ihn, seit er es sich leisten konnte, finanziell unterstützte, stopfte Josef Berger weiterhin Raben und Papageien aus, und hatte inzwischen im Haus den Posten des Hausmeisters angenommen, putzte nun Treppen, fegte den Hof sauber und stellte die Tonnen hinaus für die Müllmänner. Am liebsten stand er immer noch vor seiner Staffelei und malte, ging am Wochenende Schwammerl suchen und besuchte das Grinzinger Kircherl.

Dann holte Johnny Heidi, eine seiner Freundinnen, ab, fuhr mit ihr zum Ammersee und legte sie auf einem Parkplatz auf den noch warmen Kühler seines Autos. »Hier draußen werde ich für meinen Vater ein Haus kaufen«, sagte er und öffnete ihr die Bluse.

Danach brachte er Heidi nach Hause und fuhr zum Frühstücken ins »Eros«. Er las, was die Zeitungen über die Niederlage seines Boxers schrieben. Auch von ihm war ein Bild abgedruckt, wobei ihm auffiel, daß er sich um seine Haare kümmern mußte. Sie wurden weniger, waren dünn und ärgerlich schwierig zu kämmen.

»Ist dir schon aufgefallen, daß du ganz gelb bist im Gesicht?«

»Schenk mir lieber noch 'n Kaffee ein, Ilse, und ruf Hans an. Er soll herkommen.«

Ilse telefonierte.

»Ruf Deska an, er soll auch herkommen. Und ruf Mike Deinhard an, und sag ihm, daß ich ihn sofort sprechen muß.«

Deska rief als erster zurück. Er hatte gerade noch am Spieltisch gesessen und sich gewundert, wo Johnny abgeblieben war.

»Ich habe nachgedacht, ob ich unseren Preisboxer nicht in die Wüste schicken soll. Wenn, was ich hoffe, die Trainer in Mailand ihm noch was beibringen können, planen wir am besten noch dieses

Jahr einen Titelkampf um die Europameisterschaft, bevor er noch ein paar Kämpfe verliert. Nur tu mir den Gefallen, flieg mit ihm gleich wieder zu Branchini und sag ihm, ich will ihn erst wiedersehen, wenn seine Einstellung stimmt.«

Dann erschien Hans, verkatert und wegen der Niederlage noch immer mit den Nerven fertig. Er erschrak, als er Johnny sah. »Was ist denn mit dir los?«

»Ich muß unbedingt einen Arzt finden, der was gegen meine Haare unternimmt.« Er fuhr sich durch die Frisur, spürte fast keinen Widerstand und fragte sich, warum sein Vater ihm nicht den Gefallen getan hatte, ihm seine Haare, die noch im Alter voll und fest waren, zu vererben.

»Schau mal in den Spiegel. Du bist ja völlig gelb im Gesicht!«

Johnny ging auf die Toilette und schaute sich im Spiegel an. Viel fiel ihm nie auf, wenn er sich gesund fühlte; für einen, fand er, der soviel säuft und kaum schläft, sah er sogar ausgeruht aus. Dann telefonierte er doch mit seiner Mutter und wollte wissen, was ein gelbes Gesicht zu bedeuten habe.

»Tja, Gelbsucht«, antwortete sie. »Fühlst du dich denn krank?«

»Danke, Mama.«

Er ließ sich von Hans zur Notaufnahme ins Schwabinger Krankenhaus fahren, wo die Ärzte ihm rieten, am besten gleich dazubleiben. »Sie können froh sein, daß wir überhaupt noch ein Bett frei haben.«

Den Anblick kranker Menschen, die auf rollenden Wagen durch die Korridore gekarrt wurden oder dort elend in ihren Schlafanzügen und Bademänteln herumstanden, ertrug Johnny so wenig wie den Geruch von Rattengift.

»Sie, passen 's auf«, erklärte er einer Schwester, »ich hol nur schnell meinen Waschbeutel draußen aus dem Auto«, verließ die Klinik, ließ sich von Hans zum »Eros« zurückfahren und rief seine Mutter noch einmal an. »Onkel Werner kennt doch sicher ein Krankenhaus, wo ich mich mal ein paar Tage reinlegen kann, was Schönes im Grünen, eine Privatklinik oder so was, egal, was es kostet, nur will ich keine Kranken sehen.«

Onkel Werner hielt ihm erst einmal einen Vortrag über die Gefahren, sollte die Krankheit nicht richtig auskuriert werden. »Das kann Monate dauern!«

»Quatsch, bei mir doch nicht«, lachte Johnny, ließ sich aber am Mittag von Hans ins ruhige und nahe am Wald gelegene Harlachinger Krankenhaus fahren, das Onkel Werner für ihn ausgesucht hatte. Ein Zimmer im dritten Stock lehnte er ab. Er mußte kommen und gehen können, wann immer er das wollte, und verlangte ein Zimmer im Erdgeschoß. Als er im Bett lag und seine Füße betrachtete, begriff er endlich, daß er sich beim Urlaub in Thailand angesteckt haben mußte; sie waren gelb wie sein Urin, wenn er gezecht hatte.

Bei der Untersuchung stellte sich heraus, daß es sich in seinem Fall nicht um eine infektiöse Gelbsucht handelte. Sie gaben ihm Zwieback zu essen und schwarzen Tee zu trinken und verordneten strengste Bettruhe.

Schon in der ersten Nacht bekam er Hunger. Er rief Hans an. »Bring mir sofort was zum Futtern! Kartoffelsalat, Pommes frites, ein halbes Hähnchen, du weißt schon!«

Hans kletterte eine halbe Stunde später mit drei Tüten über den Zaun und stieg durchs offene Fenster ein. Johnny ließ es sich schmecken und gab nebenbei Anweisung, Mike Deinhard an das Grundstück am Ammersee zu erinnern, Carola mit Zeitschriften und Zigaretten herzuschicken und Ami-Toni, Ricky und Arno Bescheid zu sagen, Spielkarten mitzubringen.

Der Arzt untersuchte täglich seine Werte und war zufrieden. »Wenn Sie weiterhin wie bisher Diät halten, geht alles bestens. Ihre Werte, Herr Berger, machen sich jedenfalls.«

»Na, sehen Sie, Doktor, was die heutige Medizin alles kann.« Wenn er an seine nächtlichen Freßgelage dachte, mußte er grinsen. Der Arzt hatte gestern sein Bild in der Zeitung gesehen: Sie hatten ihn in einer Serie über »Die goldenen Junggesellen« verewigt; er wußte also, wer der schwierige Patient war. »Trotzdem, Herr Berger, tun Sie mir den Gefallen, halten Sie sich wenigstens ein wenig an unsere Nachtruhe.«

Bis Hans um fünf Uhr jeden Morgen zum Fenster hereingeklettert kam und Frühstück und Zeitungen mitbrachte, spielte er mit seinen Freunden Karten, was nur deshalb geduldet wurde, weil die Nachtschwester was für ihren neuen Patienten übrighatte, gern seine Komplimente hörte und jung und neugierig genug war, ihn auszufragen, was wirklich in Bordellen geschah. Das Trinkgeld, das er ihr zusteckte, war höher als ihr Monatsgehalt, und was er jede Nacht mit seinen Freunden verspielte, verdiente ein Arzt in einem Jahr nicht.

Mit Hans besprach er den Hauskauf am Ammersee. »Ich werde meinem Vater da draußen ein Schloß bauen, dann kann er tun und lassen, was er will, wandern, malen und nebenan im Wirtshaus sein Bier trinken. Sobald ich das Haus gekauft habe, wird es von unseren Jungs umgebaut.«

Auf eigene Verantwortung wurde Johnny bereits nach achtzehn Tagen aus dem Krankenhaus entlassen. Sein Arzt redete ihm ins Gewissen, keinen Alkohol zu trinken, viel zu schlafen und vor allem Sonne zu meiden.

Er bedankte sich für die Ratschläge und flog noch am gleichen Tag ins sonnige Mallorca. Er nahm Carola mit und Janina, um deren Gemütszustand er sich Sorgen machte, seit sie Selbstmordabsichten geäußert habe.

Ferien fand Johnny grauenvoll. Nichts strengte ihn so an wie Nichtstun, er war froh, daß er sich um Janina kümmern konnte. Ihr zuliebe (und mehr noch Max zuliebe) spielte er den Philosophen, zeigte ihr, wie die Sonne aufging, wie ein Tag begann, wie es sich anfühlt, wenn man im Meer schwamm, nackt und allein, wie dumm Ziegen schauen, wie ungefährlich Schlangen sind, wie spannend es war, barfuß über Steine zu gehen und wie am Abend, wenn die Sonne wieder unterging, der Rotwein schmeckte. Mit genug Rotwein war es keine Kunst, die Beine auszustrecken, und alles, was ihm gerade einfiel, wie ein Märchenonkel auszuschmücken, Hauptsache, sie konnte über ihn lachen. »Und mit einem Lächeln«, sagte er, bevor Janina dann schlafen ging, »wirst du morgen früh aufwachen.«

Johnny leerte die nächste Flasche allein und war ganz in der Stimmung, sein Leben für ein größeres Wunder zu halten als Himmel, Meer und Sterne.

8

Von der ersten Minute an war klar, daß er das Haus kaufen mußte. Es lag, nur durch eine kleine und wenig befahrene Straße vom Ufer des Ammersees getrennt, im Grünen und doch mitten in Herrsching. Den ganzen Tag schien Sonne in den Garten, die Luft war gesund, und fremde Menschen waren außer Sichtweite. Nicht ganz allerdings, denn es waren zwei Häuser, ein zweistöckiges Haupthaus und daneben ein kleiner Bungalow, kaum größer als ein Bootshaus oder ein geräumiger Geräteschuppen. Im obersten Stockwerk des Haupthauses wohnte eine alleinstehende, ältere Frau, der nicht sofort gekündigt werden konnte. Johnny dachte schon deshalb nicht daran, ihr das Leben schwerzumachen, da ihre Anwesenheit nützlich sein konnte, falls sein Vater Hilfe benötigen würde – also strengte er sich an, sich von seiner besten Seite zu zeigen. Die ahnungslose, zuerst noch mißtrauische Frau sah in dem jungen Mann bald einen vorbildlich fürsorglichen Sohn.

Die Bauarbeiten, die er vornehmen ließ, waren gründlich. Der kleine Bungalow – das eigentliche Refugium für den Vater – sollte völlig neu hergerichtet, die Wände neu gemauert, das Dach erneuert, ein Badezimmer eingerichtet, ein offener Kamin gebaut, zwei Fenster um das Doppelte vergrößert werden. Für jede Lüge, jede Ungezogenheit seiner Flegeljahre wollte er sich endlich entschuldigen; goldene Wasserhähne wollte er anmontieren lassen, weil er beweisen mußte, wie sehr er sich seiner Schandtaten bewußt war.

Als Josef Berger zum erstenmal nach Herrsching kam, verschlug es ihm die Sprache. Johnny hatte alle, die ihn sonst immer nur anpumpten, zum Arbeiten auf die Baustelle geschickt, Jugendfreunde aus dem »Tabarin« und ehemalige Knastbrüder, jeder konnte irgend etwas, Steine schleppen, Fliesen legen, Zement rühren, Dach decken. Er ließ Kuddel, der gelernter Baufachmann war, jede Woche einmal aus Hamburg einfliegen.

Mit der Arbeit ließen sie sich Zeit, für sie waren es bezahlte Ferien. Sie grillten Fische, gingen baden und sonnten sich. Josef Berger schüttelte nur den Kopf, als er das sah. Und tat, was Johnny gehofft hatte: Er übernahm selbst das Kommando. Nur an den Wochenenden, wenn Ferkel gebraten und Holzfässer aus der nahegelegenen Klosterbrauerei geleert wurden, wenn Johnny auftauchte und gefeiert wurde, verschwand er. Für diese Art von Lebensfreude hatte er nichts übrig.

Nach drei Monaten war das Haus trotzdem bezugsfertig.

»Was ist das?« wollte Josef Berger wissen, als vor dem Grundstück ein monströses Gebilde aus Plastik abgeladen wurde.

Neubauer-Heinzi klärte ihn auf. »Na was schon, ein Swimmingpool.«

»Und wer hat gesagt, daß ich einen will?«

»Ihr Sohn.«

»Auch das hab ich dir nicht austreiben können«, erklärte Josef Berger seinem Sohn, »daß du selbst in dem, was du Gutes tust, rücksichtslos sein mußt.«

Johnny hörte nicht auf sein Gerede, der Pool wurde gegen seinen Willen im Garten versenkt.

Eine einfache Holzhütte, das begriff er aber allmählich, wäre seinem Vater lieber gewesen.

»Und du meinst, ich werde mich hier jemals zu Hause fühlen?«

»Schau hier, Pap, alles funktioniert elektrisch!« Er drückte auf einen Knopf, und die Vorhänge schlossen sich automatisch. »Und hier, schau!« Er hatte sogar das Licht mit Dimmer ausgestattet, damit sein Vater die Lichtstärke selbst regeln konnte. Johnny war von allem, was er ihm vorführte, begeistert.

Josef Berger hielt seinen Sohn für übergeschnappt. »Wenigstens blieb der Ammersee von dir verschont.«

Unfaßbar, dachte Johnny, dabei fiel ihm ein, daß sein Vater nicht einmal dann Gefühle gezeigt hätte, wenn es eine Holzhütte, und damit das Richtige gewesen wäre. »Na, wenn du hier nicht malen kannst, Pap!«

Über das Malen redete er nicht, mit niemandem. Aber an dem Tag, das wußte Johnny, wenn er den richtigen Platz für seine Staffelei gefunden hatte, war er hier zu Hause. Und darauf freute er sich.

Da er dem Reichtum seines Sohnes noch immer nicht traute, behielt Josef Berger das Zimmer in der Dachauer Straße, zahlte weiterhin seine fünfundvierzig Mark Miete im Monat und genoß das Gefühl seiner Unabhängigkeit.

»Was, um Gottes willen, willst du denn damit?« wunderte sich Johnny, als sein Vater auch das kleine, alte Nachtkasterl mit nach Herrsching brachte. »Das brauchst du doch jetzt nicht mehr, Pap, und wenn, kauf ich dir was Modernes, was hierher paßt.«

»Später«, wehrte sich Josef Berger.

Wochen später stand der Nachttisch immer noch herum. Johnny machte einen energischen letzten Versuch, ihm das häßliche schiefe Ding auszureden.

»Das Kasterl bleibt hier. Sonst geh ich auch.«

Johnny bot ihm, im Tausch gegen das Kasterl, einen Hund an. Josef Berger liebte Hunde, aber sein Entschluß stand fest, und deshalb gab es darüber nichts mehr zu reden. Johnny schenkte ihm trotzdem einen Hund.

In Herrsching traf er auch einen alten Spezi wieder. Aus dem einstmals gefürchteten Schmidinger-Xare war ein ruhiger und zufriedener Mann geworden. Ein Mann wie ein Baum immer noch, aber einer, der inzwischen verheiratet war, eine neunjährige Tochter hatte und in seiner Freizeit nichts lieber tat, als bis zum Sonnenuntergang am Ufer des Ammersees zu sitzen, breit und schläfrig in einem Klappstuhl, neben sich einen Kasten Bier und einen Campingtisch für die Brotzeit. Er hatte in den Zeitungen genug über Johnnys Erfolge gelesen und freute sich, ihm endlich persönlich gratulieren zu können. Daß Johnny reich geworden und dabei schlank geblieben war, gefiel ihm, aber tauschen wollte er nicht mit ihm. Seine Vergangenheit hatte er hinter sich gelassen. Den Xare der »Dschungelbar« gab es nicht mehr, und an die wilde Rock 'n' Roll-Zeit erinnerten nur noch die Tätowierungen an beiden Armen. Seit zehn Jahren arbeitete er als Polier bei einer Baufirma. Er ließ sich nicht einmal dazu überreden, nur eben mal schnell über die Straße zu kommen, um auf der Baustelle ein paar gemeinsamen Bekannten von früher die Hand zu schütteln.

Johnny war anhänglicher, was seine Vergangenheit betraf. Er sah keinen Grund, warum ein Mannsbild wie Xare nicht bei ihm sein Geld verdienen sollte. Außerdem suchte er gerade jemand, da er bei einem Pokerspiel ein Grundstück in Oberfinning, nur ein paar Kilometer von hier entfernt, gewonnen hatte. Es war ihm, anstelle von Spielschulden, zugefallen, ein halbzerfallener Hof mit einem Haupthaus und einer großen Scheune, einer Pferdekoppel und Ställen. Nur hatte er nicht die geringste Ahnung, was er damit anstellen sollte. Xare war genau der richtige Mann für so was, ein Urbayer, Mitglied in einem Trachtenverein, der zudem als Maurer den Bau selbst in die Hand nehmen konnte.

Es dauerte drei Wochenenden, bis er ihn überredet hatte, sich aus seinem Klappstuhl zu erheben und sich das Grundstück Oberfinning anzuschauen. Johnny würde, wenn es sein mußte, auch eine Million in die Renovierung stecken, bis der Hof der schönste des gesamten Dorfs war. Und Xare würde mit seiner Familie da draußen ein ruhiges, friedliches Leben haben können, mit Pferden, Hühnern, Hasen, Katzen und Hunden. »Da lebst du doch wie im Paradies, zahlst wenig Miete, besorgst nur den Hof, arbeitest bei mir – und deine Tochter ist raus aus der Stadt.«

Xare erinnerte sich, daß gegen Johnny, wenn er sich einmal etwas in den Kopf gesetzt hatte, nichts zu machen war. Er glaubte längst selbst daran, daß er noch nie etwas anderes hatte tun wollen, als einen Bauernhof zu bewirtschaften.

9

Die öffentlichen Diskussionen um die Existenz seines Bordells, keine fünfzig Meter hinter der Sperrbezirksgrenze und doch mitten in Schwabing, wurden schließlich – in allen Medien und bis ins Rathaus hinein – so heftig, daß Johnny schon damit rechnete, sie würden das Haus schließen lassen. Aber dann entschied die Stadtverwaltung: »Dieses gutgeführte Haus sollte geöffnet bleiben.«

Jetzt riefen sogar schon Rechtsanwälte aus ihren Kanzleien in der teuren Maximilianstraße an, um ihn zu beglückwünschen, Leute, die er auf seinen Streifzügen durch die besseren Restaurants kennengelernt hatte, alle gleich gekleidet, englisches Tweed, Einstecktuch passend zur Krawatte, in seinem Alter und auch zu Geld gekommen, Makler, Finanzschieber, Immobilienhändler, alle mit Frauen im Schlepptau, die einen wie Johnny aufregend fanden, aufregend gefährlich. So einer sprach ihn im »Boccaccio« an und stellte sich als Dr. Blatter vor.

»Ihre Frau sagte mir, daß ich Sie hier treffen würde. Sie ist ja augenblicklich eine meiner Patientinnen.«

Seit zehn Tagen, das stimmte, lag Carola, den rechten Fuß in Gips, in der Blatter-Klinik. Johnny gab dem Mann die Hand und bot ihm den Platz neben sich an. »Wie geht's ihr denn.«

»Es gibt keinen Grund, sie länger bei uns zu behalten.«

»Aha.« Er überlegte. »Ach, wissen Sie, Doktor, sie soll sich mal bei Ihnen ein paar Tage richtig ausschlafen. Lassen Sie sie ruhig noch da.«

Das forderte bei Dr. Blatter ein anzügliches Lächeln heraus. »Verstehe, da kann ein Mann seinen Bewegungsspielraum besser genießen.«

Johnny bedauerte bereits, dem Mann die Hand gegeben zu haben. Männerkumpanei dieser Art konnte er noch nie leiden, und für hochtrabende Ausdrücke hatte er auch nichts übrig. In Hamburg wäre der Kerl im Pool gelandet. »Sie wünschen?«

»Um es kurz zu machen«, erklärte sein Gegenüber, »man hat mir meine Freundin ausgespannt.«

»Ach, wirklich?« Johnny schaute sich den Mann genauer an. Er schaute ihm sogar länger als nur ein paar Sekunden direkt in die Augen, bemerkte ein Nervenzucken in beiden Tränensäcken und schloß daraus, daß irgend etwas in diesem Kopf in Unordnung sein mußte. Hatte er nicht von einer Freundin gesprochen? Er trug aber einen Ehering. Wahrscheinlich hatte er Kinder, erwachsene Kinder. Und das Nervenzucken mochte begonnen haben, als er seiner Freundin die Heirat in Aussicht stellte, ohne, wie er wußte, jemals den Mut aufbringen zu können, sich von seiner Frau zu trennen. »Und Sie wollen sie wieder haben, wenn ich Sie richtig verstehe.«

Er nickte. »Unbedingt!«

»Und was hab ich, bitteschön, damit zu tun?«

»Da Sie der berühmte Herr Berger sind, dachte ich mir, könnten Sie mir, natürlich gegen Gage, vielleicht einen Gefallen tun.«

Johnny stellte sich dumm. »Aha, verstehe! Sie suchen jemand, der sie aufstöbert, ihr einen Blumenstrauß in die Hand drückt und klarmacht, wie sehr Sie immer noch an ihr hängen und daß sie zurückkommen soll.«

Dr. Blatter entnahm seiner Brieftasche eine Fotografie. »Das war letzten August am Gardasee – als ich, wohlgemerkt, noch völlig ahnungslos war.«

Johnny warf einen Blick auf das Bild. »Sind Sie sicher, daß die Dame nicht Ihre Tochter ist?« Er reichte Heidi den Schnappschuß. »Oder wie alt schätzt du sie?«

»Bitte, nicht doch«, entrüstete sich Dr. Blatter, riß Heidi das Foto aus der Hand und verstaute es wieder. »Wieviel verlangen Leute wie Sie dafür, einem kleinen hergelaufenen Pizzabäcker ein wenig Anstand beizubrigen.« Seine Stimme klang jetzt streng. »Er darf nur nicht erfahren, wer dahinter steckt.«

»Wäre es Ihnen recht, ihm erst einmal nur den rechten Unterarm abzuhacken?«

Heidi mußte hemmungslos lachen.

Dr. Blatter wurde rot, vor Scham und vor Wut, und griff nach seinem Mantel.

»Warum gehen Sie nicht zum Schlachthof und suchen sich dort

jemand? Dachten Sie, ich führe eine Agentur, die auf Mord und Totschlag spezialisiert ist?«

»Ich schwör's Ihnen, wenn das auch nur die geringste Publicity gibt, lasse ich Sie aus der Stadt jagen!« Nach dieser Drohung verließ Dr. Blatter das »Boccaccio« und Johnny rief Carola an, sie solle ihre Sachen zusammenpacken.

10

Johnny ging alles zu langsam, nur sein Leben verging ihm zu schnell. Er wollte mehr, als nur Bordelle betreiben. Es mußte andere Wege geben, Geld zu verdienen, ohne sich Tag und Nacht mit Weibern und Luden herumzustreiten, die Konkurrenz zu kontrollieren, Beleidigungen mit Bestrafungen zu beantworten, die eigene Mannschaft bei Laune und ihren Ehrgeiz in Schach zu halten, Schlägereien zu schlichten, Gäste, die durchdrehten, auf die Straße zu befördern und die Mädchen zu beruhigen, wenn sie mit Freiern oder untereinander Streit hatten. Er hatte diese Arbeit lange genug gemacht; und noch länger hatte er für andere den Kopf hingehalten. Ihm schwebte ein Kaufhaus vor, ein Großbetrieb, etwas wie ein erotischer Palast jedenfalls. Nicht umsonst hatte ihm Las Vegas so imponiert. Er kannte die Gegend zwischen Stachus und Bahnhof wie seine Westentasche und wußte, daß dafür vor allem die Bayerstraße in Frage kam. Dort mußte er sich einen Überblick über die Besitz- und Mietverhältnisse verschaffen.

Hans biß in ein Wurstbrot und schüttelte den Kopf. »Da seh ich schwarz!«

»Das scheint deine Lieblingsfarbe zu sein«, spottete Johnny.

Lehner-Erich, der mit am Kantinentisch saß, hatte mit zehn Jahren angefangen, das Handwerk des Prügelns zu studieren und seitdem eine Menge dazugelernt. Er brachte die nötigen Voraussetzungen mit, sich nicht auf Debatten einzulassen. »Dem Mann Angst einzujagen, ist kein Problem.«

»Aber dir Verstand beizubringen«, sagte Johnny.

»Wir erschießen seine Doggen, danach erpressen wir ihn.«

»Kann sein, daß wir einfach zu spät kommen«, überlegte Uwe.

»Das wissen wir, wenn Rudi anruft.«

Es ging um das Grundstück Bayerstraße. Bis vor drei Monaten war das zweistöckige Gebäude noch ein Schuhkaufhaus gewesen. Der Besitzer hieß Randl. Ihm gehörte auch das Grundstück. Vermietet hatte er das Haus an einen gewissen Küfer aus Fulda, einen Großunternehmer der Pornobranche mit Filialen in mindestens dreißig deutschen Städten. Mit den Umbauten war bereits begonnen worden. Auch Küfer wollte, wie Johnny, zwei Kinos und im Erdgeschoß einen Sexshop bauen. Dann wurde ein Baustopp verhängt; jetzt ging es darum, ob die Stadt ihn aufhob oder nicht.

Rudi hatte gute Nachrichten. »Abgelehnt. Der Küfer hatte nicht einmal eine Baugenehmigung eingeholt, bevor er anfing.«

Das war Johnnys Chance. Küfer würde nun entweder einen Rechtsstreit beginnen oder aufgeben. Seine Baustelle kostete ihn vermutlich an die zwanzigtausend Mark Miete monatlich, und er hatte die Behörden gegen sich. Selbst wenn er die Klage gewann, konnte das dauern.

Johnny rief Küfer an, um seinen Besuch anzukündigen. Das Gespräch war kurz. Der Mann war bereit, ihn zu empfangen. Das hieß, folgerte Johnny, daß er ihn vielleicht wirklich aus dem Mietvertrag rausboxen konnte. »Ich bin ein Scheißkerl, wenn ich will. Und Küfer werde ich den Beweis liefern.«

Er fuhr mit Deska im Zug nach Fulda. Sie trugen Trainingsanzüge – und zogen sich erst kurz vor dem Aussteigen um; ihre Anzüge hatten sie in Plastiktüten dabei.

Küfer ließ sie erst einmal warten, weil er, wie seine Sekretärin ihnen ausrichtete, sein Tennisspiel nicht unterbrechen wollte. Es dauerte eine geschlagene Stunde, bis er endlich sein Büro betrat, seine Gäste begrüßte und sie in einen abgedunkelten, holzgetäfelten Konferenzraum führte. »Was darf ich Ihnen anbieten?«

Küfer war vielleicht sechzig, aber fit. Er wirkte vornehm und redete ungewöhnlich leise. Nichts deutete auf einen Unternehmer der Pornobranche hin. Er hätte auch mit Steinway-Flügeln sein Geld verdienen können.

Johnny kam sofort zum Thema. »Wir wollen Ihren Mietvertrag kaufen. Und ich sage auch gleich, warum wir das vorhaben.«

Er redete gut eine halbe Stunde und war in Hochform. Seine Ausführungen berücksichtigten alle wichtigen Details, die verärgerte Behörde, die katholische Politik der bayerischen Landeshauptstadt, die Kosten der Baustelle. Das alles war aber nur der Anfang. Geld hatte Küfer schließlich genug. Deshalb klärte er ihn über die Gewohnheiten des Milieus auf, über das Rechtsempfinden unter Banditen und ihre Art, es durchzusetzen. Kaltschnäuzig präsentierte er sich als Chef der Rechtspflege, drückte mächtig auf die Tube, übertrieb und beobachtete dabei sein Gegenüber.

Küfer hörte aufmerksam zu, zog an seiner Zigarre und streichelte die Tischplatte.

»Sie werden keine Freude haben in München«, schloß Johnny seine Rede ab. »Und keine Freunde.«

Küfer betrachtete die Glut seiner Zigarre. »Ich nehme an, Sie werden der Mann sein, der mir das Leben schwermachen will.«

Johnny nickte. »Ich glaube, ich habe die nötige Begabung dafür, auf der Straße lernt man so was.«

»Sozusagen von der Pike auf«, erwiderte Küfer und erhob sich. »Sie erwarten sicher von mir, daß ich mich schnell entscheide.«

»Das wäre nach meinem Geschmack«, bestätigte Johnny.

Der alte Rudi hatte gründlich recherchiert. Draußen im Garten, der die Ausmaße eines Parks hatte, sprangen tatsächlich weiße Doggen herum.

»Kommen Sie um drei Uhr wieder, ich erwarte Sie.« Er stand auf, begleitete sie zur Tür und schaute ihnen nach. Dann griff er zum Telefon.

In einer Gaststätte aßen Johnny und Deska Wurstsalat, tranken Bier, kippten dazu einen Wacholder und fuhren kurz vor drei Uhr zur Villa zurück. Eine Stunde später standen beide auf dem kleinen Bahnsteig und warteten auf den Zug. Johnny konnte es kaum erwarten, nach München zu kommen.

Es hatte geradezu feierlich geklungen, wie Küfer seine Entscheidung, den Mietvertrag zu kündigen, begründete. »Ich muß sagen, daß mich Ihre Selbstsicherheit in dieser Sache keineswegs eingeschüchtert hat, Herr Berger, ganz im Gegenteil – ich war überrascht, wie vergnüglich sich so was anhört. Sie kommen mich besuchen, um mich herauszukaufen, und tun das, indem Sie mir drohen. Aber alles, was ich herausgehört habe aus Ihren Worten, ist – neben den Fakten, die auch mir bekannt sind – die Tatsache, daß Sie, verzeihen Sie, eine gute Kinderstube haben. Sie haben eine direkte, offene Art, die mir zusagt. Und wenn ich mich aus dem Geschäft zurückziehe, dann nicht, weil Sie mir Angst eingejagt haben, glauben Sie mir das. Viel mehr als junge Menschen, die etwas wollen, fürchte ich Politiker, noch dazu katholische. Das ist der Grund, mich von diesem Geschäft zu verabschieden. Sie hatten recht. In meinem Alter ist es nicht mehr die Mühe wert, mit Dummköpfen zu streiten. Meine Rechtsanwälte sind über die Entscheidung bereits informiert. Und Ihnen kann ich nur Glück wünschen.«

Obwohl Johnny mit dem Ergebnis rundum zufrieden war, ging ihm etwas nicht aus dem Kopf. »Das Kompliment höre ich nun schon zum zweitenmal, daß ich eine gute Kinderstube haben soll. Fonse im Knast in Ebrach hat mir das auch schon mal an den Kopf geworfen, und schon damals habe ich nicht kapiert, was er damit gemeint haben könnte. Immerhin habe ich dem Mann doch gerade die Pistole auf die Brust gesetzt.«

»Nein, eben gerade nicht! Geredet hast du, einen Vortrag gehalten, ihn auf deine Art sogar respektiert. Ich kenne genug, die sich nicht soviel Mühe geben. Aber ich kenne auch keinen, der sich selbst so gern reden hört wie du.«

Das schluckte Johnny. Er wußte, daß er nun mal verdammt gern anderen sagte, wo's langging. Wie oft in seinem Leben hatte er sich nur durch Ausreden helfen können; da lernte auch einer ohne Schulabschluß, sich auszudrücken.

Trotzdem dachte er darüber nach, warum ihn jemand, was in seinen Augen lachhaft war, für einen guterzogenen jungen Mann halten konnte. »Ich seh doch nicht wie einer aus, dem man solche Komplimente machen kann, oder?« Die Vorstellung behagte ihm überhaupt nicht.

Johnny liebte es, Risiken einzugehen, während sein Partner Deska angesichts der Summen, die jetzt investiert werden mußten, schnell kalte Füße bekam. Er wollte eigentlich aussteigen; aber Johnny brauchte sein Geld und wußte genau, daß Deska zu ehrgeizig war, um jetzt geizig sein zu können. Ihn bei der Stange zu halten, war deshalb nicht schwer. Küfer forderte eine Abfindung von knapp zweihunderttausend Mark.

Randls Makler erhöhte bereits beim ersten Vorgespräch die Miete, um am ersten Tag der Verhandlung noch einmal ein paar Tausender draufzulegen. Es schien kein Zufall, daß auf seinem Schreibtisch ein Foto stand mit dem Porträt einer Frau, die ganz sicher nicht seine Ehefrau war.

Noch weniger war es Zufall, daß Johnny schon zum zweitenmal mit Randls Sohn zusammensaß. Dabei erfuhr er, daß dem alten Randl auch das angrenzende Grundstück gehörte. Da residierte, eingesessen und ehrwürdig, ein Herrenbekleidungsgeschäft.

Der Vertrag mit Randl wurde auf zehn Jahre und fünf Jahre Option abgeschlossen. Johnny kümmerte sich sofort um die Baubehörde. In allen Punkten gab er den zuständigen Beamten Recht – eine andere Strategie, um an eine Baugenehmigung zu kommen, wäre dumm gewesen.

Als das geschafft war, begann er mit dem Umbau. Genauer hätte man alle Vorschriften nicht einhalten können – er baute ja gewissermaßen unter den mißtrauischen Augen der Polizei.

Unangenehm war nur, daß er es noch mit einem Herrn Schweeger zu tun hatte, einem der alten Vertragspartner von Küfer. Ihm hatte er bereits eines der Kinos verpachtet gehabt, und darüber existierte ein gültiger Vertrag.

Schweeger bewohnte eine Villa in Grünwald, und dort stellte er Johnny, als sie sich kennenlernten, Therese von Thon, seine Geschäftsführerin, vor, eine elegante, vielleicht dreißig Jahre alte, attraktive Frau.

Daß er beide, Schweeger und seine Herzdame, so rasch wie möglich aus dem Vertrag drücken würde, stand fest, nachdem Schweeger einen Verkauf abgelehnt hatte. Auch wo er den Hebel ansetzen mußte, war ihm klar: Allein wie Frau von Thon ihn behandelte, forderte Johnny heraus; und wenn er sich nicht verhört hatte, sprach sie auch sonst von Männern wie von kleinen, ungezogenen Kindern.

Ein Abendessen zu zweit diente einzig dem Zweck, ihre Verführung vorzubereiten, aber sie war ein zäher Brocken. Auch nach der dritten Flasche Wein besaß sie noch genug Geistesgegenwart, mißtrauisch zu bleiben. Ein zweites Abendessen zu zweit wurde notwendig. Und eine Ehrenkarte zu einer seiner Boxveranstaltungen.

Etwa einen halben Monat, nachdem Johnny seine »Silver-City-Sex-Vertriebsgesellschaft mbH« gegründet und das »Silver-City-Show-Center« eröffnet hatte, ging über München ein Platzregen nieder, und Johnny bot Frau von Thon, die zum Flughafen mußte, an, sie zu fahren. Er war sich zu diesem Zeitpunkt seiner Sache sicher. Als er von der Autobahn abbog und den Wagen auf einem Feldweg, der wegen des Wolkenbruchs kaum mehr befahrbar war, anhielt, war der dritte Schritt zu Schweegers Niederlage eingeleitet.

»Ich glaube, wir sitzen fest.« Johnny stieg aus.

Frau von Thon wurde nervös. Sie tat vorsichtshalber immer noch so, als verstünde sie nicht, daß Johnny nur darauf wartete, bis auch sie aus dem Auto stieg. Dann stand sie barfuß und von einer Minute zur nächsten bereits völlig durchnäßt neben ihm. »Sie sind verrückt«, schrie sie und warf sich ihm an den Hals.

Es ist immer wieder erstaunlich, dachte er, wie weit man bei Frauen kommt, wenn man den Dreckskerl raushängen läßt. Frau von Thon ließ es sich gefallen, daß er sie auszog und sich schließlich mit ihr im Schlamm wälzte.

Nach diesem Erlebnis saß Frau von Thon jetzt häufiger selbst an ihrer Kinokasse und ließ kaum eine Gelegenheit aus, Johnny zu sehen. Bei Regenwetter wurde sie besonders redselig, dann zog sie auch über Schweeger, ihren Chef, her – und tat, worauf Johnny nur gewartet hatte. Von ihr erfuhr er, daß Schweeger ihn für einen aufgeblasenen, kleinen Zuhälter hielt. »Ich nehme aber an, daß Sie das nicht weiter überrascht.«

Das Stichwort war gefallen, nun konnte er handeln. »Dabei war ich ihm gegenüber doch immer fair«, antwortete er mit gespielter Entrüstung.

»Ah ja?« Frau von Thon kramte in ihrer Handtasche nach ihrem Feuerzeug. »War das auch fair, was Sie mit mir gemacht haben?«

Johnny überhörte die Frage. »Dann redet also Schweeger schlecht über mich?«

Sie hatte ihr Feuerzeug gefunden. »Geben Sie mir Feuer?«

»Wieso? Tun das Männer gewöhnlich?« Er schaute sie mit der ganzen Überheblichkeit eines Menschen an, der noch nie seine Hände aus den Taschen genommen hat. »Richten Sie Ihrem Chef folgendes aus. Wenn er sich noch einmal im ›Silver-City‹ blicken läßt, schmeiße ich ihn eigenhändig vor die Tür. Und wenn er Sie fragt, warum, sagen Sie ihm die Wahrheit.«

Als Johnny aus Monte Carlo zurückkam, wo er mit Freunden beim Boxkampf gewesen war, gestand ihm Dossi, daß er mit Frau von Thon ein Verhältnis begonnen habe, und machte sich schon auf ein Donnerwetter gefaßt; Verhältnisse unter Angestellten waren ein Kündigungsgrund. Aber Johnny amüsierte sich nur. »Und wie lange geht das schon?«

»Drei Wochen.«

»Dann wird es Zeit für deine Abschiedsvorstellung«, sagte Johnny und besprach mit ihm, wie er sich die Einzelheiten vorstellte; zugleich rief er einige seiner Mitarbeiter zusammen, die er als Zeugen benötigte.

Auf Johnnys Anordnung ließ sich Dossi noch einmal mit Frau von Thon ein, auf die Schnelle hinter den zugezogenen Vorhängen der Kinokasse.

Zehn Minuten später riß Johnny, wie abgemacht, die Tür auf.

Frau von Thon war kreidebleich, begann zu weinen, brachte ihre

Kleidung in Ordnung, stürzte die Treppe hinunter, fiel fast und rannte davon.

»Mal sehen, was Schweeger jetzt macht«, freute sich Johnny.

Schweeger gab sich geschlagen und ließ durch seinen Rechtsanwalt mitteilen, daß er bereit sei, seinen Vertrag zu kündigen.

Da er die Nase voll hatte, im Rhythmus von jeweils neun Monaten gerade erst eröffnete Bordelle wieder schließen zu müssen, hatte er sich, von einigen Beteiligungen abgesehen, aus diesem Gewerbe inzwischen offiziell zurückgezogen; was zu tun blieb, erledigte Hans mit seiner Mannschaft. Er mußte nur noch aufpassen, daß sie sich bald Manieren zulegten; der Stachus war nicht der Fischmarkt. Die kleinste Prügelei konnte ihm eine Anzeige wegen Körperverletzung einbringen, was genügen würde, seine unternehmerischen Interessen in der Innenstadt zu gefährden.

Auf dem Oktoberfest kam es dann trotzdem zu einer Schlägerei. Das Saufen von Wies'n-Bier war die Garantie, daß erstklassig gearbeitet wurde. Als er die Polizei anrücken sah, lief Johnny zum Ausgang, gab dem Ordner, der ihn aufhalten wollte, einen Hundertmarkschein und rief: »Gerade bin ich Vater geworden!«

Der Mann ließ ihn los. »Ach so? Ja mei! Gratuliere!«

Es war immer besser, nicht erreichbar zu sein, wenn die Polizei sich allzusehr für einen interessierte. Deshalb flogen Johnny und Carola noch am Abend mit der letzten Maschine nach Hamburg. Zuerst besuchten sie Carolas Eltern, und Johnny schwärmte ihnen ausführlich von seinem Haus am Ammersee vor. »Ich verstehe überhaupt nicht, warum ihr euch das nicht längst einmal angeschaut habt.«

»Weil du uns noch nicht eingeladen hast, deshalb.«

»Na gut«, entschied er, »sagt , wann ihr kommen wollt, dann zeige ich euch alles.«

Er ließ Carola bei ihren Eltern, wo sie auch übernachten sollte, und erledigte ein paar Geschäfte; seine Nachfolger nahmen ihre Abrechnungen nur dann genau, wenn er ihnen hin und wieder persönlich auf die Finger schaute. Anschließend schaute er im

»Cherie« vorbei. Er beschränkte sich darauf, den Mädchen, die unbeschäftigt an der Bar saßen, eine Flasche zu spendieren und sich mit Dakota-Erich zu unterhalten.

Als er das »Cherie« morgens gegen zehn Uhr, und das ziemlich mitgenommen, verließ, wußte er einen Moment lang nichts mit sich anzufangen und schaute unschlüssig die Straße rauf und runter, als ihm ein kleiner Junge auffiel, der einen Tennisball gegen eine Hausmauer kickte. Im gleichen Moment fiel ihm ein, daß er sich eigentlich mal wieder erkundigen könnte, was aus seinem Sohn geworden war; gut sieben Jahre hatte er ihn nicht mehr gesehen. Er nahm Schweine-Hans mit und hielt auf dem Weg zum Jugendamt vor einem Sportgeschäft, um für den Jungen einen Fußball zu kaufen.

Der Beamte wußte gleich, mit wem er es zu tun hatte. »Tut mir leid, daß ich Ihnen nicht weiterhelfen kann. Es wäre besser, Sie reichen den Wunsch, Ihren Sohn sehen zu wollen, erst einmal schriftlich ein.«

»Was Sie nicht sagen!« Jetzt war Johnny wachgerüttelt. Nicht nur das Wiedersehen mit seinem Sohn interessierte ihn, sondern der Widerstand, den die Behörden einem Treffen mit ihm entgegensetzten. Er rief Anni an, die ihm eine Straße in Barmbeck nannte, sich aber im Moment an die Hausnummer nicht erinnern konnte.

»Er wohnt dort jedenfalls bei einer Familie, die Frisch heißt.«

Als er auf einem Baugelände Kinder Fußball spielen sah, hielt er an und schaute sich jeden der Jungs an; es war immerhin möglich, daß darunter sein Sohn war. Aber jedesmal, wenn er sicher war, ihn gefunden zu haben, schüttelte der betreffende Junge den Kopf.

»Fragen wir mal in einem der Geschäfte hier.«

Die Bäckersfrau kannte keinen Jungen, der Gustav Bauer hieß.

»Hans, was hat Anni gesagt, wie die Familie heißt?«

»Frisch!«

»Gibt's denn hier eine Familie, die Frisch heißt?«

Ihr Gesicht hellte sich auf. »Vielleicht meinen Sie den kleinen Frisch, der heißt Gustav mit Vornamen!«

»Das gibt's doch nicht«, fluchte Johnny, »die geben meinen Sohn glatt als ihren eigenen aus!«

»Im Moment ist der aber bei seiner Oma.«

»Und wo ist das?«

»Keine Ahnung, irgendwo auf dem Land.«

»Geben Sie ihm das hier, wenn er wieder auftaucht«, sagte Johnny und händigte ihr den Fußball aus. Den Mann, der schon die ganze Zeit darauf wartete, endlich bedient zu werden, hätte er am liebsten geohrfeigt, einfach nur, weil er ihn anstarrte. Er ohrfeigte statt dessen das Mädchen, neben dem er nachmittags aufwachte, weil es ihn ins Ohr gebissen und behauptet hatte, er möge das.

11

Die Stadt, die sich eine Weltstadt nannte, noch dazu eine »Weltstadt mit Herz«, würde über das Geschenk, das er ihr machen wollte, staunen. Eine elegante Bar, die Sitze bequem, das Licht gerade hell genug, die Musik leise, so leise, daß sie einem zu schaffen machen kann, und die Animierdamen in Abendgarderobe, ausgesuche Exemplare mit Erfahrung.

In den Umbau hatte er ein Vermögen gesteckt, was Deska veranlaßte, schon bei der Planung aus dem Geschäft auszusteigen. Wie immer wurde Hansen sein Partner. Als dritten Partner, der die Bar nach außen hin repräsentieren sollte, hatte er James Graser angeheuert, als Playboy liebenswert und unverdächtig.

Noch bevor die Zeitungen über die Eröffnung berichteten, lagen den Behörden bereits Hinweise vor, wer hinter Graser und dem »Maxim's« steckte. Ein Beamter äußerte sich gegenüber der Presse folgendermaßen: »Wenn sich dieser Herr Berger einbildet, aus dem »Maxim's« einen bordellähnlichen Betrieb machen zu können, dann werden wir nicht tatenlos zusehen.«

Zwei Minuten, nachdem Johnny das gelesen hatte, ging das Telefon. Anni war dran.

»Ich hab Johnny für einen Tag zu dir geschickt.«

Johnny verstand nicht, was sie meinte.

»Bring ihn einfach morgen nachmittag wieder zum Flughafen, und ich hol ihn dann ab.«

»Von wem, verdammt noch mal, sprichst du eigentlich?« schrie Johnny.

»Hast du neulich nicht gesagt, du würdest deinen Sohn gern mal wieder zu Gesicht bekommen?«

Er fuhr zum Flughafen, obwohl er lieber mit einer Sprengladung Dynamit im Polizeipräsidium aufgetaucht wäre, holte seinen Sohn ab und brachte ihn zur Zittelstraße, wohin er inzwischen mit Carola umgezogen war.

»Was willst du machen?« Der Junge gefiel ihm, vor allem, weil er starkes struppiges Haar hatte. Er war schon jetzt fast so groß wie sein Vater, und sein Händedruck verriet, daß er ernst genommen werden wollte.

»Nichts. Bei dir sein.«

»Das geht jetzt aber schlecht.« Er gab ihm die Hausschlüssel und hundert Mark. »Geh ins Kino, geh in den Zoo, schau dir, von mir aus, die Stadt an, mach, was du willst, nur kann ich dich jetzt nicht mitnehmen!«

»Und warum nicht?« bettelte der Junge.

»Weil Buben in Stripteasebars keinen Zutritt haben. Schon mal in einer drin gewesen?«

»Alkohol schmeckt mir nicht, davon wird mir schlecht.«

»Und 'ne Freundin, schon mal eine gehabt?«

Der Junge schüttelte den Kopf; seinem Gesicht sah man an, daß er Frauen und Alkohol für dasselbe hielt.

»Ich erklär dir das alles mal, wenn ich Zeit habe, einverstanden?« Johnny gab ihm einen Klaps. »Und verlier den Schlüssel nicht, weil ich nicht weiß, wann ich nach Hause komme.« Dann fuhr er zum »Maxim's«.

Solange er Bordelle betrieben hatte, war er ein leicht auszurechnender, wenn auch zäher Bursche gewesen. Eine gesellschaftliche Rolle, gar ein gewisses Ansehen konnte er deshalb noch lange nicht beanspruchen; auch als Veranstalter von Boxkämpfen blieb er im Dunstkreis des Verbrechens. Mit einer Adresse wie dem »Maxim's«

aber wandte er sich jetzt an eine Elite, den Geld- und Vergnügungsadel, und das, wenn schon nicht übertrieben laut, so doch mit dem Anspruch auf Exklusivität. Warum, verdammt, sah die Stadt nicht ein, wie begabt er für seinen Beruf war? Warum ließ sie ihn nicht gewähren? Er liebte die Frauen, die Höhenlage ihrer Geheimnisse, den Zauber der Atmosphäre, die erotische Illusion. Eine Bar, eine mit ein paar verschwiegenen »Künstlerzimmern« im Obergeschoß, war dafür nur die Bühne. Er verstand sich auf ein Leben, das sich für die meisten weitgehend in Gedanken abspielte. Ihr Begehren war sein Profit. Er verlangte von der Stadt lediglich Aufrichtigkeit, um Geschmacksfragen würde er sich selbst kümmern. Warum die Würde des Menschen bemühen, wenn es Menschen gab, die Geld hinblätterten, um sie loszuwerden? Mochten sie lauthals von Moral reden, so verstanden sie doch eher was von Schmiergeldern und Religion – und beides zusammen nannten sie Politik.

Es fiel Johnny schwer, sich damit abzufinden, daß die Stadt ihm wieder einmal einen Strich durch die Rechnung gemacht hatte. Er begriff nicht, was sie gegen ihn hatten. Auf der ganzen Welt gab es Freudenhäuser, und viele waren berühmt geworden. Schriftsteller, Maler, Schauspieler hatten welche besucht, sie gemalt, besungen und beschrieben. Es gab Bordelle, die von Königen finanziert wurden, und Grafen, Barone und Herzöge waren dort ein und aus gegangen. Es gab sie seit Anbeginn der Menschheit. Bordelle waren die Heimat der Matrosen, der Abenteurer und der Verlorenen, sie waren entweder Spelunken oder Paläste, aber ihre Geschichten faszinierten die Menschen. Bordelle waren der Schauplatz komischer Tragödien und tragischer Liebesgeschichten. Eine Hure war das älteste Weibsstück der ganzen Schöpfung.

Johnny konnte unmöglich riskieren, daß er zu einer Eröffnung lud – und die Polizei Stunden vorher das Lokal schloß. Ihm blieb also nichts anderes übrig, als eine Bühne für Tänzerinnen bauen zu lassen, und das in zwei Tagen! Und dann hatte er am Ende nicht viel mehr als einen Stripteaseschuppen am Hals. Genau, was er nicht mehr wollte! Von dieser Sorte gab es genug. Aber der Zeitpunkt war vorbei, alles hinschmeißen zu können. Die Einladungen waren verschickt, die Hotels für Freunde gebucht, einige bereits eingetroffen. Er überlegte, was noch zu retten war.

Es war erst elf Uhr abends und noch zu früh, ins »Intermezzo« zu gehen, deshalb fuhr er kurz in der Zittelstraße vorbei. Er wollte wenigstens noch ein paar Worte mit seinem Sohn reden.

»Da stand die ganze Zeit unten ein Auto, und ein Mann saß drin und hat hochgeschaut«, teilte der ihm mit, als Johnny die Tür öffnete. »Ganz lange, ich hab's beobachtet.« Er war ganz aufgeregt und stolz, da er spürte, daß sein Vater ihn nicht einfach auslachte.

Johnny ließ sich von ihm erzählen, was er den Tag über alles angestellt hatte, wollte wissen, ob es ihm in Hamburg im Heim jetzt besser gefiele, und ob er, wenn er in drei Jahren achtzehn war, zu seiner Mutter oder zu ihm ziehen wollte.

»Zu dir!« war die Antwort.

»Aber du hast ja gerade gesehen, daß es gefährlich zugeht.«

»Das macht mir doch nichts aus.«

»Na gut. Und morgen, wenn du ausgeschlafen hast, bring ich dich zum Flughafen.«

»Wohin gehst du denn schon wieder?« wollte sein Sohn wissen.

Johnny ging zum Fenster, ohne etwas Verdächtiges entdecken zu können. »Arbeiten. Und hab keine Angst, schließ die Tür ab und geh jetzt schlafen.«

»Angst hab ich nur vor Spinnen. In der Küche hab ich vorhin eine an der Wand entdeckt.«

»Und?«

»Ich laß am besten das Licht an.« Er zeigte mit dem Kinn auf ein Foto, das in einem Bilderrahmen auf einem Tisch stand. »Ist sie das?«

»Wer?«

»Deine Freundin?«

»Das ist Carola, ja.«

»Ist sie da?«

»Nein, sie besucht ihre Eltern in Hamburg.«

»Und das da?«

»Das ist Jimmy. Und jetzt ins Bett.«

Es war Zeit, halb zwölf, Johnny fuhr zum »Intermezzo«, setzte sich an die Bar und ließ Nadja Gray ausrichten, wer auf sie wartete.

Er war vom ersten Moment an fasziniert, von der Tänzerin und der Frau. Ihre Ausstrahlung war ebenso natürlich wie rätselhaft. Und sie übertrieb es nicht, da sie wußte, wie sie auf Männer wirkte. Am liebsten hätte er reingebissen in das, was er sah. Er vergaß fast, mit ihr über sein Problem zu sprechen und daß nicht er von ihr, sondern vor allem sie von ihm beeindruckt sein mußte, wenn er sie abwerben wollte.

Seit ihrem Striptease in Federico Fellinis Film »La dolce vita« war Nadja Gray eine Berühmtheit. In München gab es Gerüchte, daß sie mit einem bekannten Politiker ein Verhältnis gehabt hatte, was sie geheimnisvoll machte, und teuer.

Nadja Gray war sowohl, was seine Person betraf, als auch über die Eröffnung seiner Bar informiert, war aber, was seinen Vorschlag anging, unschlüssig. »Ich habe Freddy mein Wort gegeben, ab morgen hier aufzutreten und bin, wie Sie sehen, mitten in den Proben.«

»Ich glaube kaum, daß er sich weigern wird, mir einen Gefallen zu tun.«

»So?« Nadja Gray schaute Johnny mit boshaftem Vergnügen in die Augen. »Nichts dagegen, daß Sie ihm die Show stehlen?«

»Er wird Tränen vergießen«, lachte Johnny.

»Worüber? Weil er sich nicht wehren kann?«

Johnny verstand, worauf sie anspielte, spürte aber, daß sie weit davon entfernt war, ihm deshalb Vorwürfe machen zu wollen.

»Hören Sie zu, Nadja! Ich zahle Sie aus, biete Ihnen das Doppelte, was Sie hier verdient hätten, und einen Jahresvertrag!«

Sie staunte. Sie liebte Männer, die sich deutlich ausdrückten, davon gab es kaum noch welche. »Sie sitzen in der Patsche, und ich helfe Ihnen. Und dann? Helfen Sie mir dann auch aus meiner?« Sie sagte es so leidenschaftlich leise, daß Johnny heiß wurde. Hätte er jetzt einen Wunsch frei gehabt, er wäre gerne die Zunge in ihrem Mund gewesen.

Inzwischen war es drei Uhr früh. Während sich Hans noch mit einem Dutzend Hilfsarbeitern abplagte, die dabei waren, eine Bühne zusammenzuzimmern, war Uwe beschäftigt, mit Animiermädchen eine Show auf die Beine zu stellen, und verfluchte den Tag, an dem er Johnny begegnet war. In einem Hotelzimmer das Abendkleid fallen zu lassen, war eine Sache, eine andere, dasselbe auf einer Bühne zu tun, noch dazu im Scheinwerferlicht.

Johnny war, als er erschien, viel zu gut gelaunt, als daß ihm Uwe hätte klarmachen können, wie nahe er einem Nervenzusammenbruch war. »Gibt's was?«

»Außer der Kleinigkeit, daß ich in der nächsten halben Stunde jedes einzelne dieser Prachtexemplare eingenhändig erwürgen werde, nichts.«

Es wurde Zeit, seinen Sohn zum Flughafen zu bringen. »Hast du die Spinne erwischt?«

»Nein. Aber ich weiß jetzt, was ich werden will. Hotelkaufmann! Und zwar in Amerika!« Er fand seine Idee so großartig, daß er seinem Vater einen Kaugummi anbot.

Eigentlich wollte er heute, am Tag vor der Eröffnung, nichts anderes tun, als sich ganz um das »Maxim's« und die gute Laune von Nadja Gray zu kümmern, aber dann rief Lehner-Erich an und teilte ihm mit, Hans sei vor einer Stunde zusammengeklappt.

Johnny fuhr ins Schwabinger Krankenhaus, erkundigte sich, wo er lag, rannte die Treppen hoch, die Gänge entlang und fand das Zimmer.

»Was ist denn mit dir los?« schrie er.

»Keine Ahnung, nur daß mir plötzlich schwarz vor den Augen wurde.«

»Dir geht's wohl nicht gut, dich einfach ins Bett zu hauen.«

Die zwei anderen Patienten hatten ihre Illustrierten längst zur Seite gelegt und nach der Schwester geklingelt.

Johnny ging zum Schrank, holte, was Hans gehörte, heraus und schmiß es auf sein Bett. Eine Schwester, die inzwischen hereingekommen war, forderte er auf, die Kanüle zu entfernen. Sie weigerte sich. »Dann mach ich's eben selbst.« Er riß sie heraus. »Und jetzt zieh deine Klamotten an!«

Am Abend stand Johnny dann im Mittelpunkt und genoß den Trubel um seine Person. Die Eröffnung hatte Interesse gefunden. Die Gesellschaft der Geldverdiener war vollzählig erschienen. Viele kamen aus Freundschaft zu James Graser – und aus Neugier auf ihn, Johnny Berger. Und alle waren sie natürlich wegen Nadja Gray gekommen. Sie war der umjubelte Star. Die Männer atmeten schwer, als hätten sie Schläge in die Magengrube zu verdauen.

Zwischen ihren Auftritten saß sie bei Johnny am Tisch, wo auch Peter, sein Bruder, saß, Freunde aus Hamburg und Grupe; der Boxer küßte ihr die Hand, was wie Menschenfresserei aussah. Carola sah wunderschön aus, sie trug das Haar streng nach hinten, wo es in einem Zopf endete. Die Perlenkette war echt, was Johnny beurteilen konnte, weil er sie bezahlt hatte.

Er fühlte zwar die Zufriedenheit, die einer empfindet, der ein Fest zur Freude seiner Freunde feiert, war aber trotzdem enttäuscht. Plötzlich hatte er Heimweh nach Las Vegas, nach Männern wie Al Cambusa, nach einem Handschlag mit Joe Gordon, und ärgerte sich. Ein Nachtclub von Format hätte es werden sollen, jetzt knallten Strapse, eine als Cleopatra aufgedonnerte Tänzerin räkelte sich auf einem Bettvorleger, es ging zu wie auf seinen Zigarettenbildchen, Serie »Geheimnisse des Orients«. Trotz Miss Gray würde das »Maxim's« nichts als ein Stripteaseschuppen bleiben. Das hatte er nicht gewollt und interessierte ihn nur einen Abend lang, und der war vorüber. Er nahm noch die Glückwünsche einzelner Gäste entgegen, als er in Gedanken bereits Verkaufsgespräche führte. Er würde das »Maxim's« nur so lange weiterführen, wie es Profite abwarf, sich dann etwas einfallen lassen, was es wieder ins Gespräch brachte, um es dann endgültig, und zum Höchstpreis, loszuwerden.

Johnny kam erst gegen elf Uhr vormittags nach Hause, in bester Laune.

Dann hat er die Nacht mit Nadja Gray verbracht, dachte Carola, ohne deshalb eifersüchtig zu werden. Nadja Gray war klug, schlagfertig und von südländischem Temperament, hatte schwarzes Haar und eine, auch in ihrem Alter noch, vollkommene Figur, aber vor allem ihr Lachen war unvergeßlich, und ihr Blick aus rätselhaft ruhigen Augen. Es gab nicht viel, was sie Johnny hätte übelnehmen können.

Am Air-France-Schalter stürzte ein Mädchen auf ihn zu. Sie hatten einmal zusammen was gehabt, was Johnny nicht für einen hinreichenden Grund ansah, ihm in aller Öffentlichkeit um den Hals zu fallen. »Johnny, mein Gott, wie geht's?«

»Wo fliegst du denn hin? Auch runter ans Mittelmeer?«

»Nein, nach Paris. Mich will dort unbedingt jemand heiraten.« Wie sie das erzählte, mußte sie einem leid tun.

»Warum fliegst du nicht einfach mit mir nach Monte Carlo?« Er zerriß ihren Flugschein und buchte zwei Plätze nach Nizza.

»Du bist verrückt«, himmelte sie ihn an. Sie war drauf und dran, ihm wieder um den Hals zu fallen. Er konnte Aufdringlichkeiten nicht leiden, auch wenn er schon anfing, die Stunden zu zählen, bis er mit ihr allein war.

Melanie machte das Vibrieren des Flugzeugs zu schaffen, auch ihre Stimme, mit der sie ihm Liebenswürdigkeiten ins Ohr flüsterte, vibrierte. Dagegen war Johnny schließlich machtlos. Ein Glück, daß Diskretion im Preis für die erste Klasse inbegriffen war.

In Monte Carlo traf er Kessler, der seine Frau dabei hatte, Frankie, einen Spieler, der hier lebte und ihm die Karten für den Boxkampf besorgt hatte und Bill Cohn, dem er endlich persönlich die Grüße von Al Cambusa ausrichten konnte. Außerdem würde er Joe Riffner kennenlernen, von dem er immer nur gehört hatte, einer der Drahtzieher der illegalen Glücksspielszene der Cosa Nostra zu sein. Sie trafen sich nach Mitternacht bei »Jimmy's«. (Mit französischen Namen blamierte er sich immer, aber »Roederer Cristal« konnte er aussprechen und beschloß, nie mehr etwas anderes als diesen Champagner zu trinken.)

Vier Stunden später goß er eine ganze Flasche über die schlafende Melanie und saß dann bis zum Sonnenaufgang allein auf seiner Terrasse. Vom Grand Hotel in Cap Ferrat hatte er einen weiten

Blick über den Jachthafen, die Boote und die noch schwarze, dunstige Meeresoberfläche. Und während Melanie schlief und vielleicht schon träumte, rechnete er nach, was Träume kosteten. Man brauchte mehr als ein paar lumpige Millionen, um sich hier nicht lächerlich zu machen; aber auch dann war man nur reich, weiter nichts. Es sei denn, man hatte Stil, Klasse und gute Nerven und war jung genug, es ruhig angehen zu lassen; oder so alt wie Joe Riffner, der es hinter sich hatte, sich von jedem kleinen Polizisten anschnauzen lassen zu müssen.

Langsam spürte er den Alkohol. Er stieg in seinen Mietwagen und fuhr nach Cannes und fand tatsächlich die kleine Straße wieder, wo das Bordell war, in dem er sich damals von den Streitereien mit Gitte erholt hatte. Er verlangte das Übliche, nur hielt er dem Mädchen dabei den Mund zu, damit sie ihm nichts erzählte, was er ohnehin nicht verstand. Im Treppenhaus reinigte eine Frau die Teppiche. Er gab ihr mehr Geld als dem Mädchen, das er gerade gehabt hatte.

Johnny erschien mit Melanie erst kurz vor Beginn des Hauptkampfs. Wenn sie nackt gegangen wäre, hätte sie weniger Aufsehen erregt. Er mußte an Uwe denken, der ihr eine geknallt hätte, vorausgesetzt, er hätte sie überhaupt nahe genug an sich herangelassen.

Das Fürstenpaar hatte bereits Platz genommen, als es noch vor dem Hauptkampf zu einer Massenschlägerei kam. Direkt neben Johnny saß Alain Delon, der französische Filmstar, vor dem sich ein Rudel Fotografen aufgebaut hatte, die ihm, während sie knipsten, auf den Füßen herumtraten. Delon versuchte es zuerst mit freundlichen Worten, verpaßte dann aber, als es ihm zuviel wurde, dem Erstbesten einen Kinnhaken. Es kam zu einem Handgemenge, dann zu einer Massenschlägerei. Stühle flogen, Flaschen und Fäuste. Und es floß Blut.

Natürlich ließ sich Johnny diese Gelegenheit nicht entgehen. Das war doch, fand er, wie in den guten, alten Zeiten im Löwenbräukeller, mit dem Unterschied nur, daß jetzt neben ihm nicht Hasenbergl-Rolfi, sondern Alain Delon die Schläge austeilte.

»Tut mir leid, ich habe bereits etwas vor«, bedankte er sich, als Delon ihn nach der Schlägerei mit einem Lächeln, das er bereits auf der Leinwand faszinierend gefunden hatte, einlud, als sein Gast auf eine Party mitzukommen. Nichts hatte er vor, nichts vergleichbar Aufregendes jedenfalls, trotzdem gefiel ihm seine Antwort.

Er ging allein auf einen Drink zu »Jimmy's«. Als er in seinen Wodka starrte, fiel ihm das Haarwasser ein, das seine Mutter besorgt hatte.

12

Irgendwie kam ihm der Tankwart bekannt vor, aber Johnny war sich nicht sicher. Er wartete, bis er ihm das Wechselgeld zurückgegeben hatte und er das Gesicht, das wegen der Kälte fast vollständig vermummt war, besser sehen konnte. Dann erkannte er ihn. Es war tatsächlich Strohbach-Hansi, sein alter Spezi, sein früherer Klassenkamerad aus der Giesinger Zeit, ein Schlitzohr, der einzige Junge, der ihm damals sympathisch gewesen war. Später wurde er Komplize von Max, als beide noch Autos knackten. Dafür kamen beide nach Ebrach. Auch dort hatte sich Johnny mit ihm bestens verstanden. Hansi war es, der ihm in einem geklauten VW-Bus das Autofahren beigebracht hatte, wobei sie fast draufgegangen wären, weil er die Bremse mit dem Gaspedal verwechselte, als sie direkt auf eine Steinmauer zurasten.

Johnny stieg aus seinem Excalibur. »Ist das ein Witz, oder bist du wirklich hier Tankwart?«

»Kein Witz, Johnny, im Augenblick läuft's halt bei mir mal wieder nicht so besonders, wie du siehst.« Er verzog den Mund zu einem Grinsen. »Dich zu fragen, wie's dir geht, erübrigt sich ja. Man hört und liest ja allerhand. Alle Achtung!«

Es war viel zu kalt im Freien, um sich Komplimente anzuhören. »Was verdienst du hier?«

»Fünfzehnhundert im Monat.«

»Weißt du was, Hansi«, sagte Johnny kurz entschlossen, »zieh deine Klamotten aus und komm am besten gleich mit. Das kannst du locker auch bei mir verdienen«. Er stieg, weil ihn fror, wieder ins Auto.

Während Hansi sich noch mit seinem Chef stritt, der ihm, obwohl sein Angestellter alles hinschmiß, noch erklären wollte, daß er fristlos gekündigt sei, dachte Johnny nach. Hansi war der beste Kumpel von Max gewesen, und von Janina wußte er, daß sie immer nach einem suchte, der wie Max war und daß sie deshalb in der Zwickmühle saß. Was, zum Teufel, sollte sie tun? Sie hatte es satt, einsam zu sein, und sie hatte recht damit. Es war auch nicht gesund, länger die Witwe zu spielen. Kein Max konnte verlangen, daß sie nicht wieder Spaß haben sollte. Aber wen immer sie anschleppte, sie hatte Angst, Johnny könnte ihn ablehnen. Es war also nur vernünftig, sich gleich selbst darum zu kümmern. Er würde die beiden, beschloß er, zum Liebespaar machen, und zwar, ohne viel Zeit zu verlieren. Von der Tankstelle zum Traualtar, aus der Kälte in die Sonne, und dabei hatte er nur kurz tanken wollen. Entgegen seiner ursprünglichen Absicht, Hansi gleich mit ins »Eros« zu nehmen, fuhr er ihn erst nach Hause. Er erledigte ein paar Dinge, bis Janina im Eros ihren Besuch abgefertigt hatte.

Zum Geschäftlichen gehörte auch, daß er sich in schlechter Laune präsentierte, damit keiner annahm, er sei mit seinen Gedanken immer noch in Monte Carlo. Johnny beherrschte diesen Zustand inzwischen wie ein Virtuose; das hielt seine Leute auf Trab und ließ keinen nah an ihn herankommen. Seine Unzufriedenheit war jedoch nur zum Teil gespielt, er war unzufrieden geboren und glücklich damit. Keine Zufriedenheit würde seine Unruhe beseitigen, keine Frau, kein Konto, kein Erfolg. Er versuchte auch seinen Jungs diese Philosophie beizubringen, stieß aber auf taube Ohren. Alle um ihn herum waren, wie er sah, gerne zufrieden. Sie verdienten gutes Geld, gehörten zur besten und erfolgreichsten Clique im Milieu und sahen in Johnnys Ehrgeiz die Garantie, daß ihr Lebensstandard eher noch steigen würde. Für Hans war er, seit der Wunderheilung im Schwabinger Krankenhaus, ohnehin der liebe Gott.

Zum Geschäftlichen gehörte auch, daß er Nadja Gray zweimal die Woche frische Rosen in ihre Garderobe im »Maxim's« schikken ließ. Er telefonierte mit Randls Sohn, der inzwischen sein Freund geworden war, und erzählte ihm die Geschichte mit Alain Delon, die ihre Wirkung bei dem jungen Mann nicht verfehlte. Das wollte er genauer hören. Johnny lud ihn zur Sauna ein – und dachte dabei an das Nachbargrundstück, dessen Eigentümer der alte Randl war.

»In einem Jahr, Hans, gehört das Haus mir.«

Hans nickte vor Schreck.

Als Janina in der Kantine erschien, stand Johnny auf. »Zieh dir was an, wir fahren mal kurz um den Block.«

Sie fuhren zu Max's Grab, und er sagte ihr dort auf den Kopf zu, daß er jemand getroffen habe, der was für sie wäre.

Janina antwortete nicht, legte ihren Blumenstrauß neben das Kreuz und ging zum Ausgang des Friedhofs zurück. Ihr drehte sich der Kopf.

Johnny wußte, in welchem Tempo und welchem Tonfall er Janina überreden mußte. Davon, daß er Hansi im »Eros« als Kellner einstellen wollte, war sie alles andere als begeistert. Überhaupt ging ihr alles zu schnell.

Dagegen ging Johnny alles viel zu langsam. Das Haus in der Herzogstraße war, wie er zugeben mußte, nicht gerade ein idealer Platz, sich zu verlieben. Er wollte sichergehen, daß sein Plan auch funktionierte – und schlug Janina vor, nach Acapulco mitzukommen.

»Heißt er wirklich Hansi?«

Es war wichtig, daß Janina die Sache nicht nur einfach auf sich zukommen ließ und abwartete. Er mußte sie überzeugt haben, noch bevor sie Hansi überhaupt gesehen hatte. »Du weißt doch, wie Max war, ein Aufreißer vor dem Herrn, aber in Wahrheit, wenn ihm jemand wirklich gefiel, brachte er doch kaum ein Wort raus. Stimmt's?«

Janina erinnerte sich. Max hatte sich erst einen Vollrausch antrinken müssen, bevor er sich ein Herz faßte und sie fragte, ob sie mit ihm ins Bett wolle, und war eingeschlafen, noch bevor sie ja sagen konnte.

»Ich schwör dir, daß der auch kein Wort rauskriegt, wenn er dich sieht. Er ist wie Max.«

Er fuhr sie zum »Eros« zurück. Von dort rief er Hansi an. »Pack nur Deine Badehose ein!« Um kein Risiko einzugehen, sprach er vor der Reise noch einmal mit Hansi und machte ihm klar, daß er nur bei ihr landen könne, wenn er sich völlig zurückhielte. »Das einzige, was du tun mußt, ist schüchtern sein. Schau sie nur an. Besauf dich und schau sie an, kapiert?«

»Und wenn ich nicht auf sie abfahre?«

»Dann laß es sein!«

Johnny hatte zwar nicht die geringste Lust, schon wieder Ferien zu machen, aber für Janina und natürlich für Carola war der Abstecher nach Mexiko ein verspätetes Weihnachtsgeschenk.

Hansi hatte noch vor einer Woche in der Kälte gestanden und Benzin in Autos gefüllt. Jetzt lag er am Swimmingpool, vor ihm der Pazifik, hinter ihm eine Mariachi-Kapelle, die ohne jede Unterbrechung Lärm produzierte, und er tat, was Johnny ihm geraten hatte: Er starrte Janina an.

Auch Janina gab sich Mühe, und dabei verliebte sie sich schließlich.

Johnny war nicht, wie Hans glaubte, der liebe Gott, aber Gott konnte sich nie wohler gefühlt haben als er jetzt.

13

Alles, was Johnny in den kommenden Monaten brauchte, waren Stehvermögen, etwas Glück und die besten Rechtsanwälte. An diesem Punkt seiner Karriere, wo er vorhatte, in der Innenstadt, sobald das zweite Haus auch ihm gehörte, die größte Spielhalle Europas zu bauen, war sein Gegner nicht mehr nur die Polizei, die ihn inzwischen als Unterweltsboß mit internationalen Beziehungen einstufte, sondern die Stadt selbst, besonders das Kreisverwaltungsreferat, das Amt für öffentliche Ordnung, und dort insbesondere ein blutjunger, ehrgeiziger Politiker, der zum Sprung zu einer Karriere ansetzte; daneben natürlich die Baubehörde, speziell die Lokalbaukommission, die für Um- und Neubauten verantwortlich war. Ohne ihre Genehmigungen ging nichts.

Von Politik verstand Johnny nicht viel, ahnte aber, daß es nicht mehr genügen würde, einfach, sobald Probleme auftauchten, Freunde aus St. Pauli einfliegen zu lassen.

In Hamburg war es üblich gewesen, ein freundschaftliches Verhältnis zu allen Beamten der Davidswache zu pflegen. Man trat sich nicht unnötig auf die Zehen.

Wer sich unbedingt austoben wollte, tat das nach Dienstschluß bei seiner Freundin, im Kegelklub oder zu Hause. Die Polizei war immer für einen ehrlichen Handel zu haben – es ging kollegial zu. Politiker bekam man nur zu sehen, wenn sie in exklusiven Clubs ihre Partys feierten.

Johnny hatte spätestens nach dem Anruf von Charly Feeder, dem Besitzer der »Madelaine-Bar«, seinen Fehler, den er mit dem »Maxim's« gemachte hatte, eingesehen – er hatte sich nicht um die richtige Rückendeckung bemüht, hinter ihm stand kein einflußreicher Politiker; er kannte nicht mal einen.

Charly war ein Mann, der sein Geschäft verstand. Die Geschichte mit dem »Maxim's« tat ihm leid. »Wundert mich nur, wo du doch sonst nicht auf den Kopf gefallen bist. Am besten, du kommst mal rüber«, schlug er vor, »was soll ich lange quatschen. Vielleicht verstehst du dann, was ich meine.«

Als Johnny erschien, war die Bar wie ausgestorben. »War dir langweilig oder was? Keiner da?«

»Staatsbesuche der besonderen Art finden nun mal in aller Stille statt!«

»Du hast dich schon mal deutlicher ausgedrückt«, beschwerte sich Johnny.

»Willst du was trinken?«

»Sag schon«, sagte Johnny. »Ist der König von Tonga wieder zu Besuch in München?«

»Nein, aber der Chef höchstpersönlich!«

Johnny begriff sofort. Er atmete aus, als wolle er alle Kerzen auf der Geburtstagstorte einer Hundertjährigen ausblasen, und überredete Charly, ihm ein Kellnerjackett zu leihen und in dieser Aufmachung die nächste Flasche Champagner servieren zu dürfen.

Da saß er, der mächtige Politiker! Zeitungen hatten ihn immer wieder als »Vollblutpolitiker, den es zum Weibe zieht«, bezeichnet. Wenn Johnny sich vor Aufregung nicht verzählt hatte, waren es insgesamt fünf Grazien, nackt bis auf die Zimmerbeleuchtung, zu denen er sich, gemeinsam mit noch einem Gast hingezogen fühlte. Unwillkürlich dachte Johnny daran, was jeder, dem er die Geschichte später erzählen würde, als erstes wissen wollte. So umständlich er es aber auch anstellte, sich mit dem Öffnen der Flasche Zeit zu lassen, gelang es ihm nicht, mehr als die Füße, beide Arme, den Kopf, und die nackten Schultern auszumachen.

Immerhin kapierte er jetzt, was Küfer damals gemeint haben mußte, als er von »katholischer Politik« gesprochen hatte.

Der alte Randl war, solange er sich noch selbst um die Geschäfte kümmern konnte, mit Johnny schon deshalb zufrieden, weil er die Mietzahlungen regelmäßig auf seinem Konto abgebucht fand. Sie hatten sich, als er noch gesund war, hin und wieder im »Mathäser« auf eine Brotzeit getroffen, sich sympathisch gefunden und über die noch immer anhaltende Empörung der Anlieger gelacht, die mit den Kinos und dem »Fachgeschäft für ehehygienische Artikel« ganz und gar nicht einverstanden waren, aber alle Eingaben, die sie bei der Stadt gemacht hatten, waren bisher erfolglos geblieben. Dem alten Randl war jemand, der sein Wort hielt, als Partner immer gut genug gewesen. »Leute Ihrer Sorte sind selten geworden. Wem kann man noch vertrauen? Nicht mal Liebespaare tun das heutzutage noch.«

Rolf, sein Sohn, war von Johnny aus anderen Gründen begeistert. Kein Wunder, wo der gute Junge schon kalte Hände kriegte, wenn im Kino nur das Licht ausging. Er hatte Betriebswirtschaft studiert und das Studium abgebrochen, als es seinem Vater gesundheitlich zu schlecht ging, um sich allein um die Immobiliengeschäfte kümmern zu können. Mit seinem Selbstbewußtsein war es aufwärtsgegangen, als er den neuen Pächter persönlich kennenlernte. Daß er nun fast schon ein guter Bekannter des berüchtigten Johnny Berger war, dessen Name durch alle Gazetten geisterte, wirkte auf ihn wie ein Aufputschmittel.

»Was ich mit Ihnen besprechen will, Rolf, geht vorerst nur uns beide etwas an.« Johnny machte eine Pause, damit der junge Mann das Gefühl genießen konnte, ein Geheimnis zu teilen.

»Wenn ich irgend etwas für Sie tun kann, müssen Sie kein Blatt vor den Mund nehmen.«

»Ich will auch das Haus nebenan haben, wo jetzt das Bekleidungshaus ist. Wie lange läuft der Mietvertrag?«

»Der wird jedes Jahr automatisch um ein weiteres verlängert, immer Mitte Februar.«

»Dann wäre in einer Woche Stichtag?«

»Richtig, in einer Woche.« Beim Gedanken, daß der Termin so nah war, wurde Rolf Randl allerdings nervös. »Wollen wir das nicht doch erst in aller Ruhe miteinander besprechen?« Er war selbst enttäuscht, als er sich so reden hörte. »Es wäre theoretisch natürlich machbar, das stimmt schon!« Schon fühlte er sich wieder wohler. »Warum eigentlich nicht? Dann fliegt er eben in einer Woche aus seinem Vertrag.«

Johnny war die etwas überanstrengte Heiterkeit seines Gesprächspartners nicht entgangen. Möglich, daß er moralische Bedenken hatte, ein alteingesessenes, auch von seinem Vater geschätztes Bekleidungshaus einfach zusperren zu lassen, oder nicht den Mumm, jeden, der ihn deshalb in Zukunft schief anschauen würde, zu ignorieren. Natürlich würden die Zeitungen den Fall hochspielen, die Journalisten ihm unangenehme Fragen stellen. »Machen Sie sich aber darauf gefaßt, Rolf«, sagte Johnny, »daß die todsicher einen Prozeß anstrengen werden. Und wie Geschäftsleute nun mal sind, werden sie mit allen Mitteln kämpfen und die besten Rechtsanwälte beschäftigen. Da wird eine Menge Ärger auf uns zukommen.«

»Na, wenn schon.«

»Was zahlt er übrigens an Miete?«

»Gute zwanzig!«

»Ich lege zehn drauf!«

Johnny hatte Randl auf den Geschmack gebracht, ebenfalls unkomplizierter zu denken. Das kann ich hinbiegen.«

»Sie haben mich noch gar nicht gefragt, was ich mit dem Haus eigentlich vorhabe?«

»Stimmt«, lachte Randl. »Keine Ahnung.«

»Europas größte Spielhalle!« Johnny konnte so etwas sagen, ohne sich zu verschlucken.

Randl wußte jetzt, daß er sich keinen Mißerfolg zuschulden kommen lassen durfte, und schickte die Kündigung noch am gleichen Tag nach Frankfurt, wo die Firma ihren Hauptsitz hatte.

Johnnys Anwalt, ein alter Freund seines Stiefvaters, prüfte die Verträge und stöhnte. »Na ja, dann schau'n wir mal, was dabei herauskommt.«

Randl blieb standhaft, auch als die Gegenpartei gleich nach Erhalt der Kündigung die Miete ebenfalls erhöhte, und ließ sich auch nicht beeindrucken, als sie persönlich in München erschien und, wie erwartet, einen Skandal androhte, der zu vielen Prozessen führen würde. Dann versuchte es der Firmeninhaber mit einer List, rief den jungen Randl von Frankfurt aus an, hatte vier Zeugen bei sich im Büro sitzen, die freilich nur hören konnten, was ihr Chef sagte.

Randl, am anderen Ende der Leitung, verstand kein Wort von dem, was der Mann daherredete. »Stellen Sie sich vor«, erzählte er Johnny, »der sagte immer: Danke, Herr Randl, dann geht das mit der Verlängerung ja alles in Ordnung. Ich bedanke mich, das ist sehr nett. Und ich darauf: Hören Sie, ich habe Ihnen den Vertrag nicht verlängert. Und er wieder: Danke, danke, Herr Randl, also bis dann und auf eine lange Freundschaft und gute Zusammenarbeit, und legte auf.«

Einen Monat später kam es zum Gerichtstermin. Die Anwälte der Gegenpartei präsentierten prompt ihre vier Zeugen, die aussagten, der mündlichen Verlängerung des Mietvertrages beigewohnt zu haben, und beriefen sich auf einen Paragraphen, der tatsächlich existierte.

Dr. Michaelis, Johnnys Anwalt, hatte offenbar nicht seinen besten Tag erwischt. Jedenfalls gab das Gericht dem Kläger recht.

Johnny erreichte die Nachricht in St-Tropez; er war aber viel zu gut gelaunt, um sie glauben zu wollen. Er hatte sich gerade verliebt und beschlossen, seine Sommermonate ab sofort nur noch hier zu verbringen. St-Tropez war genau die Party, zu der er schon immer gerne eingeladen worden wäre. Die Mädchen waren schön, nackt und für jeden, der eine Million hatte, gratis.

Er hatte in Monte Carlo Otto Stein kennengelernt, einen jungen Deutschen, auch einen, der mit nichts begonnen und sich eigenhändig nach oben gearbeitet hatte und der ihm auf Anhieb gleich so sympathisch gewesen war, daß er eine Einladung akzeptierte. Daß der eine Villa hatte, war genug Herausforderung, sich auch gleich nach einer umzusehen. Dabei lief ihm eine junge Frau über den Weg, die ihm im Flugzeug nach Nizza schon einmal aufgefallen war. Sie war mit einer Freundin zusammen, die Johnny kannte. Abends traf er sie dann im »L'Esquinade«, einer Disko, wieder und war sicher, daß sie sich vorgenommen hatte, ihn kennenzulernen, denn sie kam ohne Umschweife zur Sache, zog ihn, nachdem sie lange genug neben ihm gestanden hatte, an sich – und bald färbte sich ihre Blässe pfirsichfarben, eine Farbe, die ihr stand. Sie war in dieser Nacht so leidenschaftlich, daß Johnny nicht lange darüber nachdachte, ob sie sein Fall war.

Aber er war ihrer. Er paßte, wie sie fand, so gar nicht hierher. Außerdem war er, sozusagen, nagelneu. Und, guter Gott, alles andere als ein Aristokrat.

Sie war knapp über dreißig, was entlang der Mittelmeerküste ein ziemlich fortgeschrittenes Alter darstellte. Kostbar, fast zerbrechlich, ein wenig zu schade für deftige Witze, hätte sie auch eine durchaus passable Laiendarstellerin im Garten Gethsemane abgegeben. Wahrscheinlich war sie in einer Hotelhalle getauft worden, jedenfalls kam sie zwischen Marmor gut zur Geltung. Was die logische Verknüpfung ihrer Gedanken anging, war sie ein Fall für den Psychiater. Dabei war sie gescheit und hätte, als alterndes Nesthäkchen, auch gut zu einem Professor gepaßt. Aber es war ein junger, noch keine dreißig Jahre alter, schwerreicher Erbe einer Zuckerdynastie gewesen, der sich in Paris, wo sie Modeaufnahmen machte, in sie verliebt hatte. Sie fühlte sich an allem, was um sie herum geschah, unschuldig – und ließ sich heiraten.

Fortan lebte sie in einer Stadt, deren Sprache sie nicht verstand, mit einem Mann, der ihr auch dann kein Herzklopfen verursachte, wenn er ihr die Träger des Unterrocks von den Schultern streifte, und wunderte sich weiter über die Zufälle des Schicksals. Der Baron lebte mit ihr bei seiner Mutter, einer unbarmherzig strengen Person, die versuchte, ihr die Gepflogenheiten in einem aristokratischen Haus beizubringen. Sie wurde mit dem gleichen einschüchternden Aufwand entweder mit Brillanten beschenkt oder kantig zurechtgewiesen, wenn ihre Haare nicht frisiert waren. Zum Abendessen gehörte es sich, im Abendkleid zu erscheinen. Immer rollte ein Rolls-Royce hinter ihr her, auch wenn sie nur bummeln ging; der einsilbige Chauffeur hätte ein von ihrem Ehemann bezahlter Detektiv sein können. Es war auch Pflicht, im Bett zu frühstücken. Es war grausam – fast wie im Märchen.

Als sie davon genug hatte, floh sie nach München zu einer Freundin. Mit ihr war sie nach St-Tropez gekommen und hatte noch nicht einmal Geld genug für ein Hotelzimmer.

Ines, wie die junge Baronin hieß, kannte das Leben der Reichen und war vom Luxus deshalb viel weniger beeindruckt als Johnny. Daß auch er kein armer Schlucker sein konnte, sah sie ihm zwar an, aber sie kannte welche, die sich zum Namenstag Renoirs schenkten.

Als sie erfuhr, daß er Geld hatte, atmete sie trotzdem auf. Als sie hörte, daß er in St. Pauli eine große Nummer gewesen war und jetzt München unsicher machte, war sie sicher: So einer hatte sie noch nie geküßt!

Johnny gefiel ihr Gesicht mit den vollen, immer etwas mürrischen Lippen. Sie hatte weiche, weibliche Kurven und wirkte auch in Jeans und T-Shirt elegant. Darauf flog er. Sie war blond, gehörte aber nicht zu jener Sorte von Blondinen, die aussehen, als seien sie von braungebrannten Juwelieren gezeugt worden. Sie tat gerne so, als könne man mit ihr Pferde stehlen, aber es müßten schon welche aus Aga Khans Rennstall sein. Sie sah aus, als schliefe sie gern im Heu, aber in einem Pyjama von Dior. Man konnte sie aus dem Schlaf holen, und sicher wußte sie auf Anhieb die Telefonnummer des Ritz.

Ines war nicht nur sehr schön und ungemein präsentabel, sondern auch anstrengend, weil sie unentwegt redete. Ihrem Mundwerk konnte man nur durch Enthauptung beikommen. Offenbar nahm sie an, einer wie Johnny habe, was seine Allgemeinbildung betraf, noch ein paar Hausaufgaben nachzuholen, am besten unter ihren Fittichen.

Johnny kannte das von Frauen: Irgendwann hing ihnen ihre lächerliche Wohlanständigkeit zum Hals heraus, dann phantasierten sie von Nuttenkaschemmen, billigen Spelunken und den Freuden eines rohen, primitiven Lebens. Nicht gerade unterhaltsam für einen, der endlich herausfinden wollte, wie das Leben auf der Sonnenseite aussah. Er behandelte sie wie eine entlaufene Ehefrau, die zwar ein bißchen zu verrückt war, um sich mit Geld dressieren zu lassen, die aber im Augenblick trotzdem auf einen angewiesen war, der die Rechnungen zahlte.

Sie wiederum kränkte es, daß er keine Anstalten machte, sie nach St. Pauli zu entführen, und reagierte gereizt, als sie entdeckte, daß ihm zu seinem Glück nichts, nicht einmal sie, zu fehlen schien. Daß er wie einer aussah, der sein Vermögen in Scheinen in der Hosentasche mit sich herumtrug, warf sie ihm an den Kopf, als er gerade mit der Kellnerin abrechnete. Zum Krach kam es, als sie ihm beizubringen versuchte, daß Aristokraten, die Klasse hatten, zufrieden seien, für ihren Reichtum berühmt zu sein, und sich deshalb unauffällig, ja zurückhaltend benahmen, und mit dem Trinkgeld keineswegs so lächerlich übertrieben wie er.

Das reichte ihm dann. Er ließ sie sitzen. Und Ines war, nach Herzenslust, schockiert.

Er war kaum in München gelandet, als er, noch vom Flughafen aus, mit dem jungen Randl telefonierte. Dann fuhr er in sein Büro. Als er mit Carola sprach, gab er sich vorsichtshalber schlechtgelaunt, damit sie nicht etwa annahm, daß er sich übers Wochenende amüsiert hatte oder gar frisch verliebt war.

Rücksichtsvoll verschonte sie ihn mit allem, was ihre eigenen Gefühle und Gedanken betraf. »Wie war's denn?«

»In St-Tropez? Das erzähl ich dir mal in Ruhe!« Dieser Satz war ein Versprechen, das er häufig gab, aber nie einlöste. Woher sollte er auch die Ruhe nehmen?

Er ging die Zeitungsberichte durch, die nach dem Prozeß erschienen waren. Alle, die Parteien, die Presse, die Bürgerkomitees, schienen einmütig glücklich, daß er verloren hatte. Dann rief er Grahammer an. »Beschaff mir einen Anwalt, der mir meine Revision rettet. Egal, was er kostet.« Der Mann hatte als Klatschreporter Karriere gemacht und war sicher geschmeichelt, ihm helfen zu können.

Grahammer sagte auf Anhieb: »Dr. Wohlgast.« Er klärte ihn auf, daß er vor allem die Prominenz der deutschen Hochfinanz vertrat.

»So in etwa hab ich mir das auch vorgestellt! Und wenn er Schwierigkeiten macht, weil er nicht mit meinem Namen in Verbindung gebracht werden will, dann sag ihm, daß ich nur zahle, er aber vor Gericht den Randl vertritt. In die Zeitungen muß es ja nicht gerade kommen, daß ich dahinterstecke.«

»Kein Problem«, sagte Grahammer. »Ich ruf gleich zurück.«

Dr. Wohlgast war entweder wirklich der überragende Anwalt, als den Grahammer ihn angepriesen hatte, oder er hatte einfach nur seinen guten Tag erwischt, jedenfalls war die Revision, die zwei Monate später stattfand, ein voller Erfolg. Urteil und Begründung wurden verworfen, der Prozeß war damit gewonnen. Innerhalb von sechs Wochen mußte das Geschäft geräumt sein.

Johnny gab Presseerklärungen ab. »Ich werde die größte Spielhalle Europas hinstellen«, teilte er den versammelten Journalisten mit. »Sie wird ›Nevada City‹ heißen, im Stil und in der Atmosphäre an die großen ›Gambling Halls‹ in Las Vegas erinnern und ausgestattet sein mit den neuesten Geldspielautomaten und Unterhaltungsgeräten. Ich werde München um eine Attraktion reicher machen!«

Wieder war die öffentliche Reaktion heftig. Darauf war Johnny vorbereitet gewesen. Deshalb war er schon vorher beim Gewerbeamt vorstellig geworden, hatte seine Absichten erklärt und um die Genehmigung gebeten. Den Beamten schwante damals nichts Böses. Es gab in der Stadt viele Spielhallen. Von der Größenordnung des gesamten Projekts erfuhren sie erst aus den Zeitungen, als die Genehmigung bereits rechtskräftig erteilt war.

Deska wollte bei diesem Geschäft wieder dabeisein. Als er aber erfuhr, welche Investitionen auch hier notwendig sein würden, und daß er von den 1,8 Millionen die Hälfte würde aufbringen müssen, zog er zurück. Er bezweifelte, daß man eine Sache dieser Größenordnung in München überhaupt durchziehen konnte. Das Risiko war gewaltig und würde Johnny das Genick brechen. »Daran verschluckt er sich«, prophezeite er.

Tatsächlich sah es nicht gut aus. Die Geschäftsinhaber der umliegenden Hotels, darunter des angesehenen Hotels »Königshof«, des Kaufhofs und der vielen Einzelhandelsgeschäfte liefen Sturm gegen die geplante Spielhalle, die sie in ihren Eingaben an die Stadt »Spielhölle« nannten, und wiesen immer wieder auf den Charakter der Straße hin, der nur gewahrt bleiben konnte, wenn sich die Unterwelt dort nicht breitmachte.

Johnny pochte auf seinen Mietvertrag, die unterschriebene Genehmigung des Ordnungsamtes, gab Interviews, in denen er auch schon ein Modell der Spielhalle präsentierte, machte alle Befürchtungen seiner Gegner lächerlich, argumentierte trotzdem sachlich, diskutierte Tag und Nacht mit Architekten, Rechtsanwälten und seinen Angestellten und wußte am Ende nur, daß alles von der Baubehörde, die dem Umbau zustimmen mußte, abhing. »Und wie kriegen wir das hin?«

Er bekam keine Antwort. Zum erstenmal war er auch nicht viel klüger als seine Leute. Er nahm nicht an, daß die Stadt ihre besten Steuerzahler vor den Kopf stoßen würde. Da konnte er sich noch so unbeeindruckt von den Zeitungen ablichten lassen.

Er hatte sich gerade die sechzigste Zigarette angezündet, als er sie nach zwei Zügen aus dem Fenster warf. »Schmeiß gleich auch die Aschenbecher aus dem Büro, Rudi.«

Eine andere Sucht konnte er sich nicht abgewöhnen: seinen Namen in den Gesellschaftskolumnen der Boulevardpresse und Illustrierten lesen zu wollen. Vielleicht, dachte er, beeindruckt das die Herren in den Chefetagen der Hotels und Kaufhäuser (und hoffentlich auch die im Polizeipräsidium!), wenn sie erfahren, mit welchen Berühmtheiten er seine Wochenenden verbrachte. Grahammer schrieb sich die Finger wund, um den Eindruck zu erwecken, Johnny hätte mit Edward Kennedy, Brigitte Bardot und Richard Burton zur gleichen Zeit auf dem gleichen Handtuch gelegen.

Carola schnitt alles aus und klebte es in seine Alben.

Jeden Freitag flog er jetzt nach Nizza. Dort wartete die Baronin und fuhr ihn nach St-Tropez. Die Villa, die er inzwischen gemietet hatte, in den mit Schilf bewachsenen Dünen der baie des Canoubiers, hieß »Le Jouet«. Das Spielzeug. Das paßte.

Er dachte noch an die Arbeit, die hinter ihm lag, und an die Schwierigkeiten, die ihm in München noch bevorstanden, und wollte von Ines erst einmal nur alle Neuigkeiten wissen.

»Es gibt keine«, fing sie an, ein wenig verärgert, daß er sie bei der Ankunft nicht geküßt hatte. Aber dann war sie nicht mehr zu bremsen. Es gab nichts, was sie nicht wußte: Sie lieferte eine komplette Aufzählung, von allen Jachten, die gerade im Hafen vor Anker lagen, über Ehekrisen bis zu Vermutungen darüber, wer ihr den Hof gemacht hatte. Eifersüchtig war er nicht, aber es machte ihn rasend, daß sie nie erzählte, was passiert war, sondern nur, was sie über das, was passiert war, dachte. Außerdem schien sie zu jenen Frauen zu gehören, die immer auf dem letzten Tropfen Benzin fahren. Sie waren noch nicht an der Abzweigung nach Grasse vorbei, als die Warnleuchte aufblinkte. Trotzdem redete sie unbekümmert weiter.

»In spätestens zehn Minuten geht uns der Sprit aus, Baronin, schon bemerkt?«

»Na und? Dann tanken wir halt!« Auch das klang unbekümmert.

»Bis Ste-Maxime gibt's aber keine Tankstelle mehr!« schrie er sie an.

»Schade!« Sie gab weiter Gas. »Schlecht gelaunt?«

Johnny erkundigte sich nach der Einrichtung der Villa, die er ihr überlassen hatte, damit sie beschäftigt war. Sofort wurde Ines wieder weitschweifig, benutzte Ausdrücke, die er nicht kannte, und beschrieb ihm die von ihr ausgesuchten Farbtöne so genau, daß er jedes Interesse verlor, sich überhaupt irgend etwas vorzustellen. »Meinen Geschmack kennst du ja, einfach und gemütlich.« Es klang wie eine Warnung.

Zum Beispiel waren kostbare Vasen zur Verschönerung eines Wohnraums in ihren Augen einfach unerläßlich, auch wenn Johnny nie kapieren würde, warum; außerdem schätzte sie kostspielige Antiquitäten, ein paar wenige, dafür erlesene Stücke hatte sie ausgesucht.

Als er seine Villa betrat, gefiel ihm nichts. Dann wollte er mit ihr schlafen. Seufzend vor Vornehmheit gab sie nach. Sie wußte bereits, daß er kein zärtlicher Liebhaber war, aber jedesmal, wenn sie mit ihm schlief, übertraf er noch ihre Befürchtungen. Johnny war roh und Liebe für ihn eine Empfindung, einfach wie Hunger. Ines fühlte sich danach jedesmal krank.

Im Grunde hielt sie den sexuellen Akt für erbärmlich; er war in ihren Augen allenfalls eine Notlösung. Alles Handgreifliche war ihr zuwider, aber es nutzte nichts: Sie liebte diesen Kerl.

Jedesmal, wenn sie einen Wutanfall bekam, amüsierte sich Johnny, weil sich herausstellte, daß sie nicht einmal den richtig hinkriegte. Sie war ein Luxusgeschöpf, dessen Lebendigkeit immer etwas Künstliches behielt. Wenn sie sprach, hatte Johnny immer den Eindruck, sie lese ihm handgeschriebene Briefe vor, die sie nicht genau entziffern konnte. Dabei war sie auf selbstvergessene Weise glücklich mit sich selbst. Es schien, daß sie sich gegen die Welt dadurch wehrte, daß sie ihr immer ein paar taumelnde Schritte hinterhertänzelte.

Dagegen war Johnny auch dann unruhig, wenn er müde und scheinbar gedankenverloren herumsaß. Er konnte plötzlich aufspringen und zum Strand fahren wollen. Ines zog sich dann so langsam um, bis er keine Lust mehr hatte, seine Pläne änderte und statt dessen beschloß, zum Essen zu fahren.

»Na gut«, antwortete Ines, »aber dazu muß ich mir erst wieder was anderes anziehen«, und verzog sich ins Badezimmer. Nach einer Ewigkeit streckte sie den Kopf aus der Tür und sagte: »Bin gleich soweit!« Aber Johnny war der Hunger inzwischen auch vergangen. Er fragte sich, warum er nicht einfach allein loszog.

»Was hat Otto vor?«

»Ari gibt eine Party, dort taucht er sicher im Lauf der Nacht auf.«

»Hat er uns eingeladen?«

Ines knipste den Fön aus. »Mich hat er eingeladen!« Bevor sie ihn wieder anknipste, sagte sie noch: »Bei Mauro sind wir übrigens auch eingeladen. Du hast also jede Auswahl.«

Johnny hatte sich immer zu den Menschen gezählt, die ihr Leben genießen wollten. Schon als Fensterputzer war er nie anders zur Arbeit erschienen als im weißen Jackett mit Goldknöpfen und frisch polierten Schuhen, und der Lederlappen hing lässig, im Stil eines Einstecktuchs, oben im Jackett, das Wischblatt unsichtbar in der Innentasche. Nur nie wie einer aussehen, der arbeiten geht. Es gab also in St-Tropez keinen Grund, so zu tun, als habe er von goldenen Löffeln gegessen, wo er sie allenfalls geklaut hätte. Er würde sich aber, das war ihm gleich klar, nicht so viel Mühe geben wie andere, allen hier gefallen zu wollen. Wo er herkam, gab es keine Küßchen zur Begrüßung. Und nicht für jeden, der ihm die Hand hinstreckte, nahm er seine aus der Tasche. Als ebenbürtig anerkennen konnte er keinen, der mit der Patenschaft eines großen Erbes auf die Welt gekommen war. Wie sie Frauen behandelten, fand er dilettantisch. Warum eine Frau anschauen, die nur darauf wartet, angeschaut zu werden?

Es ging einige Zeit so dahin mit der Planung der abendlichen Vergnügungen, bis er genug hatte und allein zum Hafen fuhr, Bier trank und sich langweilte. Johnny neigte zur Selbstbeobachtung, eine Angewohnheit, die auf die Zeit zurückging, die er in Einzelhaft zugebracht hatte. Er saß auch jetzt nicht einfach nur an einem Tisch, sondern beobachtete sich, wie er denen zuschaute, die auch nur dasaßen und schauten; um genießen zu können, daß niemand ihm zu nahe kam, war ihm jedes Getümmel recht; auffallen wollte er, aber nur um den Preis, daß er passiv bleiben konnte – dabei wollte er nur Frauen auffallen und hoffte, eine hätte den Mut, ihm nahekommen zu wollen. Obwohl er sich langweilte, betrachtete er diesen Zustand nur als eine der möglichen Voraussetzungen, daß gleich etwas geschehen würde. Immer geschah etwas, wenn er sich aufraffen konnte, seine Langeweile nicht allzu ernst zu nehmen. Das Gefühl, allein zu sein, allein freilich unter Tausenden von Touristen, wurde auch dadurch erträglich, daß er sich vorstellte, es gäbe jetzt welche, die die Gelegenheit nutzten, um ungestört über ihn zu reden. Er gab vor, gegen Gerede gleichgültig geworden zu sein, was nicht stimmte, denn er hoffte, ihre Meinungen über ihn liefen auf Erstaunen, wenn nicht sogar Bewunderung hinaus.

Johnny hatte gelernt, die Wirkung dessen, was man sich über ihn erzählte, behutsam zu nutzen. Er mußte nur seinem Wesen treu bleiben. Er vergaß nie das Privileg, aus einfachsten Verhältnissen zu stammen. Er hielt sich an Tugenden, die er schätzte: keine Freudentänze, keine abgedroschenen Champagnerlaunen, nie ein überflüssiges Wort. Auch hier ließ er sich nie einladen und verließ, wenn ihn Ines doch einmal überreden konnte, jeden Tisch, sobald er sich langweilte, und jede Party, wenn er merkte, daß seine Zunge schwer wurde. Er beherrschte die Kunst, einer schönen Frau den Hof zu machen, ohne auch nur ein einziges Kompliment zu äußern. Fühlte er sich aber wohl, war sein Wohlbefinden so ansteckend, daß die Leute ihn mochten.

Ines war entschlossen, ihn zu lieben, auch wenn sie darauf bestand, es ihm schwerzumachen. Sie begriff ziemlich schnell, welche Rolle ihr zugedacht war. Johnny war in der Welt der Reichen ein Neuling. Er erhoffte sich ein Leben in gehobener Stimmung. Und sie war dazu auserkoren, die Gesellschaftsdame zu spielen, die ihn durch die Wundergärten und Märchenwelten der großen Gesellschaft führen sollte – wenigstens so lange, bis er genug hatte. Er behielt sich die Rolle des eigensinnigen, halbstarken Kindes vor. Im

Winter würde sie für ihn Zimmer im »Palace Hotel« in St. Moritz buchen, im Sommer das Haus in St-Tropez hüten oder ihm Paris zeigen. Alles, wovon er immer nur gehört und seit seiner Jugend in Illustrierten gelesen hatte, wollte er kennenlernen. Er würde kaufen, was ihm gefiel, verschenken, was ihn langweilte, und verlassen, was an Reiz eingebüßt hatte. Er lernte schon deshalb nie ein Wort Französisch, um sich nicht unterhalten zu müssen. Auch sein Englisch war noch immer holprig, aber er konnte inzwischen gerade so viel, um wenigstens seine eigenen Geschichten zum besten geben zu können.

Nachdem sie ihn immer einige Tage lang sehr anstrengend gefunden hatte, war sie wieder in ihn verliebt. Er erschien ihr, im Gegensatz zu allen anderen, die in St-Tropez ihr Leben mit Nichtstun zubrachten, einmalig, unverdorben, kraftvoll. Er hatte einen klaren Kopf, dachte einfach und gesund. Er sprühte vor Energie. Immer mußte etwas passieren. Und zwar grundsätzlich zehn verschiedene Dinge gleichzeitig. Und Ines war dazu da, um das Unmögliche zu organisieren.

Johnny hatte ganz vergessen, daß sie die Ehefrau eines anderen war. Jetzt, wo sie ihn wieder daran erinnerte, fiel es ihm wieder auf.

»Und bist du sicher, daß dein Mann dich zurückhaben will?«

Ines war nicht die Spur beleidigt. »Leider!«

»Na gut, dann werd ich das für dich regeln!«

»Jetzt sprichst du wie ein Gangster.« Sie fror, obwohl ihr heiß wurde.

»Und die Katze, ohne die du offenbar nicht leben kannst, wo ist die?«

»In seinem Landhaus.«

»Und wo ist das?«

»Etwa dreißig Kilometer außerhalb von Paris.«

»Hast du Schlüssel?«

»Die liegen in Paris.«

»Da ich nicht annehme, daß deine Katze sich von Mäusen ernährt, muß doch jemand aufpassen da draußen in seinem Landhaus.«

»Seine Mutter ist da.« Selbst ihre Seufzer klangen schrill.

»Ich schick ein paar meiner Jungs mit einem Lastwagen, die einladen, was du mitnehmen willst, und damit hat sich's!«

Ines hätte ihm stundenlang zuhören können! Sie fand es aufregend, dabeizusein, wenn sie geraubt wurde. »Hauptsache, meinem Baba au Rum passiert nichts!« So hieß das milchweiße Miststück von Katze, getauft nach einem Dessert.

Er schaute sie kopfschüttelnd an. Da hatte sie die Chance, bei einer Scheidung ein paar nette, kleine Millionen abzustauben, wenn sie es nur geschickt genug anstellte, aber das einzige, wofür sie sich interessierte, war ihre Katze. Wenn das keine außergewöhnliche Frau war!

Mit allem, was zu erledigen war, beauftragte er von nun an sie, ob er ein Rennboot mieten, einen Tisch reservieren, einen Hubschrauber buchen oder neues Wasser im Pool haben wollte. Auch die Idee, für alle, die er inzwischen kennengelernt hatte, ein Essen zu geben, war ohne Ines undurchführbar. »Lade alle ein, auch diesen Karajan. Heißt er so?«

Ines schaute erschrocken auf. »Du weißt nicht, wer das ist!« Streng, aber trotzdem ein wenig belustigt fügte sie hinzu: »Manchmal hast du aber auch Vorstellungen, Johnny!«

Ihr Ton reizte ihn. Er haßte es, wenn sie anfing, ihn belehren zu wollen. »Er ist doch auch nur ein Reicher, der ein Haus hier hat.«

»Und nebenbei noch der berühmteste Dirigent der Welt und Chef der Berliner Philharmoniker.«

Johnny verstand kein Wort. Er gab das Thema auf, da er wußte, daß Ines sonst unweigerlich wieder mit ihrem Lieblingsthema, dem Unterschied der Klassen, beginnen würde. Er nahm sich vor, Grahammer zu fragen, wer dieser Karajan war, und sich Name und Beruf auf einen Zettel schreiben zu lassen.

Er war nicht an die Côte d'Azur gekommen, um einen Fortbildungskurs zu absolvieren, er war auf der Suche nach starken Reizen und eindrucksvollen Überraschungen. Er wollte Lebensfreude kaufen. Die eigene Welt kannte er, jetzt wollte er eine andere kennenlernen, auf direktem Weg und zu seinen eigenen Bedingungen – und ohne mit einer Frau darüber Diskussionen führen zu müssen.

14

Johnny saß in seinem Büro, war unkonzentriert und hatte Sorgen. Er mußte mit Carola reden und ihr etwas vorschlagen, was sie davon abhielt, ihm zu schnell auf die Schliche zu kommen. Er dachte an Ines, in die er sich verliebt hatte, weil sie den Frauen glich, die in den erotischen Träumen seiner Pubertät eine Rolle gespielt hatten, und daran, daß er sie jetzt am Hals hatte. Dazu kam, daß sein Vater immer kränker wurde, und kaum noch die Rolläden hochzog. Da er nicht vorhatte, ihn in ein Altersheim abzuschieben, mußte etwas geschehen. Er hatte sich an Spielcasinos in Österreich, Belgien und Holland beteiligt, um die er sich kümmern mußte, wollte nach Las Vegas fliegen, um sich über Glücksspielgeräte zu informieren, sein Boxer hatte die beiden letzten Kämpfe gewonnen und trainierte weiter in Mailand; irgendwann wollte er aus ihm doch noch wenigstens einen Europameister machen.

Er trommelte seine Leute zusammen. »Wann kriegen wir endlich grünes Licht für unsere Umbaugenehmigung?«

»Wir rennen denen jeden Tag die Bude ein«, erklärte Dossi. »Jedesmal haben sie, wenn wir vorsprechen, was anderes auszusetzen. Einmal sind die Notausgänge nicht sicher genug, dann fordern sie mehr Parkplätze, dann lehnen sie die Entlüftung als unzureichend ab, dann heißt es, sie würden die Angelegenheit weiter prüfen, wir sollten uns gedulden.«

Johnny nahm einen kräftigen Schluck Schlafsaft, um seine Nerven zu beruhigen. »Dann ändern wir die Pläne eben so lange, bis sie zufrieden sind.«

»Mehr als hinrennen und mit denen reden, können wir nicht«, wehrte sich Uwe.

»Alles Schikanen!« Sollte er Charly bitten, seine Beziehungen spielen zu lassen?

»Ich hab das Kaufhaus, da es ja sowieso im Augenblick ungenutzt leersteht, an einen Teppichhändler vermietet«, mischte sich der alte Rudi ein, »damit sparen wir einen Teil der Miete, die wir zahlen.«

»Die SPD und die FDP sind geschlossen gegen eine Spielhalle«, erklärte Hans, »die sind bereit, die Sache bis zur letzten Instanz zu bekämpfen.«

»Aha!« lachte Johnny. »Du siehst also wieder mal schwarz, was?«

Hans blieb ernst. »Das ist jetzt eine Sache, die für den Wahlkampf hochgespielt wird.«

»Aber irgendeine politische Gruppe muß doch auch für uns sein. Was ist mit der CSU?«

»Die hat sich noch nicht geäußert!«

»Ich werde die Spielhalle bauen, und keiner, auch kein Politiker, wird mich daran hindern!« Er nahm einen Stoß Zeitungen vom Tisch und warf ihn in die Ecke. »Was gibt's sonst?«

»Schau dir die neuen Tänzerinnen an«, sagte Uwe. »Eine Ägypterin hat sich gemeldet, aber sie will zuviel Gage. Und eine aus Rumänien.«

»Dann nimm die Rumänin. Und sag der Pharaonin, daß es eine Ehre ist, bei uns tanzen zu dürfen. « Er lehnte sich zurück und legte seine Füße auf den Tisch. »Und sonst? Mit Strohbach-Hansi alles okay?«

»Alles bestens«, bestätigte Hans. »Verliebt wie ein Esel.«

»Und die Zimmer, alle belegt?«

»Kein Problem. Jeden Tag stehen sie Schlange.«

»Ich komm rüber und schau mir die Abrechnungen an, sobald ich Zeit habe. Was ist mit der Wohnung für Ines?« Er hatte Hans beauftragt, für sie ein Appartement zu mieten.

»Ich laß gerade die Wände streichen, dann kann sie einziehen.«

»Aber laß dich mit ihr auf keine Diskussionen ein, Hans, weil das zu nichts führt«, warnte ihn Johnny.

Hans und Uwe waren die einzigen, die die Baronin bei einem Wochenendbesuch in St-Tropez zu Gesicht bekommen hatten. Hans war anzumerken, wie sehr er seinem Herrgott dankbar war, daß er nicht mit dem gleichen Geschmack wie Johnny auf die Welt gekommen war. Und Uwe hatte nur den Kopf geschüttelt. »Die kriegt ja vom Anschauen schon blaue Flecken!«

»Und bei dir, Peter, was gibt's?«

»Ich hab gestern unseren Filmvorführer beim Klauen erwischt.«

»Den alten Schneider?«

»Ich wollte es zuerst selbst nicht glauben und habe ihn beobachten lassen. Er klaut zwar immer nur kleine Summen, streitet aber alles ab.«

»Bist du dir ganz sicher?«

Peter nickte. »Ich wollte nur warten, bis du da bist. Weil der Mann sicher nicht akzeptiert hätte, von mir rausgeschmissen zu werden.«

»Schick ihn her! Okay«, sagte er zu allen anderen, »wir reden später weiter.«

Johnny überlegte, während er wartete, wie er mit dem Mann verfahren sollte. Er wußte, daß er kurz vor der Pensionierung stand, verheiratet war, eine Tochter hatte, seine Frau putzen ging, um die Haushaltskasse aufzubessern, und daß seine bürgerliche Existenz ruiniert wäre, würde er ihn jetzt wegen des Diebstahls anzeigen. Das wollte er nicht, aber davonkommen lassen konnte er ihn auch nicht.

»Sie wollen mich sprechen, Herr Berger?«

»Wissen Sie, Schneider, am liebsten würde ich Ihnen die Fresse einschlagen. Oder ist es Ihnen lieber, ich hole die Polizei? Wie lange beklauen Sie mich eigentlich schon?«

Der Mann wurde blaß. »Reden Sie gefälligst in einem anderen Ton mit mir. Ich bin zwar nur ein einfacher Angestellter, das ist wahr, aber ich bitte trotzdem um mehr Höflichkeit.«

Johnny holte nur kurz aus, weil er ihm nicht weh tun wollte. Der Mann kippte um, schnappte nach Luft, stand wieder auf, schleppte sich, ohne noch etwas zu sagen, aus dem Büro und schloß sogar noch die Tür.

Noch am gleichen Nachmittag rief Schneiders Frau im Büro an und teilte Johnny mit, ihr Mann liege mit einem Leberriß im Krankenhaus. »Ich weiß nicht, was passiert ist. Darüber redet er nicht. Er bat mich nur, Ihnen das mitzuteilen. Also dann, auf Wiederhören.« Sie legte auf.

»Da siehst du«, sagte Johnny und legte dem alten Rudi den Arm um die Schultern. »Einfach einen vor den Kopf hauen, das kann ich mir fast schon nicht mehr leisten. Soweit ist es mit mir gekommen.«

Er hatte recht. Mindestens einmal in der Woche war er im Polizeipräsidium, weil sie ihn vorgeladen hatten. Wurde in München ein Kerl aufgegriffen, der versucht hatte, ein paar Kilo Haschisch an den Mann zu bringen, wollten sie wissen, ob er auch an Berger verkaufte. Jeder kleine Dealer wurde das gefragt. Flog eine Autoschieberbande auf, wurde gegen Berger ermittelt. Lag im Wald eine Leiche, die auch nur entfernt etwas mit dem Milieu zu tun gehabt hatte, geriet er automatisch in die Schußlinie. Jeden halbwegs undurchsichtigen Mordfall nahm die Polizei zum Anlaß, ihn auf die Liste der Verdächtigen zu setzten. Ihre Razzien in den Spielclubs häuften sich; die Zocker beschwerten sich schon bei Uwe, daß sie wegen »seinem Berger« nur noch Scherereien hätten. Sobald auch nur ein Auto vor seiner Wohnung hielt, sprang er auf und lief zum Fenster. Es war lächerlich.

Dann drehte völlig überraschend auch noch Kuddel durch; Johnny war mit ihm, seiner Frau Ina und Carola für zwei Wochen nach Rio geflogen. Mitten im Speisesaal des Hotels fing er plötzlich mit Liegestützen an, putzte im Hotelpool mit der Bürste den Beckenrand und redete vom Balkon aus auf die Christusstatue ein. Zuerst amüsierte sich Johnny noch; ganz bei Trost war keiner, den er kannte. Auffallend war nur, daß sein Freund auch sonst den Verstand verloren zu haben schien, es ablehnte, mit ihm Rio unsicher zu machen, Mineralwasser trank und von Müdigkeit und den Wünschen seiner Frau sprach, die es ihm verboten habe, Bordelle zu besuchen. Nicht einmal streiten konnte man mehr mit ihm. Brüllte Johnny ihn an, schaute er mit glasigen Augen zurück und behauptete, es wimmle von Ratten.

»Carola, geh hoch und pack unsere Koffer.« Sie flogen mit der nächsten Maschine nach München zurück und hatten zu Haus gerade die Tür hinter sich zugemacht, als es klingelte.

Johnny riß das Telegramm auf.

»Was ist?«

»Nichts, nur daß ich wieder nach Rio muß.« Er reichte ihr das Telegramm.

»Kuddel schwer krank. Ina.«

Johnny lud Uwe ein, weil er keine Lust hatte, die dreizehn Stunden allein im Flugzeug zu sitzen, zumal er die Strecke gerade hinter sich hatte.

Ina erzählte, was inzwischen passiert war; seine Anfälle seien immer schlimmer geworden, überall habe er nur noch Ratten gesehen und, weil er so übermäßig schwitzte, andauernd Handtücher verlangt, immer gleich dutzendweise. Schließlich sei er, nur mit einem Badetuch bekleidet, in der Lobby erschienen. Zwei Angestellte hätten versucht, ihn zu beruhigen, beide habe er verprügelt. Daraufhin sei die Polizei angerückt, und als die ihn festnehmen wollten, habe Kuddel vollends durchgedreht. Erst als sie Verstärkung bekommen hätten, sei es gelungen, ihn festzuhalten. »Und jetzt«, heulte Ina, »ist er in der Klapsmühle. Und mich lassen sie nicht zu ihm.«

»Hör auf zu heulen.«

»Er stirbt, Johnny, wenn du nichts unternimmst.«

»Dann kennst du Kuddel nicht!« Er schlug ihr vor, ein Schlafmittel zu schlucken und sich hinzulegen. »Sei unbesorgt, uns wird schon was einfallen.« Dann zog er sich mit Uwe in sein Zimmer zurück. Zwei Stunden später riefen sie die deutsche Botschaft an. Es meldete sich der Pförtner und teilte ihnen mit, daß heute, Samstag, geschlossen und vor Montag kein Mensch zurück sei.

»Hören Sie, hier spricht Dr. Berger, und neben mir steht Prof. Hansen. Geben Sie uns bitte sofort die private Telefonnummer des Botschafters. Es ist ganz besonders dringend. Nähere Auskünfte kann ich Ihnen leider nicht geben, es handelt sich um eine geheime, die Regierung der Bundesrepublik Deutschland betreffende Angelegenheit.«

Der Pförtner hatte Anweisung, keine Privatnummer weiterzugeben. »Außerdem ist der Herr Botschafter übers Wochenende auf seinem Landsitz.«

»Sie sind Ihren Job los, Mann, wenn Sie nicht tun, was ich Ihnen sage!«

»Warten Sie einen Moment, ich verbinde Sie weiter.«

Es meldete sich eine junge, kräftige helle Stimme. Wieder gab sich Johnny als Kurier einer nur für den Botschafter persönlich bestimmten, wichtigen Nachricht aus.

»Wie wär's«, schlug der Botschaftsangestellte vor, »wenn Sie erst einmal hier vorbeikommen? Dann können wir weitersehen.«

Genau das mußte Johnny verhindern. Sie sahen wirklich nicht wie gestandene Regierungsbeamte aus.

»Na gut«, sagte Johnny, »dann übernehmen aber Sie die volle Verantwortung, daß wir nicht schnell genug mit dem Botschafter persönlich sprechen konnten.«

Tatsächlich wurde auch der Botschaftsangestellte jetzt nervös. »In Ausnahmefällen, aber nur in äußerst dringlichen Angelegenheiten, bin ich befugt, den Botschafter am Wochenende zu stören. Wie war ihr Name?«

»Dr. Berger, und bei mir ist Prof. Hansen. Wir sind eben erst angekommen und im ›Copacabana-Palace-Hotel‹ abgestiegen.«

»Wissen Sie was, Herr Doktor, ich werde den Botschafter verständigen. Er wird Sie anrufen. Verbleiben wir so?«

»Na gut«, lachte Johnny, nachdem er aufgelegt hatte, »dann werden wir uns mal in Schale werfen.«

Uwe genehmigte sich einen Schluck aus einer Whiskyflasche, und Johnny übte, wie und was er mit dem Botschafter reden mußte, um einigermaßen überzeugend zu klingen. »Wehe, Uwe, du fängst an zu lachen.«

Dann kam der Anruf. Johnny wiederholte sein Anliegen, ließ sich im Gespräch auf keine näheren Erläuterungen ein, teilte nur mit, daß der Mann, der nun bereits seit achtundvierzig Stunden in einer Irrenanstalt eingesperrt war, für die Regierung von größter Wichtigkeit sei, daß er aber nicht befugt sei, auch nur die leiseste Andeutung darüber am Telefon zu machen. »Wissen Sie, mir und meinem Kollegen, ist es, weiß Gott, auch nicht gerade angenehm, nach Rio fliegen zu müssen, um hier nichts weiter zu tun, als eine Regierungssache, noch dazu eine so unangenehme Angelegenheit, zu regeln. Aber wenn Sie nicht in Ihren Hubschrauber steigen und unverzüglich hierherfliegen wollen, dann bestätigen Sie uns doch wenigstens per Telegramm, daß wir Sie heute, am Samstag, kontaktiert haben. Dann sind wir für einen möglichen Skandal nicht zu belangen.«

Der Botschafter schien immer noch an einen Scherz zu glauben, versuchte mehr herauszufinden, was Johnny geschickt verhinderte. Nach einigem Zögern entschied er sich dann. »Also, treffen wir uns am besten gleich an Ort und Stelle. Sie werden mir dann hoffentlich alles Nähere mitteilen können.«

Der Botschafter fuhr mit der üblichen Staatskarosse vor, links die Standarte der Bundesregierung, rechts die Standarte des Gastlandes. Er war ein etwa sechzigjähriger Herr, der sofort erkannte, daß die Situation nicht ganz seinen diplomatischen Erfahrungen entsprach. Entweder waren die beiden Männer gefährlich, oder sie waren Witzbolde. Aus Besorgnis um sein Leben hoffte er das letztere, gab dem ihn begleitenden Sicherheitsbeamten aber Anweisung, dicht hinter ihm zu bleiben, um im Ernstfall eingreifen zu können.

Er stellte sich vor, gab aber keinem die Hand. Dann verlangte er eine Erklärung.

Johnny entschuldigte sich zuerst höflich, ihm sein Wochenende versaut zu haben, und tischte ihm dann ohne Umschweife die ganze Wahrheit auf.

Der Botschafter hörte sich alles an und machte dem Sicherheitsbeamten ein Zeichen, wieder zum Auto zurückzugehen. »Dann wollen Sie nur, daß Ihr Freund in ein richtiges Krankenhaus gebracht wird?«

»Weiter nichts«, bestätigte ihm Johnny.

»Und deshalb fliegen Sie von München nach Rio, rufen den Botschafter an, geben sich als Staatsbeamte aus und riskieren, daß ich Sie wegen Amtsanmaßung festnehmen lasse?«

Johnny nickte. »Ich nehme an, daß Sie, Herr Botschafter, für einen Ihrer Freunde nicht anders gehandelt hätten.«

Der Botschafter ließ sich mit seiner Antwort Zeit und sagte dann: »Ich glaube, wenn ich das heute abend meiner Frau erzähle, wird sie laut auflachen. Wahrscheinlich wird sie Sie kennenlernen wollen. Die hat ein Faible für Schlitzohren wie Sie!« Er bat sie, in seinen Wagen einzusteigen. »Was sind Sie, Kneipenwirte auf der Reeperbahn? Die habe ich mir eigentlich immer ganz anders vorgestellt.«

»Sie sollten uns mal sehen, wenn wir nicht wie Staatsbeamte ausstaffiert sind!«

»Daß ihr Freund verheiratet ist und seine Frau in einem Hotel in der Stadt auf Nachricht wartet, das aber ist nicht auch noch erfunden, oder?«

»Nein.«

»Nun, dann wäre es doch das beste, wir holen sie.«

Während der Fahrt schwieg der Botschafter, weil er nachdachte. Ohne Zweifel hatte er sich leichtfertig verhalten und damit in Gefahr begeben, ein Umstand, der ihm angelastet werden könnte, falls sich der Vorfall herumspräche; andererseits, und ebenso unzweifelhaft, war den beiden jungen Männern ein Husarenstück gelungen, ungewöhnlich genug, um ihn den Drang verspüren zu lassen, davon zu erzählen. Er würde die Entscheidung, ob er reden oder schweigen sollte, seiner Frau überlassen; sollte am besten sie seine Gäste auf dem nächsten Cocktailempfang damit unterhalten. Ein Mann, der von einer Männerfreundschaft sprach, noch dazu einer aus dem Zwielicht der Vergnügungsviertel, lief leicht Gefahr, mißverstanden zu werden; bestenfalls hielt man ihn für einen romantischen, wenn nicht gar sentimentalen Schwärmer, der zu verstehen gab, daß ihm das eigene Leben Dinge vorenthielt, denen er Bedeutung beimaß. Einer Frau jedoch würden sie so nicht kommen können, schon gar nicht seiner; ihr glaubte man, daß die Würde hoher Würdenträger auch nur eine Komödie war, allerdings keine der Freundschaft. Neue Freunde hatte er in seinem Beruf nicht hinzugewonnen, in heiklen Situationen würde er sich auf kaum jemand verlassen können; ein Gedanke, der ihn nicht gleichgültig ließ. »Ihr Freund«, wandte er sich endlich wieder an seine beiden Helden, »was ist mit ihm, was soll ich den Ärzten in der Anstalt sagen?«

»Die Wahrheit«, antwortete Johnny. »Daß er krank ist, aber

nicht verrückt, daß er in ein normales Krankenhaus gebracht werden muß, und zwar gleich in das beste, und daß sie sich dort Mühe geben sollen, ihn wieder hinzukriegen, und daß wir bar bezahlen!«

Verhaftet wurde Johnny dann allerdings doch noch, aber erst, als er wieder in München gelandet war. Sie fuhren ihn ins Präsidium, um ihn im Entführungsfall Oetker einzuvernehmen. Das Verbrechen war am 14. 12. 1976, also genau an jenem Tag verübt worden, als Johnny nur für ein paar Stunden in München gewesen war.

Als er den Beamten seine Geschichte erzählte, lachten sie ihn aus. Es war ihm völlig gleichgültig, was sie dachten, und ihm selbst gefiel die Geschichte so gut, daß er sich Zeit ließ, und um sie zu ärgern, auch noch mächtig übertrieb. Sie gaben ihm ein Blatt Papier, stellten ein Mikrophon vor ihn hin und ließen ihn, Wort für Wort, nachsprechen, was die Entführer, deren Anrufe mitgeschnitten worden waren, gesagt hatten.

»Sagen Sie, womit wollen Sie mich eigentlich drankriegen?«

Der Beamte betrachtete seine Fingernägel. »Diese Frage werden Sie selbst eines Tages beantworten.«

Carola schlief noch, als er nach Hause kam. Er weckte sie. »Such eine andere Wohnung und miete sie unter deinem Namen. Ich hab es satt, daß vor meiner Tür Tag und Nacht die Schmiere parkt.«

»Einverstanden«, sagte Carola, »laß mich aber jetzt bitte weiterschlafen!«

Johnny öffnete eine Flasche Cognac, setzte sich in einen Sessel und dachte über sich und Carola nach. Er hatte ihr immer gesagt, daß er die Villa in St-Tropez für sein Privatvergnügen angemietet hätte und sich dort nur mit seinen Freunden erholte. Er wußte, daß sie ihm das nicht abnahm, wußte aber auch, daß sie nichts unternehmen würde, die Wahrheit herauszufinden. Dafür liebte er sie. Carola war der lebende Beweis, daß er nicht alles verloren hatte, was vergangen war. Aber warum betrog er sie dann? Am besten, dachte er, ich frage sie selbst.

Er saß in einem Sessel und schaute zu, wie sich seine Hand

bewegte. Sie war weit weg. Alles, was ihm bisher geholfen hatte, seine Zeit totzuschlagen, war weit weg. Ines hatte er nach einem Streit nach Paris geschickt. Hamburg war weiter als nur neunhundert Kilometer entfernt. Die Spaßmacher waren fast alle tot. Er hörte sie noch lachen. Wie gern er in ihrer Gesellschaft gelacht hatte! Sie hatten sich einen Dreck um ihre Zukunft geschert. Einige hatte er gesehen, die lagen im Sarg und lachten.

Ein paar alte Kumpels, mit denen er noch zum Stehlen gegangen war, tauchten hin und wieder in seinem Büro auf, die Erfolgreichsten hatten es zu einem Bierausschank gebracht. Es war lächerlich, ihnen auszureden, daß er nur etwas mehr Glück gehabt und deshalb heute mehr Geld hatte als sie. Er mußte es sich gefallen lassen, bewundert zu werden, es machte ihn aber traurig, wenn sie ihre Komplimente wie Schulaufsätze aufsagten. Trotzdem verblüffte ihn immer wieder ihr Einfallsreichtum und die Geschichten, die sie erfinden mußten, um an Geld zu kommen. Vogel-Burli war vor einem Monat mit einem Kanarienvogel bei ihm aufgetaucht, hatte aber nicht etwa gesagt: Hör mal, Johnny, wie schön der singen kann, sondern: Der Vogel ist total krank und muß zum Tierarzt. Schab-Dieter war mit einem leibhaftigen Karnickel erschienen, hatte Johnny das Tier auf den Schreibtisch gesetzt und nicht etwa behauptet, das Biest sei krank und müsse zum Tierarzt, sondern: Den hätte ich keinem geschenkt, außer dir. Einmal war sogar Huber-Bertl aufgekreuzt, der in seiner Jugend eines der anerkannten Idole gewesen war. »Weißt du, was ich da habe, Johnny?« Er deutete auf ein Paket unter seinem Arm. »Einen echten Hirschl!«

Johnny sagte der Name nichts.

»Das darf doch nicht wahr sein, Johnny, daß du den nicht kennst«, empörte er sich und packte ein Bild aus, eine Federzeichnung, die ein Seeufer mit ein paar Bänken, Bäumen und Segelbooten zeigte. »Ein Mann von deinem Format, Johnny, und keine Ahnung von wahrer Kunst?«

»Wer sagt denn, daß ich von Kunst was verstehe? Aber daß du das Ding auf einem Flohmarkt geklaut hast, soviel ist doch sicher, oder?«

Bertl bestand darauf, bei Johnny eine Bildungslücke entdeckt zu haben. »Das ist einer unserer bekanntesten Maler. Tu mir mal einen Gefallen, Johnny, und ruf eine gute Kunstgalerie an. Da wird dir jeder sagen können, was heutzutage ein Hirschl kostet.«

Er bot es ihm schließlich für einen Tausender an; aber natürlich nicht zum Kauf. »Dafür ist mir das Bild viel zu wertvoll. Ich will es nur beleihen bei dir, weil ich weiß, daß du eine Schwäche für was Wertvolles hast.« Er sagte das alles ohne jedes Augenzwinkern. Es fehlte nur noch, daß er beim Leben seiner Mutter schwor, daß das Bild ein Vermögen wert sei.

Johnny schenkte ihm Geld, ließ Xare einen Nagel in die Wand schlagen, hängte den »Hirschl« auf und betrachtete die Ausgabe als eine Investition in alte Erinnerungen.

Er hatte gar nicht bemerkt, daß Carola inzwischen ins Wohnzimmer gekommen war. Erst als sie ihre Hand auf sein Knie legte, begriff er, daß er die ganze Zeit geträumt haben mußte. »Wie spät ist es?«

»Guten Morgen!« Carola nahm ihm die leere Cognacflasche aus der Hand und ging ins Badezimmer. »Sicher willst du vor dem Frühstück ein Bad nehmen.«

»Ich will kein Bad nehmen, sondern ein paar Leuten bei der Baubehörde den Hals umdrehen! Eine Frechheit, wie die mit meinem Architekten umspringen!«

Bevor er die Wohnung verließ, schüttete er eine halbe Flasche Haarwasser über seine Haare, massierte die Kopfhaut, kämmte sich mit einer Sorgfalt, die etwas Verzweifeltes an sich hatte, prüfte das Ergebnis und blieb unzufrieden.

»Kauf alle Haarwuchsmittel, die auf dem Markt sind. Es muß doch für Geld was zu kaufen geben, verdammt noch mal!«

Die Sekretärin ließ sich kaum anmerken, daß sie wußte, wer vor ihr stand. Trotzdem spürte Johnny, wie groß ihr Bedauern war, ihn nicht mit der ganzen Verachtung einer strenggläubigen Katholikin strafen zu können.

»Mein Name ist Berger. Ich bin mit Dr. Kottag verabredet.«

»Einen Moment.« Es war offensichtlich, daß sie es als eine Zumutung empfand, höflich bleiben zu müssen.

Es dauerte einige Minuten, bis sie die Tür zum Nebenzimmer öffnete und bat, er möge eintreten.

Dr. Kottag strahlte vor Vergnügen. In aller Ruhe schaute er sich seinen Besucher an und gab sich nicht die geringste Mühe, seine Neugier zu verbergen. »Nehmen Sie doch Platz, bitte.« Als er sich in seinen Stuhl fallen ließ, war er noch immer damit beschäftigt, Johnny zu mustern. »Nett, Sie einmal persönlich kennenzulernen, Herr Berger, wo soviel über Sie geschrieben wird. Manch einer wäre froh, er hätte soviel Publicity.« Dann veränderte sich sein Gesichtsausdruck, und der glich dem seiner Vorzimmerdame. »Aber nicht alles, was Zeitungen so schreiben, ist barer Unsinn. Es ist nicht einmal alles übertrieben.« Er machte eine Pause und fuhr dann fort: »Das heißt nicht, daß wir als städtische Beamte nicht gehalten sind, objektiv zu bleiben. Ich möchte das besonders herausstreichen, speziell Ihnen gegenüber. Ich bin nicht der Richter über ein fremdes Leben. Jeder muß selbst wissen, was ihn glücklich macht. Nur vermute ich, daß Sie der Meinung sind, wir seien vielleicht befangen, nicht selbst Herren unserer Entscheidungen, gewissermaßen nur der verlängerte Arm des Sittenrichters. Dem ist nicht so, kann ich Ihnen versichern! Die Stadt läßt sich nicht unter Druck setzen. Sie wird auch Ihren Antrag behandeln wie alle anderen, die hier liegen.« Er legte die Hand auf einen Stoß Akten. »Allerdings muß ich hinzufügen, planen Sie ja nicht etwa ein Kaffeehaus. Und was man ›öffentliche Meinung‹ nennt, sind einzelne Bürger. Sehr viele Bürger sogar. Und alle laufen sie Sturm gegen ihr Vorhaben. Sie wollen keine Spielhölle in der Innenstadt. Zumal das ja dann bereits das zweite Objekt wäre, das Sie dort betreiben, vorausgesetzt, Sie erhalten einen positiven Bescheid. Was nicht nur bei mir liegt.«

Seine selbstgefällig formulierten Erklärungen kotzten Johnny an. »Hören Sie, ich bin hergekommen, um herauszufinden, woran es liegt, daß es mit meinem Antrag, der Ihnen bereits einige Monate vorliegt, nicht weitergeht. Und was ich tun kann, damit sich etwas rührt. Gibt es irgend etwas, was meine Leute falsch machen?«

»Nein, nein«, versicherte ihm Dr. Kottag. »Die machen gar nichts falsch.«

»Woran liegt es dann also, daß nichts geschicht?«

»Sehen Sie die Akten hier? Alles Anträge.«

»Sie wollen mir doch nicht ernsthaft einreden, daß mein Antrag da in diesem Haufen liegt?«

»Mittendrin in diesem Haufen, natürlich!« Dr. Kottag machte noch nicht einmal den Versuch, seine Genugtuung zu verbergen. »Wo soll er auch sonst liegen?«

Dieses Dreckschwein, dachte Johnny, während der Beamte nach seinem Antrag suchte. Als er ihn endlich hatte und darin herumblätterte, bekam sein Gesicht einen Ausdruck falscher Sorge. »Wie aus den Protokollen ersichtlich wird, gibt es noch genügend strittige Punkte. Zum Beispiel haben Sie uns noch nicht Genüge getan, was die geforderten fünfunddreißig Garagenstellplätze angeht.«

»Ich weiß was von zwanzig«, unterbrach ihn Johnny. »Außerdem kostet mich ein einziger schon runde siebentausend!«

»Tut mir leid, aber so sind nun mal die Gesetze. Es muß gewährleistet sein, daß genug Garagenstellplätze zur Verfügung stehen.«

»Dann werde ich mich schnellstens darum kümmern. Gibt es sonst noch Probleme?«

»Genügend«, versicherte ihm Dr. Kottag fröhlich. »Und was die besagten Garagenplätze angeht, Herr Berger, so laufen Sie gewissermaßen im Kreis. Auch wenn Sie die Garagenplätze kaufen wollen, brauchen Sie immer noch die Genehmigung, sie auch kaufen zu dürfen.«

Johnny hatte kapiert und stand auf. »Dann werde ich mich eben anstrengen, nicht die Geduld zu verlieren. Ich danke Ihnen.« Er verließ das Zimmer, hatte aber keine Ahnung, was er in dieser Sache als nächstes tun konnte.

Vom Büro aus rief er Deinhard an. »Schick mal deinen Freund zu mir ins Büro, deinen arbeitslosen Charmeur, der immer mit Dir auf dem Tennisplatz herumsteht.«

Nikolaus V. Dahn war in Tokio Chef der Niederlassung einer deutschen Miederwarenfabrik gewesen, wegen unerlaubten Waffenbesitzes kurz inhaftiert und deshalb fristlos gekündigt worden. Mit seinen fünfundfünfzig Jahren war es für einen Mann wie ihn nicht leicht, wieder Boden unter die Füße zu bekommen.

Am Nachmittag erschien Dahn im Büro. Er sah aus, als habe er gerade bei Kerzenlicht in einem Riviera-Hotel gefrühstückt. Wahrscheinlich war er genau der Richtige, sich um Ines zu kümmern. Vermutlich verstand er auch was von kostbaren Vasen. Sie gaben sich die Hand.

»Mike hat mir erzählt, daß Sie pleite sind, außerdem sollen Sie sieben Sprachen sprechen.«

Dahn lachte. »Das ist eben Mikes Art, die Dinge zu dramatisieren. Allerdings stimmt, daß ich sieben Sprachen beherrsche.« Er warf einen kurzen Blick auf die Federzeichnung, die an der Wand hing. »Aber viel lieber würde ich malen oder komponieren. Und was meine Finanzen betrifft, so muß ich zugeben, es wäre mir lieber, der Champagner würde die Hälfte kosten.«

»Ihre Finanzen«, sagte Johnny trocken, »interessieren mich nicht. Stimmt es, daß Sie Arbeit suchen?«

»Es ist nicht meine Absicht, Ihnen zu nahe zu treten, aber halten Sie mich trotzdem nicht für verrückt, wenn ich Ihnen versichere, daß ich Ihnen behilflich sein kann.«

»Deshalb habe ich Sie hergebeten. Ich habe sehr viele Dinge am Hals, und um einige kann ich mich im Augenblick nicht selbst kümmern. Und dafür bräuchte ich einen tüchtigen Mann.«

»Vor allem einen, nehme ich an, der was von Politik versteht.«

Johnny war verblüfft. Dazu gehörte Mut, ihm das an den Kopf zu werfen. »Lassen Sie das mal meine Sorge sein, guter Mann.«

»Dann brauchen Sie eine Menge Glück. Sie sehen aber nicht wie einer aus, der sich auf sein Glück verläßt.«

»Ganz recht. Glück ist eine Kunst, die man beherrschen muß.«

Dahn stimmte dem zu. »Wenn man nicht mehr an den Teufel glaubt, ist auch das Paradies verloren.«

Johnny wurde ungeduldig. Er hatte den Mann nicht rufen lassen, um sich von ihm kluge Vorträge halten zu lassen. In Paris saß die Baronin und wartete, daß sie gekidnappt wurde. In der Garage stand sein Excalibur und mußte dringend zur Inspektion. Carola brauchte jemand, der ihr beim Umzug half. Sein Vater in Herrsching brauchte Pflege. Er selbst brauchte nachts, wenn er zuviel getrunken hatte, einen, der ihn herumkutschierte. Wenn er in St-Tropez sein eigenes Auto fahren wollte, mußte es jemand runterfahren. Es gab tausend andere Kleinigkeiten, die einen Mann beschäftigen, der zwei Frauen, andere Freundinnen und auch sonst einen Hofstaat unterhielt. »Sagen Sie mir, was Sie verdienen wollen, wenn Sie für mich arbeiten.«

Dahn saß in vollendeter Ruhe, fast sorgfältig ruhig, auf seinem Stuhl und ließ keinen Zweifel aufkommen, daß er darauf ungern direkt antworten wollte. Seiner Meinung nach lag hier ein Mißverständnis vor. Er war nicht gekommen, um diesem jungen Mann bei Kleinigkeiten zu helfen. Er war hier, um sein Hauptproblem zu lösen: den Kampf mit der Stadt München. Den ganzen Fall kannte er zwar nur aus der Zeitung, aber er begriff die Dimensionen dieser Auseinandersetzung. Dieser Berger, so clever er sich auch vorkommen mochte, hatte ohne kluge Hilfe kaum Chancen, seine Genehmigung durchzudrücken. Da war noch zuviel ungeschickte Überheblichkeit in ihm. Er war an Politik nicht interessiert genug, um seine Vorteile zu nutzen. Er wußte nicht, wie man Politiker beeinflussen konnte.

Dahn faltete seine Arme über der Brust und schaute Johnny ohne jede Herablassung ins Gesicht. »Ich schlage vor, wir setzen unsere Unterhaltung ein andermal fort, wenn Sie nicht in Ihrem Büro sitzen. Nennen Sie mir nur Ort und Uhrzeit, und ich werde da sein.«

»Sind Sie eigentlich verheiratet?« wollte Johnny plötzlich wissen.

»Insgesamt habe ich viermal in meinem kurzen Leben den Versuch unternommen, ein glücklich verheirateter Mann zu werden«, sagte Dahn und schien einen Augenblick lang selbst ganz fasziniert von dieser Tatsache. »Dreimal war ich dabei der Dumme. Ich war verheiratet, aber nicht lange glücklich. Dabei habe ich etwas herausgefunden. Zufriedene Männer sind erfolgreich, zufriedene Frauen gefährlich – oder eben, wie die Mehrzahl, langweilig. Aber darüber können wir ja, wenn wir uns wiedersehen, weiterreden.« Er stand auf. »Meine jetzige Frau ist übrigens sehr viel jünger, dreiunddreißig Jahre jünger sogar.« Er gab Johnny die Hand und ging.

Johnny fiel erst, als es draußen dunkel wurde, ein, daß er weder den Ort noch eine Uhrzeit mit ihm abgemacht hatte. Er wollte schon Deinhard anrufen, entdeckte dann aber seine Visitenkarte. Darauf stand »Nikolaus V. Dahn« und seine Telefonnummer.

»Ich hoffe, Sie meditieren nicht gerade«, sagte Johnny.

»Ich denke über Ihre Probleme nach.«

Johnny war es nicht gewohnt, daß jemand so mit ihm redete, aber sein Gefühl riet ihm, die Verabredung nicht platzen zu lassen. »Sie kennen vielleicht ein paar Räubergeschichten, die Journalisten in die Welt gesetzt haben. Oder Mike hat Ihnen was erzählt, was weiß ich! Jedenfalls gefällt es mir nicht, daß Sie sich in diesem väterlichen Tonfall mit mir unterhalten. Ich habe, obwohl Sie älter sind, keine Lust, mich belehren zu lassen.«

»Ich halte Sie für einen ausgeschlafenen Burschen, und ich bewundere, was Sie alles geleistet haben. Mir imponiert das. Und keineswegs will ich den Vater spielen. Wissen Sie, ich bin dafür völlig ungeeignet. Nur will ich Ihnen eines sagen: Sie müssen sich mit den richtigen Leuten anfreunden, statt mit den falschen zu streiten. Bis heute abend.« Er legte auf.

Es war alles andere als ein Zufall, als Nick Dahn mit einem großen Blumenstrauß in der Hand das Vorzimmer des Landtagsabgeordneten Dr. Eindl betrat. Es war auch nicht das erste Mal. Er wußte deshalb auch schon, daß Frau Obergassner, die Sekretärin des Politikers, wegen Gewichtsproblemen auf Süßigkeiten verzichten mußte, daß aber Tulpen, vor allem wenn es gelbe waren, ein Lächeln auf ihr Gesicht zaubern konnten. Genau dieses Lächeln strahlte ihm jetzt entgegen. »Wenn Sie mich weiter so verwöhnen, komme ich bei meinen Kolleginnen aber ganz schön ins Gerede«, scherzte sie, bedankte sich und holte eine Vase aus einem der Aktenschränke. »Er telefoniert noch. Kann ich Ihnen inzwischen vielleicht eine Tasse Kaffee anbieten?«

»Nur ein Glas Leitungswasser bitte.«

»Das ist es also, was Sie so blühend jung erhält«, stellte Frau Obergassner fest. Dann kümmerte sie sich um das Glas Wasser und das Wasser für die Tulpen. Als sie vom Gang wieder hereinkam, fiel ihr Blick auf die Telefonanlage. »Oh, ich glaube, jetzt ist er frei.« Sie klopfte an die Tür, trat ein und meldete den Besuch.

»Bitte schön«, sagte sie, lächelte noch einmal, wartete, bis Nick Dahn eingetreten war, und schloß die Tür.

»Du bist ein ganz schön zäher Bursche, Nick, wenn du dir mal was in den Kopf gesetzt hast«, begrüßte ihn Dr. Eindl. Er kam hinter seinem Schreibtisch hervor und schüttelte seinem alten Freund die Hand. »Tust du eigentlich sonst noch was, außer mich zu belästigen? Nicht mal nachts läßt du mich in Ruhe. Dabei haben wir Wahlkampf.«

»Die Sache ist verdammt dringlich, Ludwig.«

»Das höre ich von jedem, der zur Tür hereinkommt. Setz dich!«

»Und für mich persönlich ungemein wichtig, wie ich dir schon letzte Woche am Telefon angedeutet habe.«

»Erzähl mir erst einmal, was ein Mann wie du in solchen Kreisen zu suchen hat.«

»Meinen Lebensunterhalt verdienen, Mädchen für alles spielen, seine Autos spazierenfahren, Besorgungen machen, alles, was eben so anfällt. Sogar um seine Freundinnen kümmere ich mich und sehe zu, daß meine Angelika dabei nicht zu kurz kommt. Du weißt ja, dafür muß man sich Zeit nehmen, wenn man ein verliebtes Mädchen zu Hause hat.«

»Meine Inge hat vor fünfzehn Jahren beschlossen, getrennte Schlafzimmer einzuführen.«

»Du siehst nicht aus, als würdest du darunter leiden.«

»Ist er wirklich so ein harter Bursche?«

»Berger? Wenn es mehr von seiner Sorte gäbe, wäre das Leben jedenfalls abwechslungsreicher. Ich bewundere den Burschen. Und es macht Spaß, für ihn zu arbeiten, aber gegen euch hat er, bei seinem Ruf, keine Chance.«

»Zahlt er wenigstens anständig?«

Dahn zündete sich eine Zigarette an und schaute dem Rauch nach. »Leute, die viel Geld haben, halten alle den Daumen auf den Pfennig; dafür ist er aber ausgesprochen großzügig, wenn wir nachts zusammen unterwegs sind. Da läßt er sich nicht lumpen.«

»Weiß er, daß wir uns kennen?«

»Nur, daß ich mich um die Genehmigung der Behörde kümmere, wovon er sich aber nichts verspricht. Also mach ich's auf eigene Faust. Immerhin hängt alles davon ab, daß die Sache klappt, sonst kann ich stempeln gehen.«

»Wenn die Opposition sich weiter so aufführt, wird es für mich immer einfacher, die Fraktion geschlossen hinter mich zu bringen.«

»Hast du schon ein paar Worte mit deinem Chef reden können?«

»Du meinst, der hätte was gegen eine Spielhalle in der Innenstadt?«

»Aber vielleicht was gegen das Gerede, daß sich die Unterwelt dort breitmacht.«

Dr. Eindl mußte grinsen. »Diese Töne überlassen wir unseren parlamentarischen Gegnern. Es gibt zwei, drei meiner Kollegen, die sich, zugegeben, in ihrem Wahlkreis bessere Chancen ausrechnen, wenn sie ein bißchen auf die Pauke hauen. Mit Unterwelt, Mafia und so, na, du weißt schon! Aber das ist eher nebensächlich. Und ist auch belanglos, selbst dann, wenn bei der Abstimmung im Rathaus bei der Oppostion Fraktionszwang angeordnet wird.«

»Wie stehen dafür die Chancen?«

Dr. Eindl überlegte. »Es ist immer gut, Einigkeit zu demonstrieren.«

»Der Job als Geschäftsführer dieser Spielhalle wäre meine Rettung.« Dahn sagte das ohne besondere Betonung. Er stellte es nur fest. »Ach übrigens, damit ich das nicht vergesse zu erwähnen, seit letzter Woche hat deine Partei zweihundert neue Mitglieder mehr. Alle Mitarbeiter seiner Betriebe sind geschlossen eingetreten.«

»Das war doch sicher deine Idee«, lachte Dr. Eindl.

»Ich will nur nicht, daß das keiner merkt.«

»Du bezauberst meine Sekretärin, du läßt keine meiner Wahlkampfveranstaltungen aus, du hockst plötzlich bei jedem Heimspiel des FC Bayern mit dem Berger auf der Ehrentribüne...«

»Und jede Nacht kleben unsere Jungs für euch Wahlplakate, und das nicht nur hier in München«, unterbrach ihn Dahn.

Dr. Eindl lehnte sich amüsiert zurück. »Und wann spendierst du uns ein paar seiner Damen? Aber Spaß beiseite, Nick. Einen alten Freund läßt man nicht hängen, da haben auch wir unsere Ehre. Ich schau schon, daß im Stadtrat etwas Vernünftiges beschlossen wird.«

»Ich ruf dich morgen wieder an«, sagte Dahn.

»Nur das nicht«, wehrte sich Dr. Eindl. »Oder hältst du mich für so vergeßlich?«

»Sagen Sie, Herr Dahn«, wollte Frau Obergassner wissen, als er sich von ihr verabschiedete, »was sind Sie eigentlich von Beruf, wenn ich Sie fragen darf?«

Er hauchte einen Kuß in Richtung ihres Handrückens. »Ich wär gern Duke Ellington geworden.«

Als er wieder ins Büro kam, saß Johnny hinter seinem Schreibtisch und betrachtete nachdenklich seine Schuhe, die er auf den Tisch gelegt hatte.

»In drei Wochen ist Plenarsitzung. Dann können wir aufmachen.«

Johnny schaute ihn mit unverhohlenem Spott an. »Verteilst du immer noch Blumensträuße?«

Dahn ließ es sich gefallen; er wußte, was er tat und wie man es tat. Er war Experte, wenn es darum ging, einen Schritt nach dem anderen zu tun, und keinen seiner Schritte tat er überstürzt. Er hatte alle Unterlagen studiert, bei Johnny durchgesetzt, seinen Jungs begreiflich zu machen, sie sollten sich bis zur Plenarsitzung nichts zuschulden kommen lassen, keine Schlägerei, keine Casinobesuche, keine Schlagzeilen. Er wußte, daß ihn viele von Johnnys Angestellten für eine Nervensäge hielten, nur weil er intelligenter reden konnte und Wert auf gute Manieren legte. Trotzdem traute ihm keiner, auch Johnny nicht, die Grütze zu, diesen Fall entscheidend beeinflussen zu können. Er wollte nicht bewundert, schon gar nicht geliebt werden, sondern nur beweisen, was er noch drauf hatte – und endlich wieder ein anständiges Auskommen haben.

Am Tag der Abstimmung brauchte er nicht einmal einen Cognac zur Beruhigung, ganz im Gegensatz zu Johnny, der in seinem Büro die Entscheidung abwartete und trank. »Gut gemacht, Nick«, stellte Johnny ohne erkennbare Begeisterung fest, als er von der Entscheidung zu seinen Gunsten erfuhr.

Auch Dahn triumphierte nicht. Es war, wie er fand, sein gutes Recht zu gewinnen. Jetzt also war er wieder, was er in Tokio gewesen war: Geschäftsführer. Und auch sein Monatseinkommen stimmte endlich wieder.

Wer die beiden am gleichen Abend zusammen auf den Erfolg anstoßen sah, mußte annehmen, Dahn sei der Boß und Johnny sein Leibwächter. Das war falsch, aber kein Fehler.

15

Zuerst flog Johnny nach Hamburg, weil er dort die richtigen Architekten kannte, die schnell arbeiteten. Er hatte es eilig, seine Spielhalle endlich zu eröffnen. In sechs Wochen war der erste Advent, bis dahin sollte alles fertig sein. Er flog weiter nach London, unterschrieb dort den Vertrag über den Kampf seines Boxers um die Europameisterschaft – Austragungsort sollte die Olympiahalle in München sein –, flog anschließend nach Las Vegas, um sich über Glücksspielgeräte zu informieren, von dort zurück nach Rom, um Anita Ekberg zu treffen. Er konnte es selbst kaum glauben, daß er es in seinem Leben soweit gebracht hatte, auch noch mit Filmstars zu verhandeln.

Grahammer hatte für ihn den Teppich ausgerollt. Er selbst wäre nicht auf die Idee gekommen, war aber nach allem, was er ihm von ihr vorgeschwärmt hatte, sicher, daß ihr Auftritt genau die richtige Sensation war, um sein »Maxim's« in die Schlagzeilen zurückzubringen.

Am Flughafen stand Hans, um ihn abzuholen. Er war, wie auch Uwe Hansen, ein Stück St. Pauli im Rohzustand geblieben.

»Was gibt's in München Neues?« wollte Johnny wissen.

»Anfang Januar gehen im ›Eros‹ die Lichter aus.«

Die Schließung eines Bordells machte Johnny schon lange kein Kopfzerbrechen mehr. »Dann machst du eben einen Tag später das Haus in der Landsberger Straße auf. Und hast wieder neun Monate Zeit, was zu suchen.«

Dann erzählte Hans, wie Ines eines nachts im »Eros« erschienen war und sich für eine Punkparty was zum Anziehen hatte ausleihen wollen. »Was aus der Folterkammer.«

Johnny ließ sich die Wut, die augenblicklich in ihm hochstieg, nicht anmerken. »Du hast sie hoffentlich rausgeschmissen!«

Was die Baronin betraf, so betrachtete er seine Beziehung zu ihr längst unter dem Gesichtspunkt der Nützlichkeit. Sie war mittlerweile seine Privatsekretärin geworden, zuständig vor allem für seine Freizeit in Frankreich. Natürlich betrog er längst auch sie, seit einem Monat sogar mit ihrer besten Freundin, von deren Augen er fasziniert war; sie hatten die Farbe heller Steine, die nah am Ufer im Meer liegen. Seine Triebhaftigkeit rechtfertigte er in diesem Fall mit seinem Sinn für Gerechtigkeit: Indem er Ines mit Claudia betrog, rächte er Carola, die er mit Ines betrogen hatte. Warum sollte die Baronin das Privileg einer Treue genießen, die er nicht einmal Carola gönnte, nicht einmal ihr, die er doch mehr achtete als jede andere.

»Du glaubst nicht, was das für ein Zirkus mit der war. Die hat alle verrückt gemacht.«

»War Carola auch da?«

»Nein, aber Janina!«

Damit war klar, daß Carola über sein Verhältnis mit Ines informiert war und er ihr beweisen mußte, daß er auch jetzt nicht daran dachte, sie zu verlassen. Er wußte, womit er sie beeindrucken konnte. Carola wartete seit langem darauf, daß er ihren Eltern vorschlug, nach Herrsching zu ziehen. Tat er das, konnte sie unmöglich annehmen, daß er Trennungsabsichten hatte.

»Daß Ladiges tot ist, weißt du, oder?«
»Nein! Seit wann?«
»Seit Samstag!«
»Und an was ist er gestorben?«
»Krebs!«
»Na gut, schick einen Kranz hoch und schreib auf die Schleife: Wir waren Freunde oder so was! Und seiner Frau, dieser Stußhenne, schick ein Telegramm!«
»Was soll ich der schreiben?«
»Daß er ein guter Mensch war, auch wenn's gelogen ist.«
»Hansi liegt im Krankenhaus«, fuhr Hans mit der Aufzählung seiner Neuigkeiten fort.
»Auch Krebs?«
»Kreislaufstörungen!«
Johnny mußte lachen. »Das sind keine Kreislaufstörungen, Hans. Der hat Probleme mit Janina, versteht du?«
Hans war Puffboss und las die Sportseiten. Viel mehr interessierte ihn nicht.
»Der spielt sich bei ihr als Max auf«, erklärte Johnny. »Aber daran bin ganz allein ich schuld, ich Idiot, denn ich hab die beiden zusammengebracht und hätte mir ausrechnen können, daß es Probleme geben wird. Alles, was dem im Kopf herumging, war Max. Deshalb hat es Janina auch kaum noch ausgehalten und ihn schon zweimal rausgeschmissen. Er kann sie nicht mehr richtig stoßen, weil er immer an Max denken muß, und glaubt, daß sie ihn mit ihm vergleicht, wenn er mit ihr schläft. Erzähl mir also bitte nichts von Kreislaufstörungen.«
»Wenn der Johnny mich mal bedrohen sollte, hat er neulich nachts von sich gegeben, dann hack ich ihm beide Beine ab.«
»So reden alle, wenn sie besoffen sind«, lachte Johnny. Er hatte diesen Schweinehund von der Tankstelle geholt, ihm einen Job gegeben, ihn mitgenommen nach Acapulco und dort mit Janina verkuppelt und zum Dank dafür drehte er durch.
»Fahr mich ins Eros.«
Als er sich dort mit Janina unterhielt, war ihm klar, daß sie Hansi

immer noch liebte. Sie war nicht unglücklich, nur unzufrieden und dachte daran, sich in jenes kleine Haus auf Mallorca zurückzuziehen, das Max ihr vermacht hatte, oder zurück nach Frankreich zu gehen, sollte sie sich von Hansi trennen.

Danach fuhr er zu Carola und brauchte keine fünf Minuten, um sie zum Lachen zu bringen. Sie freute sich, als sie von seiner Idee erfuhr. Er entschied trotzdem, ihr ein paar Worte über seine Affäre mit Ines zu sagen. Es fiel ihr leicht, zu glauben, was er sagte, weil sie aus allem, was er beichtete, immer noch eine Liebeserklärung heraushörte. Und damit hatte sie gar nicht unrecht. Johnny sagte die Wahrheit: Er würde sie keineswegs für irgendeines dieser Mädchen, mit denen er in St-Tropez die Nächte durchtanzte, verlassen.

Als Anita Ekberg aus dem Flugzeug stieg, schien sie nicht begriffen zu haben, daß unten an der Gangway nicht Federico Fellini, sondern Johnny Berger stand. Sie hob so ausladend beide Arme, als wolle sie all die Jahre, die sie älter geworden war, ungeschehen machen, ließ das Blitzlichtgewitter wie eine Verjüngungskur über sich ergehen, winkte den Fotografen und den Schaulustigen zu und bestieg die eigens für diesen Zweck gemietete Limousine. An ihrer Seite lächelte Johnny. Er hatte, seit er Don King in Las Vegas getroffen hatte, die Gewohnheit angenommen, Havannas zu rauchen; so gefiel er sich noch besser.

Er hatte schon bei seinem Besuch in Rom schockiert festgestellt, wie fett sie war, für Grahammer war es nicht einfach gewesen, ihn daran zu hindern, die Verhandlungen sofort abzubrechen. Für intellektuelle Späße hatte er nichts übrig und sich deshalb Gedanken gemacht, wie er sie in diesem Zustand überhaupt präsentieren konnte. Ihm war klar, daß er sich hüten mußte, sie zu ermuntern, sexy wirken zu wollen. Diese Blamage wollte er ihr (und sich) ersparen. Gut, sie sollte drei, vier oder fünf Lieder playback singen, soviel war bereits in Rom besprochen worden, alles andere aber war offengeblieben. »Ich schlage vor«, erklärte er ihr, »wir bleiben bei der Wahrheit. Sie gehen einfach auf die Bühne, stellen sich hin und halten zuerst eine kleine Ansprache, etwa in der Art wie: Da unten im Publikum sitzt jemand, der mir sehr viel Geld geboten hat, in München aufzutreten. Wie Sie sehen, habe ich mein Geld gut angelegt. Fassen Sie sich ruhig an die Hüften. Ich bin sicher, daß Sie dafür Applaus bekommen. Daß Sie nichts auf den Knochen haben, wird ja keiner behaupten wollen. Aber ihr Humor wird Sie dem Publikum auf Anhieb sympathisch machen, glauben Sie mir das. Und danach sagen Sie: Ich mußte also nicht lange nachdenken, bin ins Flugzeug gestiegen – und jetzt stehe ich vor Ihnen. Auch dafür wird es sicher Applaus geben. Es ist immer die Wahrheit, die am besten klingt. Die Leute werden Sie dafür lieben.«

Johnny lehnte sich zurück. Seine Idee gefiel ihm. Grahammer übersetzte.

Anita Ekberg gab sich beleidigt. Sie wollte singen und tanzen und immer noch den Star spielen. Sie wollte, was niemand mehr verlangte: ein Vamp sein, der es noch draufhatte!

Johnny wollte nicht glauben, daß sie ihn nicht verstand. Er versuchte es noch einmal, aber wieder lehnte sie ab, weil sie es als Zumutung empfand, sich ihrem Publikum als eine Frau zu präsentieren, die fett und in Geldschwierigkeiten war. Ihre Vorliebe für Spaghetti, schrie sie, sei nicht das Thema.

»Sie werden nur Erfolg haben, wenn Sie tun, was ich Ihnen rate«, knurrte Johnny. Aber Anita Ekberg war nicht umzustimmen.

»Sag ihr, daß sie eine fette Schlampe ist und bescheuert obendrein.«

»Dann tun Sie einfach, was Sie für richtig halten, gnädige Frau«, übersetzte Grahammer.

Damit endlich war sie einverstanden.

Johnny hatte es kommen sehen. Sie konnte nicht singen, nicht tanzen und drehte sich wie ein schwerer, alter Schwan immer nur im Kreis. Uwe hatte ihren Auftritt vier Stunden mit ihr durchgesprochen und geprobt. Sie sollte einen ersten Schritt zwischen den Vorhang machen, ihn öffnen und abwarten, bis das Licht der Scheinwerfer sie traf. Als am Abend der Premiere die Scheinwerfer angingen, nestelte Anita Ekberg immer noch am Vorhang herum, war dann geblendet, als sie ihn endlich offen hatte, und fiel, weil sich ihr Schuh in den Kabeln, die herumlagen, verfing, vornüber auf die Bühne. Uwe war zu diesem Zeitpunkt bereits bewußtlos. Er war nur ein einfacher Junge aus St. Pauli – und das hier war für seine Nerven zuviel.

Auch mit seinem Boxer hatte er nicht viel Glück. An nichts hatte es gefehlt, außer an der Härte des Boxers gegen sich selbst; er hatte nicht begriffen, daß das Leben jedem Menschen nur eine einzige Chance bietet.

Aber er konnte endlich das »Nevada City«, seine große, auf zwei Stockwerke verteilte Spielhalle eröffnen.

Die Geschäftsleute ringsherum wunderten sich zuerst, gaben es dann aber auf. Der Mann, der auf der gegenüberliegenden Straßenseite ein Wettbüro betrieb, schüttelt nur den Kopf. »Die schleppen das Geld jeden Morgen in Säcken zur Bank!«

Wer das »Nevada City« betrat, vergaß sofort, ob es Tag war oder Nacht. Die Musik dröhnte in einer Lautstärke, daß die Außenwelt wie von selbst verschwand. Bei seinem Vergnügen war jeder Spieler vollkommen mit sich selbst beschäftigt, fuhr Rennwagen um Haarnadelkurven, schoß brüllende Gorillas ab, jagte fliehende Astronauten, erschoß kämpfende Kommunisten oder versenkte U-Boote, man konnte sich duellieren, den Himmel in Brand stecken, Strip-Poker spielen oder den Weltraum von feindlichen Agenten säubern.

Johnny war zum Großunternehmer geworden.

Nachdem er auf dem Grab von Max wie jedes Jahr Anfang Dezember einen Weihnachtsbaum aufgestellt hatte, flog Johnny mit Ines nach St. Moritz. Skilaufen konnte er nicht und wollte es auch nicht versuchen, nur nachmittags im »Palace« in der Halle sitzen und zuschauen, was sich tat, darauf war er neugierig.

Es tat sich wenig. Er sah attraktive Frauen, die vorbeigingen, was nichts daran änderte, daß er sich überflüssig vorkam und langweilte, während er Ines beobachtete, wie sie einige Bekannte begrüßte. Sie

Johnny vorzustellen, hatte sie aufgegeben. Sie hatte mit keinem, wie sie betonte, was gehabt, aber einige der Männer hätten ihr Geld geboten, um mit ihr schlafen zu dürfen. Darüber konnte Johnny nicht einmal mehr lächeln. Frauen ihres Typs kokettierten gern mit dem Heiligenschein der Hure.

Wie immer war ihr irgend etwas peinlich und wie immer hatte sie an Johnny etwas auszusetzen. Es gefiel ihr nicht, wie provozierend direkt er den Frauen nachschaute. Es gehöre sich nicht, versuchte sie ihm beizubringen, ohne jedoch im geringsten eingeschnappt zu sein, daß seine ungeteilte Aufmerksamkeit nicht ihr galt. Es trieb ihr den Schweiß auf die Handflächen, als er dem Oberkellner, der die Gäste am Eingang zum Speiseraum empfing, Ohrfeigen androhte, da er ihn ohne Krawatte nicht passieren lassen wollte.

Ihre Liebe zu ihm hatte sich in Interesse verwandelt. Außerdem war er es, der für sie aufkam. Undankbar wollte sie nicht erscheinen. Tränen waren also ausgeschlossen. Johnny saß an der Bar, trank und schaute zu, wie sich nichts tat. Wenn neben ihm wenigstens Liz Taylor einen gestemmt hätte. Auch einem Onassis, der sich langweilt, hätte er gern zugeschaut. Aber er sah nur Schminke und falsche Zähne. Alles erschien ihm falsch! Eine Gesellschaft voller falscher Bewegungen, falscher Gesten, falscher Freundlichkeiten! Er sah Männer Männer abküssen, Männer Frauen, Frauen Männer, Frauen Frauen; selbst Kleinkinder küßten sich zur Begrüßung! Weil er wütend war, lastete er alles, was ihn ärgerte, Ines an. Noch wütender wurde er, als sie nicht aufhörte, ihm wieder Nachhilfeunterricht geben zu wollen.

Da er sich gerade in St. Moritz aufhielt, fiel ihm Mauro Stalder ein, der mit Zwanzig mit einem Millionenvermögen aufgewacht war, das er geerbt hatte, und seitdem zur Elite der europäischen Playboys gehörte, ein Meister unter den Müßiggängern, dessen Namen er nur erwähnte, weil er Ines damit ärgern konnte. Er erinnerte sich, wie heftig sie ihn schon in St-Tropez verteidigt hatte.

»Er ist mein Freund, und damit basta!«

»Warum hat er dir dann nicht den Gefallen getan, dich aus Paris herauszuholen?«

»Wo denkst du hin«, lachte Ines mit etwas Mitleid in den hohen Tönen ihres Lachens, »der doch nicht!«

»Dann nenne ihn nicht dauernd deinen Freund!«

Ines machte ihren Schmollmund. »Er ist trotzdem mein Freund!«

»Gibt er dir Geld, wenn du keines hast?«

»Aber bitte«, wehrte sie hochmütig ab, »soviel hat der doch auch nicht.«

»Für Katzenfutter mit Honig wird's aber reichen!«

Ines warf ihre Haare zurück. »Mit solchen Kleinigkeiten gibt sich doch der nicht ab.«

Sie redeten von zwei verschiedenen Dingen. Für Johnny war Freundschaft ein heiliges Wort, ein Ehrenwort. Da verstand er keinen Spaß.

Ines, wieder ganz die Baronin, fand es reizend, worüber er sich aufregen konnte. »Ich weiß, daß du jeden, der sein Vermögen geerbt hat, nicht für voll nimmst. Warum bis du dann nicht gleich in St. Pauli geblieben?«

Am nächsten Tag flogen sie mit dem Helikopter weiter nach Gstaad. Dort war Johnny auch noch nie gewesen, beschwerte sich aber auch hier über alles, was sich seinem flüchtigen, verständnislosen Blick darbot. Er verstand nicht, warum ein kleines, eingeschneites Dorf so viele berühmte Namen anziehen konnte. Aber wo waren die interessanten Berühmtheiten?

Er erregte auch hier weder Interesse noch das mindeste Erstaunen bei den Menschen, was Johnny zur Schlußfolgerung zwang, es müsse sich bei ihnen um tote Materie handeln. Auch Ines betrachtete er als zu ihnen gehörig; und rechnete es sich selbst hoch an, sie vor der Versteinerung, auch der durch Edelsteine, gerettet und dem Leben zurückgegeben zu haben.

Nach einem Streit mit ihr flog er nach St. Moritz zurück, ließ sie da und flog allein nach München. Dort buchte er einen Flug nach Hamburg und besuchte Carola, die Weihnachten bei ihren Eltern verbracht hatte.

Carola wußte, daß er mit Ines in die Schweiz gefahren war, wollte aber nur wissen, ob er Ski gefahren sei.

»Ich hab mich mit Ines gestritten, mehr nicht«, antwortete er wahrheitsgemäß. Er konnte nicht herausfinden, was sie gerade dachte. War es möglich, daß sie Ines bedauerte?

»Ich habe gestern einen alten Schulfreund wiedergetroffen.«

»Und?« Johnny wunderte sich, warum sie ihm das überhaupt mitteilte.

»Nichts und«, sagte sie, »ich habe mich nur gefreut, ihn wiederzusehen.«

Wenn sie ihn eifersüchtig machen wollte, so war das ihr erster Versuch, seit er sie kannte. »Bleib am besten noch hier, um den Umzug vorzubereiten«, schlug er ihr vor und beruhigte sein Gewissen mit der Vorstellung, was für ein Wohltäter er war. Nicht ohne Selbstgefälligkeit glaubte er daran, daß Dankbarkeit zu seinen Tugenden zählte. Er war für viele da, die ohne Hilfe nicht überleben würden. Die letzte war Karin gewesen, seine Wiener-Karin, die im Oktober in seinem Büro aufgetaucht war, weil sie nicht mehr weiter gewußt hatte; er hatte nicht vergessen, wieviel er ihr verdankte, und ihr eines seiner Kinos verpachtet.

Als er in München seine Wohnung betrat, klingelte das Telefon. Claudia saß in Acapulco und bettelte darum, ihn sofort sehen zu können.

Die 9625 Kilometer nach Los Angeles flog man in knappen dreizehn Stunden, was kein Grund war, nicht zu fliegen. Am liebsten wäre er nur noch rund um die Welt geflogen – mit Zwischenstopps in Schlafzimmern. »Okay, Claudia, treffen wir uns in Los Angeles!«

Als er hinter Claudia die Tür im »Beverly Wilshire Hotel« abschloß, fiel er mit einer solchen Hemmungslosigkeit über sie her, daß der Zimmerkellner die Tür fast eintreten mußte, um sich bemerkbar zu machen. Zuerst war sie glücklich, weil es schön war, sich in seinen Armen wohl zu fühlen. Sie summte vor sich hin, wollte in den nächsten Stunden keinen Mann zum Heiraten finden, setzte sich aber plötzlich auf. »Komisch, weißt du, worüber ich gerade nachdenke? Warum ein Mann wie du keine Fremdsprachen spricht. Englisch zumindest solltest du beherrschen, wenigstens das.«

Johnny schleckte sich die klebrigen Finger ab. »Ist das alles, was dir Kopfschmerzen macht?«

Claudia stupste ihn mit dem Zeigefinger auf den Bauch. »Ganz im Ernst, Johnny, ich finde, du solltest endlich Fremdsprachen lernen. Jeder, der in Acapulco auf der Party war, konnte zumindest zwei Sprachen, die meisten sogar drei.«

»Ich kenn einen, der spricht sieben. Und der ist bei mir angestellt.«

Claudia blieb hartnäckig. »Jetzt, wo du so reich bist und überall herumkommst, solltest du, finde ich, was für deine Bildung tun.«

Daß jetzt auch sie anfing, ihn erziehen zu wollen, ärgerte ihn um so mehr, als er dahinter Gespräche vermutete, die sie mit Ines geführt haben mußte. »Ich geh nur mal kurz Luft schnappen!« Er zog sich an. Unten bezahlte er die Rechnung. Er hätte sich für einen Versager gehalten, wenn die Direktion ihn nicht gebeten hätte, für den Schaden im Zimmer aufzukommen. Er gab ihnen genug, daß sie ihre Teppiche zum Reinigen nach Persien schicken konnten, und nahm die nächste Maschine nach München.

16

Gegen sein neues Büro im ersten Stock seiner Spielhalle war das im »Silver-City« nebenan eine Abstellkammer gewesen. Zwar wußte er immer noch nicht, warum er ein Büro brauchte, aber Dahn fand, daß ihm das als Unternehmer, der er nun war, besser zu Gesicht stünde. »Bisher war dein Name eine Waffe. Versuch's jetzt mal mit dem Eindruck, den ein Mann hinterläßt, der seine Besucher hinter einem Schreibtisch empfängt.«

Dahn saß, nur durch eine Glasscheibe getrennt, im Büro nebenan. Für alle Aufgaben, um die sich Johnny persönlich nicht kümmern wollte, war er zuständig. Seine Beziehungen und seine

Menschenkenntnis, seine Geduld und sein öffentliches Auftreten waren ein unschätzbares Kapital. Johnny nannte ihn bald »meinen Außenminister«. Wenn er den besten Rechtsanwalt brauchte, kümmerte sich Dahn darum, daß er den allerbesten bekam. Hatte er das Geburtstagsfest für seine Mutter oder ein anfallendes Dienstjubiläum für Onkel Werner zu organisieren, Dahn kümmerte sich darum. Er war der erste, der dann Vera Karst zum Tanz aufforderte, und der richtige Mann, mit einem Toast auf einen Justizvollzugsbeamten dessen anwesende Kollegen wie auch die Jungs aus dem Leben zum Lachen zu bringen. Obwohl er zuviel Bewegung für so ungesund hielt wie eine glückliche Ehe, ließ er keinen Tanz aus.

Das hatte Dahn auch erledigt: Ines wohnte wieder in Paris. Johnny hatte ihr eine kleine Wohnung gemietet, um sie sich vom Hals zu halten.

Er verbrachte mit ihr nur noch hin und wieder die Wochenenden, besuchte Nachtclubs, benahm sich dort aber absichtlich wie einer, der Wert darauf legte, sich nicht auf die gleiche Art wie alle zu amüsieren. Die Exbaronin hatte Mühe, seine Einstellung zu verstehen; immer wollte er dorthin, wo er auffiel, andererseits lehnte er Tischgespräche ab, blieb schweigsam und taute nur kurz auf, wenn einer, den er aus St-Tropez kannte, mit einer Frau vorbeischaute, deren Aussehen ihn bis in die Träume verfolgte. Ines wunderte sich, wieviel Charme er an den Tag legen konnte, wenn er auch ihr gegenüber nicht mehr viele Worte machte. Während sie beschäftigt war, ihm sein Benehmen zu verzeihen, wozu sie auch zählte, daß er sie in Gesellschaft gern als sein Sorgenkind vorstellte, gab die Bewunderung für den »Deutschen«, wie ihn alle hier nannten, auch ihr eine Aura, mit der sich leben ließ, wenn man darunter vor allem das Nachtleben versteht.

17

Auf einen Kellnerblock zeichnete Jupp Kramer, Geschäftsführer einer Disko, in die sich Johnny manchmal verirrte, einen Kreis, an den er mehrere kleine Rechtecke skizzierte. In die Mitte des Kreises malte er einen kleinen runden Punkt. »Das ist, was die Amis eine Peep-Show nennen.« Johnny verstand nicht.

»Was du auf dieser Zeichnung siehst, sind Kabinen um eine kleine Bühne herum. Man geht in eine der Kabinen, wirft ein Geldstück ein, im gleichen Moment geht die Klappe hoch und man sieht eine Frau, die sich auf einer Drehscheibe auszieht. Nach drei oder vier Minuten geht die Klappe wieder runter. Wer noch nicht genug hat, wirft nach. Das ist alles.«

»Wo hast du das denn gesehen, in New York?«

»Die ganze 42. Straße ist damit gepflastert.«

Johnny faltete den Zettel zusammen und steckte ihn ein. »Am besten fliegst du gleich morgen mit mir nach New York.«

Er rief sofort Bill Cohn in Monte Carlo an und bat ihn um den richtigen Kontakt.

»Der Mann heißt Maffato, George Maffato«, sagte er und gab die Telefonnummer. »Sag ihm schöne Grüße von mir!«

Kaum waren sie in New York im »St. Regis« abgestiegen, ließen sie sich zur 42. Straße fahren. Dort sah Johnny mit eigenen Augen, was Kramer hingekritzelt hatte. Eine halbe Stunde lang stand er nur vor den Eingängen herum und zählte die Leute, die hineingingen. Damit wußte er, was er wissen wollte. Er schaute sich danach noch zwei, drei strippende Mädchen an und verließ die Kabine. Da Kramer nirgends zu sehen war, ging er allein zum Hotel zurück und rief Maffato an, der ihn für den Abend zum Essen einlud. »Es gibt aber nur Spaghetti. Außerdem hoffe ich, daß Sie nichts dagegen haben, wenn auch Kinder dabei sind, die es gewohnt sind, die Hauptpersonen zu sein.«

»Ich hab selbst einen Sohn.« Mehr Zugeständnisse an seinen Familiensinn wollte Johnny nicht machen.

Als sie sich am Abend die Hand schüttelten, waren beide verwirrt. Johnny konnte sich nicht vorstellen, einem der mächtigsten Unterweltbosse New Yorks gegenüberzustehen. Maffato sah aus wie ein Obsthändler und hatte die gutmütigen Augen eines Mannes, der nichts lieber tat, als Enkelkindern aus der Bibel vorzulesen.

Auch Maffato hatte sich den Mann, den Cohn ihm angekündigt hatte, anders vorgestellt. Er sah einen jungen Mann mit unnötig langen Koteletten, einer Krawatte, deren Knoten lose und viel zu breit war, und einem Anzug, der zu eng und zu auffallend auf Taille geschneidert war, um noch vornehm zu wirken. Nur seine Augen gefielen ihm, sie waren randvoll mit Entschlußkraft.

Als er die Tür geschlossen hatte, setzte er sich ihm gegenüber in einen Sessel. »Mein Freund Bill, der mich über Ihren Besuch informiert hat, hat nicht ganz die Wahrheit gesagt. Oder ich habe nicht richtig zugehört. Jedenfalls will ich Sie nicht zwingen, mit meiner Familie zu Abend zu essen. In Ihrem Alter hätte mich das gelangweilt. Kommen wir also gleich zum Geschäft?«

»Einverstanden.« Johnny erzählte ihm, daß er vorhabe, die Peep-Show nach Europa importieren zu wollen.

Maffato reagierte amüsiert. »Sie sind in den letzten zwanzig Jahren nun schon der dreißigste Europäer, der mir diese Geschichte erzählt.«

»Heißt das, daß ich zu spät komme?«

»Nein, sie haben alle nur geredet, aber keiner hat sich je wieder bei mir gemeldet. Es hat mich also nur meine Zeit gekostet.«

Johnny sparte sich jedes überflüssige Wort, schickte Kramer ins Hotel, um Bargeld zu holen, und legte, als der wieder da war, ein dickes Bündel Dollarnoten auf den Tisch. »Hier sind fünfzigtausend Dollar. Und wenn Sie nichts mehr von mir hören sollten, gehört das Geld Ihnen!«

Maffato hob seine Augenbrauen. »Die Deutschen haben's nicht verlernt«, sagte er mit einem Anflug respektvoller Heiterkeit.

»Kann ich Sie morgen treffen? Und wo und wann?«

»Sie wollen das Geld wirklich riskieren?« lachte Maffato. »Sind Sie sicher, daß es sich nicht um Blüten handelt?« Daß Johnny darauf mit Humor reagierte, fand er so sympathisch, daß er fast bedauerte, nicht doch mit ihm den Abend verbringen zu können.

Am folgenden Tag unterschrieben sie die Verträge.

»Wie du das Gewerbeamt dazu bringen willst, eine Peep-Show zu genehmigen, ist mir schleierhaft«, unterbrach Kramer Johnnys Gedanken. »Die erste Peep-Show in Europa, und ausgerechnet im katholischen München.«

»Ich brauch nur die richtige Idee, den richtigen Aufhänger«, stellte Johnny fest. »Seit wegen des Skandals um meine Spielhalle eigens ein Städtebebauungsplan ins Gesetz geschrieben worden ist, muß jeder Gewerbetreibende genau angeben, was er vorhat, wenn er eine Genehmigung will. Das ist der Haken. Natürlich wollen die von mir wissen, was eine Peep-Show ist – was ich denen natürlich so genau nicht auf die Nase binden kann.« Er ließ sich, weil die Stewardeß gerade vorbeikam, eine Flasche Rotwein bringen. Whisky war was, wenn er eine Frau neben sich hatte. Mit Rotwein wurde er müde und ein bißchen melancholisch. Kein schlechtes Gefühl, wenn man nur dasitzen konnte und warten, bis das Flugzeug in Frankfurt aufsetzte. Es war zwar nicht sein Hobby, über Gott und die Welt nachzudenken, aber manchmal gab es einem ein angenehmes Gefühl der Schwerelosigkeit. Und dabei kamen einem die besten Ideen. »Ich muß mir was einfallen lassen, das stichhaltig ist – und trotzdem alles verschweigt.«

»Oder du läßt es dich einiges kosten. Diese Art Nebeneinkünfte stehen doch auf der Tagesordnung.«

»Bestechungsgeld? Ist es das, was du meinst?«

»›Erfolgshonorar‹ nennt man das, zahlbar nach Dienstschluß.«

»Aha«, gähnte Johnny, weil ihn das Thema langweilte. »Es ist viel einträglicher, nichts zu zahlen, du Klugscheißer!« Nicht, daß er nie gezahlt hätte, aber erstens ging das Kramer nichts an, und zweitens gefielen ihm die anderen Geschichten besser, sein Zweikampf mit Frau von Thon im Schlamm, Arno mit heruntergelassenen Hosen hinter der Kinokasse, Nick als Kavalier, der Vorzimmerdamen zum Seufzen brachte, die Komplizenschaft alter Freunde, die einander einen kleinen Gefallen nicht abschlagen können. »Ich mußte mal ein Gespräch mit einem Beamten führen, der für eine Genehmigung zuständig war, und konnte mir ausrechnen, daß der Mann mir voller Vorurteile gegenübersitzen würde. Mein einziger Trumpf war, daß ich wußte, was der Mann in seiner Freizeit macht. Rosen züchten nämlich. Ich ließ mich also mitten in der Unterredung von Nick anrufen und immer wieder einfließen, er soll meinem Gärtner ausrichten, sich um die Beete mit den Rosen zu kümmern. Reine Erfindung! Alles abgesprochen! Ich faselte was von bestimmten Sorten, was weiß ich, eine hieß, glaube ich, American Dream und war rot, eine andere, eine weiße, hieß Duchesse de Montebello, weiß ich noch wie heute, weil ich nie was vergesse, was ich mal auswendig lernen mußte. Dafür muß man mehr Fingerspitzengefühl haben als Kuverts mit Bargeld auszuhändigen! Nicht zu dick auftragen, aber glaubwürdig klingen! Außerdem muß man darauf gefaßt sein, daß der Mann nachhakt, mehr wissen will, vielleicht nur aus Freude darüber, einen Gleichgesinnten vor sich zu haben. Ich durfte mich natürlich nicht auf ein Fachgespräch einlassen mit den paar Namen, die ich mir gemerkt habe. Alles runterspielen! Ihm den Spaß lassen, einen Anfänger, der gerade erst seine Liebe zu Rosen entdeckt haben will, vom Reichtum der Arten, ihrer Schönheit und ihren Farben vorzuschwärmen. Danach war der Beamte wie verwandelt.«

»Und die Genehmigung?«

Johnny nickte.

Auch nach der Landung war ihm die Lösung seines Problems nicht eingefallen. Noch vom Flughafen aus rief er Carola an, um Neuigkeiten zu erfahren. Ihre Eltern, sagte sie, hätten vom Ammersee angerufen, weil irgendwas mit seinem Vater sei. »Er hat sich seit vierundzwanzig Stunden schon nicht mehr blicken lassen.«

Es fiel ihm schwer, die Krankheit seines Vaters zu verstehen. Er war mit seinen siebenundziebzig Jahren noch viel zu gesund, um in ein Krankenhaus zu müssen, aber nicht mehr gesund genug, um allein zurechtzukommen. Carolas Eltern, die sich mit ihm inzwischen angefreundet hatten, waren ratlos. »Das letzte Mal, als ich mit ihm gesprochen habe, hat er gesagt, daß der Bürgermeister ihm seinen Hund wegnehmen will«, sagte Carolas Mutter. »Das bilden Sie sich nur ein, Josef, hab ich gesagt. Aber er wollte nichts davon hören. Seitdem hat er sich verbarrikadiert.«

Endlich hatte Johnny Gelegenheit, etwas zu unternehmen und begleitete seinen Vater zum Rathaus.

Der Bürgermeister verwahrte sich gegen derlei Unsinn. »Sie können so viele Hunde haben, Herr Berger, wie Sie wollen. Ich weiß gar nicht, wie Sie darauf kommen, ich hätte etwas dagegen.«

Josef Berger liefen Tränen die Wangen herunter. Johnny hatte seinen Vater noch nie weinen sehen und schämte sich, es bemerkt zu haben. Als sie wieder zu Hause waren, räumte er das verwahrloste Zimmer auf, zog die Rolläden hoch, ließ frische Luft herein und machte sich eine Tasse Nescafé. Da setzte er sich in einen Sessel und schaute seinem Vater zu, der vor seiner Staffelei stand. Lange geht das nicht mehr gut, dachte er, und der Gedanke stimmte ihn traurig. Sterben hatte für Johnny mit Mord zu tun, einem Autounfall oder sonst einem dummen Zufall. Sein Vater war der erste Mensch, den er in sich zusammenfallen sah, der allmählich immer weniger wurde, einschrumpfte und seine Kraft verlor.

Er schaute ihn an, wie er die Pinsel in der Hand hielt, die Farben mischte, sie übertrug auf die Leinwand. Es war etwas, das er mit Geduld und ruhiger Selbstverständlichkeit beherrschte. Was er tat, schien ihm leichtzufallen. Er vertraute seiner Fähigkeit. Alle Verwirrung war verschwunden. Josef Berger hatte aufgehört, ein kranker Mensch zu sein. Er malte. Er nahm gar nicht wahr, daß sein Sohn immer noch im Zimmer saß und ihm zuschaute. Erst, als Johnny aufsprang, drehte er sich langsam um.

»Verdammt, Pap, du hast mich gerade auf eine Idee gebracht.«

»Wenn du mit dem Malen beginnen willst«, sagte Josef Berger mit ruhigem Ernst, »kannst du meine Pinsel, meine Palette und auch die Staffelei hier haben. Wenn ich im Krankenhaus bin, brauch ich das alles nicht mehr.«

»Ich bring dich nur ins Krankenhaus, damit sie dich mal gründlich untersuchen, danach fahren wir wieder nach Hause«, sagte Johnny.«

Jetzt, wo endlich der Groschen gefallen war, hatte er keine Geduld mehr, über Krankheit, Tod und Ölfarben nachzusinnen. Er raste nach München zurück und rief Dahn an. »Endlich ist mir die Idee eingefallen, wie ich die Peep-Show durchdrücke. Paß auf. Ich werde denen folgendes erklären: Ich möchte Kabinen aufstellen, und in die Kabinen können Fotografen und Maler rein und können ein Modell fotografieren oder malen.«

Dahn gehörte zu den Menschen, die niemand unnötig entmutigen, blieb aber skeptisch. »Dir muß nur einer gegenübersitzen, der schon mal in New York war. Der lacht dich nur aus.«

»Stimmt«, gab Johnny zu. »Dann versuch einen Mann zu finden, der noch nie da war.«

»Ich muß herausfinden, auf welchem Schreibtisch unser Antrag landet.«

Johnny legte sich zurecht, wie er vorgehen wollte. Zum erstenmal in seinem Leben schrieb er etwas auf einen Block. Alles hing jetzt von der Überzeugungskraft seiner Argumente ab.

Er erklärte dem zuständigen Beamten, dem er eine Woche später gegenübersaß, seine Idee, den technischen Ablauf und, mit besonderer Ausführlichkeit natürlich, den künstlerischen Aspekt seiner Unternehmung.

»Seit wann wollen Sie was Seriöses machen?« wunderte der sich.

»Es war mein Vater, der mich darauf gebracht hat«, antwortete Johnny. »Als ich neulich bei ihm saß und ihm beim Malen zugeschaut habe, wollte ich von ihm wissen, warum er niemals unbekleidete Frauen gemalt habe. Sie müssen wissen, daß er vor allem bayrische Landschaften malt. Mir zuliebe malte er einmal den Hamburger Hafen, als er mich in St. Pauli besuchte.« Johnny war mit sich zufrieden, seine Rede klappte, wie er fand, ganz ausgezeichnet. »Er sagte mir, daß er dafür nie ein Modell gefunden habe. Vor allem keines, das gratis für ihn gesessen hätte.« Er ließ die Worte für einen Moment nachklingen und fuhr fort: »Da habe ich ihm von meiner Idee erzählt und ihn gefragt, was er davon hält. Ich brauche Ihnen gegenüber nicht zu betonen, daß keine meiner bisherigen Unternehmungen meinem Vater sonderlich imponiert haben. Er wollte nie etwas davon hören. Ihm genügte, was er alles in den Zeitungen über mich lesen mußte. Aber jetzt, mit einemmal, war er begeistert. Das ist das erste Mal, daß dir was Vernünftiges eingefallen ist, hat er zu mir gesagt. Wenn es das zu meiner Zeit gegeben hätte.«

Johnny redete nicht nur, er versuchte die Phantasien, die ein Amtsrat ungünstigerweise entwickeln könnte, so zu kontrollieren, daß nichts an seinem Vorschlag moralisch verwerflich erscheinen konnte. Er durfte nicht an nackte Frauen denken, die von Männern in Kabinen angegafft wurden. Er mußte schlucken, daß es dabei um künstlerische, nicht um menschliche Bedürfnisse ging.

Amtsrat Eberle war der Prototyp eines bayrischen Beamten, selbstzufrieden, von beachtlicher Leibesfülle, mit dem trockenen Humor eines bauernschlauen, zu Gutmütigkeit und Ironie neigenden Provinzlers. Daß er als Jurist tätig war, noch dazu im Ordnungsamt der Stadt München, mußte ein Zufall sein. Er sah eher aus, als habe er das Talent, Streitigkeiten zwischen Großbauern zu schlichten, mit einem klaren Wort sonntags nach dem Kirchgang. Deshalb hatte die Erwähnung des malenden Vaters eine Nachdenklichkeit erzeugt, die auf Amtsrat Eberle wie eine Einladung zu einem raschen Einverständnis wirkte. Unbekleidete Frauen waren für ihn »Nackerte« und Künstler »G'spinnerte«. So san's, die Menschen. Das mußte alles sein. Nur eben im Rahmen des Gesetzlichen, bitt' schön.

»A Bayer sans S' scho«, erkundigte er sich.

»Ein Urmünchner, Dachauer Straße.«

Das klang dem Beamten gut in den Ohren. »Also dann, Herr Berger, dann reichen's halt Ihren Antrag noch einmal ein, und wenn ich bitten darf, etwas weniger ausführlich – und dann schaun mir mal.« Er gab Johnny die Hand. »A bunter Hund san S' fei scho.« Das war, unter Bayern, ein Kompliment.

Josef Berger ließ sich von seinem Sohn zur Schindelbeck-Klinik fahren. Daß es bis dorthin nur hundert Meter waren, mußte er vergessen haben; er hätte sonst protestiert und wäre zu Fuß gegangen.

Sie behielten ihn nach der Untersuchung gleich da.

»Ich verlange, daß sie ihn wieder fit kriegen, egal, was es kostet! Der Mann war sein ganzes Leben lang kerngesund!«

Der Arzt fand Johnnys Vorschlag keineswegs komisch. Er hatte schon zu viele Menschen am Krankenbett eines Angehörigen von Geld reden hören. In ihren Augen waren Ärzte käuflich, und der Tod war bestechlich. Als Johnny seinen Vater nach einer Stunde wiedersah, lag er im Bett und schien zu schlafen.

»Wir haben ihn erst einmal ruhiggestellt«, erklärte der Arzt, »das schien uns besser so, weil er der Typ ist, der aggressiv auf Krankenhäuser reagiert.«

»Ich auch«, sagte Johnny trocken. »Aber so wie ich meinen Vater kenne, wird er abhauen, sobald er wieder wach ist!« Es lag Stolz in dem, was er sagte. »Eines aber will ich klarstellen: Niemand soll auf die Idee kommen, ihn wie einen Mann zu behandeln, der alt und hilflos ist. Also nichts da mit: ›Na wie geht's uns denn heute wieder, Opa, jetzt machen wir mal schön den Mund auf und kauen anständig.‹ Daß wir uns da richtig verstehen. Sie behandeln den Mann wie einen Herrn!«

»Paß auf, Hans«, entschied er auf der Heimfahrt, »in zwölf Stunden, wenn er wieder zu sich kommt, bist du bei ihm, damit er jemand erkennt. Dich kennt er. Wir wechseln uns dann regelmäßig ab.«

»Der wird schon wieder gesund«, sagte Hans. Der Augenblick seiner eigenen Wunderheilung hatte sich ihm wie ein Schock eingeprägt.

Da er für seinen Vater erst einmal weiter nichts tun konnte, Claudia als Partygirl in Kairo weilte, Carola allein sein wollte und es gerade zu regnen anfing, entschied er sich für ein Wochenende in Paris.

Ines war großartig, nicht gerade flüssig, was ihre Finanzen anging, aber rotzfrech. Laß dich nie zweitklassig behandeln, war ihre Devise. Sie lehnte es ab, länger als zwei Minuten auf einen Tisch zu warten, bei »Maxim's« ebenso wie bei »Regine«. Daß sie Johnny so gefiel, wußte sie, konnte aber trotzdem nie verhindern, daß er sie beschimpfte, sobald ihm langweilig wurde. Die Aussicht auf ein Abenteuer war der einzige Grund, weshalb er das mondäne Leben überhaupt noch über sich ergehen ließ. Seine Sammelleidenschaft für Frauen mit schwerelosem Augenaufschlag, für Prachtweiber, deren Umrisse ihn an die Kritzeleien erinnerten, die er an den Wänden von Gefängniszellen gesehen hatte, wurde nur durch die Sentimentalität überboten, die er für das junge Ding empfand, das sich in einer Absteige anbot. Gerade sie allen Schönheiten vorzuziehen, verschaffte ihm Genugtuung.

Die Bäckereien hatten bereits geöffnet, als sie sich mit einem Taxi zum »Bristol« fahren ließen. Mit ihrem Vorschlag, den Weg zum Hotel zu Fuß zu gehen, hatte sie keinen Erfolg gehabt. Nicht nur Landschaften interessierten ihn nicht, er war auch unempfänglich für den Zauber einer Stadt wie Paris. Er sah nichts, roch nichts, fühlte nichts und hörte ihr nicht zu. Ines liebte die Stadt, wenn sie gerade erwachte, die ersten Sonnenstrahlen und den Glanz der Obelisken; am liebsten hätte sie sich zu den Clochards gesetzt oder wäre einem übriggebliebenen Liebespaar nachgegangen.

Ines verschwand gleich im Badezimmer, wo sie den Inhalt ihrer Tasche auf den Boden kippte. Ohne Schlaftabletten konnte sie nicht schlafen, aber sie fand keine.

Johnny gab ihr eine, eine eiserne Ration hatte er immer griffbereit.

»Tut mir leid, aber was soll ich mit einer?« Sie hielt ihm ihre Hand hin.

Er gab ihr noch eine und steckte die Packung dann ein, obwohl er sah, daß sie am Durchdrehen war.

»Entweder du rückst jetzt die Tabletten raus, oder ich schlafe zu Hause.«

Er hatte sich angezogen aufs Bett gelegt. »Und wieviel schluckst du so im Durchschnitt?«

»Vier, fünf?« Ines gab sich nicht geschlagen, noch funktionierte ihre Selbstbeherrschung.

Johnny war müde, aber der schnippische Ton, in dem Ines mit ihm sprach, machte ihn mißtrauisch. Ihm fiel auf, daß sie ihr Gesicht vor ihm verbarg und ihre Hände zitterten. »Jede Nacht? Und wie lange schon?«

Es war brutal wie jedes Verhör, der eine will etwas erfahren, der andere nicht damit herausrücken. Nicht, daß sie abhängig von Schlaftabletten war, reizte ihn, er goß sich ja selbst den Schlafsaft flaschenweise in den Rachen, sondern die Arroganz, mit der sie ihre Abhängigkeit verbrämte und die Dosis rechtfertigen wollte. »Mach den Mund auf«, schrie er sie an. »Wie lange schon?«

Ines antwortete nicht, ging ins Badezimmer, wo sie ihren Kram zusammensammelte und wieder in die Handtasche stopfte, kam wieder zum Vorschein, mit Verachtung für Johnny, für alle Männer im Gesicht, und wollte gerade ihren Mantel nehmen, als er aufsprang, sie an den Schultern packte und durchschüttelte. »Sieh mich an! Verdammt noch mal, sieh mich an!«

»Bitte«, flehte Ines leise, »gib sie mir und beruhige dich.«

Johnny hatte Angst, er könnte ihr das Genick brechen; ihr Kopf rollte hin und her. Auf ihn wirkte sie wie eine Schlafende, eine Einschlafende. »Wie lange schon, Ines. Ein Jahr, zwei Jahre? Wie lange geht das schon so?«

Sie hatte sich losgemacht und stand jetzt ans Fenster gelehnt, ihr Gesicht in den Händen vergraben. »Viel zu lange schon.«

»Wie lange?«

Ruckartig drehte sie ihm jetzt den Kopf zu, schaute ihn an, starrte ihm in die Augen, ein Blick, der ihre Kapitulation ankündigte. »Ich muß in ein Krankenhaus.«

»Ruf deine Freunde an, die sollen dir eines kaufen.«

Zynismus ist nur wirksam, wenn er den Tonfall einer beiläufigen Bemerkung trifft. Johnny verfügte über das absolute Gehör für diese Art Zwischentöne, schmiß ihr den Rest der Tabletten ins Gesicht, packte seine Tasche, ließ sich zum Flughafen fahren und suchte nach einem Telefon. Er weckte Dahn und erklärte ihm, was mit Ines los war. »Sorg dafür, daß sie sofort in München behandelt wird, schick ein Ticket, such das richtige Krankenhaus und den besten Arzt für so was. Und sag ihr, das Büro Berger trägt die Kosten.« Sein Lachen klang häßlich.

Josef Berger hatte Schwierigkeiten, die Gabel zum Mund zu führen. Seine Hände gehorchten ihm nicht mehr. Er erinnerte sich auch nicht mehr, wer an seinem Bett gesessen hatte. Er verlangte Geld, wollte Alkohol trinken, vor allem wollte er nicht länger in einem Krankenhaus liegen. Dann verfiel er wieder in die Apathie eines Schwerkranken.

»Wenn ich offen sprechen soll, Herr Berger«, sagte der behandelnde Arzt, »dann rate ich Ihnen, Ihren Vater in eine Anstalt zu überweisen. Er braucht ständige Pflege.«

»Aber jeden Tag sind doch meine Leute um ihn herum.«

»Er braucht fachkundige Pflege. Außerdem traut sich keine unserer Schwestern, ihn zu betreuen. Wir müssen ihn füttern. Er muß umgelegt werden. Das Bett muß bezogen werden. Er kann seinen Stuhlgang nicht mehr kontrollieren. Aber dazu ist es notwendig, daß er jemand an sich heranläßt. Auch wenn Sie da anderer Ansicht sind, Herr Berger, können wir niemandem zumuten, die wachsende Unberechenbarkeit Ihres Vaters zu ertragen. Einer unserer Schwestern hat er erst gestern ein Auge blau geschlagen.«

Johnny war stolz auf seinen Vater. Seine Reaktion ließ darauf schließen, daß sein Wille noch nicht gebrochen und er noch ganz der alte war. »Was meinen Sie mit Anstalt?« Dieses Wort weckte unangenehme Erinnerungen in Johnny.

Der Arzt wollte es nicht darauf ankommen lassen, die Reizbarkeit dieses Mannes, weiter zu strapazieren. »Ich sagte Ihnen bereits, daß wir für Ihren Vater nicht mehr allzuviel tun können.«

Die Pfleger hatten Josef Berger ans Bett geschnallt. Er verfiel immer mehr und hatte nur noch wenige wache Momente, in denen er Johnny erkannte und ein paar Worte mit ihm sprach. Er bettelte nur noch darum, nach Hause gebracht zu werden. »So läßt du deinen Vater behandeln? Angeschnallt an ein Krankenhausbett?«

»Pap, das tut mir doch selbst alles fürchterlich leid. Was soll ich denn machen?«

»Bring mich nach Hause. Ich will nicht im Krankenhaus sterben müssen.«

Augenblicke später verwirrte sich sein Geist wieder, er zerrte an seinen Fesselungen, gab es aber bald auf, gab sich geschlagen, ermattete, verzog sein Gesicht und beruhigte sich wie ein zu Tode erschöpfter Gefangener. Er sah Dinge, die nur in der Erinnerung existierten. Er sprach mit Personen, die er einmal gekannt haben mußte. Dabei war sein Körper noch immer kräftig, die bloßen Arme, in denen die Katheder angebracht waren, noch sehnig und muskulös. Da lag ein Mann im Bett, der mit Entschlossenheit gegen sein Ende kämpfte.

»Wir fahren nach Hause, Pap«, versicherte Johnny, »und zwar jetzt gleich!«

Er bezweifelte, daß sein Vater das eigene Zuhause überhaupt noch erkennen würde. Was war, wenn er in seinem eigenen Bett lag, aber noch immer darum bat, nach Hause gebracht zu werden?

Er rief Frau Moser an, die alte Dame, die so lange mit ihm zusammen auf dem gleichen Grundstück gewohnt hatte. Er bat sie, am Tor zu stehen, wenn der Krankenwagen vorfuhr. »Stehen Sie dann einfach da, Frau Moser, sprechen Sie mit ihm ein paar Worte, dann weiß er, daß er wieder zu Hause ist. Tun Sie mir den Gefallen.«

»Es würde mich wundern, wenn ihm das gefiele«, antwortete sie. »Um die Wahrheit zu sagen, mochte er mich wohl nie besonders.«

Johnny überredete sie schließlich. Und Josef Berger erkannte seine Nachbarin, erkannte auch Carola und ihre Eltern, und Nick und Uwe und Hans und den alten Rudi, die Johnny alle hatte kommen lassen. Friedlich schlief Josef Berger ein, als sie ihn zu Bett gebracht hatten.

Ein Arzt, der ständig vorbeischaute, war nur mit viel Geld zu finanzieren. Johnny hätte auch das Doppelte bezahlt, um seinen Vater wieder auf die Beine zu bringen. Der erste Arzt kündigte, als Josef Berger mit einem Fußtritt um etwas mehr Respekt bat. Dem zweiten zahlte Johnny gleich eine, wie er es nannte, Gefahrenzulage. Um den Vater friedlich zu halten, nahmen er, Hans, Uwe und Dahn ihren Schichtdienst rund um die Uhr wieder auf; so wachte einer der Freunde ständig am Krankenbett. Dabei erwies sich Uwe als der bei weitem unkomplizierteste Krankenpfleger, der legte sich nämlich gleich zu Josef Berger ins Bett. Hans dagegen hatte Todesangst vor jedem Menschen, der mit einer Krankheit, einer tödlichen womöglich, zu tun hatte; er verzog sich ins Nebenzimmer und ließ nur die Tür einen Spalt offen. Dahn erzählte Geschichten aus Tokio, egal, ob Josef Berger nun zuhörte oder schlief. Johnny nahm sich zwei seiner Jungs mit, spielte Karten und hoffte, sein Vater werde schon deshalb gesund, weil er die Atmosphäre in Wirtshäusern immer gemocht hatte.

Er wehrte sich immer verzweifelter gegen den Gedanken, es könne für seinen Vater keine Rettung mehr geben. Als Josef Berger keine feste Nahrung mehr zu sich nehmen konnte, kaufte Johnny Astronautenkost, hochwertige Flüssignahrung, weltraumerprobt, wie er herumerzählte. Er glaubte so sehr daran, ein Serum der Unsterblichkeit gefunden zu haben, daß er sich selbst einen Vorrat zulegte. Er kämpfte nicht nur, daß sein Vater wieder an seine Staffelei zurückkehren konnte, er bekämpfte die unzumutbare Vorstellung, gegen den Tod nicht gewinnen zu können. Verlieren hatte er nie gelernt, und er war ahnungslos, was Vergänglichkeit bedeutete.

Nachdem er den ersten Absatz gelesen hatte, warf er den Hennessy, gleich die ganze Flasche, an die Wand. Endlich hatte er es schriftlich: Der Silver-City-Sex-Betriebsgesellschaft mbH wird hiermit nach § 33 a der Gewerbeordnung unter nachfolgenden Auflagen die Erlaubnis erteilt, im Sexladen (München, Bayerstraße) weibliche Personen in der Art gewerbsmäßig zur Schau zu stellen, wie es in Fotostudios üblich ist.

Johnny öffnete das Fenster und las weiter: Darbietungen, die den Gesetzen oder guten Sitten zuwiderlaufen, sind verboten. Demnach ist insbesondere zu beachten:

a) Beim gleichzeitigen Auftreten mehrerer Darsteller müssen bei diesen mindestens die Scham- bzw. Geschlechtsteile bedeckt sein.

b) Die Darbietungen dürfen nicht in Körperstellungen ausgeführt oder mit Bewegungen begleitet werden, die Geschlechtsverkehrs- oder Unzuchtshandlungen andeuten bzw. nachahmen sollen.

c) Ausfallend wirkende oder bewußt auf Beischlafs- bzw. Unzuchtshandlungen abgestimmte Lieder und Vortragstexte dürfen nicht verwendet werden.

d) Die Verwendung von Tieren, von denen eine Gefahr für das Publikum ausgehen kann, bedarf im Einzelfall der Erlaubnis des Kreisverwaltungsrates.

Lachend warf Johnny die zweite Flasche gegen die Wand.

e) Der Notausgang ist stets frei und unversperrt zu halten.

f) An folgenden Tagen ist die Zurschaustellung von Personen verboten: Aschermittwoch, Palmsonntag, Gründonnerstag, Karfreitag, Karsamstag, am Tag der deutschen Einheit, an Allerheiligen, Allerseelentag, am Volkstrauertag, Buß- und Bettag, am letzten Sonntag im Advent und am Heiligen Abend.

Von diesem Tag an, dem Tag der Eröffnung seiner Peep-Show, hatte Johnny einen unerbittlichen Gegner: Dr. Kohler, diesen schlauen, von höchster Stelle gedeckten Politiker. Dieser Mann war gefährlich. Johnny traute ihm zu, auch eine Peep-Show, die genehmigt war, zu verbieten.

Dr. Kohler schickte seine Beamten los – es waren die einzigen Männer, die hin und wieder tatsächlich einen Fotoapparat umhängen hatten – und sammelte gegen Berger alles, was ihm in die Hände fiel. Er verklagte ihn schon am zweiten Tag wegen Verletzung hygienischer Vorschriften. Als Beweismittel dienten Papiertaschentücher, die in Kabinen sichergestellt worden waren.

Johnny deckte sich mit den besten Rechtsanwälten ein, er beschäftigte bald mehr Rechtsanwälte als Tänzerinnen; selbst die wurden regelmäßig vorgeladen, wehrten sich aber gegen jede Bevormundung und drohten ihrerseits mit Prozessen, die ihnen das Recht auf freie Ausübung ihrer Arbeit garantieren sollten. Es verging kein Tag, an dem nicht neue Bescheide auf Johnnys Tisch flatterten, Geldstrafen eingeklagt und Maßnahmen zur Schließung angedroht wurden.

»Eine Ortsbesichtigung durch die städtische Branddirektion ergab, daß zusätzlich brandschutztechnische Auflagen erforderlich sind.«

»Aus dem Gang vom Besucherraum sind sämtliche Lagerungen (Prospektmaterial, Dekorationen), der Schrank, diverse Holzteile und die Aschentonnen zu entfernen.«

»Die Maueröffnung in der Trennwand zwischen dem Fluchtgang und dem Nebenraum im Kellergeschoß ist in Wandstärke zuzumauern.«

»In den Besucherräumen der Peep-Show sind Blechkübel mit dicht schließenden Deckeln in ausreichender Anzahl bereitzuhalten.«

»Die Notbeleuchtung ist mindestens alle zwei Jahre durch einen anerkannten Sachverständigen überprüfen zu lassen.«

Dahn hatte inzwischen in Erfahrung gebracht, daß Dr. Kohler nichts anzuhaben war. »So wie uns hat er nur noch eine religiöse Sekte auf dem Kieker. Jedenfalls erschien gestern einer von denen in meinem Büro, der vorschlug, wir sollten uns gemeinsam gegen ihn verbünden. Sie hätten auch bereits Detektive auf ihn angesetzt.«

»Unsinn!« sagte Johnny und schüttelte den Kopf. »Das sind Methoden, die ich ablehne. Der Mann will Karriere machen – und zwar auf unserem Rücken. Das ist alles.«

Natürlich stand die Frage der Menschenwürde zur Diskussion, da überall in Europa nun Peep-Shows eröffnet wurden. In ganz Deutschland erschienen Leitartikel über das eigenartige Phänomen. Daß die erste Peep-Show ausgerechnet im katholischen München eröffnet worden war, gab allerdings auch zur Belustigung Anlaß. Kluge Köpfe entdeckten darin keinerlei Widerspruch, im Gegenteil. Dem Allerheiligsten nah war das Sündige allemal. Trotzdem hetzte Dr. Kohler seine Beamten zu immer neuen Razzien, trieb seine Juristen zu immer neuen Prozessen; auch nach dem dreißigsten gaben die Behörden nicht auf. Von den einfachen Gerichten war die Sache längst an den Bayerischen Landesgerichtshof gewandert.

Johnny wehrte sich. Was er mit seiner Peep-Show wollte, war

Striptease, erschwinglich für Leute, die sich einen Besuch in einer Striptease-Bar nicht leisten konnten. In seinen Augen stellte die Peep-Show eine Notwendigkeit dar. »Wenn einer für einen Whisky sechzig Mark hinblättert, hat keiner was dagegen, daß nebenbei gestrippt wird«, erklärte er den Journalisten. »Niemand hält so eine Bar deshalb für einen Sündenpfuhl. Nur weil ich Striptease für eine Mark anbiete, soll es plötzlich unmoralisch oder entwürdigend sein?«

Die Männer, die scharenweise in seine Peep-Show strömten und ihre Markstücke in die Automaten warfen, damit sich die Klappe hob, waren ohne jede Meinung, was den ganzen Streit betraf, zumindest so lange, bis sie ihr Vergnügen gehabt hatten.

Josef Berger starb, und Johnny kümmerte sich darum, daß sein Vater auch nach seinem Tod mit dem gebührenden Respekt behandelt wurde. Als er die Leichenwäscher sah und die Gesichter der Männer, denen er das Hemd und den schwarzen Anzug seines Vaters aushändigte, damit sie ihn ankleiden konnten, war ihm klar, daß sie nur gegen Geld bereit sein würden, die Würde seines Vaters zu respektieren. Uwe ließ er da, damit er die Einkleidung beaufsichtigte. Er verlor lieber einen Prozeß gegen Dr. Kohler, als daß er die Suche nach einem geeigneten Grabstein unterbrochen hätte. Zwei Tage fuhr er kreuz und quer durch Bayern, bis er ihn hatte: einen Gletscherstein, groß genug, daß Johnny überzeugt war, er ehre den Toten. Gleichzeitig ließ er am Grinzinger Kircherl eine Bank aufstellen, genau an jener Stelle, die sein Vater geliebt und er immer so gehaßt hatte.

18

Dreizehn Stunden später saß Johnny in der einzigen Gefängniszelle von St-Tropez, gleich hinter der Präfektur an der Place de la Garonne. Sie hatten ihn morgens gegen halb vier festgenommen. Er war betrunken nach Hause gefahren, hatte den Fuß nicht mehr rechtzeitig vom Gas bekommen, war über eine unebene Stelle der Straße wie über einen Schanzentisch gerast, durch die Luft geflogen, hatte das halbe Dach eines entgegenkommenden Autos mitgenommen, war in einen Graben gerutscht und hatte sich dort überschlagen. Zuerst kapierte er nur, daß weiter nichts passiert war. Er bot den drei Männern, die aus ihrem Auto krochen, ein neues an, wenn sie die Polizei aus dem Spiel ließen.

»Wir sind die Polizei«, antwortete einer von ihnen und legte ihm Handschellen an.

Die Zelle war klein. Es standen ein Tisch und ein Stuhl darin und im engen Durchgang vor dem Zellenfenster roch es nach Hundepisse. Er hörte wie sich die Beamten draußen unterhielten. Da er nicht verstand, was sie sprachen, versuchte er am Tonfall und an der Heftigkeit ihrer Gespräche herauszufinden, wie seine Chancen standen. Wenn die Polizei auf die Idee käme, ihn ins Gefängnis nach Antibes zu überführen, wären ein, zwei Jahre fällig, denn dort war er ein Niemand.

Er lauschte den Stimmen, die aufgeregt durcheinanderredeten, und dachte an seine Betriebe. Er war sicher, daß die Behörde sie durch Gerichtsbeschlüsse nacheinander schließen würde, wenn er nicht selbst anwesend war, um sich wehren zu können; er konnte sich außerdem ausrechnen, daß die Konkurrenz die Gelegenheit nutzen würde. Diese Hilflosigkeit quälte ihn. Er saß in diesem Loch wie ein kleiner Dieb.

Vor der Tür wurde immer noch gestritten. Die Stimmen überschlugen sich. Johnny konnte nicht heraushören, was sie vorhatten. Bekannte Stimmen hörte er jedenfalls nicht. Aber plötzlich Felix!

Felix Giraud war Wirt und dabei reich geworden, aber wer ihm in St-Tropez über den Weg lief, wäre nicht auf die Idee gekommen, er sei etwas anderes als ein einfacher Mann des Hafens. Er spielte wie jeder, der sein Leben hier zubrachte, Boule und trank, wie jeder Einheimische, im Café des Arts seinen Ballon, seinen Rotwein. Er hatte Johnny von Anfang an gemocht, weil er in ihm nicht die übliche Ausgabe des reichen, jungen Gesellschaftslöwen sah. Mit ihm war die Unterhaltung auch dann angenehm, wenn sie sich nur anlachten.

Wie Johnny später erfuhr, hatte Felix, nachdem sich die Verhaftung des »Deutschen« herumgesprochen hatte, Alain angerufen, Alain Moreux, den Zahnarzt. Beide waren echte Tropezianer, hier geboren und aufgewachsen. Einige Polizisten wohnten mit ihren Familien in Häusern, die Felix gehörten, und alle ließen sie sich ihre Zähne von Alain richten.

Felix hörte sich die Geschichte an und tat nicht so, als sei der Fall eine lächerliche Kleinigkeit; nein, das nicht! Er verstand schon, sie hätten tot sein können, zugegeben! Der »Deutsche« mußte verrückt sein, in so engen Straßen Höchstgeschwindigkeit zu fahren. Das war unbestreitbar. Felix ließ jeden ausreden. Auch Alain hörte nur zu. Dann, die Polizisten hatten sich inzwischen etwas beruhigt, warteten sie, was er sagen würde.

»Alles schön und gut«, fing Felix an, »aber er ist nun mal ein Freund von mir.«

Dann redete er auf sie ein, machte ihnen behutsam klar, daß schließlich keiner auch nur eine einzige Schramme abbekommen hatte – wobei er einen Witz auf Kosten von Jacques machte, einem Beamten mit Glatze, den er fragte, ab er sein Toupet am Tatort vergessen habe. Auch Alain erlaubte sich einen Scherz. Sie könnten sich, sagte er, einen anderen Zahnarzt suchen, wenn sie vorhätten, den »Deutschen«, der auch sein Freund sei, nach Antibes zu überführen.

Fünfzehn Minuten später war Johnny frei.

Als Carola in Nizza landete, ließ er ihr keine Zeit, auch nur den Anblick einer einzigen Palme zu genießen. »Mach aus meinem Haus ein Haus, das für mich wieder gemütlich ist.« Aus der klaren

Geometrie, die Ines behutsam und wirkungsvoll mit wenigen, aber geschmackvollen Details angereichert hatte, machte Carola, aus Liebe zu Johnny, wieder die alte Räuberhöhle. Bald lungerte halb St. Pauli um den Pool herum.

Seine französischen Freunde waren viel gewohnt, was den »Deutschen« betraf, trotzdem erschien es ihnen ziemlich erstaunlich, mit welcher Selbstverständlichkeit nun plötzlich Carola an seiner Seite saß, seine »richtige Frau«, wie Otto ihnen erklärte. Nun, den Unterschied kannten sie selbst. Affären hatten sie schließlich alle, mehr als sie verkraften konnten, aber beeindruckend war es schon, als plötzlich auch wieder Ines erschien und lächelnd ihren Platz neben Johnny und Carola einnahm.

»In seinem Gästezimmer ist es himmlisch ruhig!« strahlte sie.

Unglücklich oder auch nur unzufrieden, das mußten sie zugeben, sah sie wirklich nicht aus. Beide, Carola und Ines, schienen sogar bestens miteinander auszukommen. Das immerhin war ein zu seltenes Kunststück, um nicht aller Achtung wert zu sein. Nicht um seine Frauen beneideten sie Johnny, sondern um seine Begabung, sich von keiner tyrannisieren zu lassen.

Während sich Carola und Ines die Zeit vertrieben mit Geschichten über den Mann, in den sie beide, jede auf ihre Weise, immer noch verliebt waren, stand Johnny bei Ari auf dessen Terrasse, und seine Aufmerksamkeit galt einem Mädchen. Er dachte an seine Wirkung auf sie – und unterschätzte dabei völlig ihre Wirkung auf ihn.

Sie hieß Jackie Chandler, war Engländerin, ein bildhübsches Ding, gerade zweiundzwanzig Jahre alt. Sie gehörte zur Clique um Ari und war dessen Geliebte gewesen. Ari nahm es nie wichtig, in wen er sich gerade verliebt hatte. Als er aber sah, wie aufgeregt sich Jackie mit Johnny unterhielt, wünschte er ihr viel Glück – und ihm gute Nerven. Er kannte das Biest. Sie konnte stur sein wie ein Kind, streitbar wie ein ungezogener Junge und nicht zu bremsen, wenn es ihr einer angetan hatte.

Johnny gefiel ihre laute, besitzergreifende Leidenschaft, weil sie auf sein Selbstvertrauen wie ein Aufputschmittel wirkte. Ein Gutteil der in dieser Explosion freigewordenen neuen Energie verbrauchte er, um das Arbeitspensum der Geheimhaltung zu erledigen. Carola, die jahrelang in München gewartet hatte, saß in seiner Villa in St-Tropez und wartete wieder, wobei ihr Ines und Claudia Gesellschaft leisteten.

Jackie wußte, wie verrückt Johnny nach ihr war, und gab ihm in hohen Dosierungen, was er brauchte: Sex.

Bis die Reise nach Kanada vorbereitet war, auf die er Nick angesetzt hatte, weil er wußte, daß er mit Jackie nur außerhalb St-Tropez' allein sein konnte, fuhr er mit ihr erst einmal kreuz und quer durch Europa. Dahn war es, der ihm die Orte und Hotels fein säuberlich aufnotiert hatte. So war es für ihn einfacher, Jackie eine Welt zu zeigen, die er selbst gerade erst entdeckte.

Viel allerdings sah er von keinem Ort. Jackie beherrschte sein Blickfeld. Sie war es, die entschied, was er dachte und tat. Nach Belieben machte sie ihn entweder glücklich oder eifersüchtig. Sie entschied, wann beide das Bett, das Hotelzimmer, die Stadt oder ein Land verließen.

Carola hatte viel Zeit, um nachzudenken, wie sie reagieren sollte. Eines Tages, hoffte sie, würde er selbst mit dem Vorschlag kommen, sie sollten nur noch Freunde bleiben, aber nicht länger zusammenleben. Nur einmal war sie so deprimiert gewesen und hatte einem der Jungs, die im Schlepptau von Johnny nach München gekommen waren, ihr Herz ausgeschüttet und sogar eine halbe Nacht mit ihm verbracht. Als Johnny, der jede Nacht mehrmals anrief, sie zuhause nicht erreichte, hatte er Hans beauftragt, der Sache auf den Grund zu gehen, und den Jungen vor die Wahl gestellt, sich mit ihm um sie zu prügeln oder sofort die Stadt zu verlassen. Da der die zweite Lösung vorzog, hatte Johnny auch noch den Triumph, Carola vorwerfen zu können, sie solle sich, wenn schon, mit einem einlassen, der wenigstens Charakter habe. Johnny versuchte, sie zu trösten, indem er die Sache herunterspielte. »Das mit Jackie ist doch schon halb vorbei, Carola.«

Jackie wischte sich ihre Tränen wie Schweiß aus dem Gesicht und schrie sich heiser vor Wut, wenn er auch nur eine Nacht ausging, ohne sie mitzunehmen. Dabei wehrte er sich nur noch. Jackie, soviel war ihm bei aller Abhängigkeit klar, kostete ihn auf Dauer zuviel Substanz. Ihre Lebendigkeit war fordernd. Sie ließ nicht gelten, daß er auch arbeiten mußte, interessierte sich nicht dafür, daß er Prozesse führte und wollte an seiner Seite nichts weiter als ihr Leben genießen.

Für Ines war der Fall klar. Johnny war übergeschnappt. Sie kannte diese Art Mädchen. Es gab sie in jedem Sommer. Und da Ines nie so etwas wie sexuelle Abhängigkeit kennengelernt hatte, behandelte sie ihn mit der Nachsicht, die einem Kranken gebührt. Eine Einsicht im übrigen, die schließlich auch Carola tröstete.

»Diese Mädchen kommen und gehen«, sagte Ines.

»Sie kommen und gehen, ja«, antwortete Carola, »aber es hört nie auf.«

In Vancouver wurden sie wie Staatsgäste empfangen. Das Hotel war reserviert und für Rundflüge stand ihnen ein Privatjet zur Verfügung. Die Liste seiner Termine füllte ganze Seiten seines Notizblocks. Er traf Unternehmer, Immobilienmakler und Bauherren. Er wurde herumgereicht und auf Objekte aufmerksam gemacht, die für Investitionen in Frage kamen. Auf dem Flug von Vancouver nach Toronto betrank sich Jackie und fing Streit an. Erst als er ihr eine knallte, schlief sie friedlich ein. Nach der Landung wollte sie die Maschine nicht verlassen.

»Die muß verrückt sein«, stellte Hans fest.

»Nein, ich bin es«, antwortete Johnny. »Ich kann mich auf kein Gespräch konzentrieren. Immer ist irgendwas mit Jackie!«

Sie trank Wodkaflaschen leer, wenn er beabsichtigte, allein mit Hans auszugehen, ging mit einer Stehlampe auf ihn los, wenn sie blau war, und fiel ihm um den Hals, wenn er sich breitschlagen ließ und sie doch mitnahm.

Sie konnte hinreißend sein, wenn ihr die Atmosphäre gefiel. Das Abendessen bei den Caposis war ganz nach ihrem Geschmack. Ihnen gehörten zwei Eishockeyclubs, sie kontrollierten das

Glücksspiel und einige Politiker. Sie gaben das Essen auf der Veranda ihrer Villa, die vor der Stadt an einem See lag; auch der war Privateigentum. Diener in Livree, der Tisch im Licht von Kerzen, der See spiegelglatt, dunkel und vom Mond beschienen, die drei Caposi-Brüder mit ihren Frauen und einigen ihrer Kinder – Jackie hielt alles für den Vorgeschmack auf ihre Ehe mit Johnny.

Er entschied, in Kanada kein Geschäft abzuschließen. Nur um sich nicht mit leeren Händen zu verabschieden, kaufte er ein Grundstück an der Küste British-Kolumbiens, eine Million Quadratmeter Land mit einem Blockhaus in der Mitte, was Jackie ihm übelnahm, weil auch das für sie Zeitverschwendung war. Sie wollte Johnny für sich, für sich allein – und nichts davon hören, daß er sich wegen irgendwelcher beruflicher Verpflichtungen nicht ausschließlich um sie kümmern konnte.

Johnny bedauerte, daß er sie nicht einfach umbringen konnte, was leichter gewesen wäre, als sie zu verlassen.

Wenigstens hatte er Hans dabei, dem er bei einigen Flaschen Rotwein vorschwärmte, was für ein gutes Geschäft er mit dem Landkauf gemacht hatte. Während der ersten Flasche beschränkte er sich darauf, über die Kapitalanlage bei steigenden Grundstückspreisen zu reden. Die nächste ermunterte ihn, sich seine Mitarbeiter als Feriengäste vorzustellen. »Sie können«, erklärte er Hans, »mit Kind und Kegel kostenlos ihre Ferien hier verbringen.« Über dem Eingang würde er ein Schild anbringen lassen, worauf »Johnny's Valley« stehen sollte. Nach der letzten Flasche fielen ihm alle Jugendfreunde ein, aus denen nichts oder nicht viel geworden war und denen frische Luft sicher guttun würde. Er sah sie vor Holzhütten am Feuer sitzen, mit praktischen Bärten und strahlend zufriedenen Augen. Eine Republik der Diebe, Glücklosen und Einfältigen. Grupe fiel ihm ein, der mit einem Pferd die Grenzen seines Grundstücks abreiten und die Zäune ausbessern könnte. Er sah Paulchen im geflochtenen Korbstuhl auf der Veranda sitzen, eine Zigarre rauchen und sich mit dem Gedanken anfreunden, was für ein Freund Johnny geworden war. Sobald Kuddel wieder anfing, Swimmingpools zu putzen, würde er Ina zwei Tickets kaufen;

vielleicht putzte er dort dann Bäume. Vielleicht versuchte es Ines endlich einmal mit einem einfachen Leben. Oder Claudia, enttäuscht über die anhaltende Erfolglosigkeit ihrer Heiratspläne, konvertierte zur Heiligen und würde sich in die Einsamkeit zurückziehen. Am liebsten aber, dachte Johnny beim letzten Schluck, würde ich Dr. Kohler hierher in die Verbannung schicken.

Noch bevor sich Dahn beklagen konnte, daß ihm die Arbeit über den Kopf wuchs, hatte ihn Johnny bereits mit einer neuen Idee in Beschlag genommen. »Paß auf, Nick, was ich vorhabe, ist folgendes: Ich werde in Bayern ein Millionending hinstellen, eine Art bayerisches Disneyland, finanziert durch Großbanken und Münchner Geschäftsleute, mit Bergen, Schlössern und Seen, mit Menschen in Fellen und Rüstungen, alte Bäcker, Metzger, richtige alte Schneider und Schuster, alle in Kostümen der jeweiligen Jahrhunderte, mit Raddampferfahrten um eine Insel mit Schloß Neuschwanstein drauf, Kanufahrten durch Grotten, eine Roseninsel mit Treibhäusern, ein Germanental mit Pfahlbauten, Steinzeithöhlen, Siedlungen und Wasserfällen, dazu gastronomische Betriebe, Biergärten, Geschäfte, die wir an andere untervermieten. Wenn ich aus Israel zurück bin, werden wir die Pläne anfertigen, die Modelle bauen lassen und die ganze Sache der Presse verkaufen.«

»Was willst du in Israel?«

»Ach nichts, nur ein kleines Pokerspiel.«

In so schlechter Verfassung hatte Johnny noch nie an einem Pokertisch Platz genommen. Er war unkonzentriert, wegen Jackie nervös, und er hatte kaum geschlafen. Sie hatte beim Abendessen, noch in Tel Aviv, getrunken, dann angefangen, ziemlich deutlich mit einer Frau zu flirten und sich, als Johnny sie deshalb anschrie, zu ihr an den Tisch gesetzt. Er wollte nicht nur das Spiel absagen, sondern Jackie noch in der gleichen Nacht den Laufpaß geben – was sie dadurch verhinderte, daß sie die Stunden bis zum nächsten Morgen nutzte. Was ihn erregte, war die Anmaßung, mit der sie ihn anschauen konnte: als suche sie in seinen Augen nach Beweisen seiner

Abhängigkeit von ihr, die sie auch fand. Er konnte tun, was er wollte, immer wieder war sie stärker. Er hatte Angst, zum Dummkopf zu werden.

Ihm gegenüber saßen zwei Israeli, beide Geschäftsleute und Gelegenheitsspieler, und ein Amerikaner, Waffenhändler, wie Deska ihm in München gesagt hatte; für ihn war er kurzfristig eingesprungen, weil dessen Tochter konfirmiert wurde und seine Frau auf seiner Teilnahme in der Kirche bestanden hatte. Johnny hätte an diesem Abend mit Gambino, Capone oder sonstwem am Tisch sitzen können, er hätte doch nur an Jackie gedacht. Das war das tödlichste aller Spiele, und dafür würde er sie, sobald er die Kraft aufbrachte, bestrafen. In jeder Spielpause rannte er zum Telefon, hielt kaum einen Bluff durch, setzte ungeschickt und hatte am Ende der Partie, achtundzwanzig Stunden später, nicht mehr als fünfzigtausend Dollar gewonnen. Als er vom Tisch aufstand, wußte er, warum er seine Chancen nicht besser genutzt hatte. Jackie mußte weg! Er lebte mit ihr wie ein Betrunkener, war Stimmungsschwankungen unterworfen, deren Heftigkeit seine Nerven strapazierten; es wurde zunehmend schwieriger, diesen Zustand zu verheimlichen. Gab er weiter nach, war er nicht besser als alle, über die er immer gespottet hatte. Er spielte nur noch den Gleichgültigen, eine Rolle, die ihm seine Überlegenheit und sein Vergnügen bis jetzt garantiert hatten. Das hier war aber längst kein Vergnügen mehr! Jedoch, wie sollte er eine Frau loswerden, die es immer wieder verstand, genau jene Geliebte zu sein, von der er immer geträumt hatte?

Vor dem Rückflug verbrachten sie noch eine Nacht in Tel Aviv. Johnny nahm sich vor, sie erst in Paris zu verlassen, dann aber endgültig. Sie versöhnten sich auch in Paris wieder, dort aber machte sie dann einen entscheidenden Fehler: Sie bestand darauf, Frau Berger zu werden.

Nick stellte sie nicht mehr durch, gab keine Auskünfte, nahm keine Mitteilungen entgegen, machte sie auf die Aussichtslosigkeit ihrer Bemühungen aufmerksam und empfahl sich, indem er auflegte. Arme Jackie, dachte er.

Johnny trank wieder. Er nahm fast so viele Tabletten wie Ines in ihrer schlimmsten Zeit. Hoffentlich, dachte er manchmal, kommt endlich ein Verrückter, zieht die Pistole und schießt. Sein Testament lag in der Schreibtischschublade. Aber die Zeit der Heldentode gehörte der Vergangenheit an. Heute war die Behörde sein Feind.

Sie hatten Kessler in Hamburg verhaftet; sie hatten in Monte Carlo Cohn eingelocht, nachdem sie monatelang auch dessen Telefon abgehört hatten. Johnny ließ sein Büro auf den Kopf stellen, fand aber keine Wanzen. Trotzdem besprach er die wichtigsten Dinge nur noch im Auto unterwegs nach Schliersee, wo er für seine Mutter und Onkel Werner eine Wohnung gemietet hatte.

»Wie lange willst du eigentlich so weiterleben?«

»Was meinst du?« Johnny tunkte sein Brot in den Teller mit Bratensoße und ließ es sich schmecken.

»Ich meine, wofür verdienst du eigentlich das ganze Geld?«

Er zuckte mit den Achseln. »Verglichen mit den Beatles bin ich doch ein armer Schlucker. Von denen hatte damals auch keiner was. Die waren selig, wenn ich ihnen Freibier spendiert habe. Heute verdienen die jede Minute eine Million. Da soll ich mir wegen meiner paar Kröten den Kopf zerbrechen? Außerdem, Mama, wie sich's ohne Geld lebt, hab ich ja nicht vergessen.«

»Du fliegst in der Weltgeschichte herum, macht dich das glücklich?«

Er war froh, daß ihn das nicht Ines gefragt hatte. Er hätte ihr die Bratensoße in den Ausschnitt gekippt. Seine Mutter konnte so etwas mit einer Gleichgültigkeit fragen, die ihn nicht weiter aufregte.

Sie war aufgestanden. »Noch 'n bißchen?«

»Schmeckt besser als der teuerste Kaviar.« Er hielt ihr den blanken Teller hin.

»Wenn dir Kaviar nicht schmeckt, warum ißt du ihn dann?«

»Mir schmeckt auch Champagner nicht, und ich sauf ihn trotzdem.«

»Nichts gegen ein Glas guten Champagner.«

Um sich etwas aufzuheitern, erzählte er von seinem nächsten Projekt, seinem »Königreich Bayern«.

»Und wo soll das hin?«

»Da liegt das Problem, weil ich dafür mindestens fünfhunderttausend Quadratmeter Land brauche.«

»Du bist verrückt!« Sie stand auf, um den Tisch abzuräumen. »Aber eines sag ich dir! Nicht hier am Schliersee, sonst zieh ich da gleich wieder aus.«

Noch ganz benommen vom Aufsehen, das er bei den Journalisten erregt hatte, und vom Interesse, das er, als die Zeitungen am nächsten Morgen mit der Meldung aufmachten, bei der Bevölkerung hervorrief, setzte er sich mit Fachleuten zusammen.

»Bis alle Genehmigungen vorliegen, können Jahre vergehen«, stellte ein Städteplaner an den Anfang seiner Ausführungen.

»Nicht bei mir«, widersprach Johnny, »das mach ich schneller, glauben Sie mir. Sobald ich mir etwas in den Kopf gesetzt habe, gibt es nur noch Vollgas.«

Sein Gesprächspartner lächelte nachsichtig. »Das glaube ich Ihnen aufs Wort. In unserem Fall aber, lieber Herr Berger, liegen die Dinge etwas anders. Sie werden es mit vielen Gruppierungen zu tun kriegen, mit Heimatverbänden, Lokalpolitikern, vor allem aber mit Naturschützern. Das kann Jahre dauern. Es müssen geologische Gutachten erstellt, Wasserprüfungen sowie Gesteinsuntersuchungen vorgenommen werden. Wahrscheinlich haben Sie an all das nicht gedacht.«

»Gesteinsuntersuchungen?« Johnny wurde wütend. »Aber wenn der Landtag mein Projekt befürwortet?«

»Sie werden es trotzdem mit massiven Protesten zu tun bekommen und sich auf jede Menge Prozesse gefaßt machen müssen.«

Johnny blieb unbeeindruckt. »Bin ich alles mein Leben lang gewöhnt. Trotzdem kapiere ich nicht, wer gegen eine so schöne Idee, ein ›Königreich Bayern‹, etwas einwenden sollte.«

»Nehmen Sie die vier, fünf Jahre, die es wahrscheinlich braucht, um mit dem eigentlichen Bau beginnen zu können. Wie lange schätzen Sie die Bauzeit?«

»Zwei Jahre etwa.«

»Das sind dann sieben Jahre. Es ist besser und vernünftiger, Sie machen sich auf eine solche Zeitspanne gefaßt.«

Johnny sank in seinem Stuhl zusammen. »Sieben Jahre? Dann bin ich fünfzig! Dann interessiert mich das alles vielleicht überhaupt nicht mehr.«

»Die Idee selbst«, sagte der Städteplaner, »finde ich wunderbar, aber ihre Durchführung dürfte größte Schwierigkeiten machen. Gerade jetzt, wo alle nur noch über den Naturschutz reden.«

Es war sinnlos geworden. Er fuhr ins Büro zurück und beschimpfte Dahn, ihn nicht ausreichend informiert zu haben. »Damit ist doch das ganze Projekt im Eimer!«

Dann brüllte er Uwe an. Inzwischen lag die Entscheidung über die Zukunft der Peep-Show beim Bayerischen Verwaltungsgerichtshof und es sah ganz danach aus, als würden sie mit dem Argument der »Sittenwidrigkeit« seine Beschwerden und Eingaben endgültig zurückweisen. Das wäre dann das Ende.

Er rief Heidi an und verabredete sich mit ihr in einem Kellerrestaurant in der Maximilianstraße, das er seit einiger Zeit zu seinem nächtlichen Hauptquartier gemacht hatte. Da sie sich verspätete, rief er Ines an. »Was gibt's Neues?«

»Meine Katze ist erkältet.«

Er legte wieder auf.

Die nächste, die er anrief, war Carola. Sie war noch immer damit beschäftigt, die neue Wohnung in Bogenhausen einzurichten. Ihre plötzliche Vorliebe für kalte, helle Flächen beunruhigte Johnny. Sie hatte Glastische, Stühle und Tische aus Acryl gekauft. Den Boden hatte sie mit Marmor ausgelegt. Seit Wochen ging sie mit Ines von Geschäft zu Geschäft, kaufte Vasen, einzelne auserlesene Stücke Porzellan, die sie wie Bilder an der Wand anbringen wollten, gegen Berührung geschützt durch geschliffene Glastafeln. Der ganze Kram kostete ein Vermögen.

Johnny ließ sie das Geld ausgeben; solange Carola beschäftigt war, vergaß sie die Unsinnigkeit ihrer Beziehung zu ihm. Immer wieder in den letzten Monaten war sie zu ihm gekommen. Sie wollte wieder ein eigenes, selbständiges Leben führen dürfen, nicht abwarten müssen, bis wieder eine neue Affäre begann, und warten, bis sie zu Ende war. Johnny hatte geantwortet, wie schon so oft: »Wenn ich mich wieder verlieben sollte, Carola, dann bin ich ehrlich zu dir. Dann reden wir darüber.«

»Ich hoffe, du magst die Wohnung.«

»Einem reichen Araber würde sie gefallen, vor allem, wenn ich noch einen begehbaren Geldschrank einbauen lasse«, spottete Johnny. »Erinnere mich daran, falls wir sie wieder loswerden wollen.«

Als Heidi erschien, erzählte er von Jackie, seiner Leidenschaft, seinem Kummer und dem abrupten Ende. »Neun Monate und keine Sekunde Feuerpause.« Er versuchte Heidi klarzumachen, wie unwiderstehlich sie war. »Sie sah immer aus, als käme sie aus dem Bett – oder sei nur kurz aufgestanden, um gleich wieder reinzukriechen. Da war nichts einzuplanen.« Er sprach von den Gedanken, die ihm durch den Kopf gingen, seit er sich von ihr getrennt hatte. »Eigentlich, war sie genau die Frau, in die sich jeder Mann verlieben muß. Entweder war sie ein Engel oder ein Miststück. Entweder Bett oder Streit. Ein Mittelding gab's nicht.« Er vergaß das Trinken, während er auf Heidi einredete.

An der Bar des Restaurants standen zwei Typen, die herüberschauten, zwei Österreicher, mittelmäßige Zuhälter, die einen Club führten. Johnny sah das Grinsen in ihren Gesichtern.

»Wie geht's dem großen König? Auch mal wieder nachts unterwegs?« rief einer herüber.

»Sei froh, daß ich noch nüchtern bin!« fluchte Johnny.

Gegen fünf Uhr morgens lief er ihnen beim »Weintrödler«, einem Frühlokal, noch einmal über den Weg. Inzwischen war er schwer angetrunken. Er hatte Heidi kaum verständlich machen können, was Jackie ihm bedeutete, wie sie liebte, wie sie sich anfühlte. Je mehr er getrunken hatte, um so verzweifelter versuchte er mit Worten, die er nicht kannte, zu beschreiben, was er nicht verstand.

Er sah die Österreicher zusammen mit einer Frau am Tisch sitzen, ging provozierend direkt auf sie zu und sagte: »Jetzt bin ich nicht mehr ganz so nüchtern, also aufgepaßt.« Er stellte sich an die Bar und bestellte Whisky Cola. Der Barmann kam mit einem Eiskübel und einer Flasche Roederer Cristal an.

»Hab ich nicht bestellt«, erklärte Johnny.

Der Barmann zeigte mit dem Kinn an einen der Tische. »Da drüben, die zwei Herren, die haben eine Flasche ausgegeben.«

Er brauchte sich nicht erst umzudrehen. »Na gut, dann machen Sie ruhig die Flasche mal auf. Aber keine Gläser, bitte!«

Er ging mit der entkorkten Champagnerflasche zu den Österreichern und schüttete den Inhalt einem der Angeber über den Kopf.

Nach dem letzten Tropfen ließ Johnny die Flasche fallen und gab dem Kerl eine Ohrfeige, ganz friedlich, einfach nur eine Ohrfeige mit der flachen Hand. Er wollte ihn gar nicht verprügeln. Er schlug ihm ein zweites Mal ins Gesicht. »Was ist? Keine Lust, dich zu wehren?«

Der Österreicher blieb sitzen.

Johnny gab ihm eine dritte Ohrfeige, diesmal mit dem Handrükken auf die rechte Backe. Als ihm die Hand weh tat, hörte er auf, fuhr nach Hause und legte sich ins Bett.

Am nächsten Morgen weckte ihn die Polizei und brachte ihn zum Präsidium. Es fehlte nur noch, daß er Autogramme geben mußte; aus allen Türen kamen sie heraus, als er zum Verhör geführt wurde. »Hoher Besuch heute«, grinste einer.

Johnny nickte. »Damit's euch bei eurer Arbeit nicht zu langweilig wird!«

Der Beamte, dem er dann gegenübersaß, machte ebenfalls keinen Hehl aus seiner Zufriedenheit. »Sie ahnen nicht, wie dumm Sie waren, Herr Berger, als Sie Streit mit einem Ihrer Kollegen anfingen, ihn krankenhausreif schlugen und sich dann einfach ins Bett legten.«

»Das mit dem Kollegen will ich nicht gehört haben«, sagte Johnny. »Aber daß sich dieser Eierkopf gleich ins Krankenhaus legt, ist seine Sache. Ich hab ihn mit der flachen Hand geohrfeigt, das war alles. Das bestreite ich auch gar nicht.«

»Wissen Sie, Herr Berger, was uns schon lange wundert? Nie hat es einer gewagt, Sie anzuzeigen. Wir haben sie reihenweise hier gehabt, Hehler, Dealer, Zuhälter, Zocker, das ganze Milieu. Aber glauben Sie, auch nur einer wäre bereit gewesen, zuzugeben, daß er Sie überhaupt kennt? Auffällig bei Ihnen ist doch, daß Sie es bisher geschafft haben, der Oberganove zu sein, ohne dabei selbst in die Gesetzesmühlen zu kommen. Offenbar gehen Sie wirklich geschickt vor. Eine Menge Leute muß vor Ihnen Angst haben, ich nehme an, sogar Todesangst. Anders ist Ihre Karriere nicht zu erklären.« Er lehnte sich in seinem Stuhl zurück. »Und jetzt also schwere Körperverletzung. Und jede Menge Zeugen. Ich gratuliere!«

»Sie glauben doch nicht etwa im Ernst an das, was Sie da sagen.« Ihm fiel Paulchen ein, der Ochsen-Harry, auch wegen einer Nichtigkeit, zusammengeschlagen hatte; ihm hatten sie damals fünf Jahre aufgebrummt. »Na gut, dann werde ich mich wohl umgehend um den richtigen Anwalt bemühen müssen.«

Der Beamte verstand, was er mit der Bemerkung vom »richtigen Anwalt« ausdrücken wollte. »Sie unterschätzen die Unabhängigkeit der bayerischen Justiz. Lassen Sie es mich so formulieren: In Kürze werden Sie Gelegenheit haben, an sie zu glauben.«

Johnny riß die Geduld. »Nun hören Sie mir mal gut zu! Wenn Sie mich kriegen wollen, müssen Sie bessere Spitzel einkaufen als diese beiden Galgenvögel. Ich habe nämlich noch keinen Luden erlebt, der sich ohrfeigen ließ, ohne sich überhaupt zu wehren. Und sein Kumpel saß daneben und schaute nur, daß sein Anzug keine Blutspritzer abbekommt. Überflüssig eigentlich, da die Reinigung wahrscheinlich ja Sie zahlen.« Er lachte ihm ins Gesicht. »Warum geben Sie sich mit diesen tätowierten Wanzen ab? Glauben Sie wirklich, mich so kriegen zu können?« Er stand auf. »Wenn Sie nichts dagegen haben, gehe ich jetzt.« Er wartete eine Antwort gar nicht erst ab.

Sein Anwalt machte sich nach Einsicht der Akten wenig Illusionen. Was er zudem von Kollegen gehört hatte, war eindeutig. »Sie scheinen diesmal wirklich Ernst zu machen. Die Staatsanwaltschaft will den Erfolg, dich dieses Mal zu verurteilen.«

Am Freitagabend wartete ein Learjet, um ihn nach Nizza zu bringen. Vielleicht würde ihm dort eine Lösung einfallen. In der Zwischenzeit würde Nick alle Hebel in Bewegung setzen, um die Sache aus der Welt zu schaffen. Aber wenn selbst sein Anwalt, der ein gerissener Profi und zudem sein Freund war, keine Chancen sah?

Noch in der Luft erinnerte sich Johnny, daß er im gleichen Jet einmal mit einem Herrn geflogen war, der Dr. Pettenkofer hieß. Er bat den Piloten, sofort umzudrehen.

Dr. Pettenkofer empfing ihn noch am gleichen Abend, hörte sich die ganze Geschichte in Ruhe an und sagte: »Wissen Sie, daß ich immer bedauert habe, mich nicht ein einziges Mal in meinem Leben mit jemand geprügelt zu haben? Ich habe mich das schon als Junge auf dem Schulhof nie richtig getraut.«

Johnny fühlte, daß er sich auf sicherem Boden bewegte. »Sie haben nie eine Schlägerei erlebt?«

»Dazu war ich viel zu feige. Undenkbar. Außerdem trug ich damals wohl auch schon eine Brille.« Er schien über etwas nachzudenken, wobei er sorgfältig seine Fingerspitzen gegeneinanderlegte. »Was ich meinte, als ich von meinem Bedauern sprach, ist folgendes: Vielleicht haben Sie einmal im Kino diesen amerikanischen Schauspieler gesehen, ich glaube, Cary Grant war es. Er teilte nur einen Kinnhaken aus, nur einen einzigen, gut gezielten Kinnhaken, und dabei fiel ihm nicht einmal die Krawatte aus dem Jackett. Ich gebe zu, das imponierte mir.« Er schaute auf die Uhr und entschuldigte sich. »Sie wissen, daß ich eigentlich Wirtschaftsanwalt bin; es ist also nicht ganz mein Fachgebiet, worum Sie mich bitten. Aber lassen Sie mir am besten Ihre Telefonnummer da, ich werde mich dann bei Ihnen melden.«

Drei Tage später rief Dr. Pettenkofer zurück. »Sind Sie mit fünfzigtausend Mark Geldbuße einverstanden?«

19

Der Arzt sah, daß er einen Kranken vor sich hatte, der seine Krankheit nicht wahrhaben wollte. Darin unterschied er sich nicht von der Mehrheit aller Patienten. »Was, bitte, führt Sie zu mir?«

»Geben Sie mir eine Beruhigungsspritze, irgendwas, das mich wieder fit macht.« Johnny litt unter Erschöpfung – und die Folge war ein Kollaps gewesen, die Quittung für die jahrelange exzessive Überbeanspruchung seines Organismus.

»Darf ich Sie erst einmal bitten, den Oberkörper freizumachen und sich da drüben hinzulegen.«

Johnny hatte panische Angst, gleich umzukippen. »Ich warne Sie, Doktor«, drohte er, »wenn ich jetzt abkratze, weil Sie mir nicht geholfen haben, nehme ich Sie mit.«

Der Arzt überhörte die Drohung. »Keine Sorge, so schnell stirbt es sich denn doch nicht.«

Johnny lief auf und ab und dachte nicht daran, sich auch nur das Hemd aufzuknöpfen. »Ich bitte Sie, tun Sie endlich was.«

»Wahrscheinlich arbeiten Sie zuviel, trinken zuviel und bekommen zuwenig Schlaf. Es ist ja nicht damit getan, einfach ein Präparat zu verabreichen – nur damit Sie weiter mit Ihrer Gesundheit Schindluder treiben.« Der Arzt war zu seinem Medikamentenschrank gegangen und kramte in Hunderten von kleinen Schachteln herum.

»Sie werden doch eine Spritze haben, die mir meine Atemnot nimmt und meinen Kreislauf wieder in Schwung bringt?«

»Haben Sie getrunken, bevor Sie zu mir gekommen sind?«

»Eine Flasche Sekt. Danach ging es mir besser.«

»Sie müssen sich gründlich untersuchen lassen, das Herz, Ihre Leber, Ihr Blut.«

»Eine Beruhigungsspritze ist verdammt noch mal alles, was ich will.« Die Schwerfälligkeit des Arztes regte ihn derart auf, daß er zum Fenster taumelte, es aufriß und tief einatmete. Ihm war noch immer schwindlig.

Der Arzt spritzte ihm ein starkes Sedativum, verzichtete auf jede

Bezahlung und war heilfroh, als dieser Patient seine Praxis wieder verlassen hatte. Jetzt brauchte er selbst frische Luft.

Danach ging es Johnny etwas besser. Nur die Angst vor einem Rückfall verschwand nicht. Die Angst vor einem Infarkt. Er rieb sich mit der flachen Hand das Herz, massierte es im Gehen und ging nah an den Häuserwänden, um sich abstützen zu können, falls er umfallen sollte. Sterben war in Ordnung, aber Kranksein eine Demütigung.

Niemand in seiner Umgebung durfte erfahren, daß er gesundheitlich angeschlagen war. Nur Carola wußte es, auch Heidi, die sich als brauchbare Krankenschwester erwies, und Inge, seine neue Geliebte.

Angefangen hatte alles bei einer Taufe. Er hatte gerade das Baby eines Freundes im Arm, als er plötzlich keine Luft mehr bekam. Geht vorbei, dachte er, nur keine Panik, ein kurzer Schwächemoment nur, weiter nichts. Daß ihm nach einer durchzechten Nacht schlecht war, kannte er schließlich. Er hatte Inge vor ein paar Stunden nach Hause gebracht, mit ihr geschlafen und war, wie immer, im Morgengrauen zu Carola gefahren. Sie hatte ihn drei Stunden später geweckt, ihm den schwarzen Anzug, das weiße Hemd, frische Socken und Unterwäsche ans Bett gelegt, die polierten Schuhe hingestellt und den Kaschmirmantel, den er tragen würde, ausgebürstet. Als er sich vor dem Gehen noch einmal im Spiegel musterte, sah er aus wic ein mißmutiger Bräutigam. In weniger als einer Stunde würde er sich in einen verschwitzten, nach Luft ringenden Mann verwandelt haben, den alle, die ihn sahen, für betrunken hielten, für verwirrt, womöglich sogar für geistesgestört.

Man wartete darauf, daß er ans Taufbecken trat und das Baby nach vorne hielt, damit es getauft werden konnte. Seine Gedanken rasten. Was war, wenn er umfiel? Er hatte ein Baby im Arm, das, falls er jetzt wirklich zusammensackte, mit dem Kopf auf dem Steinboden aufschlagen würde.

»Ich bin gleich wieder zurück«, flüsterte er Carola zu und reichte ihr das Kind. Draußen im Freien öffnete er den Hemdkragen, lockerte seine Krawatte und versuchte, ruhig und gleichmäßig tief durchzuatmen. Luft, dachte er, Luft, Luft! Ich kann doch nicht einfach hier umfallen? Er faßte sich an die Brust, ging langsam, Schritt für Schritt, auf und ab. Neben der kleinen Kirche war ein Friedhof. Er sah die Grabsteine, dachte, während er ging, daran, nicht sterben zu müssen, nein, bitte nicht, noch nicht gleich, nicht heute, nicht jetzt! Er bettelte seinen Körper an, sich zusammenzureißen. Er atmete, als müsse er für jeden Atemzug ein Honorar entrichten, und wollte dafür soviel Luft wie möglich in die Lungen bekommen. Schlecht war ihm nicht, nicht schlechter als an anderen Tagen, wenn er einen Kater hatte.

Er dachte an die Taufe, die in der Kirche ohne ihn weiterging. Schon beim Gedanken, wieder hinein zu müssen, überfiel ihn Angst, Platzangst, Todesangst. Noch immer raste sein Kreislauf. Er fühlte nichts als eisige, frostige Kälte in Händen und Füßen.

Neben der Kirche entdeckte er einen Brunnen, krempelte die Ärmel hoch, tauchte beide Arme ins Wasser, kühlte seine Schläfen, rieb das Wasser gegen seine Stirn und zählte die Minuten, bis die Taufe vorbei war. Als er Carola endlich aus der Kirche kommen sah, nahm er sie zur Seite. »Sag, daß ich nachkomme. Ich muß mich noch etwas an der frischen Luft bewegen.«

Er lief auf die Straße und versuchte, sich ausschließlich auf sein Atmen zu konzentrieren. Auf der anderen Straßenseite entdeckte er ein Reformhaus, stürzte in den Laden, suchte die Regale nach Flaschen ab, entdeckte Sekt, öffnete ihn und trank. Er trank, soviel er konnte. Dann mußte er rülpsen. Sofort war ihm wohler.

»Der kotzt gleich«, tuschelte ein älterer Herr.

»Passen Sie auf, daß Sie seine Personalien haben, bevor er hier alles vollkotzt«, schimpfte ein anderer Kunde.

Johnny hatte die Flasche ausgetrunken, als der Ladenbesitzer ankam und sich sowohl sein Benehmen wie die Art seiner Selbstbedienung verbat. Johnny stieß ihn zur Seite, legte fünfzig Mark auf die Kasse, nahm eine zweite Flasche vom Regal und verließ das Reformhaus.

Langsam ging er die Isar entlang, trank hin und wieder einen Schluck und versuchte zu rülpsen.

Als Carola am Nachmittag von der Taufe nach Hause kam, stand er unter der Dusche. »Soll ich dich nicht doch ins Krankenhaus fahren?«

»Es geht schon wieder.«

»Du mußt dich gründlich untersuchen lassen, Johnny.« Ihre Besorgnis war aufrichtig, denn sie wußte, daß er sein Leben nicht einmal jetzt ändern würde. Er würde arbeiten wie bisher, sich vergnügen wie üblich, weiter in der Welt herumfliegen, in welchen Angelegenheiten auch immer, mit wem auch immer neben sich.

Es war Inge, die ihn jetzt begleitete, ein junges, natürlich wirkendes, immer gutgelauntes Mädchen, das er eines Nachts auf der Tanzfläche einer Disko gesehen hatte. Er war sofort verliebt gewesen. Mit ihr war er fern aller Dramen, Tränen und Szenen. Die mondäne Gesellschaft, an die er sich gewöhnt hatte, erschien ihm, seit er sie kannte, noch lächerlicher. Inge war genau, was er jetzt brauchte, ein Ruhekissen, ein Kind, ein Engel! Ein zärtlicher Freund! Ein Kumpel war sie auch! Während alle Frauen sich mit ihm zeigen wollten, wollte sich Inge mit ihm verstecken! Sie bedankte sich, auch wenn er nur ihre Hamburger zahlte! In seinen Rolls-Royce stieg sie erst gar nicht ein, was Johnny veranlaßte, ihn zu verkaufen. Keine andere hätte es geschafft, daß er sich ein Fahrrad kaufte. Es stellte sich heraus, daß sie auch andere schätzenswerte Eigenschaften besaß. Sie war immer da, wenn er sie brauchte, war mit allem, was er vorschlug, einverstanden – und staunte, daß sich einer wie er in ein Mädchen wie sie verguckt hatte.

Auf dem Heimweg von Schliersee, wo er mit ihr seine Mutter und Onkel Werner besucht hatte, fuhren sie durch ein Waldstück. Er nahm den Fuß vom Gas, bog beim nächsten Waldweg ab und hielt an. Motor aus, Scheinwerfer aus.

Johnny stieg aus, steckte die Hände in die Hosentaschen und ging den Waldweg entlang, dachte an geklaute Autos, die er ohne Führerschein gefahren war, erinnerte sich an die Angst, einen Büstenhalter nicht schnell genug oder überhaupt nicht aufzukriegen, an die Polizei, die einen erwischen konnte, an die Strafe, die alles, was man anstellte, so aufregend machte, dachte an sein Herzklopfen, die kalten Hände, die Küsse.

Inge war nackt, als er zurückkam. Das waren Geistesblitze nach seinem Geschmack. Als Liebespaar waren sie beschämend unkompliziert; sie waren nicht die Verdammten einer tödlichen Leidenschaft und hatten auch keinerlei Verlangen danach, es zu werden. Johnny hatte es gerade hinter sich, und Inge schaute sich Schmachtfetzen lieber mit einer Freundin im Kino an.

Ines war die letzte, die staunte, als sie von der neuen Affäre erfuhr. »Mal was Niedliches zur Abwechslung«, lästerte sie und hielt sein Verhältnis für die typische Spätfolge seiner leidenschaftlichen Haßliebe zu Jackie.

Carola bat Johnny, als sie von seinem Verhältnis erfuhr, um die Trennung. Sie tat es nicht so energisch, wie sie das eigentlich vorgehabt hatte, weil sie Rücksicht nehmen wollte auf seinen Gesundheitszustand. Solange er nicht wieder völlig gesund war, wollte sie nicht ausziehen.

Verzweifelt wie er sich fühlte, war auch sein letzter Versuch, Carola zu halten; er teilte ihr in einem Ferngespräch aus Los Angeles mit, daß er sie heiraten werde. »Setz dich ins nächste Flugzeug, bitte, und komm her!«

Er lag gerade mit Inge im Bett, die sich aber nicht einmischte. Was Johnny am Telefon mit einer anderen, noch dazu mit seiner eigenen Frau besprach, wollte sie nicht beurteilen. Da war sie ganz das verheißungsvolle Kind einer neuen, unbeschwerten Zukunft – deren Gegenwart Johnny in vollen Zügen genoß.

Kaum war Carola in Los Angeles gelandet, flogen sie weiter nach Las Vegas, heirateten in einer der vielen Wedding Chapels, wobei Carola Mühe hatte, überhaupt noch die Augen aufzuhalten, und kehrten umgehend nach Los Angeles zurück. Schon zwei Stunden später war Carola fest eingeschlafen; sie befand sich auf dem Rückflug nach München.

Sie nahm ein großzügiges Geschenk mit: Johnny hatte das Haus in Herrsching zur Hälfte ihr überschrieben. Nun wohnten ihre Eltern zur Untermiete bei der eigenen Tochter und waren damit die ständige Sorge los, ausziehen zu müssen, wenn Carola und Johnny sich trennten.

Wie rücksichtslos er lebte, konnten sie jeden Tag in irgendeiner Zeitung lesen. Da sollte sich eine Mutter noch auskennen: Ihre Tochter lebte mit einem, der sie ständig betrog, und trotzdem wurde sie böse, sobald jemand auch nur ein Wort der Kritik darüber verlor.

»Jetzt hat er dich also doch noch geheiratet?« fragte sie ungläubig.

»Ich nehme an, sein Steuerberater hat ihm das geraten.«

Die Mutter erschrak. »Sag so was nicht, Kind!«

Aber Carola lächelte. »Hätte ich nein sagen sollen?«

»Ruf sofort den Notarzt!« schrie er Carola an, als ihn wieder ein Anfall, dieses Mal mit besonderer Heftigkeit, überraschte.

Als der Wagen mit Blaulicht endlich in die Straße bog, war er schweißgebadet. »Fahren Sie mich sofort ins nächste Krankenhaus, ich bin schon am Krepieren und brauch endlich meine Spritze.«

Es war eng im Auto, und Johnny bekam keine Luft. Sein Puls raste wieder. »Sag ihnen, sie sollen schneller fahren.«

Carola faßte seine Hand. »Wir sind gleich da!«

Es erschien ihm wie eine Ewigkeit. Kaum hielt der Wagen, sprang er heraus und rannte ins Krankenhaus.

»Sind Sie der Kranke?« fragte ihn ein Mann in einem weißen Kittel.

»Machen Sie schnell, Mann. Gehen Sie!« Er schob den Arzt vor sich her.

Nach der Spritze fühlte er sich wohler, lehnte jede weitere Untersuchung ab und ließ sich von Carola nach Hause fahren. Das Problem war nun, wie er sie davon abhalten konnte, ihn gleich ins Bett zu packen. Ihre Fürsorge machte ihn erst richtig krank. Da er sie nicht verletzen wollte, schob er einen Termin vor, eine Verabredung mit Uwe. Dann fuhr er zu Inge, überprüfte bei ihr und auf ihr die ihm verbliebene Kraft – und schlief zufrieden ein.

Inge verstand nicht, was er für ein Mensch war, aber sie wußte, daß er zu schade war, um sich in ihn unsterblich zu verlieben. Sie rief nie im Büro und schon gar nicht bei ihm zu Hause an und gab ihm so das Gefühl, sie existiere nur, wenn er an sie dachte.

Wie nicht anders zu erwarten, war Inge heftiger in Johnny verliebt, als sie das vorgehabt hatte. Da er sich lange nicht mehr bei ihr gemeldet hatte, versuchte sie ihn im Büro zu erreichen.

Seine Stimme klang abwesend. Zwei Tage zuvor hatte der Bayerische Verwaltungsgerichtshof die Beschwerde gegen eine Schließung der Peep-Show unwiderruflich abgelehnt. Er war die letzten Tage und Nächte nur damit beschäftigt gewesen, zu retten, was längst verloren war, hatte mit seinen Rechtsanwälten herumgestritten, die den Fall schon vor dem Urteil zu den Akten gelegt hatten, und mit Nick über Möglichkeiten nachgedacht, ob durch persönliche Gespräche noch etwas zu machen wäre – sie waren zu keinem Ergebnis gekommen. »Was gibt's, Inge?«

»Ich muß dich sehen.«

Da es nie seine Absicht gewesen war, sie einfach sitzenzulassen, war er einverstanden. Um ihr den Abschied nicht zu schwer zu machen, wollte er den ohnehin schon grundverschiedenen Charakter ihrer Lebenswelten nicht nur noch vergrößern, sondern ganz bewußt verzerren. Eine Mordstory als Kälteschock! Vielleicht würde sie dann leichter begreifen, daß er nicht unbedingt der Mann war, dem man Tränen nachweinen mußte.

Sie trafen sich in einem Studentenlokal, das sie mochten, weil sie dort niemand kannte, einer dieser modischen Treffpunkte, die bis in die Nacht Frühstück servieren.

Als Johnny mit der Geschichte anfing, erinnerte sich Inge. Sie hatte schließlich in allen Zeitungen gestanden. Nur wußte sie nicht, daß der Täter Johnnys Cousin war.

Johnny gab sich alle Mühe, seine Geschichte so beiläufig wie möglich zu erzählen. »Der Schwabl-Horst sitzt morgens um halb vier bei Hans im Bordell und trinkt. Dann erscheinen ein paar Rockertypen, die hin und wieder auftauchen, weil sie im Milieu bekannt sind. Sie saufen Bier. Und fangen an, sich mit dem Schwabl-Horst anzulegen. Zuerst nur, um sich die Zeit zu vertreiben. Da gab natürlich ein Wort das andere, wie das so ist. Der eine sagt was, und plötzlich wird es ernst. Und der Schwabl-Horst, der an sich, wenn er was getrunken hat, brandgefährlich ist, wird aufgemischt. Dann geht er raus auf den Flur, schickt seine Freundin nach Hause, um seine Neunmillimeter zu holen. An der Bar geht die Party unterdessen weiter. Schwabl-Horst setzt sich hin, trinkt weiter und wartet, während ihn alle hänseln, auf die Pistole. Dann kommt das Mädchen. Irgendwie steckt sie ihm das Ding zu. Na ja, und mitten in irgendsoein blödes Lachen hinein zieht der Schwabl-Horst seine Kanone und hält sie einem unter die Nase. Dann sagt er: So, jetzt lachen wir noch mal, aber jetzt lachst du mal zur Abwechslung über dich. Dann befiehlt er ihm hinzuknien, steckt ihm seine Kanone in den Mund, sagt ›Auf Wiedersehen‹ und drückt ab.«

Inge war unfähig, sich das vorzustellen.

»Dem lief die ganze Gehirnmasse über den Anzug.« Johnny fand, es konnte nicht schaden, wenn Inge alle Lust verlor, jemals wieder mit ihm schlafen zu wollen.

Sie starrte vor sich hin auf den Tisch und malte in eine Bierpfütze Kreise mit ihrem Zeigefinger. »Ihr müßt alle irgendwie ziemlich krank sein.«

Als sie dann aufschaute, entdeckte Johnny in ihrem Blick Anzeichen dafür, daß er an Sympathie eingebüßt hatte. »Das ist nicht ganz deine Welt, was?« grinste er.

»Und was geschieht mit ihm jetzt?«

Er lachte. »Zehn Jahre Knast, wenn er Glück hat.«

Ein paar Monate später öffnete er einen blauen Briefumschlag. »Lieber Johnny«, stand da, »krieg bitte keinen Schreck, aber ich bin schwanger!« Der Schreck fuhr ihm trotzdem bis unter die Fingernägel. »Ich freue mich wahnsinnig auf mein Baby, auch wenn ich den Kerl, der es mir angedreht hat, nach zwei Wochen rausgeschmissen habe.« Johnny las den Satz zur Sicherheit gleich zweimal, erst dann war er erleichtert.

20

Johnny saß im Büro, hatte die Beine auf dem Tisch, trank Kaffee und las die Post. Wie immer handelte es sich um eine Auswahl, da er sich auf Geschriebenes schlecht konzentrieren konnte. Er überflog ein paar Angebote, Beteiligungen an Spielcasinos in der Türkei, in Jugoslawien, Belgien und auf Gran Canaria. Überall wurden Hotels gebaut, und immer war deutsches Geld im Spiel; für die meisten, die dort ihr Vermögen investierten, war die Idee eines Casinos zwar nicht neu, aber sie waren zu unerfahren oder brauchten einen finanzstarken und kompetenten Partner. Deshalb kamen sie zu ihm. Er war zudem der Garant, daß ihnen die Unterwelt vom Hals blieb.

Er besprach alles mit Dahn, entwickelte aber keinerlei Begeisterung. Sein Interesse galt einem neuen, eigenen Projekt.

»Ruf Fritz an, er soll rüberkommen!«

Fritz Demuth war nicht nur Johnnys Steuerberater, sondern längst auch ein persönlicher Freund; er hatte sein Büro in der Schillerstraße und kannte dort die Verhältnisse.

Während sie auf ihn warteten, erläuterte Johnny seine Vorstellungen. Schluß mit den schäbigen Schmuddelkinos. Er wollte einen Palast hinstellen, ein helles, leuchtendes und mit allem Komfort ausgestattetes Großkino, fünf oder sechs Kinos unter einem Dach.

Nick drehte an seinem Ring. Das tat er immer, wenn er noch nicht alles begriffen hatte. »Gut und schön, aber wie willst du an die Kinos rankommen?«

»Ehrlich gesagt, Nick, weiß ich das auch nicht.«

Als Demuth im Büro erschien, wollte Johnny wissen, wem das Grundstück gehört.

»Einem Dr. Schwartau.«

»Und wer ist das?«

»Irgendein hohes Tier bei der Deutschen Bank, Abteilungsleiter oder so was.«

»Bring alles über den Mann in Erfahrung, Fritz, weil ich mir die beiden Kinos unter den Nagel reißen will.«

Demuth nahm Neuigkeiten immer ungerührt zur Kenntnis, er war gewohnt, daß Johnny jeden Tag welche hatte. »Dann mußt du das ganze Haus kaufen.«

»Das habe ich auch vor. Deshalb brauche ich Informationen über den Mann.«

Demuth stand auf und schob den Gürtel über seinen Bauch. »Sonst noch was?«

»Das wär's.«

Den Abend verbrachte Johnny zu Hause und dachte nach, wie er diesen Dr. Schwartau dazu bringen konnte, sich möglichst schnell von seinem Eigentum zu trennen, als Demuth zurückrief.

Johnny erfuhr nicht viel. Dr. Schwartau war Bankdirektor, verheiratet, Vater einer erwachsenen Tochter und das, was man gutbürgerlich nennt. Ein unbescholtener Mann.

»Und was hat der Mann für Hobbys?«

»Fährt am Wochenende zum Wandern, hat am Starnberger See ein kleines Segelboot und geht ab und zu in die Oper.«

»Paß auf, Fritz, ruf den Mann einfach an und mach ihm ein Angebot für die Kinos, sag ihm aber unter keinen Umständen, daß ich das Haus kaufen will.«

»Und zu welchem Preis gilt das Angebot?«

»Elf Millionen.«

Als Demuth den Betrag hörte, wollte er wissen, wie er auf genau diese Summe komme.

»Weil das Haus einen Schätzwert von dreizehn Millionen hat.«

Genau für diese Summe war Dr. Schwartau bereit, über einen Verkauf seines Grundstücks mit sich reden zu lassen, betonte allerdings, daß er noch unschlüssig sei und nicht unbedingt und um jeden Preis verkaufen wolle.

»Na gut, dann müssen wir eben nachhelfen«, entschied Johnny.

Als ihn Carola im Büro anrief, fiel plötzlich der Groschen! Hatte Romy, seine Haushälterin, nicht gestern geweint, weil alle Leute sie schief anschauten, weil sie bei einem Mann angestellt war, der sein Geld mit Sexkinos, Videokabinen und Spielhallen verdiente?

»Sag mal, Nick, wenn dieser Dr. Schwartau so ein angesehener und stinksolider Mann ist, dann kann ihm eigentlich doch nicht gleichgültig sein, was die Leute über ihn denken. Stimmt doch, oder?«

»Das kommt auf die betreffende Person an.«

»Ich weiß doch aus eigener Erfahrung, daß es nicht gerade von Vorteil ist, wenn die Leute erfahren, womit ich mein Geld verdiene.«

Er rief Demuth an.

»Weiß eigentlich jemand, daß diesem Schwartau ein Haus gehört, in dem Pornofilme laufen?«

»Keine Ahnung. Ich nehme nur an, daß er das nicht gerade an die große Glocke hängt.«

»Dann tun wir das eben!«

Zwei Wochen später stand »Don Giovanni« auf dem Programm des Nationaltheaters. Dahn liebte die Musik Mozarts, saß aber heute aus anderen Gründen im Publikum. Bei sich hatte er einen Komplizen, der beruflich mit Dr. Schwartau zwar nichts zu tun hatte, ihn aber vom Segeln her kannte und gegen Geld bereit war, die Bombe hochgehen zu lassen.

»Ah, Herr Vohwinkel!« rief Dr. Schwartau aus, als er sich während der Pause zu ihm gesellte. Er stellte ihm seine Gattin und ein paar seiner Bekannten vor, die sich angeregt über die Inszenierung unterhielten. Sie plauderten zuerst ein wenig, dann schien Vohwinkel der Augenblick günstig. »Wissen Sie, was mich heute einer daußen in Starnberg gefragt hat?«

Dr. Schwartau schüttelte den Kopf. »Schießen Sie los?«

»Ob ich den Schwartau kenne, den Porno-Schwartau!«

Die gerade noch vergnügte Unterhaltung brach mit einem Schlag ab.

»Das ist wohl ein Scherz?« Dr. Schwartau zwang sich, seine Beherrschung nicht zu verlieren. Dann nahm er seinen Bekannten zu Seite. »Sind Sie eigentlich übergeschnappt, hier vor meiner Frau und meinen Freunden?«

Dahn stand nur ein paar Schritte entfernt. Den Rest der Mozart-

Oper schenkte er sich. Er rief statt dessen Johnny an, der im Büro gewartet hatte. »Jetzt hast du ihn auf dem Silbertablett.«

Die Verhandlungen waren unkompliziert, weil Dr. Schwartau das Grundstück jetzt so rasch wie möglich loswerden wollte.

Johnny spielte den Ahnungslosen. »Es geht mich zwar nichts an, aber wie kommt es eigentlich, daß Sie plötzlich zum Verkauf bereit sind?«

Dr. Schwartau spielte seinerseits, und zwar den fürsorglichen Vater. Er sprach von seiner Tochter, die gerade geheiratet hatte und sich ein Bauernhaus kaufen wollte. »Da kommt dann doch nur der Verkauf meines Grundstücks in Frage.« Sie einigten sich ziemlich schnell auf annähernd zehn Millionen, nachdem Johnny den baulichen Zustand – »die Bausubstanz«, einen Ausdruck, den er sich vorher genau eingeprägt hatte – bemängelt hatte. Dr. Schwartau hatte längst nicht mehr genug Härte und Konzentration, um dagegenhalten zu können.

Johnny bat darum, die Verträge sofort aufsetzen und unterschreiben zu lassen. Dr. Schwartau bedauerte. »Leider muß ich noch heute auf eine Geschäftsreise. Wir erledigen das, wenn ich nächste Woche wieder in München bin.«

Als Johnny nach einer Woche erfuhr, daß ihn ein Herr Rogoski, ein Spielzeugfabrikant aus Hof, inzwischen um eine Million überboten hatte, packte ihn die Wut. Nicht einmal die Autofahrt von zwei Stunden konnte ihn beruhigen. Demuth versuchte, ohne jeden Erfolg, ihm auszureden, den Mann zu bedrohen oder zu beschimpfen. »Ich weiß, wie man verhandelt, glaub mir«, beschwichtigte ihn Johnny.

Rogoski bewohnte eine Villa mit Säulen zu beiden Seiten des Eingangs. Von seinen Besuchern war er einigermaßen überrascht, bat sie aber herein und ließ sich ihr Anliegen vortragen. Johnny lehnte es ab, sich zu setzen. »Es wird nicht lange dauern«, drohte er und fing an, Rogoski aufzuspießen. »Ich bemühe mich nun seit geraumer Zeit um das Grundstück. Ich habe mit dem Hauseigentümer lange Verhandlungen geführt. Er war zuerst gar nicht bereit, überhaupt zu verkaufen. Das habe ich ihm dann irgendwie ausgeredet, und wir waren uns einig. Und heute früh erfahre ich nun, daß sie mich überboten haben. Sie glauben doch nicht, daß ich mir das gefallen lasse.«

»Was finden Sie daran eigentlich anstößig, daß ich mehr als Sie geboten habe?«

Rogoski machte es sich in seinem Stuhl gemütlich. Er besaß eine große Fabrik, beschäftigte rund sechshundert Mitarbeiter und war wohlhabend. »Junger Mann, Sie werden doch Verständnis dafür haben, daß ich an einem Haus interessiert bin, das direkt neben meinem Hotel liegt?«

»Na gut«, sagte Johnny, »und mich interessiert das Haus nur, weil ich die Kinos haben will.«

»Sind die nicht schon vermietet?«

»Das schon, aber ist nicht jeder Vertrag kündbar?«

»Ah, ich verstehe«, sagte Rogoski. »Wollen Sie nicht doch erst einmal Platz nehmen?«

»Nein. Aber ich kann Ihnen erzählen, warum Sie gegen mich keine Chance haben.«

»Ich höre«, sagte Rogoski.

»Weil ich nämlich in fünf Minuten, hier von Ihrem Telefon aus, Dr. Schwartau anrufe, und meinerseits den Kaufpreis noch einmal um eine Million erhöhen werde.«

Demuth hatte dem Gespräch zuerst mit gemischten Gefühlen zugehört. Was Johnny tat, schien ihm unklug. Er war aggressiv, überheblich und ungeduldig. Als er jetzt allerdings Rogoskis Gesichtsausdruck sah, änderte er seine Meinung. Sein Grinsen war verschwunden. »Sie wollen eine Million mehr zahlen?«

Johnny nickte.

»Und was tun Sie, wenn ich Sie noch einmal überbiete?«

Wieder antwortete Johnny nicht.

»Sie sind ein harter Brocken, junger Mann. Kompliment.«

Johnny wußte, daß er das Spiel gewonnen hatte.

»Wie, zum Teufel, konntest du deiner Sache so sicher sein?« wollte Demuth auf dem Rückweg wissen. »Was, wenn er ebenfalls erhöht hätte?«

»Der Schuppen, in dem ich in der Goethestraße angefangen habe, gehörte auch einem Juden; der hat mir beigebracht, wie Geschäfte gemacht werden.«

»Dann hattest du nie vor, die Million wirklich hinzulegen?«

»Natürlich nicht! Wichtig war nur, daß er mir das zutraut.«

Fünftes Buch

Geld ist nichts

»Mach mich keusch, o Herr, doch nicht sofort.«
W. H. Auden

1

Auf dem Flug nach Los Angeles hatte er sonst nie Schwierigkeiten gehabt, einzuschlafen. Wenn eine Flasche Rotwein zu wenig war, leerte er eine zweite, teilte der Stewardeß mit, daß sie ihn weder wegen der Mahlzeiten noch wegen eines Spielfilms zu wecken brauchte, und schlief ein. Er war ohnehin meistens hundemüde, wenn er endlich in der Maschine saß, weil er die Angewohnheit nicht loswurde, die Nächte davor durchzumachen. Auch diesmal holte er nach, was er immer wieder verschoben hatte: sich Dahns Sorgen wegen seiner Gesundheit anzuhören, ein privates Gespräch mit Anni, die längst wieder nach München zurückgekehrt war, sich mit Johnny getroffen hatte und von ihm sofort eine Anstellung erhielt, die sie nie mehr kündigte; als Frau war sie eine Freundin geworden, und als Mutter seines nunmehr erwachsenen Sohnes für alle eine Respektsperson, ein Drink mit Elke, seiner Sekretärin, das versprochene Abendessen mit Carola, zu dem er allerdings auch noch Ines und Heidi eingeladen hatte. Carola war es recht, Ines hatte es ihr bereits am Nachmittag am Telefon erzählt, daß wieder ein Familientreffen geplant war. Auch Inge kam noch, um ihm die neuesten Fotos seines Patenkindes zu zeigen.

Daß er gutgelaunt war, hatte handfestere Gründe. Zum einen hatte ihn erst vor zwei Tagen sein Arzt informiert, daß seine Werte als normal bezeichnet werden konnten. Zum anderen war gerade ein Buch auf dem Markt erschienen, das sich mit der »organisierten Kriminalität« in der Bundesrepublik auseinandersetzte. Er hatte zuerst nach einem Register gesucht, damit er seinen Namen finden konnte; da es keines gab, blätterte er herum; als ihm auch das zu blöde wurde, begann er zu lesen. »Seit 1970«, stand da, »zählt sich der Mob von Hamburg mit Fug und Recht zum organisierten

Verbrechen.« Johnny beruhigte sich erst wieder, als er fand, was er gesucht hatte. »Mit dem organisierten Verbrechen hat Berger, laut Auskunft der Münchner Polizei, ›überhaupt nichts‹ zu tun. ›Der ist außerdem schon im Austrag‹, sagt ein in diesem Bereich tätiger Ermittler.«

Die beiden Gründe, die seine Laune gebessert hatten, erschienen ihm zudem wie ein dicker Schlußstrich unter sein Leben. Damit war er fertig! Nun wollte er etwas Neues beginnen, etwas, das ihn ebenso faszinieren müßte! Er hatte diesem Gedanken oft nachgehangen, dabei war ihm aber immer schnell ärgerlich zumute. Was sollte noch kommen, was faszinierender sein konnte als sein Leben in Hamburg und die ersten Jahre in München? Er schob den Gedanken zur Seite, merkte aber, daß er hartnäckig zurückkehrte. Er wurde ihn nicht los, nicht, wenn er nicht, wie gerade jetzt, mindestens ein halbes Dutzend seiner Familienmitglieder zur Zerstreuung um sich hatte!

Er war ein Alleskönner, wenn es darum ging, die Geliebten seines Lebens an einem gemeinsamen Tisch zu unterhalten. Da schmeckte selbst der Champagner, den er, seit er mehr und mehr Zeit in Los Angeles verbrachte, nur noch mit sehr viel Eis trank. »Das machen die drüben so«, erklärte er freudestrahlend und gab nicht eher Ruhe, bis jeder das Glas voller Eiswürfel hatte.

»Na gut«, maulte Ines mit der Nachsicht einer Frau von Welt, »man kann Champagner zwar auch trinken, aber wenn du ihn unbedingt saufen willst.«

Johnny war zu gut gelaunt, sich über ihre Bosheit zu ärgern. In ein paar Stunden war er sie ohnehin los, Ines und alle übrigen auch. Drüben warteten andere, andere Freunde, andere Frauen.

Ines war die einzige am Tisch, die informiert war, was seine neue Affäre betraf, das Starlet Disney Poloni. In ihren Augen war sie eine Null, hübsch anzusehen, aber eine Null, dürr, dumm und eingebildet, was sie aber für sich behielt, weil sie Carola nicht kränken wollte. Trotzdem war sie selbstbewußt genug, wenn sie allein waren, kein Blatt vor den Mund zu nehmen. »Schade, daß du dich mit der zweiten Garnitur abgibst«, hatte sie Johnny an den Kopf geworfen, als er mit übertriebener Begeisterung den Namen erwähnte. »Die typische Blondine mit schwarzen Haaren in der Nase.«

Er war nicht dazu aufgelegt, von der honigsüßen Wildheit dieses Geschöpfs, ihrer hündischen Unanständigkeit zu erzählen. Sie war ihm vor zwei Monaten im Hotel Park Hilton vorgestellt worden, als er dort eine Boxgala veranstaltet und sie als sein Stargast am Ring gesessen hatte.

»Der gefällt mir!« hatte sie geschwärmt. Die für prominente Hotelgäste zuständige PR-Dame konnte ihr das nachfühlen. Für diesen Abend allerdings machte sie ihr wenig Hoffnungen. Er würde sich nach Ende der Veranstaltung mit seinen Freunden in eine Suite zurückziehen und Karten spielen. Sie schlug ihr vor, ihn in Los Angeles zu treffen.

Sollte Ines glauben, was sie wollte. Ihn interessierte an Miss Poloni am allerwenigsten, daß sie ein Filmstar war. Mochte sie auf der Leinwand wer sein, wer war sie auf dem Leintuch?

Ines war nachsichtig. Für sie hieß das Stück: Wie angelt man sich einen Millionär? und war längst eine Klamotte. Daß er den Hals nicht vollkriegte, gönnte sie ihm um so mehr, als ihre Zuversicht, ihm vornehmere Interessen einreden zu können, aufgebraucht war. Ihre Sticheleien konnte sie trotzdem nicht lassen. In Venedig, hatte sie ihm erst am Nachmittag vorgeschwärmt, war gerade eine Tizian-Ausstellung eröffnet worden. Das Geld, hinzufliegen und im »Gritti« abzusteigen, hatte er. Was konnte es schaden, wenn er einmal in seinem Leben eine Stunde in einem Museum zubrachte?

»Tizian? So hieß ein Pferd, das ich mal kaufen wollte.«

»Alle Welt fährt dorthin.«

»Ganz Krethi und Plethi aus Paris?«

»Du kannst dich ja in ›Harry's Bar‹ zurückziehen und Champagner mit viel Eis saufen.« Ines war, wenn sie gute Laune hatte, gern frech.

Johnny entging nicht, daß auch Carola in der Erwartung, ihn für einige Zeit los zu sein, munter wurde. Er war, das wußte er selbst am besten, anstrengend – und das nicht nur, wenn er unzufrieden war oder unter Druck stand. Wie Ines fand, war er rund um die Uhr eigentlich ein Pflegefall.

»Verstehst du, Carola«, konnte sie loslegen, wenn sie allein zusammensaßen, »er ist doch schon seit Jahren nur noch einer, der sich langweilt. Alles ist längst gelaufen, alles wiederholt sich doch nur noch! Es passiert nichts mehr, was ihn wirklich interessiert. Wann hast du ihn das letzte Mal lachen gesehen? Er leidet selbst am meisten darunter, wie schnell ihn alles anödet. Deshalb will er sich zweimal am Tag das Rauchen abgewöhnen, schreit herum, wenn sein Tennishemd nicht gebügelt ist, und wird böse, weil er sich nicht entscheiden kann, ob er den Sommer in Hawaii, Griechenland oder St-Tropez verbringen soll. Er hat nichts zu tun, als jede Nacht mit seinen Freunden Geschichten von früher aufzuwärmen. Immer die gleichen Gesichter, die gleichen Lokale, der gleiche Tisch, immer die gleichen Witze und jede Nacht die Hoffnung, daß die Tür aufgeht und ein junges Ding hereinkommt, mit der er ins Auto steigen und über den Brenner nach Como oder Positano in eines der Superhotels rauschen kann. Hat er sonstwas zu tun? Er trifft seinen Vermögensverwalter, besucht seine Mutter, und die übrige Zeit ist er schlecht gelaunt. Bücher liest er nicht, ins Kino geht er nicht, Musik interessiert ihn nicht, mal abgesehen von seinem Rock 'n' Roll. Warum, denkst du, fliegt er sooft nach Los Angeles, hmm? Um nicht eingeholt zu werden von der Erkenntnis, daß sein Schicksal vorbei ist, sein Leben aber weitergeht.«

Carola wußte, wie recht sie hatte. Ines sprach aus, was sie selbst beschäftigte. Mit Johnny reden? Worüber, hätte er gefragt, und den Kummer, den sie hatte, weil sie sich Sorgen um ihn machte, ihr angelastet. Lief nicht alles gut? Er war wieder gesund, verdiente haufenweise Geld, hatte seine Freunde und weit und breit keine Konkurrenz. Selbst die Stadt ließ ihn in Ruhe. Der Krieg mit Dr. Kohler war auch beendet; mit manchen seiner Beamten wechselte Johnny, wenn er ihnen begegnete, inzwischen sogar Freundlichkeiten.

Johnny ahnte nicht, daß mit der Ruhe auch die Langeweile zurückkehrte. Er war nicht mehr hungrig genug, immer neue Betriebe aufzukaufen oder bauen zu lassen. Sein Appetit war gestillt. Natürlich, hin und wieder in ein Auslandsgeschäft einzusteigen, war nach wie vor interessant. Aber der Kampf war aus. Er konnte die Hände in den Schoß legen. Genau dieser Zustand war es, der ihm keine Ruhe ließ. Der Straßenjunge war ein Ideal, dem er nachtrauerte. Wie ein Verrückter war er nun um seine Gesundheit besorgt, weil er fühlte, daß er vor die Hunde ging, entwurzelt in einer Welt, die er nicht begriff, mit guten Gründen sogar verachtet hatte.

»Schau dir doch seine Jungs an. Geschäftsleute, richtig mit Schlips, Seidenhemden und Maßanzügen. Arno geht im Sommer segeln und fährt im Winter mit Familie nach Arosa. Hans geht auf die Jagd. Sie fahren die teuersten Schlitten und haben sich längst daran gewöhnt, mit dem Monatseinkommen eines Generaldirektors zu leben. Schau dir ihre Bäuche an. Alles Jungs aus dem Milieu. Wenn Johnny überhaupt noch etwas Sorgen macht, dann sind es seine Haare.«

Ja, dachte Carola, es stimmte. Neulich war er mit ihr zu seinem Bauernhof nach Oberfinning gefahren, um Xare und dessen Frau Karin zu besuchen, Steckerlfisch zu essen, am Holztisch neben dem Maibaum eine Maß Bier zu trinken und anschließend eine Rundfahrt mit seiner alten Pferdekutsche zu machen. Am Dorfausgang sahen sie ein Pärchen stehen, das sich, einander ruhig haltend, küßte. Wie schön, dachte Carola. Daneben, in einer Hofeinfahrt, döste ein Hund im Schatten, ein richtiger Köter, struppig, verfloht und zufrieden vor lauter Trägheit. »Wie ich den beneide«, hatte Johnny gesagt.

Er war dabei, sich selbst auf die Nerven zu gehen. Er, den die Zeitungen respektlos »der Pate« nannten, der, wie sie geschrieben hatten, »heute in Kalifornien und Nevada die Millionenprofite seiner internationalen Geschäfte einstreicht – angeblich alles Glücksspielgewinne seiner US-Spielhöllen«. Wenn er jemals den einen einzigen Tag herbeigesehnt hatte, der ein ganzes Leben wert war, dann mußte er weit zurückdenken: an das Gefühl, sich mit der flachen Hand vorsichtig über die Haartolle zu streichen, statt dem Richter zu antworten, die Genugtuung, zwanzig Jahre später die eigenen Rechtsanwälte zu belehren oder die Befriedigung nach dem gewonnenen Prozeß. Das waren Siege, die gefeiert waren. Was Carola jetzt in die Alben klebte, waren Ferienfotos.

Heidi, seine treue Komplizin, blieb bis zum Schluß, bis Johnny genug hatte. Genug geraucht, genug getrunken, genug geredet. Mit ihr war selbst das Schweigen schön. Keine Frau, die er kannte, verstand so gut, worüber er mit keiner Frau sprach. Seine Müdigkeit, seinen Überdruß, seine Einsamkeit. Die Orkanstärke seiner Existenz hatte Erinnerungswert. Da saß er, selbst noch immer ein Orkan, und wartete auf die Flucht nach Los Angeles. Weil er rauchen wollte, aber Zigaretten ihm nicht mehr schmeckten, ließ er sich eine Zigarre bringen. Er entnahm sie einem Holzkästchen. »Laß das hier stehen«, bat er den Kellner, betrachtete es, strich mit der Hand darüber und dachte an die Zeit, als er sein Geld noch in so einer Kiste aufbewahrt hatte. Die Geldscheine hatte er glattgestrichen, gezählt, wieder glattgestrichen und wieder gezählt, bevor er sie hineinlegte. Sein erstes richtiges Geld.

Die gute Laune, die er den ganzen Abend über hatte, ließ eine beunruhigende Leere zurück. In diesem Vakuum würde er in spätestens fünfzehn Stunden seine Kräfte vergeuden, und das nur, weil es keinen anderen Weg gab, dem Verlangen nach einer Frau zu widerstehen.

»Macht es noch Spaß?«

Johnny zog an seiner Zigarre und weigerte sich, darüber nachzudenken. Jede Antwort wäre gleich falsch. »Wenn nicht«, sagte er schließlich, »betrinke ich mich eben so lange, bis es Spaß macht.«

»Klingt angeschlagen!«

Er gab ihr recht. »Auf manche Frauen wirkt gerade das anziehend, ein Kerl, der zu müde ist, um sich bluffen zu lassen. Dem läuft aber dann garantiert am nächsten Abend eine über den Weg, die Mineralwasser trinkt, die Sonnenbrille nicht abnimmt und vor ihm die Bar verläßt. Sie weiß, was er tun wird: den Kellner rufen und zahlen. Sie wartet nicht vor der Tür, sie steht in einer Nebenstraße. Auch so ein Bluff.«

»Laß sie die Sonnenbrille abnehmen, was dann?«

»Was dann? Weiß ich auch nicht. Wahrscheinlich sollte man einfach sitzenbleiben und weitersaufen.«

Als er gegen vier Uhr früh nach Hause kam, war Carola damit beschäftigt, seine Sachen zusammenzupacken.

Er ließ sich ein Bad einlaufen. Dann weckte er Arno, um ihm mitzuteilen, daß er ab sofort aufhören werde, weiter Geld in einen Boxer zu investieren, der nicht die richtige Einstellung zu seinem Beruf fand. »Mehr als dreißig Profikämpfe sind genug. Es reicht mir. Sag Deska, er soll allein weitermachen.«

Dann stieg er in die Wanne, duschte sich danach kalt ab, stieg auf die Waage und rief Carola, um sie zu fragen, ob irgendwas mit der Waage nicht in Ordnung sei, worauf sie mit einem Lächeln den Kopf schüttelte und ihn an die neun Kilo erinnerte, die er seit einem halben Jahr abnehmen wollte. »Dann stimmt die Waage?« fragte er, nahm den Bademantel und zog verärgert die Schlaufe fester. »Machst du mir Kaffee?«

Draußen wurde es langsam hell. Er legte sich auf die Couch, suchte die sechsunddreißig Programme seines Fernsehers ab, fand nichts, was ihn ablenkte, und wäre am liebsten gleich zum Flughafen gefahren. Noch immer quälte ihn die gleiche Leere wie vorhin, als Heidi die letzte war, die mit ihm sprach. Er hatte das Bedürfnis, Carola zu sagen, daß er sie liebte. Nicht, weil er mehr als sonst daran glaubte – er liebte sie wie seine vertrauteste, verständnisvollste Schwester –, sondern weil er sich davon Erleichterung versprach. Wenn es stimmte, daß Carola ein Engel war, dann hatte sie jedenfalls aufgehört, ihn erlösen zu wollen. Jetzt, in der unerträglichen Leere dieses Morgens, kam sie ihm noch vollkommener vor, noch reiner und duldsamer, aber sie war ihm endgültig entglitten. Sie war nicht mehr die unglückliche Carola. Ja, es schien sogar, als leide sie nicht einmal mehr. Alles, was sie ihm hatte mitteilen wollen, war gesagt. Gib mich frei, Johnny. Laß mich nach Hamburg zurückgehen. Sei ehrlich, wenn du dich wieder in eine andere Frau verliebst. Es beruhigte ihn, daß sie an seiner Ehrlichkeit nicht zweifelte. Die Sache mit Miss Poloni zählte nicht. Es war unnötig, jedes Vergnügen durch ein Geständnis hochzuspielen.

»Willst du nicht lieber Süßstoff?« Carola hatte die Tasse vor ihn hingestellt.

»Nein, Zucker!«

»Wenn du aber abnehmen willst?«

Er roch, daß sie wieder angefangen hatte, Parfüm zu benutzen. Zum erstenmal tauchte der Gedanke auf, daß sie längst in einen anderen verliebt war. Nicht in München, nein, hier würde sie zu ihm halten. Aber in Hamburg. Hatte sie ihm nicht damals von einem Schulfreund erzählt und war rot geworden, als er wissen wollte, warum sie ihn erwähnte?

»Setz dich«, sagte Johnny.

Außer den Amseln, die im Garten draußen lärmten, war noch kein Laut zu hören. Beide saßen sie da, als hielte ein unsichtbarer Dom sie gefangen, ein Ort, den Johnny mit kleinen, frivolen Sünden verband, wenn er besser aufgelegt war. Aber jetzt wurde ihre Verlassenheit deutlich, weil Carola einfach dasaß, ihn betrachtete und offenbar nicht vorhatte, das Gespräch zu beginnen. In diesem Augenblick hätte er beinahe gebetet, sie wieder begehren und lieben zu können. Er fühlte einen Schmerz, der deshalb so stark war, weil er einen Verlust ankündigte. Da saß die Frau, mit der er glücklich gewesen war, schöner als jemals und mit einem Ausdruck, der keine Boshaftigkeit kannte. Carola hatte kein Talent, verrückt zu spielen. Sie hatte sich entschieden, seine Frau zu sein. Also würde sie ihn den Zeitpunkt bestimmen lassen, wenn sie zu dieser Treue nicht mehr verpflichtet war.

Als hätte sie seine Gedanken erraten, lächelte sie ihn an. »Traurig würde mich nur machen, wenn du nicht ehrlich wärst, was dein Leben betrifft.«

Sie sprach nicht von ihrem, sondern von seinem Leben. Ist es möglich, dachte er, daß sie mich erst verlassen will, wenn sie überzeugt ist, ich könnte wieder glücklich werden? »Mein Fehler, daß ich es nicht anders kann.«

Sie hob die Augenbrauen. »Und deine Tricks?«

Jetzt mußte er lachen. »Aussichtslos, sie bei dir anzuwenden, wie du weißt.«

»Solange ich nicht selbst ganz genau weiß, was ich tun soll, außer erst mal nach Hamburg zu ziehen, habe ich gegen deine Überredungskünste nicht die geringste Chance. Bis heute jedenfalls nicht.«

»Heißt das, du weißt plötzlich, was du tun willst?« Konnte es sein, daß sie hoffte, es sogar herbeisehnte, er möge sich wieder verlieben? Er fragte sie.

»Nicht, daß ich hoffe, daß es passiert, Johnny. Was ich hoffe, ist: daß überhaupt etwas passiert. Daß ich für dich wieder etwas anderes bin als der Anlaß, Schuldgefühle zu haben. In jeder Geschichte kommt doch der Punkt, wo man sich entscheiden muß. Entweder der Faden reißt – oder wir zwei zerreißen ihn gemeinsam, was den Vorteil hat, daß wir wissen, wir beide haben es gewollt.«

»Klingt, als sei der Faden gerissen, ohne unsere Entscheidung.«

Carola lag auf der Zunge, einiges von dem zu wiederholen, was Ines so von sich gab, das mit dem zu Tode gelangweilten Mann. Aber es hätte die Stimmung zerstört, jetzt, wo er zum erstenmal überhaupt bereit war, ein paar vernünftige und persönliche Worte mit ihr zu reden. »Noch eine Tasse?«

»Her damit!«

Bis jetzt war er immer von der Nützlichkeit seines Vergnügens ausgegangen. Nun, während er Carola zuschaute, wie sie ihm den Kaffee einschenkte, war er im Zweifel, ob es überhaupt noch ein Vergnügen gab, das ihm den Vorteil garantierte, sich danach wohler zu fühlen. Sie hatte nie etwas gefordert, nicht einmal hin und wieder ein Vergnügen. Sicher, er hatte sie zu einer reichen Frau gemacht, weil er in Geld schwamm. Was immer er ihr vorenthalten hatte, eines war ihm jedenfalls gelungen: Carola war eine finanziell unabhängige Frau, die genug hatte, um sich von niemand mehr vorschreiben lassen zu müssen, was sie zu tun oder zu lassen hatte.

»Sei ehrlich, wenn es passiert, ja?«

»Du betest es förmlich herbei.« Warum wiederholte sie es?

»Ich bin gefangen, Johnny. Und will nicht, daß du dich auch noch verfängst.«

Ihm war, als triebe er wie ein morscher Baumstamm durch stilles, sumpfiges Wasser. »Verfängst?«

»Tu dir nicht selbst weh, Johnny, nur weil du spürst, daß ich diesen Schmerz kenne, so gut kenne, daß er keine Wirkung mehr hat, jedenfalls keine negative. Du hast mich schon damals verlassen, als wir diese dämliche Urkunde in Las Vegas unterschrieben haben. Der Zeitpunkt unserer Hochzeit war die Stunde unseres Abschieds.«

Ihm gefiel ihr Ton nicht, und noch weniger gefiel ihm, wie selbstsicher sie inzwischen geworden war. Fast hörte es sich an, als wollte sie ihn trösten. »Wer ist der Typ?«

»Wer?«

»Dein Schulfreund!«

Sie wurde weder rot noch nervös oder böse. »Ein Bauunternehmer.«

»Verheiratet?«

»Noch, ja.«

Wieder fühlte er diesen Schmerz, nicht viel mehr Schmerz, als ein einzelner Nadelstich auf einer Fingerkuppe auslöst. »Und, wird er sich scheiden lassen?«

Carola strahlte, als erinnere sie sich nach einem erholsamen Schlaf an schöne Träume. »Wird er, sobald meine Entscheidung feststeht.«

»Ist das sein Parfüm?«

»Du weißt nicht, wie gut das tut, daß es dir was ausmacht«, sagte sie. »Ich werde ihn dir rechtzeitig vorstellen. Natürlich ist er nicht wie du. Keiner wird jemals sein wie du. Ich will aber auch keinen mehr, wie du einer bist.« Sie war sichtlich erleichtert, daß sie es geschafft hatte, ihm seine Einmaligkeit bescheinigt, gleichzeitig aber auch einen Schlußstrich gezogen zu haben, einen Schlußstrich unter ihr gemeinsames Leben – und unter dieses Gespräch. Sie war müde. »Ich kann kaum noch die Augen aufhalten. Bist du mir sehr böse, wenn ich mich jetzt hinlege?«

»Wie spät ist es?«

»Sieben vorbei.«

»Und was soll ich allein bis neun machen?«

Carola setzte sich neben ihn, nah genug, daß er das Parfüm riechen konnte. »Aufhören, dir Vorwürfe zu machen. Du hast alles richtig gemacht. Du warst gut zu mir, immer. Und wenn du zurückkommst, bin ich hier.«

»Kann gut sein, daß ich mich erst einmal eine Weile in Kalifornien rumtreibe.«

Sie antwortete nichts mehr, gab ihm einen Kuß und stand auf.

Wie leicht es mir fällt, dachte er, hier die Tür hinter mir zuzuschlagen. Diese gottverdammte Luxuswohnung, die Carola, aber mehr noch Ines mit soviel Geduld und noch mehr Geld eingerichtet hatte.

2

Er schlief nicht ein, auch nicht nach der zweiten Flasche Rotwein, aber was machte das schon. Er genoß den Flug. Es gab nicht viele Augenblicke, die er so entspannt genießen konnte. Hinter ihm lag Europa, unter ihm der Atlantik, vor ihm das Vergnügen, wieder er selbst sein zu können.

Amerika war das richtige Pflaster. Hier fühlte er sich mehr als sonstwo auf der Welt zufrieden. Die Zeit, in der er nur aufgrund von Empfehlungsschreiben seiner Freunde in Las Vegas empfangen wurde, war vorbei. Er hatte schon in Europa genug erfolgreiche Menschen kennengelernt, aber hier waren sie amüsanter, zumindest weniger langweilig. Es gab wahre Ungeheuer des Erfolgs, die nicht aus uraltem Adel stammten, die Nase hoch trugen und ihn wie einen zweifelhaften Emporkömmling behandelten. Im Gegenteil, nichts brachte hier mehr Respekt ein, als seine Laufbahn mit weniger als ein paar lumpigen Dollars in der Tasche begonnen zu haben. Es gab hier Ehrfurcht vor der Energie, mit der einer den Weg zur Sonne suchte. Dieses Land war noch immer wild, roh und glaubte an einen Traum. So einer war auch er, ein Träumer, dem es jetzt vorkam, als kehre er in seine Kindheit zurück, in die Dunkelheit der Filmtheater. Hollywood, Sunset Boulevard! Er erinnerte sich, wie sehr er sich immer über die Fernsehserie »77 Sunset Strip« amüsiert hatte.

Ein langer Weg war das, vom Freßkorb mit Schleife bis zu den

Geldsummen, die auf seinen Konten lagerten. Deshalb bewunderte Johnny an seinen Freunden auch nicht die Macht ihrer Vermögen, sondern den Stolz, auch ohne diesen Aberglauben erfolgreich zu sein. Es gab Dollars, die einem Einfluß verschafften, und Dollars, die Eindruck machten.

Es gab in Los Angeles genug Kreuzungen, an denen man länger als üblich anhalten mußte und dann unweigerlich von dort bereits wartenden Schwarzen, Mexikanern oder Puertoricanern, die nichts weiter als eine Zeitung in der Hand hatten, gefragt wurde, ob sie nicht die Windschutzscheibe säubern dürften; auf jedem Parkplatz der großen Supermärkte standen Hungrige und Verarmte herum, die einem einzureden versuchten, sie würden den Wagen gewaschen haben, bis man von seinem Einkauf zurückkäme. Nicht immer hatte Johnny Zeit oder Lust, sich helfen zu lassen, vor allem nicht, wenn er allein unterwegs war. War er aber in Begleitung, ließ er sie ein paar Dollar verdienen. Es machte ihm Spaß, sich diese Zeit zu nehmen – und die Verwunderung zu genießen, die jeder, der in Los Angeles zu Hause war, für seine Geduld aufbrachte. Er empfand nie die geringste Verlegenheit, eine Arbeit zu honorieren, auch wenn sie nur darin bestand, den Schmutz auf seiner Scheibe mehr zu verreiben als zu entfernen.

Auch die Zuverlässigkeit der kleinen Leute, die das Leben in einem Hotel einfacher machten, der Kellner, Portiers, Bademeister und Zimmermädchen, honorierte er. Er war im »Beverly Hills« beim gesamten Personal bald derart beliebt, daß selbst ein griechischer Großreeder – »One moment, please, Mr. Niarchos!« – einmal warten mußte, bis er zu seinem Lieblingstisch in der Pololounge geführt worden war.

Der Freudenschrei, mit dem Miss Poloni ihn begrüßte, war ihm zu laut, ihre Umarmung zu aufdringlich und ihre Beteuerungen, wie sehr sie ihn vermißt habe, lästig. Er hatte das Gefühl, daß sie oscarreif sein wollte. Warum aber hatte sie dann, wenn sie schon, mit ihm als Statist, ihre Liebesszene vom Blatt spielen wollte, keine Fotografen oder, noch besser, gleich ihren Regisseur eingeladen?

Jetzt, wo sie leibhaftig vor ihm stand, war ihm alle Lust gleichgültig. Am liebsten hätte er sie nach Hause geschickt. Er schaffte es schließlich, sich so weit zusammenzureißen, daß sie seine Überreiztheit als Folge seiner Müdigkeit akzeptierte. Je mehr er am Abend trank, um so mehr vergaß er, daß er aufgehört hatte, ihre Gegenwart ertragen zu können.

Die Zeit bis zum Abflug nach Las Vegas verbrachten sie im Bett. »Dabei hätte ich so viele Leute zu treffen«, beschwerte sie sich. Sie redete, wann immer sie den Mund aufmachte, nur von ihrer Karriere. Johnny ließ sie reden und dachte die ganze Zeit an Jackie Chandler, die inzwischen in Los Angeles lebte, in einem Haus irgendwo in den Bergen, verheiratet mit einem Nachtclubsänger. Er hatte sie noch nicht ganz verdaut und immer gehofft, sie würde ihm irgendwann zufällig über den Weg laufen. Als das nicht passierte, beauftragte er Ullmann, ausfindig zu machen, wo sie steckte. Als der ihm die Adresse und ihre Telefonnummer endlich gab, zerriß er den Zettel gleich wieder, um sie nicht nachts, wenn er getrunken und mit Miss Poloni Streit hatte, anzurufen. Er wußte, daß es keinen Sinn hatte, die Geschichte wieder aufzuwärmen, trotzdem aber würde er dieses Mal Los Angeles nicht verlassen, ohne sie wiedergesehen zu haben. Ullmann hatte herausgefunden, daß ihr Ehemann gerade in Las Vegas gastierte; also war sie vielleicht ebenfalls dort.

»Aber daß wir anschließend, ich meine, nach dem Boxen, auf all die vielen Partys gehen, das hast du mir versprochen.«

»Kann gut sein!«

»Heißt das, du hast vor, dich die ganze Nacht mit deinen Freunden rumzutreiben? Dann flieg ich nicht mit. Boxen interessiert mich nämlich nicht gerade rasend!«

»Nein, habe ich auch nicht vermutet. Aber daß ganz Hollywood am Ring sitzt, das willst du dir doch sicher nicht entgehen lassen, oder?« Dann veränderte sich sein Tonfall. »Du würdest in jede Kloake steigen, wenn du nur die wichtigen Leute treffen kannst!«

»Halt dein dreckiges Maul!« Sie stürzte sich auf ihn und wollte ihm das Gesicht zerkratzen.

Er fing sie ab, hielt sie an ihren Handgelenken fest und drückte sie in die Kissen. »Was ist, willst du nicht ehrlich sein? Ich breche dir alle Knochen, wenn du nicht zugibst, was für ein Miststück du bist.«

Als er Jackie nach Ende der Boxkämpfe in der Bar des »Tropicana«-Hotels traf, war er so nervös wie mit fünfzehn, als er zum erstenmal mit Schnecke schlafen wollte. Auch damals hatte er alles versucht, sich nichts anmerken zu lassen. Er setzte sich ihr gegenüber, winkte dem Kellner und bestellte eine Flasche Champagner, zwei Gläser und einen Eimer Eiswürfel. Seit er das Rauchen aufgegeben hatte, kaute er auf Zahnstochern herum. Er hatte sich viel vorgenommen vor diesem Wiedersehen, vor allem eines: ihren Reizen zu widerstehen. Sie hatte ihre Macken, war unberechenbar und unvernünftig wild, aber sie war noch immer die Frau, der er gerne noch einmal, noch einmal zum erstenmal, begegnen würde.

Jackie starrte ihn an, zitternd vor Unruhe und mit dem Gefühl, daß es vernünftiger wäre, ihn zu hassen. Sie stammelte seinen Vornamen, wiederholte ihn zweimal und atmete dabei, als bekomme sie zuwenig Luft.

»Und oben steht dein Mann auf der Bühne?« Johnny wich ihrem Blick aus, weil er sonst aufgesprungen wäre, um sie zu packen. Er kannte sich. Bei Jackie bestand noch die Gefahr, daß er den Verstand verlor.

Sie antwortete nicht. Aber die Farbe ihrer Augen veränderte sich. Sie schaute jetzt angriffslustig. Sie mußte herauskriegen, ob er noch der Kerl war, nach dem sie so verrückt gewesen war. Was sie herausfand, war viel schrecklicher: Er war der Kerl, von dem sie nie loskommen würde, sie liebte ihn, liebte ihn mehr noch als damals.

»Was ist, Jackie?« Nimm sie, dachte er. Steh endlich auf. Geh mit ihr sonstwo hin, ins nächstbeste Hotel, raus in die Nacht, in die Wüste, weit weg jedenfalls, weit, weit weg!

»Ja, da oben singt er.«

Johnny spürte die Kälte, mit der sie antwortete. So klang sie, wenn sie es satt hatte, zu warten. Warum steht er nicht auf, dachte sie, nimmt mich, liebt mich, in einem Hotel, in der Wüste, egal, nur nicht warten, nur nicht reden.

Jeder versuchte, seine Selbstachtung zu verteidigen. In jeder Liebesgeschichte, die etwas taugt, sind Liebende Gegner, gute gleichwertige Gegner ohne jedes Mitleid.

»Warum gehen wir nicht hoch und hören ihm zu?«

Jackie fing an, laut zu lachen. »Das hab ich dir zu verdanken, daß ich jetzt mit einer Elvis-Kopie verheiratet bin.«

Okay, dachte Johnny, ich nehme alle Schuld auf mich. Es machte die Sache leichter. »Ich habe inzwischen im übrigen auch geheiratet.«

Jackie reagierte, als habe er mit einer lebenden Schlange nach ihr geschlagen. »Du machst Witze.«

»Nein.«

»Laß mich raten.« Sie zählte die Finger ihrer Hand ab, ballte sie zur Faust und sagte: »Carola, stimmt's?«

»Ja.«

Sie dachte nach. »Aber doch nur, um sie besser betrügen zu können.«

Johnny warf den Zahnstocher in den Aschenbecher. »Um sie nicht mehr betrügen zu müssen.«

»Aha!«

Dieses Luder, dachte er, noch mehr Alkohol und ich trage sie auf Händen in die Wüste.

»Du bist doch sicher nicht mit ihr in Vegas, oder?«

»Nein, da wartet nur jemand, daß ich auf einer Party erscheine.«

»Was Wichtiges?«

»Jedenfalls war wichtiger, dich zu sehen.«

Sie versuchte, alle Bitterkeit, die sie gerade empfand, durch ein Lächeln zu verdecken. Trotzdem dachte sie nicht daran, sich zu verstellen. »Die Jackie von damals, deine Jackie, gibt es nicht mehr. Was du siehst, ist nichts, was dich noch reizen könnte.«

Sie wurde mit jedem Satz, den sie in diesem Ton von sich gab, gefährlicher. Und war unverschämt genug, den Zusammenbruch seiner Widerstandskraft genau zu beobachten; es machte sie schön. Sie spielte, herausfordernd übermütig, die Verlassene, eine Frau, die ihre Fehler eingesehen hatte. Vielleicht, dachte sie, kommt in dieser Nacht noch der Moment, wo ich ihm sagen werde, daß ich nichts bereue, daß ich unschuldig bin. Immer wenn das Gespräch abbrach und nur die Musik zu hören war, eine Musik, die nicht dazu da war, daß man zuhörte, packte Johnny die Verzweiflung. Es war ungerecht, daß Jackie so schön war.

»Paß auf, wir nehmen die Flasche hier mit und verzeihen uns.«

»Und die Kleine, die wartet?«

Miss Poloni wartete bis lange nach Sonnenaufgang, bis er ins Hotel zurückkam. Er war betrunken und darauf gefaßt, daß sie ihm eine Szene machen würde. Noch ein Abschied, dachte er, was ist dabei! Die ganze Nacht hatte er Abschied genommen. Jackie und er hatten es nicht bis in die Wüste geschafft, sie waren wie Ertrinkende, die an eine Rettung nicht mehr glauben können, im Garten des Hotels gelegen, hatten sich ewige Liebe geschworen, sich heiser geflüstert – und waren doch davor zurückgeschreckt, mehr zu tun als überzuschnappen.

»Warum, Johnny?«

Weinend hatte Jackie diese Frage wiederholt, immer wieder. Johnny hatte auf dem Rücken im Gras gelegen, in den Nachthimmel geschaut und auch keine Antwort gewußt.

Neben Miss Poloni, die fabelhaft verzweifelt war, stand Ullmann, der sie auf Don Kings Party begleitet hatte. Alle halbe Stunde war sie zum Ausgang gerannt, weil sie glaubte, man würde ihn vielleicht nicht hereinlassen.

Johnny gab sich unbeteiligt. Der Alkohol, den er die ganze Nacht getrunken hatte, half, daß er ihr Geschrei gedämpft und ihre Bewegungen verlangsamt wahrnahm. Was er sah, zerfiel vor der Breitleinwand großer Spiegel in Einzelheiten.

Die Szene, die sie abzog, war wieder filmreif. Das mußte man ihr lassen, sie gab ihr Bestes. Und schaffte es doch nur, daß eine Komödie daraus wurde.

Mitten in diese Komödie hinein platzte plötzlich Jackie am Arm ihres Mannes.

»Sie müssen Johnny sein«, sagte er, kam auf ihn zu und wollte ihm die Hand geben.

»Verschwinden Sie«, sagte Johnny.

Jackie stand da und weinte.

Miss Poloni dachte nicht daran, sich in den Hintergrund spielen zu lassen und erhöhte das Volumen ihres Geschreis.

Johnny schrie zurück. Er sagte ihr jede Unverschämtheit, die ihm einfiel. Aber einer Frau weh zu tun, war der falsche Weg, sie loszuwerden. Er hatte Lust, in die Wüste zu laufen, allein, eine Staubwolke hinter sich als Rückendeckung.

»Bitte, geh jetzt nach Hause,« bat er Jackie.

Sie weinte so hemmungslos, daß Ullmann die Angst packte. Er versuchte immer noch, Miss Poloni auf ihr Zimmer zu verfrachten.

»Keiner behandelt mich so«, schrie sie, »auch du nicht!«

Johnny bat Ullmann, sie endlich wegzuschaffen.

Der Elvis-Imitator hatte weniger Mühe, Jackie zu überreden, das Hotel zu verlassen. Johnny schaute ihnen nach. Es sah aus, als führe er sie zum Schafott.

Johnny war noch immer glücklich, glücklich betrunken und stand dann auf, um Carola anzurufen.

3

Wer durch die Nacht irrt, sucht einen Unbeirrbaren. Der einzige Mensch, den Johnny in Los Angeles in dieser Stimmung ertragen konnte, war der Boxer, dieses intakt gebliebene Stück Vergangenheit. Grupe lebte von den Honoraren, die ihm Nebenrollen in Filmen einbrachten, und war damit zufrieden. Natürlich, auch er liebte Geld, aber noch mehr hatte er sich immer selbst geliebt, seinen Stolz und seine Unabhängigkeit. Er war so unkompliziert direkt, daß es sogar Amerikaner verwirrte.

Einmal hatte Johnny einen Tisch im »Spago« bestellt, einem der exklusiven Restaurants in der Stadt. Der Boxer hatte was übrig für gutes Essen und guten Wein, aber er haßte die Zirkusnummern der Kellner und erwies sich selbst die Ehre, auf Kompromisse zu verzichten. Er tat das wie eine Majestät. Johnny erinnerte sich, daß er den Ring auch nach einer Niederlage immer siegessicher verlassen hatte.

Johnny wollte zum Essen eine Flasche Rotwein bestellen, und weil er keine Geduld hatte, die Karte zu studieren, und nicht so tun wollte, als kenne er sich aus, bat er darum, man möge die beste, die sie hätten, bringen.

Der Kellner erschien mit einer Flasche, die er ihm, damit er das Etikett prüfen konnte, in vornehmer Entfernung hinhielt.

Sie ließen ihn einige Minuten einfach warten. Dann wandte sich der Boxer dem Kellner zu. »Worauf wartest du eigentlich?«

»Wäre der recht?« Ihm war beigebracht worden, daß Luxus ein Maß an höflicher Langsamkeit voraussetzte.

Der Boxer wiederholte seinen Wunsch, er solle die Flasche entkorken und endlich einschenken.

Der Kellner gab auf, nahm den Korkenzieher aus seiner Jackentasche, öffnete die Flasche, roch mit der Umständlichkeit eines Philosophen am Korken, schien beim Riechen auf eine Eingebung zu warten, jedenfalls blickte er in aller Ruhe nach oben zur Decke, kam dann aber doch wieder zu sich, spitzte die Lippen und gab dem Boxer mit einem gemütvollen Nicken zu verstehen, daß, seiner Meinung nach, an der Qualität des Weines nichts auszusetzen sei. Er goß daraufhin eine geringe Menge der Flüssigkeit in ein Glas und reichte es dem Boxer.

»Wenn Sie probieren wollen?«

»Schicken Sie doch bitte mal den Geschäftsführer vorbei«, sagte Johnny.

»Sehr wohl, einen Augenblick!« Der Kellner legte die Flasche sorgfältig in das Körbchen zurück und entfernte sich.

Der Geschäftsführer kannte Johnny Berger. »Was gibt's, irgend etwas nicht in Ordnung?«

»Nein, Bernard, alles bestens«, antwortete Johnny. »Nur sag bitte deinem Personal, daß sie mich wie einen normalen Menschen behandeln sollen. Wenn ich den besten Wein bestelle, soll der Kellner ihn bringen, öffnen, prüfen, ob er korkt und die richtige Temperatur hat, und dann einschenken, aber er soll mir das ganze vornehme Getue ersparen.«

»Na ja, Johnny«, wehrte sich Bernard, »nicht jeder ist wie du.«

»Daran können wir auch nichts ändern«, sagte der Boxer. »Kriegen wir jetzt endlich was ins Glas?«

Ein paar Monate später, wieder in Las Veags, lernt er Helena Kallianiotes kennen, eine Frau wie ein Muskel, klein, nervös, Kettenraucherin, die einen ihrer viel jüngeren Begleiter mit ihrer lauten und intensiv heiseren Stimme gefragt hatte: »Der da, der Junge, wer ist das?«

Johnny saß im Casino des »Ceasar's Palace« gerade an einem der Pokertische. Solange er spielte, gab es nur seine Gegner, die ihn interessierten.

Helena hatte, was Menschen anging, einen untrüglichen Sinn für Echtheit. Vier Stunden später gab sie ihm die Hand. »Ich bin Griechin«, stellte sie sich vor, »und heiße Helena.«

Sie war eine Frau nach seinem Geschmack, nicht freilich eine, die er haben wollte, aber eine, für die er jede, die er haben wollte, warten ließ. Sie war, wie er, ein Straßenköter, eine Frau, deren Direktheit unwiderstehlich wirkte. Privatleben kannte sie keines. Ihr Liebesverlangen ließ sie ungenutzt, weil sie vor lauter Lebendigkeit einfach nicht dazu kam, sich eine Affäre zu gönnen – was den Verdacht aufkommen ließ, sie hätte viele. Aber immer kam ihr, wie jetzt wieder mit Johnny, eine Freundschaft dazwischen.

Sie war ein Feuerball an Witz und Konsequenz. Allein, wie sie »Helenas«, ihren Club, nach oben gebracht hatte. Dort standen jede Nacht jede Menge Stars Schlange. Während Helena alle beruhigte, sprach sie gleichzeitig noch mit jemand am Telefon, das sie immer mit sich herumtrug, und war dabei noch fähig, ihre Kellner anzuschnauzen. Außerdem war ihr die Musik zu leise.

Das war Johnnys Tempo. Sie wurden Freunde, enge Freunde. Sie verbrachte ihr Leben nicht damit, anderen Leuten andauernd um den Hals zu fallen. Es gibt also doch noch Menschen, dachte er, die wie ich sind. Deshalb schmiß er für sie eine Geburtstagsparty, zu der ihr zwar ganz Hollywood persönlich gratulierte, aber kaum einer wußte, wer der Gastgeber war. Um sich für die Party zu revanchieren, stellte Helena ihm der Reihe nach alle ihre Freunde vor, auch Frauen, von denen sie annahm, daß sie Johnny gefallen mußten.

Helena mußte nichts dazulernen. Sie war durch die Hintertür ins Leben getreten, als kleines Mädchen sicher ein häßliches Entlein, aufgewachsen in einem griechischen Dorf, wo Wasser knapp war und das Meer den Männern gehörte. Es blieben ihr also nur die Städte, und eines Tages bestieg sie in Athen die Maschine nach Los Angeles. Das Kapital, das sie anfangs für ihre Geschäfte benötigte, investierten Männer, die sie als Liebhaber abwimmelte. Und zahlte, was sie schuldete, auf den letzten Cent zurück. Wenn es sich ergab, war auch nach Jahren noch Zeit, sich mit dem einen oder anderen auf ein kurzes Wochenende zu verabreden, in Carmel, Hawaii oder Puerto Vallarta.

Nick Dahn starb an Krebs, zwei Tage nach seiner Einlieferung ins Schwabinger Krankenhaus. Bei ihm waren seine junge Frau Marlene und Johnnys Sekretärin Elke. Johnny selbst saß in Nicks Todesstunde allein an Deck der »Chardonney«, eines gecharterten Motorseglers, der in einer karibischen Bucht ankerte. Er hatte es abgelehnt, seine Freunde und Gäste an Land zu begleiten, weil er sich in aller Ruhe die Sterne anschauen wollte. Das war ungewöhnlich – und keiner nahm ihm das ab. Hatte er nicht selbst noch am Nachmittag vorgeschlagen, am Abend auszugehen? Als fünf Stunden später alle wieder zurückkamen, saß er immer noch im Liegestuhl. Längst war die Sonne aufgegangen.

Als er sein Büro in München anrief, staunte Elke, daß er sofort wissen wollte, ob mit Dahn alles in Ordnung sei. Sie erzählte, was passiert war.

Vor zwei Jahren hatte Dahn zum erstenmal über Zucker geklagt und sich Sorgen gemacht um Marlene. Sie war vierzehn gewesen und noch zur Schule gegangen, als sie seine Freundin wurde. Gleich nach ihrer Volljährigkeit hatte er sie geheiratet. So lange er gesund war, scherte ihn kein Altersunterschied. Aber jetzt, da er sich krank, müde und alt fühlte, brauchte er die Gewißheit, daß dem jungen Ding, das vollständig auf ihn angewiesen war, nach seinem Tod Geld zur Verfügung stand.

Johnny hatte ihn immer verspottet, wenn er damit anfing. Er nahm ihm einfach nicht ab, daß er nicht mindestens hundert Jahre alt werden würde. Trotzdem hatte er eingewilligt, daß Dahn seine Arbeit einschränkte und bei gleicher Bezahlung nur noch halbtags arbeitete.

Dahn sprach über den Verlauf seiner Krankheit wie ein Professor über ein wissenschaftliches Selbstexperiment, sorgfältig, kühl und gelassen. Er hörte sich an, als spreche er Latein oder referiere über ein Abschlußexamen in Chemie. »Okay, Herr Doktor«, lachte Johnny dann, »und nun zum Geschäftlichen.« Es war nicht nur Zucker, wie die Ärzte dann feststellten, sondern auch Krebs. Aber Johnny tat so, alles für eine Erfindung von ihm zu halten, um mehr Zeit zu haben, junge Mädchen zu verführen, seine Computerkurse zu absolvieren und ein wenig mehr Aufmerksamkeit zu erbetteln. Trotzdem gab er seinem Büro den Auftrag, sich noch mehr als bisher um Dahn zu kümmern. »Den kriegen wir schon wieder hin, mach dir da keine Sorgen. Er soll sich bei Xare draußen auf meinem Bauernhof erst einmal richtig erholen.« Johnny wehrte sich gegen den Gedanken, daß ein Mann, der sich in sieben Sprachen unterhalten konnte, einfach ins Gras biß, einfach so. Er rief, noch aus Kalifornien, einen befreundeten Arzt der Augsburger Klinik an und bat ihn, Dahn zu untersuchen und das Ergebnis niemandem außer ihm mitzuteilen. Diese Untersuchung bestätigte: Er war unheilbar krebskrank und jede Operation zwecklos.

Nichts war zwecklos, jedenfalls nicht in Johnnys Augen. Er organisierte im Klinikum Großhadern sofort ein Einzelzimmer, einen Arzt, der operierte, und setzte ein Schriftstück auf, daß Marlene nach Dahns Tod noch ein Jahr lang das volle Gehalt ausbezahlt werden sollte. Dann flog er nach Tokio. »Wenn ich das Pachinko-Spiel von den Japsen kaufe, brauche ich dich, Nick, und zwar gesund. Was soll ich mit dem Kram, wo nur einer mit den Schlitzaugen wirklich umspringen kann.«

Dahn kannte das Spiel mit den kleinen Kugeln aus seiner Zeit in Tokio. Die ganze Stadt war übersät mit Pachinko-Spielhallen, großen Baukomplexen mit nichts drin als diesen Super-Flipper-Geräten. Offiziell gab es nichts außer Kugelschreiber zu gewinnen; wer aber mit seinem Kugelschreiber zwei Straßen weiter wanderte, konnte ihn gegen die eigentliche Gewinnsumme in bar eintauschen. Dahn hatte das neue Geschäft in der gewohnten gründlichen Art vorbereitet, war allerdings schon damals nicht mehr in der Lage gewesen, selbst nach Tokio zu fliegen. Johnny nahm Arno mit, um die Verhandlungen zu führen, und kehrte nach einer Woche mit unterschriebenen Verträgen zurück. Zu den Verhandlungsergebnissen gehörte, daß japanische Techniker einfliegen sollten, um die eigens in einer Frachtmaschine transportierten Pachinko-Maschinen aufzustellen, und das Personal auszubilden.

»Wir eröffnen«, teilte er der Presse mit, »im ersten Stock meines ›Nevada City‹ – und werden dann weitere Spielhallen in ganz Deutschland und dann auch in anderen europäischen Ländern bauen.« Mit Genuß beschrieb er die Größenordnung seines Vorhabens. Die Journalisten hatten sich abgewöhnt, ihm nicht zu glauben.

Der Tag der Eröffnung war, nach Millioneninvestitionen, ein regelrechtes deutsch-japanisches Volksfest. Johnny Berger im Zeichen der Kirschblüte, im Kreis lächelnder Geschäftsleute aus dem Land der aufgehenden Sonne, umringt von Geishas. Die Zeitungen waren voll mit Fotos und Berichten – es waren die letzten Bilder, die Carola in seine Alben klebte.

Die ersten beiden Monate lief das Geschäft auf Hochtouren. Wer hielt sich nicht für geschickt genug, die kleinen Kugeln in das jeweils richtige Loch zu befördern, und träumte nicht von Traumgewinnen, von Sportwagen, Motorrädern oder Stereoanlagen – wo es beim üblichen Spiel an Flippern allenfalls Freispiele zu gewinnen gab?

Dr. Kohler ließ sich alle Unterlagen vorlegen, alle Beschwerden der Konkurrenz, und ließ der »Nevada-City-Betriebsgesellschaft mbH« eine Auflage zukommen, derzufolge Gewinne, die den Wert von fünfundzwanzig Mark überstiegen, gesetzlich unerlaubt seien. Gezeichnet: Amt für Ruhe und Ordnung.

Das war das Ende.

Dahn, das hatte Johnny einfach nicht wahrhaben wollen, war nicht mehr in der Lage, bei seinen politischen Freunden den nötigen Druck zu machen. Sein Mann für die »Außenpolitik« war bereits vom Tod gezeichnet. Und Johnny in Gedanken bei einer Frau, die er gerade erst in Los Angeles kennengelernt hatte.

4

Er fuhr mit einem Freund, den Sunset Richtung Osten bis La Cienega, bog rechts ab, fuhr den Hügel runter bis zur Melrose Avenue, bog links ab und hielt zwei Querstraßen weiter, um sich ein paar antike Amischlitten anzuschauen; nach so was war er schon als Halbstarker verrückt gewesen, weil sie damit im Kino immer spazierenfuhren. Hier standen sie gleich reihenweise herum, und alle zum Verkauf. Er schaute sich um, wobei ihm ein pechschwarzer, großzügig verchromter Buick Roadmaster, Baujahr 1949, besonders auffiel, ließ sich die Karte des Händlers geben und fuhr zurück zur Melrose Avenue Ecke Crescent Heights, wo Ebi, sein Freund, ihn bat, kurz anzuhalten. »Ich will nur rasch einem alten Kumpel die Hand schütteln.«

Johnny ließ ihn aussteigen, rollte auf den Parkplatz, zog den Zündschlüssel ab und wartete. Ebi verschwand in einem flachen Gebäude. Ein paar Boutiquen, daneben ein Coffeeshop.

Im Rückspiegel tauchte er wieder auf, in Begleitung einer Frau. Sie hatte einen Packen Zeitungen unterm Arm, den sie in einem

Kofferraum verstaute. Sie unterhielten sich. Dann sah es aus, als habe sie vor, in ihr Auto zu steigen. Auch aus einiger Entfernung sah Johnny, daß es nichts schaden konnte, sie daran zu hindern.

Viel hatte er nicht gesehen. Sie war sportlich gekleidet, hatte Turnschuhe an, ein T-Shirt, dazu eine knöchellange Hose, eng wie nackte Haut. Sie war hochgewachsen, schlank, sehr, sehr schwarzhaarig und in jeder Hinsicht nicht die Frau, die Stunden damit zubringt, ihre Fingernägel zu lackieren. Ihm gefiel die Art, wie sie sich bewegte, obwohl sie nur dastand und mit Ebi sprach. Also stieg er aus, hupte und lehnte sich gegen die offene Wagentür. Ebi winkte ihn herüber, stellte ihn vor und überredete sie, schnell einen Kaffee mit ihnen zu trinken.

Johnny beschränkte sich auf das Kunststück, sie anzuschauen, ohne sie zu zwingen, es zu bemerken. Inzwischen erklärte ihr Ebi, daß sein Freund aus Deutschland es faustdick auf dem Konto und hinter den Ohren habe. Ihr Lachen verriet nur, daß sie Erfahrung hatte mit solchen Warnungen. Johnny registrierte unterdessen, daß sie keinen Ring trug, auch keinen Ehering. Der Finger zeigte auch keine Einbuchtung, und die Haut hatte durchgehend die gleiche Tönung. Es war also anzunehmen, daß sie ihn nicht einfach nur irgendwo vergessen hatte. Um den Hals baumelte kein Goldkettchen, sie trug weder Ohrringe noch Armbänder. Und sie war ungeschminkt. Er konnte an ihr keine absichtsvolle Verschönerung entdecken, was sie, in seinen Augen, noch schöner machte.

Ihr Gesicht war fremdblütig, irgendwie orientalisch. Vorstellbar, daß ihre Vorfahren Pyramiden gebaut hatten. Was besonders auffiel, war die Farbe ihrer Haut, ein Teint wie Sand im Sonnenlicht, Wüstensand.

Ebi machte seine Witze, und Joanna spürte, wie sie vermessen wurde.

Johnny überlegte, wie alt sie sein mochte und ob er sie nicht fragen sollte, gleich hier, natürlich auf die am wenigsten umständliche Art und ohne den Zahnstocher aus dem Mund zu nehmen. Dann nahm er ihn doch aus dem Mund. »Schlagen Sie ein Restaurant vor, ich möchte, daß wir heute abend zusammen essen.«

»Hab ich's dir nicht gesagt«, staunte Ebi. »Blitzkrieg! So sind die Deutschen!«

Konnte gut sein, daß er mit seiner Warnung recht hatte. Aber der Deutsche, das mußte sie zugeben, gefiel ihr, vor allem seine Stimme; sie klang unerschrocken.

»Wenn Sie Angst haben, bringen Sie eine Freundin mit.«

Sie schlug das »Ivy« vor, ein Restaurant am Robertson Boulevard.

»Gut«, sagte Johnny, »und für morgen mittag bestelle ich einen Tisch im ›Bistro Garden‹.«

»Hilfe!« lachte Joanna, aber Ebi half ihr nicht, sich zu wehren. Johnny zerbrach den Zahnstocher. Blitzkrieg? Richtig. Raus mit der Handgranate, ziehen, werfen, Deckung – und Ebi nachher im Auto ein wenig ausquetschen.

Also doch Orient! Die vierte von fünf Töchtern einer libanesischen Einwandererfamilie, in Los Angeles zur Welt gekommen, Vater vor ein paar Jahren gestorben, ohne viel zu hinterlassen, verkloppte unten bei Fred Segal »jewelry, sunglasses and lingerie«, hatte eine Sache laufen mit einem Italiener, hatte aber auch andere Verehrer, einen Kanadier, zu dem sie nach Paris flog, und noch einen Kerl, der seine Heiratsanträge auf ihren Telefonanrufbeantworter sprach. Den Laden führte sie mit ihrem Ex-Ehemann, und genau dem hatte Ebi vorhin Grüß Gott sagen wollen.

»Aber wohnen tut sie allein, oder?«

»In einem Appartement über dem Sunset, Shoreham Drive, schöne Aussicht nachts da oben auf ihrer Terrasse. Richtig zum Träumen.«

Er schaute Ebi an. »Sag nicht, du hast sie schon umgelegt.«

»Hast du etwa vor, dich zu verlieben?«

Sie machten noch einen Umweg über Venice, wo Johnny sich für ein Restaurant direkt am Strand interessierte. Sein Sohn war jetzt fünfundzwanzig, hing in Hamburg herum und lag ihm auf der Tasche. Wenn das Gebäude zu einem vernünftigen Preis zu haben war, wollte er ihn einfliegen lassen, damit er den Kaliforniern beibrachte, wie gut Aalsuppe, Labskaus und Heringe schmecken.

Gelernt hatte sein Sohn Gastronomie ja. Und verrückt nach Amerika war er immer noch.

Mit einem Angebot in der Tasche fuhr er danach den Santa Monica Boulevard hoch, zurück zum Hotel.

Joanna war ganz schön aufgedonnert, als sie in Begleitung ihrer Freundin im »Ivy« auftauchte. Das war nur leider, wie Johnny fand, nicht mehr die gleiche Frau. Genau das teilte er ihr auch mit. Sie sah aus wie Carola, wenn sie in die Oper wollte. Oder Ines, wenn sie sich mit Tizian traf.

»Tun Sie mir einen Gefallen«, schlug er vor, »gehen Sie raus zur Toilette, nehmen Sie einen Waschlappen, und wischen Sie sich alles vom Gesicht, was nicht echt ist?«

Lisa fing an zu kichern. Joanna hatte nicht übertrieben. Er sah nicht nur verdammt selbstbewußt aus, sondern hatte auch entsprechende Manieren. Wenn es stimmte, daß er in Europa mit Bordellen zu tun hatte, hatte er jedenfalls nicht viel verlernt. Keiner schaffte es ganz nach oben, nur weil er nett zu Frauen war. Lisa verglich ihn mit den Männern, die Joanna, seit sie sich kannten, gehabt hatte – und sie verglich ihn mit ihrem Bob und dachte, nicht zu ändern, Schurken sind einfach aufregender. »Ich weiß nicht«, redete Johnny weiter, »was Ebi Ihnen alles von mir erzählt hat, aber eines muß er vergessen haben: Ich mag Frauen am liebsten im Naturzustand.«

Joanna stand auf, wütend, daß sie tat, was er von ihr verlangte. Sie kannte Lisa. Morgen würde es ganz Los Angeles wissen.

Das kühle, frische Wasser, mit dem sie ihr Gesicht abwusch, tat gut. Sie beruhigte sich wieder. War er tatsächlich ein Gangster oder doch nur ein sympathischer Playboy? War er, wie die Italiener das nennen, ein Herzensbrecher? Zum Teufel mit allen Zweifeln. Zum Teufel auch mit Joe und seinen Anträgen. Außerdem sah der Deutsche nicht aus, als brauche er, wenn es Zoff geben sollte, Nachhilfeunterricht.

Sie dachte an ihre Mutter. Wenn die sie jetzt sehen könnte. Sie wusch sich doch tatsächlich die Schminke vom Gesicht, nur weil sie verliebt war. Dabei war sie oft verliebt gewesen, nur nie in einen, dem sie gehorcht hätte. Aber die harte Tour, das nahm sie sich vor, würde sie ihm vermasseln.

»Danke übrigens für den schönen Blumenstrauß«, teilte sie ihm mit, als sie wieder am Tisch saß. »Stell dir vor, Lisa, rote Rosen, einen riesigen Strauß roter Rosen. Und dazu eine Karte. Somebody really likes you.« Dann wandte sie sich an Johnny. »Noch so eine Ladung, und ich muß ausziehen, die passen nicht mal in die Badewanne.«

»Dann müssen Sie einen Verehrer haben, der gerne Gedichte schreibt, und sollten glücklich sein, daß es solche Leute noch gibt.«

Joanna wurde unsicher. »Geben Sie's ruhig zu.«

»Nicht mein Stil, einem Kerl, der offensichtlich in Sie verknallt ist, Schwierigkeiten zu machen.«

Als er die Frau in Joanna gefunden und verführt hatte, blieb sie seine Verbündete. Aber es gab andere Frauen in ihr, die ihm das Leben schwermachten. Er lernte alle der Reihe nach kennen. Mit jeder kämpfte er einen anderen Kampf. Die Orientalin gefiel ihm auf Anhieb. Mit ihr zog er um die Welt und verwöhnte sie in einem Ausmaß, als wollte er ihr beweisen, wozu Geld gut war. Er ließ sie nach St-Tropez einfliegen, wo er auf einer Yacht auf sie wartete. Er absolvierte die übliche Ochsentour durch die einsamsten Buchten Europas, die schönsten Städte und die teuersten Hotels. Er kutschierte sie zum Grinzinger Kircherl und anschließend zu seinem Bauernhof am Ammersee. Nach und nach lernte sie seine Freunde und engsten Mitarbeiter kennen. Solche Typen, dachte sie, schickt der liebe Gott, wenn man nachts auf einem Interstate Highway mit einem Reifenschaden festsitzt.

In Gesellschaft seiner alten Kumpels erlebte sie ihn als einen Menschen, der nichts entbehrte. Er war liebenswert einfach und hinreißend albern. Sie verstand zwar nicht, was sie sprachen, erlebte aber um so intensiver, welches Vergnügen er mit ihnen hatte und wie ungezwungen sie ihn als ihren Chef anerkannten. Auch sie waren sein Besitz, ein Reichtum, um den ihn jeder Millionär beneiden mußte. Sie ahnte, daß ihm nicht beizukommen war, wenn sie darauf bestehen würde, aus ihm einen Amerikaner zu machen.

Er blieb in Europa, während sie nach Los Angeles zurückflog. Er wollte ihr Gelegenheit geben, ihn zu vermissen. Ein Jahr wollte er abwarten, bevor er bereit war, in Joanna mehr zu sehen als eine Frau, die gut gegen Langeweile war.

In Hamburg war er vor ein paar Monaten zufällig über Günther Kluge gestolpert – und ziemlich erschrocken. Der Mann, der einmal sein Chef, sein Vorbild und einer der großen Bosse von St. Pauli gewesen war, lebte inzwischen von Sozialhilfe und in Untermiete, vergessen und von den Jungs, die seine Zeit nicht mehr miterlebt hatten, verspottet.

Johnny hatte ihm erst einmal mit ein paar Scheinen ausgeholfen und war dann mit Freunden essen gegangen, um herauszufinden, wie es möglich sein konnte, daß alle nur noch ein Lächeln übrig hatten, ein Kopfschütteln über das Schicksal eines Verlierers.

»Was immer du ihm gibst«, klärte ihn Hanne auf, »trägt er sofort ins Casino. Sogar seine Villa hat er verzockt. Wir haben versucht, Hausverbot für ihn durchzusetzen. Aber was hat er gemacht? Ist nach Holland gefahren zum Spielen.«

In dieser Nacht fühlte sich Johnny alt. St. Pauli war endgültig nur noch Erinnerung. Sie selbst hatten sich »Banditen« genannt, ein romantisches Kompliment, das ihr Zusammengehörigkeitsgefühl und ihre Rolle als Außenseiter ausdrücken sollte. Viele der Jungs, die heute mit ihren Camaros spazierenfuhren, waren Kopien, zweitklassige Muskelpakete mit Ralleystreifen auf ihren T-Shirts, in todschicken Jogginganzügen und mit piekfeinen Ohrringen. Jeder schlug jedem den Kopf ein, Morde waren an der Tagesordnung, der Spaß war vorbei. Was er hörte, verstand er nicht mehr, und was er sah, ekelte ihn an. Hier hatte er nichts mehr verloren. Er legte Sascha Blumen auf den Grabstein. Dödel-Alex hatte sich nach Teneriffa zurückgezogen, Paulchen in sein Häuschen an der Nordsee. Aus dem »Eros« war ein Asylantenheim geworden, aus der Reeperbahn eine Durchgangsstraße.

»Such dir irgendein Geschäft, einen Bratwurststand oder was, ich finanzier das schon«, schlug er Kluge noch in der gleichen Nacht vor. Eine Anzahlung von mehreren tausend Mark hatte er, als Johnny ihn wiedertraf, verzockt.

Kluges Vorschlag, ihn bei sich in München anzustellen, lehnte Johnny etwas verlegen ab. »Ausgeschlossen, Günther, ich hoffe, du verstehst das. Das bring ich nun wirklich nicht übers Herz, dich als einen meiner Angestellten behandeln zu müssen.«

Bevor er abreiste, hatte er sein Versprechen gehalten. Er konnte einen der erfolgreichen Geschäftsleute im Milieu überreden, Kluge eine seiner Kneipen zu verpachten. Was allerdings seine Spielleidenschaft anging, konnte er sich nur selbst helfen.

Das Wochenende verbrachte Johnny gutgelaunt auf dem Campingplatz in Scharbeutz, saß mit Kuddel in dessen Wohnwagen und redete, während es draußen seit Stunden nur so schüttete, über alte Zeiten. Immer hatten ihre Saufgelage so begonnen, mit mehr oder weniger wahren, immer übertriebenen Geschichten von früher; nur war Kuddel das Saufen inzwischen von seinem Arzt verboten worden.

Natürlich kannte auch Ina diese Art Gespräche und die Gefahr, die sie darstellten, weshalb sie nun fürchtete, ihr Mann könne sich nur wieder unnötig heftig erregen und dann zum Alkohol greifen, vor allem, wenn er es schaffte, daß Johnny ihm zuhörte. Also kam sie mit einem Glas Wasser an und zwang ihn, zwei der fünf Tabletten, die er täglich einnehmen mußte, schon jetzt zu schlucken. Nach einem nicht gerade freundlichen Blick zu Johnny, mit dem sie ihn an Kuddels noch immer angeschlagene Gesundheit erinnern und ihn gleichzeitig bitten wollte, nicht gar zu ausgelassen zu werden, zog sie sich in die Kochecke zurück, um den Kaffee zuzubereiten. Dazu wollte sie dann selbstgebackenen Marmorkuchen servieren.

Rechtzeitig, wie versprochen, erschien auch Paulchen mit Frau – und die paßte auf, daß ihr Mann seinen Kaffee mit dem mitgebrachten Süßstoff zuckerte. Paulchen war ansonsten gesund, trank wenig, aber das genußvoll – und unterschied sich von den anderen dadurch, daß er alte Geschichten nicht gern wieder aufwärmte. Er gehörte zu jenen erstaunlichen alten Männern, die in die Gegenwart verliebt sind, in den Zauber der Zufriedenheit mit dem Leben.

Nach und nach rollten weitere Wagen durch den Schlamm. Der Wohnwagen füllte sich. Uwe brachte Arno Dossi und Hanne mit; und Joe Krenn erschien mit einem so riesigen Blumenstrauß für Ina, daß die nicht wußte, wohin damit.

Joe spielte den Beleidigten. »Wie wär's Kuddel, wenn du dir endlich mal 'nen standesgemäßen Karren leisten würdest? Die Dinger gibt's schließlich auch doppelt so geräumig.«

»Dann bring eben das nächste Mal Veilchen mit«, stellte Kuddel klar. »Ich bin ja nicht Winfried!«

»Hat der seinen überhaupt noch hier stehen?«

»Drüben am Zaun. Und jedes Jahr das neueste Modell.«

»Bedauerlich, daß Rolls-Royce keine Wohnwagen baut«, brummte Paulchen, während er gerade eine Ecke des Marmorkuchens mit seiner Gabel aufspießte und mit Vergnügen in den Mund schob.

Richtig, fiel Johnny ein, Kessler, der fehlte eigentlich jetzt noch, um die Runde der alten Kapitäne zu vervollständigen. Er schaute sich um.

»Was suchst du?« wollte Ina wissen.

»Wo habt ihr denn euer Telefon versteckt?«

»Aber Johnny«, entrüstete sich Ina, »wir sind hier auf einem Campingplatz!«

»Na und? Ich will doch nur schnell Winfried anrufen, vielleicht kommt er ja noch hoch.«

»Dann mußt du nach vorne ins Büro, wenn du anrufen willst.«

Johnny starrte Kuddel an. »Heißt das, daß du hier kein Telefon hast?«

»So ist es«, sagte Kuddel stolz. »Ich bin auf Rente und will wenigstens hier meine Ruhe haben.«

»Winfried ist in Zagreb«, sagte Hanne, »die ganze Woche schon.«

»In Zagreb?«

»Ja, wegen seiner Casinos.«

»Er will immer noch die Welt erobern!« Paulchen lächelte, während er das sagte, seine Frau an, widmete sich danach wieder dem

Marmorkuchen und gab damit zu verstehen, daß er selbst keine Eroberungspläne mehr hatte, keine anderen jedenfalls als die, mit dem richtigen Schwung einen neuen Tag zu beginnen.

Wenn das hier jetzt jemand sehen könnte, dachte Johnny und schob sich nun doch ein Stück Marmorkuchen in den Mund. Da saßen sie bei Kaffee und Kuchen auf einem Campingplatz in einem Wohnwagen, die einstmals gefürchtetsten Männer des Milieus. Die Macht hatten sie an ihre Frauen abgetreten und Humor genug, die Sache auch noch völlig in Ordnung zu finden.

Als Uwe den Wunsch äußerte, etwas anderes als nur Kaffee zu trinken, schüttelte Kuddel den Kopf. »Paß auf, daß mir Ina nicht böse wird.«

»Es wird doch wohl noch ein Gläschen erlaubt sein. Wir sind hier schließlich an der Küste, und der Wind bläst.«

Kuddel sah das ein und wollte sich gerade erheben, wurde aber von Ina wieder zurückgestoßen. Er tat dann so, als habe er nicht aufstehen, sondern lediglich seine Beine andersherum übereinanderschlagen wollen.

»Ausgezeichnet, Ina, ganz vorzüglich«, lobte Paulchen. »Gib am besten Siri das Kuchenrezept mal mit.«

Die Frauen fingen an zu lachen. Und Ina sagte: »Was glaubst du eigentlich, von wem ich das Rezept habe?«

»Ach so«, entschuldigte sich Paulchen, streichelte seiner Frau den Handrücken und kaute weiter.

Johnny wollte das alles nicht glauben. Die alten Herren ließen sich durch nichts mehr aus der Ruhe bringen, sie hatten abgedankt und widmeten sich der Gesundheit, dem Frieden ihrer Seele und den letzten Sonnenstrahlen. »Und ihr beide wart mal die Jungs«, sagte Johnny, »die nur auftauchten, wo's brannte!«

»War mal«, sagte Kuddel. »Jetzt brauch ich was Warmes für meine Knochen und Gelenke.« Er begann von Reiseplänen zu erzählen. Nächsten Monat nach Hawaii, den Rest des Winters dann irgendwo an die nordafrikanische Küste.

Johnny kannte sich in Hawaii aus und überschüttete Kuddel und Ina mit Hoteladressen, den Namen von Oberkellnern und sehenswürdigen Stränden; nicht genug damit, überlegte er auch noch laut, ob sie nicht alle gemeinsam reisen sollten.

Ina brach der Schweiß aus. »Und dann jede Nacht feiern, wie?«

Johnny wandte sich an Siri. »Und du überredest Paulchen, daß ihr auch kommt.«

Paulchen schien die Idee zu gefallen. »Warum nicht? Was meinst du?«

»Nur wenn du mir versprichst, dich nicht wieder von Johnny überreden zu lassen, zum Oktoberfest zu fliegen.« Sie schaute Johnny an. »Du bist der einzige, der ihn noch zum Trinken überreden kann.«

Ihm gefiel das Kompliment. »Erinnerst du dich auch noch an was, Kuddel?«

»Und ob«, grinste der. »Gott sei Dank hatten die nachts im Hotel den Pool abgesperrt!«

»Er hätte schon die Blaskapelle nicht dirigieren sollen.« Wenn Ina nur daran dachte, wurde sie jetzt noch böse; sie verlor manchmal einfach die Geduld, wenn Kuddel mehr auf Johnny als auf sie hörte. Sie wußte natürlich, daß die Angst, die sie um ihn hatte, ihm lästig werden konnte, und daß er sich dann, auch heute noch, einfach eine Nacht lang sonstwo rumtrieb. Wenn das passierte, war Johnny nie weit; entweder er hatte aus München angerufen oder wartete bereits in einem Hamburger Hotel. Sie mußte ihn als ihren natürlichen Widersacher empfinden – und akzeptieren, denn Kuddel duldete kein böses Wort über ihn. Und so sehnte sie den Tag herbei, daß Johnny irgendwann aus Amerika zurückkam und nur noch neue Geschichten erzählte und keinen Tropfen mehr trank.

Uwe wurde, sobald vom Oktoberfest die Rede war, wieder unruhig. »Gibt's vorne im Büro was zu trinken?«

»Schau doch nur mal raus, wie's draußen schüttet«, sagte Ina. »Aber wenn du keinen Kaffee mehr willst, kann ich ja Tee aufbrühen.«

Uwe gab auf – und Johnny genoß den Anblick, den seine Freunde boten. Auch wenn sie jetzt alle hier vergnügt um den Tisch herum saßen, war jeder von ihnen nur noch ein Überlebender, ein

Erinnerungsstück. Sie waren Geschichtenerzähler geworden. Ihre Jahre waren dahin, die Gesetze, die sie respektiert hatten, auf den Straßen draußen vergessen. Gab es noch ein Zimmer irgendwo auf St. Pauli, in das er sich hätte verkriechen wollen? Da er nur eine Tasse Kaffee getrunken hatte, bestand keine Gefahr, daß er wehmütig wurde; aber vielleicht waren sie alle, wie sie hier saßen, wirklich aus der Mode, wie ihre Anzüge, die mit den schicken Westen, aus der Mode waren. Gleichzeitig empfand er das Gefühl, zur richtigen Zeit jung gewesen zu sein, als geradezu behaglich.

5

»Wann kann ich den Vertrag unterschreiben?« fragte Carola.

»Welchen Vertrag?«

»Na, den für die Wohnung in Hamburg!«

Stimmt, erinnerte er sich, die hatte er ihr versprochen, als er glücklich betrunken aus Las Vegas mit ihr telefoniert hatte. Er versprach viel, wenn er glücklich war.

»Ich ruf Uwe an, daß er das regelt.«

»Und wem gehört die Wohnung?«

»Die habe ich einem Freund abgeschwatzt.«

»Und morgen fliegst du zurück nach Los Angeles?«

Er versuchte herauszuhören, ob sie meinte: Zurück zu ihr? »Ja, morgen.«

Gut, dachte sie, dann werde ich morgen mit dem Packen meiner Sachen beginnen. »Du hast tatsächlich abgenommen, gratuliere. Und irgendwas mußt du auch mit deinen Haaren gemacht haben. Hab ich sowieso immer am schönsten gefunden, wenn du sie einfach nach hinten kämmst.«

Genau das machte es Johnny so schwer, reinen Tisch zu machen: Sie wollte offenbar nichts wissen, nicht einmal, wer sie war, nicht einen ihrer Vorzüge, was er verletzend fand.

»Nur eines, Carola, wird sich in unserer Beziehung nicht ändern, daß du weiter die Abrechnungen meiner Betriebe machst, also am Ersten jeden Monats nach München fliegst.«

Sie nickte. »So lange ich noch keine Kinder habe, kein Problem.«

Johnny konnte sich nichts einreden, auch nicht, daß sie damit auf eine Enttäuschung, einen unerfüllt gebliebenen Wunsch anspielte. Es war nichts zu machen. Sie behielt die Nerven. Sie war weder neugierig noch enttäuscht, nicht einmal traurig. Sie dachte noch nicht einmal daran, ihm mit Vorwürfen zu kommen. Je weniger sie von seinem neuen Leben in Amerika wissen wollte, um so ratloser wurde er. Es fehlte, wie er traurig feststellte, nur noch ein Händedruck, die Geste zweier Partner, die nach fünfzehn gemeinsamen Jahren eine Vereinbarung bekräftigen. Er war enttäuscht, wie gut alles lief. So wollte er Carola nicht gehen lassen, nicht, ohne sie noch einmal wenigstens verblüfft zu haben.

»Ich werde dich an einem meiner Kinos beteiligen, daß du immer ein Einkommen hast.«

Sie hatte was übrig dafür, Tränen zu vergießen, wenn sie gerührt war. Und im Augenblick war sie kurz davor. Aber der Verstand sagte ihr, daß ihr Weinen zu Mißverständnissen führen könnte, und holte nur einmal tief Luft. »Nein, Johnny, das will ich nicht. Immer warst du viel zu großzügig.«

Er bestand darauf. »Demuth wird einen Vertrag aufsetzen und ihn dir zur Unterschrift nach Hamburg schicken.«

»Und der Schmuck? Und die Pelzmäntel? Darf ich wenigstens die dalassen?«

»Nein, weil das Zeug dann hier nur herumliegt und mich an eine Frau erinnert, die mir fehlt.«

Er hatte es geschafft. Jetzt liefen ihr doch ein paar Tränen übers Gesicht.

6

Die Orientalin blieb sanftmütig seine Verbündete, es gab aber eine andere Frau in ihr, die sich wenig gefallen ließ: die Amerikanerin. Mit ihr gab es lautstarke Auseinandersetzungen. Johnny stritt ab, daß er begriff, um was es dabei ging. Joanna wartete auf die Hochzeit. Die Amerikanerin wollte unter die Haube, unter eine, die bei Tiffanys ein Vermögen kostet. Dabei redete sie niemals von Geld. Ihr gefiel auch Hippieschmuck, wenn er echt war, und sie wußte, daß es Stunden gab, wo jeder traurige Gitarrist mehr wert war als ein Sack Gold. Sie redete mit Lisa, um sicherzugehen.

Die kniff ihr in den Hintern. »Versuch ihn zu kriegen!«

Danach war sie noch verzweifelter.

Joe kam an, wieder mit roten Rosen, und wollte sich mit ihr versöhnen. Glenn, ihr Kanadier, rief aus Paris an und wiederholte seinen Heiratsantrag. Ihre Mutter warnte sie. »In deinem Alter in den falschen Mann verliebt zu sein, ist unverzeihlich.«

Auch ihre vier Schwestern rieten ihr ab, teils aus Eifersucht, teils weil sie entsetzt waren über Joannas töricht-naive Liebesgefühle. So einer habe doch in der ganzen Welt Freundinnen, und sei, bedenke man seinen Lebenswandel und die Entfernung der Kontinente, als Ehemann, falls sie ihn tatsächlich unter die Haube brächte, schwer vorstellbar. Es wurde viel diskutiert und noch mehr gestritten. Wie könne sie sicher sein, daß er nicht entweder selbst Leute umgebracht oder welche hatte umbringen lassen? Woher das viele Geld? Hatte sie nicht selbst erzählt, er sei im Gefängnis gesessen? Zwei reiche, zudem zuverlässige Verehrer mit einem dahergelaufenen Draufgänger vor den Kopf zu stoßen, grenze an Tollheit.

Die Orientalin stellte sich stur, aber die Amerikanerin forderte ein, was ihr an seiner Einstellung zu Frauen nicht paßte. Die Zeit war zu knapp, um nicht alles zu riskieren. Sie flog nach Europa, wo es sofort zum Streit kam, weil er sie wie einen Besitz behandelte und es ihr überließ, sich damit abzufinden.

Genau das aber wollte sie nicht. »Auch wenn ich dich liebe, heißt das nicht, daß ich mir alles gefallen lasse. Vergiß nicht, daß ich, bis du aufgetaucht bist, mein Leben auch ganz gut selbst hingekriegt habe. Ich war unabhängig, habe mein eigenes Geld verdient und war keinem Rechenschaft schuldig. Glaube nicht, daß ich nur auf jemand gewartet habe, der mir andauernd vorschreiben will, was richtig ist und was falsch.« Sie bedauerte, ihn nicht auf der Stelle verlassen zu können.

Er ignorierte die Bestandsaufnahme ihrer Rechte, griff zum Telefon und rief Hans an. »Fahr die Dame zum Flughafen!« Er rief nach seiner Haushälterin. »Romy, helfen Sie Joanna beim Packen!« Danach schwieg er, und das unmißverständlich.

Romy wollte es nicht glauben, aber sie wunderte sich über nichts mehr. Sie kannte seinen Jähzorn und den verletzenden Fanatismus, mit der er die Ordnung seiner Ansichten verteidigte. Sie waren von schockierend einfachem Zuschnitt und, wie Johnny selbst manchmal zugab, nicht von diesem Jahrhundert.

Joanna war Frau genug, sein Bedauern, auch wenn er es nicht zeigen konnte, zu kennen. Sie forderte keine Gleichberechtigung, weil sie mehr hatte als Männer: das Geheimnis ihrer Geduld. Als Amerikanerin aber war sie zu stolz, sich in Europa Frechheiten sagen zu lassen, und flog, unglücklich und über ihre Unentschlossenheit verzweifelt, nach Los Angeles zurück. Noch war sie nicht vierzig.

Johnny merkte an seiner Telefonrechnung, wie verliebt er trotzdem war. Er ging auch abends nicht mehr aus, nicht einmal, um zu essen. Das war die Zeit, als er doch noch lernte, wie man zwei Eier in eine Pfanne schlägt. Es gab keine Carola mehr, und Romy ging um fünf Uhr nach Hause. Die Stunden, bis er einschlief, dachte er an Joanna; er rechnete jede Stunde, die verging, neun Stunden zurück. Was tat sie gerade?

Die nächsten Monate logierte er im »Beverly Hills Hotel«, verbrachte ganze Tage nur damit, den Mädchen am Pool zuzuschauen, die alle aussahen, als warteten sie darauf, auf Abreißkalendern verewigt zu werden.

Joanna kam und ging – und kam keinen Schritt weiter. Auch in Hawaii machte er ihr keinen Antrag. Er flog mit ihr statt dessen nach Vancouver, wo er ihr »Johnny's Valley« zeigte. Über dem Eingang zu seiner Ranch baumelte noch immer das geschnitzte Schild.

Mit Joanna lernte er endlich, besser englisch zu sprechen. Tja, Claudia, dachte er, wenn er sie in München traf, stimmt schon, daß Fremdsprachen was für sich haben, kommt nur auf den Charakter der Schulstunde und das Lächeln der Lehrerin an.

Es gab kein Wundermittel gegen sein Mißtrauen, daß auch die Geschichte mit Joanna enden würde wie alle anderen, aber Argumente für eine Trennung gab es auch nicht. Er war überrascht, welche Träume seine Phantasie beschäftigten. Da saß ein alter Mann an einem Tisch, Joanna war glückliche Mutter, es gab Bratensoße und Brot, der Fernseher lief, die Prärie war Privatbesitz, die Kindermädchen tüchtig, und der alte Mann strich sich über die Haare, viel waren es nicht mehr, und ließ es sich wohlgefallen. Seine Kinder mochten es, wenn er ihnen vor dem Einschlafen Räubergeschichten erzählte; er hatte ja genug erlebt.

Was war falsch daran, von der Bildfläche zu verschwinden, alle Betriebe zu verkaufen, in der Südsee die Angel ins Wasser zu halten und abzuwinken, wenn einer anrief? War er wirklich so unbrauchbar für das bißchen Zufriedenheit? Es war doch immer schon schlechter Stil gewesen, nicht rechtzeitig abtreten zu können. Eine Zigarre paffen, Joanna ins ungeschminkte Gesicht schauen, und ihr, wenn sie aus dem Zimmer ging, immer noch hinterherpfeifen? Warum wollte er sich nicht verzeihen, daß er nicht jung genug draufgegangen war und jetzt in die Jahre kam, wo man den Bauch einzog, auch wenn es nur um ein Paßfoto ging? Wann endlich hatte er genug davon, den Weiberhelden, den wetterfesten Trinker und wildgewordenen Halbstarken zu spielen? Warum Joanna, die ihn doch liebte, nicht zu seiner Frau machen, zur Gefährtin für ruhigere Tage und Nächte?

Ein Jahr hatte er warten wollen, nun waren bald zwei Jahre um. Und da gerade Uwe und Hans zu Besuch waren, seine engsten

Freunde, und er gerade mit ihnen zusammen in Marina del Ray, dem Hafen von Los Angeles, auf dem Balkon seiner Wohnung stand und unten Partyschiffe sah, die man mieten konnte, erlaubte er sich den Spaß, ernsthaft über eine Hochzeit nachzudenken.

Zwei Dinge waren vorrangig. Es mußte, wenn überhaupt, sofort passieren. Und Joanna mußte einwilligen, ihn zu wollen, ohne jeden Anspruch auf sein Vermögen.

Uwe und Hans hatten nichts gegen eine Party auf einem Schiff, wollten ihn aber trotzdem noch vorher darüber informieren, was sonst noch auf der Welt passierte.

»Der Osten wackelt, Johnny. Liest du denn eigentlich nie eine Zeitung? Da drüben geht unser Geschäft jetzt erst richtig los. Ich bin schon mehr in Berlin als in Hamburg«, sagte Uwe.

Johnny hörte nicht zu. Ihn interessierte Joannas Gesicht, wenn sie die Neuigkeit erfuhr. Um jeder ihm verhaßten Gefühlsduselei aus dem Weg zu gehen, teilte er ihr den Hochzeitstermin beim Kauf eines Kostüms mit, das ihr Brautkleid sein sollte. »In zwei Tagen, am Samstag, feiern wir eine kleine Party. Das Schiff habe ich bereits gemietet. Ich muß mich jetzt nur noch darum kümmern, Ringe zu besorgen.«

Wie sie das Lächeln liebte, das er aufsetzen konnte, wenn ihm eine Überraschung gelungen war!

Wie gern er sie anschaute, wenn sie schockiert war!

»Du spinnst, Johnny!« Mehr brachte sie nicht heraus. Und um den Hals fallen konnte sie ihm auch nicht, weil die Frau, die ihr Kostüm absteckte, mit Nadeln hantierte.

»Lade alle ein, auch deine Liebhaber, die jetzt leer ausgehen«, lachte er.

Mein Gott, dieses glückliche Grinsen in seinem Gesicht. »Ich werd gleich ohnmächtig.«

»Fahr, wenn du hier fertig bist, noch schnell bei meinem Rechtsanwalt vorbei und unterschreibe den Wisch, den er aufgesetzt hat.«

Sie sah ihn ernst und feierlich an. »Genügt Tinte? Oder willst du es mit Blut haben?«

»Drei Kreuze reichen.«

Johnny lebte weiter, wie er das gewohnt war. Für Märchen hatte er immer noch nichts übrig. Noch war er ja nicht der alte Mann und Joanna auch ohne Kinder glücklich. Er wohnte abwechselnd in Marina del Ray oder im »Beverly Hills«. Er ließ sein Lebensgefühl entscheiden.

Hotels waren seine Leidenschaft. Einen größeren Luxus als Luxushotels konnte er sich nicht vorstellen. Man war nicht zu Hause, aber auch nicht mehr unterwegs. Man war nie sicher, wen man traf. Nirgendwo sonst erschien ihm der Zufall so willkommen. Hier war es eine Schande, kein Schicksal zu haben – und seien es nur ein paar Narben im Gesicht. Frauen waren nirgendwo so unberührbar. Keine ließ sich etwas anmerken, schon gar nicht, wenn sie Feuer fing. Auffällig war auch, wie viele alte Männer es gab, die rote Jacketts trugen, und wie viele davon in der Bar herumsaßen und den Klavierspieler bezahlten, damit er sie über irgend etwas hinwegtröstete; wahrscheinlich war dieses Etwas die Wahrheit.

Luxus war auch, daß Joanna zu ihm ins Hotel fahren mußte, um ihm mitzuteilen, daß es eine Neuigkeit gab. Sie war schwanger. Sofort wollte sie damit aber nicht herausrücken. Sie wußte, daß er sich aus Kindern nie viel gemacht hatte. Gebärfreudige waren ihm ein Greuel. Babys nannte er abschätzig: little shit-machines. Nachdem sie es vor zwei Tagen von ihrem Arzt erfahren hatte, war sie deshalb auch unruhig und hatte mehr über Johnny nachgedacht als über das ungeborene Kind. Sie fürchtete, er würde ein Kind bei seiner überstürzt improvisierten Lebensweise nur als Störenfried empfinden und sie obendrein beschuldigen, ihm sein Privatleben abgaunern zu wollen.

Aber die Orientalin und die Amerikanerin, längst die dicksten Freundinnen, waren sich einig. Sie wollten ihre Schwangerschaft verteidigen, auch wenn ihm das nicht in seinen Kram passen sollte.

»Erinnerst du dich noch an unseren ersten Abend im ›Ivy‹«, fing sie vorsichtig an, nachdem sie abgelehnt hatte, Alkohol zu trinken und nur Mineralwasser bestellte, »als du mich auf die Toilette geschickt hast, weil du, wie du gesagt hast, Frauen im Naturzustand besonders schön findest?«

»Sicher«, antwortete Johnny, »du siehst einfach am besten aus ohne alles.«

Sie schaute ihn an, lange genug, daß es ihm auffiel.

»Worauf willst du hinaus?« fragte er.

»Findest du mich jetzt schön?«

Johnny war verblüfft. »Hast du was getrunken?«

»Wie gefalle ich dir im Naturzustand?«

»Okay«, sagte Johnny, »wenn du das willst, gehen wir gleich rüber und trinken im Schlafzimmer weiter.«

Sie wartete, bis der Kellner das Mineralwasser hingestellt hatte. »Ich bin schwanger!«

Er schob seine Hand in ihr Haar, rollte eine ihrer Locken über einen Finger, zog sie daran zu sich und küßte sie.

»Aber du ...«

Darauf war er immer wieder stolz, daß niemand ihn richtig einschätzen konnte. Hatten nicht auch alle hundertzwanzig Gäste auf dem Schiff sich gewundert, daß er Joanna heiratete? Zugetraut hatte es ihm nicht einmal die Braut selbst. Alle hatten sich verschätzt, auch Joannas Mutter und ihre vier Schwestern. Um so mehr himmelten sie ihn jetzt alle an. Sollte sich einer auch nur unterstehen, ihm zum frischgebackenen Ehemann zu gratulieren, aber als Held war sich Johnny nie zu schade.

Er betrachtete seine Frau mit dem Wohlgefallen eines Herrgotts. »Also gut, du bist schwanger, kriegst ein Baby und wirst eine brave, treue Ehefrau.« Er lachte.

Joanna legte ihre Wange an seine Schulter. »Jetzt hätte ich doch Lust auf ein Glas Champagner.«

Er ließ sich vom Kellner eine Packung Winston bringen. »Und eine Flasche Roederer Cristal!«

»Du rauchst wieder?«

»Wundert dich das?«

»Du bist wunderbar«, sagte Joanna.

»Im Gegenteil, den ganzen Abend bin ich nur dagesessen und habe nach einem Grund gesucht, dich zu verlassen.«

Wer ihn treffen wollte, mußte sich nun in sein Haus, die Villa Ecke North Bedford Drive und Sunset, bemühen, denn viel Zeit hatte Johnny nicht mehr. Es gab Wichtigeres. Er war verliebt, er war vor Verliebtheit verrückt, er war der bei weitem verrückteste Vater, den alle, die zu Besuch kamen, je erlebt hatten. Alles, was er noch von sich gab, war »eigugeigu«, ein Kosewort für Sarah, seine Tochter, der Liebling seines zukünftigen Lebens.

Eigugeigu war die lautmalerische Zauberformel für einen Zustand vollkommenen Glücks, für ein Gefühl, dessen er sich nicht schämte, ein Gefühl ohne die Unglücksbotschaft der Wiederholung und Täuschung. Seine Tochter war die erste Frau seines Lebens, der er Treue schwor, und das am ersten Tag schon. Joanna hatte Mühe, die Geduld nicht zu verlieren. Sie mußte ihm das Kind jedesmal regelrecht entreißen. Er verstand nie, wofür eine Mutter nötig war, wenn ein Vater wie er alles regelte.

Unzumutbar heftig hatte er am Tag ihrer Geburt das Kommando übernommen, schon im Cedar-Sinai-Krankenhaus, wo er, auf Wunsch Joannas, bei der Entbindung dabei war.

Er legte sich gleich auch mit einer der Krankenschwestern an, weil er die Abteilung für Neugeborene nicht verlassen wollte. Der Heizstrahler über dem kleinen Bündel, das seine Tochter war, schien ihm nicht richtig eingestellt.

»Ich mache diesen Job schon fünfundzwanzig Jahre, also scheren Sie sich zum Teufel«, war ihre Antwort.

Er packte sie im Genick, schleifte sie aus dem Raum und präsentierte sie einem ihnen entgegenkommenden Arzt, dem er erklärte, daß er lediglich höflich darum gebeten habe, sie möge nachschauen, ob der Heizstrahler auch die richtige Temperatur habe. Der Arzt ging mit ihm hinüber und kontrollierte. »Machen Sie sich keine Sorgen, alles in bester Ordnung.«

Gerade kam der Boxer mit einem Blumenstrauß den Gang entlang. »Wenn es ein Mädchen ist, bin ich ihr erster Freier!«

Johnny nahm die Blumen und drückte sie der Schwester in die Hand, die er gerade noch gewürgt hatte.

Als Empfangschef für ankommende Besucher machte er im

Krankenhaus weiter Furore. Es blieb keiner von der Wucht seiner Begeisterung verschont. Und nicht alle beneideten Joanna. Sie war nur die Mutter, das Kind aber seine Tochter.

Als sie, ein Jahr später, wieder schwanger war, freute sie sich so sehr auf einen Jungen, ein Kind ganz für sich allein, daß sie bereits über einen Namen für ihn nachdachte. Wenn sie nur fest genug daran glaubte, hoffte sie, würde sie recht behalten, und wollte Johnny erst dann mit der Neuigkeit überraschen, wenn sie sich entschieden hatte.

»Welcher Name gefällt dir besser: Brandon oder James?«

Johnny war viel zu sehr mit Sarah beschäftigt, um antworten zu wollen.

»Wenn Sarah ein Junge geworden wäre«, wollte Joanna wissen, »für was hättest du dich entschieden?«

Er schaute sie an, sah ihr Lächeln und wußte, was es bedeutete, wenn sie, während sie lächelte, die Augen schloß.

»Vielleicht beide? Wie wär's mit Brandon James Berger? Klingt doch nicht übel?«

»Wie wär's, wenn du mal für einen Moment die Klappe ganz hältst?« Johnny dachte nach. Klang nicht schlecht, zugegeben, aber wenn sie dachte, daß er jetzt vor Freude zu tanzen anfing, täuschte sie sich. Was ihm durch den Kopf ging, war etwas anderes. Eine Frau zu verlassen, die ein Kind von mir hat, geht in Ordnung. Du wirfst ihr Geld hin, genug, damit sie ausgesorgt hat, nimmst die nächste Maschine und fängst irgendwo ein neues Leben an. Aber wer verläßt eine Frau, die dir zwei, drei Kinder geboren hat? So schlecht bin nicht mal ich.

Johnny benahm sich, als drohe Sarah jede Minute eine Entführung. In seinen Armen schlief sie ein und wachte in seinen Armen auf. Es machte Spaß, mit ihr im Gras zu liegen, in den Himmel zu schauen und sich vorzustellen, daß seine Tochter den richtigen Vater hatte.

Er kannte die Welt aus allen Perspektiven, von unten bis oben, kannte sie bei Tag und Nacht, er kannte die Dunkelheit einer

Einzelzelle und Sonnenuntergänge über allen Meeren; nur kannte er nicht die Qual, sich darüber den Kopf zerbrechen zu müssen. Wenn er überhaupt jemals Glück gehabt hatte, dann deshalb. In Kinderschuhen hatte er seine Flucht vor einer Welt, die ihm nicht besonders gefiel, begonnen; sie gefiel ihm, am Ende angelangt, noch immer nicht besonders. Nur kannte er keine andere, keine bessere, und ließ es gut sein. Er kannte die Menschen, ihre Größe und Jämmerlichkeit, ihre Leidenschaften und ihre Schuld, kannte sich aus mit Frauen – und, noch besser, kannte er die Männer. Vor ihnen würde er Sarah, wenn sie alt genug war, warnen. »Stell dir vor, es kommt dann ein Bursche wie ich daher!« Er beobachtete dabei, wie Sarah an seiner Haut roch. »Das ist Stallgeruch, der bleibt ihr.«

Der Boxer sah die Sache realistisch. »Was da an dir rumriecht, ist eine Millionenerbin.«

Johnny hatte den Schlag nicht kommen sehen. Der Boxer hatte recht. Eines Tages erbte Sarah Millionen. Im Grunde war sie schon jetzt stinkreich.

Geld war nicht gefährlich, solange man nie vergaß, wie gefährlich es sein konnte. Wenn sie anfing, Jungs den Kopf zu verdrehen, war er ein alter Mann, alt genug, um zu beweisen, was wirklich in ihm steckte.

Sarah erschien ihm mit einemmal zentnerschwer. Er rief Joanna, die angelaufen kam und sie ihm abnahm. »Ach übrigens, Uwe hat aus Berlin angerufen.«

»Und?«

»Ich hab gesagt, du willst nicht gestört werden.«

»Bring das Telefon her. Und ob ich gestört werden will.«

ENDE

GOLDMANN

John Fante

»Eines Tages holte ich ein Buch heraus. Mit leichter Hand waren die Zeilen über die Seite geworfen. Hier endlich war ein Mann, der keine Angst vor Emotionen hatte: John Fante. Er sollte einen lebenslangen Einfluß auf mein Schreiben haben ...« Charles Bukowski

Ich – Arturo Bandini 8809

Warte bis zum Frühling
Bandini 9401

Unter Brüdern 8919

Warten auf Wunder 8845

Goldmann · Der Taschenbuch-Verlag